〖中华诗词存稿·地域专辑〗
中华诗词学会 编

贵州诗词卷

卷一

黄润蓬 编

中国书籍出版社
China Book Press

图书在版编目（CIP）数据

贵州诗词卷 / 黄润蓬编 . —— 北京：中国书籍出版
社，2019.9
（中华诗词存稿）
ISBN 978-7-5068-7429-8

Ⅰ . ①贵… Ⅱ . ①黄… Ⅲ . ①诗词—作品集—中国
Ⅳ . ① I22

中国版本图书馆 CIP 数据核字 (2019) 第 200685 号

贵州诗词卷

黄润蓬 编

责任编辑	王志刚	
责任印制	孙马飞　马　芝	
封面设计	采薇阁	
出版发行	中国书籍出版社	
地　　址	北京市丰台区三路居路 97 号（邮编：100073）	
电　　话	（010）52257143（总编室）（010）52257140（发行部）	
电子邮箱	eo@chinabp.com.cn	
经　　销	全国新华书店	
印　　刷	北京虎彩文化传播有限公司	
开　　本	710 毫米 ×1000 毫米 1/16	
字　　数	1500 千字	
印　　张	140.5	
版　　次	2019 年 9 月第 1 版 2020 年 9 月第 1 次印刷	
书　　号	ISBN 978-7-5068-7429-8	
定　　价	1498.00 元（全 4 册）	

《中华诗词存稿》
编委会名单

总　　序

我们这个诗歌大国有一个很好的传统,历来注重"采诗"、搜集整理诗歌材料。作为唯一的全国性诗词组织的中华诗词学会,自 1987 年 5 月成立以来,就十分重视这项工作。学会每年的学术研讨会和历届"华夏诗词奖",都出版论文集和获奖作品集。纪念学会成立二十年、三十年时,还专门编辑出版了《大事记》《论文选集》《诗词选集》。《中华诗词》创刊以来,每年都制作年度合订本。2007 年 5 月,在北京天识东方文化艺术传播有限公司的资助下,以近代以来诗词创作、诗词理论、诗词运动重要文献汇编,当代名家个人作品专集等为主要内容,出版了《中华诗词文库》。经过十来年的编辑整理,已经出了近百卷。这些诗集、文集的出版,记录了近百年来尤其是改革开放四十多年来,中华诗词从起步、复苏走向复兴的砥砺前行的历程,为近、当代诗歌史的撰写准备了丰富的资料。

党的十八大以来,中华民族优秀传统文化重新受到应有的重视。习近平总书记《念奴娇·追思焦裕禄》词和《军民情》七律的相继发表,引领中华大地诗潮滚滚而来。《中共中央关于繁荣发展社会主义文艺的意见》和中办、国办《关于实施中华优秀传统文化传承发展工程的意见》,都明确提出"加强对中华诗词、音乐舞蹈、书法绘画、曲艺杂技和历史文化纪录片、动画片、出版物等的扶持。"国家教育部组织制定由中华诗词学会起草的新中国语言体系中的新韵书《中华通韵》已经通过国家语言文字工作委员会语言文字规范标准审定委员会审定，即将颁布全国试行。这些都使我们真切地感受到，中华诗词的春天真的到来了。诗人们乘着骀荡春风，正以高昂的激情，书写着中华民族伟大复兴的新时代、新史诗，国家富强、民族振兴、人民幸福的中国梦；正以与人民同呼吸、共命运的诗人之心，对人民的欢乐、人民的忧患、人民的情怀给以诗意的表达；正以"美"或"刺"的诗人之笔，对市场经济大潮中人民对幸福生活的期待，对美好未来的希望，对假丑恶的深恶痛绝，或给以方向，或给以赞美，或给以鞭挞。正如习近平总书记所指出的："好的文艺作品就应该像蓝天上的阳光、春季里的清风一样，能够启迪思想、温润心灵、陶冶人生，能够扫除颓废萎靡之风。"

当前，传统诗词创作者和诗词爱好者队伍发展迅速，已超过三百万。每天创作的诗词作品超过唐诗、宋词、元曲的总和。诗词评论研究队伍也成长很快，诗词评论、诗词学、诗词创作理论研究成果丰硕。如何从浩如烟海的诗词作品中"淘"出优秀作品，并使之存下来、传下去，如何使诗词研究理论成果"面世"并发挥应有的指导作用，确实是摆在我们面前的无可回避的一个重要课题。中华诗词学会是一个没有国家编制，没有国家拨款的社会团体，事业的运转主要靠社会赞助和会员费支撑。俊识（北京）文化传媒有限公司总经理吕梁松、北京采薇阁总经理王强，两位一直是对中华传统文化情有独钟的热心人，慷慨解囊，愿意同中华诗词学会一起，搜集整理编辑推出《中华诗词存稿》这套书，共同为中华诗词文化的继承和发展，做成这件十分有意义的事情。

　　《中华诗词存稿》主要搜集整理出版三部分内容的资料：一是当代诗词名家的个人作品集；二是当代诗词评论家、诗词学者的学术著作集；三是当代诗词作品、诗词理论学术成果阶段性、专题性、地域性的集成类作品集。诗词作品强调精品意识，沙里淘金，把"有筋骨、有道德、有温度"的优秀诗词作品搜集起来。诗词评论、研究类资料强调理论性和创新性，应具有鲜明的个性特点，具有创建性的见解。集成类的资料应有一定的史料保存价值。总之，做成一套具有当代价值和历史意义的好书。在此，我们编委会人员，向提供资料、筛选编辑、版面设计、校对勘误，包括所有为这套资料付出辛勤劳动的同志们，表示真诚的谢意！

郑欣淼
二〇一九年七月于北京

序

黄润蓬

（一）

在贵州这块神奇的土地上，20多万年前就有人类活动。春秋时期，出现了一些部落组合的小邦国，其中牂柯国最大。《管子·小匡》篇齐桓公言："余乘车之会九，兵车之会三，九合诸侯，一匡天下，南至吴、越、巴、牂柯、㑭、不廋、雕题、黑齿、荆夷之国，莫违寡人之命。"这说明齐桓公称霸时，牂柯国已臣服，在政治、经济、文化上已和中原发生了联系和交往。战国时期，夜郎国崛起。《史记·西南夷列传》载："西南夷君长以什数，夜郎最大。"夜郎的地域包括今贵州大部分及滇东北和桂西北。

西汉武帝"平南夷置牂柯郡"，把郡县制推广到夜郎地区。武帝派辞赋家司马相如到西南地区安抚民众，牂柯郡人盛览（字长通）慕名求教创作词赋方法。司马相如曰："合纂组以成文，列锦绣以为质，一经一纬，一宫一商，此赋之迹也。赋家之心，包括宇宙，总览人物，斯乃得之于内，不可得而传。"盛览受此教益后，经过刻苦钻研，写出了《合组歌》、《列锦赋》等作品。之后在牂牁开办教育，传授知识于乡人，有"牂牁名士"之称，可惜作品未流传下来。

东汉毋敛县（今独山、荔波一带）人尹珍（字道真），幼时好学，千里赴京师洛阳拜许慎为师，学习五经（还向应奉学习图纬）。学成回鳖县（今遵义、绥阳、正安）等地开办教育，招生授徒，卓有成效，得地方官员向朝廷推荐。汉桓帝永兴元年（153）以经术优长选用，出任武陵郡（今湘西北、黔东）太守，旋升尚书承郎，官至荆州刺史。后人为纪念他对地方教育所作的贡献，"凡属牂牁旧县，无不称先师"。唐代在绥阳县旺草建汉尹珍讲堂，立碑以纪其功。明、清两代在贵阳、遵义、铜仁、印江、独山等地建专祠以纪念。本人诗文已佚，后人缅怀其功业的诗词很多。

唐代贵州属黔中道，因处边疆冲要之地，又在道下设黔州都督府，主要管辖的经制州、羁縻州大部在今贵州地域。武德三年（620），牂牁郡（今瓮安、福泉）人谢龙羽遣使入朝，纳土归附。高祖以其地置牂牁州，敕封他为牂牁刺史、夜郎郡公。贞观三年（629），谢龙羽率谢氏各部首领进京朝贡，太宗以黔中地分数州，封谢为牂牁州刺史，史称"牂牁谢"。天宝十年（751），南诏国叛唐，充州（今石阡、铜仁一带）人赵国珍率军讨伐，屡战屡胜，经营五溪（湖南西部、贵州东部之地）十余年。唐代宗即位后擢升他任工部尚书，可惜其诗文全部散失。唐著名诗人、"七绝圣手"王昌龄，于天宝七年（748）贬潭阳郡龙标尉（其遗迹在今贵州锦屏县隆里乡），历时七载，写有《龙标野宴》、《听流人水调子》、《雨过荷池》等许多诗歌，并开办书院讲学。李白、杜甫在这一时期都与王昌龄有唱和。诗仙李白在安史叛乱中，参加永王李璘军获罪被流放夜郎，此期间，写有涉及"夜郎"的诗歌多首。唐夜郎县即今桐梓县，其县治故址夜郎坝有太白坟、太白泉、太白书院、石碑台等。王、李两位著名诗人的诗歌，对贵州诗歌的创作有较大的影响。

两宋时期，播州（今贵州遵义等地）杨氏出现了几位"留意艺文"的领主，他们礼聘蜀中文士来播州任教，并建孔庙，设儒学，培养大批人才，向学风气大开；还请准向朝廷进岁贡3名，参加全国会试。南宋时期，有冉从周、犹道明等8人先后成为进士。冉从周的父亲冉璞和伯父冉琎，是文武兼资的隐士，后来协助四川制置史余阶创修合川钓鱼城等十几座城堡，成为抗击元军的坚固军事工程。可惜没有诗歌留传下来。赵高峰的《青莲院诗集》也仅存书目。

元代播州吸收了避乱而来的蜀中文人，土司杨汉英对他们优礼有加，视才任用，对播州文化的发展起了很大的推动作用。杨汉英本人聪颖好学，他曾八次去京师大都（今北京市），得到元世祖忽必烈的召见和赏识，并与当时著名经学家姚燧等交游，学问精深，著有《明哲要览》90卷、《桃花内外集》64卷（后毁于战火），经多方搜求，仅得长篇歌行体《咏九疑图》一首。

明代建省以后，贵州诗歌进入一个崭新的历史时期，诗人词家相继涌现。前期有王训、张谏和水东土司宋昂、宋昱兄弟等。明中叶王阳明创龙冈书院，贵州有多人从学。王阳明到省城文明书院讲学，听讲者数百人。他在贵州期间创作诗歌《居夷集》和散文多篇，黔中诗文家受其沾溉良多。王阳明的再传弟子邹元标，系晚明东林党领袖之一，被贬成都匀，他设塾授徒，培养出一批杰出人才。在王阳明精神和思想的鼓舞推动下，先后涌现出孙应鳌、李渭、马廷锡、谢三秀、潘润民、越其杰、杨龙友、吴中蕃等著名诗人。清人莫友芝辑《黔诗纪略》33卷，搜录明代黔中诗人241位的作品2406首，加上方外的68首和无名氏的24首，共有2498首。清陈田辑《黔诗纪略补编》补录明代诗人55人（与《纪略》所录有重复）的作品186首，总计为2684首。

清王朝出现"康乾盛世"，社会相对稳定，文化教育事业有较大发展。贵州有不少文人登科入仕，或到各省州府县作官，或任封疆大吏，有的虽居下僚，在诗文创作方面亦颇有成就。贵阳周渔璜以一介寒门学子而领乡解，成进士，入翰林，在京20年，官至詹事府詹事。与当时名流王士祯、田雯、查慎行、宋荦等交游，所著《桐野诗集》，名重一时。稍后，有河东运河道员陈法、翰林院检讨潘淳、安陆知县田榕，均有诗文传世。乾隆年间，有四川总督、兵部尚书李世杰，安福知县傅玉书，通政副使徐如澍等，不仅以政绩闻名，而且有诗文传世。嘉庆以降，国势日衰。被汉学大师阮元、洪亮吉等期望成为一代之雄的莫与俦改官川南，丁忧返里后直到晚年就任遵义府学教授，才把治学门径传授给门人郑珍和儿子莫友芝。郑、莫二人刻苦研习，潜心撰述，被誉为"西南大儒"。

帝国主义的武力侵略，使"天朝大国"的威风扫地，有眼光的中国人开始睁眼看世界，提出"师夷制夷"的方略。他们有的直接上书当局呼吁革新（如黎庶昌、李端棻等），有的则卷入维新变法的热潮（如1896年举人在"公车上书"上签名），有的为改造社会培养新型人才（如严修、雷廷珍等）。由于有了这些思想基础，在辛亥革命运动中，有维新倾向的自治学社，很快转变立场，接受孙中山的民主革命思想，成了夺取清朝巡抚大权，创建大汉贵州军政府和率师北伐的主干力量。清光绪年间，莫庭芝、黎汝谦遵循《黔诗纪略》体例，搜集清代黔人诗作，后由贵阳人陈田补充并作传证，定名《黔诗纪略后编》，成书30卷，陈田补录清代诗人作品128首。《后编》和《补编》共收清代诗家445人诗作2391首。《黔诗纪略》与《黔诗纪略后编》，成为贵州诗歌史上的双璧。对后世影响很大，于贵州诗歌的发展有着重要的历史意义。

　　"五四"新文化运动，高举"科学"和"民主"的旗帜，倡导白话新诗，开创中华文化的新纪元，功不可没。但对中华传统诗词进行了错误的批判，长期打入冷宫。"野火烧不尽，春风吹又生。"土地革命时期和中国工农红军万里长征中，许多革命英烈写下了不少惊天地、泣鬼神的诗篇。抗日战争时期的文军西征，浙江大学、大夏大学、交通大学、湘雅医学院，以及各军事院校西迁贵州，还新建了国立贵州师范学院和一些中学，文化教育出现新的气象，抗战诗歌有了较快的发展。浙江大学于1939年迁至遵义和湄潭，有苏步青等9位专家、教授成立了"湄江吟社"，到1946年迁回杭州为止，吟诗280多首。还有中共贵州地下党人的诗歌，以及国民革命军抗日将士的诗歌和各族各界有识之士的诗歌，惜未汇编成集，至今仅散见于各种地方志和有关文献资料以及个人诗集之中。

新中国成立后，毛泽东诗词的公开发表和正式出版，贵州各族各界学习、欣赏传统诗词的人逐渐增多，一些人坚持创作中华传统诗词。中共十一届三中全会后，随着国民经济的持续发展，人民的多种文化需求不断增加，干部职工离退休制度的推行，省、市、州、地、县老年大学的开办，学习创作传统诗词的人越来越多。贵州"爱晚诗社"、"黔灵诗社"、"黔风诗社"、"杜鹃诗社"、"播风诗社"、"乌蒙诗社"等社团先后成立，特别是1987年贵州省诗词学会和各市、州、地、县以及部分乡、镇诗词学会先后成立，贵州诗词进入了繁荣发展的新时期。《贵州诗词》（前身为《爱晚诗刊》、《爱晚诗词》）和各地诗词组织的报刊、专辑发表的诗词曲作品以及诗友个人专集发表的作品，势如雨后春笋，其数量前所未有。

与此同时，贵州历代诗歌的选编工作也启动了。1985年，贵州人民出版社在全国编印当代丛书的推动下，发函征稿，得诗3000余首。邀赵以仁、冯济泉选编1000首，由李独清审定成书，名为《贵州当代诗词选》。1988年12月，贵州历代诗文选编辑委员会（顾问申云浦、蹇先艾，主编吴雪俦）选编的《贵州历代诗选·明清之部》，由贵州人民出版社出版发行。该书共收入249位作者的诗作630篇。1997年，贵州省诗词、楹联学会选编《贵阳名胜诗联集》（编委会主任王邸，主编胡廉夫，副主编熊作华、余光荣），共选入古今作者的诗、词、曲、联776首（副）。

2001年，贵州省诗词学会选编的《当代黔诗选》（编委会主任冉砚农，副主任王邸、赵西林），共收入省内外作者339人的626首作品。2003年，贵州省诗词学会选编的《我爱贵州诗词选》（主编冉砚农、副主编赵西林、黄润蓬、熊作华），共收省内外古今诗歌作者340人的诗、词、曲和题词541首（幅），成为贵州历史上前所未有的诗集。

这一时期，贵州省诗词学会还与省、市、州、地、县有关部门合作，由赵西林任主编、黄润蓬任执行主编，选编出版了《林城新貌吟唱》、《情系三农诗词选》、《贵州环保诗词选》、《贵州旅游诗词选》、《雏凤新声——贵州省大中学生中华诗词大赛获奖和入选作品集》、《贵阳旅游诗联选》、《金山风韵》、《校园新韵——贵州省大中学生第二届中华诗词大赛获奖和入选作品集》、《青岩古镇旅游诗联选》等。纪念贵州省诗词学会成立20周年，选编的《黔诗新咏》一书，共收551位会员的作品1200余首（阕）。

综观上述选辑，各自存在一些局限和不足之处，归纳起来主要有以下几点：一是多为断代或专题选编，唐、宋、元和民国时期的诗歌所录极少，几成凤毛麟角。二是只收黔省诗人而很少收入游宦、游幕、游历入黔诗人的作品。如清代著名诗人赵翼在黔诗作就有500多首。《贵州历代诗选·明清之部》佚收赵以炯、夏同和两位状元的诗歌。三是有的新时期选本如《贵州当代诗词选》，明确规定"除按旧有的平仄定式之外，用韵以《佩文诗韵》为准，古诗通韵以郑庠六部，律诗保留借韵的方法。词的格律参照清康熙间王奕清等奉诏编定的《钦定词谱》，押韵守戈载《词林正韵》十九部。""一般不入格的，不选。"一些诗人用"新声新韵"创作的诗歌未能入选。有鉴于此，深感按照《21世纪初期中华诗词发展纲要》提出的标准选编一本贵州历代诗词集是十分必要和适时的，确是一件利在当代、功在千秋的宏伟事业。

（二）

2007年8月10日，中华诗词学会发出《关于编辑出版<中华诗词存稿>"分省诗词卷"的通知》，贵州省诗词学会以"省诗发〔2007〕10号"文件发出《关于编辑出版<中华诗词存稿•贵州卷>的通知》，及时成立了省、市、州、地、县（市、区、特区）编辑委员会。并于2008年4月中旬召开的贵州省诗词学会理事（扩大）会议上，明确提出以"体现时代精神、先进思想、生活意蕴、真挚感情与艺术感染力的高度统一"作为遴选诗稿的指导原则。

编选过程中，我们坚持学会领导与专家学者相结合、省诗词学会与各市州地县学会相结合的原则，历时两年多，《中华诗词存稿•贵州卷》编选竣工。这部大型选集，归纳起来有以下一些特点：

第一，时间跨度长，入选人数和作品多。自汉、唐、宋、元、明、清各朝，直至民国和新中国，约2000多年，入选人数1737人，入选作品5176首（阕）。分为四个阶段：

从汉代（公元前206年）到公元1840年鸦片战争约2000年为古代。以王昌龄、李白、刘禹锡、孟郊、黄庭坚、苏轼、杨汉英、王训、孙应鳌、杨慎、郭子章、王阳明、江

东之、谢三秀、杨龙友、越其杰、邹元标、潘润民、吴中
蕃、周渔璜、赵翼、田榕、傅玉书等为代表，共220人，入
选作品409首（阕）。

从1840年到1919年"五四"新文化运动的80年间为
近代。以郑珍、莫友芝、丁宝桢、石赞清、章永康、林则
徐、李端棻、张之洞、陈夔龙、刘韫良、莫庭芝、何绍
基、赵以炯、夏同和等为代表，共168人，入选作品380首
（阕）。

从"五四"新文化运动到贵州解放时（1949年）的
30年间为现代。以姚华、任可澄、邓恩铭、龙大道、黄齐
生、王若飞、王天培、王敬彝、聂树楷、周素园、肖次
瞻、熊大瀛、张道藩等为代表共103人，入选作品195首
（阕）。

新中国成立后的60年间为当代。有毛泽东、朱德、
董必武、陈毅、肖华、张爱萍、贾若愚、陈沂、蓝芸夫等
老一辈无产阶级革命家有关贵州的诗歌；有周林、李立、
韩念龙、汪小川、李侠公、苗春亭、申云浦、李庭桂、冉
砚农、李冀峰、阎学增、王邸、赵西林、赵德山等党政领
导的作品；有罗登义、蹇先艾、李独清、陈恒安、苏步
青、吴雪俦、涂月僧、田兵、陈福桐、石果、罗浮仙、熊
作华、王得一、王尊华、胡廉夫、王如柏等教育界、文史
界、艺术界以及各族各界各条战线的广大诗友的诗作，共
1246人，入选作品4192首（阕）。

总之，以当代诗歌为主，兼收古、近、现代的中华传
统诗词，时间之长，人数之多，作品之广，前所未有，正
如四川翰林赵熙在其《南望》诗中说的："万马如龙出贵

州"。填补了贵州历代诗歌选集的空白。

第二，以史存诗，以诗存人。从唐代的抗击南诏之战，宋代的抗金战争和抗击蒙古贵族的战争，元代的征西战争，明代的调北征南、平播之役、奢安事件、土木堡之役、永历政权等；清代初期的抗清斗争，其后的平定吴三桂叛乱、改土归流、太平军入黔、"公车上书"、戊戌变法等；民国时期的北伐战争、蒋介石发动的"四•一二"反革命政变、土地革命战争、中国工农红军二万五千里长征（足迹遍及67个县，创建了黔东、黔北、黔西北等红色政权组织）、抗日战争、文军西征、解放战争等，贵州解放后的剿匪斗争、抗美援朝、土地改革、援越抗美、四清、三线建设、文化大革命、改革开放等等。这些重大历史事件和历史人物，成为文人们题咏和赞叹的题材。贵州人杨龙友，为明代画坛"金陵九子"之一。所著《洵美堂集》存诗314首，是"崇祯八大家"之一。唐王在福州称帝时，任兵部侍郎兼右佥都御史，坚持抗清，被清军骑兵所俘，不屈被杀，其子女、妻妾等家人30余口亦惨遭杀害。贵州黎平人何腾蛟，永历政权时被封为武英殿大学士兼兵部尚书，一家40余口被清廷全部杀害，顺治六年，何腾蛟被俘后从容就义。绝命诗有："眉锁湘江水不流""年年鹃血染宗周"等句。贵州锦屏人龙大道，侗族，喜诗文。1927年"四•一二"反革命政变时身负重伤，1931年因叛徒出卖被捕，在狱中顽强抗争，2月7日遭秘密杀害于上海。贵州荔波人邓恩铭，水族，中共一大代表，喜诗文。1928年因叛徒出卖被捕，曾两次组织越狱，1931年4月5日，在济南纬八路英勇就义。狱中《诀别诗》云："卅一年华转瞬间，壮志未酬奈何天！不惜唯我身先死，后继频频慰九泉！"他们的浩然正气和牺牲精神，与日月同辉，与天地同寿。赏析这些重大历史事件和历史人物，有利于树立正确的历史观、世界观、人生观和价值观，增强热爱祖国和人民的思想感情。

第三，讴歌自然风光，赞颂名胜古迹。贵州素有"山国"之称，又有"公园省"之誉。贵阳市有"森林之城"和"避暑之都"的称号。有黄果树瀑布、红枫湖、龙宫、织金洞、潕阳河、马岭河峡谷、赤水、荔波樟江、都匀斗篷山——剑江、黎平侗乡、六冲河九洞天、紫云格凸河、铜仁九龙洞、贵阳花溪、遵义娄山关等50多个国家重点风景名胜区和省级风景名胜区；有梵净山、荔波茂兰、赤水桫椤、威宁草海、雷公山等7个国家级自然保护区；有赤水竹海、百里杜鹃、安顺九龙山、贵阳长坡岭、龙里龙架山等21个国家森林公园；有兴义贵州龙化石、六盘水乌蒙山、关岭古生物化石、平塘等6个国家地质公园；有国家历史名城遵义、国家历史文化古城镇远和贵阳青岩、锦屏隆里、黄平旧州等历史古镇；古夜郎遗址有贵阳花溪党武斗篷乡、威宁中水大河湾、普安青山镇铜鼓山、赫章可乐、毕节青场等地；全国重点文物保护单位有遵义会议会址、镇远青龙洞、遵义杨粲墓、从江增冲鼓楼、盘县大洞遗址、遵义海龙囤、安顺文庙、贵阳甲秀楼和文昌阁、修文阳明洞和贵阳阳明祠、福泉古城垣、红军四渡赤水战役旧址、晴隆"二十四道拐"抗战公路遗址、湄潭浙江大学旧址、镇远和平村旧址等39个；贵州省级文物保护单位有贵阳黔灵山和达德学校旧址、安龙招堤和十八先生墓、大方奢香墓、正安尹道真务本堂、关岭红岩碑和关索岭、开阳马头寨和施秉云岩山、黄平飞云崖古建筑群等288个；还有全国农业旅游示范点兴义下五屯万峰林、贵定县音寨、平坝云岩山天龙屯、普定县号营村、讲义村、修文谷堡乡、麻江下司镇等18个。琳琅满目，数不胜数。骚人墨客运用诗歌这种文学艺术形式，生动、形象地描绘讴歌，赞颂贵州、宣传贵州，对于提高贵州的知名度、增强人文素质和陶冶人们的情操起着难以估量的作用。

第四，增进各族友谊，加强民族团结。贵州各民族的融合较早。汉王朝为配合郡县的设置和军队驻防，推行移民屯垦政策，汉族移民开始迁入贵州地区。明清两代，汉族人口移入贵州最多。到了清代，汉族人口超过少数民族人口。从道光三十年（1850）到1949年贵州解放的100年间，人口增加近千万，达1416万多人。2002年全国第五次人口普查时，贵州有56个民族成分，世居的民族有汉、苗、布依、侗、土家、彝、仡佬、水、白、回、壮、蒙古、畲、瑶、毛南、仫佬、满、羌18个民族。汉族人口占全省总人口的62.2%，少数民族人口仅占37.8%。但民族自治地方土地面积9.78万平方千米，占全省总面积的55.5%。各民族生活方式不同，风俗习惯各异，节日甚多，风情万种。"十里不同天，五里不同俗"。"大节三六九，小节天天有"。汉族生活习俗和各省习俗大体相同。苗族音乐舞蹈有飞歌、游方歌、芦笙舞、木鼓舞、板凳舞等；传统工艺有挑花、刺绣、蜡染、银饰制品等；传统节日有四月八、苗年、芦笙节、姊妹节、龙船节、鼓藏节等。布依族舞蹈有铙钹舞、转场舞、花棍舞等；戏剧有花灯戏和地戏。工艺品有蜡染、刺绣、织锦、竹编等；传统节日有三月三、四月八、六月六、吃新节、七月半等。侗族音乐戏剧有一领众和、多声合唱的大歌和侗戏等；传统工艺有挑花、刺绣、藤编、竹编、银饰品、侗锦等；村落建筑有鼓楼、风雨桥等；传统节日有侗年、三月三、四月八（祭牛节）、林王节、吃新节、八月八等。土家族舞蹈有摆手舞、八宝铜铃舞等；过赶年（即春节提前一二天过年）；"西郎卡铺"（土家铺盖）是姑娘们精织的手工艺品。彝族舞蹈有铃铛舞、酒礼舞、海马舞、腰鼓舞等；传统节日有年节、祭山节、赛马节、火把节等；传统工艺美术有漆绘、银饰、雕刻等。仡佬族传统节日有三月三、吃新节。水族有斗牛、赛马等最具特色的娱乐活动；传统工艺有印染、剪纸、刺绣、编织等；传统节日有端节、卯节等。回族传统节日有开斋节、古尔邦节和圣纪节。饮食方面不吃猪肉、禁饮酒等。壮族节日有壮年、牛神节、六月十四或七月十四节、吃新节、老人节等；传统工艺有刺绣、银饰、编织等；舞蹈有独具特色的粑槽舞。瑶族舞蹈有猴鼓舞、长鼓舞、打猎舞等。各族人民大杂居、小聚居，除讴歌纪念本民族的优秀传统外，还通过走亲、窜寨、赶场和旅游、观光、节日采风等活动，运用传统诗词的形式进行交流、传播、展示，互相观赏，互相学习，取长补短，加深了相互之间的友谊，增强了各民族之间的团结。《贵州诗词卷》选编了13个民族的208位诗人的作品，这充分证明了党的民族政策的伟大正确。

　　第五，继承优秀传统，不断改革创新。贵州卷所选诗词中，从诗词形式来看，古体诗有四言、六言诗，楚骚体诗，五、七言古绝和五、七言古风，句式长短不齐的杂言古风等。格律诗有五、七言绝句，五、七言律诗，五、七言排律等。词有单调、双调、三叠、四叠等。散曲有小令、带过曲、套数等。还有歌谣、小调、汉俳等。很好地继承了中华诗词的优秀传统，各体皆备。在继承的基础上开始创新，既有自创诗体，如八言、九言诗，五七言三联律诗等；也有自创词体，如《林城谣》（《小城故事》体）、《百鸟朝阳》、《芳草碧连天》、自度词等。从旧瓶装新酒进而采用新瓶装新酒，探索诗词新形式，以适应时代变化和诗人情感抒发的需要。

　　从诗歌的声律、韵律来看，20世纪80年代以前的诗歌，绝大多数是按《平水韵》、《佩文诗韵》等旧声韵创作的。随着战争、革命和开放、开发带来的人口大流动、语言大交流，以及普通话的逐渐普及，中华诗词的声韵改革已势在必行。一部分诗歌爱好者开始按《十三辙》、《现代诗韵》、《诗韵新编》等新声韵规范创作中华传统诗词。特别是中华诗词学会2001年3月1日发表《21世纪初期中华诗词发展纲要》指出："要倡导诗词的声韵改革，执行'倡今知古'、'双轨并行'的方针，即：大力倡导使用以普通话语音声调为审音用韵标准的新声新韵，同时力求懂得、熟悉乃至掌握旧声旧韵。"《贵州诗词》月刊开辟了"新声新韵"专栏，贵州省诗词学会采取会议讨论、举办讲座、赠送《诗韵新编》、培训骨干等措施，决定2003年为"新声新韵普及年"。《中华诗词》2004年第6

期公布《中华新韵（十四韵）》后，贵州诗坛用新声新韵创作中华诗词的人越来越多，在《贵州诗词》月刊上发表的格律诗词曲已占总数的80%左右。但是，各地发展极不平衡，声韵改革还可能出现曲折和反复。我们相信，"时有古今，地有南北，字有变革，音有转移"，必须"不负当代，无愧后人"，坚持把声韵改革进行下去。

（三）

《中华诗词存稿•贵州卷》的几点说明：

（一）本书分为古代、近代、现代、当代四编，各编时间的划分，是按《中华诗词存稿》编委会的规定结合贵州实际情况划定的。跨两个或两个以上时期的作者，视其诗歌创作的主要时期而定。

（二）明、清诗歌已有《黔诗纪略》和《黔诗纪略后编》等多卷本，本书选编时从略，重点补选这一时期游宦、游幕、游历来黔的外籍诗人的作品和贵州籍未入编的诗人的作品。

（三）汉、唐、宋、元和民国时期的诗歌，是从古籍、摩崖和有关诗人专集，以及各种地方志和有关文献资料中摘抄的。

（四）各地推荐的作品，都按比较权威的规范或公认的标准进行对照审核，反复校改，几易其稿，最后定案。

（五）有的古代名人的诗歌，多处推荐，经查阅历史背景资料进行比较研究后，确定其写作的时间和地点（如太平天国翼王石达开的《咂酒诗》等）。

（六）有的诗歌注释，与史实不合的，以最新《辞海》条目所载为准（如抗日战争中平型关战斗的歼敌数字等）。

（七）作者原稿缺简历或者过于简略的，经过查阅有关文献资料和电脑网页资料进行补充和改正。

（八）各编作者先后次序排列，均以姓氏笔画为准，同一笔画的以起笔的"一丨丿乀乛"为序，同一姓氏的以单名列先、双名在后，余类推。

本书选编过程中，罗庆芳同志提供了一些汉、唐、宋、元诗人的作品；操杭平、曾庆亨同志担任了繁重的校检工作，在此一并致谢。

《中华诗词存稿·贵州卷》编成之时，正值中国共产党成立88周年，中华人民共和国成立60周年暨贵州解放60周年，谨以此书作为向伟大的党、伟大的祖国献礼吧！

二〇一九年七月

目　录

古代部分

丁　玑

丹徒人，明·普安通判。

凌元洞① (四首选二)

（一）

兰桡泛江水，江水绿于苔。
日日斜阳里，行人自往来。

（二）

潭静山同色，云寒鸟不飞。
微茫烟溆际，独见钓船归。

【注】
① 凌元洞，位于兴义县城南江边。

丈雪和尚

　　法名通醉，四川内江李氏子。自幼出家。明末避乱至遵义，开辟禹门寺道场。其法嗣遍布川滇黔。

禹门六景 (选二)

汀　声

两岸沙禽笑转生，仃伶迭落为谁倾。
清溪何必多饶舌，弹压江湖只一声。

石头山

磊落一堆轻重石，嵯峨定不陷泥沙。
焦巴不许人雕琢，本色年深分外嘉。

马銮

字伯和，贵州贵阳人，马士英之子。明亡后，垂帘金陵，卖卜为业。

闻蛩

秋夜已凄清，空阶尔复鸣。
故催砧响乱，如与客愁争。
酒浅梦难续，家贫心易惊。
灯前儿女笑，同听各为情。

马士芳

江苏省江宁县人。康熙二十年拔贡，二十五年为印江知县，提倡重修文昌阁而建龙津书院，并亲自讲学。

圣墩积雪

署楼窗对北山腰，冰玉光寒映带遥。
消却人间无限热，独存坚白傲阳骄。

马廷锡

字朝宠，号心庵，贵州贵阳人。明·嘉靖庚子（1540）举人。授四川内江知县。有《渔矶集》。

矶 上

悠然坐矶石，尘虑忽以祛。垂纶不设饵。渊鳞方跃于。　亦知君子心，在适不在鱼。君不见，沙边鸥鸟解忘机，物类浮沉宜不殊。

王 木

字子升，号晴溪。贵州清平卫（今凯里市）人，正德八年（1513）乡试。授随州学政，召为御使。后出为云南佥事，兵备迤西综核郡吏。著有《东巡集》《晴溪诗集》《秦稿》各若干卷。

老君洞①

黄茅隐幽室，昏黑不可度。
忽接升天桥，疑是函关路。

【注】

① 洞在今凯里市炉山镇东 15 里黄茅山下，高阔十余丈。

王　训

（约1409—1488），字继善，号寓庵，贵州定慰司（今贵阳）人。宣德十年（1435）举人，任贵州卫学教授。著有《寓庵文集》。

夜　客

（一）

百战休题马上劳，烽尘久不至征袍。
曾于丹徼提三尺，羞向青铜见二毛。
壮志于今成潦倒，芳名自古属英豪。
夜窗独坐谁知己，银汉无声北斗高。

（二）

野猿啼断夜沉沉，山馆挑灯只苦吟。
填海已无精卫力，忧天空有杞人心。
亡羊路险豺当道，倦鹊巢寒雪满林。
和得阳春徒自尔，更阑无处觅知音。

王　枟

贵州黄平县人。字文重，一字震来，号蒲水。康熙三十六年（1697）进士。初仕石阡教授，后历官江苏嘉定、江西上高、云南南宁知县，充江苏、江西乡试同考官。回黔后，应聘参与修《贵州通志》。复延主贵阳贵山书院讲习。著有《敖署新编》《蒲水居诗赋稿》《燕台草》等。

飞云崖

万象森严富瑰琦，风流此际胜峨嵋。

世间声色多成幻，惟有云山到处宜。

西竺漫怀灵鹫远，东坡宁让大苏奇。

千年谁识罗施国，海外蓬瀛直等彝。

王　珣

明代人。

碧玉洞①

一壁悬千尺，中开碧玉门。

鸟依云路噪，猿附树枝蹲。

石窍春湖发，江秋晚气吞。

避秦犹可托，俯瞰数烟村。

【注】

① 碧玉洞，晴隆城东35里，洞中有寒泉一泓，四时不竭。

王元开

宋代长安人。余不详。

入播分承宣慰，卜宅柜岩

籍隶长安袭旧员，二陵风雨出秦川。
徂征西蜀辞家国，扫荡南平入远天。
险涉蚕丛山粉黛，夷临竹节水潺湲。
漫云卜吉钟灵秀，欲报君恩望后贤。

王守仁

（1472—1528），字伯安，浙江余姚人。因忤逆宦官刘瑾，贬为贵州龙场（今修文）驿丞。在黔三年，曾主讲贵州书院，悟出"致良知""知行合一"等主张。历官南京兵部尚书、封新建伯，卒谥文成。著《阳明全集》38卷。

龙冈新构·（有序）

诸夷以予居颇阴湿，请构小庐，欣然趋事，不月而成。诸生闻之，亦皆来集。请名龙冈书院，其轩曰"何陋"。

谪居聊假息，荒秽亦须治。凿巘薙林条，小构自成趣。开窗入远峰，架扉出深树。墟寨俯逶迤，竹木互蒙翳。　畦蔬稍溉锄，花药颇杂莳。晏适岂专予，来者得同憩。轮奂非致美，毋令易倾敝。

过天生桥

水光如练落长松，云际天桥隐白虹。
辽鹤不来华表烂，仙人一去石桥空。
徒闻鹊架闻秋夕，谩说秦鞭到海东。
移放长江还济险，可怜虚却万山中。

陆广晓发

初日瞳瞳似晓霞，雨痕新霁渡头沙。
溪深几曲云藏峡，树老千年雪作花。
白鸟去边回驿路，青崖缺处见人家。
遍行奇胜才经此，江上无劳羡九华。

南庵次韵

隔水樵渔亦几家，缘冈石路入溪斜。
松林晚映千峰雨，枫叶秋连万树霞。
渐觉形骸逃物外，未妨游乐在天涯。
频来不用劳僧榻，已借汀鸥一席沙。

过七盘岭①

鸟道萦纡下七盘，古藤苍木峡声寒。
境多奇绝非吾土，时可淹留是谪官。
犹记边峰传羽檄，近闻苗俗化衣冠。
投簪实有居夷志，垂白难承菽水欢。

【注】

① 七盘岭，福泉城东七盘坡。此诗为遭贬途经平越时所作。

过清平①

积雨山途喜乍晴，晚云浮动水花明。
故园日与青春远，敝缊凉思白苎轻。
烟际卉衣窥绝栈，峰头戍角隐孤城。
华夷节制严冠履，漫说殊方列省卿。

【注】

① 清平，即今凯里市炉山镇，明清时为清平县治所，民国及新
中国成立之初称炉山县。1958 年，县府移至凯里，改称凯里
县（市），并为黔东南自治州府所在地。炉山遂降为其所属
的一个镇。

兴隆卫①书壁

山城高下见楼台，野戍参差暮角催。
贵筑路从峰顶入，夜郎人自日边来。
莺花夹道惊春老，雉堞连云向晚开。
尺素屡题还屡掷，衡南哪有雁飞回！

【注】
① 兴隆卫，即今黄平县城新州镇。

王昌龄

（698—757），字少伯，京兆长安（今陕西西安）人，唐代著名诗人。唐开元十五年（727）进士，补秘书省校书郎。二十二年（734）中宏词超绝群类科第一，世咸以状元称之。有"七绝圣手"之誉。授汜水尉，迁江宁丞。尝作《梨花赋》，内寓规讽，天宝七年（748）谪龙标尉。传目前之龙里小学，即昌龄当年所创龙标书院旧屋。今属贵州省锦屏县隆里乡。

龙标夜月诗

龙标只在龙溪上，明月孤山两相向。
遣谪离心是丈夫，承恩只待春江涨。

龙标①野宴

沅溪夏晚足凉风，春酒相携就竹丛。
莫道弦歌愁远谪，青山明月不曾空。

【注】

① 龙标,古名龙木剽。隋开皇九年(589)置辰州,治所在龙木剽(今
湖南黔阳县西南黔城镇)。唐武德七年(624)改为龙标,属辰州。
贞观八年(634)析辰州龙标县置巫州,龙标为理所。天宝元
年(742)改潭阳郡(今贵州黎平县潭溪乡)。王昌龄天宝七
年(748)贬龙标尉,历时七载(748——755),均属潭阳郡。
据考证,唐代潭阳郡龙标故地在今贵州锦屏县隆里乡。

雨过荷池

雨过荷池暑气凉，红莲花共白莲香。
四围碧叶三分水，几个沙鸥破夕阳。

留别武陵袁丞

皇恩暂迁谪，待罪逢知已。
从此武陵溪，孤舟二千里。
桃花夹两岸，金涧流春水。
谁识马将军，忠贞抱生死。

送崔参军往龙溪

龙溪只在龙标上，秋月孤山两相向。
谴谪离心是丈夫，鸿恩共待春江涨。

送吴十九往沅陵

沅江流水到辰阳，溪口逢君驿路长。
远谪谁知望雷雨，明年春水共还乡。

王祚远

字无近，号琼明，明·普安州人。万历四十一年（1613）进士，官历祭酒、礼路右侍郎转吏部左侍郎（省志作吏部尚书）。

偕谢君采三一溪寻花

踏春何处好，一路逐溪长。
水漾溶溶暖，花飞片片香。
径宜携谢屐，诗好贮奚囊。
美景寻难尽，归来更举觞。

京居书怀

小院多余地，携锄自种花。

和吟枝上鸟，消暑雨前茶。

薄宦原如客，安居即是家。

不堪回首忆，念载在京华。

文璋甫

元代人，云贵一带行医郎中。生平不详。

火把节①

云披红日恰衔山，列炬参差竞往还。

万朵莲花开海市，一天星斗下人间。

只疑灯火烧元夜，谁料乡傩到百蛮②。

此日吾皇调玉烛③，更于何处觅神奸④。

【注】

① 火把节：毕节威宁、赫章一带彝族和白族，每年农历6月24日，当地少数民族同胞整夜点火把，欢庆丰收，兼有消灾除恶之意，此风俗至今不变。

② 乡傩：指古代在腊月举行驱疫除鬼迎神之礼。

③ 玉烛：指风调雨顺的太平盛世。

④ 神奸：害人的鬼怪异物。其意为：用火把驱邪，神奸再也没有了。

艾　茂

（1722——1800），字风岩，贵州麻哈（今麻江县）人。乾隆十六年辛未进士。曾主编《独山州志》。其诗文编为《艾氏家集》。

古塘云岛①

极浦依然漾远光，螺峰叠翠在中央。
自闻灵峤神为往，讶见云洲喜欲狂。
一派天机呈活泼，十分秋色湛微茫。
登临恰好重阳节，倍觉山林引兴长。

【注】
① 此岛在独山城东郊，是古十二景之一。

艾友芝

贵州麻哈州（今麻江县）人，明万历二十五年（1597）举人，曾任淳县(今北京市通县)知县、广西横州(今广西横县)知州等职。

次邹南皋登贵人山韵

耸翠峥同海上峰，旷观万物罗心胸。
今朝俗累随流水，目送云山几万重。

静晖寺

高楼卷幔得闲凭，山国秋容四面升。
一室梵音传远磬，千峰寒影护孤灯。
丹崖疑有长生药，破寺应无久住僧。
人语忽然飘下界，始知身在白云层。

龙起雷

字时声，五开卫人。明万历十六年（1588）乡试，翌年成进士。知江西清江县，行取授南大理评事。

王少伯墓

龙标天远接龙溪，黯黯青山月欲低。
千载羁魂应不怨，诗花开遍夜郎西。

卢世昌

字德裕，另字绸斋，普安州人。清乾隆十七年举人，十九年进士。官任江南丰县知县。有《丹霞山人集》。

过广陵

半篙春水滑于油，匝岸垂条映碧流。
剩得雷塘风景好，绿烟红雨过扬州。

花　桥①

烟波十里漾清涟，水到城南别有天。
试看花桥鱼跃浪，跳珠白雨乱飞泉。

【注】
① 花桥，位于兴义县城南门外，即护城河，一名花桥河。

卢安世

　　字环水，赤水卫（今毕节）人。明·万历壬子（1612）举人，历官贵州参议，四川副使、参政，为张献忠所杀。

奢夫人

都督持威太自轻，翻令顺德据声名。
群看九驿奢香路，岂直宜娘解用兵！

田 秋

（1494—1556），字汝力，号西麓，思南人。明·正德九年（1514）进士。官至广东布政使。

岩门山

登高纵目尽清秋，万里云山在两眸。
地脉不因巴水断，风光更与圣山浮。
鸟鸣木落空林响，竹暝烟生别涧幽。
兴极马蹄随处到，恍疑身已在沧州。

迎春、藏春二洞

好风吹我到蓬莱，白石苍崖绝藓苔。
眼界明时尘俗小，烟云豁处壮怀开。
洞中仙子谈丹诀，座上飞琼惜俊才。
说与旁人谁得信，直须潦倒共樽杯。

田　雯

（1635—1704），字纶霞，号山姜，山东德州人。清·顺治十八年（1667）进士，曾任贵州巡抚，累官户部侍郎。有《山姜诗选》。

采砂谣四首

（一解）

大如牛，赤如日。官府学神仙，取砂何太急！

（二解）

囊有砂，瓶无粟。奈何地不爱宝，产此荼毒！

（三解）

砂尽山空，而今乌有。皂衣夜捉人，如牵鸡狗。

（四解）

匍匐讼堂，堂上呼弗矣。"误我学仙不长生，尔当鞭笞至死！"

题黄丝驿①

鸟绝群山寂，云埋古洞奇。

长虹悬葛镜，小雨润黄丝。

麻哈鱼梁水，三郎竹鬼祠。

益州风日好，不厌马蹄迟。

【注】

① 麻哈即麻哈州（今麻江县），时黄丝驿属麻哈州，现为福泉
　县黄丝镇。

鹦鹉寺①

去地数千尺，御风天际行。

空中鹦鹉寺，何处鹧鸪声。

岚涨群峰失，霞铺远水明。

前山云不断，片片马蹄生。

【注】

① 鹦鹉寺，位于普安城西 25 里，俗称鹦鹉哥嘴，上有一寺，即
　鹦鹉寺。

田　榕

（1686——1771），玉屏人。字端云，号南村，贵州玉屏县人。清康熙五十年（1711）辛卯科举人。雍正五年（1727）特授知县。著有《碧山草堂集》。

晚　行

落霞不落日衔山，天际纷看倦鸟还。
今夜征人宿何处，邮亭遥指暮云间。

宿山家

竹兜卸处野人家，石涧阴临一径斜。
水次篱边贪小立，竹风香遍刺桐花。

闻　笛

湖波渺渺暮云平，目断湖天雁影横。
清怨不胜闻锦瑟，那堪玉笛又飞声。

杏花初开

绿杨烟外袅如丝，嫩白嫣红破几枝。
传与遗山元老子，半开花胜未开时。

岁除口号

炙鸡祀社几家邻，街鼓声喧打耗频。
望眼不眠非守岁，天涯一个未归人。

洞庭湖口晚眺

湖口乘舟岸与齐，湖天骋眺夕阳西。
无边落叶飞霜早，几片浮云傍水低。
饮马波涛还荡潏，赭山草木旧凄迷。
曾经老濞游魂地，故垒萧萧长蒺藜。

初　夏

清和节候恰新晴，行饭行还行药行。
鱼子经旬怜未出，瓜苗过雨羡初生。
桑饲蚕箔犹残叶，水落秧田是好声。
景物眼看遽如许，拈来聊喜一诗成。

暮秋感兴

候雁惊风没窈冥，凫翁晒日满沙汀。
人间渔局争樵局，天上茶星配酒星。
如意提携空自舞，阳阿歌发与谁听。
只应醉卧山中石，放眼乾坤一草亭。

蕉溪雨泊①

楚江逆潮尽，进艇铁溪东。
不断迎梅雨，还飘罨岸风。
山连鸡塞险，滩入虎牙雄。
百里乡关路，依依叹转蓬。

【注】

① 蕉溪即芭蕉溪，在今岑巩县清溪镇附近，当地有鸡鸣关。

渡澜沧江

长虹一跨并槎浮，博望真夸万里游。
要隘地矜三齿险，承平人散八关愁。
江于上下疑无底，天到西南欲尽头。
黑水穷源何处是？哀牢郡县古梁州。

新正雪行宛陵道中

山转劳劳且莫论，双羊风雪正销魂。
一杯小贳茅柴酒，身在梅花溪上村。

【注】

宛陵有大小劳山。梅圣俞诗："双羊风雪里，梅花溪上村。"

田均晋

生卒不详，字康侯，玉屏人。乾隆庚寅举人，官甘肃伏羌、中卫知县。著有《鱼乐轩集》。

游白塔山寺

绀宇烟霄上，芒鞵翠霭间。
一声云里磬，万叠槛前山。
远树悬残日，长河绕故关。
因之悲往事，断碣剔苔斑。

冬夜示儿器金

僻巷黄茅舍，穷冬太悄然。
官休贫彻骨，家远信经年。
细雨羌人笛，寒更土炕烟。
徘徊无可意，仰屋不成眠。

将发鸣沙留别诸绅耆

千里归心疾，人情漫挽留。
长亭牵别恨，祖道动离忧。
华岳孤云晚，洞庭落木秋。
草堂他日梦，无那祇威州。

驼峰堡

驼峰万仞接青霄，堡筑山头气势骄。
渭水北来秦塞险，董亭东望陇云遥。
村荒犬吠三家店，岸回人过独木桥。
撩眼风光清欲绝，羁愁马上却魂销。

胜金关

地自古西夏，关门驿路通。
人家荒碛外，树色乱流中。
断岭皆趋北，归云只向东。
邮产聊小立，轻飏酒旗风。

田均豫

生卒不详，字介石，玉屏人。乾隆二十六年（1761）太后七旬辛巳恩科进士，改庶吉士，散馆授检讨。有《宁瘦居诗》四卷。

同登城北高阁

高楼拔地起，野色背城多。
偶此烟霞侣，相随步屧过。
危栏上云气，长啸动星河。
且莫吹横笛，春心问若何。

晚过水心岩

远水浴残日，延缘信碧浔。
风萤飞不定，江鸟起还沉。
古洞穿岩腹，危峰堕水心。
仙源闻此近，好入白云深。

送舍弟康侯归

酌酒欲为别，含情剧可怜。
竹床悬夜雨，池草涨春烟。
壮岁君羁足，何时我息肩。
彭城差仿佛，泪渍小诗笺。

田起图

　　字羲生,贵州省玉屏县人,由拔贡官云南保山知县,升云州(今云南云县)知州。著有《屏山草堂集》,卒年84岁。

秋兴亭

(一)

信步探奇郭外游，山山风景似悲秋。
满林落叶飘寒信，断浦飞烟织细流。
几字残碑苔半没，一行新雁影长留。
目游远水寥天外，云覆荒村霭未收。

（二）

雄峙平溪据上游，居然名胜著千秋。

峰联飞凤排空出，溪泛轻鸥入浩流。

荒径固无黄菊放，东山应有白云留。

好携月兆惊人句，咏罢苍茫烟雨收。

丘禾实

（1570—1615），字登之，新添卫（今贵定）人，明·万历戊戌（1598）进士，授翰林院检讨，迁庶子。有《循陔园集》12卷。

凭虚洞

悬崖到处凿鸿濛，恐有秦人托此中。

见说渡头枫叶落，年年秋水似桃红。

登阳宝山僧舍

（一）

晚宿芙蓉第一峰，起来寒色动尘容。

天门早射扶桑影，虚谷犹传子夜钟。

自有野猿能献果，携将箖竹恐成龙。

前生知否浮丘似，已觉无生分外浓。

（二）

缥缈危峰碧落齐，攀跻竟日有招堤。

云生户外诸天近，月挂松梢万象低。

玄岳何年归玉笈，清谈中夜共阇黎。

一声唤醒浮生梦，不是灵鸡不敢啼。

吕应阳

五开卫新化所（今锦屏县）人，明万历十六年（1588）武举，十七年进士，官至浙江副总兵。

军中遣怀

于役南蕃恨不平，还家客梦夜频生。

曙鸦啼罢悲笳起，忍听萧萧战马鸣。

朱　文

字湄云，广顺州（今长顺）人。崇祯诸生。明亡后弃冠服隐居，自号大傲。长寿以终。

新秋过饮南明河有感

杖藜随兴俯江沱，白发临风感慨多。
醉后有心怀北地，倦游无梦到南柯。
垂杨隔岸飞黄叶，短樟横流破碧波。
七十馀年成瞬息，桑田沧海竟如何！

曹价人状头招饮，以诗见嘲，和之①

我爱曹公子，风流多蕴藉。二十夺状头，三十称诗伯。长剑倚青天，高门列画戟。叱咤生风云，六诏流惠泽。富贵不骄人，功名垂竹帛。玩世馀青眼，襟怀原自白。广交天下士，美酒能招客。好景不能赏，良晨各须惜。捧出紫霞怀，相逢倾玉液。觥筹相交错，追戏忘形迹。漫漫雨花天，天乐奏于席。暑气顿然消，凉风生两腋。不减禊兰亭，今朝兴共适。诘朝期南明，仍话松间石。我归倩人扶，倒著软纱帻。童子双鼓掌，笑同山公癖。

【注】
① 曹价人，名维城，贵阳人。康熙四十二年（1703）中武进士第一名，人称曹状元。能诗善画，与朱文结成忘年交。曾官云南副将。

朱允炆

　　明太祖朱元璋之长孙。太祖死后，继承帝位，即明惠帝，年号建文，在位 4 年（1399——1403）。当时因八位藩王均系皇叔，握重权。建文帝大权旁落，故用辅臣齐秦、黄子澄等人共谋削藩，遭反对，皇叔燕王朱棣起兵破城。文帝削发为僧亡命吴、粤、西南达 39 年，下面几首诗传说是建文帝流亡西南，遁迹贵州金竹安抚司（今长顺县）罗永庵时所写。

罗永庵题壁

（一）

风尘一夕忽南侵，天命潜移四海心。

凤近丹山红日远，龙归沧海碧云深。

紫微有象星还拱，玉漏无声水自沉。

遥想禁城今夜月，六宫犹望翠华临。

（二）

阅罢《楞严》磬懒敲，笑看黄屋寄团瓢。

南来瘴岭千层迥，北望天门万里遥。

款段久忘飞凤辇①，袈裟新换衮龙袍②。

百官此日知何处？唯有群乌早晚朝。

【注】
① 款段，马名。行走迟缓的马。指代步的是民间普通的马。飞凤辇，皇帝所乘的车。
② 衮龙袍，皇帝所穿的袍。

（三）

牢落西南四十秋，萧萧白发已盈头。

乾坤有恨家何在，江汉无情水自流。

长乐宫中云气散，朝元阁上雨声收。

新蒲细柳年年绿，野老吞声哭未休。

（四）

断绝红尘皈法宗，清高不与世人同。

牢锁心猿归定静，莫教意马任西东。

禅杖曾挑沧海月，袈裟又接祖师风。

吾今满眼空门事，几个知音悟了功。

咏白云山

怪石巍巍恰似牛，深山独睡几千秋。

嫩草齐眉难下口，牧童敲角不回头。

风吹遍地无毛动，雨洒浑身有汗流。

至今鼻上无绳索，天地作圈夜不收。

【注】

以上五首诗碑立在长顺县改尧乡的白云山上。

朱凤翔

字振采，贵州开泰（黎平）人。嘉庆拔贡，任甘肃渭源、敦煌知县。与胡学汪、奉衡父子、倪本毅为"黎平四家"。有《审安堂诗钞》10 卷，《续抄》5 卷。

登狄道州超然台晚眺

严城百雉俯临洮，古木边声作怒涛。
牧马未归孤戍远，大旗曾照七星高。
岭云漠漠吹惊絮，战垒荒荒没短蒿。
要拟嘉州歌塞上，夜来风雨落银毫。

寄怀张介侯不见闭门张仲蔚①

不见闭门张仲蔚，西风杨柳复如丝。
秋开霁景天山出，曲唱凉州下里思。
闻道著书疑有癖，那堪薄宦未忘疲。
楼头又过南征雁，细雨银灯客梦迟。

【注】
① 张介侯为张澍号。澍曾在黔做官，写有《续黔书》等。

朱定元

字象乾,号奎山,清代黄平州人。清康熙五十二年(1713)举人,后官至山东巡抚。著有《宁静堂文稿》等。

宿月潭寺

月落人方归,入寺月仍见。
如知飞云高,直遮天之半。
云澹月光寒,影与泉声乱。
古松矗千寻,石花香一院。
游赏兴未阑,禅室静堪恋。
解衣投匡床,梦入三山畔。

朱家民

字同人,明曲靖人。举人,天启二年(1622)官安普(安南、普安二卫)监军副使。天启六年(1626)至崇祯三年(1630)以万金建铁索桥。

铁索桥告竣志喜

牂牁形势向云盘,山插层霄万叠寒。
地险难容江立柱,神工只许铁为栏。
人从蜃市楼中见,我在金鳌背上看。
三载胼胝今底定,伏波铜柱照嶙岏。

桥工竣次第建石城十一告成志喜

划破青山路一条，走鞭飞铁去来遥。

碍天岩树冬先发，锁磴溪云昼不消。

耕凿正闻歌帝力，车骖不复畏兵骄。

金汤连络皇舆巩，尽职何功敢任劳。

刘　晟

遵义人。清·雍正癸卯举人。

农夫叹

焰焰火龙烟烈烈，农夫鼓箧面如铁。

望断江梅雨不来，下田泽竭上田裂。

嗟我农夫朝减餐，去年水溢今年干。

安得两歧歌麦秀，小民本不辞艰难。

刘 基

（1311——1375），字伯温，浙江青田人。元至顺间举进士，至正六年（1346）任浙东元帅府都事。明代开国元勋，任御史中丞兼太史令，封为诚意伯。著有《郁离子》《覆瓿集》《写情集》等。

云贵胜江南①

江南千条水，云贵万重山。
五百年后看，云贵胜江南。

【注】
① 标题是编者加的。

刘禹锡

（772——842），字梦得，洛阳人。唐德宗贞元九年（793）
进士。官监察御史。因事贬连州刺史。播州刺史。官终检校礼部
尚书。著有《刘宾客集》。

送义舟师却还黔南并引②

黔江秋水漫云霓，独泛慈航路不迷。
猿穴窥斋林叶动，蛟龙闻咒浪花低。
如莲半偈心常悟，问菊亲诗手自携。
常说麈围似灵鹫，却将山屐上丹梯。

【注】

① 播州即今贵州遵义等地。

② 引文如下：黔之乡，在秦楚为争地。近世人多言其幽荒以谈笑，
闻者又从而张惶之，犹夫束蕴逐原燎，或近夫语妖。适有沙
门义舟，道黔江而来，能画地为山川，及条其风俗，纤悉可信。
且曰贫道以一锡游他云众矣，至黔而不知其远，始遇前节使，
而闻今节使益贤而文。……行住坐卧，知相好耳。余曰唯，
命笔为七言以应之。义舟，黔人也，其佛学素养和诗文功底
皆不差。

刘望之

（1131——1162），进士，字观堂，四川合江籍，宋·绍兴进士，官南平军教授，任期文化丕变，后迁秘书省字。著有《观堂唱集》。

水调歌头·夜郎溪春泛①

　　劝子一杯酒，清泪不须流。人间千古俯仰，如梦说扬州。何况楚王台畔，为云为雨，无限人事付轻讴。聚散随来去，天地有虚舟。　　谪仙人，解金龟，换美酒，再与君游。流觞曲水且赓酬。麈盖飞迎过霭，江滨响振歌喉。拼醉又何求。三万六千日，日日此优游。

【注】
① 桐梓县传有"夜郎溪石刻"。

江 闿

字辰六，本江西人，改姓越参加贵州乡试，中康熙八年（1669）举人，自此改为贵筑人。康熙十八年（1679）举博学鸿词。官山西解州知州。有《春芜词》。

武陵春·宿欢喜亭

到此正愁山未尽，失喜见清波。百顷湖光映薜梦，远岫点青螺。　　藉地回看星斗静，云影淡于罗。人定犹闻采药歌，六月夜梦多。

望仙门·登文殊台望瀑布

天门雨过走银球，那能收。空青齐作白云流、怕山浮。　　清绝长栖月，泠然气夺深秋。怒声应悔落沧洲。落沧洲，争似万峰留。

江见龙

五开卫（今黎平县）平茶所（今锦屏县）人，明崇祯六年（1633）举人。南明时擢御史，晋太仆寺少卿。

出都门

黄金台畔客心残，六月栖栖理旧鞍。

裘敝三年成小草，囊遗一剑出长安。

当时漫道登天易，此日乃歌行路难。

恋关思乡情共切，不堪回首五云端。

江东之

（？——1599），字长信，安徽歙县人。明·万历五年（1577）进士，累官贵州巡抚。建贵阳甲秀楼。著有《瑞阳阿集》。

涵碧潭

一水绕山城，曾将洗甲兵。

秋波涵碧玉，春涨点红英。

龙卧归云湿，犀沉掖月明。

寒潭深万丈，澈底本来清。

文笔峰

彩笔如椽秀色高，五云腾处任挥毫。
巨龙一运龙蛇变，南国于今有凤毛。

甲秀楼

明河清浅水悠悠，新筑沙堤接远洲。
秀出三狮连凤翼，雄驱双骏踞鳌头。
渔郎矶曲桃花浪，丞相祠前巨壑舟。
此日临渊何所羡，擎天砥柱在中流。

许之獬

生卒不详，平溪人，康熙拔贡，官余庆县学教谕、镇远府学教授。

与友人过洪罕山永丰村即事①

结伴来寻处士家，门前溪水泛桃花。
山残隐雾锄云子，径僻编篱护笋芽。
酿熟不烦沽肆酒，谈深频唤煮园茶。
何年得践为邻约，也学东陵自种瓜。

【注】
① 即朱家场镇洪家湾村。

许芳晓

字碧榭，女，贵州贵阳人。著有《莳茶集》。

芳杜洲

芳杜洲前春水生，碧潭相映数峰青。
盈盈细草裙腰色，随着游人绿进城。

阮　元

（1764——1849），字伯元，号芸台，江苏仪征人。乾隆
五十四年（1789）进士，官至云贵总督，大学士。著有《揅经堂集》。

翠微阁

水南小阁题名后，一段林峦未可忘。
黄叶多时有霜气，翠微空处即秋光。
眼前画意任舒卷，溪上诗情谁短长。
莫怪阑干人倚久，勾留清景是斜阳。

由七星关入乌撒

七星岩外七星关，几辈诗人到此间！
难得知名是寒士，少经题句是边山。
三春霜雪行冬令，古丈峰峦抗冷颜。
留此一诗破荒寂，羌无故实问乌蛮。

孙应鳌

（1527——1585），字山甫，清平卫（今属凯里）人。嘉靖
癸丑（1553）进士。历官郧阳巡抚、户部、礼部侍郎，兼国子监祭酒、
南京工部尚书。有《学孔精舍汇稿》16 卷及多部学术著作。

题培竹李公仰泉书院①

乔木森森卉草芳，中丞别业午桥庄。
楼台尽览山川秀，纶绋高悬日月光。
万竹晓寒开翠幄，一泉春暖浸银塘。
异时强为苍生起，猿鹤翻怜秋夜长。

【注】
① 李培竹，名佑，清平卫人，嘉靖进士，官至广东巡抚。有《南
　法寺驳稿》6 卷，《诗文集》4 卷。

无麦谣

三冬无雪春无雨，谁人迎龙谁置虎！
云脚欲聚风脚生，官家茹甘农茹苦。
边取军需仓收租。十人催促九人逋。
麦苗不生稻不种，子弃父母妻弃夫。
难得上身难入口，贫者何薄富何厚！
手足尽折眼尽枯，相食宁论复相守。
不求珠玉不求金，惟求膏泽求甘霖。
今宵望月倘见月，愿言离毕又离阴。

桃　花

脉脉无言照水楼，自怜春意满枝头。
不教风雨空相妒，尽对斜阳笑不休。

樵

脱却乌巾去斫柴，白云深处衬芒鞋。
老妻嘱咐轻挑担，莫踏高冈与险崖。

耕

农事纷纷日夜忙，问渠还有多少粮。
阿婆笑指南山下，小麦青青大麦黄。

平旦草堂咏怀 (三十首选一)

中野霞千片，前峰翠万重。
分襟披小草，结屋藉高松。
懒尚储新酿，贫为具宿舂。
村居无外户，一任白云封。

山　堂

山堂忽已暝，寒云千嶂肃。
苍烟交丛桂，玉露凝佳菊。
狂斟浊醪饮，细检《离骚》读。
久病俦侣稀，端居怜幽独。

香炉峰

日照香炉生紫烟，匡炉巅亦太和巅。
目前尽是金银气，象外谁为愁率天。

望仙台诗①

望仙台迥草花笼，邋遢真仙落故踪。
永乐当年书诰在，谁知不为觅三丰。

【注】
① 望仙台在福泉城西南隅，即"仙影岩"。

仙台引

昔梦太岳高峰，今游云台秘宫。
灵颜威仪沕穆，真境影迹葱茏。
崇标云变为雨，幽壑气噫生风。
大道何言可假，尘根长此安穷。
仙药一丸五色，鸿宝万毕八公。
大地古今如寄，对博主著从容。

会仙桥①

两巘亘长虹，绝谷十万丈。
桥下望行人，宛宛在天上。

【注】
① 会仙桥，在福泉西与贵定交界处，现设乡政府于此。

赤松和尚

（1634——1706），法名道领，别号黔灵，字赤松。四川潼川（今三台县）人。黔灵山开山祖师。

黔灵题壁

翠嶂清溪跨白牛，乐眠水草已无忧。
横吹铁笛无腔调，水月松风一韵收。

檀山涧

夕阳西下万山低，但有飞鸦向客啼。
那似檀山幽涧水，和烟和月响前溪。

花　杰

（1779——1839），字晓亭，贵州贵阳人。嘉庆己未进士，翰林院编修。历官布政使。有《宝研斋诗钞》4卷。

泊临淮关

今夜淮关宿，开窗接杳冥。
水光争月白，山影上楼青。
灯火人家小，鱼虾野市腥。
濠梁千古意，仙梦记曾经。

寒雀野梅图

峻嶒白石树槎枒，仿佛江村竹外斜。

雪冷山空无梦到，两三黄雀两三花。

古　寺

驿程经古寺，小憩趁斜曛。

鸟去下黄叶，客来多白云。

梵声催月上，樵影隔溪分。

烧芋燃僧火，尘劳愧此君。

苏　轼

（1037——1101），字子瞻，号东坡居士，眉山（今属四川人）。苏洵之子，嘉佑进士。神宗时任祠部员外郎、知密州、徐州、湖州。哲宗时，任翰林学士，官至礼部尚书，后贬惠州、儋州，北返时病死常州。追谥文忠。北宋文学家、书画家。诗文有《东坡七集》。

月兔茶①

环非环②，玦非玦③。中有迷离月兔儿。一似佳人裙上月。月圆还缺缺还圆，此月④一缺圆何年。君不见，斗茶公子不忍斗小团⑤，上有双衔绶带双飞鸾⑥。

【注】

① 月兔茶：团茶类名茶，产于宋时黔州都濡县（即今贵州务川县境内）。

② 环：中有孔的圆形玉器。环非环：这不是环，而是团茶。

③ 玦非玦：这不是玦，而是团茶。玦：古玉器名。

④ 此月：指团茶。团茶去一角泡茶，就圆不了了。

⑤ 斗茶：名茶比赛。小团：即小团茶。每饼重 1 斤。

⑥ 绶带：丝带。

杜　拯

丰城人，明·庆隆贵州巡抚。

过盘江

泛泛盘江三月天，一篷瘴雨夜郎船。

渡头草树云垂锁，袖里槟榔客自怜。

太液恩波劳梦想，剑池春水隔风烟。

临流此际情何恨，极目湘云思渺然。

李 白

字太白（701——762），号青莲居士，唐陇西成纪人。天宝间入长安。任翰林学士，遭谗离京，漫游江湖，纵情诗酒。因永王事件，被流夜郎，半道放还，依当涂令李阳冰，不久病逝，其诗气势磅礴，豪放飘逸，深受读者喜爱，有"诗仙"之誉。

流夜郎，赠辛判官

昔在长安醉花柳，五侯七贵同杯酒。
气岸遥临豪士前，风流肯落他人后？
夫子颜红我少年。章台走马著金鞭。
文章献纳麒麟殿，歌舞淹留玳瑁筵。
与君相谓长如此，宁知草动风尘起。
函谷忽惊胡马来，秦官桃李向谁开！
我愁远谪夜郎去，何日金鸡放赦回？

流夜郎题葵叶

惭君能卫足，叹我远移根。
白日如分照，还归守故园。

流夜郎，闻酺不预

北阙圣人歌太康，南荒君子窜遐荒。

汉酺闻奏钧天乐，愿得风吹到夜郎。

南流夜郎寄内

夜郎天外怨离居，明月楼中音信疏。

北雁春归看欲尽，南来不得豫章书。

题楼山石笋①

石笋如卓笔，悬之山之巅。

谁为不平者？与之书青天。

【注】

① 此诗《太白集》中不载，录自明末孙敏政主修《遵义府志》，
　　道光《遵义府志·艺文志》转录。

忆秋浦桃花旧游，时窜夜郎

桃花春生水，白石今出没。

摇荡女萝枝，半挂青天月。

不知旧行径，初拳几枝蕨。

三载夜郎还，于兹炼金骨。

自汉阳病酒归寄王明府

去岁左迁夜郎道，琉璃砚水长枯槁。
今年敕放巫山阳，蛟龙笔翰生辉光。
圣主还听《子虚赋》，相如却欲论文章。
愿扫鹦鹉洲，与君醉百场。
啸起白云飞七泽，歌吟渌水动三湘。
莫惜连船沽美酒，千金一掷买春芳。

闻王昌龄左迁龙标，遥有此寄

杨花落尽子规啼，闻道龙标过五溪。
我寄愁心与明月，随风直到夜郎西。

李 专

　　贵州息烽人，字知山，号白云居士。清代康乾时入鄂尔泰幕，参与《贵州通志》义例的撰写。有《白云居士集》。

舟中望峨眉

尚未冬先雪，其高固可知。
崎寒撑碧落，远影跨江湄。
崖壑晴全见，攀登素所期。
独嫌双奖捷，相对不移时。

李 为

遵义人。清·嘉庆庚申举人，戊辰进士，授广东西宁县知县。

悯 旱

家居无所愿，所愿年岁好。
今年夏秋间，雨泽甚稀少。
低田尚有收，高田尽枯槁。
百事皆去心，对此独悄悄。
乡闾生计薄，十户五欠饱。
况复遇荒年，八口作何了。
尚望秋雨多，山粮或可保。
夜坐对青天，明星殊皎皎。

李 佑

字吉甫，号培竹，贵州清平卫（今凯里市）人。明嘉靖
二十六年（1547）进士。官至广东巡抚。

经香炉山

炉山压千峰，雄奇冠黔服。
上溯五十年，咫尺仍异域。
周公救长者，天兵仍生翼。
放意著诗筇，敢忘翦除力。

李 京

（生卒不详），字景山，元代河间人。大德五年（1301）由枢密宣慰乌蛮，寻升乌撒等道宣慰副使，佩虎符，兼管万户。工诗，有《鸠巢漫稿》。

过羊泂江

归欤何日是真归？惭愧山林与愿违。
垂老八千余里谪，回头四十九年非。
穷边野水黄云渡，梦里田家白板扉。
珍重沙禽频见下，也应知我久忘机。

李 荣

遵义人，清·嘉庆己卯举人，庚辰进士。

拟青青河畔草

小草本无知，一年青几度。
绵绵复芊芊，不断王孙路。
妾意欲搴芳，止畏行多露。
乃知南浦吟，不及西陵渡。
安得千步香，毋不荡子误。

李　晋

字冀一，贵州桐梓人。康熙二十年（1684）举人。曾任灵山知县。有《伴铎吟》诗1卷。

桐梓驿

邮亭斜对夜郎城，寂寞空山冷旆旌。
一径羊肠缘箐足，几棚马嗽合溪声。
啼猿月下陈歌吹，怪石峰头学送迎。
幸有青莲诗碣在，藤花遥映草风清。

李　渭

字湜之，号同野，今思南县人。明代嘉靖十三年（1534）举人，先后任知县、知州、知府，广东副使，云南左参政，理学大师。有《诗文》3卷。

德江晚渡

山影江半阴，渡口喧人语。
东林精舍近，挥尘自来去。
渔父歌放逸，悠然寡尘虑。
为爱乘槎行，直到水穷处。

嵇公泉

吾与二三子，览胜求前贤。

嵇公昔垂钓，传闻于此泉。

披云寻往事，流水不知年。

空山琴欲冷，树古鹤来眠。

李占春

　　黄平州（今贵州黄平旧州）人。明代天启、崇祯年间以选贡官云南通判。明亡归隐，纂述《黄平州志》。

两岔河①

两水潆洄抱远岑，渔舟随浪任浮沉。

歌声潇洒三更月，笠影横斜一壑阴。

网罟治生饶隐趣，风波谋食亦惊心。

道人不禁江湖想，往往披衣泽畔吟。

【注】

① 两岔河，距旧州城西 5 公里，波洞、上塘诸水汇此，为潕阳河上游源头。今拓建为水库，称为潕阳河。

十万屯①

山势绵亘势纵横，开国曾雄细柳营。
叠嶂瀑泉悬露泉②，层崖古桧挂风旌。
结成迷雾知将雨，散尽浮云喜欲晴。
地利天时都占却，年来诸复事南征。

【注】

① 十万屯，亦名万营占侯，位于旧州城北 5 公里之石牛勒坡山
　顶。为明初征南将军傅友德息养兵马处；现古营屯风貌犹存，
　亦旧州胜景之一。

② 露布，不缄封之文书，多指檄文、捷报等。此处以之比喻瀑布。

李凤翽

字丹吾，号半山峰人。贵州遵义人，乾隆甲午（1774）举人。
绝意仕进，以吟诗著述自娱。有《觉轩杂著》《戊己编》等多种。

茶山关

茶山临古渡，险绝据前川。
右壁千寻立，蛮江一线牵。
人从树杪下，石向岭头悬。
过客频来往，同嗟马不前。

昭君行 （宿荆门州作）

王氏女儿号昭君，绝代名姝产荆门。何年入宫不见宠，何年出塞嫁乌孙。不怨妾路远，但怨君心痴。西施郑旦为嬷母，纸上红颜叫画师。不愁妾命舛，惟愁汉运颓。文绅武弁貂蝉客，和亲解难用蛾眉。昭阳殿上谢君恩，一曲琵琶两泪痕。终古贞心犹恋汉，青青坟草至今存。我来荆山驿，重访昭君村。风烟漠漠不相识，鸦噪山头夕照昏。

李世杰

（1716——1794），字汉三，号云岩，黔西县隐者坝人。清乾隆年间，历任河南巡抚，四川总督，两江总督，直至兵部尚书。谥号"恭勤"。著有《南征草》《世杰奏议》《家山纪事诗》等。

过飞云关

幂历春阴酿晓寒，雨馀岚翠扑征鞍。
盘旋马踏层云上，淡薄峰光入画看。
村社炊烟扶碧穗，溪桥乱石激清湍。
登临已觉行非易，负重边民食力难。

伏龙寺

狭栈绿溪曲折升，钟声遥度白云层。
悬崖冻瀑喷如雨，雪磴阴风劲有棱。
厨下细泉随竹远，岩前片月共窗明。
莫愁天险难飞越，有路应堪拾级登。

李先立

字卓庵，学者称北山先生。清·遵义人。康熙进士，官曲阳知县，政声颇佳。有《北山诗文集》。

笔峰山

一峰特起，壁立数十仞，形如笔脱颖出。前后数十里，望之亭亭在目，为郡南之秀。

一柱崚嶒百尺峰，亭亭真像笔头公。
江分黔蜀蛮烟断，地接岷峨正气通。
星日辉辉摇碧落，蛟螭隐隐走青空。
仰瞻灵宰呼应出，惭愧龙门赞未工。

李华国

字懋德，一字经亭。贵州黔西人。乾隆辛卯（1771）举人。历官漳州知府。有《双荫轩集》。

春　暮

一雨江光欲近城，数峰横翠海云平。
杨花含湿初飞燕，野草侵阑不辨名。
叙度春风双燕语，曲穿新绿一僧行。
不堪寥落关山意，三月江南啼乱莺。

劳劳亭

衰柳秋风第一亭，送人山色向人青。
长堤车马终年事，落叶萧萧独自听。

李华封

字嵩山、惕斋，贵州黔西人，世杰次子，举人，官至盐运使。

九日识舟亭

为爱江流日夜清，识舟亭上迥含情。
浴凫飞鹭凌波出，黄叶丹枫迎岸生。
前辈风流诗碣在，谁家寂寞泗楼横？
须知胜地由来远，乘兴何妨落帽行。

李春华

字实夫，号伯实，贵州省黎平县人，清廪生。工书法，其所书郡城西何忠湘王墓西佛崖"浩气长存"摩崖石刻，今为省级保护文物。著有《绍白堂诗文集》若干卷。

暮秋野望

一番肃杀气疑空，满目萧然憾不穷。
群鸟争林鸣上下，何人种棘偏西东。
炊烟渐起都成雾，秋冷频添为有风。
万木可怜摇落早，独留松柏秀山中。

李铭诗

字樵赓，李晋子，清·康熙末岁贡。

桐梓驿读太白碑

梁州南尽夜郎天，唐代长流李谪仙。
人惜金莲辞院漏，世传彩笔挂峦烟。
开元胜迹埋幽草，斗酒风流载旧编。
读罢残碑伤往事，空山暮雨正连连。

李涵侯

遵义人，清·乾隆己卯举人。

清浪滩

恶滩四十里，斗劈楚山开。
洪折湍飞雨，涛春石响雷。
舟疑波底出，帆似雪中来。
垂翅瀛洲客，乘危胆更摧。

杨 慎

（1488——1559），字用修，号升庵。四川新都人。明正德
六年（1511）进士第一，授修撰。因议大礼下狱，遣戍云南永昌卫。
博览群集，著述宏富，有《升庵集》81卷。

七星关新桥①

架壑盘岩嵌碧空，驱山鞭石让玄功。
星梁天柱撑银汉，雪浪云涛抱玉虹。
襟带平分滇蜀险，品题合占古今雄。
登来仿佛临玄圃，不信飘零逐转蓬。

【注】
① 七星关在毕节西南七星山间，下临六冲河，当川、滇、黔三
省要冲。

松坎驿

九十春光欲暮，八千客路初行。

宇宙有人忧世，江湖何事忘情。

乍雨乍晴天气，半花半鸟风光。

客子相看不倦，诗人高咏何妨。

过层台①

陡坡千百磴，破店两三家。

湿灶薪无焰，硗田饭有砂②。

瘦兵宵注血，猛虎昼磨牙。

行路难如此，羁愁一倍加。

【注】

① 层台：今毕节层台镇，明代曾设卫城。

② 硗田：板结坚实的瘦田。

鸡枞菌

海上天风吹玉芝，樵童睡着不曾知。

仙翁近住华阳洞，分得琼英一两枝。

乌撒喜晴

易见黄河清，难逢乌撒晴。
阴霾既已靖，险道况复平。
蜀日杳千里，滇云惟十程。
江花与江草，异国看春生。

杨　彝

　　字宗彝，浙江馀姚人，侨寓普安（今盘县）。明洪武举人，以献诗擢吏部主事。有《风台》《贵竹》《屯》《南游》《万松集》诸稿。

碧云洞

山腰谁凿洞门开？绝谷层峦亦壮哉！
满地白云无径路，一溪流水绝尘埃。
欲从阮肇寻仙去，曾见初平叱石来。
胜览于人随处有，何须海上觅蓬莱。

紫棠晚照

紫塘小雨过山椒，日脚斜低转树腰。
暝色渐来青霭重，晴光欲敛绛烟消。
穿云归去秋原牧，隔水行歌晚径樵。
林下旌旗来小队，将军回猎射双雕。

杨文骢

（1596——1646），字龙友，号山子。贵阳人。明·万历四十六年（1818）举人。崇祯间官嘉兴、江宁知县，弘光朝迁兵备副使，右佥都御；隆武朝任浙闽总督，为清军所杀。著有《洵美堂诗集》《山水移》等。其诗入选《崇祯八大家》。

题　画

一抹寒林水一弯，幽人性情颇相关。
胸中自写块礌气，笔底何妨斧凿斑。
生卷老云皴白石，不将媚骨点青山。
便如个里幽栖客，更要何人相往还？

缙云道中

板舆终日听无穷，半是松声曳乱峰。
野水若迎奔道白，山花如诉照溪红。
鸟忘烟火非凡羽，人习耕耘带古风。
树顶残阳时作彩，丹炉隐隐欲相通。

谒文信国祠

祠前古木长龙鳞，丞相英风尚带辛。
心捧一诚留日月，身当九死定君臣。
只须海上三千里，已胜田横五百人。
夜雨不须嫌寂寞，卓家地主在东邻。

朱雀航

野航月冷草萧萧，曾照当年劫火烧。
遗恨至今流不断，酸风昨夜返寒潮。

过五人之墓有感

廉耻存天地，千秋属五人。
知仁观过去，达死识来因。
流水洗残恨，寒山续断身。
悬头吴相事，有伴泣孤臣。

杨汉英

（1278——1318），字熙载，号中斋子。播州杨氏第十七世领主。曾八次入大都晋见元朝皇帝，世祖忽必烈谕为"国器"。重文好学，著有《桃溪》内外集64卷、《明哲要览》90卷。

咏九疑图

湖湘巨岳衡为奇，衡山三南指九疑。
千峰插立云汉表，万壑交锁松萝垂。
真人厌世不事俗，骑龙跨凤相攀追。
结茅锻口入杳渺，灵迹往往传丰碑。
穷奇极巧擅南服，有虞祠冢宏门楣。
何为远狩坐弗返？天以圣真彰遐夷。
箫韶娥皇及女英，三旬鼎拔犹铃旗。
衣冠剑履亦安在？云麓霭霭猿猿悲。
自馀琐琐不足料，兹欲挂一漏万遗。
披图目眩胆可动，况若亲履临陙陕。
爱山不舍自我癖，画山远致天工移。
残年仙籍倘有分，管豹或可容微窥。

杨师孔

　　（1570—1630），字愿之，一字泠然，贵州卫（今贵阳城区）人。明万历辛丑（1601）进士，历官浙江参政。有《秀野堂集》。

由长陵至西山作

　　　　一官能有暇，数日踏花行。
　　　　对酒写山意，逢僧问寺名。
　　　　风惊松鹤梦，潮净木鱼声。
　　　　为避游人迹，双柑独听莺。

马底过秦处百里

　　　　客程愁马底，风礏许猿知。
　　　　路仄溪流折，峰高日上迟。
　　　　崩云飞化石，倒树寄生枝。
　　　　犹有秦时鸟，传声故自奇。

杨彦徵

贵州安龙人，清·乾隆举人。

吟珍珠泉

寒泉山下出，泠泠甘且洌。淡水春波味，炎夏味不热。冬冷秋清凉，凛然欺霜雪。足迹半天下，未见此涓洁。万斛涌珠泉，疑是鲛入穴。不然凭呼吸，如何无断绝。我来尽日坐，注目观巧缀。大小相错落，圆光一气泄。或日风宕漾，怕凝金波缺。贯穿如累累，散空多奇谲。物理静中参，悟来禅心彻。海市与蜃楼，幻影工施设。相彼骊龙戏，终古用不竭。是空却非空，非空乃空诀。灵颗还太虚，佳名于今烈。

杨通宇

字实先，贵州偏桥卫（今施秉县）人。明万历三十年（1609）举人。官至御史。

石屏县

叠嶂连云起，岿然无水滨。
遐方雄作镇，远岫肃称宾。
楼栋寒烟积，郊廛爽气新。
遥知凌绝巘，呼吸迎苍旻。

杨雍建

字自西，号以斋，浙江海宁人。清·顺治乙未（1655）进士，曾任贵州巡抚，进兵部左侍郎。有《弗过轩诗钞》。

观风台

城上高台接混茫，天都风物郁苍苍。
云封雉堞千村绕，地并乌聊六水长。
见说春溪万乐土，安知歙浦一残疆。
黄峰极目徒相望，赢得愁恩满客囊。

吴之甲

字兰英。明末清初湄潭人。南明宏光二年（1645）乙酉科举人，授云南阿迷州知州，升曲靖府知府，赐衔正四品中宪大夫。

溪兰咏①

登泽山之阳兮，九畹成行。惟幽谷之良兮，群芳是藏。　　如美人之都兮，与化其傍。乃援琴而鼓之，念兹在兹。

【注】
① 溪兰，即湄潭老八景之一的"泽溪兰吹"，在县城西三里的泽溪口。

吴中蕃

（1618——1695），字滋大，晚号今是山人，贵州贵阳人。明崇祯壬午（1642）举人。永历朝历任重庆知府，吏部郎中。归隐龙山。有《敝帚集》10卷。

春江行

碧桃花淡春波绿，趋走巫阳去不复。寻怀悄步倚江陴，却共征夫话行役："前年决别点苍山，瞥见秾花三见木。天地失位生人贱，弓力得意妻儿独。弟楚兄黔我亦西，籍纂军功如鬼篆。昼烦营缮夜警巡，饥不及飱垢无沐。轻生岂是爱侯封，不才何意中原鹿？ 纵然有翼谁能飞，南望乡云泪枯目。"可怜欲说不敢说，无数伤心托幽竹。江流宛转鹤盘旋，荒坟野鬼啾啾哭。我亦辞家作郡牧，一身千里惟主仆。两岸春沙吐夕烟，愁心更比征夫蹙。杜陵血恨何时干，眷顾太平天下福。尔释霜戈我挂冠。葛巾莫犊深深谷。

缙云寺汤池

寺废亦已久，池乃故汤汤。万松寺幽映，百灵司泄藏。远自沃焦山，虚通嵎谷旸。双持日月精，吐滋沐浴光。烟雾喷潮汐，薪尽谁为扬？燥湿互根柢，因之变燠凉。冰雪具春温，柳下而首阳。游鳞尽泼泼，苔藓亦苍苍。造化恣神奇，物理安可详？

重阳夜坐

重阳见月能有几？昨日犹愁而不止。
忽然菊影自涂窗，凉气充庭天若水。
苦寒人失苦寒心，花畔添衣夜已沉。
露重梧桐随叶坠，暗贻清响答蛩吟。

秦淮月下

秦淮丝管最多情，夜夜呜呜傍耳鸣。
有客抱愁阶下立，何人拥棹月中行。
鸟飞更问谁之屋，驼卧行看汝在荆。
遥望孝陵深一拜，如闻天语念神京。

落　花

转盼已殊前，空劳泣断烟。
过时俱腐朽，多事是春天，
著地犹成锦，登枝又隔年。
茫茫今古恨，试问树头鹃。

吊方正学先生

木末荒亭伴冷祠，何人到此不生悲？
要争一字千秋是，那顾全家十族夷。
浩气岂随藏血化，存孤犹赖老天知。
大书史册能无讳，直待于今论定时。

观　海

独携双眼此凭栏，始信洋洋实大观。
孤屿似随潮起落，微风能使海波澜。
濯将日月精魂冷，消尽江河气势漫。
我欲纵游洲岛外，看他世界几多宽。

乱后（三首选一）

乱后人家少，三两便成村。但闻山有虎，停午已关门。白鬓青裙妇，黄头赤脚儿。　　鸡豚闲料理，更掘沤麻池。白骨篱边挂，玄狐屋上蹲。展茅邀客坐，把火斫车辕。

自　矢

息意事躬耕，途穷岂倒行。
四时常衣褐，一饭不求羹。
感至邀蛩诉，诗成送月评。
丈夫死则已，何至易平生。

栽　竹

以少物为贵，虽多君益珍。
依然犹卉植，所具独精神。
和岂皆从俗，清非不近人。
山家能有此，似亦未全贫。

吴国伦

字明卿，江西兴国人。明嘉靖庚戌（1550）进士。曾任贵州提学使，进河南参政。是明代"后七子"之一，有《甔甀洞稿》54卷，《续稿》27卷。

抵毕节

九驿途穷驿未停，荒城客到雨冥冥。
铜符扼险依三蜀，铁柱临关锁七星。
虚拟輶轩能问俗，且随童冠一传经。
揽衣空馆微吟好，郭外群峰绕案青。

吴振棫

字毅甫，一字仲云，号再翁，浙江钱塘（今杭州）人。嘉庆甲戌（1814）进士。在黔作官多年，后迁云贵总督。著有《花宜馆诗钞》《黔语》等。

玉屏道中

万里看春色，萧然客眼中。
乱莺山店雨，一蝶戍旗风。
岁月惊飞絮，妻孥共转蓬。
终当决归计，蓑笠逐溪翁。

雨后山行

长风荡林樾，五月有秋声。
客起雨初止，晓凉蝉乍鸣。
中峰晴色转，破寺乱泉生。
莫过猿啼处，恐伤羁旅情。

吴嵩梁

（1766—1834），字子山，号兰雪。江西东乡人。嘉庆初举人。道光前期出任黔西知州。著有《香苏山馆诗抄》。

刺梨花

嫩朵繁枝剧可怜，乱山深处马蹄前。
水西已悔寻春晚，孤负春旗卖酒天。

方奢香夫人墓

（一）

五朝封爵守边隅，杖镂银鸠佩虎符。
大宴椎牛开帅幕，高秋贡马入皇都。
勋名继起惟良玉，方略同参有赎珠。
巾帼岂徒兼智勇，臣忠妇节古曾无。

（二）

锦繳朝天剑拂霜，殿前雪涕见高皇。

能消边衅收都督，重戢军心服夜郎。

九驿路开山失险，一抔人拜土留香。

丛祠未建吾滋愧，光泗贞珉字数行。

何腾蛟

字云从，贵州五开卫（今黎平县）人，明天启元年 （1621）举于乡，崇祯时任南阳知县，累迁至右佥都御史。弘光元年（1645）加兵部右侍郎兼抚湖南，总督湖广、四川、云南、广西等省军务。隆武时联络李自成旧部李锦、郝摇旗等农民军同御清军，唐王（朱聿键）拜腾蛟为东阁大学士兼兵部尚书。永历元年（1647）桂王以腾蛟为武英殿大学士和太子太保。永历三年（1649）被清军所俘，就义于湘潭大埠桥下，赠中湘王，谥文烈。

绝命诗（大埠桥口占）

天乎人事苦难留，眉锁湘江水不流。

炼石有心嗟一木，凌云无计慰三洲。

河山赤地风悲角，社稷怀人雨溢秋。

尽瘁未能时已逝，年年鹃血染宗周。

述　怀

列祖艰难业，诸臣败乱重。
揭竿何太夥，掣挺竟无从。
国是成剐肉，军谋竞养痈。
剧惭心力竭，无计扫群凶。

何德新

（？—1755），字吉晖，贵州开州（今开阳）人。乾隆十年（1745）进士，授翰林院检讨，历官凉州、甘州、永州知府。有《云台山人诗选》。

秋日柳林湖感赋

四野岚烟合，荒屯傍日斜。
塞云无宿树，边地少秋花。
柽柳低于膝，平湖但有沙。
况当正摇落，客思起悲笳。

汉口烟波湾

楼下江光接蔚蓝，残阳衰柳昔毵毵。
晴川一望烟波起，秋雨秋风满汉南。

佚　名

汉代人。

僰道谣节录①

犹溪赤水②，盘蛇七曲。
盘羊乌龙③，气与天通。

【注】

① 僰道，指四川宜宾跨金沙江，沿"五尺道"经云南盐津、大关、昭通、镇雄，折入贵州毕节、威宁，再入宣威、曲靖的道路。诗中描写了黔西北、川东南和滇东北之间道路之险峻难行。此诗见录于常璩《华阳国志·南中志》和郦道元《水经注》等书中。

② 赤水，一作赤木；犹，一作栖；犹溪赤水指二水名。

③ 盘羊乌龙，二山名，龙，一作栊。

邹一桂

（1686—1772）字无褒，号小山。江苏无锡人。雍正五年（1727）进士。曾两任贵州提学使，累官礼部侍郎。著名画家，有《山水观我画卷》。

由石阡至思南

谁辟悬崖作剑门，扪萝穿破白云根。
短墙修竹围精舍，流水桃花又一村。
罗甸山容春有脚，夜郎月色净无痕。
数声欸乃沧洲趣，况复船头送酒樽。

邹元标

（1551—1624），字尔瞻，号南皋，江西吉水人，明万历五年（1577）进士，观政礼部，以言事谪戍都匀，居六年。熹宗时，累官左都御史。崇祯时赠礼部尚书，谥忠介。

都匀龙山

曲径排云上，层岩插碧空。
古木环青霭，烟雾乱石丛。
摩碑拭古偈，翻经一叩钟。
昙摩今何在[①]，偓佺竟不逢[②]。
真有逍遥趣，泠然欲御风。

【注】

① 昙摩，印昙摩罗，古乌场国人。北魏来洛阳建立云寺，有名于时。

② 偓佺，古代传说中的仙人。

犹法贤

字心鲁，号西樵，贵州瓮安人。乾隆壬午（1762）副贡，任镇远教谕。有《西樵山房集》。

山居即事

僻地春风满，山居事事幽。

林花随岸转，渔火射江流。

就石安棋局，摊书上竹楼。

向来飞动意，不觉气横秋。

狄觐光

字筑坪，贵州贵筑（今贵阳市）人。嘉庆庚申（1800）举人。历官清丰、宣化知县。著有《秋客百咏》《燕黔诗钞》。

春日赴独石口作

沙卷黄云赴朔边，冰开已过好春天。
地犹残雪空三月，人与落花又一年。
村户旧巢迟燕到，关山新草伫驼眠。
入都多少闲儿女，指点风光笑欲颠。

黔灵山古松

遗迹常留万丈松，摩挲几度想枯荣。
携来一树开元派，植薄三霄衍释宗。
苍骨自随高衲古，清标不羡大夫封。
终年听饱菩提法，法语频施欲化龙。

宋 昂

字从頫号省斋，正统七年（1442）任贵州宣慰同知。

送杨知事

江水澄清树叶丹，临歧人送柏台官。
十年帷幄参机务，一旦云霄振羽翰。
风静洞庭高浪远，月明扬子暮潮寒。
京华到日春光好，花柳无边马上看。

宋 昱

字如晦，号宜庵，宋昂胞弟。

送汪公子嘉禾

城上栖乌下女墙，城边行客醉壶觞。
一尊风雨秋萧瑟，千里关河路渺茫。
乡梦已随云去远，高情空与日添长。
凭谁为道南湖好，早晚还来理钓航。

宋 儒

字大中,贵州麻哈州(麻江县)人。明隆庆五年(1571)中进士,选庶吉士,改礼部主事。

送督学吴川楼先生

昨夜文星出夜郎,马头绣斧昼飞霜。
名成七学迎称最,学冠三吴早擅场。
南国衣冠瞻海岳,西征风雅壮黔牂。
何堪一曲《梅花》调,吹送离情入楚湘。

宋仁溥

苗族,贵州省天柱县人。清·乾隆三十一年(1766)进士,钦点翰林院庶吉士。

赋得窗竹夜鸣秋字

就抚西窗竹,声声韵致流。
依稀频到耳,雅静以鸣秋。
皓魄一轮满,微云万里浮。
吟虫增感慨,櫓马助清幽。
此夕闻天籁,当年忆远游。
圣庭乘玩赏,好影更悠悠。

沈 勋

（1395—1425），字廷规，号懒樵，江苏高邮州人，明洪武中从父戍普安（今盘县，下同）。著有《迁县遗稿》《普安州志》。

万松轩

先生高隐即徂徕，绕屋清阴复绿苔。
万树总持霜雪操，一林俱是栋梁材。
窗间翠羽风前落，谷口莺声月下来。
闻说摘花多酿酒，蚁香银瓮几时开？

题郁道者新建善应桥

飞石攒空若画成，跨溪环洞巧经营。
水从玉蝀腰间过，人在金鳌背上行。
应有素书堪进履，岂无驷马更题名。
适来偶椅危栏看，偏喜沧浪可濯缨。

沈宏谟

贵州省毕节人，举人。

北镇关

数声幽磬出秋山，一上岩峣尽解颜。
瘦竹参差朱槛外，幽禽格磔翠微间。
四围挂绿初当院，小憩烹茗试叩关。
极目东溟云淡处，水流镇日自湾湾。

沈奕琛

字石友，普安卫人。崇祯九年举人，官副使。入清，官广平知府。

中秋后携两侍儿泛燕矶礼洪济大士眺月岩

漫草玄真子，浮家白下城。
江同人共远，山与月俱清。
漂缈来渔火，苍茫度雁声。
乡心应共汝，恰对海潮生。

张 岩

字梦臣，主修《辽史》《金史》《宋史》，充元总裁官。

题杨宣慰《云南颂》后①

挥戈如笔笔如刀，帅阃文场有此豪。
绝域建功追定远，明射献颂效玉褒。
风云庆会扳鳞贵，竹帛光荣汗马劳。
更草新诏铭铜柱，不须辛苦学离骚。

【注】

① 杨宣慰即播州宣慰使杨汉英，作者张岩把杨西征新写《云南颂》
比作东汉建功西域的定远侯班超和西汉向皇帝献颂的玉褒。

张 翀

字子仪，号鹤楼，广西马平（柳州）人，明·嘉靖三十二年
（1553）进士，授刑部主事。因弹劾奸相严嵩父子贪贿乱政，谪
戍都匀。天启初，赠礼部尚书，谥忠简。

南 楼

万里频年此夜郎，戍楼卷笛几斜阳。
多心最怕青山远，客思应同流水长。
落日有情悲聚散，塞鸿何事走炎凉。
凭栏把酒天边月，一剑风情鬓未霜。

龙　山

九日龙山顶，峰高天上游。
扪萝飞绝壁，促席宴危楼。
紫气昆仑雾，黄花贵竹秋。
苍茫猿啸外，海岱一腔收。

张　鲲

贵州省思南县人，拔贡，清·康熙五十二年（1713）任贵州毕节教谕。经理学校，并与知县柯天健纂修《毕节县志》。

咏通天洞

露冕东屯喜岁华，通天古洞石床斜。
山容玉润双洲水，人杰春生万壑霞。
送客梅花香一路，赠行柳絮出三叉。
何方解识升平世，朋酒馨香桌绛纱。

张人龙

清人，普安州嘉庆癸酉科（1813）拔贡，余不详。

游丹霞山

蓬壶昆仑空耳食，今日喜上丹霞峰。
足踏云华学仙步，手搴日毂分行踪。
矗矗千寻地上柱，四周削壁谁持斧。
人在空明笑语喧，恐如罗浮逐风雨。
闻到每年时雨行，冷风飒飒鸡犬鸣。
雷火穿房走几榻，霹雳一震人不惊。
灵山信有神灵在，呵护千秋应不改。
我抚神弦歌一曲，庭花欲舞霞流彩。

张三丰

相传明洪武间闽编戍平越卫，寓卫之高贞观。时人呼为"邋遢仙"。

桥山祈仙台诗①

披云履水谒桥陵，翠柏含烟雨露轻。
衮冕霞飞天地老，文章新焕海山青。
巍巍凤阙迎仙岛，渺渺龙车驻帝城。
寂寂琼台遗汉武，一轮皓月古今明。

【注】
① 桥山神仙台在福泉城西。

张元臣

　　字志尹，一字豆村，贵州铜仁人，清·康熙三十六年（1697）进士。翰林院检讨，迁左谕德。

无　题

　　湖山深处莼鱼美，鸿雁来时天地秋。
　　会向双汇寻钓侣，相看瘦影泻寒流。

张日晸

　　（1791——1850），字东升，号晓瞻。贵州清镇人。清·嘉庆二十二年（1817）进士。授翰林院编修，参予《大清一统志》纂修。官至云南巡抚。有《庶常集》《编修集》。

赠潘四梅

（一）

　　藜阁同分太乙光，翩翩风韵属潘郎。
　　盟薇昨送新诗句，兰气袭人襟袖香。

（二）

几年北学重京华，客子光阴惯忆家。
怪得诗成清到骨，吟情常恋四梅花。

张吉熙

贵州省威宁县人。

威宁草海望海亭

密雨空庭绣绿苔，疏簾一桁晚晴开。
呼童移椅栏边座，华月亭亭海上来。

张向德

（？——1647），字惺初，贵州黄平州（今黄平旧州）人。明·崇祯三年（1630）庚午举人，曾任湖广汉川知县，顺天昌平知州。

梯子崖

悬崖峭壁势巉屼，鬼斧开梯一线宽。
曲蹬下惊无世界，浮云高倚作阑干。
从来不信函关险，过此何忧蜀道难？
百折千回天路远，尘寰杖底任漫漫。

张汝霖

清·乾隆戊子举人。

重过茶山关①

地僻关弥壮，凭高势建瓴。
江分黔蜀界，山共虎狼形。
仄径人摇胆，巉崖阁待铭。
不须论僰道，兹地已频经。

【注】

① 茶山关，旧名河渡关，在遵义郡治东南 100 里。下临乌江，
为自郡出开州要隘。

张应诏

字采臣，贵州黎平府隆里所人。清·康熙辛酉（1681）举人，
官至两淮盐运使、监察御史、擢鸿胪少卿。

悼王龙标墓诗

五溪未过渡湘江，定有骚吟学楚腔。
鹏鸟已偕媒鸩偶，梨花又匹橘梗双。
王孙芳草蛄鸣夜，山鬼怀人猿啸窗。
独憾愁心明月外，何无离思寄蛮邦。

张国柱

思南府城人，明代岁贡。

膝上戏儿

牵儿膝上坐，父子笑颜开。

炉火温心暖，窗风送雪来。

家贫慈母累，命苦小孩乖。

闭户天伦乐，人生美矣哉！

人月圆·登梵净山

奇峰异岭添豪兴，忒爱此山高。千秋石径，
万年金顶，百步天桥。　　倚岩远望，临风遐想，
人在晴霄。茫茫宇宙，匆匆岁月，漫漫云涛。

张皇辅

山西拔贡，清·康熙二十八年（1689）任邑令。主修《桐梓志》。

太白碑亭怀古

阴云渐散索碑铭，雨过溪山一色青。
万缕长藤遮古篆，几湾细水护荒亭。
金龟冷落松间月，杜宇啼残夜半星。
千载升沉虽已定，临风犹欲叩山灵。

张澍瀹

字伯沦，号介侯。甘肃武威人，嘉庆进士。曾任玉屏知县。
著有《二酉堂集》《续黔书》等。

偏桥晓行

膈膊听鸡鸣，颠衣促早程。
落星依远树，斜月入荒城。
马上萦乡梦，吟来咽水声。
家园渺万里，霜露赴宵征。

张鹤鸣

颍州人，明·万历进士，历任云贵总督，贵州巡抚太子太师。致仕归里，崇祯末，卒于颍州。

葛镜桥诗

葛镜桥西越鸟啼，建桥人去草凄迷。
英雄百代沧桑改，功德千年姓字题。
百尺长虹摇碧影，九溪烟露带晴霓。
归来奏凯还朝日，醉踏江桥听马嘶。

陈　孚

（1240——1303），字刚中，元·天台临海人。历任上蔡书院山长、翰林国史院编修、礼部郎中等。追赠海陵郡公，谥文惠。著有《观光稿》《交州稿》《玉堂稿》。

过牂牁江

青草风吹毒雾腥，交州何在海溟溟。
牂牁已恨天涯远，又过牂牁二十程。

陈　法

（1691——1766），字世垂，号定斋。安平（今平坝）人。康熙己酉（1713）进士，授翰林院检讨，历官大名河道。著有《易笺》《犹存集》《内心斋诗稿》。

军台土屋落成

客至休嫌屋打头，拮据夏屋等绸缪。
材从雪窖枯馀得，土是龙堆劫后留。
岂有板升遗属国，何来蜗角峙蛮陬。
穷荒野处由来惯，瀚海应惊见蜃楼。

游清凉寺

策杖及山麓，已觉心清凉。
登顿出高阁，凭栏俯江光。
天风左右来，飘摇吹我裳。
竹树散清影，茗碗有馀香。
何当执热时，披襟此翱翔。

移　居

巷南巷北费追寻，小展窗扉恰称心。
明月正宜窥户牖，漏天且喜过霪霖。
邻园荫借疏林影，旁舍人惊拥鼻吟。
却忆山中旧茅屋，秋来闲煞碧云岑。

陈　珊

字鸣仲，铜仁人。明·嘉靖三十二年（1553）进士。官兖州府同知。

晚登东山

向晚东山寺，徘徊著意看。
雨余城郭净，月上浦烟寒。
朋友相期会，高谈兴未阑。
一声清夜磬，身在碧云端。

陈中荣

字竹里，贵州省绥阳县人，清·雍天壬子解元。癸丑进士。钦点翰林院庶吉士。检讨。任南阳、常德、镇江知府。镇阳通判。

咏　蕨

一拳击破地皮穿，抓住东风不放拳。
再等荷花开满地，张开拳掌面朝天。

陈尧华

字云松，都匀人，清·乾隆进士，翰林院检讨。主讲贵州书院。著有《云松七集》。

游牛斗坡①

灵洞多钟乳，交低若磬悬。
苍生合万有，世界乐无边。
寂静浑消署，安闲理旧篇。
棋敲松子落，酒令醉陶潜。
石滴三春雨，云开六月天。
锦崖翠凤羽，玉井吐龙涎。
仿佛琼楼里，频登聚众贤。

【注】
① 牛斗坡在都匀大坪镇羊安村。

陈尚象

字心易，号见羲，都匀卫人，明·万历七年（1579）举人，次年成进士。授中书舍人，典四川乡试，后迁刑科给事中，以言事罢归，受巡抚江东之聘，主纂《贵州通志》。卒，赠光禄少卿。

东山晓日

名山雄峙郡城东，结构巍巍倚碧空。
万户共瞻天表近，千家初睹火轮红。
光浮绣岭金铺色，暖遍青郊锦作丛。
作丽作郎推独胜，居然尘世即瑶宫。

南楼夜月①

南楼胜景本奇观，醉倚阑干共月看。
素影浮空天地阔，清光入座主宾欢。
夜深箫管闻何处，兴到瑶琴饮自弹。
携手咏归无限意，何论庾亮昔盘桓②。

【注】

① 南楼《都匀县志稿》指"南城楼台榭"。现在城南百子桥头大厦林立，临江有长廊、竹篁、凉亭、花坛和鸟市，

② 庾亮（289-340）东晋大臣，字元规，北方南迁土族之一。妹为明帝皇后。历任元帝、明帝、成帝三朝。成帝时任中书令，执掌朝政。曾于秋夜与属僚于南楼歌咏嬉戏，后人遂用"庾公风流"指称吟咏欢娱场所或雅兴。

陈琼瑛

丹江厅（今贵州雷山县）人，嘉庆二十五年（1820）任丹江厅通判衙文案。

咏雷公山

长年寥廓兮迷蒙，高耸云层兮凌空。
大气磅礴兮幻彩，海市蜃楼兮朦胧。
云浪烟雨兮舒卷，彩霞紫电兮长虹。
一夕万变兮开泰，奇峰环绕兮峥嵘。
来山去水兮崔嵬。移星换斗兮天公。
长林阴翳兮永吉，百鸟争鸣兮融融。
狼争虎斗兮震野。风吹空谷兮敛容。
牛皮大箐兮浩瀚，登临远眺兮舒胸。
人生蓬莱兮仙岛，天地泯合兮苍容。
凝神四顾兮畅怀，乐乎宇宙兮太空。

邵元吉

字黄裳，明普安州人，嘉靖三十七年（1558）岁贡，与弟元善、元哲、元高皆有文名。

寄弥山甫

人人能学孔，闻者遽难寻。
有善同尧舜，精言见古今。
黔祥数先献，尹谢久希音。
劝子张斯道，惭余老病侵。

邵元善

字台山，明普安州人，嘉靖二十二年（1543）举人，二十六年（1547）授云南嵋峨知县，后擢擢民部郎，谪通州，又改涿州，后被逮，获释谪判辰州，四十四年（1565）破格擢川北按察佥事。著有《贤弈集》稿。

红　崖

红崖削立一千丈，刻画盘回非一状。
参差时作鼎钟形，腾踯或成飞走象。
诸葛曾闻此驻兵，至今铜鼓有遗声。
即看壁上纷奇诡，图谱浑疑尚诅盟。

所　思

春日春风春草生，王孙遥忆凤凰城。
秦淮烟月曾相识，锦缆无劳问水程。

范　梈

（1272—1330），字亨父，一字德机。元代清江（属江西省）人。少孤贫，工诗文，荐为翰林院偏修，擢为海南海北道廉访司照磨，历官福建闽海道知事，有政声。著《范德机诗集》。

贵　州

离思久不惬，幽情晚还添。
天宜明月独，山与宿云兼。
蛮语通文柱，蛛丝映卷帘。
若无光霁在，何以破朱炎！

易　贵

字天爵，贵筑长官司（今属贵阳市）人。明景泰甲戌（1454）进士。官辰州知府，有《竹泉集》15 卷。

别辰阳士民

明时多循良，美地接州郡。

惟予拙无如，窃守已过分。

喜兹士民好，敦朴肯我近。

深渐教养疏，百一未能进。

引退缘避贤，遮留愧斑龁。

人生有本业，努力勤自奋。

诗书守儒术，名业可腾振。

田畴勤力作，衣食天肯靳！

我归亦无事，把卷一农畯。

题宋冕晚翠楼

钟情桃李世情同，过眼繁华次第空。

曾似绕楼种松柏，萧疏时节亦丰隆。

罗兆甡

（？—1702），字鹿游，遵义人。陈启相门生。康熙贡生。有《明日悔》《覆瓿》《北上》《问石》诸集。

己未正月二十三夜

风吹半夜梦，万里拜慈帏。
母起扶床向，儿今何处归。
垂头言不得，一笑前牵衣。
却忍伤心泪，醒来独自挥。

罗国贤

思南府人，明嘉靖癸卯（1543）举人，四川通江县知县。

白鹭洲

地涌江心白鹭洲，拖蓝一水两分流。
渔樵夹岸闲来往，鸥鹭眠沙自唱酬。
芳草铺茵浮止水，贞珉堆玉积成丘。
游人趺坐忘尘虑，恍若沧溟一叶舟。

罗弥高

遵义人，清雍正癸卯举人。

晓渡乌江①

晨下老君关，江光汹涌间。

人辞巴子国，日上霸王山。

播寇昔分剿，童军此未还。

临风罪真宰，凭吊一愁颜。

【注】

① 乌江，即《水经》之延江也。

罗其昌

遵义人，清康熙癸酉举人。

答在京诸公

自惭俗吏立风尘，面目于今不是真。

米尽还愁炊未熟，车摧益觉马难驯。

折腰何法辞迎送，屈膝无端就笑颦。

只剩区区方寸在，犹将古道待斯民。

性莲和尚

江西章江人。乾嘉之际开创贵阳扶风山寺。有《雪斋诗存》2卷，今存。

憩碧峰山兼赠见闻长老

碧峰如画里，倚树听流泉。
竹密笼萧寺，花轻雨梵天。
有僧频坐石，无鸟不通禅。
客去荆扉掩，还馀君灶烟。

郑　琯

遵义人，清乾隆戊午举人。

宿琭翁叔父河梁宅

望舍愁风雨，潇潇暮色初。
难寻臣叔马，遂宿阮公庐，
屋小床邻灶，窗开灯照蔬。
湖洋听夜瀑，清响落阶除。

郑文思

生卒不详，平溪人，郑莲山之子，清·雍正五年（1727）由生员保举优生，任镇远县教谕。

鲇鱼滩

袅袅微风绉碧波，扁舟一棹疾如梭。

千层巨浪翻银雪，百尺悬崖袅薜萝。

叫树鸟将窥石下，唼萍人欲傍人过。

月明更爱开樽好，果是渔家乐最多。

郑廷献

生卒不详，玉屏邑人，郑莲山之子，清·雍正一年（1723）举人。

游飞凤山即事

几曾疏放是吾曹，挂杖携来兴自豪。

才见眠鸥依水浅，忽闻莺语出林高。

地宜春暖寻芳卉，人诩诗成倒浊醪。

徙倚莫教轻别去，茶声和煮有松涛。

郑廷觐

平溪人，郑莲山之子，清·雍正五年（1727）由生员保举优生，任镇远县教谕。

北浦渔歌

（一）

野水微茫涨绿苹，扁舟稳系楚江滨。
船头跣脚一壶酒，渔唱悠扬最可人。

（二）

月是前汀驾小航，渔歌一曲柳丝长。
网来秋后钙方美，沽得村中酒更香。

郑逢元

（1613—1689），字天虞，又名天瑜，法名天问，明·平溪卫（今贵州玉屏）人。明崇祯乡试举人，南明永历朝兵部侍郎、礼部尚书。永历亡，祝发为僧，晚年居家，著有《谷口集》。

茂隆塘即事六首（选四）

（一）

结庐云外不须迟，觅险寻幽费苦思。
四面有山堪作障，三方皆水不编篱。
聊将旧案参船子，懒押新诗付雪儿。
翠篠宜人随处是，寒光浸户绿漪漪。

（二）

山水多情笑我迟，狂人随景快人思。
溪翻忽濑凫依渚，花发幽香蝶绕篱。
苍鼠窜梁窥燕子，饥鹰穿水掠鱼儿。
闲愁尽付风吹去，漫拥长竿钓碧漪。

（三）

老病贪眠日起迟，蹉跎诗酒寄幽思。
闲挑野菜营晨爨，频插山花傍短篱。
耕欲熟时常问仆，文于佳处每呼儿。
从容夜眺秋江上，一片微风漾绿漪。

（四）

蔽屋幽篁日影迟，何人怀古慰相思。
每期清霁云生榻，只恐凝寒雪压篱。
倾尽浊醪娱野叟，翻残青史教群儿。
诗脾冷沁澄兼活，叶落横塘荡曲漪。

郎葆辰

字苏门，浙江安吉人。清·嘉庆进士，曾任贵州粮储道，按察使，有政声。

黔中杂咏 （十首选二）

（一）

九里回环百雉墉，满城乱石积重重。
人家就地忽高下，山色参天各淡浓。
十丈蛮云春黯黯，一川瘴雨水溶溶。
公余退食浑无事，管领烟霞付短筇。

（二）

南明河上住几年，风景依稀在目前。
盈涸皆因无本水，炎凉不是有情天。
层岩上越盘盘岭，碎石中开薄薄田。
十二郡城三十县，女墙多傍乱石边。

孟　郊

（751——814），唐代著名诗人。浙江德清人，贞元进士，授溧阳尉。著有《孟东野集》。

赠黔府王中丞楚①（节选）

旧说天下山，半在黔中青。
又闻天下泉，半落黔中鸣。
山水千万绕，中有君子行。
儒风一似扇，污俗心皆平。

【注】
① 黔府：黔中道长官。黔中为唐开元十五道之一，治所在黔州（今重庆市彭水县）。辖境兼有今贵州大部分地区，黔东南属之。

孟本淳

明末普安州人，幼读书，二十弃儒服从戎，积功至总兵官。鼎革后薙发为僧，名本谦。

丫头峰①

木石习肝冰雪肤，十年不字尚模糊。
往来多少行人口，错道山前望故夫。

【注】
① 自注：丫头峰在安南（今晴隆）。

秋日登金峰十韵

踏磴扶藜杖，飘然佐此身。
登临诸境界，放诞出风尘。
泉向峰头漏，云从足下逡。
举头低月窟，伸手摘星辰。

赵　翼

（1727——1814），字云松，号瓯北，江苏阳湖人，清乾隆探花，曾任贵州贵西兵备道。为"江左三大家"之一。有《瓯北诗集》

回威宁途次遇凌

（一）

槎枒老树映晶莹，玉蕊琪花夜不瞑。
戏傍马边连冻拗，折枝声碎玉泠泠。

（二）

山高直上太清端，岚气朝凝作凌乾。
万树冰花似梅蕾，道人清受此清寒。

赵本敩

字直夫，一字端菴，贵州省瓮安县人。清嘉庆己卯（1819）举人，官江宁知县。著有《学道堂诗》。

华麓访顾亭林先生读书故址

黄冠天地一身轻，白道关河万里行。
莲社诗题晋处士，汉家名重鲁诸生。
园林麦饭悬双泪，故国铜驼痛二京。
为问江东几遗老，梨洲真不负初盟。

胡兴邦

贵州清江厅人（今剑河县）。乾隆庚子（1970）科举人，曾任山东临邑县令。乾隆庚戌（1790）柳川书院建成，为该院主讲席。

鹅峰皓月

南来第一数鹅峰，占得清光分外融。
银界玉田天不夜，秋毫都在照临中。

胡奉衡

字平玉，贵州黎平府人。举康熙甲子，（1684）乡试，选石阡、黄平州教授。著有《山居一集》《藏拙窝诗文稿》《山居吟》等。

秋日杂兴

茫茫大块中，岁月疾如驰。
春秋相代嬗，逝者已如斯。
人生于其间，微尘浮朝曦。
孰不冀百年，理数渺难知。
胡为忧乐故，须鬓忽先衰。
去者不可忆，来者焉能期。
不如任运化，方寸殊坦夷。

胡学汪

字小牙，五开卫（今黎平）人，康熙间贡生。著有《求志轩集》。

贵筑旅春即事

年年寒食迭征衫，短发违心颇耐芟。
枕上相思碎鸣柝，梦中归路越巉岩。
敝裘笑我酬疏酒，粗粝旁人劝老馋。
欲达平安未成句，破窗风雨护灯函。

查慎行

（1650——1727），初名嗣琏，字悔予，号初白。浙江海宁人。壮年随同乡杨雍建入黔，后得赐进士，授编修，有《敬业堂集》。

同赤松上人登黔灵山最高顶

（一）

绕磴扳跻望已穷，忽穿鸟道入禅宫。
云端方丈娑罗日，井底孤城觱篥风。
草木连天人骨白，关山满眼夕阳红。
兴亡何与闲僧事，一角枯棋万劫空。

（二）

渡泸沟畔辟新阡，瘦棘荒苔半石田。

渐有疏烟生郭外，那无一雁到天边。

蛮方对景怜佳节，客路登高感去年。

落帽常孤风雨暗，短裘长路又三千。

周　瑛

守廷润，兴隆卫（今黄平）人。明景泰甲戌（1454）进士。历官广西布政使。晚年归里创办草亭书院，著有《草亭类稿》。

炉山烟雨

炉峰奇怪自成天，非爇沉檀得此名。

带水含烟疑变化，浓云淡霭卜阴晴。

山腰漠漠横苍翠，水面朦朦罩浅清。

绝顶方塘灵莫测，为龙为鲤若多情。

【注】

① 炉山即香炉山，在凯里以西 15 公里处。

安江晓渡①

渺渺江流值要津，朝暾初浴往来频。

橹声惊起沙鸥宿，曙色平分野草春。

雪浪喷花迎击棹，烟波螟树怯垂纶。

天光云影徘徊里，尽是呼秀唤渡人。

【注】

① 安江，即重安江，水名亦地名，距黄平城5公里。

周仁国

明•普安州人，万历二十二年（1594）进士，官至云南知府（省志作知州）。

易隆驿

为吏不自由，鸡鸣戒前途。问群何为尔，将军谒且趋。上官前导至，走马临长衢。马上极咆哮，风火不停驱。尽欲饱其腹，迟则生祸虞。昨日邮书至，为言饷传逋。　　疲卒八九家，形影半凋枯。门户塞荆棘，妻子匿菰芦。苦称被水旱，田地尽荒芜。仅余皮骨在，典鬻无完肤，诏使日夜至，恺泽同春敷。而我独重困，何以偷须臾。仓卒感斯言，仰天长唏嘘。揽衣亟起去，耳中间追呼。

周际华

（1772—1846），字石藩，贵阳人。嘉庆辛酉（1801）进士。历任兴化、江都等知县。著有《省心录》《感信知己录》《嘉阴堂诗钞》等。

扬 州

香风冉冉透禅关，水榭云亭紫翠环。

我欲传花携酒去，最留人是小金山。

周钟瑄

字宣子，贵州贵阳人。周渔璜族叔。康熙三十五年（1696）举人。曾任台湾诸罗知县，迁荆州知府。有《诸罗县志》《松云亭诗集》《遏云斋诗集》。

月夜泛舟

经年尘面恨匆匆，又逐轻飚驾短篷。

两桨破摇葭荻月，片帆斜受蓼花风。

天从波底翻无定，云过湖心旋欲融。

搔首几回眠不得，床头长铗气如虹。

周祚新

字又新，贵州卫（今贵阳市城区）人。明·崇祯丁丑（1637）进士。授户部主事。杨龙友之妹夫，工绘画，尤擅墨竹。

咏春水

湘娥细剪鹦哥翎，水仙绡帐鲤鱼腥。
天池浩瀚苍溟溟，蔚蓝倒映渊泓渟。
杨花未飞蒲未长，縠纹荡漾晴如纺。
漪漪曲曲似有情，小小轻舟不用桨。

周起渭

（1665——1714），字渔璜，一字桐埜，别号载公。贵州贵阳府骑龙人（今贵阳市花溪区黔陶乡）。清·康熙三十三年（1694）进士，四十九年（1710）擢升翰林院侍读。参与张玉书、陈延敬等30余人纂修《皇舆表》《大清地舆图》《康熙字典》《渊鉴类涵》等书。五十一年（1712）升侍读学士，拔置日讲起居注官；五十二年（1713）晋詹事府詹事，奉命祭禹陵及明太祖陵，就阅浙江、江南二省兵，通行赏赍。游踪甚广，得诗亦最佳。收入《黔南丛书·桐埜诗集》352首。

漫　兴

九陌轻尘走钿车，闭门书帙任横斜。
茶香易醒朝来酒，睡美妨看郭外花。
垂柳渐浓莺识路，画帘初卷燕知家。
客途纵有风期在，苦为春愁益鬓华。

立秋，南麓书屋小集

柳外一蝉凉气生，回廊接座有馀清。
寒花映月将何待，老树迎风渐不平。
斗饮客如秋鹘健，吟诗我作候虫鸣。
离心最易关摇落，一曲汾歌万古情。

丁丑十一月出都作

五年云树笑归迟，归路天涯客子知。
涿鹿家烟如往事，芦沟雪月待新词。
贫教仆从无颜色，冷畏同人饯别离。
检点行囊夸富有，虞山画轴麓堂诗。

扬　州

竹西歌吹古扬州，倦客空怀驾鹤游。
十里春风千里恨，二分明月八分愁。
半天婀娜垂新柳，何处迷藏是旧楼？
今日断难留杜牧，盐烟金气暗邗沟。

郊游即事

晓起山光绿向西，出城幽鸟傍人啼。
阑珊杏蕊红千片，浅淡梨花白一蹊。
林际有风烟漠漠，路旁无草麦萋萋。
游人点缀春如画，醉后垂鞭上柳堤。

燕子矶

迎红殢绿到江南，振袖登临倚半酣。
岳岳雄风战蛟蜃，阴阴白日下烟岚。
长空鸟没天涵镜，村社人归树隐庵。
何处最关游客憾？荻芦连碧柳毵毵。

初夏即事

絮减泥干宿雨晴，游尘不动晓帘清。
黄蜂紫燕飞穿屋，芍药樱桃载满城。
白袷量裁惊体瘦，颠毛乍削喜头轻。
吾门本自无车马，连日墙边草又生。

金陵怀古 （六首选三）

（一）

钟阜犹存王气销，石城自打晚来潮。
行逢旧燕乌衣巷，偶听残莺白下桥。
风月一天袁虎咏，衣冠满地阿龙超。
临觞莫漫悲千古，六十年前是六朝！

（二）

赌墅风流误后贤，屡朝狎客递当筵。
宫车惯入鸳鸯寺，台阁新翻《燕子笺》。
千载埋金悲故国，十州熔铁铸当年。
停云歌歇行云散，断送繁华尺五天。

（三）

褒衣长袖说程朱，抛掷河山即大儒。
拟向兴朝作箕子，更难江左见夷吾。
高飞巢幕三春燕，惊飐危樯半夜乌。
江令曾为北朝客，归来还省断肠无。

泛舟西湖夜半始归 （七首选五）

（一）

钱塘门外烟如织，放鹤亭边水似油。
棹泼绿醅衣染翠，小舟一叶漾中流。

（二）

城中拄颊见青山，寄兴飞鸿落照间。
烟霭殢人行不进，楝花风里棹舟还。

（三）

四山楼阁翠微中，荷月菰烟杨柳风。
城畔数声渔唱晚，菱歌又起六桥东。

（四）

烟水弥漫晚棹迷，峰峦出没翠鬟低。

数声短笛临风急，千缕残霞落向西。

（五）

天边明月光难并，人世西湖景不同。

直把西湖比明月，湖心亭是广寒宫。

一字至七字诗咏霜

霜。

凛冽，寒凉。

乘金气，应清商。

浓铺碧飞，浅缀红墙。

染林枫叶赤，变岸柳梢黄。

陨片重关烟月，生花游子衣裳。

到晓俱销红日下，不销唯有镜中央。

洪 湜

贵州平溪人，字澜若，号静谷。清·康熙勿失流年（1717）举人，官广东东莞盐场大使。

过正平山

清溪一曲抱禅关，秀锁平江是此间。
楚岫远衔云外树，黔峰近绕镜中山。
孤猿每学僧初定，驯鹤应如鹭更闲。
解带清言修竹里，暝鸦飞尽不知还。

洪用昌

生卒不祥，贵州平溪人，清雍正恩贡，孝授县丞。

登紫气山和友人茶话之作

上方旧擅清虚境，不问攀登几岁年。
今日多情情缱绻，乘时遣兴兴陶然。
幽篁翠柏迎朝气，佳果鲜蔬罗素筵。
莫笑尘心吾未化，暂时潇洒亦前缘。

洪运昌

贵州平溪人卫人，明·崇祯十五年（1962）壬年科举人。历官兵部主事。

七星叠秀

层峦星点斗间七，奇矗峰多海外三。
森立黉宫如列戟，斜铺溪水半拖岚。
竹林贤集山宜品，象纬文成景可耽。
欲赠白云飞冉冉，望中心醉有余酣。

洪其哲

字东村，一字明也，贵州玉屏人。清·乾隆戊辰进士，授翰林，官东莞新兴知县。

献岁七月，诸公约游正平山，时值小雨次韵

竟日邀欢协令辰，马蹄踏遍见红巾。
槎枒梅树添吟兴，共醉山厨竹叶春。

洪国鉴

贵州平溪人，清·雍正时岁贡生。

新修太平滩纪事

危滩矜险绝，怅望铁溪东。
怪石凌空起，飞滩倒泻雄。
篙师思手敛，估客叹途穷。
疏决兹何幸？依稀见禹功。

洪亮吉

（1746——1809），字君直，一字稚存，号北江，江苏阳湖人。乾隆进士，授编修。曾出任贵州学政。以议朝政被遣戍伊犁。著述甚富，有《洪北江全集》。

重至黔西宿海棠庭院

阑干十二敞银屏，尤喜芳时此再经。
双柳有情垂槛绿，万山如梦压帘青。
花边惆怅寻前约，叶底参差问晓星。
依旧燕莺飞不定，可能重把夜窗扃。

鸭溪行馆

一巷黄鹂语，多于鸡犬声。
酒边人去住，花里径纵横。
戍火上楼见，山泉傍榻生。
居人勤最力，月黑未归耕。

多杰塘①

多杰塘边雨似麻，没途风峭尚飞沙。
无人知道春将半，时有出墙红可花。

【注】
① 多杰塘即今都匀坝固镇茅草坪附近。

洪遭昌

字非熊，别号书岩，贵州平溪人，清·康熙岁贡，选遵义府训导未仕。

东园池上遣怀

池园虽狭颇腴膏，取次循行岂惮劳。
采刈桑麻供纺绩，漉扳鱼蟹压饷糟。
茗芽小啜胸怀爽，菜甲新尝滋味高。
说与儿曹须恪守，莫将事业等秋毫。

宦廷臣

遵义人，清·贡生。

游海龙囤[①]

杨家祚土近千年，徼外屏藩不贰天。
累叶忠勤勋自著，末孙骄悖罪滩前。
高盘岩谷连云险，盗弄潢池触浪翻。
八道一朝无噍类，空留愚迹满山巅。

【注】
① 海龙囤旧名龙岩囤，在遵义城北 40 里。

费道用

　　字闇如，贵州石阡人。明崇祯进士。官兵部郎中。有《碧桃轩集》。

淡言步蔡远卿韵

高台百戏看伶优，才说收场转眼留。
随俗悲歌皆木偶，凭人轩轾总虚舟。
聪明自古多招射，贫贱原来不用愁。
豁鼻巨肩闲骨相，赠君重咏四宜休。

贺廷南

贵州玉屏人，清·乾隆十八年（1753）拔贡。官广东会同知县。

野鸡坪即目

野鸡飞早露花丛，晓日天开一望中。
怪底农人喧播种，声声杜宇唤东风。

骆玉图

遵义人，清康熙庚子举人。

过朝天关

朝天西上有天关，壁立层梯著步艰。
人向云端穿去杳，水从山峡过来弯。
锦城春色微茫里，陇右风光指顾间。
莫但抚膺空叹息，长安日近勉跻攀。

莫与齐

定番州（今惠水县）人，明末崇祯壬午年（1642）举人。

松风听瀑①

山晴疑作雨，松倒吸寒潭；
根沃琼浆饱，梢含雪蕊甘。
狂风知瀑响，醉舞识涛酣。
明月如相照，清心共结三。

【注】

① 是惠水古十二景之一，即今小龙村后一带，距县城约 10 公里。

莫与俦

（1762—1841），字犹人，号杰夫，贵州独山州（今独山县）人，清·嘉庆四年（1799）进士。改翰林院庶吉士。历任盐源知县，遵义府学教授，有《贞定先生遗集》。

登独山

山本先生窗案物，登临初与故人同。
长松浩浩通元气，杰阁萧萧倚烈风。
毋敛一随刚水没，葛蛮空付长官雄。
只今汉县皆州府，经纬才谁嗣尹公？

学墙下新植牡丹已开

看花懒向洛阳街，冷砌荒凉信手栽。
也自天香藏不得，一枝先傍雨前开。

寿人洞①

危崖夹晓日，绝磴盘虚空。
岂意猿狁丛，郁此清闷宫。
天扃何年开，缀壁光珑葱。
相见古仙人，采玉鞭群龙。
笙簧叠以窍，拜跪罗千峰。
山祇惧世网，竟绝人踪通。
荒余无名溪，赛有不餐松。
吾党二三子，洗涮出翳蒙。
三褐扶茶铛，煎声和天风。
作诗示来许，与尔相无终。

【注】
① 此洞位于独山城北 38 里处。

顾鼎新

字濯海，贵州省黎平府城人，清顺治十七年（1660），贵州始开庚子科乡试，中解元。初任思南府教授，升云南澄江府阳宗县知县。著有《松花集》。

吊何文烈公

阳九遭逢战士休，我公一柱砥中流。
已抛冠盖思重整，半失河山欲尽收。
心血满怀皆化碧，身家许国共成邱。
忠魂毅魄存千古，愁煞沅汀水国秋。

徐　节

字时中，贵州前卫（今贵阳城区）人，明城化八年（1472）进士，历官山西巡抚，有《蝉噪集》。

简李美中索其疏草①

才听人人说，南州有"硬黄"。
至今间"铁季"，喜复在五乡。
义命君能澈，升沉我亦忘。
不须焚谏草，留取式维桑。

【注】

① 李美中，名珉，贵州威宁人，与徐节为同年进士，官御史，刚直敢言，劾中官汪直、尚铭、梁芳等。"硬黄"指黄绫。

徐 阇

字小骞，号澹园，贵州铜仁人，康熙诸生，有《澹园纪年诗集》。在《铜仁徐氏十二世诗集》中，阇（yín）为第八世。

春 雨

遥遥疏柳带长汀，山色朝来一抹青。
春在雨中人不见，杜鹃啼与落花听。

梵净山杂诗 （十三首选三）

金刀峡

玉柱双峰出梵宫，法台谁复辨雌雄。
金刀劈处飞桥渡，饶舌溪声吾道东。

上天梯

双峡芙蓉带露看，紫云丹壑拥巉岩。
百千余丈天梯险，九十三峰绝塞寒。

藏经台

黔南名胜纵奇观，石室灵台叠锦函。
亿万琼篇翻贝叶，三千香满裛旃檀。

徐　穆

字锺汝，贵州铜仁人。明·万历十九年（1961）辛丑进士。知浙江崇德县，迁员外郎，知福建兴化府。

偕喻漳澜同年登东山

登眺知何处，东山第一楼。
万峰窗外列，全郡眼中收。
诗酒君疏放，关河我倦游。
此间成小集，重话海天秋。

梵净山

迢迢路入白云间，第一奇峰孰早攀。
密箐深林寻不尽，苍然九十有三山。

徐 潞

字文邦。秀才，明·龙里卫诸生（卫今县）。

叫　泉[1]

灵泉能济众人渴，默对曾无一勺多。
千呼万叫应不爽。满腹岂异江与河。
荒山丛丛孰主宰，暗脉隐隐空岩阿。
安得移之九馗道[2]，遍酌尧尊饮太和。

【注】
[1] 该泉即龙里县北 50 里之呼应泉。
[2] "馗"，同"逵"，即四通八达的大路。

徐以暹

字赤海，侗仁人，明·崇祯九年（1636）举人，曾官至广东
肇罗道副使，辞官归隐，90 余岁逝世。

茶山十景 （十首选一）

斋前矗立数千峰，晓起峰峰染欲浓。
最爱山腰云作带，山头齐现翠芙蓉。

东山楼阁

东山东望霭苍苍，楼阁崚嶒接渺茫。
乍听钟声浮下界，忽看日影挂扶桑。
高吟索和松皆友，趺坐求安石是床。
乞向此间容我老，便应倚老兴愈狂。

玉屏献瑞

鬼斧神工制作屏，云蒸霞蔚入青冥。
人皆比的昆冈玉，我欲题为座右铭。
爱此不教尘懒拂，对之那肯户常扃。
只应天上通呼吸，香字传闻性字馨。

徐北楼

明·嘉靖元年（1552）壬午由江西抚州府临川县迁居铜仁，著有《北楼靖抄》一卷。

百丈山

极顶何人到？云生户牖间。
千年留片石，百丈俯群山。
苍壁啼猿断，青松老鹤还。
频来为幽胜，天许一身间。

徐如澍

（1750—1832），字春风，号雨芃，贵州铜仁人，清·乾隆己未（1775）进士，翰林院编修，历官通政司副使，《铜仁徐氏十二世诗集》中列第十一世，徐爽的曾孙，有《宝砚山房诗集》20卷。

费改斋除铜仁邑，下问方宜诗以代答二首

（一）

问俗湖南似，劳形案牍删。

江喧村市近，花放讼庭闲。

试茗能消渴，煨薯说驻颜。

树相桐映发，人在翠微间。

（二）

饭煮长腰米，盘堆赤甲蔬。

年丰庖有肉，客至釜烹鱼。

野店毛柴酒，人家种树书。

循声容易致，民是葛天初。

徐鹤年

（1567—1572），字丹崖，号思楼，贵州铜仁人，明·隆庆
年间庠生。晋嘉义大夫，著有《北山杂咏》。

梵净山

洞天二十四，福地三十六。
大名在寰瀛，兹山何隐伏。
层云封其巅，狂澜鸣其麓。
壁立千仞间，烟云都在目。
所苦蹊径无，攀援百计蹙。
恐是神仙居，可见不可掬。
怪绝无得名，得名竟未卜。
真知世所稀，虚声世所逐。
多少名胜区，游人恣尘黩。
寂寞黔天南，我谓山之福。

钱　点

字鉴涛,丹徒(今江苏镇江市)人。明末官监纪。钱邦芑之侄。随侍权父隐居余庆蒲村。著有《勋庵集》。

出洪边门

重来下马扣荆扉,半亩荒园蝶乱飞。
桥北数家留过客,青山如旧主人非。

钱邦芑

字开少,江南丹徒人,明崇祯诸生。隆武朝官御史,永历朝迁副都御史,巡抚贵州。孙可望入贵阳,弃官隐居余庆他山,被孙氏所逼,削发为僧,号大错和尚。今存《大错和尚遗集》4卷。

还　山

忽然出城郭,遂见无数山。
散步随云适,轻身趁鸟还。
遥知隐沦者,待我泉石间。
乘月浩歌去,柴门未应关。

瓮安道中

春溪日夜深，渺渺孤客影。
浩荡起长风，悲来不自省。
游云倏以静，天外诸峰冷。
山路故迂回，转望生奇景。
峰势随形变，联断未能审。
夕照既多姿，朱霞秀高岭。
飞鸟没空翠，不觉烟岚迥。
瞻顾欲移情，魂梦变相引。

葛镜桥

天堑高深不可穷，洪涛狂啮界西东。
五丁凿险支飞阁，八柱凌空驾玉虹。
走石秦鞭今始见，驱山夏铎此为雄。
地维缺陷舟车绝，鬼斧神工让葛公。

高其倬

奉天人，清雍正云贵总督。

松㟍寺①

溪色澄无滓，岚光翠欲流。

几盘松外径，一牖竹间楼。

钟放依岩殿，云停为客留。

髯僧同一笑，踪迹愧藏舟。

【注】

① 松㟍寺，位于贵州省普安县城北罐窑处。

郭之翰

字羽生，四川富顺人，迁居遵义。南明永历时，授贵州贵定知县，升独山知州。

贵定山行

扬鞭向秋色，村村落花雨。

高石郁嵯峨，拱揖迭宾主。

中安一峰秀，万壑尽揪舞。

丛枝夹路低，众首一时俯。

红尘色日深，青山差可补。

小憩篱落中，犬吠罢樵斧。

鱼塘翠篠边，居人许自取。
野酌纷错陈，山鸡无剩羽。
峦姝拥隆鬈，闹若蛙吹鼓。
农事当及时，有力君自努。
吾亦从兹去，犁锄师老圃。

郭子章

字相奎，江西泰和人，明·隆庆进士，曾任贵州巡抚，迁兵部尚书。著有《黔记》60卷，有《粤草》《蜀草》《黔草》等诗集。

过余庆司

余庆山行踏磴危，幸逢春仲日迟迟。
荒林祭赛仍茅屋，新户编门半竹篱。
夹道樱桃开白蕊，隔江杨柳换新枝。
犹闻豺虎当吾路，去去埋轮一问之。

偏桥新河成放舟东下

桥畔拿舟一叶轻，扬帆穿树入蓬瀛。
悬岩直下瞿塘路，瀑布遥飞雁荡声。
白鸟青猿争出没，山花岸柳递相迎。
自从诸葛征南后，千载谁人向此行。

葛镜桥①

麻哈江头锁碧波，知君两度布金多。
三春重压雷霆吼，万里如从枕席过。
涧底凭空连北斗，梦中了愿谢维摩。
圣明许我东归养，酌酒平新问钓蓑。

【注】
① 葛镜桥即豆腐桥，在福泉城东。

唐　金

字缄之，一字汉之，贵州遵义人，清·乾隆戊子（1768）举人。官山西屯留知县。工诗，与傅玉书、犹法贤、田均晋齐名。

题浣纱图

若耶溪柳半摇春，伯越亡吴系笑颦。
尽把兴亡付烟水，须知原是浣纱人。

唐树义

（1793——1855），字子方，贵州遵义人，后迁居贵阳。嘉庆二十一年（1816）举人，官湖北按察使，布政使。有《梦砚斋遗稿》。

舟夜不寐怀直夫①

几年踪迹赴江蓠，四海论交说共谁。
别后更无诗可读，近来惟有月相随。
曾游五岳君真健，不负千秋我所思。
记取长安风雨夜，一樽清对数吟髭。

【注】
① 直夫，为赵本敩字。

自　分

自分相思欲化烟，秋江无那梦相牵。
又为蝴蝶寻花去，亲见鸳鸯对水眠。
憔悴为谁身更瘦，支持犹自粉生妍。
何当一别成长别？追忆分明更惘然。

金缕曲·郭汾阳墓

廿四中书考。问古今、功名宝贵，是谁终保？唐李山河几覆没，全杖孤军再造。抵多少、英雄肝脑。身系安危三十载，任谗谄，猜忌都无挠，真豁达、此襟抱！　　我来膜拜秋坟草。立斜阳、乾坤放眼，霜林青杳。太华三峰天外立，一曲河流萦绕。便万古、与公同老。如此男儿能几见？又结邻，有个莱公好。一样是、人伦表。

唐惟明

清·雍正癸卯举人。

食　瓜

好官不作作清官，官去身轻两袖宽。
菜羹方笑无滋味，又进筵前瓜一盘。

谈惟迪

遵义人，清·康熙庚午举人。

潼 关

熊熊气象走嵯峨，百折疑从鸟背过。
上有青天磨白堞，下窥绿地放黄河。
遥怜壮士当关日，难对群山积骨多。
往事若堪凭吊问，秦时明月待如何。

陶廷杰

（？—1956），字子俊，号蓬生，贵州都匀人。嘉庆癸酉（1813）拔贡，次年中进士，授翰林院编修。官陕西布政使，署巡抚。

都匀文峰塔

水抱全城万象涵，到头关键岂空谈。
千夫建石方圆合，七级凌霄日月参。
故址主成新雁塔，中峰长镇老龙谭。
一枚健笔钟灵秀，振起人文冠斗南。

陶廷皋

贵州都匀人，陶廷杰之四弟。清嘉庆十四年己巳（1809）进士，授翰林院庶吉士，散馆改广西桂平县知县。

东山晓日

阁势峥嵘紫郡东，天鸡唱彻晓光融。
山围古堞撑空碧，日出扶桑射影红。
树色远空云岭外，人家环列曙烟中。
登高不负云梯约，翘首丹霄比路通。

黄　绂

字用章，平越卫（今福泉）人，明正统戊辰（1448）进士，历官南京户部尚书，改左都御史。为官刚正，有"硬黄"之誉。

和周草亭飞泉

严陵富春濑，吕望渭水滨。
盛名各一时，千古迹未陈。
出处虽异迹，怀抱宁不均。
岂必薄轩冕，独与鱼鸟亲。

黄一桂

明末湄潭人。南明宏光元年（1645）乙酉科举人。兄弟二人由其母尹氏孤苦扶养教诲成人。时值兵荒，能勤奋苦读，学业日进，因之应乡试中举。

朝阳咏

春郊踏翠遍停车，转入幽崖一径斜。
林隐渡头空石壁，烟迷洞口落桃花。
龛中曾照秦时月，槛外谁逢汉使槎。
遥对扶桑迎紫气，江光铺炼映丹霞。

黄良佐

清·石阡府郡守。

温泉漱玉

石罅灵源远，温泉濯四时。
烟飞倾玉液，潮涌沸珠池。
古洞穿山麓，孤亭傍水湄。
坐消尘垢后，枕漱最相宜。

黄思永

（1799—1868），字慎修，号慎轩，贵州大定（今大方县）人，彝族。清·道光乙酉科举人。曾任福建永春直隶州同署理德化县知县。著有《慎轩诗文集》。

中秋京选后夜题

战罢文场笔阵收，客居此夜正中秋。
月明银汉三千里，人醉金风十二楼。
竹叶酒添才子兴，桂花香近少年头。
今宵先与嫦娥约，明日蟾宫任我游。

黄庭坚

（1045—1105），字鲁直，号山谷道人，涪翁，分宁（今江西修水）人，治平进士，以校书郎为《神宗实录》检讨官，迁著作佐郎，后贬黔州，与苏轼齐名，小苏轼8岁。北宋诗人、书法家。著有《山谷集》。

阮郎归·茶词

黔中桃李可寻芳①，摘茶人自忙。月团犀胯斗圆方②，研膏入焙香③。　青箬裹④，绛纱囊⑤，品高闻外江⑥。酒阑传盏舞红裳，都濡春味长。

【注】

① 黔中，即黔中郡，今川黔边界一带。诗中具体地点为今贵州
务川境内，当时称都濡县。
② 月团：白色团茶。
③ 焙香，茶被焙出香味。
④ 青箬裹，以箬叶封裹入焙。
⑤ 绛纱囊：绛、红。囊以红纱之意。
⑥ 外江，长江以南。

曹 石

字乖崖，贵州贵阳人。曹维城之子，雍正甲辰（1724）武进士，
选侍卫，官副将。能诗。有《秋烟草堂诗稿》3 卷传世。

游东山长句

百级招提径，攀跻废挽楼。

青鞋蹴石藓，踏破万重幽。

翛然临高阁，旷荡正消忧。

坐我云岚中，列我筫筜俦。

松杉碧蒙密，天音响飕飗。

江山浩无际，列列望中收。

欲留饮者名，遂与杜康仇。

谁贪五鼎食，我愿醉乡侯。

孤枕石头卧，清风为我留。

云岭发孤啸，音韵凤凰悠。

恨无万丈绳，系被崦嵫头。

明月空归去，山灵笑我不？

曹维城

字价人，贵州贵阳人。康熙癸未（1703）一甲一名武进士，官云南副将。工诗画。

初秋登黔灵赠瞿脉上人

黔山精舍好，相对有名僧。
道悟无生妙，禅参最上乘。
茶煎涧中水，香霭佛前灯。
不许尘凡到，云岚护几层。

龚　诩

（1381—1469），字大章，贵州五开卫（今黎平）人。洪武二十八年（1395）调守南都金川门。靖难事变后，更姓名，山卖药为生。著有《野古集》录入《四库全书》。

竹枝词

朝见浮云飞出山，暮见浮云飞入山。
浮云自是无心物，郎既有心何不还？

龚 璁

字玉亭,贵州遵义人,清·嘉庆丁丑(1817)进士,官山东知县。有《留青山房集古诗钞》。

严州道中望浙西诸山

游吴还适越(皇甫冉),
扰扰走人寰(雍　陶)。
苔绕溪边径(钱　起),
波连吴上山(孟浩然)。
身随一剑老(许　浑),
心逐片帆还(郑　谷)。
远岫穿云翠(余　靖),
烟萝不暇攀(李商隐)。

崔 诗

清·石阡府郡守。

浴温泉登聚景亭凭眺

斯泉灵幻极,地喷水如汤。
暖沸肤添润,云蒸气自香。
人心能去垢,炎世觉生凉。
独有探奇客,临流歌未央。

康兆寅

字丙堂，贵州省毕节人，廪生。

登青龙山①

日暖寒云淡不浓，我来才好正初冬。
岚光直下三千丈，烟岫遥望几万重。
野径风腥疑有虎，灵山势壮果如龙。
警人有句凭谁和，高唱还登第一峰。

【注】
① 青龙山，在毕节林口境内，与四川水潦朱家山隔赤水河相对峙。

章永康

（1831——1864），字子各，别号瑟庐，贵州大定府人。清·咸丰二年进士，清代晚期贵州名诗人。著有《瑟庐诗草》《海粟楼词》。

临江仙·清明日客贵阳志感

春意如云着水，丝丝凉意初醒。帘衣低押玉钩轻。燕泥粘絮雪，花落听无声。　　数著归期未准，眉梢盼断盈盈。料应知我客中情。碧纱帘里梦，寂寞度清明。

感怀四章之一

红豆乡园思不禁，闲庭叉手独沉吟。

雁行结字浮云杳，虫语缫丝夜雨深。

未死香心还缱绻，久埋剑气亦销沉。

只须静和桐君语，拂拂风涛指上音。

近作感怀之二

水亦空灵石亦顽，绮怀难并壮怀删。

苍茫足底波千尺，突兀胸中厦万间。

写遍新吟杂歌笑，醒余尘梦得萧闲。

不堪更话黔中事，铁雨金风满故山。

秋感十首之九

算罢缗钱榷酒酤，中原民力困征输。

稻粱杳杳愁闻雁，榆夹飞飞不化蚨。

几见弘羊筹国计，久嫌司马乏兵储。

传闻自昔宽仁诏，尽赐三军所过租。

寒夜有忆用李长吉《梦天》韵

寒天欲晓作卵色，一灯忽死东方白。
寒螀泣露湿罗帏，恨惹鸳鸯愁锦陌。
谁家砧杵西楼下，风送簷前鸣铁马。
金猊香冷坐生愁，一行清泪如铅泻。

谌厚光

贵州省织金人。曾任翰林。

木天杂咏

十载间曹愧爽鸠，一帆风顺到瀛洲。
锦城典试承温语，金殿殊恩拜纂修。
校士分闱叨骥尾，拔人一享属龙头。
春明两次同衡釜，渥荷皇仁体恤周。

越其杰

（？—1645），字卓凡，贵州贵阳人，明·万历丙午（1606）举人。历官凤阳监军，巡抚河南。有《蓟门》《白门》《横槊》《知非》《屡非》诸集。

论 诗

学问聊为借，聪明反欲捐。
悟来方自得，妙处不能传。
水月光无著，池塘梦偶圆。
要知消息好，多在静闲边。

访 友

闲移居在碧溪寻，夏日携诗独往寻。
微映松筠饶有致，不藏洞壑自然深。
谁云道念原存默，未必仙人尽废吟。
商榷既投相视笑，阶前时下一幽禽。

彭而述

字禹峰,邛州人。明·崇祯进士。清·官贵州巡抚,云南布政使。著有《读史亭诗文集》。

礼斗亭

何处觅丹鼎,　苔荒旧石梯。
阴林飞鸟过,　画栋古虫题。
物色劳英主,　穷追到海西。
至今礼斗处,　俯瞰万山低。

【注】
① 在福泉高真观内。

蒋　杰

字美若,号象岩、石门居士,明普安州人,万历十六年(1588)举人,十七年进士,官南雄知府,以广东副使罢归。

平播行

蜺妖毁王度,　恣凶若虎乳。播人亦何艰,蹂躏遗黎脯。逆旗指綦江,血肉膏草土。气味蚀东隅,千里闻桴鼓。凶妖竟不悛,天王赫斯怒。穆清轸灵略,慷慨奋神武。树牙选车徒,文武今吉甫。分道引旌麾,连营罗练组。六师矫犹龙,戈

矛集如雨。前旗蔽白日，流飙捷飞羽。　鼓行
破危关，席卷平田浒。狼奔恃险囮，兀苦鱼游釜。
虎臣翕以奋，批吭捣其坞。贼徒倒前戈，狂羯伏
锧斧。顽梗如转烛，荡灭同摧腐。献捷归朝廷，
扬威耀边围。天子画麒麟，功臣锡圭组。从今横
吹声，增入铙歌谱。堪嗟螳臂微，安足污强弩。
珍重封疆臣，慎勿生跋扈。

登岱作

千盘鸟道转高峰，玉辇曾经过六龙。
松叶未收秦日雨，云光常护汉时封。
天门晓挂岚烟合，日观晴摇海色浓。
寂寞独怜千载后，翠华何处问遗踪。

蒋劝善

字梦范。贵州威清卫（今清镇市）人。明·万历乙卯（1615）
举人，授孟津知县，迁河间同知。辞官归里 20 余年，吴中蕃，
潘驯均出其门下。后被孙可望杀害。有《秦游草》《峨石斋集》。

锄　园

独向荒园把一锄，菜根烂煮月明初。
正须尽摘芭蕉叶，好仿颜家乞米书。

蒋宗鲁

字道父，明普安州人，嘉靖十六年（1537）举人，十七年进士，官历知县、郎中按察史，右布政云南巡抚都御史。著有《治浚款仪疏草》《诗文集》等。

碧云洞

云水南明万象天，奇踪玉宇洞中悬。
瑶坛翠柱虬龙见，华盖丹崖鹓鹊旋。
涧道风湍开远巘，石门花雾带平川。
蓬瀛仙侣耽春胜，对酌沧州思爽然。

程生云

明·崇祯间以拔贡授铜仁知县。

怀冉琏冉璞兄弟①

一门并产双南金，文武才名耀古今。
余玠雅能资妙略，蒙哥何得陷孤岑。
濮阳陻祀终宜永，湘水宗祧远莫寻。
叹我后君生也晚，春风徒怅冉家林。

【注】

① 冉安林，在遵义县东40里，其侧有地名官坟嘴，明宣慰使杨爱妻田金氏墓在焉。

尹公讲堂①

北学破南荒，风在讲堂树。
后来应有人，徘徊不能去。

【注】

① 绥阳知县詹淑《尹公讲堂铭序》云：万历甲辰，余修旺草公
署掘地得碑，题曰："汉尹珍讲堂，唐广明元年七月六日，
播州司户崔礽立"。

傅 潢

（？—1834），字星北，一字筱泉，贵州贵阳人。嘉庆辛未
（1811）进士。官广西全州知州。有《一朵山房诗集》18卷。

出郊行

一身奔走轻于骛，偶尔在衙常在路。
痴床无梦厨有脚，轩裳黯淡泥途污。
出郊一村复一村，一旬未届几回住。
平生本爱农家好，偏教此时亲此务。
菽麦琐事喋喋谋，水来同捍蝗同捕。
穷黎见惯忘官尊，视作佳人苦具诉。
孤岭日斜古祠坐，僮仆眠云马系树。
夜来蛙声满山窗，公然吏被神仙误。
米盐料理委妻孥，客来主出易应付。
独馀一事终歉然，庭间一日牒无数。

傅之奕

字嗣期,清·康熙癸巳科举人,选上元县(今江苏南京市)知县。刊刻《双梅堂诗钞》四卷。

惶恐滩怀古

难回国步空尝胆,已去人心独枕戈。
万里忠魂燕市狱,千秋正气宋山河。
龙归大海遗踪杳,云暗深崖积恨多。
翘首天南星坠处,临江挥泪洒烟波。

傅玉书

(1740—?),字素馀,贵州瓮安人,清·乾隆乙酉(1765)举人。官安福知县。有《竹庄诗文集》。

登三清山

几许云山在户扃,此行真拟入高冥。
落虹唾去还成雨,空翠披来便摘星。
万顷彭蠡吞楚白,一痕瓯越到吴青。
今宵魂梦青无极,正好乘月过洞庭。

西湖杂咏

（一）

四面湖光拥花栏，琉璃千顷碧团圞。
波心照出群山影，直作蓬莱海上看。

（二）

箫鼓喧喧出绮闉，湖山春社赛花神。
何如径上孤山顶，独把梅花供逸民。

傅尔玄

又名尔元，字澹方，贵州桐梓县人，明·崇祯末拔贡。卒年三十五。《黔诗纪略》选其诗5首。

居易堂成

两次驰驱望帝宸，干戈未靖饱风尘。
千秋事业今颁定，一室琴书暂作邻。
鸟过园林鸣翠柳，月临涧石照青筠。
草庐结构名居易，何必滔滔去问津。

山中访友

故人邀我过前塘，云鸟相随渡百梁。
长笛一声惊野鹤，桃花两岸讯渔郎。

傅同形

字鹤亭，之奕次子，清·乾隆庚子（1786）举人。著《雪鸿草》
集。

游土城九龙坉

砧及外曾祖袁公世业，今废。

极天关塞入云中，不数秦关百二雄。
野树多临溪水绿，山花犹是戟枝红。
仰探石壁烟霄近，俯看人家乡陌通。
回首当年平播事，可怜今日此蒿蓬。

舒　位

（？—1815）字立人，号铁云山人。大兴（今北京市南郊）人，清·乾隆五十三年（1788）举人。曾游幕来黔，有《瓶水斋诗集》。

晚下相见破书所见

转岭盘盘出，回溪派派分。
山腰束高日，马首下窥云。
估客得黎杖，苗娘花布裙。
相思不相见，一笑忽逢君。

施秉道中

栀子开花四面风，山坳蝴蝶草根虫。
无人解赠同心者，乱插红藤笠子中。

温灿廷

字小农。贵州桐梓人。

喜　雨

一月蕉声断，尘滓积满斗。播麦土弗生，汲
水井含垢。暑毒攻人心，热病遍童叟。但看篱边
菊，菸苶增恶丑。慰望渐难期，无乃金流走。正
在愁郁间，天公忽开口。吐出冷云浆，快甚太平
酒。有如西江鲋，得水犹堪救。不比无母儿，失
乳空悲吼。大哉造化工，下民亦窗牖。恩膏无所
偏，润泽尽物受。善恶错其间，感召何分剖。气
数不一齐，所值成休咎。桑土苟未彻，甘霖且憎有。
何况夔罔象，恃日作干撒。我本非儒生，安敢坚
墨守。只验阴阳和，再祝生机厚。不觉谯更长，
幽蚤助吟久。

谢三秀

（1550—1624）字君采，一字元瑞，贵州前卫（今贵阳城区）人，明·万历中以贡生为教官。明·戏剧大师汤显称其为"天外才子"。著有《雪鸿堂诗集》和《远条堂诗草》。

夏日集薛文叔孝廉西岩放舟川上作

茅堂朱夏枕潺湲，积雨空林深掩关。偶晴骑马冲泥至，一尊坐对城西山。朝对城西山，暮泛城西水。西水沄沄竹箭流，西山矗矗芙蓉紫。锦缆随风不用牵，濠濮之想何翛然！百尺纶竿严子濑，一床书画米家船。酒怀入手浩歌发，头不裹巾足不袜。浮云散尽江天青，汗漫疑乘贯斗槎，何须烧烛照天花。别有小航载箫鼓，夜深馀响落兼葭。

越郡丞玉岑公江阁

占断南明水一湾，飞楼缥缈隔尘寰。
园同庄叟逍遥趣，山在孙登啸咏间。
曲槛落花惊鹤定，空谭柔橹妒鸥闲。
招携总是渔樵侣，松火秋云共掩关。

晚登滕王阁

枫树凋伤旅雁惊，浮云西满豫章城。
山川已属词人手，楼阁犹悬帝子名。
万里帆樯天外尽，千门灯火望中明。
由来信美非无土，几度登临百感生。

飞云洞

乱后招堤喜独存，上方钟磬静黄昏。
松穿怪石仙人掌，月覆空潭玉女盆。
僧惯煮茶寻雪乳，客还携酒对云根。
重来莫遣迷归路，记取桃花是洞门。

蛮娃曲

蛮娃出户筠筐随，琇子穿环帕裹颐。东邻女
伴竞相逐，四月深山采葛时，葛叶萋萋葛藤绿，
挼葛为丝给春服。经丝易脆纬丝柔，裂指犹嫌纑
不速。破窗风急寒炽生，流黄轧轧无亭声。织成
未敢问刀尺，明日输租应到城。到城杼轴归公府，
吁嗟蛮娃亦良苦！君不见，北里春风歌舞人，曲
罢罗裳弃如土。

西庵径中万竹翛然，喜而赋此

负杖入深竹，一盘仍一盘。

邻僧分路去，野客到门看。

不雨夜犹绿，无风夏亦寒。

素琴多远思，空对此君弹。

夜宿西屯人家

西村襥被酒初香，寒逼莎鸡渐入床。

深巷犬声如豹吠，空田鹤影似人长。

山楼笛起家家月，野浦砧残夜夜霜。

垂老生活耕稼在，衡茅吾拟托柴桑。

三月晦日小箐道中

春事此俱尽，村村逢楝花。

淳风犹近古，左语渐通华。

屋角孤烟直，山根片雨斜。

频年惯为客，今日苦离家。

春病二首

（一）

忽忽春将老，轻寒透薄衣。
闭门花落尽，止酒客来稀。
竹枝供行药，芒鞋负采薇。
多情双燕子，还傍旧巢飞。

（二）

伏枕喧硙鸠，山窗喜载阳。
长贫逋药债，久病礼医王。
厨宿煎茶火，炉添点易香。
晚风吹不定，飞絮满绳床。

迤澄桥晓望

浦树垂花紫满枝，桔槔无力水声迟。
桥头鸠妇唬仍懒，正是农家望雨时。

普定圆通寺登飞翠阁二首

（一）

振衣历翠微，缥缈得飞阁。

松风众壑响，花雨诸天落。

渐螟鹤归林，乍晴钟彻廓。

愿言释尘粉，于焉永栖托。

（二）

了了见城市，人家出平楚。

列岫不知名，闻禽相对语。

采幽成独行，望远到高处。

郁郁山气佳，客子淡容与。

安庄夜闻警

鼙鼓中宵急，愁闻战伐频。

数家出煨烬，一郡入荆榛。

地乱难为客，途穷耻傍人。

披衣待明发，华发镜中新。

谢士章

字含之，普安卫（今盘县）人，明·万历丙辰（1616）进士，历官广东增城知县、重庆知府、云南参政，有《计偕》《笑玉轩》《退食轩》《秋似亭》《罗浮》等集。

宦　况

宦海最风尘，犹堪宦海滨①。
地腴禾两稔，天暖气长春。
鱼蟹饶供馔，江山尽媚人。
《归来》虽未赋，五斗不知贫。

【注】
① 时令增城。

临　池

练裙堪试笔，不若写《黄庭》。
日得双鹅廪，无官亦不贫。

忆故园笋

平生病俗学栽竹，春笋参差出茅屋。
蹴来地上新琅玕，充我厨中贫馔蔌。
那能太守杀晚馋，空费诗人咏新玉。
昔时淇澳满荆榛，何处畏人成小筑！

秋夜舟兴 （四首选一）

莫怪迟舟意，烟光正可怜。
四山皆到眼，有月不离船。
莼美牵归兴，风凉醒醉眠。
诗情清到骨，起坐扣吟舷。

谢国鞭

贵州省印江县人。举人。曾任石阡府推官。

圣墩积雪

翘首看凝素，寒光湿翠微。
迸泉流且冻，枯树瘦能肥。
日落仍留照，僧归尚带晖。
谁来题郢曲，天半笔花飞。

路　邵

字毅斋，贵州省毕节人。清·乾隆三十三年（1786）举人，任浙江黄岩县令。

题德沟山居

自昔愚成性，依溪结小亭。
鹤来松更洁，云去石还青。
卧看阶前草，起谈架上经。
问余何所事？终日自惺惺。

解立敬

字含显，号诚斋，贵州兴隆卫（今黄平县）人。明·万历四十三年（1615）乙卯举人。官至江西巡抚。

赠曾养初

爱子文书不自工，眸棱煜煜对秋风。
母将缚兔双钩法，引入号乌百石弓。
满地烽烟愁未了，一朝诗酒暂能同。
重安清曲宜初服，莫漫兴嗟髀骨丰。

谭开来

（1730—1848）字茂先，贵州大定府（今大方县）人。道光中廪生。著有《醉月草堂诗集》。

残腊朔二奉送叔父白菜

本是寻常物，何堪远寄将。
只缘书味淡，转觉菜羹香。
剥去心如雪，分来叶尽霜。
寒酸知不免，可否暂充肠？

黎　恺

（1788—1842），字子元，一字雨耕。雪楼弟。道光乙酉（1825）举人，任开州训导。有《近溪山房诗钞》《石头山人词钞》。

山斋夏夜

孤吟竟何待，坐久衣袂凉。
不觉月华堕，但闻风露香。
残萤度高树，宿鸟栖丛篁。
吾生本淡泊，触景兴弥长。

禹门晚钟

近晓不成梦，山钟何处鸣？
年来万虑寂，一听一心平。

黎民忻

字建极，遵义人。黎怀仁之子，明末优贡，曾任河池知州，明亡隐于乡。

友　鹿

朝食野之苹，呦呦阶下鸣。
贫交垂白首，几似尔多情。

黎安理

（1751—1819）字履泰，号静圃。贵州遵义人。乾隆己亥（1779）举人。官山东长山知县。有《锄经堂诗文集》《梦余笔谈》。

过禹门寺

白牛露地只无情，自挂筇枝绕砌行。
最是夕阳天气好，杂花深入听流莺。

解长山任

宰官滋味尽咸酸，依旧寒儒此挂官。

晚照一鞭悬马首，清风两袖上渔竿。

鹊华秋色霜前白，淮海春帆雨后看。

再莫回首望长白，逍遥稳过子陵滩①。

【注】
① 拟迁道由浙江旋回。

桃源山太白听莺处

山花满桃源，一峰围静绿。

上有古洞扉，翛然出尘俗。

万古谪仙人，清风洒山谷。

草木留余香。千载钦樵牧。

怅望烟中立，莺声断还续。

晓发黄鱼桥①

帽影鞭丝犯晓行，不堪愁思百端生。

悟桐露冷枝头月，葭菼霜清秋后程。

野阔天高云自远，峰寒江迥雁初横。

茫茫身乐频回首，苦忆乡园万木平。

【注】
① 黄鱼桥在绥阳西十里乐安江上。

黎怀智

原籍四川广安，随父迁来遵义东乡沙滩。明末曾任黄冈知县。明亡削发为僧，拜高僧文雪为师，法名彻智，号策眉。

偶　题

历遍乾坤已半生，岩居今日始修行。
一官抛掷等闲梦，数载幽栖无世情。
客去客来何障碍。花开花落自枯荣。
深山只作藏身计，何用千秋识姓名。

绝　句

一径萦纡入翠微，苍藤古树尽晖晖。
幽行我自忘机去，惊起山鸡拍拍飞。

德　隆

满族，吉林人。清·乾隆间任贵州按察使。

响琴峡①

云浪琮琤响玉琴②，空山寂寞谁求音。
倏来风雨群灵会，写出成连海上心。

【注】
① 该峡在福泉马场坪。
② 琤，玉相击声。

潘　驯

（1610—1681），字士雅，号韵人，贵州贵阳人，明·崇祯
十二年（1639）举人。清初，出官云南蒙自知县，著有《回文诗》
《瘦竹亭诗集》《瘦竹亭文集》等。

回文诗（选二首）

檐前噪鹊

檐前噪鹊报声欢，立伫凭栏夜影残。
帘卷半窗芸案冷，锦裁双袖翠衫单。
纤钩月影烟迷岫，小叶荷珠露滴盘。
添恨晚灯孤对坐，淹留客路远漫漫。

湾前绿水

湾前绿水一归帆，目极朝云接翠岩。

山远带烟回嶂合，树芳堆锦簇花嵌。

闲窗倚石欹寒枕，曲槛飞岚浸薄衫。

颜改几年频恨别，还期梦后寄书缄。

潘　晓

字东白，贵州黔西人，德征玄孙，文苞之子，诸生，有《断续亭诗稿》。在《贵阳潘氏八世诗集》中，晓列第六世。

秋日偶成

秋色清无际，山中引兴深。

绿苔侵古径，红叶落疏林。

有造得幽境，忘机生道心。

天游还共适，野老漫追寻。

潘　淳

（？—1749），字元亮，号南坨，平远州（今织金）人。清·康熙乙未（1715）进士。改翰林院庶吉士。授检讨。罢官后，漫游天下20年。有《橡林诗集》《春明草集》。

答田端云

天边一雁过，仿佛入沅湘。
霜雪榆关满，风烟楚塞长。
故人经岁别，远道数行将。
酒令花寒日，离愁不暂忘。

遣　兴

万事束高阁，关心现在身。
何人光汗简，几辈没风尘。
晚食无须肉，高歌信有神。
乾坤容啸傲，谁道老夫贫。

重经武昌

木黄又见楚天秋，三载身如不系舟。
乌鹊飞依高树杪，鼍龙怒打晚潮头。
一杯重酹祢衡墓，长啸还登庾亮楼。
横槊赋诗千古事，风烟漠漠大江流。

潘　骧

字子襄，贵州前卫（今贵阳市）人，润民次子，明末贡生，永历朝历官罗次知县，崇庆知州，后隐于家。有《淡远亭诗集》。

潎水放舟

袂分黔竹雨，香接楚兰风。
一派涵清浅，千峰划碧空。
地移星始变，天少月难中。
怪石奇于鬼，枯泉倒作虹。
学人猿揖让，避客鸟西东。
寇警居无定，田硗耨不工。
阴云当霁合，春翳与秋同。
忽听渔歌起，沅湘思未穷。

潘润民

（1572—1641）字用霖，一字朗陵，贵州前卫（今贵阳市）人。明·万历丁未（1607）进士。历官广东按察使，云南布政使。有《味澹轩诗集》。《贵阳潘氏八世诗集》润民为第一世。

杂诗

吟罢倚修竹，醉馀盘古藤。
补巢妨堕鸟，解网纵飞蝇。
静室发孤磬，晚窗明一灯。
诸缘俱淡尽，拟作在家僧。

代庖选士次杨霞标韵

万里昆明圣化翔，彬彬俊乂郁相望。
云边早下弓旌诏，徼外争依日月光。
健翮鸥鹏思振翼，空群骐骥自腾骧。
玉衡水镜非吾事，越俎题材浪笑狂。

【注】
乂指才能出众的人，才德过千人为俊，过百人为乂。《黔诗纪略》按：朗陵权提学时当选拔，有携千金求贡者，闻使者潘公也，废然去曰：是万金亦安用哉！试卷必亲阅，不假幕客，黜者无怨言。

喜盘江铁桥成

黑水由来渡浪狂，何人石上架飞梁？
千寻铁锁横云汉，百尺丹楼跨彩凰。
可信临流无病涉，因知济世有慈航。
澜沧胜迹今重见。遗爱讴歌满夜郎。

潘德征

（1640—1713），字道子，号亦，贵阳人。潘驯子。清·康熙八年（1669）举人。官云南罗次知县。署武定知府。后归隐。著有《玉树亭诗集》。

早 发

万峰藏冷月，匹马度荒城。
偶忆家园梦，难禁客邸情。
鸦翻残影出，风突乱烟生。
自笑何为者，劳劳又远征。

薛 涛

唐长安女子，字洪度。随父流落蜀中，遂入乐籍。工诗。韦皋镇蜀，召令侍酒赋诗，称为"女校书"。暮年屏居浣花溪。有"薛涛井"，至今犹存。

竹王祠

竹王庙前多古木，夕阳沉沉山更绿。
何处江村有笛声，声声尽是迎郎曲。

薛士礼

贵州省黎平县人，拔贡。清·乾隆三十八年（1733）任镇远县儒学训导，乾隆四十六年（1781）升贵阳府儒学教授。

潕阳清明郊行

野外谁家背郭庄，数椽茅屋水云乡。
弯弯径里高枝竹，短短墙边细叶桑。
黄犊罢犁眠嫩草，绿蓑经雨卧斜阳。
流莺亦解耽幽趣，竞借庭柯巧弄簧。

近代部分

宝桢

（1820—1886），字稚璜。贵州省平远州（今织金县）人。清咸丰癸丑(1853)进士，授翰林院编修。历官长沙知府、山东巡抚、四川总督。著有《十五弗斋诗文存》。

登岳阳楼

万壑争趋一束收，平分南北共江流。
奔涛直走三千里，浩气全吞十二州。
晋代以还杯在手，希文而后我登楼。
官心平较湖心好，不作风波任载舟。

光绪庚辰阅伍川东有感

一封疏上达枫宸，时势艰难任苦辛。
镇日简书从北至，使星节钺正东巡。
征袍尚带风霜古，夺锦遥传雨露新。
玉尺更邀天眷宠，恩光万里被疆臣。

西充县进瑞谷

一茎三穗事原奇，嘉谷居然胜两歧。
总是地人均得力，更兼晴雨复知时。
绥丰有象诚堪乐，盈满为灾贵自持。
献瑞昔贤多不取，漏天恒雨我心疑。

了尘和尚

（1851—1914），法名圆洲，贵州贵阳人。曾住持贵阳九华宫及平坝高峰山寺。著有《了尘事迹》10卷。

高峰古柏

身归清净域，根老白云乡。
有志冲霄汉，无心作栋梁。

王汝霖

（1824—1860），字泽民。贵州瓮安人。诸生。有《鹿仙吟草》。

河池州

绕郭平池十里长，人家倒映水中央。

黔山只在层山外，望望秋云木叶黄。

溪　山

性成猿鹤恶溪山，老更婆娑岁事闲。

时采紫芝和露种，偶吟诗草倩人删。

夕阳下定鸟飞去，流水无心云自还。

斜坐石头吹短笛，夜深月出满松关。

王作孚

（1825—1892），原名王永恩，字春亭。贵州绥阳金承人。咸丰癸丑进士，丙辰钦点翰林院庶吉士。后任兵部方司员外郎。记名御史，总理衙门章京。后改官山东按察使、布政使。著有《金字山房诗稿》。

读史杂感

（一）

开门揖盗太荒唐，反诩奇功志气扬。
若使人人俱学样，何劳巩固筑金汤。

（二）

伯颜忠勇满朝知，独木难将大厦支。
强虏至今犹胆怯，谁参一着败全棋。

（三）

自知和议懒军心，国是如何覆辙寻。
痛苦力争惟尹士，谁将啼血谅冤禽。

（四）

文臣入阁武封侯，临事谁抒圣主忧。
太息名园成一炬，批章赢得泪双流。

（五）

覆谏谁将致衅挑，旁观袖手自逍遥。
帷幄未克筹千里，蛮触何能定一朝。
祸及阙廷和已晚，忧贻君父恨难消。
英友起着中宵舞，屡盼床头带血刀。

王绩康

字晋侯，贵州贞丰人。咸丰辛酉（1861）举人。以军功授四川庆符知县、晋知州。有《盾头草》《蓬转草》《符水公余草》等。

天然洞①

石隙斜穿一径平，当关护法应纵横。
试行出地通天外，已有重楼复阁迎。
百尺危岩罗佛像，半空疏磬送经声。
他年携到煎茶具，后洞清泉细品评。

【注】
① 洞在罗甸县境。

韦鹤卿

清末民初，三都县集益诗社诗人。

三都隘口

名称隘口系何由，山势回环水停流。
远眺惟观岩壁合，近临方睹激光浮。
乱藤倒影随潭静，瀑布悬流逐浪悠。
两岸青峰岚气绕，许多烟景好勾留。

邓维祺

（1856——1928），字花溪，晚年更名潜。贵筑人。光绪十二年（1886）进士，选庶吉士，历官四川富顺知县、邛州知州、过班道员。晚年寓居成都。有《牟珠词》1卷。

渡江云·春尽日独游锦江楼

啼鹃声最苦，送春如客、南浦一登楼。小风城外路，一色蘼芜，新绿绣芳洲。红情似水，倩落花、拦住东流。还最爱、两三行柳，拴个打渔舟。　　勾留，桥通万郭，上疏灯，又黄昏时候。空盼断、衫痕剪杏，裙褶开榴。江亭北望还芳草，问几时、重见灵修。春去也，有人长伴春愁。

台城路·城久闭，买米不得，日旰未食，感赋

　　锦城真演台城剧，炊烟几家青裊。蝶雉围云，笼鸡断粒，漫要苍苔生灶。斜阳下了。算辟谷仙缘，者番修到。何物撑肠？五千文字理残稿。　　村春听久绝响。怕山登饭颗、依样入少。索到长安、乞如颜令，尚记承平年少。秋怀耐老。俓米斗参禅，醉还同饱。唱罢粮沙，战云天未扫。

石达开

　　（1831——1863），广西桂县客家人。太平天国主要领导人，封翼王。能诗文，亦工书。

咂酒诗①

　　万斛明珠一瓮收，君王到此也低头。
　　五岳抱住擎天柱，吸尽黄河水倒流。

【注】

① 咂酒，以数尺长细竹咂管插入坛中，围坛捧竹吸饮。这种风俗盛行于贵州苗、彝、仡佬、土家各族。此诗在黔省广为流传。《我爱贵州诗词选》："石达开率太平军一部于清同治二年转战贵州，经大定（今大方县）八堡时，与当地父老共饮咂酒，即兴所作，后刻于石上，保存至今。"

石赞清

1906 年生，字次皋，一字襄臣，黄平旧州人，晚清名臣。清道光十五年（1835）恩科中举，十八年（1838）赴京会试中进士。先后任直隶布政使、湖南巡抚、都察院左副御使，工部右侍郎等职。著有《钉饭吟》《紫荃山馆赋帖诗》等刊刻传世。

九华宫道士院

九华青里扣松关，犬吠双崖碧树间。
两卷道经三尺剑，半潭秋水一房山。
杯中壮志红尘歇，洞里烟霞白日闲。
欲问神仙在甚处，虬枝静霁鹤初还。

游观音洞

大士生天竺，何人知行踪？
石梁萦洞转，洞府过山峰。
日布玲珑影，花藏缥缈容。
相看指杨柳，人望似芙蓉。
啼鸟仍临穴，归云时抱峰。
地奇人境别，机绝道情浓。
因物成真悟，苦心归妙宗。
栖时观自在，坐听夕阳钟。

昭君怨

雪重拂庐干，燕山直北寒。
空弹马上曲，直愧镜中鸾。
古戍烟尘满，边隅粉黛残。
自矜娇艳色，时展画图看。

旅怀集句

樽中绿蚁且徐斟，立地看天坐地吟。
红树暗藏殷浩宅，青山遥负向平心。
江边松菊荒应尽，世上风波老不禁。
故国关山无限恨，千峰万壑雨沉沉。

唐多令·山塘酒垆题壁

一片雨濛濛，轻寒压翠蓬。又垂杨、低舞桥东。雪絮烟条多少恨，遮不断，小楼红。　　帘影百花中，客愁和酒浓。祝韶光，且莫匆匆。二十四番春似锦，才数到，海棠风。

龙绍讷

（1793——1873），字木斋，苗族，贵州锦屏人。道光十七年（1837）举人，以教馆为生。有《亮川集》4卷，包含诗、赋、文。

东岫出云

无数烟云触石生，蓬莱五色望中呈。
青龙佳气常葱郁，苍狗殊形几度更。
雨过佛头披絮帽，日临仙掌照铜钲。
此间便是神山否？缥缈楼台画不成。

江水左环

领略终朝放短蓬，一江风月入怀空。
恼人秋树无情碧，媚我春花着力红。
鸥影浮沉波上下，渔歌酬唱岸西东。
冬来寂寞繁华了，戴雪何人作钓翁？

村居杂兴

排愁小步亩南东，云豁胸怀水剪瞳。
看鸭姑娘殊婀袅，放牛老叟亦英雄。
谁家苠笋凝脂白，几处山花插鬓红。
傍晚人归频让路，纷纷担影夕阳中。

史胜书

字荻洲，贵州黔西州（今黔西县）人。道光乙未（1835）举人。著有《秋灯画荻草堂诗钞》。

集翠微阁分韵

连朝积雪已零星，四面山容耸玉屏。
乘兴偶携云外屦，禁寒小集水边亭。
千寻楼影撑天白，一道溪流划地青。
小阁吟诗身入画，朔风吹面酒初醒。

过重安江

冻云黯黯雨疏疏，黄叶声中策蹇驴。
记得前年风雪里，一江寒碧卖鲦鱼。

题王个峰《竹里馆图》

羡子淡无虑，空山绝赏音。
幽篁环老屋，明月在高林。
病鹤入诗梦，孤琴弹道心。
披图一神往，风露湿遥岑。

田思麟

贵州兴义府人。清·生员。

响　水①

危崖曲水吞，其韵清而爽。
岂是不平鸣，妙遏行云响。

【注】
① 响水，位于兴义县城南 20 里。

田慎修

贵州省印江县人，清·同治元年壬戌科举人。

登梵净山顶吟咏

万壑群山争拱朝，昂然中立自高超。
金刀劈处霞千片，铁索牵来路一条。
捧日喜逢霄汉近，披风陡觉俗尘消。
天生桥上频翘首，看破滇黔万里遥。

申咏椒

女，清·思南郡城人。生卒不详。

春　日

春日阴阴小院迷，海棠花发几枝低。
烟笼细柳沉莺语，沙散寒风冻马蹄。
门外坐看云黯黯，园中闲踏草萋萋。
鸣鸠镇日无聊甚，乍雨空来树上啼。

冉映璋

女，清·思南郡城人。未嫁而殉。

纸　鸢

清明时节嫩晴天，对对儿童放纸鸢。
手巧自裁新样子，仙风吹入彩云边。

春　寒

料峭春寒体不支，懒拈针线懒吟诗。
梅花似怕人愁绝，偏向窗前发几枝。

冯克观

普安直隶厅人，同治六年（1867）丁卯举人，任云南弥勒县知县。

侍张心园同登丹霞山集古次韵（八首选一）

岩悬飞瀑吼晴雷，一寸乡心万里回。
世事总如春梦里，洞门早为野云开。
拾薪煮药怜僧病，扫地焚香待客来。
幽情自能情外见，竹梢垂露点苍苔。

吕声桐

清·兴义人。

花桥河月夜闻笛

玉宇沉沉万籁清，天街徙倚夜凉生。
月移花影当窗暗，风送笛音隔院惊。
几处离人悲远道，谁家嫠妇怨长征。
愁心莫漫吹将去，直到榆关古戍城。

危朝英

四川綦江孝廉，清光绪初受水城厅通判陈昌言聘，创修《水城厅采访册》。

迁修圣宫暨志稿成赋此呈陈禹门都转

又将佚事辑成书，忍听偏隅志阙如？
所到棠阴皆蔽芾，岂因草创独踌蹰。
百年人物旁据后，五里山川入画余。
把卷却惭名附骥，望君润色掩空疏。

朱大韶

（1816—1904），字九成，盘县人。任过云南思茅厅巡检。存诗数百首。

咏思茅厅署古松

古干干霄势，风标独羡今。
寅阶留劲节，寒岁见贞心。
广厦支梁栋，心庭荫夕阴。
何当龙化日，喜起载赓吟。

任 调

普安直隶厅人，增生，光绪年间与修厅志，充采访。

游丹霞山 (四首选一)

谁向山峰创寺楼，将军名字古今留。
千重紫气摩仙掌，万道霞光满佛头。
拾级半空疑日近，升阶数武尽云浮。
飘飘若在终南里，无限烟峦一览收。

郎绮秋

女，又名郎霞。清代思南郡人。

山行偶成

陪亲携弟步闲关，曲曲溪流淡淡山。
行过板桥三二里，樵歌隐约出林间。

刘　藻

字湘耜，贵筑人。咸丰诸生。曾任四川通判。著有《姑听轩词钞》1卷。

柳梢青·甲秀楼远眺

岸草汀沙，竹王城外日西斜。潭净涵秋、峰多障日，眼底天涯。　　怜他将相勋华，都付与、苍波落霞。随意生机，消闲福分，怎及渔家？

刘以诚

贵州兴义人。清·光绪廪生。

笔山耸翠

奇峰挺拔似巍峨，独据城南毓秀多。
雨后岚光千堞荡，晴余黛色五霄拖。
好从天外挥椽笔，已兆人间及第科。
倘使携笻临绝顶，众山一览俯森罗。

刘汉英

遵义人。清代举人，普安直隶厅教谕。随黎庶昌赴京，为公使随员。

凤山收院八景 (选三)

魁阁霞飞

杰阁凭虚矗，登临思邈然。
人扶鳌背上，山接凤头圆。
俯瞰城如斗，高吟笔插天。
丹霞遥对峙，落落锦标悬。

书楼赏雨

问字来携酒，披书共上楼。
风声抬雨过，暑气入杯收。
梅笛思黄鹤，萍沙感白鸥。
为霖应慰望，五凤待谁修。

山房抱膝

青分山一角，绿绕屋三椽。
有客皆容膝，抱琴常醉眠。
答歌花坐鸟，和曲树鸣蝉。
解识读书乐，四时心浩然。

刘光阁

清·遵义人，诸生。

送锺表叔度韩家桥至张家桥口而别

送别长桥复短桥，暂逢旋去黯魂销。
徐徐携手怜今日，落落谈心忆昨朝。
有客寒潭刚罢钓，谁家晚照尚贪樵。
他年记取分襟处，古涧荒林气寂寥。

刘秉一

清·道光乡贤。

游东山

老自天涯寄此身，哪堪回首话风尘。
樽中酒满惟应醉，陌上花开肯负春。
游屐有缘逢韵士，名山增色赖诗人。
无穷妙景恣幽讨，一度登临一度新。

许克家

普安直隶厅人，字绳武，号崧泉，同治八年（1869）己巳科举人，官陕西华阴知县。著有《南园诗集》《淡园诗集》。

游碧云洞用东坡（《游金山寺》）韵

看山新自五岳归，闲坐小窗读《山海》。
有客邀我城南游，美人峰下碧云在。
洞中云冷乏头陀，洞口云低水不波。
神工鬼斧何年擘？琼花玉笋中藏多。
笑携筇竹用作楫，轩窗缥渺透红日。
石田膴膴租税无，仙源曲曲桃花赤。
正好寻搜壮吟魂，欲行不行天忽黑。
洞阴燐火暗忽明，猿啼狐啸凄然惊。
惆怅仙棋不可识，烂柯人在知何物？
归路且随云出山，山灵喜我腰脚顽，
探奇未尽兴胡已，重来细问三溪水。

许秀贞

女，字艺仙，贵州贵筑人。适武秀才胡凤翔。工诗画，有《枣香山房诗集》。

霁虹桥晚步

山含落日影微微，小立波光上葛衣。
烟外有人炊荻火，稻花香里打鱼归。

许韵兰

女，字香卿，铜仁徐棨之妻，浙江海宁人。有《听春楼诗》6卷。

京口舟中

金焦晴日雨云开，白浪飞花雪万堆。
江上船如天上坐，六朝山色入帘来。

许禧身

（1858——1916），女，福建仁和人。陈夔龙之继室。有《亭秋绾诗词钞》。

并蒂莲

平明信步绕芳塘，傍柳随堤过曲廊。
湖北鸳鸯还共泛，亭开荷芰自相庄。
出尘不染双心洁，并影同看佳兴长。
我本爱花花对语，频将佳兆祝祯祥。

安家元

彝族，清代水城厅人。厅属文生，辑有《西南彝志》数十卷。

翻译夷书

闲课儿童读爨书，千年虫篆复虫鱼。
莫嫌言语侏离陋，水木根原见太初。

奢香夫人献龙场九驿

开辟功何伟，奢香驿路平。
朝天曾奏对，贡道遂由庚。
柔远无烦力，绥戎不用兵。
世官宣慰袭，顺德诰封荣。
娘子军谁帅，夫人绩独成。
至今叨俎豆，崇祀在忠贞。

安盘金

　　号石谷老人。湄潭天城塘人。清代同治甲戌科（1874）三甲进士，签分云南，任宝宁、建水知县。光绪十一年（1885），中法战起，随云贵总督岑毓英帮办粮台。战后，委为云南厘金总办。卸任后，在筑讲学。

义泉竹枝词

（一）

纷纷雨笠又烟蓑，结伴分秧傍大河。
渔家不解农功苦，绿柳溪边自唱歌。

（二）

农家耕种亦勤劳，说到收成总不高。
任打墙围遮四面，其中难免野猪遭。

安履贞

女，字月仙，贵州赫章人，彝族。著有《园林阁诗草》。

夜宿小河

长河一片去悠悠，草阁凄清不胜愁。
梦里恐防躯体重，可能飞度到妆楼。

不俗居

轩留翠竹舞风清，书史闲看少世情。
士到完名千古重，人无俗务一身轻。

孙诵昭

女，字班卿，遵义王青藜之妻，金陵人。著有《静宜室剩草》。

望月怀两妹

素娥忽窥户，相对且盘桓。
此夜一轮满，天涯几处看。
却因人寂寞，翻羡尔团圞。
望远情何恨，铜壶漏已残。

孙清彦

字竹雅，云南人。贡生，同治丁卯（1867）任郎岱厅同知。善绘画、工书法，著有《郎山说》等。

乙丑秋卸篆南笼道经宛郡伯雅司马表棣留饮郡中纪以长句见赠

有客有客盘州行，感今思旧蛮触枨。

黄云被野除榛荆，浑忘连年烽火横。

口碑载道知舆情，裕如岁时屡丰亨。

欲询斯民农与兵，使君道左车骑迎。

挈来绮署同倾倒，欢情离绪纷如岛。

满堂宾佐各唏嘘，相惊须鬓疆场老。

渊明老子滇云来，为述乡事心颜开。

好将文运销兵气，玉尺亲量宛郡才。

滇黔十载征蹄送，武城何幸闻弦诵？

坐来丝管发清商，南华又醒庄郎梦。

犹意初来棠阴新，大坡堡破军如神。

我提支旅援南郡，那知成败皆难论。

六城联倾似转烛，羡兹后蹈复先复。

功成晋秩岂足多，喜为苍生深造福。

述君事，晋君觞，回思血战犹心怆。

我与君家姻娅行，屡世承恩皆庙廊，

奉君法祖君所当。社稷忠爱非诗狂，

愿相致世如陶唐。

李　芳

字信余，贵州省大定府人。清光绪己丑科举人。民国《大定县志》总纂。著有《漱六诗钞》。

大方杂兴

万峰围绕一江横，控制岩疆隐患平。
毕赤咽喉资重镇，滇黔门户锁边城。
金鸡废撤奢香驿，石马荒芜霭翠莹。
以此南人无复反，天家久已罢南征。

李天极

水城厅人，清·咸丰四年（1824）恩贡，后选训导，以州判用。著有《蕉窗回文诗草》。光绪初佐危朝英修厅志。

新战场

漠漠兮黄云，沉沉兮白日。旷野兮荒凉，平林兮萧瑟。一呼百应豺虎群，一啸百哀猿猱泣。我行至此心彷徨，惊问仆夫此何方。仆夫未及对，泪已下数行。谓此城东二十里，昨年十月新战场。君不见石上模糊凝碧血，白骨权牙皮肤裂。零星须发泥窖中，衣甲片片刀枪折。又不见肋断胫残穴虫蚁，纵列九泉心不死。凄风苦雨晚来秋，杀声震地磷火流。承平日久不知兵，士卒何曾训练精。猝然应募遇埋伏，视死如归齐覆没。噫吁嘻！
自古战阵凶且危，帷幄算定始出奇。行险侥幸胜
亦败，贻恨崤函封秦尸。况复无人收战骨，忍令
游魂依草木。又闻寨硐各逃生，俱被焚杀尸纵横。
饥民捐粮一斛血一斗，只冀保全妻儿与父母。临
阵摧折如枯朽，教伊保抱扶持何处走？嗟嗟处处
皆战场，忠肝义胆血犹香。生为壮士死厉鬼，迅
挽天上银河水。

李世钧

（1862——1919），字秉之，独山人，岁贡生，曾在广西平
南县官巡检。回故里后参加编纂独山州志。著有《东屏山诗钞》《东
屏山文集》。

苗俗杂咏

（一）

采得山花杂不分，盈头斜插馥氤氲。
踏歌连袂春三月，冉冉风翻黑练裙。

（二）

竹楼板屋两三家，间有娉婷亦可夸。
耳缀珠珰腰约素，芦笙声里度年华。

（三）

铜鼓咚咚共往还，短裙窄袖半斓斑。

斗牛跳月归来晚，高髻盘盘踞额间。

李光联

（1848——1924），字璧辉，号绍莲，别号青莲居士，贵州石阡人。清光绪二十年（1894）举人。翌年入京应试进士，参与"公车上书"。著有《小芳园诗草》七卷。

舟 行

山路苦崎岖，经旬出草莽。地临黔楚江，水落天开朗。入夜买小舟，平明发双桨。舟不仅容身，偃息不可仰。绝计惟长卧，梦境翻开广。陡惊舟簸侧，触石森繁响。滩险乱篙声，人定息凡想。　青山送行疾，白水溅舷上。一折涛头落，舟下瞬十丈。绝处忽逢生，惊魂迷向往。安得尽坡塘，水静平于掌。中心每安然，开蓬足幽赏。计程到沅州，心志一为爽。历历风浪中，吟诗纪徜恍。

李廷瑛

（1820——1890），名鼎调，号瑞堂。湄潭宝洞人。清代同治丁卯科（1867）举人，受聘为湄水书院讲席，讲学二十余年。著有《自省斋文集等》。

映　月

满轮皓月映寒潭，秋水长天夜色酣。
万里无云星晰晰，千条垂柳露毵毵。
珠沉一颗鱼争戏，镜挂层霄象倒涵。
多少潜鳞龙待化，行看浪汲禹门三。

李廷嘉

贵州思南府城人，官至四川夔州府通判。

德江晚渡

德水滔滔势自东，从空谁为跨长虹。
舟横夕棹便归客，风顺春江不挂蓬。
两岸看时环江绿，一篙撑处散霞红。
丁宁五马休先渡，滚滚波心落日中。

李茂松

贵州省印江人，清咸丰辛亥科举人。

中和亭晚霁

近景谈层阁，钟声催夕阳。
霞明千点翠，雨过半林黄。
游客携筇下，归禽接翅忙。
最宜凭槛望，一段好山光。

李承栋

字云浦，号良材，贵州省黄平县人，光绪时廪贡。曾代理广
西马坪（今柳州）知县。归里后任黄平县修志局局长等职。著有《寄
奎轩诗文稿》。

丁酉夏初宿飞云岩①

飞云岩上淡云浮，云散云飞云故留。
宿鸟投来天欲暮，长虹挂处雨初收。
瀑悬玉练冲天落，月涌春溪裂地流。
入夜不须天姥梦，此身直已至瀛洲。

【注】
① 丁酉，清·光绪二十三年，即公元 1897 年。

李荣萱

贵州贵筑县人，清·道光普安训导。

龙溪砚歌①

　　盘溪之山缭而曲，群峰突兀天半矗。盘溪之山萦于纡，九龙蜿蜒潭中伏。我来此地值春深，未暇选胜探林麓。山人谓山产佳石，如星罗列满幽谷。以之制砚润而温，赏鉴家都宝诸楗。我闻此言辗然喜，地不爱宝邦之福。雅游结伴往溪寻，磊砢纵横豁心目。石田截肪天生成，或凸或凹或反覆。奇石缘溪选取归，恍如赐我千锺禄。良工刻意巧雕镌，磨珑浸润形严肃。方圆制式命佳品，端溪不能擅其独。堪嗤斯世蚩蚩人，不宝妙砚宝珠玉。吾愿求得此砚百千方，留与子孙勤耕读。

【注】

① 龙溪砚，产于普安县城西15里之龙溪，位于九龙山腰的九龙洞内。

李梦松

贵州思南府城人，清光丁酉（1837）科拔贡。

凤凰山吟

昔闻凤凰山，崎岖石蹬难跻攀。今为凤凰吟，
凤凰一去不可寻。我来登此正朝阳，碧梧百尺交
青苍，如闻凤凰音，六六鸣高岗。高岗万古浑如
故，凤凰飞鸣不知处。白云随去来，桐崖自朝暮。
桐崖峻处白云栖，盘盘之字排丹梯。归昌节足高
难和，只今空山惟有猿号，鹤泪子规啼。

李锦心

（1835——1910），郎岱厅人，光绪丙子（1877）举人。

岱山八景 （选四首）

东山望气

古木参天绕四围，东山佳色映清晖。
老僧扫叶通幽径，骚客寻芳上翠微。
紫气来时苍霭合，清钟响处白云飞。
曷当载酒临禅榻，静写《黄庭》掩素扉。

西林古渡

西林胜境自谁传，江水弥漫汇百川。
待渡人声闻碧落，乘船客拟上青天。
烽烟永靖归来日，翰墨留书忆昔年。
对此诗情应更远，琳琅佳句写鸾笺。

雄关铁锁

铁关陡峻山重霄，僻径弯环百尺迢。
树里人家倚石近，山头庙舍接天遥。
雁鸿鼓翼飞难越，锁钥悬书迹未消。
漫诩崤函天下险，南人不反已三朝。

陇箐连云

重重密树挺峰峦，陇箐名区最壮观。
云飞时随禽鸟逐，岚光欲共海天宽。
浓阴万叠山都暗，老鹤一声月正圆。
徒倚危楼遥指点，倪迂图画此中看。

李端棻

（1833——1907），字苾园，贵州贵阳人。清·同治二年（1863）进士，历官刑部、工部侍郎，礼部尚书。光绪二十二年（1896）上《请推广新学折》，立京师大学堂（今北京大学前身）省府州县遍设学堂。后密荐康有为、梁启超、谭嗣同才堪大用。戊戌变法失败，被清廷贬去新疆，中途遇赦归原籍。受聘主讲贵州经世学堂。著有《苾园诗存》。

和《文信国乩诗》

怕听中秋月有声，要从菜市哭忠贞。
幸予被遣为迁客，匹马秋风出帝城。

感　时

学派何分旧与新，纷纷聚讼究何因？
绝无思想皆顽党，略得皮毛作解人。
可惜尊荣安富贵，甘与奴隶牛马身。
若问后来真结果，波兰印度是前尘。

政治思想

天地区分五大洲，一人岂得制全球。
国家公产非私产，政策群谋胜独谋。
君为安民方有事，臣因佐治始宣流。
同袍若识平权义，高枕无忧乐自由。

寓甘州示诸弟①

传说边城极阻艰，轻裘忽至玉门关。
远行经岁都忘倦，老去能生幸得闻。
始识雷霆皆雨露，要乘风雪看天山。
寄言群季休惆怅，得酒依然便解颜。

【注】
① 甘州即今甘肃省张掖县。

醉余吟

醉后仰天笑，我歌呼呜呜！我歌非歌聊代哭，
我劝世人休揶揄，世人皆醉我独醒，迂哉三闾之
大夫；世人皆醒我独醉，此心仍得常糊涂。不然
炯炯撑双目，安得同流而合污。

学术思想

早知素习尽虚空，志绩维新日有功。
目的胡为犹惝恍，心思毋乃欠昭融。
素王学术无今古，黄种灵明胜白棕。
宗旨看清须起法，何妨时势造英雄。

国家思想

君不堪尊民不卑，千年压制少人知。

奴隶心肠成习惯，国家责任互相推。

峡经力士终能剖，山有愚公定可移。

缅昔宣尼垂至教，当仁原不让于师。

党　祸

几见清流误国家，权奸颠倒是非差。

狭心但解酬恩怨，盲眼何曾识正邪。

戮辱遭囚无漏网，晋唐明宋有前车。

汉阳路口京都市，云散风凄日又斜。

应（贵州）经世学堂聘（为山长）

帖括词章误此生，敢膺重币领群英。

时贤心折谈何易，山长头衔恐是名。

糟粕陈编奚补救！萌芽新改要推行。

暮年乍拥皋比位，起点如何定课程。

移居后院写赠陈懋枢大兄 (二首选一①)

速将家具彻宵移，未得身闲力已疲。
教婢安排床桌几，呼童检点画书棋。
居无尽美方称善，物岂求全但适宜。
兆吉兆凶都不信②，安眠作止恒于斯。

【注】

① 陈懋枢：20 世纪初贵阳市知名人士，陈恒安之父。
② 作者移居长春巷新居前，传说该院常闹鬼。作者抱"不怕鬼"
　　的态度迁入。

李增春

字东垣。同治岁贡。一生以教学为业。录自《桐梓耆旧诗》。

闻河工告成喜赋长歌

浩浩滔天洪水时，舜瞳堕泪尧愁眉。
上天不生神禹奇，万古中国窟蛟螭。
书传苍水梦玄彝，庚辰申亥托神祇。
天功实藉人力为，泥輴山欙四载驰。
疏瀹排决次地施，八年手脚忘胼胝。
巍巍高树峋嵝碑，万世安澜众赖之。
吾桐蕞尔荒边陲，汉郡唐州渺难知。
国初至今患冯夷，昏垫沉灾民流离。
平田万顷里芦芝，水来千溪又万溪。

葫芦一洞如漏卮，秋冬出入尚咸宜。
春夏水盛吞吐迟，顷刻泛滥成天池。
红涛白浪翻城陴，浸房灌屋涟沦漪。
远迁近徒万户悲，老幼负载苦携提。
最怜十万禾稻滋，淹没糜烂化涂泥。
年丰夫饿妻啼饥，岁歉无以供爨炊。
中丞黎公深嗟咨，抚君抚民皆以慈。
圣贤豪杰不扶危，乾坤六合成疮痍。
太行王屋且可移，巨灵擘峷任难辞。
或谓栋折榱倾欹，大厦诚难独木支。
公曰否否吾在兹，回天将以一手持。
为民请命职所司，竭诚拜表达丹墀。
先输内帑兼抽厘，一劳永逸同欢嬉。
筹划下令鸠工垂，凿空混沌开河湄。
悬岩壁立钻刚锥，攻以炮火霹雳随。
石破山崩天惊疑，无险不凿幽不錍。
五年鼙鼓未停锤，山泽通气孔洞披。
河伯往来无险巇，水不壅遏下流卑。
有志意成共怡怡，从此寸壤皆良菑。
桑麻树满高下陂，稻黍粱稷甘如饴。
城乡安堵风恬熙，饱食安坐敦书诗。
郑国穿渠暗有欺，李冰治灌良足师。
虽然禹功未敢追，如过河洛咸兴思。
桐人幸逢唐虞期，此功端不颂皋夔。
明德深入人肝脾，以后洽髓长沦肌。
区区何以报恩私，世世活我孙与儿。
为公建立长生祠，千秋万岁神在斯。

杨　芳

（1770—1846），字诚村，贵州省松桃县人。清嘉庆年间，曾七任六地总兵，十任六省提督。道光八年（1828），被晋封为太子太傅，建威将军，荣禄大夫，果勇侯。

疆场抒怀

（一）

疆峰独立耸蓝天，平眺关河忆枉然。
四境风洒传鼓角，万山云迷走烽烟。
边纷未息劳宸虑，将帅无谋奏凯旋。
多少不平怀里事，登高执笔泪难捐。

（二）

须道周郎善用兵，将军小李亦知名。
千行坐勇心原壮，一战归来胆已惊。
好勇无谋花乱阵，潜师不出柳藏营。
肤功未奏飘然去，纵贼归田耻圣明。

（三）

春风春雨又花朝，战伐经年壮志消。
大帅何曾筹上策，单于忽已遁中霄。
空军犹闻张旗鼓，城雉森严禁斗刁。
更有孤军能直捣，桥头痛绝霍嫖姚。

题剑阁（四川剑阁寺）

烽燧俄传接帝京，焦心日夜系军情。
足底蹭蹬随高下，胸次康庄自坦平。
鹏翮声搏天万里，马头梦冷月三更。
遥遥剑阁家何在，力挽银河洗甲兵。

作于道光十四年（1834）

登回澜阁①

（一）

高阁临江触太空，禅光匹练系长虹。
寸心散淡云霄外，二水盘桓造化工。
浪里频堆千个月，波中微动一楼风。
芦苇深处浓烟锁，漫驾扁舟学钓翁。

作于道光二十年（1840）

（二）

　　为爱白云陡翠山，层波先我上雕栏。

　　眼前风景随心得，夜半钟声协漏残。

　　山水有情多寓目，乾坤无事少登坛。

　　剑光近接三台气，权就峰头学炼丹。

【注】

① 回澜阁，位于松桃城北，松江河畔一山崖上的阁楼，雕饰华美，绿树成荫，曲径盘转，崖下碧波清流，四季香火不息，是松桃一大名胜，建于道光十八年，毁于"文革"中。

杨文照

　　字得天，号剑潭（昙），贵州贵阳人。道光甲辰（1844）举人。官广西直隶州知州。著有《芋香馆集》。

赵河感旧诗

　　飞絮萍花感不禁，东风影里认浮沉。

　　异乡岁月愁中鬓，末路功名醉后心。

　　城郭千年仙鹤杳，阴符一卷草堂深。

　　天涯随意留鸿爪，多少泥痕没处寻。

游东山寺

浮云天际锁重重，秋色平分酒正浓。

满地黄花诗馆雨，一山红叶寺楼钟。

崖深自古藏书稿，泉冷何人淬剑锋。

闲坐偶当斜月上，光明影星是中峰。

杨世煦

字和轩，贵州桐梓县人。清·道光戊申重游泮水。卒年87岁。

重游泮水述怀

重见飞鹗集泮林，时逢伏腊谱新吟。

梅开古洞烟霞媚，树老空山岁月深。

白发已增今日鬓，青春犹抱昔年心。

诸君莫笑褴衫旧，碧水从来几再临。

杨兆麟

（1871—1919），字次典。贵州遵义人。光绪二十九年（1903）中一甲第三名进士，俗称"探花"，授翰林院编修。入日本早稻田大学，获法学博士学位。出任嘉兴知府，记名提学使。赴广州，出任非常国会参议员。著有《守拙斋诗集》。

冬夜怀黎受丈

四年不见黎夫子，文采风流想昔同。
老境知犹腰脚健，禅机彻否地天通。
休官喜得闲身乐，愤世狂歌吾道穷。
为问苏堤好风雨，可能壶榼寄游踪。

【注】

黎汝谦，字受生。系兆麟叔岳丈。

送友人归国

（一）

米锦欧花一笑中，寻芳何事醉春风。
痴心付与东流水，毕竟繁华转眼空。

（二）

到此方知夙愿违，病馀瘦况不胜衣。
子规夜夜啼胡月，似为征人唤早归。

（三）

分明世局布如棋，故国莺花怆客思。
袛有谪仙缘未了，伤心怕读杜陵诗。

（四）

听罢骊歌涕泪潸，翻将怨岭指神仙。
长江天际孤航稳，料得王郎早渡关。

杨廷芳

侗族，贵州省榕江县人，道光二十三年举人。著有诗集《鸿
嗷遗音》。

望乡有感

独上高岗望故乡，蓬蒿满眼实堪伤。
颓垣自昔曾歌馆，乐土于今作战场。
野狂荒烟生漠漠，村墟蔓草暗苍苍。
江城画里悲何在？几度寒鸦下夕阳。

初到洋洞训馆写怀

破浪乘风胆气豪，偶因失势计无聊。
身依草舍三间陋，志切云程万里遥。
半籍舌耕当诵习，全资馆谷助箪瓢。
千将若不逢雷焕，谁识光芒射九霄。

杨怀清

字同亭，贵州瓮安人。道光乙酉（1825）拔贡。著有《同亭诗草》。

高车阁上

独从秋色里，走马上高台。
山势连云起，江声抱雨来。
昔闻玉粲赋，今乏贾生才。
翘首看黄鹄，何劳燕雀猜。

杨映云

贵州独山人，生于清同治九年（1870）。独山州学优廪生。1900年到广州参加孙中山的同盟会，1909年到贵阳参加自治学社，曾任《西南日报》编辑，鼓吹革命，1911年派回独山赶走满官。后被地方保皇派杀害。年仅43岁，著有《董斋诗集》和《兰花诗》100首。

都　匀

剑河南下水潺潺，缭绕全城波浪间。
更有南皋题咏处，常留笔砚在龙山。

杨调元

（？—1911），字和甫，号促和，贵筑人。光绪三年（1877）进士。官陕西渭南知县。著有《绵桐馆词》1卷。

清平乐

苍岩如削，人语空中落。隐隐山楼窥一角，疑是真灵栖托。　　时平不掩关门，往来一任闲云。细草香风满路，落花流水前村。

虞美人

清溪三尺玻璃水，回抱青山嘴。鳞鳞浪蹙晚霞红，无限好诗都在夕阳中。　掀头艇子科头坐，未必中无我。红尘不到绿窗纱，羡煞柳阴深处那人家。

苏廷忠

字福臣，四川纳溪人。拔贡。清·同治十三年（1874）6月，至荔波任知县。善吟咏。

荔波八景 （选二首）

西峰霁雪

西风叠叠玉玲珑，却为闾阎预兆丰。
瑞霭螺鬟新月白，诗吟驴背夕阳红。
寻梅峻岭逢樵子，荷笠寒江有钓翁。
那似高僧清梦稳，不妨宦游印泥鸿。

梨井春光

梨花井上斗芬芳，游士争流曲水觞。
胜地谁遗棠树爱，甘泉应带荔枝香。
三春灿烂逢寒食，一勺清凉洗热肠。
重见吾民熙皞象，光天化日正舒长。

吴铁庄

（1875——1912），名光培，字仲裁，清·贵州大定府人。光绪三十一年（1905）考入贵阳"将弁学堂"，毕业后创办"测绘学社"。清宣统元年（1909）赴广州参加新军，其后拟出南洋与同盟会联系，未成行而卒。有遗稿《铁庄杂著》。

病笃诗 （三首选二）

（一）

苦雨潇潇泪不干，主权失尽枉呼天。
生平血恨知难雪，唯望精魂化杜鹃。

（二）

豺狼当道狐狸多，满目蓬蒿唤奈何。
怪道军人犹怕死，更谁相与挽颓波。

吴慕尧

贵州省锦屏县人，举人副榜出身。曾参与戊戌变法，后入南社与同盟会。任《国风日报》主笔，黄兴讨袁军总司令部秘书。为组织谋杀袁世凯，不幸被捕于上海，杀害于北京。

戊戌春再游黔灵山 (四首选二)

(一)

闲暇约友上黔灵，走出书斋喜气盈。
遥听树间山鸟叫，对人似作不平鸣。

(二)

登峰放眼贵阳城，螺屋蚯街散乱横。
可叹今朝谁个晓，更忧长夜烛为萤。

余　珍

（1825——1865），字子儒，号宝斋，又号坡生，彝族，贵州省毕节人。善诗文，著有《四余诗草》。

发戛岔河滇黔蜀三省交界①

一步经三省，依稀万里游。
山深蛮鸟噪，风急暮猿愁。
落日横人面，奔云撞马头。
客心孤独处，搔首看江流。

【注】
① 发戛：即法戛。三省交界：指鸡鸣三省处。

余　昭

（1827——1891），字子懋，号大山，彝族，四川省叙水人，曾随伯父余白庵居毕节大屯。清诰授朝仪大夫，真隶州知州，叙永后补知府。著有《大山诗草》《有我轩赋稿》等。

夜宿毕节龙蟠岗之东壁轩

嵯峨楼阁透珑玲，面面峰峦列画屏。
四壁松杉终夜雨，万家灯火满城星。
凭虚直欲凌云去，觅句还为待月停。
可比娜寰真福地，全黔此处最钟灵。

余 源

（1879——1923），字怀斋，贵州省毕节人。早年从军至重庆、黔江，后无心仕途，托病还乡，被杨仲瑶请为师爷。因以文字讥讽亮岩乡绅阎伯平，被阎杀害于亮岩板桥。著有《怀斋言情百律》。

题毕节观音桥吊柳

淡淡烟笼柳眼娇，绿阻翠色画难描。
因逢朝露非含泪，未遇东风懒折腰。
曾记苏台莺燕语，又看汉苑岁时消。
情牵客梦因春到，金缕丝丝系石桥。

余若琼

（1870——1934），字达父，贵州毕节人，清末举人，彝族进步人士，辛亥革命后任贵州法院议员、大理分院长等职。著有《隧雅堂诗集》。

梨树坪①

暮气振寒林，羁人动客心。
三年经破驿，再鼓激能琴。
入市人声寂，当途犬语侵。
只余明月好，为我出高嶔。

【注】
① 梨树坪：即今毕节梨树镇。

秋感[①] （八首选一）

羽书草草报勤王，战胜何人运庙堂。

忠义孤儿非将略，蹶张卤薄岂戎行。

储胥飞輓空罗拙，剑戟成军屡散亡。

安得二三豪杰出，早弯弧矢殪封狼。

【注】

① 按此诗写于光绪庚子（1900），时八国联军入侵北京。

余家驹

字白庵，贵州省毕节人，彝族，毕节诸生。能诗文，著有《时园诗草》。

法戛河[①]

瀑泉天外飞，怪石对人立。

山云互吐吞，风水相呼吸。

惊涛拍岸喧，狂澜下滩急。

一叶剪江来，破浪过箭激。

【注】

① 法戛河：即今林口渭河，其与倒流水（河）交汇于三岔河（鸡鸣三省处）之后称赤水河。

何绍基

（1799——1873），字子贞，号东洲，晚号蝯叟。湖南道州
（今道县）人。道光进士，授翰林院编修，曾充贵州乡试副考官，
历官四川学政。著有《东洲草堂诗文钞》。

榜发，得士甚盛，皆谓黔中从来所未有，喜成一律书围墨后

玉尺楼头大月悬，奇光照彻夜郎天。
秋风鹄立三千士，沧海蛟腾四十贤。
经术居然参许郑，才思时复到云渊。
取珠叠璧欣传士，为破荒寒三百年。

【注】

何绍基充贵州甲辰（1844）恩科乡试副主考，中式 40 名，
其中有杨文照、傅寿彤、叶鼎等名士。书法原件现藏贵州省博物馆。

龙里馆夜雨枕上作，计晴将十日矣

贵阳烟树近，暂可息登临。
走马千山影，闻鸡五夜心。
晴余凉有味，秋老梦俱深。
忽听潇潇雨，聊为拥被吟。

何威风

（1853——1918），字翰伯，号东阁，贵州清镇人，清·光绪十一年（1885）举人。工书画。

清泰庵即景

弯弯曲径倒颠行，清泰庵前品物亨。
一树石榴垂紫菌，满院包谷带红缨。
门前黄犬能招客，河里青蛙乱打更。
偶然瞧见月初上，斋粑豆腐不胜情。

陋室居

月照疏棂面面光，菊花开处已新霜。
怪来今夜寒侵骨，为酿明朝红太阳。

邬井南

贵州兴义府人。清·道光望都知县。

九日天榜山登高

万壑松风一啸秋，手扪天雨落红流。
登临岂借白衣酒，酩酊难销青眼愁。
三径园林安梦蝶，百年世路听呼牛。
萸囊空解嗤常例，未必仙源不可求。

宋　蛟

字绍何，号清凉仙子，悲秋主人，大定府人，以宣统己酉科
（1909）拔贡，分发湖南直隶州州判。著有《清凉仙子吟稿》。

荷城即景

诸生讲解夕阳催，一字分疏几化裁。
风飐好花随影动，雨余明月破窗来。
陇上青毵新草润，柳梢白练晓烟开。
看罢池荷消俗虑，闲庭小步且徘徊。

水城霜天即景

几杵疏钟万籁空，霜花芦絮一般同。
才人自觉头先白，落叶初翻面带红。
弦影赚侬葭菼外，弓鞋若个板桥中。
鹧鸪早向江南去，叩户萧萧听晚风。

宋　翱

字翔轩，贵州省麻江县人。岁贡，倡办下司小学。后官至赫章县长。1925 年卒。

访诸史村即兴

记得前春醉步回，一年容易又重来。
更添雅室攻书句，况有高楼傍水隈。
三四儿童皆长大，周围花木遍培栽。
为忻张仲人家好，诗兴还同酒兴开。

沈昭云

贵州省毕节人，清·同治十二年（1873）举人。

灵峰仙境

山川秀气结灵峰，景色参天各淡浓。
试问仙翁何处去？一声钟响白云封①。

【注】
① 白云：灵峰寺旧称白云寺。

张　琚

字子佩，贵州黔西人，清·道光乡试副榜，选开泰教谕，屡
掌黔西狮山、玉屏两书院。著有《焚馀草》。

明王中丞殉节处内庄吊古

慷慨中丞节，丹心照鬼方。
过门曾走马，解绶不还乡。
成败何须论，生灵实可伤。
自今丛冢骨，遗恨失因粮。

至黔西阳明祠

阳明祠院旧山房，凿翠丛林辟讲堂。
旷代儒宗新俎豆，一番典礼肃冠裳。
黄花酒熟生辰奠，十柏阶联弟子行。
谁继龙场勤劝学，新昌遗爱嗣东乡。

奢香驿

谁激诸罗变，贪边踬有功。
君王自长策，女子亦英雄。
九驿邮初置，三巴路已通。
夜郎今自小，不待问唐蒙。

十柏山房宴集，用吴澈翁游东山韵呈姚柏山太守柬之

毵毵十柏拥苍屏，欹枕幽香入梦醒。
禁体成诗浮大白，馀情调鹤坐深青。
为耽野趣频邀月，况有新篇继聚星。
暂挽高轩还小住，画图拟作醉翁亭。

瓶　花

莫问东风怨折枝，珠帘垂处酒香时。
霏红坠粉愁成阵，瓶里闲花那得知。

张人鑑

字镜蓉,贵州贵阳人,有神童之誉,卒年仅19岁。有《钧珊遗草》1卷。

咏　史

鸿门宴罢约鸿沟，成败机关误项刘。
百二河山秦苑火，八千子弟楚人羞。
干戈赤县驱亡鹿，冠盖乌江葬沐猴。
闻到拔山歌一曲，凄凄垓下水东流。

张士兰

字心园，普安直隶厅人。道光十四年（1834）举人，十五年己未科进士，候选知县。

丹霞山题壁

客游无处谢尘埃，得访名山又此回。
霞落半天仙犬吠，松封一径寺门开。
钟声隐隐穿林出，雷火年年下殿来。
却感高僧留待意，新醅香酒满金罍。

张之洞

（1837——1909），字孝达，号香涛，晚号壶公，别号香岩居士等。原籍直隶（今河北）南皮。生于贵筑县（今贵阳市）六洞桥，并在贵州度过其少年时代，11岁作《半山亭记》，13岁成秀才，16岁回南皮中举成二解元。同治二年进士，授编修。后任湖广总督、两江总督，体仁阁大学士、军机大臣等职。

鸡枞菌赋①

（一）

淡烟漠漠雨初晴，郊外鸡枞菌乍生。
采满筠篮归去也，有人厨下倩调羹。

（二）

香菌号鸡枞，托根依芳草。
有客异味尝，雅欲黔南老。

（三）

雨后空山有足音，鸡枞香菌餍侬心。
乱峰迢递烟岚锁，知在深山何处寻。

【注】
① 此三首诗系张之洞12岁时在贵州鸡枞菌赋》首尾之歌。

归　家

去时春水桃花发，归日郊原苜蓿青。
京国风尘伤老大，期年骨肉见凋零。
孟光蓬历犹如昨，骥子呕哑渐可听。
且学躬耕避闻达，移书先告草堂灵。

惜　春

老去忘情百不思，愁眉独为惜花时。
阑前火速张油幕，明日阴晴未可知。

食橄榄

回甘青子出艰难，烂熟朱樱众喜欢。
内热清凉空定论，几曾同荐赤瑛盘！

胡祠北楼送杨舍人还都

烟搅离肠酒易醒，搴蓉缉芷送扬舲。
鬓边霜雪秋催白，山势龙蛇雨洗清。
剩与读碑思岘首，不辞攒泪洒新亭。
凄清喜有寥天雁，且破愁颜北向听。

四月下旬过崇效寺访牡丹花已残损

一夜狂风国艳残，东皇应是护持难。
不堪重读元舆赋，如咽如悲独自看。

悲怀悼亡室滦州石氏

笼具凄凄贯忍寒，箧中敝布剩衣单。
留教儿女知家训，莫作遗簪故镜看。

奉和房师舍人范鹤生先生 (鸣和榜后见示之作)

沧海横流世，何人惜散材。
嶔崎为众笑，湔拔有余哀。
叠中凭摸索，孤生杖挽回。
韩门多澈喜，应恨不同来。

张问渔

普安直隶厅人，同治十二年（1873）癸酉科举人。

傅将军墓

阴风吹雨野花开，独拜将军墓下来。
五百余年无恙在，可怜儿辈没蒿莱！

张国华

（1808—1871），字蔚斋，兴义府（安龙）人。清·道光五年（1826）副贡生，知府张瑛儿子张之洞的启蒙老师。

兴义县竹枝词三首

（一）

语音清软是黎峨，苗锦成时市上多。
排草碗糖携篚卖，红楼儿女唤么哥①。

【注】
① 么哥，时俗称滇人为么哥。

（二）

壤接滇乡并粤乡，笔山青对读书堂。
旭初念切生明计①，课学兴农建义仓。

【注】
① 旭初，即张明府中阳。

（三）

坡上三台路不平，石龙一道直穿城。
白羊洞口藏云雨，俚唱行歌也系情。

登兴隆山①

古寺临坡叠，回环树万株。

明看人入石，曲似蚁穿珠。

窄路云根起，晴天日影无。

当年占设险，曾为状雄图。

【注】

① 兴隆山在安龙县城东 20 里。

张鸿绩

（？——1897），字退渔，号药农，仁怀直隶厅（今赤水市）人，四川候补道员，著有《枯桐阁词稿》1 卷。

忆旧游

记花开韦曲，草暗秦川，同浣清尘。客里惊离绪，望棠梨花落，六度逢春。昔年汉南种柳，摇落已伤神。况巷陌斜阳，几多燕子，商量黄昏。　　销魂，依栏处、怅海天空阔，目送归云。曳杖寻诗去，间武夷烟月，可许平分？此中自有千古，残梦苦羁人。愿再约盟鸥，共寻黄叶江上村。

张德徽

思南青杠坡人。曾任湖北施南府知府，思州知府。

浪淘沙·圣岭春耕

春水满芳塘，叱犊声忙。山村四月始分秧，
东岭乍晴西岭雨，一倍商量。　　薅麻又开场，
磕响成行，菖蒲花发早禾香，谷雨清明都过了，
不觉端阳。

陈　田

（1851—1922），字松山，贵阳人，陈灿弟，清·光绪十二
年（1886）进士，授翰林院编修。辑有《明诗纪事》近 200 卷，《黔
诗纪略后编》33 卷，著《陈给谏遗诗》。

安平晓发

笋舆坐啸足萧闲，曲径纡回水一湾。
绿野催耕新贺雨，白云作海欲沉山。
地饶丘壑能留赏，春满莺花为解颜。
记取定翁诗句好，幽居掩翠忆乡关[1]。

【注】

[1] 安平为定斋先生故里。先生有《家园杂忆》诗云：“六年簪
　　笔向彤廷，苦忆幽居掩翠扃”。

板桥和题壁原韵

惜别匆匆折柳条，东风几度客魂销。
君来我去分明记，瘦马驮诗过板桥。

陈 灿

（1848—1917），字昆山，贵州贵阳人，光绪丁丑（1877）进士，历官云南按察使，署布政使。有《知足知不足斋诗存》《文存》各1卷。

勘界归经车里

版纳回环带砺封，河山佳气郁葱葱。
澜沧浊浪奔千马，车里奇峰涌九龙。
生意最怆边草绿，炎威偏侠瘴云红。
练兵设险宜筹备，压境强邻虎视雄。

猛笼缅寿晚眺

春草新开牧马场，青山点点下牛羊。
瘴乡一样闲风景，粉塔金字艳夕阳。

陈 矩

（1852—1939），字衡山，贵州贵阳人。陈田弟，监生，随黎庶昌出使日本，任文案。后任四川天全知州，贵州省立图书馆馆长。有《灵峰草堂集》。

秋 柳

（一）

雨丝烟缕后先凋，月冷霜严镇寂寥。
南浦攀残行客手，西风尽瘦女儿腰。
乌翻白下岁惊晚，人到金城魂暗销。
昔日楼台遮不住，繁花一梦付秋蜩。

（二）

桥横红板水如油，昔日人归忆旧游。
枝啭秋莺悲往事，曲翻古笛动新愁。
灵和宫女销青黛，京兆衙官感白头。
寄语诗人休悼惜，春风隔岁艳江州。

陈 煊

湄潭永兴三岔河人。同治四年（1865）乙丑科进士。官湖南平江、石门、桂东等县知县。诗文刊有《见真吾轩》集行世。

山居春日

几日浓春上远林，浮生于此合开襟。
蒙庄左史随时读，谢草江花有梦寻。
晓起粟苗初破舌，夜来花事恰关心。
风光传语共流转，一刻须抛一寸金。

陈大镛

遵义人，清·道光癸卯举人。

馆中病剑愈，寄弟钲，时弟将婚

兄弟年年各寄身，一回分袂一伤神。
别来止作连床梦，病后浑如隔世人。
修凤手高须贵熟，关雎赋近莫嫌贫。
男儿辛苦原常分，尚念文章可报亲。

陈汝翼

字慎斋，清·道光己酉举人。录自《桐梓耆旧诗》。

午日思亲

节序匆匆去太忙，庭萱不共石榴芳。
艾茸未灸心先痛，角黍空堆味懒尝。
采药休寻益母草，蓄兰犹记浴儿汤。
世传蒲酒堪延寿，无复慈亲晋此觞。

陈际唐

字赓虞，贵州桐梓人，少为诸生即课徒，游其门者数百人。卒年八十。

馆 中

野花深处屋三间，远隔尘嚣自往还。
新燕来巢如我拙，暮云归去较人闲。
敢劳问字频携酒，且喜开门便见山。
春草满阶生意足，呼童但扫莫须删。

陈枕云

（约 1829——1910），女，生于贵州大定北乡书香门第，著诗数百首，多散佚。族裔得 99 首，结集为《滴碎愁心集》。

甲子仲冬随兄避兵入蜀途中遇阻十数日感赋

兵燹频惊感仳离，中途复又阻行期。
荒山路险何由达，故国巢空不忍思。
暮雪飞花敲战鼓，寒鸦如墨乱征旗。
高堂回首遥挥泪，梦绕牵衣告别时。

陈昌言

号禹门，四川綦江附生。清·同治末至光绪初任水城厅通判，著有《禹门集》《水城厅采访册》（与危期英合作）。

清华洞

玉华山高高插天，山腰洞险走云烟。指点灵青屈屈上，洞口开张月半弦。中锁石屏玲珑透，斜列关门左右穿。我方攀石逡巡入，千奇万变迷当前。第见如虎踞，如龙蟠，如伏鼠，如飞鸢。峭者笔，扁者砖，高者柱，短者椽。圆者壁跳掷，方者圭钩连。或为吟榻安，或为琴式眠。或为臂

搏拳，或为叶覆莲。其色或雪白，或朱妍。其气
或清爽，或芳鲜。呼童燃烛钻罅隙，洞上之洞更
空悬。磷磷而泽润水乳，滴珠圆。身随石转手抓石，
恍惚磨游蚁，木升猿。画之画不得，状之状不全。
侧闻黔地近接漏天南，或者娲皇当日炼补遗坚顽。
否则是佛是道是神仙，潜入洞中学参禅。炼汞铅，
丹成炉底落真诠，变作虚碧留人间。足不足，般
不般，徒与獐花仡草争妖妍，安得秦王鞭石鞭，
更借东方太乙船。移山端向海中立，配作蛟窟龙
宫壮大观，日与蓬莱仙子相往还。何至局促扁狭
而蹒跚。山灵大笑发长叹：我当留作青石磬。锺
毓梧桐在冈顶，萋萋蓁蓁集凤鸾。

陈钟祥

　　字息凡，贵州贵阳人。道光辛卯（1831）举人，曾在四川青神、
绵竹等县任知县，后调直隶赵州知州。有《依隐斋诗钞》12卷，
《香草词》5卷。

巴塘道中

地瘠常无主，山多不问名。
一朝气倾殊，十里变阴晴。
青梨夸甘酿，乌拉赋远征。
前头蛮塞外，白头老塘兵。

塞上秋怀

秋入千山露气凝，太平烽火冷于冰。

蕃儿居积多成贾，老卒偷闲半似僧。

戍馆风清频放鸽，乱峰日落自呼鹰。

几声铙钹云中寺，坏衲常燃五夜灯。

套曲，高青书①太守珠海归帆曲
柬心泉、秀东两公子

（由四支《全落索》，小令加《尾声》组成，选《全落索》小令一支。）

烟尘境宇清，岙屿巡防警，小队随行。郡守严庄整，三山一片青，海波澄。遥指暹罗万里程。虎门戈戟团花锦。鲛市珊瑚耀水精，珠帘映。十三行外判夷情，看番奴蒲伏恭听。记分明，嘉庆年间政。

【注】

① 高青书，名廷瑶，贵阳人。乾隆举人，曾任广州知府。署肇罗道员。

南北曲·待旧草堂柬唐子①方丈

（由《粉蝶儿》《叫声》等十支小令加《煞尾》组成。今选《醉春风》一曲）。

俏烟柳锁楼台，莽荷花开世界。锦袍红袖立苍苔，看屋外青山拜拜。猛抬头，阊阖云排。凭睁眼，河山襟带，都并入栖霞暮霭。

【注】

① 唐子方，名树义。曾在贵阳城中建待归草堂，今贵阳市十九中即为草堂的一部分。

陈熙晋

字析木，浙江义乌人。清·嘉庆二十四年（1819）优贡，历任贵州龙里、普定知县，都匀知府，仁怀厅同知。著有《之江櫂歌》及多部学术专著。

之江①櫂歌 （六十首选四）

（一）

瓦灶新泥煮茧香，人家都为养蚕忙。
家丝可比山丝好，郎种青杠妾种桑。

（二）

人家近水学为渔，举网鸣榔纵所如。
三月桃花春涨暖，满溪红雨卖鮰鱼。

（三）

茅台村酒合江柑，小阁疏帘兴易酣。
独有葫芦溪上笋，一冬风味舌头甘。

（四）

枣林红后桔林红，一路溪山似画中。
为近泸渝霜雪少，不教乌桕似丹枫。

【注】
① 之江，赤水河别称。

陈夔龙

（1855—1948），字筱石，号庸庵，庸瘦，花近楼主人，贵州贵筑（今贵阳人）。清·光绪十二年进士，历任兵部主事，内阁侍读学士，顺天府尹、河南布政使，漕运总督、河南及江苏巡抚，湖广总督，直隶总督兼北洋通商大臣等职。著有《花近楼诗存》《松寿堂诗钞》等数十种。

过邹县

机声灯影夜相亲，客路经斯识里仁。
懿范犹存邹氏邑，端居谁识孟家邻。

菜　花

也饶风致也含芳，一片黄铺大道旁。
占缀流民图上色，添来贫女鬓边香。
桃花净后难为客，莼菜肥时又去乡。
逆旅无春劳汝伴，咬根滋味十年尝。

过苻离

一战苻离相业空，重经壁垒起悲风。
宁知成败寻常事，曲笔居然恕魏公。

过济南谒丁文城公墓

北游已倦又开东，展墓迟来我负公。
料得九京开笑日，自携纸酒醉西风。

寄亭秋

琴囊剑佩总相亲，犹是浮云变幻身。
雨后喜看萍水合，朝来乍见麦苗新。
平泉绿野偏迟我，客路青山恐笑人。
此去鹤楼闻玉笛，梅花先寄一枝春。

游青龙洞佛楼即席奉酬

严城无鼓角，山水自宫商，邑侯喜见招，征
旆生辉光。缅象桥东迈，一色苔藓苍，中原洞景
出，壁绝纡羊肠。更上青龙顶，来阅读书堂，循
循资善诱，狂狷进中行。　　佛楼肆筵席，德星
聚一方，炼师求丹诀，蛮女进壶浆。嗟余谢鞅掌，
不能蓺稻粱，纵陪东山屐，愧此曲水觞，须臾日
脚下，寺钟和漏长，秉烛尽今夕，烟月付苍茫。

贵阳杂感

铜鼓芦笙和晓烟，芙蓉分翠禹门边。

飘零红杏如飞马[①]，呼唤青莲不上船[②]。

宿学尹偲后桐野[③]，大名丁李继犀川[④]。

灵光一老今无恙[⑤]，莫道穷荒始破天。

【原注】

① 赵仲莹修撰早逝。

② 李苾园尚书新逝。

③ 遵义郑子尹，独山莫子偲两先生均黔中耆宿硕学，贵阳周桐
野宫詹文采最著。

④ 平远丁文诚公，黔西李恭勤公先后督川，功业彪炳；平越王
犀川先生曾督东河，名位在前。

⑤ 谓唐鄂生丈。

陆少川

贵州省三穗县人，庠生，曾任云南昆明知府。

咏德圣山

德山名胜起千秋，云锁高峰水四流。
万里多叠皆仰拜，千山并峙应低头。
举目东北三千里，放眼西南八百洲。
好景一时观不尽，有缘明岁又来游。

陆阳春

贵州册亨人，布依族。清·道光贡生。

吟青云洞①

洞对千峰翠，飞云一片青。
有山皆拱立，无石不珑玲。
壁现天然佛，池涵倒映星。
迢迢梯接行，高处好谈经。

【注】
① 青云洞，在册亨城东三里。

沙文清

清代郎岱人，其他不详。

游东山寺

城东东山山之巅，古木茏葱枝相连。中有绝阁何穹隆，半绕绿荫半插天。年年三月廿八日，游人往来密如织。我亦信步从之上，曲径苔衣滑且湿。薜萝满树芝兰香，苍岩隐隐蛟龙藏。琉璃殿阁翡翠屏，鸣禽四壁如笙簧。清幽仿佛入天姥，胡为不见群仙舞？但有妇孺稠且俗，杂以优伶弄金鼓。喧嚣杂遝不可耐，或则宣佛或则拜。一声下里巴人曲，锦禽侧翅飞天外，吁！嗟乎仙乡清境竟如斯，山如有灵亦怨咨。我今履此尘浊世，独立怅怅将何之？

林则徐

字少穆，福建侯官（今福州）人。清·嘉庆三年进士，道光十七年任湖广总督，二十七年（1847）任云贵总督。谥文忠。著有《云左山房诗钞》等。

即　目①

万笏尖中路渐成，远看如削近不平。
不知身与诸天接，却讶云从下界生。
飞爆崖拖千嶂雨，斜阳光放一峰晴。
眼前直觉群山小，罗列儿孙未得名。

【注】

① 此计为林则徐奉旨赴云南任乡试主考官，路经贵州贵定宿于牟珠洞时所作。牟珠洞即凭虚洞，在贵定城西15里。

安　平①

豁开原野少崔巍，暂脱丛山若脱围。
历险始知平地好，聚寒翻讶早秋非。
红泥似赭生禾黑，白石当帘复瓦稀。
乍雨乍晴浑不定，赚人终日换征衣。

【注】

① 安平即今平坝县。

镇远道中

两山夹溪溪水恶，一经秋烟凿山脚；
行人在山影在溪，此身未坠胆已落。
盘陟崩石来无端，山前突兀复有山；
肩舆十步九扶掖，不尔倾蹶肤难完。
传闻雨后更险绝，时有崩泉掣山裂；
此行幸值晴明来，峻坂驰驱九已折，
不敢俯睨千丈渊，昂头但见山插天；
健儿撒手忽鸣炮，惊起群山向天叫。

相见坡

谁凿三重冈，亘此一长线。相去十里中，行人屡谋面。初如鲇竿升，渐学蚁蘑旋。每转必数折，一折辄百变。乍登第一坡，欲下剧竞战。后望趾反高，俯睨颅或颤。中坡势稍平，溪桥间堤堰。右挹左拍肩，豁然顾盼便。三坡妙结束，屹立石如炼。曲过岭七盘，岩逾关四扇。行久仍在坡，往复疑有恋。如击常山蛇，首尾互蜿蜒。更如绕树雀，三匝不知倦。以此悟戎机，连络阵势炫。前及中权？，后者贾勇殿。倘作壁上观，巡列目不眩。又悟佛说，慧照三界遍。了了来去因，岂图现在现。普观一彻底，如梦如泡电。嗟哉羁旅客，殊乡复异县。参商分东西，伯劳与飞燕。怜尔不如坡，坡犹能相见。

（此诗作于道光二十九年初冬）

黄果树观瀑

树杪虹霓卷百泉，上公行路为停鞭。

雷轰车鸣山争响，雪溅旌麾日助妍。

渴望君恩作霖雨，澄观臣久矢冰渊。

济人偏在风波后，愿托慈航下巨川。

（此诗作于道光二十八年秋）

七　夕

一穗孤檠对酒浇，旋怀偏值乞巧宵。

人间多少银河隔，鸟鹊能填第几桥？

天孙织锦灿如云，玉剪声中一霎分。

遥见七夕机上字，行行应是寄回文。

（此诗嘉庆二十四年秋赴滇途中作于贵定县驿馆）

己酉九月，自滇归闽，同人赠言惜别，途中赋此答之

（一）

恩叨再造愧兼圻，敢道抽身总息机！
壮志不随华发改，孱躯偏与素心违。
霜侵病树怜秋叶，风劲边城淡斜晖。
重镇岂容卧病理，乞归泪满老臣衣。

（二）

玉华山接点苍秋，卅载鸿泥两度留。
昔喜龙门腾士气，今劳虎旅破边愁。
济艰幸仗同舟力，定远还咨曲突谋。
莫征恃西烽火灭，从来未雨先绸缪。

（三）

此邦父老共忘形，高会曾夸六百龄。
赠句韵联新旧雨，临歧接踵短长亭。
铸金敢听香炉奉，勒石休磨盾墨铭。
但祝彩云常现处，文昌星映老人星。

（四）

> 黄花时节别且兰，为感舆情忍涕难。
> 程缓不劳催马足，装轻未肯累猪肝。
> 膏肓或起生犹幸，宠辱皆亡卧亦安。
> 独留恫瘝仍在抱，忧时长结寸心丹。

（此组诗作于道光二十年秋末）

欧永深

字遂安，贵州省黎平府开泰县人，13岁入黎阳书院，年18名列生员，乡试还乡，从事教育以终。

丙寅饥荒挖芒有感

> 大兵之后继凶年，老弱半将沟壑填。
> 饿殍充途不忍睹，饥民载道甚堪怜。
> 世无梁惠谁移粟，时有防军尚派捐。
> 幸彼西山蕨可采，遗黎残喘得稍延。

欧阳朝相

（1867—1917）字芗蘅，丹寨人。清·光绪丁酉（1897）举人。著有《美延堂文集》《美延堂诗集》。

西峰缕云

嵯峨山势压城西，常爱晴云缕缕披。
乍向半腰拖组练，忽归大壑引虹霓。
钟声晚共风前曳，爆布纷同雨后垂。
安得高斋当面启，时时招汝伴幽栖。

南楼夜月

玉宇无尘宝镜悬，高城玩月独翛然。
风牵楼上谁家笛，烟散桥头估客船。
渺渺平沙初扑雁，飘飘罗袂欲飞仙。
平生自爱冰壶抱，长愿追随月不眠。

易为霖

（1824—1900）字春皋，贵州绥阳金承人。举孝廉。以军功，官游云南，主宰易门等10余县，后升为东川等地知府。得"万民伞"，著有《疑斋诗稿》。

粮台有感

菜色鸠形四境多，军营迫我苦催科。
升堂怕睹穷民态，抚字无权可奈何。

平反冤狱

自信难堪案牍繁，敢将疑案妄平翻。
真情问到分明处，何候青蝇代洗冤。

罗毓相

字云湖，贵州省麻江县人。曾参加光绪癸卯恩科考试，中举人。

夜听蛙声

春夜敲诗句不成，起看月落已参横。
苦吟莫厌宵岑寂，仅有蛙声伴到明。

周汝为

贵州省印江县人。光绪乙亥科解元。著有《燕游集》。

石阡温泉

一洞初开小有天，熏蒸水气散如烟。
凝脂洗罢留余腻，也似华清第一泉。

周婉如

（1824—1864），女，自号绌湘女史，清代著名诗人及书画家，贵州省毕节人。笄年随父寓居蓉城，以诗画名，后与其夫黄梅溪在大定府创《海堂诗社》。著有《吟秋山馆诗词钞》。

秋日杂兴

鸿雁南归去，金风上画楼。
菊开三径晚，月冷一痕秋。
意懒随流水，心闲付白鸥。
棋枰方拾罢，微暑已全收。

蝶恋花·和章子和甥清明游山原韵

池馆阴阴云外树，约略清游，曾记台城路。满院莺花人不语，商量没个销愁处。　　柳陌才看丝缕缕，不解留春，惯解牵愁住。燕子衔残春欲去，斜阳芳草烟飞暮。

乔妆咏

天教铸错注牢愁，寄迹樊笼羡白鸥。
块垒暂销新乐府，衣冠重效古名流。
幻成明月前身影，尽洗铅华粉黛羞。
我欲乘槎兼破浪，五云天畔任遨游。

一萼红·题自写美人折梅图

认瑶台，是孤山浅水，一缕香飘。姗影来迟，凌波步袅，松烟扶上轻绡。曾记否、蘼芜三径，对月明人影共花娇。素靥低回，芳心无那，我亦魂销。　　试问个侬风貌，较眉痕深浅，应倩谁描？笋雪萦红，湘云拂翠，一枝折向清霄。细觅遍，怜春消息，吟怀何处寄诗瓢？任取晚风吹鬓，紫玉闻抛。

柳梢青·病起对镜

几度离魂，一番憔悴，重认前生。镜里红颜，人间薄命，我共卿卿。　　珊珊诗难成、任消受、斜月青灯。恨不关人，人还触恨，又误多情。

金献廷

贵州桐梓人，字瑜溪。清·道光壬午副榜。

纸　鸢

初柳城头见纸鸢，撅风花里任盘旋。
羽毛未必飞时满，线索终凭暗地牵。
影逐游丝飞欲化，声随过雁响初传。
小儿拍手齐嘘气，写照休逢郭恕先。

郑　珍

（1806—1864），字子尹，号柴翁，贵州遵义人。道光十七年（1837）举人，官儒学训导。著述极丰，有"西南巨儒"之誉。著有《巢经巢诗钞》《后集》及《巢经巢文集》等。

晚　望

向晚古原上，悠然太古春。
碧云收去鸟，翠稻出行人。
水色秋前静，山容雨后新。
独怜溪左右，十室九家贫。

茅台村

远游临郡裔，古聚缀坡陀。
酒冠黔人国，盐登赤虺河。
秋迎巴雨暗，对岸蜀山多。
上水无舟到，羁愁两日过。

白水瀑布

断岩千尺无去处，银河欲转天上去。
水仙大笑且莫莫，恰好借渠写吾乐。
九龙浴佛照雪天，五剑挂壁双冰山。
美人乳花玉胸滑，神女佩带珠囊翻。
文章之妙避直露，自半以下成霏烟。
银虹坠影饮馂骜，天马无声下神渊。
沫尘破散汤沸鼎，潭日荡漾金熔盘。
白水瀑布信奇绝。占断黔中山水窟。
世无苏李两谪仙。江月海风谁解说。
春风吹上观瀑亭，高岩深谷恍曾经。
手挹清泠洗凡耳，所不同心如白水。

春尽日

绿荷扶夏出，嫩立如婴儿。春风欲舍去，尽日抱之吹。对此伤我心，泪下如绠縻。天岂欲我穷，天岂欲我哀！日月自多见，大化谁能持？阑边秃尾雀，摧老看众嬉。微物变有然，聊复酒一卮。

经死哀

虎卒未去虎隶来，催纳捐欠声如雷。雷声不
住哭声起，走报其翁已经死。长官切齿怒目嗔，
吾不要命只要人。若图作鬼即宽减，恐此一县无
生人。促呼捉子来，且与杖一百；陷父不义罪何极，
欲解父悬速足陌！呜呼！北城卖屋虫出户，两城
又报缢三五。

【注】

这一事件发生在咸丰年间，地点在湄潭县城中。不久，县民
投向农民军。

云门土登

牢江驱白云，流入苍龙门。门高一千仞，挂
天气何尊。荡荡百步中，水石互吐吞。阿房广乐作，
巨窦洪牛犇。余波喷青壁，震怒不可驯。眉水若
处女，春风吹绿裙。迎门却挽去，碧入千花村。
我行始两日，异境壮旅魂。抉悬自何年，信有真
宰存。夕阳一反射，倒树明苍根。老蝠抱石花，
红晕双车轮。仰叹山水奇，俯蹑造化根。想见混
成日，待与见者论。

自沾益出宣威入东川

出衙更似居衙苦，愁事堪当异事征。
逢树便停村便宿，与牛同寝豕同兴。
昨宵蚤会今宵蚤，前路蝇迎后路蝇。
任诩东坡渡东海，东川若到看公能。

舟出合江

岸晓树光浮，晴江浩浩流。
掉头迷鳎部，弹指见巴州。
汗漫非前计，苍茫信壮游。
独来苏李后，同路不同舟。

题仇实父《清明上河图》

南北瓦头诸伎新，龙津桥外涨红尘。
荔枝腰子莲花鸭，羡尔承平醉饱人。

南　洞

　　南洞更奇极，壁立千丈厓。谁将顾陆画，挂向苍江隈。崭崭丹翠间，错落金银台。石扇敞云顶，画檐飞崔嵬。路缘屋脊上，僧出蜂孔陪。高空来鬼神。中间风雨回。凭栏望晴霄，天门如可阶。安知已巉绝，异境中岩开。五步一小峰，峰峰瘦皱排。石林夹幽径，绿荟撑大苔。沉沉静白日，花深无鸟嗜。浑忘在壁上，竹影摇尊罍。坐疑西南徼，兹胜何由胎。帝应怜黔山，鬟花而髻嵬。为割海上奇，一令耳目恢。有力夜负至，左股失蓬莱。孰云过者过，观者反自涯。长啸语山灵，孤诣自古来。

【注】

　　此为《两洞诗》之一，两洞指北洞（中元洞）和南洞（太和洞），即镇远潕阳河东岸崖壁间青龙洞。建筑奇瑰，景致绝佳。

邯　郸

　　尽说邯郸歌舞场，客车停处草遮墙。
　　少年老去才人嫁，独对春城看夕阳。

闲　眺

雨过桑麻长，晴光满绿田。
人行蚕豆外，蝶度菜花前。
台笠家家饷，比邻处处烟。
欢声同好语，针水晒秧天。

瓮　尽

日出起披衣，山妻前致辞。
瓮余二升米，不足供晨炊。
仰天一大笑，能盗今亦迟。
尽以余者饔，用塞八口饥。
吾尔可不食，徐徐再商之。
或有大螺降，虚瓮时时窥。

过海龙囤①

囤上风云绕夜郎②，异时龙风此荒唐③。
王师八道从天下④，镇服千年扫地亡。
蒙业若教思粲价，世州何遽后岑黄。
匆匆立马空留望，断涧荒崖尽夕阳。

【注】

① 海龙囤：《方舆纪要》："海龙囤在遵义府城北三十里，四
　面陡绝，后有侧径，仅容一线。杨应龙倚为天险。"《遵义
　旧志》。"明万历二十八年为刘綎所破"。

② 夜郎：《通志》：在桐梓县城北七十里。为唐代夜郎县址。
　一说此处通指古夜郎国或夜郎郡。
③ 龙凤：指杨应龙及嬖妾田雌凤。
④ 王师八道：指明万历二十八年（1600 年）的"平播之役"。

蝶恋花

瓔络仙云飞过处。一阵风来，吹散花龙雨。
碧嶂红泉愁日暮，苕华姊妹三山去。　　为寄麻
姑君莫误。黄竹难栽，还是种桑树。断肠平生凄
绝句。他生莫作涪陵女。

飞云岩①

扶舆灵秀各有分，贵州得此一朵云。
蛮风万古吹不化，中有元气常氤氲。
造化之手信幻极，四海不作雷同文。
兹岩岂复涉世想，云将授削天磨斤。
成时莫自赞其妙，俗间七颂徒去去。
经巢居士鸾鹤群，一丝不净落世氛。
纡行五日为看此，所见乃过前所闻。
十里泉声接幽壑，苍苍万木烟缤纷。
买宅径思傍云住，下视扰攘同飞蚊。
伛童佬妇不雕琢，岁时鸡豆情殷殷②。
那能踉踉走尘状，过而识悔神当欣。
儿女催人待粗了，挥手一谢云中君。

【注】

① 飞云岩：《贵州通志》："在黄平州城东二十里大路旁，岩倚山麓，势如垂天之云。岩下颇轩厂。中有小洞，深黑不可究极。左有瀑布，淙淙作佩玉声。前一小峰特起，上构圣果亭，有明王守仁碑记。又有古柏十数株，千余年遗植也。又有月潭古寺，为黔中第一奇境"。

② 原注"央近佃耕者，岁租外奉田主鸡数只，豆数斗，曰田鸡田豆"。

浣溪沙

万水千山苦觅寻，断岩荒涧杳无音。瀑西飞出一声琴。　　五十年间真隔世，到来依旧谢家林。可怜相忆到而今。

初到荔波

叔重弟子起遐荒①，毋敛封疆入渺茫。
始笑平生称小尹，坐疑今日到家乡。
蛾群扑扑争灯火，蝠子啾啾满屋梁②。
粗粝了饥供睡事③，折花当帚拂尘床。

【注】

① 叔重，东汉经学家、文字学家许慎，字叔重。

② 蝠子，蝙蝠。

③ 粗粝，糙米。

郑知同

（1831—1890），字伯更，郑珍之子。有《屈庐诗稿》4卷。

由思南万山中行抵茶寨始见平原，景色一新，马上口占

山行偪仄出岩阿，春到村庄讶独多。
四面花香围麦气，一团鸟语趁农歌。
祈蚕鼓叠晴初放，没马溪深雨夜过。
遥识家人相拟议，征程今已过乌罗。

观龙舟竞渡，开第归读余去年诗，极称赏，变为短章，用前韵见示，复次韵和作

贫人蜂拥足不停，富人争上雀舫青。
独放中流恣龙斗，波涛一渡一喷醒。
未必忠魂要人拯，果尔灵均殊不经。
举国如狂自为乐，终古汨罗幽怨听。

郑淑昭

女，（1826—1877），字班班，贵州遵义人，清代学者郑珍之女，知县赵廷璜妻。受家学的影响，诗词均有较高成就。著有《树萱背遗诗》见《黔诗纪略后编》卷。

春暖曲

桃花深红柳深绿，池塘水浅鸭雏浴。
日暖闲庭晒午鸡，花枝移上阑干曲。

入居慕青草堂寄外主成都

僦居已三载，岁岁空费租。一瓦不自主，寸檐难复舒。为地甚湫隘，开门临市衢。蔬圃虽数弓，又不足耘锄。谷口五亩宅，修修东城隅。草堂既幽静，竹树森扶疏。旁邻鹿鸣村，背插双剑砠。花冈与桃源，空翠檐角腴。湘水鸭头绿，拍槛浮鸥凫。右邻夫子墙，苍圣宫左区。雍雍礼乐地，实近圣人居。孟母毕迁者，恐不于此如。俎豆化诸儿，讵曰非美图？百金乃到手，入居真吾庐。西头读书室，东头蔬笋厨。前头翠墙下，手种桑三株。既以添清阴，夏为蚕之储。百具且料理，吾意得纡余。作诗报阅道，琴鹤归来乎？

夜　坐

寂寂空阶坐，闲听儿诵声。
月从楼际起，光在竹间明。
萤火飞还灭，恐吟断夏鸣。
幽情满襟抱，灯烬夜三更。

晚　凉

雨过碧天净，凉风吹衣襟。
归鸟相追飞，孤蝉断续吟。
湿云绕山月，钩月当天心。
幽窗坐清爽，病骨翻不禁。
何处芙蓉香，悠悠来隔林。

七　夕

明河淡宕影西流，乌鹊填桥度女牛。
飞棹暂停机轧轧，浮云犹隔梦悠悠。
休嗟人世多离苦，试看神仙尚别愁。
莫漫猜详天上事，几回吟望月轮秋。

树萱背春日杂咏

幽背书三壁，春窗花几枝。
圣墙红映案，仙洞碧分墀。
紫燕喧新乳，青虫吐碧丝。
日长人倦读，花底弄儿孙。

承　龄

有《冰蚕词》，清代著名词家。

疏影·残雪

天花碎缬，问剪水镂冰，谁解攀折？万点花魂，分付回风，也作乱红飘撒，拚教咏絮无消息，奈画角，一声吹彻，却怪他，吹送春来，怎又暮寒骚屑。　　销得斜阳几度，灞桥更极目，烟树明灭。只有蛾眉，深浅窥人，让出远山层叠。香泥不分随鸿爪，但梦忆，参差云叶。算几宵，月满琼楼，已是试灯时节。

赵 旭

字石知,号晓峰,贵州省桐梓县城人。应郑珍、莫友芝聘,任《遵义府志》桐梓采访。著有《播川全集》50 余卷,辑《舍人尔雅注》1 卷,《蜀碧补遗》6 卷,又辑《桐梓耆旧诗》8 卷。

哀流民

朔风卷雪天模糊,逆旅闭门围火炉。门前冰柱如碗粗,休巢群鸟已哺雏。流民何为尚在途,老翁彳亍冰满须。老妇颠踣长欷歔,壮者荷担前头趋。幼者三五相挽扶。隔山远听儿童呼。呼耶不应啼呜呜。蓬首少妇颜鬖枯。十步九歇还乳呱,旁人问翁将安徂。翁言家世居巴渝,今年水患民人逋。南走云南率妻孥。我闻盘江以西气候殊,黄茅瘴起毒可吁,中者往往蠲其躯。又闻凶盗伏莽将客狙,劫掠财货伤肌肤,官兵惬怯不敢诛。故乡纵受饥寒驱。究胜迁播多忧虞。作歌告哀哀莫摅,此邦田园亦半成荒芜。

病 中

四境干戈杂管弦,太平粉饰意恬然。
处堂燕雀人方乐,思水儵鲌我俗怜。
凿窟不甘同兔狡,善刀敢谓喻牛全。
时非天宝官非谏,无病呻吟固是颠。

辑《桐梓耆旧诗》略漫题

夜郎文献委蓬蒿，次第搜罗敢惮劳。
守素夙耽人物志，锺离最爱土风操。
九原可作交应密，一语能传死亦豪。
怅望枫林青映月，魂归听我诵声高。

天门洞

言寻天门洞，早春惬幽赏。百折缘涧豁，一
径拂榛莽。然松拾路入，未可计寻丈。冷风摇火光，
老蝠骇腾上。横石限如阈，蛇行不敢仰。前奇已
我领，后胜方客奖。刀弱心乃强，境递神忽朗。
石笋矗空立，阴泉进隙长。触目呈众形，惊耳纳
群响。万怪孕一腹，造物何所仿。疑有避秦人，
全家此中往。

晚　眺

平野风回麦浪圆，老农坐话聚长阡。
夕阳人影高于树，新雨蛙声急似泉。
芳草绿交官道外，晚山青山女墙边。
归迟记取城南路，月照邻家酒旆悬。

赵 鉴

（1876—1935），字翰詹，号盛林，贵州省大定人，白族。清•宣统己酉科拔贡。

农 夫

戴月披星祝岁丰，蓑衣斜映晚晴红。
白头不见干戈面，终老东南一亩中。

喜 雨

不料群黎望泽天，黑云片片锁窗前。
柳荫堤畔潇潇雨，喜煞田翁唱稔年。

赵 懿

字渊叔，遵义人，郑子尹外孙。光绪二年（1876）举人，官四川名山知县。著有《梦悔楼词》2卷。

渔歌子 （八阕选二）

瑟瑟江风恰定初，钩穿香饵碧纶虚。选苔石，坐清渠，春风钓得柳花鱼。　　一片鸥飞向碧空，芙蓉四壁压船红。摇短棹、驾乌蓬，一蓑一笠老渔翁。

赵天纵

字多能，赵文明孙。贵州桐梓县人。

田鼓歌 (五首选一)

蓑笠循塍西复东，野花开处满塍红。
田家亦有渊渊鼓，不用催花用劳工。

赵以炯

（1856—1906），字仲莹，贵阳市青岩堡人。清·光绪丙戌年(1886)进士，廷试第一，成为滇黔两省"以状元及第而夺魁天下"第一人。官修撰。历任四川乡试副考官、广西学政，乙未年任会试同考官，庚子年丁母忧回籍，任贵阳学古书院主讲。后辞官还乡，在青岩讲学。能文工书。

抒怀诗

一上上到赵家楼，目击江河气横秋。
眼前若无三山堵，看破江南十二州。

赋得《报雨早霞生》，得生字五言八韵

报得天将曙，祥雯簇簇生。

霞光迎早旭，雨意满春城。

晓气随钟动，晨曦认绮明。

信传风渐紧，华绚日初晴。

拂地棠阴暖，敲窗竹韵清。

影休同鹜落，机似促鸡鸣。

势为催诗助，文真作画成。

涵濡歌帝德，耿句试重赓。

【注】

这是赵氏殿试时试帖诗。

赵从檠

字正之，贵州桐梓县人。

龙　灯

昼间蜷伏夜间行，寸步全凭众力擎。

只望飞腾施博济，谁知牙爪肆横征。

心残惯想明蝉吃，性愎常将走狗烹。

势焰虽多霖雨少，楚人一炬快舆情。

赵其恺

字浑斋，贵州桐梓人。

不 寐

明月行空天，照我四十年。我少喜多忧，月多缺少圆。忧月圆亦憎，喜月缺亦妍。　　忧喜人何常，圆缺月不愆。我今忧喜平，但觉光景鲜。良宵忍轻负，与月同不眠。

赵其罾

字石亭。录自《桐梓耆旧诗》。

古 意

日出莺飞树，好语窗前度。婉转复缠绵，似为情人诉。情人坐窗中，岁岁看桃红。桃花红又落，中心暗生恶。生恶饮无酤，摽梅赋实三。持笺何处寄，诵罢复收函。　　收函感蠖屈，掀窗望明月。每当三五夜，对之兴不歇。小妹破兴来，衿缨呼姐裁。用意不在此，前囊误成鞋。去鞋往槐安，梦中得忻欢。黄莺无人打，惊醒满身汗。

赵彝凭

字思永，号席余，贵州省桐梓县人。由佾生随军，积功保同知。光绪甲午、乙未间，应县令何宗轮聘编辑县志，三年，成书30卷。著有《玩易山人诗钞》9卷。

珍州竹枝词（三首选一）

山高水浅少桑麻，遥听征收十倍加。

终岁播儿无暇日，才挑盐去又挑花①。

【注】
① 棉花悉由此过。

咏风筝美人（三首选一）

薄于蝉翼步非烟，嫋嫋婷婷诧若仙。

那记牵丝来暗地，徒夸弱质会升天。

风高未免群瞻仰，雨过终须有弃捐。

絮起花飞时几久，任人收发亦堪怜。

魁阁新成初登赋此

危阑杰栋忽凌空，选胜登临快我胸。
谁谓长天非一握，不妨平地起孤峰。
滔滔溱水流无尽，穰穰川民路几重。
顿觉秋风盈两耳，横吹铁马响铮𫔶。

胡长新

　　字铭三，又字子何，贵州省黎平县人。道光丙午科举人。著有《籀经堂诗文集》。

闻京官

传来部檄太无端，止水澄心忽起澜。
脚色才更黄薄小，头衔已换广文寒。
漫言京职升迁易，不道闻曹去就难。
翰院诸公皆屈宋，那容仓父作衙官。

侯 慎

字用修，桐梓县城内人。道光丁未重游泮水。卒年96岁。

重游泮水有感

黉门高敞晓烟沉，丝竹升堂奏雅音。
何幸耄年犹健在，得逢旧岁更登临。
君恩已荷三朝渥，圣泽还沾两度深。
容貌虽衰冠未改，泮池清处照依心。

侯树屏

字伯模，民国中任习水县县长。

辛亥十月闻反正感作

古今世变感沧桑，大汉官仪弛复张。
天意维祈驱獫狁，国魂唤醒赖康梁。
应知北伐争民主，欲驾西欧在自强。
发难群公堪不朽，堂堂汉族有荣光。

侯德沛

字溢川，贵州桐梓县人。光绪丙戌岁贡，为邑斋长，教学十余年。

水涨淹城

神禹当年未即流，忽然雨下荡民居。
妻儿骇到炊无处，商旅惊从睡起初。
田谷概难防漂泊，城楼多半是沦胥。
登高偏听嗷嗷者，我欲君门一上书。

俞汝本

字秋农，江西省新昌人。清道光丙申，（1836）进士，历官贵州独山州、黔西州知州。著有《北征诗钞》。

宿金银山①

百重高岭一荒村，冰柱凝檐雪满门。
乡梦支离来倦枕，酒杯蓬勃入孤樽。
地当黔蜀家偏远，山有金银气亦尊。
试问劳劳尘客驾，何如茅舍接云根。

【注】
① 金银山：在毕节八寨境内。

喜郑生子尹珍自播至

握手如梦寐，君胡独客来？
荒城一相见，无语且含杯。
当代只数子，百年谁是才！
黄花未销歇，期尔素心陪。

饶家琳

（1870——1945），字本初，贵州省大定人。清增生。大定"耆英诗社"成员。

万松山

山号万松旧著名，童童不见一松生。
百年未合沧桑感，微物偏深谷岸情。
人似龙鳞嗟已老，身如鹤梦许同清。
劫灰飞尽图经在，想象风涛尚有声。

庆云阁

杰构居然黄鹤楼，水光山翠四围收。
得名因见云千叠，对景常衔月一钩。
陈守文章知共赏。郑仙姓字叹空留。

姚 华

（1876——1930），字重光，号茫父，贵阳人。清·光绪甲辰（1904）进士。旋留学日本。曾在清朝工部、邮传部及清华学堂任职。辛亥革命后，任北京女师校长，并创办北京美专。姚华是民初学者、诗人、书画家。积极从事中外交流，与印度大诗人泰戈尔、日本著名文人有交往。一生经历清王朝覆灭，北洋军阀统治和民初战乱三个时代。不屈于军阀，与革命学生站在一边，始终是一位爱国者。其诗、词、曲创作颇丰，诗最多，见《弗堂类稿》《五言飞鸟集》和《姚华手书诗稿》。

大森梅花[①]

幽径缘山净绝尘，云烘万树海添春。
晨光阁上重来处，犹有梅花似故人。

【注】
① 日本东京大森海岸。

晨光阁望海

眼底沧溟晓更澄，鲜鲜初日气蒸腾。
风吹天际波浪起，疑是山光压槛青。

泷之川红叶晚眺，示翊云室钟①

十日霜迟秋又归，满林木叶未全绯。
偶寥萧寺寻诗侣，且上寒山坐夕晖。
衰草独怜人意懒，暗烟遥动水光微。
川流转过长桥尽，几处人家无是非。

【注】

① 泷之州在日本东京郊外，翊云，即法学家江庸，与姚华同时
留学日本。

北京清华园道中二首

（一）

芳原初过雨，麦气漾晨烟。
野水随萍绿，村曦出树圆。
名山思蜡屐，令节忆龙船。
买夏能充隐，新荷已渐钱。

（二）

雨后清溪曲曲通，斜阳散彩乍空蒙。
初添秋水新生鲫，已过村桥断饮虹。
野老几回槐里梦，葛衣一响柳枝风。
心情懒尽成尘俗，觉近名山便不同。

登岱观日出

混沌阴阳夜正中，胸前星斗各西东。
可怜欲尽初升月，犹伴曦光破晓红。

除夕喜雪

连日风寒雪意悭，待将年尽一开颜。
神功为作明朝霁，白了玄都一夜山①。

【注】
① 玄都指北京城。

梁任公挽诗二首①

（一）

绵绵千岁忧，丁了一时休。
犹传文字在，长使鬼神愁。
风气开能早，行藏舍亦优。
贾生非不寿，骚赋至今留。

（二）

生连天五省，游共海三山。
黄壤从今别，青冥何处还？
文成繁露外，人忆惠风间。
不用延之诔，仍将雪柳攀。

【注】
① 梁任公，即梁启超。

清　斋

春蔬乡味，食之甚甘，辄吟二十八字。

春春腊豆号桃化，盐豉一般味可嘉。
乍剪青芜烹白水，同杯清酱足风华。

五马坡

五马坡在安平五马塘下里许，旧不知名，予为字此，系之以诗。

两山本相连，蓦地忽分判。
为有济人心，路成身已断。

石　瓦

路弯转时出丘壑，山低平处见人家。
不知石瓦明春日，犹道东风落柳华。

"山深不知极"题画

山深不知极，处处白云封。
疑是南朝寺，时闻上界钟。
阴岩鸣涧急，蔚木隐花浓。
愿谢人间事，来寻物外踪。

题　画

旧游曾饮西泠水，华作蟠云冷结胸。
酝酿蒸腾随兴发，春来积墨出高峰。

又

秋水清无一点尘，白鸥来去意相亲。
归舟不管鱼多少，为恋晴霞下一纶。

宦懋庸

（1842—1892）字莘斋，别号碧山野史。遵义人，有《莘斋诗集》7卷、《莘斋诗余》1卷，《莘斋文集》4卷。

洞仙歌·自题申江惜别图

十年尘梦，算今番初醒。杜宇声中系孤艇。况还家，张翰风味莼鲈，抵几许，富贵功名泡影。　申江灯火夜，樽酒言欢，还道潮来在俄顷。问此夕何年？剪烛西窗，更诉说，欢情酩酊。转眼是，天涯别离人，只莫唱阳关，空增悲哽。

夏同和

字用清，贵州省麻江县人。光绪二十四年（1898）应戊戌科会试，中贡士榜。殿试光绪帝"亲笔御点"一甲一名进士（即状元）。是贵州省仅有的两名文状元之一。

四足歌

吾妇是吾妻，休想美貌的，妖娆的，只求她分安守己，但得个贤惠足矣。　蠢子是吾儿，休想伶俐的，聪明的，只求他尊贤敬老，但得个孝顺足矣。　茅庐是吾居，休想华丽的，舒适的，只求它能遮风雨，但得个避寒足矣。　粗粮是吾食，休想美味的，佳肴的，只求它三餐丰盛，但得个充饥足矣。

夏国光

贵州石阡人，清末贡生，民国贵州名画家。

龙川晚渡

（一）

晚风新月渡龙川，收尽残阳敛尽烟。
春水半江绿不住，一篙插破水中天。

（二）

龙川古渡净无埃，古木横江一鉴开。
隔岸几声人唤渡，树阴撑出小船来。

敖述谦

贵州省印江县人，曾任贵阳教谕。

虹桥夜月

浑如填鹊迈青霄，水面横支路一条。
燕尾溪难通雁齿，蛾眉月已浸虹腰。
满城灯火滩明灭，竟夕星辰影动摇。
倚柱飞觞邀客醉，已忘更漏转残宵。

莫友芝

（1811——1871），字子偲，号郘亭，独山州（今独山县）人。道光辛卯（1831）举人。特用知县。著述宏富，与郑珍齐名，有"西南巨儒"之誉。有《郘亭诗纱》《郘亭遗文》等。

自施秉放舟至镇远

眼谢飞电激，耳续怒雷閧。前山戢首揖，后岭折腰送。隆冬江益清，妙转势逾纵。石门重百关，天影割一缝。去来讶无路，大笑落深瓮。幽奇幻神怪，鞭箠杂麟凤。高岩削乃皴，清籁断还弄。经雪万松花，悬泉一川雺。昨来困泥淖，竟日积愁恐。舟行如释负，快意诧难共。同侪竞歌赏，登岸惜悾愡。追逋失已多，回首如一梦。

草　堂

偬得城南半亩园，茅檐小巷似深村。
闲云带鸟常依树，清月随风直到门。
便买溪山终作寄，得将妻子已称尊。
床头剩有重阳酒，判到花前老瓦盆。

辰州立春

綵胜云翘映碧汀，春声残岁讶先听。
风萦腊雪披似怯，山抹晴霞睡渐醒。
独老容颜浑自厌，前途花鸟莫相形。
伏波营畔扬舻晚，愁对生盘细菜青。

南阳道中

白水南流送客行，西移沙岸复东倾。
十年村落生兴废，百里兼葭管送迎。
疆里久荒申伯国，夕阳谁同汉家营。
草庐一片躬耕地，伫与途人说大名。

端　午

绿箬乌粳方角枕，五年今日乍堆盘。
南陬节物成长悔，北户光阴有独看。
老去只添人事感，悲来虚说醉乡宽。
登高寻药期萧散，烟雨冥濛独倚阑。

桃源舟中

一片琉璃境，时闻欸乃声。
舟辞清浪稳，山过绿萝平。
远树浮天去，澄江抱日行。
花源何处问，桑竹绕春城。

刺 梨

芒果说山梨，循名欲把疑。
形模难适眼，风味竟舒眉。
品以经霜别，芳缘入酿奇。
不须忙采摘，但就菊花期。

大河北百里间自去秋至今无雨雪

河上驱车俨大荒，平沙四野接苍茫。
惊风飒飒飘哀雁，落日萧萧黯太行。
二月桑榆无信息，三时云汉剧辉光。
何当手挽昆仑水，遍洒中原作岁康！

吴淞江舟行

(一)

茅葭毵毵覆横洲，篠籁层层不碍舟。
随例莼鲈浑忘却，黄花鱼上早莼秋。

(二)

江流曲曲深村深，狎沤丈人无世心。
东去归来倘逃暑，借尔疏疏斑竹林。

苦　雨

日月供淫雨，乾坤賸草堂。
径兼朱果烂，垣枕绿苔荒。
卓午饥仍卧，新秋冻欲僵。
何须愁岁晚，文字抵衣粮。

初　归

初归事事都如客，抱里娇儿且未亲。
补睡光阴迷早晚，洗尘尊俎累比邻。
书囊乍解夸新富，罄室徐窥益旧贫。
惭愧草堂花竹子，野云时鸟自冬春。

登都匀城东山

东楼亭压碧崔巍，争向城尖载酒来。
纳纳九江源处远，苍苍五岭望中开。
孝陵点笔成雄郡，忠介投荒起达材。
甲第蝉联冠盖接，陈吴不见使人哀。

草堂杂诗

（一）

西窗读书清无邻，东间坐眠还绝伦。
夜静溪声忽到枕，雨余山色更宜人。
明来时有文字酌，秋过况绝蛙蝇嗔。
谁能老去月少事，更比市中堪守真。

（二）

辛勤诸弟事芟培，一日荒蹊走百回。
但有云山落吾手，何妨桑竹替人栽。
蔷篱煮鹤增前感，蕉屋巢鸠喜旧开。
小住漫思明日事，百年官舍亦蒿莱。

南浦·本意

风信度无痕，是何时、绿遍前溪芳草。唯见碧连天，金堤外、涨足半篙春晓。鱼梭燕剪，革华纹皱入汀烟杪。一阵飞花随水去，开过棠梨多少？　去年愁雨连江，送征帆开也，鸥眠未了。咫尺小渔庄，分携处，生遍绿苔谁扫？沧波浩淼，斜晖脉脉平芜悄。但是归船凭问信，只被去帆颠倒。

浣溪沙

雪意盘风掣皂雕，寒云沍日冷萧萧。暮烟山店一灯遥。　去路直随黄蘖浦，前山犹见绿杨桥，水衾孤枕自今宵。

莫庭芝

（1817—1890），字芷升，友芝六弟。清·道光拔贡，官思南府学教授，著有《青田山庐诗钞》《词钞》。

贵阳奉别五兄往威宁

载书同作诸侯客，问字还随学子行。
舍馆从容还共被，关山迢递更分装。
寒江日落征鸿远，古箐天通旧驿长。
羁旅飘零各何定，歧途去住两茫茫。

园中即事

静倚阑干玩物华，雨余百卉正含葩。

番瓜渐长团团叶，胡豆齐开对对花。

时有园官输菊把，不愁人觅损莴芽。

池台好在堪乘兴，散步迟迟日又斜。

湘春夜月·忆湘川旧游

思绵绵。播州湘水湘山。别去荏苒于今，还得似当年？追念学堂初启，正一群娇小，鬌角翩翩。傍宫墙俎豆，庭闹膳寝，快活如仙。　年来岁去，径花黄绽，阶药红翻。少壮优游，好是秋吟湘月，春浴湘川。蹉跎久旅，但梦魂遥逐，双鹤青田。待异日赋归来，恐怕人民改旧，城郭非前。

倪昌运

清·贵州兴义知府，

招堤夜吟

何处堪消夏，招堤夜饮中。
呈妆杨柳色，向脸芰荷红。
明月天心照，凉生水上风。
清虚烟雾里，疑在广寒宫。

徐礼和

（？—1900），字春熙，贵州省大定人。清光绪癸未科明通进士，考充国史馆眷录。既而辞馆归里。应聘主讲大定万松书院。

云龙有怀

云龙山下草萋萋，石玉坟边落照西。
千岁仙灵烟雾散，数年香火鹧鸪啼。
绣球花老三春月，环佩魂归午夜溪。
四顾茫茫荆棘道，萧条古垒野狐栖。

唐 炯

（1829——1909），字鄂生，晚号成山老人。贵州遵义人，
道光二十六年（1846）举人。官至云南巡抚。著有《成山庐稿》12卷。

重安军次重九

不到重安十五年，一尊令喜步屦颜。
江山依旧都无恙，旗鼓何时得放闲。
微雨骤生寒意思，懒云如阁树中间。
故园黄菊知相忆，正好开时却未还。

听纯庵吹箫梅君约同作兼和纯庵

乞食封侯等一尘，生还此月倍相亲。
百年未半垂垂老，万感于今事事新。
我自偷闲强作达，君能著述未全贫。
诗成送与朱夫子，莫放深杯暗怆神。

席正铭

（1884——1920），字丹书，号筱琳，贵州省沿河土家族自治县人。终生追随孙中山，倡导"平民政治"。1920年，受命黔军总司令。入川策动西南军队，2月，在重庆白设点市驿被四川军阀秘密杀害，家乡米溪现建有纪念碑。

下涪陵

涪陵直可走艨艟，一阵冲波一阵风。
杓柄不窥天阙北，铜琶高唱大江东。
兵家胜负原常理，豪杰升沉任乃公。
大敌万人吾岂敢，谁云项羽不英雄。

桑　湛

贵州安龙人。清·恩贡生。

珍珠泉

一串牟尼出井泉，喷从石窦象珠联。
源头混混探骊得，水面荧荧倩蚁穿。

袁思鞸

（1837——1888）字稚岩，号锡臣，贵州贵阳人。同治举人，由内阁中书保知府。著有《双印斋诗稿》。

过江南

（一）

溟蒙烟雾锁沉潭，翠帐笙歌夜夜酣。
谁识水云空阔里，满船明月过江南。

（二）

铁锁沉江事可哀，夕阳红到旧楼台。
莺花锁尽无人迹，惟有春潮自去来。

钱　衡

字莘民，号芋岩，贵州贵阳人，同治拔贡。甲戌（1874）朝考一等，分发河南知县，升直隶州知州。著有《芋岩诗集》。

金筑杂诗

点易先生去不还，化龙桥畔水潺潺。
只今惟有阳明石，长在光风霁月间。

钱青选

字瑾岩，号漱石，晚清江南阳湖人。水城厅秀才。

荷城怀古

关山极目杳苍苍，乌撒东西古战场。
野庙欹斜思济火，胜朝宽大赍奢香。
七盘路狭烽烟静，九部苗降雨露长。
搔首我来求轶事，莫嫌诗料属遐荒。

郭石农

又名临江，号春帆，贵州安顺人。

守　岁

爆竹千家静，灯花一朵鲜。
寒窗人夜坐，冷帐客孤眠。

黄主润

贵州贞丰人。清·生员。

珉球石

十丈灵根起，千秋瑞气钟。

凌云伸远势，拔地显奇纵。

矗立曾何倚，登攀信莫从。

独掌天一角，俯瞰小群峰。

黄政明

贵州贞丰人，清·生员。

过花江岩[①]

之字盘旋缓缓行，冲烟冒险说轻生。

岂知绝壁千寻外，便是鹏飞九万程。

【注】
① 花江岩，距贞丰九十里，为贞丰与关岭二县之界河，即北盘江。

黄品超

　　字竹幽，号晓清，清末民初贵州黄平人。光绪二十三年（1897）乡试副榜，曾任上林、思隆、施秉等知县。后人为之辑录有《竹幽遗抄》传世。

铁索桥晚眺

　　　　昔年烽火已全消，景物今朝胜昨朝。
　　　　茅盖几家花下屋，楼连千里路边碉。
　　　　芦笙唱晚人归市，铁索横空马过桥。
　　　　更听钟声来佛寺，江心惊起白鱼跳。

黄符龙

　　清·贡生。自治筹办处成员。

虎峰月夜

　　　　天宇清空夜不沉，虎峰山上有禅林。
　　　　若非明月无私照，难见孤忠一片心①。

【注】
① 奢崇明之乱，县令洪维翰殉难于此。

黄彭年

（1824——1890），字子寿，号陶楼。贵州贵阳人。清·道光二十五年（1845）进士，授编修，官布政使，护理巡抚。著有《有陶楼诗钞》6卷。

道中杂景

得得征鞍傍水涯，寥寥村落鸟编篱。
船横浅渡依桩石，人立斜阳理钓丝。
荒涧有花蜂未老，野田遗粒鸟先知。
纷纷荷担长歌去，正是人家饭熟时。

寄郑子尹

一官羁绊才抛弃，又荷书囊出播州。
大府求贤频问讯，先生出处合深筹。
莫悲迟暮逢兵燹，赢得清闲客白头。
任隐于吾两无分，友朋惭愧是兹游。

精营观治兵

千官迤逦向城东，节度尊严自古同。
铜炮雷轰尘气暝，锦旆云拥日光红。
传闻海内军书急，犹喜坛前顾盼雄。
驰道忽看颠倒骑，一时欢笑遍儿童。

龚正熙

普安直隶厅人，光绪年间与修厅志，充采访。

游丹霞山

万山捧出一山孤，高插重霄景象殊。
飞阁欲倾风起撼，好花齐放鸟惊呼。
人居树杪疑天上，我坐峰头想画图。
胜境吾乡夸第一，何须方外觅蓬壶。

彭大姑

女，清·思南人。生卒不详。

苦 雨

入耳声声响杜鹃，苔痕草色长阶前。
娲皇纵有留余石，难补千秋滴漏天。

春 燕

双双玉剪拂檐低，影带花香口带泥。
原是华堂梁上客，谁怜来就草庐栖。

傅寿彤

（1818——1887），原名昶，字青馀，傅潢之子，清道光癸丑（1853）进士。官河南布政使。著述颇丰，著有《淡勤室诗录》6卷。

侍何子贞师登黔灵山绝顶

西南天畔万山秋，壑秘岩扃太古幽。
绝顶至今谁载酒，先生到此我从游。
俯看云气来齐鲁，坐拥星轺拜斗牛。
乡郡料应添近事，许君门有尹荆州。

叶县道中

昨上方城道，今来昆水边。
河山留战迹，风雨话当年。
地辟民常乐，时平吏欲仙。
王乔犹在否？祠树望依然。

沅陵驿舍有怀剑昙、梦庐

十年风雨鬓丝周，眼底春深路几条。
为问相思何处是？乱云孤树五溪桥。

傅梦琼

女，字清漪，贵州贵筑人，傅寿彤之女，适开州文士朱庆墉，其子即朱启钤，著有《紫荆花馆诗》。

寄　外

家山烽火路艰辛，红豆相思梦最真。
临别赠言君记否？春来莫作未归人。

夜　坐①

新月如钩半未明，城头忽听玉箫声。
春光满目无游处，一片烽烟绕郡城。

【注】
① 此诗写于南阳城中。

舒柱石

贵州安南县人，清·秀才。

醉咏安南八景

欲飞飞到凤凰池①，雨洒金街草木知②。
莫忙亭中沽酒去③。等着台前待月时④。
三块美玉莲影现⑤。七星宝石马声嘶⑥。
玉枕钟鸣惊晓梦⑦。醒瞻独秀赋新诗⑧。

【注】
① 欲飞，摩岩；凤凰池，池中塘中。
② 城中一景。
③ 亭在城南门外。
④ 等着台在城北。
⑤ 即双清塘、东门塘、王家塘。
⑥ 七星石在西门。
⑦ 南门玉枕山。
⑧ 指城东独秀峰。

程械林

（1858——1916），字少珊，思南城内人。清·光绪己丑年
（1889）进士。

庚子围城中杂诗

几番烟雨话归耕，午夜商量百计萦。
多恐黔山富豺虎，尚愁津海触蛟鲸。
故楼黄鹤增余恋，佳穴青牛动远情。
从此征途得蒋伯，春风放眼整装行。

曾 巽

女，字兰秋，贵州沂桐梓县人。

月夜有怀宾秋姨妹

久把清辉别，弥生气味亲。
凄凉今夜月，想像意中人。
零露无声下，寒蛩有恨陈。
遥知凭槛处，相忆倍传神。

娄山关

关狭万重磴^①，登来亦何高。
晴明忽卷雾，峰顶更岧峣。

【注】
① 指娄山古道的多级石梯路。

谢雨金

号鹤亭，岁贡生。贵州省桐梓县人。

慰　燕

　　嗟尔燕双飞，栖巢必待卜。书室喜飞来，依
依傍我读。旧垒费绸缪，借此滋卵育。生雏遂尔
心，爱之视如玉。只冀羽毛丰，高飞出幽谷。无
如患萧墙，致遭虫蛊毒。　　婪婪向余言，居然
深谤渎。未尝啄蒺藜，此罪非我属。但愧防范疏，
呼徒将虫戮。因之旧巢易，不见有蝙蝠。夭寿知
天心，尔何伤独宿。迁地乃为良，忙修尔边幅。

路　璜

字渔滨，贵州省毕节人。清·道光二十五年（1845）进士，历官卫辉、商城、洛阳等知县。著有《黔灵山樵诗钞》4卷。

伊阙怀古

妙境天然画亦难，客来凭吊酒杯宽。
消沉王气三龛佛，浩荡诗情八节滩。
伊水东流旧洛汭，邙山北障少峰峦。
平泉金谷俱陈迹，剩有名区得饱看。

路秀贞

女，字春波，贵州毕节人，路璜之女，修文袁照藜之妻，有《吟荭馆遗诗》。

运河道中

有子方三岁，桐从便北征。
如何成远客，强半为浮名。
岸曲帆随转，澄波水渐平。
邻舟闻笑语，都是异乡声。

路朝霖

字访岩，贵州毕节人，路璜之子。光绪丙子（1876）进士，改庶吉士，授东乡知县，历官河南候补道员。著有《红鹅馆诗集》。

巴 东

（一）

竹枝声苦夕阳红，大舸轻帆趁晚风。
满树猿啼江草绿，行人四月过巴东。

（二）

阵图聚石空陈迹，秋兴歌诗足感伤。
词客英雄两销歇，江声和月下瞿塘。

缪　权

贵州兴义府人，清·道光贡生。

马嘴山①

天马凌霄不可拘，昂头直欲赴云衢。
如何口仰长空笑，羞向尘凡赋载驱。

【注】

① 马嘴山，今安龙城南五里，山形如天马凌空，首有大石，中破，如口仰张状。

廖云鹏

贵州省印江人，著有《花山投戈集》一卷。

登梵净山

（一）

两峰高插翠微巅，鬼国名山自古传。
舞凤昂头翔蔽日，游龙仰首啸吞烟。
金刀劈破佛分地，铁索牵扶人上天。
转眼风云相会处，平空移步作神仙。

(二)

乾坤莽莽豁双眸，万壑千峰一览收。
山向昆仑寻发脉，水从湘泽溯源头。
慈云法雨天无暑，翠竹黄花地不秋。
九十九溪相断续，几般物色擅风流。

(三)

危峦峭壁气森森，古迹名垂到处寻。
拜石不妨呼太子，摩岩何幸晤观音。
鸡鱼路转坡高下，龙马河分浪浅深。
絮岭苎坪开画本，一层山水一层林。

(四)

清净原来不染尘，飞潜动植亦前因。
松多马尾偏宜夏，竹产龙头别有春。
肥鹿瘦猿颠傍佛，山蝗草虱怪通神。
鸟啼花笑尤多趣，佳木葱茏一色新。

谭文葆

字鉴亭,号秋田,贵州大方县人。清·嘉庆举人,曾任知县等职。

登玉皇阁①

半阁松声半刹前,半疑风雨半疑弦②。
半窗图画青山外,半是人家半水田。

【注】
① 玉皇阁在大方县城南青龙冈奎峰塔下。
② 风雨,玉皇阁建在苍松丛林中,清风徐来,听涛声疑是风雨又似琴声。

谭世禄

贵州贞丰人,清·生员。

贞丰竹枝词

王母河头势转斜,蟠桃旧地有人家。
联机市染分颜色,此处还多格子花。

谭冠英

（1866——1911）名复先，字希颜，贵州大定人。曾中秀才，于乡里设馆教学。曾任"大定军政分府"参谋长。

早　发

客舍眠难稳，呼童赴远征。
多因横月色，强认作天明。
路暗稀人迹，林高响鸟声。
离场来里许，隐隐寺钟鸣。

黎尹融

（1861—1898），遵义县人，光绪己卯科举人，庚辰科进士。

感遇一首

苍苍元宰自无私，感遇伤时物候移。
凌杂米盐贫里过，牢骚书剑醉中知。
一官已断天休问，廿载应嗟数独奇。
况是室人交谪遍，忧心为咏北门诗。

黎兆勋

（1804——1864）字伯庸，号蒙村，贵州遵义人，诸生，官隋州州判，有《侍雪堂诗纱》6卷，《葑烟亭词》4卷。

有　约

沙滩四月风花香，紫燕黄鹂鸣草堂。
仰屋著书聊自苦，典衣沽酒不须伤。
禹门寺笋两番出，龙尾潭鱼尺半长。
有约朝来不敢过，南山目断烟苍茫。

水　村

夜气清无虑，浮凉近水村。
竹扶云过坞，山抱月当门。
鱼鸟依泉响，人天浴露痕。
数星低望晓，细听吐全吞。

夜郎三坡

昔人游剑外，蜀道在青天。
回首三坡路，开荒几百年。
地偏曾置驿，山尽即乘船。
秦栈知何似，愁生落照边。

江神子·送友人之兰州

爱君豪气敌元龙。论生风，气如虹。曾识天狼，争挽铁胎弓。人笑书生能杀贼，非侠客，实英雄。　　而今身世等飞蓬。任浮踪，转西东。憔悴青衫，客路忽相逢，长楫问余何处去？将访道，入崆峒。

黎汝弼

（1842——1892），遵义县人，光绪己卯科举人，壬辰选贵阳府开州训导。

读郑知同漱芳斋诗草感物书怀

我本牢溪耕田翁，心怀冷落如穷冬。年来俗务苦羁绊，冲寒竟月驰青骢。昨日归来抱衾卧，一觉窗日明瞳胧。故书重理已尘污，文字久甘居下风。却叹髫龄故好胜，有如嫠妇思怀孕。下里空怀白雪音，巴歈不入骚人听。忽闻青鸟传瑶章，要道狂吟发清兴。如珀拾芥磁引针，自知难以无旁证。君诗清洁如琼林，读罢令我难为心，鸾鸠岂合鸾凤侣，蹄涔难测江海深。长城屹立旗鼓壮，嗟我敢以偏师侵。西施颜色本绝世，效颦何用低朗簪。嗟吁乎！人生得失有命数，延津变化宁无遇。时来竖子即王侯，何须文字供人笑。笑我空随翰墨缘，青衫依旧山中住。学书学剑竟何从，卅年虚把光阴度。

黎汝谦

（1857——1909）遵义县人，光绪戊寅举人，曾任驻日本神户、横滨领事。

山中杂诗 （二十五首录五）

（一）

小雨蒙蒙竞插秧，连畦井字倏成行。
夏晴晷刻分沟水，未许输人一寸香。

（二）

牟利时时栽杜仲，思衣处处种秧桑。
却愁长大成阴日，已被寒饥冻馁僵！

（三）

芸苗天气半阴晴，殷殷轻雷隔岭鸣。
墙内泥干墙外湿，水东云暗水西明。

（四）

南瓜蚕豆嫩时甜，苦笋青椒更召馋。
雪里寒菘伴萝菔，未如蜀黍煮来甘。

（五）

插秧处处唱田歌，南陌东阡笑语和。
最是一年好风景，莫将时节等闲过。

过白水观瀑^①

长河喷薄群山中，山势欲西水势东。
划然崖崩石壁断，一落千丈无垠穷。
疾雷拔山溪谷动，白雨喷面求阴风。
茫茫玉花奔绝底，滚滚寒雪翻晴空。
天马无声赴谼壑，银虹堕影随飞龙。
正如勇士遇大敌，组练壮往无雍容。
昌黎之文少陵句，纵善摹状难为工。
噫余足蹇荒山里，旧闻其胜来无从。
黄钟吹律此忽到，豁达开拓顽牢胸。
狂游万里真失计，对此差足偿私衷。
清寒孤迥入山骨，岩花涧草烟濛濛。
飞猱鼪鸟迹不到，苍茫独立遗樊笼。
登高回首家万重，山高高兮水淙淙。
此心如水不可控，奔腾径欲追龙踪。

【注】
① 白水瀑即黄果树瀑布。

日本国主邀请赏樱①

甲申三月，日本国主延各国使臣及该国三品以上亲王、大臣、妃主、命妇于滨离宫赏樱。外务省先期具帖订日，届时英、法、俄、美、德各公使均率眷往，余与同僚亦随我公使赴会。因赋短章以纪事。

暮春景芳菲，樱花落如霰。日主召嘉宾，灵园开广宴。大会十六国，使臣皆冕弁。芭茨仍素风，土阶无绘绚。落英已缤纷，芳草犹葱蒨。撷秀葺修庑，攀芳建广殿。榱栋碧叶敷，檐楣丹萼缘。户牖缀朱苞，门撩扬紫艳。花卉本天然，陋假人工炫。两部奏西乐，金石声宠健。促节少抑扬，夷音寡换变。峨峨进嘉宾，济济皆英彦。修廊陈水陆，芳鲜匪时荐，②群僚各离立，酒核分啖咽。宾主略仪文，觞酌无酬劝。妃匹并案食，诸娃亦传膳。太西各公使，携手皆婉娈。日主独虚衷，温言备宠眷。隆杀礼意殊，强弱於斯见。堂堂中夏人，小君安可慢。征伐苟无功，何能革其面。世无卫霍材，令人发遥怨。悠悠千载思，默想上林宴。

【原注】
① 标题系原编者所加；
② 日本善藏鲜果，所陈多过时之品。

入　都

瘦马羸车入帝都，虎狼官吏似追捕。

倾箱倒箧凭搜括，弩目扬眉肆吓呼。

本为求荣翻得辱，只因无侣势尤孤。

关门更比森罗险，苦望文章起饿夫。

黎庶昌

　　（1837——1897），字莼斋，贵州遵义县人。曾以廪生向清廷上书，论时政以求改革，分发曾国藩两江总督幕府委用，历任知县等。以参赞出使英、法等国，并两任驻日本钦差大臣。后任四川川东兵备道。著有《续古文辞类纂》《拙尊园丛稿》等。

枕流馆宴集诗①（选一）

高馆枕流江上雄，坐中豪士尽元龙。

吟怀喜接旧时雨，爽气偏迎江上风。

异国不曾文字异，同洲尤愿泽袍同。

愧余忝任皇华节，结好惟凭信与忠。

【注】
① 枕流馆在东京滨街。

庚寅宴集① (选一)

班荆倾盖尚萦思，何况联欢六载移。

余事敦槃寻旧约，同盟金石寓深期。

交邻有道诚能久，时局就平今可知。

归去大瀛衣带限，望君频为寄新诗。

【注】

① 黎庶昌于 1890 年与日本友人在芝山红叶馆开宴唱和的诗集。

二十五日朝鲜李寿庭星使饯别于红叶馆即席有作呈教

亚洲文物最相先，休戚同关岂偶然。

古迹云迷箕子墓，皇洲春满汉阳天。

嵎夷宅日尧成典，卧榻酣眠虎有涎。

地利人和今更切，圣言当作佩韦弦。

访徐福墓 (选二)

(一)

断岸风飘作轴舻，里人犹自说秦须。

二千入海童男女，知否当年尽到无？

（二）

眼中沧海几扬尘，避世桃源得问津。

我胜南阳刘子骥，二千年后一畸人。

光绪三年腊月廿日予在伯尔灵闻捷，赋诗一章志喜

轻车度幕不惊尘，矫矫将军号绝伦。

回准降旛齐入汉，图书旧版复收秦。

雪消葱岭鸿难度，草长蒲梢马易驯。

索地陈兵君莫让，乌孙西去付行人。

黎庶焘

（1827——1865），字鲁新，号篠亭，贵州遵义人，庶昌胞兄，咸丰举人。任育才书院山长。著有《慕耕草堂诗钞》《琴洲词》等。

书巢经巢壁

羡君高卧处，向壑复尻岑。

云影半岩宿，林霏终日阴。

路缘螺壳转，湖养鸭头深。

安得频携酒，时从问字斟。

乱后还家

乱后遄归百感生，那堪回首旧柴荆。
田园荡尽成今昔，戚里飘零半死生。
燕掠荒墟寻故主，牛依残垒事春耕。
空馀一掬松楸泪，洒向东风荠麦青。

高阳台·落梅，用梦窗韵

竹外参横，梅西月落，何人尚倚云湾。缟袂相逢，愁看满地零环。东风早觉多情甚，把香魂、暗藏春山。剩依稀、几点啼痕，惹上阑干。　　回思破腊西湖路，记横斜淡影，掩却苔瘢。几度飘零，难禁驿路春寒。孤芳纵结梨花梦，奈相思、已隔湖边。最无聊、呜咽声声，一笛空圆。

黎庶诚

（1841——1905），遵义县人，国子监太学生。

金陵杂咏

（一）

莫愁湖上草萋萋，花落花开鸟自啼。
湖水不知人已渺，年年依旧绿平堤。

（二）

百尺红亭对板桥，牙樯绵缆未全消。
而今只有秦淮月，三五依然似六朝。

登岳阳楼

一上岳阳楼，乾坤眼底收。
平明八百里，浩渺几扁舟。
鸿雁催归客，鱼龙起白鸥。
凭轩不可极，惟共水悠悠。

黎庶蕃

（1829——1886），字晋甫，号椒园。贵州遵义人，庶焘胞弟。咸丰举人，官两淮盐大使。著有《椒园诗钞》7卷，《雪鸿词》2卷。

绥阳道中

向楮溪流弯复弯，黄鱼桥下波潺潺。
西山一半画不得，为在白云青霭间。

后怀人

长淮绕郭碧于油，二月桃花已满楼。
闲话江南君忆否？雪芹芽笋脍春鸠。

怀宁舟中忆子偲先生

十年不作游山梦，每叹忙人自不闲。
却复一辞彭泽宰，暂来相对皖公山。
小晴残雪数峰见，落日远烟孤鸟还。
负此林峦不高卧，故人西望有愁颜。

望海潮·秣陵春感

山围破堞，潮吹断港，春城烟火萧条。稚柳藏鸦，落花试燕，东风依旧红桥。无地不魂销。看珠帘绣柱，半掩蓬蒿。惆怅当年，玉人曾此吹箫。　　而今乐事都抛。只秦淮一碧，烟雨迢迢。胃梦香残，画眉笔冷，韦郎瘦尽纤腰。重与解金貂。问酒垆西畔，何处今宵。画角无情，黄昏呜咽又寒谯。

水龙吟·浮海还吴

天风万古浪浪，火龙一发三千里。无边巨浸，混茫远接，太虚元气。日月又跳，鱼龙万变，空中游戏。听舟人喜报，烟台又近，青一发、馀天际。　　灏灏凌虚引睇，恣奇观，快逢新霁，蜃楼乍现，鲛宫半没，黑临无地。稊米一身，扶桑东望，渺焉如寄。问蓬莱何许，安期枣熟，拟浮槎逝。

颜嗣徽

（1835——1902），字义宣，号望眉，贵州贵阳人，同治庚年（1870）乡试"解元"。历官镇安知府。著有《望眉草堂诗集》。

秋晚登黔灵山

岱宗七十二家封，不到南天别有峰。
半壁烟萝嵌古碣，一林霜叶锁寒钟。
山环玉辔回奔马，瀑倒银河启蛰龙。
试展胸怀发清啸，虚声时度最高峰。

夹竹桃

半是桃花半竹枝，清刚秾艳两兼之。
留侯状貌如儿女，始信奇人不易知。

戴粟珍

字禾庄，贵州清镇人，清·道光己亥（1839）举人。与史胜书一道受诗法于吴兰雪，时称"黔中二妙"。著有《对床听雨诗屋诗钞》《南归草》。

玉屏舟中

疏林寥落淡黄馀，近水人家取次居。
烧得床头芦火活，红姜白水煮寒鱼。

初入定番

瘴雨连天回，蛮云贴地浮。
山分金竹秀，城控木瓜秋。
笳鼓喧军垒，芦竹绕市楼。
时情久无事，来伴仲宣游。

蹇谔

　　字一士，遵义人，清·道光丙午（1846）举人。候选同知。死于与杨龙喜馀部作战之役。赠道员衔。著有《秦晋游草》。

宝鸡县

到此平原尽，峰回路欲迷。
岩疆连陇蜀，古道达羌氐。
石与人争路，云随马渡溪。
风尘何日谢，惆怅散关西。

眼　前

久惯天涯忘别离，眼前风景况清奇。
栈云横截秋山断，江水平吞野岸低。
估客解谈丞相迹，村巫争赛禹王祠。
依篷笑指晴空外，万点归鸦趁晚曦。

现代部分

丁扬斌

（1892—1965），名光训，贵州省黔西县人。中国同盟会会员。曾在西北军任纵队（旅）长、少将师长，山西省政府秘书长等军政职务，晚年还乡从教。解放后，任黔西县人民政府委员，贵州省文史馆馆员。著有《四万万救国方略》《学术文》及《朝气》诗集等。

教书田坝寨寄侯君仲章①

龙腾海震愿难酬，抱负殊高命不由。

对镜方知人向老，放怀少见气横秋。

山深尚滞升天月，水浅仍留破浪舟。

恨不翻飞九万里，碧云遍染异乡愁。

（1906 年）

【注】

① 侯仲章，当地乡贤，中国同盟会会员。

加入同盟会之夜

远听鸡声四野号，雄心一放便翔翱。

三千俊杰趋帐殿，百万雄师簇羽旄。

民望来云施旱雨，兵行纪律定波涛。

这宗素愿殊难了，共看月华渐渐高。

（1910 年）

模范中学指月堂过中秋

学剑学书寄异乡，每逢佳节断人肠。

何时比拟中秋月？大放光明照下方。

（1917 年）

赴北京途中寄谢老师和同学

全黔重任付零丁，送别华筵张广庭。

名酒俱香来蜀郡，山珍一品出黔灵。

贵阳顿变华胥国，童冠都尊“科嘴经”。

感到团圆无限乐，梦中尚见老人星。

（1919 年）

【注】

作者于 1919 年公费进入北京政法大学，并被选为黔省唯一学生代表参加北京五四运动。

辞南京

百万雄尸逐水流，鸥巡浦口共悲秋。

南京自此无人守，一片降幡出石头。

（1937 年 12 月）

五四运动决心书

飞云天外，超然挂龙。上无攀援，下只天公。
危哉岌岌，妙哉空空。手携地球，掷上九重。口
吹浩气，化为八风。　　足蹴日月，偏西倒东。
吁嗟乎！粉碎旧世界，另创新世界。人人无恐慌，
家家得痛快。然后责任了，撒手大自在。

（1919 年）

游五洲公园闻 "9·18" 事变

高瞻远瞩困风尘，聊向桥头寄此身。

盖世人豪闲里过，中原安得不沉沦！

（1931 年）

黔西近事竹枝词

玉皇阁倒奎楼歪，中正公园要垮台①。
叩首能扶倾厦正，愿把吾头砍下来。

（1943 年）

【注】

① 1943 年黔西县长为取媚过境之蒋介石，把黔西水西公园更名
为"中正公园"。作者以此诗讽刺并预言蒋王朝必然灭亡。

谢平刚先生祝寿联①

最低责任未完成，逝水流年过半生。
马齿日增无走劲，其将何以对同盟。

（1949 年）

【注】

① 平刚，贵阳市人，中国同盟会会员，爱国民主人士。曾任南
京临时大总统府秘书长。

王　容

女，贵州省贵阳人，20 世纪 40 年代桐梓中学教师。

题诗一首

年年玉笋一排班，雨露春风若等闲。
栽者培之原有意，笑扶新竹上云间。

王　谟

（1885—1935），字廷分，号漱荪（又作树声），贵州省仁怀市人。民国初年主办《贵州公报》，曾任贵州省政府政务厅长、教育厅长，国民革命军 25 军秘书长等职。

葡萄井

天未雨珠玉，雨无济寒饥。
葡萄泛井底，琼瑰满清池。
万户忘梅渴，千畦润稼肥。
何当风雅助，煮茗细评诗。

王之铣

（1923——1983 年），贵州省桐梓县人。著有《隐公吟草》《无我斋主人诗存》。

夏日雨中登黔灵山口号

黔灵山上望贵阳，烟雨茫茫一片苍。
想是天公憎腐恶，甘霖倾洒洗泥浆。

王天培

（1888——1927），原名伦忠，字植之，侗族，贵州省天柱县人。国民革命军第十军军长，追授上将军衔。1927 年 9 月 2 日被蒋介石秘密杀害于杭州拱宸桥。

别同窗

远道乡关天外天，云锁斜风未解颜。
此距洞庭三千里，不约而同岳庐前。

王开媛

　　（1874—1948），又名鸾姣，女，贵州黎平县人。适同城赵志琛，被富商殴打致死，开媛控于县及省级法司，均执法不直。因走京师控访都察院，获赔白银二百两，创设黎平荷花塘女子学堂一所，今称黎平县城关第二小学校，学生逾千人。

上京控告感怀诗

自惭薄命走幽燕，历尽艰辛几万千。
孤雁空飞千里地，一书上达九重天。
背人啼哭重巾湿，久客心惊暮鼓填。
为报夫仇心歇死，推恩种德仰双田[①]。

【注】
① 贵阳陈田，黎平彭寿田信义之举。

王同星

（1918—1996），贵州省桐梓县人。民国时任空军翻译。解放后任遵义师专教师等职。著有《三槐诗集》。

行　前

1945 年 12 腊月于上海虹口旅次。

> 孑身去国走天涯，男儿四海都是家。
> 故土狼烟红似火，别意离离苂阆呱。

王守信

1926 年生，贵州省桐梓县人。河南省化工设计院高级工程师。

感　怀

余就学巴渝，暑归故乡，偶过初小时之母校，见其颓垣败壁，荆棘丛生，复感己身前途茫茫，不知所之，感而赋诗云尔。

> 漫步中堂群雀飞，四围荆棘壁尘灰。
> 芬芳馥郁今何在？摧折萌芽应罪谁？

（1948 年夏）

王若飞

（1896——1946），贵州安顺人。曾任中共中央秘书长、十八集团军副参谋长。在中共第五、第七次全国代表大会上当选为中央委员。抗战胜利后参加重庆谈判和政治协商会议。1946年乘飞机返延安途中遇难。

两句诗①

死里逃生唯斗争，
铁窗难锁钢铁心。

【注】

① 1931年，王若飞同志从苏联回国，在绥远被捕入狱。他为鼓舞难友英勇斗争，写了这两句诗，还写了短文《生活在微笑》《监狱怒吼歌》等。

王敬彝

（1864—1936），字疏农，号癯叟。贵州贵阳人。早年游幕滇中及吉林，民国年间出任兴仁县长，参编《贵州通志》。著有《柳癯庵诗集》。

过重安江至大风洞旅次题壁

青山一发暮云遮，独客难归万里家。
劫后村庄鸡犬静，天涯行里道途赊。
林泉有约仍招隐，牛斗何心更泛槎。
苦为稻粱厌奔走，高堂明镜有霜花。

王峙苍

（1911—2005），贵州省印江县人，土家族。曾任贵州文史馆馆员，著有《茂芝草庐诗词联稿》。

咏沿河县城形势

乌江门户夹山城，阵列群峰两岸分。
百丈虹桥腾雾里，几声汽笛起江心。
蛮王业绩空怀古，华族精神应颂今。
文化振兴期共勉，潜光待启耀乾坤。

题竹菊图

菊呈逸韵竹清风，奇石相偎共一丛。
九四高龄难贡献，惟凭诗画表愚衷。

王德辅

（1906——1997），号佐三，贵州省从江县人，侗族。曾任民国从江县西山区、丙梅区区长。民国三十年，建从江县，丙梅、西山均属从江，他担任从江县政府军事科主任科员。

春　望

卅年托足老蓬莱，春望无多泪眼开。
生死家书无一字，少陵未识此重哀。

梦双亲

背井离乡三十年，飘萍身世有谁怜？
双亲昨夜同入梦，寸草春晖思悄然。

椅栏感作

南望家千里，天涯岁月更。
草由愁里长，霜从鬓边生。
鸟失云中影，蝉传树外声。
倚栏思骨肉，无限故乡情。

王懋德

民国时任二十五军军部参议。

挽周西成 (六首选一)

将士参谋共一龛，英姿宛在尽奇男。

魂归梓里知心痛，血洒沙场忆战酣。

赢得勋名齐晋北，好将灵爽护黔南。

九泉知否光青史，一世精忠百世谈。

邓恩铭

（1901—1931），水族，曾用名黄伯云，字仲尧。祖籍广东嘉应州，生于贵州荔波。1917 年随叔父到济南，1921 年代表山东共产主义小组参加中共一大。1927 年任中共山东省委书记。1928 年 12 月因叛徒出卖被捕，1931 年 4 月 5 日在山东济南就义。

明志诗①

南雁北飞，去不思归。

志在苍生，不顾安危。

生不足惜，死不足悲。

头颅热血，不朽永垂。

【注】

① 17 岁离家前写的明志诗，标题为编者所加。

诀　别①

卅一年华转瞬间，壮志未酬奈何天。
不惜惟我身先死，后继频频慰九泉。

【注】
① 这是在狱中写的诀别诗。

邓德宣

字昶东，湄潭黄家坝人，是湄潭较早的大学毕业生，长期执教于遵义，20 世纪 50 年代病逝。

湄　江

雨余丛筱娟娟净，雪后群峰点点清。
更有归鸦入暮霭，河阳图画景分明。

龙大道

1901 年 10 月生，贵州省锦屏县人，侗族，著名的上海龙华24 烈士之一。1923 年加入中国共产党。参加上海工人三次武装起义。曾任浙江省委代理书记、上海总工会秘书长兼上海市各界人民自由运动大同盟主席党团书记。1931 年 2 月 7 日，与林育南、李求实、何孟雄等 24 人在龙华就义。其诗词收入《革命烈士诗抄》。

粗　布

别看粗布无啥用，夜当被单日遮风。
输送文件需要它，对国对民它有功。

狱　中

身在牢房志更强，抛头碎骨气昂扬。
乌云总有一日散，共庆东方出太阳。

窗前鹊

喜鹊窗前叫，俗谓佳音兆。
依俗姑谈俗，有何堪值报。

龙昭灵

侗族，1876 年生，字拙园，号杰卿，别号黄峭山樵，贵州省锦屏县人，清末乡试举人，会试岁贡生。1907 年加入贵州自治学社，随后加入孙中山同盟会。曾荣获开国纪念"嘉禾"勋章。1916 年讨袁护国，被委任东区司令，1926 年出任国民革命军第十军顾问，襄助王天培军长挥师北伐。后任天柱县参议长及天柱民生公司董事长。诗文，有手稿一本，存诗 178 首。

庚午正月由家赴省途中偶成

雄才怒展傲仑华，千古功名未足夸。
蔓草他年收拾净，江山栽遍自由花。

田庆章

字宽周，号云青，别号养静山人，侗族，贵州省黎平县人。著有《阳春白雪诗集》。

教书自乐

不慕州衙与县衙，平生只理旧生涯。
一枝笔来堪糊口，半亩书田足养家。
避世避言兼避地，观诗观赋胜观花。
有时倦倚珊瑚枕，笑抚瑶琴咏月斜。

田庆鋆

贵州省印江县人。曾任四川酉阳县县长及湖南麻阳县屯防指挥官。

题湖南知行月刊

马首燕云壮北行，男儿立志要纵横。
千年压迫民犹困，十载沉沦剑自鸣。
白日已悬新世界，黄花空吊旧精诚。
休言北虏多凶悍，扫去浮烟月自明。

冯日璋

字象德，贵州省桐梓县人。

黔中怀古

井钺参旗历历陈，荆梁余徽郁狉榛。
山川凿孔从庄蹻，人物开荒有尹珍。
诸葛声灵铜鼓壮，高辛留裔木皮新。
夜郎旧事难征实，黄祜安能再细询。

冯兆蓉

晚清·普安直隶厅人。

游玉阳洞赏牡丹

洛阳风景画图呈，赌酒飞觥四座倾。
国色太娇天意妒，春山无雨客心惊。
名花两放情如昨，旧句重拈喜欲并。
莫把繁华添声相，玉堂丰采自来清。

母重光

（1887—1941），字正煊，别号寒山居士，贵州省仁怀县人。曾任川军十二师会办、贵州军务善后事宜公署一等咨议官，四川古蔺县征收局局长，赤水县长等职。著有《蔺滨吟草》等。

入古蔺即事一首

古蔺孤城傍水涯，烟笼村舍万人家。
青峰环插青天里，白墅高倚白日斜。
烽火频年民落魄，凄风半夜鬼吹笳。
民思太平终无日，哭向苍天洒泪花。

咏虎芋①

半似芭蕉半似荷，窗前阶下绿婆娑。

心抽出壳青旗卷，叶展遮天翠幕拖。

堪与嫦娥撑掌扇，好借渔妇晒烟蓑。

何事使君常带泪，只缘世上不平多。

【注】

① 在赤水县政府时作。

咏　兰

（一）

花有清香叶有神，英雄宝剑美人心。

而今世路崎岖甚，愿仗灵锋削不平。

（二）

也沃春来雨露恩，不偕桃李斗芳荣。

枝枝好自山间放，身在尘中不染尘。

任可澄

（1878—1946），字志清，号匏叟，贵州普定人。光绪举人。民国年间曾任云南省长、教育部总长。主编《贵州通志》，著有《匏斋诗存》。

入　蜀

宜沙弥望皆童山，夔门一入山皆田。梯田直到山尽处，山隙植树还苍然。美矣蜀人尽地力，地力虽尽知何益。　一岁常纳十岁粮，三年未有一年食。噫嗟乎！蜀乱恒为天下乱，乱迄于今几何年！何时耕者有其田，呜呼吾民力已殚。

白水河途次大雪晓行

路绝人踪野绝烟，空明万景共澄鲜。
鸦拳冻翛寒欲堕，马怯冰岩嗫不前。
远树笼烟疑在水，连峰带雪似粘天。
琼楼我欲乘风去，更俯层楼瞰大千。

安 健

（1877—1929），彝族，字舜卿，郎岱县人。少年就学安顺府，考为诸生。1905年东渡日本，后参加同盟会，历任讨袁贵州司令长官、大元帅府参议、大本营谘议、国民革命军第九军党代表、云南省政府驻粤代表、国民政府参事等职，逝后追赠陆军中将。曾与余达父等在上海创办《斯觉报》，著有《贵州土司状况》《贵州民族概略》等。

游仙人洞

曾上泰山游，俯视天下小。

今来仙人洞，到眼殊了了。

岩高未百寻，不足夸窈窕。

世多神仙窟，此间安足道。

何不凌高风，直下蓬莱岛。

茫茫沧海中，一笑尘世渺。

刘从忠

（1878—1945），字继卿，笔名琉璃，贵州省黔西县人。教书终世。

浪淘沙·黔西八景之二——西桥断雪

幽谷晚风狂，天淡云黄。归鸦啼冷自凄凉。
群集西溪桥畔树，对对双双。　　回首望山冈，
玉琢银镶。寒风偏助雪飞扬。飘到桥边融化净，
未见寒光。

刘光先

1917 年生，侗族。贵州铜仁市人。铜仁市粮食局退休干部。黄埔军校同学会会员。

投笔从戎打日寇

飞机大炮烟迷障，血雨腥风遍战场。
忻口抗争雷电急，顽强拼搏胜东洋。

刘仲尧

（1911—1960），四川省潼南县人。民国时曾任桐梓县地方法院院长，贵州省高等法院推事。1949 年 11 月起，任贵州高等法院秘书科长。

离桐梓留别

骊歌乍起倍凄凉，万里烽烟客异乡。
忧国丹心明法治，多情旧雨感神伤。
西园剩种桃千树，行箧空余诗一囊。
寄语严寒须珍重，鱼书相互托邮航。

刘其贤

（1887—1951），号思齐，贵州省沿河县人。曾加入同盟会，参加武昌起义，任黔军总司令少将参谋长、黔军军官教育团团长，国民政府军事参议院参议。

咏　雪

逐逐蝇营态万般，故将世界变银山。
岸明疑是沙铺月，岭秀何妨雾锁关。
荒砌小蛩声寂寂，青天一鹤意闲闲。
六花今日宜三白，正好云深卧钝顽。

刘泽民

又名刘剑魂，号鹤溪、老剑、涵寿室主人，福泉人。民国时历任县长、八十九军高参、独立师长等职，国民党起义将领。著有《剑魂诗草》《涵青室诗稿》《鹤溪词稿》等诗文。

平越十二景诗 (选三)

寿峰叠翠

九十八峰拥插冥，三千万岁鬓犹青。
掀髯一笑清风起，晓象飞来绿满庭。

七盘晚照

借问谁陈七玉盘，艳霞分与彩虹餐。
挥戈为叱夕阳返，宝剑光红大将坛。

藜峨旭日

仰止高山云气舒，红光万缕旭临初。
纵观欲上擎天处，手折青藜照读书。

刘莘园

字端裳，又名树苑，别号白云山樵，贵州省仁怀市人。同盟会会员，曾参加武昌辛亥举义。抗日期间任川军22集团军中将高参，徐州战败后任前敌临时总指挥。新中国成立后，任贵州文史馆馆员，贵阳市政协委员、民革成员。

台儿庄祝捷会感赋

台儿庄一战，日军大败。苏鲁豫皖社会法团及人民向长官部集团军献旗。余代孙震受旗。是夜月明如昼，百感交集，久不成寐，便口占一律。

滴尽西川万人血，博得同袍一面旗。
近日台庄欣战捷，当时滕县苦撑持。
纵横荆楚包胥泪，破碎睢阳许远师。
遥忆故人慷慨死，屋梁月落梦迟迟。

忆武昌首义

羊城暮春鼓声歇，仲秋武昌漂赤血。
手持斧钺扫胡尘，天骄汉族恢祖业。
健儿横刀草檄文，誓碎皇冠掷此身。
神州义旅风旋迅，南交滇粤北燕云。
我亦鄂军马前卒，姓名获列交通部。
满奴世凯假降幡，巧取政权永留毒。
曹锟介石相继承，三十余年人奴役。
一九四九菊花节，华人方庆伸腰足。

刘淦芝

河南商城人。美国埃俄威州立农工大学学士、哈佛大学博士，为农林部中央农业实验所技正。1939——1944 年任湄潭实验茶场主任、场长，兼任国立浙江大学农学院教授。湄江吟社成员。

试新茶

乱世山居无异珍，聊将雀舌献嘉宾。
松柴炉小初红火，岩水程遥半旧甄。
闻到银针香胜酒，尝来玉露气如春。
诗成漫说增清兴，倘许偷闲学古人。

【注】

此诗作于 1943 年 5 月 16 日，原刊于《湄江吟社诗存第一辑》，1943 年印本。

杉径午阴

谷间树是昔人栽，今日寻幽有客来。
足底山溪容我管，眼前锦绣倩谁裁。
千杉静然忘炎暑，满径清凉滋碧苔。
嘱咐林禽莫喧聒，让侬枕石梦天台。

夏日遣兴二首

(一)

樗材曷敢妄痴求，长夏萧闲便是侯。

月上山巅观犊喘，风回渡口听童讴。

分瓜时怯无佳味，祛暑还欣有妙筹。

既在双湄怀抱里，时将清水洗吾头。

(二)

洪水横流久未休，山居夏日更添愁。

自栽雨里茶千树，谁识人间楚一囚？

偶到清溪闲濯足，生逢浊世强低头。

思亲望断白云眼，愧我萧疏牧海鸥。

【注】

　　此诗作于 1943 年 7 月 27 日，原刊《湄江吟社诗存第一辑》，1943 年印本。

孙竹荪

（1882—1967），名嗣奎，以字行。云南呈贡人，出生于贵阳。清末秀才，毕业于法政学堂。民国年间历任县长、法审局帮办、威宁厘金总办等职。解放后受聘为贵州文学史馆馆员。

清镇县重修华盖洞

一生殊自得，岂意老将临。
浪迹寄天地，放怀观古今。
觞流依曲水，人醉慕山阴。
喜与诸贤会，清风类竹林。

孙如磬

字幼安，曾任民国县长、县参议长等职。

中英美俄同盟对日宣战二首

（一）

轰天大战遍全球，陆地海洋一片秋。
祸起轴心甘黩武，歌赓民主正同仇；
六州万国无中立，铁马金戈有自由；
簸荡乾坤今扭转，汉唐功业看重修。

（二）

鼙鼓咚咚震五洋，东瀛逋寇尚鸱张。

野心妄欲吞全亚，梦想犹思霸列强。

师老无功占物极，兵骄必败自夭亡。

尸灰不复归山岛，海角何堪更陆梁。

李乐天

贵州省麻江县人，曾任民国麻江县内南区区长。

题笔架小学

萍水相逢聚此堂，鹏程未展究文章。

参差几树庵前秀，迢递重山阁外苍。

道远疑云迷古渡，月冷似镜浸空廊。

每遇榴红荷放日，鸟弄朝烟花弄香。

李世荣

字子仁，侗族，贵州省剑河县人。曾任讨袁护国黔军混成旅旅长，建国联军第一军军长等职。

哭王天培

鸢二南飞过洞庭，同军同学共生存。
潜龙自命传佳话，遗像空留不见人。

无　题

万水滔滔都向东，欲挽逆流苦费工。
此行不与被苍盟，穷途安能遇顺风。

李世慧

贵州石阡人。

午夜沐于温泉

阁楼倚石势峥嵘，且喜汤池傍县城。
混沌凿开非一日，胸怀涤荡已三更。
衣冠犹辨妍和丑，肺腑难分浊与清。
沐罢搔头还自问，人间万事费权衡。

李钟岳

（1878——1923），号郅甫，郎岱县人，李锦心子。宣统元年（1909）特科拔贡，后入京试及进士第，湖南候补直隶州州判。民国元年（1912）接任郎岱劝学所所长，系郎岱新学创始人之一。

打铁关

立马铁关夕照寒，千寻绝壁似涂丹。
昏昏瘴气接三板，滚滚江声下九盘。
唇齿何愁争据险，闾阎无计但求安。
此身笑乏苏张舌，也向邯郸学鲁班。

观耕楼晚眺（四首选二）

（一）

落霞满地晚鸦归，楼外怆惊景色非。
赤水不因红叶泛，青山欲障彩云飞。
百年世事惊迟暮，一代衣冠已式微。
不见长安歌舞地，可怜皂隶尽轻肥。

（二）

日落乌啼月上楼，山城隐隐暮烟浮。

铁关鼓角杂刁斗，粉署吴歌继越讴。

世乱不禁身世感，诗成翻动古今愁。

无心纵酒频挥泪，惹得旁人笑杞忧。

夜经白骨塔[1]

　　风习习，雨丝丝，云愁雾惨黄昏时。磷光闪灼西复东，幢幢鬼影相追随。有声啾啾复唧唧，又如万众同悲泣。吁嗟此景何阴森，我马欲前忽即立。复前行，倏忽抵山村。颓垣雾灯影，呼童问主人。主人出迓须眉白，叩此未答先幽咽："黔中殖民五百载，非我族类恒戕贼。君不见咸丰中，四十八寨势如蜂。吾族峙险群保此，日严关锁夜乘墉。群贼忽断我汲道，守者皆病群贼笑。一朝寨破尽屠戮，五万三千同时殁。君看寨前沟渠五尺深，血痕模糊今尚存。鹰鹯逐食豺狼喧，白骨如麻乱纵横。明年我军自筑上，莽莽腥膻齐扫荡。碎拾丛葬积如丘，高深宽阔逾十丈。垒石为坟坟峭拔，涕泣命名白骨塔。至今雨湿天阴夜，鬼声鬼影相杂逻。"

【注】

① 自注，白骨塔距落别五里，地名官寨。

李海平

又名茂江，贵州省麻江县人，清秀才。曾任下司两级小学和第三中学校长，民国麻哈县议员。

姊妹岩（四章选一）

两鬟蓬松未肯修，守贞不字几千秋。
冰霜脂粉随时抹，天地帘栊待月钩。
西子徒存亡国恨，娥皇空望大江流。
何姑姊妹深山住，芃草蛮花对白头。

芶中一

（1898—1971），又名世瑚，汉族，贵州省湄潭县人。历任国民党中央监察院秘书、云贵监察使署秘书，第九战区司令部秘书，贵州瓮安县长等职。1949年3月辞官回乡，著有《天风海雨楼》《听角楼》集。

呈于右任先生

嘘气为云噫气风，栖栖何去复何从。
飞腾可是中年近，破碎山河指向公。

卖炭谣

烧炭在深山，卖炭在城市。可怜卖炭人，破衣冻欲死。狐裘长万丈，盖遍洛阳城。狐裘不到处，一片饮泣声。青春转艳阳，陌上盛歌舞。万千冻死骨，车轮碾作土。

秋　怀

秋怀何寂寞，秋色更阑珊。
雨织疏林暮，风穿薄幕寒。
菊花欹近砌，虫语怨当栏。
节候催人急，奇愁在肺肝。

渔父辞

苍茫人境外，一叶自飘流。
水涨芦花渚，月明杜若洲。
闲呼鸥鹭语，梦跨蛟龙游。
沽酒不辞远，临风发醉讴。

秋　梦

鼠搅灯翻月入帏，故山秋梦久依依。
拂天新雁风初厉，烘树残阳叶渐飞。
水决平田欢稻熟，网沉深渚羡鱼肥。
倚闾仁远人将老，起对孤云涕一挥。

秋雨叹

乾坤积阴晦，恻恻怆心目。

我生非所怀，念彼田间屋。

破灶郁湿苇，卧穗生新绿。

催租骇闾阎，泣卖耕田犊。

乱兵满都市，群盗遍山谷。

可怜饱与寒，谁问走且哭。

敝匣涩霜刀，狐鼠蕃类族。

仰天一长吁，悲风下平陆。

酒　杯

乾坤无碍酒杯宽，濡首相从尽此欢。

猎猎长风催鹗上，泠泠勺水有龙蟠。

武侯祠外千年柏，屈子江头九畹兰。

并入悲歌莫与和，醉中拍碎曲阑干。

悭　颜

行叹坐愁一例删，鞭笞鸾凤破悭颜。

胸中浩浩惟思酒，郭外悠悠独看山。

远意欲寻江海约，俊游不放莺花闲。

人生何事堪惆怅，料理此心似石顽。

霜　林

霜林万叶怒嘶风，伴我华颜醉更红。
眼底花生皆事业，座中屠狗尽英雄。
疲驴江岸山如画，矮榻庭阶月似弓。
偶借酒杯浇块垒，群儿骇视耿长虹。

一　剑

一剑光寒四壁秋，安能与世共沉浮。
青崖白鹿犹相待，好去名山汗漫游。

别筑赴军

腾腾怒马踏朝暾，万里风云气已吞。
叱令群山齐俯首，独支一剑啸昆仑。

雪　后

雪后溪山路欲迷，冲寒不放帽檐低。
平生龙性难消歇，还向中原纵马蹄。

病中呈寿师

万端郁塞此穷陬，青史力争第一流。
花落故山人卧病，灯昏别馆剑鸣鞲。
何心避世陶彭泽，每念忧时刘豫州。
望古凭今无限意，伫看雷雨起潜虬。

杂感三首

（一）

拔山扛鼎亦雄哉，安得峥嵘见此才。
一寸江山一窟血，人心朝水共腾哀。

（二）

怅忆泱泱旧日风，炎黄孤胤诧蚕丛。
狂潮难洗积污尽，忍为苍生侈大同。

（三）

地气潜回岭表春，麻姑诧话海扬尘。
可怜无限英雄树，血色花开不见人。

吴长安

贵州省印江县人，曾任小学校长。

在金厂塾中自吟

生活由来太寂寥，千方百计度终朝。
挖来野菜和根煮，砍得生柴带叶烧。
做客未尝逢白饭，筵宾总不免红苕。
瓮无旨酒厨无肉，美味佳肴是海椒。

吴玉环

女，1886 年生，苗族。贵州省玉屏县人，乳名小妹，生于四川泸州，嫁本县欧阳司，夫早逝，子夭折，独守终身。1950 年病逝。

一九四三年为侄孙吴恩荣题画诗

古塔凌霄汉，茅庵隐翠林。
桥横溪涧上，朗目可清心。
喜爱南山竹，竿竿节节贞。
虚心无俗气，不怕风雨侵。

吴先材

笔名梓隽氏，镜屏县偶里乡寨先村人，清光绪二十五年（1899），中秀才后，创办寨早学馆，培育人才。曾首任偶里新办区立第五两初级、高等国民学校校长。

咏秋景

课余散步到门前，九夏风光倏变迁。
桐叶盈庭风似雨，芦花遍地水连天。
萧疏荫减堤边柳，憔悴香消池上莲。
独有桂花标晚节，缀枝金粟十分妍。

初冬即景

晚来散步到郊原，隔岸渔家傍水村。
征雁时飞时散集，霜枫半老半留痕。
寒山作态慵初睡，古渡无人静不纹。
芳草何堪衰飒尽，天涯滞迹有王孙。

吴作舟

字济川，侗族。贵州省三穗县人，长期执教。1918 年毕业于镇远师范传学所和贵州省编修志书训练班。《香炉即景》五首，时 1936 年他在香炉执教时写的景物诗。

香炉烟篆

香炉起篆记朝烟，恍心沉檀燕案前。
缭绕如云起殿阁，盘旋似火生山间。
客来都道龙涎好，我至亦称孟尝贤。
此地奇山何处有？声名正播万斯年。

石门关路

以关隔断有石门，锁住不开常有阍。
两面雄关谁保障，一条捷径独称尊。
三春叶发双津合。万里流来一口吞。
最是此间宜小住，一吟一唱一销魂。

吴绍周

苗族,贵州省天柱县人。抗日名将,曾任军长、兵团副司令等,获中将军衔。1945 年 10 月,在郑州参加日本投降典礼。后卷入内战,在徐州战役被俘。1952 年 10 月由华北军区遣返长沙定居。被聘为湖南省文史馆馆员,湖南省人民委员会参事室参事。

无 题

白河横流兮白水茫茫,中国猛士兮智勇无双。
可怜武士兮惊魂毙死,高歌猛进兮打倒东洋①。

【注】
① 白河战斗,击毙日军千人,日军 223 联队濒于全军覆灭,联队队长神奇哲次郎葬身水底。

吴学海

贵州省锦屏县人,苗族,廪生,贵州自治学社社员,教育家。原居贵阳白鹤坎,民初回原籍,助办新学,故于乡里。

游甲秀楼

甲秀楼头放眼眸,无边风物入时流。
共和旗帜悬官署,专制王朝去毒瘤。
仕女纷游多自在,商民买卖任其求。
独撑天宇真雄阔,留得真名壮贵州。

吴济钊

（1900—1930），名承尧，号古眉生。湄潭永兴镇人，曾任小学校长、《辅仁文艺社》社长。著有《古眉生笔记》。

欲雪吟 (三首选一)

小阳梅绽故园花，朔风森森露粉芽。
健乏寒衣添异地，陈呵纤手章层纱。
月明沉暮疑天白，风颤错灯响碎沙。
准拟春风吹絮至，宁无飞影到天涯。

吴崇江

字瀛川，号汉清，贵州省锦屏县人。存《诗联遗稿》。

解馆留别

几行别泪各西东，碣在潇湘落照中。
灞水今番成绝袂，巴山何际又相逢。
高年福禄须全受，末世风波且半聋。
寄语明庭尊重罢，俚词有尽意无穷。

答狱中友人①

世道纷纷可奈何，劝君安静养中和。
冶长缧绁寻常事，寒夜休吟长恨歌。

【注】
① 该友系河北保定人，七七抗战弟兄加入国军至，锦屏因意外
坐牢，作此以安慰之。

陈弦秋

（1896—1992），贵州省兴仁县人。历任国民党军旅长、师长、
副军长。抗战八年，率贵州健儿战冀、晋、豫前线，在忻口等会
战获勋章。新中国成立后历任贵州省府参事，多届省政协委员，
民革中央团结委员。著有《隐军诗》。

冀晋抗战

北晋储军三十万，不堪一战剧全摧。
可怜关隘空形胜，那忍山河付劫灰。
暑日凶横虽倔悍，将军志略太庸非。
三千精锐齐拼死，恨未歼敌振国威。

（1937 年）

【注】
此诗为吊唁抗战初晋北会战为国捐躯名将。郝梦麟作，隐针
砭最高统帅部之意。

在山西抗战

万里中条太行万叠山，四面黄河长城四寨关，青天浩日无云旷漫漫，大风扬尘萧杀寒，剩雪残冰乱壑间，路险径绝岩巉巉，山不毛兮尽赤顽。崇山巨野无穷际，尽是沙场争战地，枪烟弹雨点颜色，飞机大炮轰雷厉。万军散在万山中，混战不分南北与西东，浩气欲吞赤日吐长虹，快将热血洒遍山河红。

（1938）

抗战中赴温泉浴

飞骑小队破尘来，笑指温泉洗劫灰，
父老儿童相向语，将军新退寇军回。

青岛船上

沧海茫茫接太空，崂山飞出万重峰，
青天碧水轮舟绮，浑在蓬莱玉阙中。

陈明德

女，字伯庄，贵州省桐梓县人。曾执教于桐梓女子小学。

己丑菊花迟开

风雨频仍不介怀，犹来花事费疑猜。
望穿重九无消息，好趁阳春一并开。

陈炼金

名光镒，字泽南，贵州省桐梓县人。光绪癸卯举人。民国初，任邑劝学员长，选任省议员，代理广顺县事逾月病卒。著有诗集《溱韵》。

离感（二首选一）

春色玲珑透眼波，云山烟树两婆娑。
马蹄不走相思路，雁足无书寄爱河。
织到回文心血已，望穿秋水泪痕多。
闲来细为阿卿计，莫诉离鸾别鹄归。

游桂湖池怀杨升菴 (四首选一)

一重亭阁一重天，耿耿孤忠日月悬。
热血已寒荒漠外，精诚犹贯旧湖边。
臣躬有罪奚从补，圣意难回总自怜。
亘古如公真不死，千秋庙食话年年。

邹礼乾

　　（1881—1959），贵州省三穗县人，清光绪初年拔贡，曾任
云南候补知县。

虹桥卧影

虹桥三拱卧青溪，杨柳桃花傍竹篱。
小童驱鸭惊丽影，杜鹃飞过彩云西。

邹卓群

字人俊，1920年生，湄潭县人。北伐时，曾任部队秘书、湄潭督学，并执教于湄中；后弃教从医，任遵义地区医院中医科主任，贵州省政协委员。

湄潭县城

一片山城枕碧流，江干垂柳弄轻柔。
斜阳倒映双桥影①，恰似江南景色幽。

【注】
① 双桥指城南之新、老湄水桥。

张学良

（1902—2003），东北军司令，西安事变后，被蒋介石"严加管束"，辗转桐梓县城东"小西湖幽禁"。录自民国《桐梓县志》。

在小西湖

山居幽处境，泪雨引心寒。
辗转眠不得，枕上泪难干。

张禹成

（1909—1940），号奠川，祖籍江苏南京，生于盘县板桥镇。盘安普联立中学毕业后于家乡执教。

打东洋

（一）

东洋强盗野心狂，烧杀劫抢如虎狼。
国破家亡妻子散，逃荒度日苦难当。

（二）

一夜狂飙掀恶浪，同仇敌忾把兵当。
大刀阔斧劈倭寇，破浪乘风赶裕皇。

张道藩

（1897—1968），字卫之，盘县人。1914 年参加中华革命党。1928 年起，先后担任国民党中央执行委员，中央宣传部、海外部部长。为首创办中国文艺协会、国际文化合作协会等。1961 年辞去"立法院院长"职务，潜心著书绘画，经营"道藩文艺图书馆"。

蕴瑜团长千古①

精忠千古在，肝胆壮山河。
龙城留汉将，韩道奏凯歌。
瓯全忠可信，石勒字难磨。
应有春秋笔，国殇感咏多。

【注】

① 陈蕴瑜为贵州省平坝县天龙镇人，国民党军队任团长，抗日战争中壮烈牺牲。

杨　显

（1875—1942），字名声，号宦廷，贵州省桐梓县人。

送郎垭

郎去何时返，郎归妾尚留。
妾心原是石，终日不回头。
桥度虹高拱，塘深鸭自浮。
传闻陈信者，好作夜来游。

杨子白

（1865—1942），字贵西，盘县人。清末庠生，以教、医为业。

拥护抗日将士

满城风雨近重阳，倭寇频来没主张。
惟有民军称义勇，朔风凛冽战沙场。

杨仪光

字明山，笔名梦痴，号柳溪先生，贵州省天柱县人，苗族。曾任国民革命军第十军军部秘书。著有《声律指南》。

卢沟桥事变

卢沟桥畔月黄昏，过客骚人带泪痕。
莫道睡狮终未醒，吼声惊破大和魂。

杨旨廉

（1901—1950），贵州省桐梓县人，教书为业。

奉和刘仲尧感怀 (四首选一)

车辆辚辚触眼过，轮痕轨迹未消磨。
开河庶慕何公善，筹饷犹訾廖匪苛。
明暗当头能鉴别，是非终局不容阿。
于今播北孛云见，前度刘郎继者何！

杨名胜

（1883—1947），字显尘，贵州省施秉县人。历任国民革命军第十军军部机要秘书兼筹饷委员会委员长、徐州淮河盐运部监、四川彭水县县长、施秉县参议会副参议长。著有《北上吟草》《劫灰吟草》等诗集。

乡友迎宴喜咏

北伐征战去，十年始回乡。乡人情义好，迎我罗酒浆。红心腌鸭蛋，老口煮酸汤。猜拳复行令，把酒又称觞。吧咭和呀咭[①]，苗腔杂汉腔。主客欣然醉，乡情水样长。

【注】
① 吧咭和呀咭：苗语，即三个、八个。

杨希程

贵州省印江县人，曾任小学校长。

登老山顶

叠石层岩万仞雄，连峰宿势欲排空。
放怀指点沧溟远，作气吹嘘沅济通。
急雨尽从环麓起，浓云直把万山蒙。
当年足迹周游遍，少与兹山大雅同。

杨绍敏

侗族，光绪年间秀才。原居天柱乐寨，后到三穗开馆设教。

赠宗兄元勋诗

诗书笔墨不生香，恼乱诗俦锦绣肠。
万斛愁怀人未识，十分困苦我先尝。
懒偕毕生争优劣，羞与凡夫竞短长。
琼浆玉液谁稀罕，留首歪诗任品尝。

杨顺辑

侗族，贵州省三穗县人。一生从教。编有《蕴玉山房诗抄》。

穗城永灵山留题

此际登高纪胜游，放开眼界任悠悠。
东瞻日岛兴戎马，西顾滇川中起筹。
遍地流亡悲国难，盈天轰炸念民忧。
何时勉遂班师愿，不扫群狼不肯休。

杨胜任

贵州万山特区人。

话农家

前村一带是我家，荣辱无关度岁华。
屡际年丰多黍粒，每逢客到话桑麻。
秋成拾穗儿童喜，冬至围炉妇子哗。
整日欲闲闲不得，夕阳竹外补篱笆。

杨培泽

贵州省印江县人，曾任国民党县参议员。

咏　梅

喜到隆冬见国香，乘时浮动月昏黄。
无双品格能欺雪，第一娇容可傲霜。
玉骨不同鸦混色，冰肌只许鹤来旁。
当年怪得林和靖，惯向寒天作主张。

杨耀南

名再茂，号北舟，苗族。贵州省天柱县人。历任国民革命军第十军参议、天柱县参议会会长、省政府咨议等。

因时有感

一番风雨一番波，自古英雄受折磨。
天柱再添新气象，贵州重振旧山河。
文登协陆都如此，武到电轮竞若何？
看破世情效范蠡，五湖烟景唱渔歌。

周　沆

（1874—1957），字季贞，号遁叟，贵州遵义人，清光绪二十年（1895）进士，历官云南澄江知府，讲武学堂副校长。民国初期任浙江都督府秘书长等职。抗战胜利后任北平、云南公路局顾问。新中国成立后，受聘为贵州省文史馆馆员。有《印山草堂劫余吟草》。

重阳与湘川诗社诸君小集

倦息尘鞿感路长，五风十雨黯重阳。
听莺旧迹仪先哲，跨鹊新归认故乡。
闲退漫愁来日事，联吟幸集少年郎。
小园卧听湘川濑，理秫阶前丛菊黄。

紫荆花街紫荆花树、二百年古物，忽被砍去，诗以吊之

铁骨霸皮二百年，紫荆花树短墙边。

保存古物今何在？辜负春风莫放颜。

骢马漫谈前代事，吾人来争夕阳天。

故家乔木犹馀几？一度一思一惘然。

周　浩

（1881—1939），清末追随孙中山从事反清活动，曾任上海《天铎》《民立》两报撰述，后任江宁县长。

登岳阳楼

飞楼似黄鹤，招客洞庭东。

楚雨迷沙际，湘山出镜中。

人烟春草绿，诗思暮天空。

忽听鸣钟磬，犹疑张乐同。

狱　中

逮捕仓皇狱吏訾，云封北固感迷离。

存亡一息谁遗溺，恩怨百年自忍饥。

不信明时疏贾谊，岂怀旧雨窘张仪。

豪情未许随空尽，且傍铁窗读楚辞。

漳河怀魏武帝

西陵歌吹散烟云，漳水荒凉七十坟。

岂有孝廉堪万乘，可怜香履亦三分。

世家本出曹常侍，墓碣谁称汉将军？

不到王侯身不死，建安七子竟遗君。

周西成

（1893—1929 年），名世杰，号继斌，贵州省桐梓县人。1911 年投身军旅，1926 年被民国北洋政府任命为贵州省省长。1927 年被国民政府任命为国民革命军陆军第 25 军军长兼贵州省政府主席。1929 年 5 月参与桂系军阀反蒋活动，在与滇军的混战中阵亡。

即事有感

短策三年感，长江万里情。

民欢田野治，贼尽道途平。

宝藏新开地，笙歌不夜城。

大同竟何日，南望颂休明。

游天台山

白云隐隐露高峰，峭壁巍峨叠几重。

峻岭登临空眼底，群山俯首拜春风。

周伯庸

　　名开忠，贵州省三穗县人，清光绪二十年（1899）中拔贡。民国元年（1912）随云南督军唐继尧到贵阳，任大定（今大方）县知事。民国二十年（1931）任贵州省民政厅科长，后在贵阳导文中学任国文教员。

中洲列市

市集中洲百亩间，仁山智水四围关。
休言少隐无梅福，有客避居岁月迁。

虹桥卧影

天畔虹腰水面楼，澄江涵影似清秋。
从来降雨当空现，何事天晴也未收。

周国萧

　　民国人。

浪　迹

频年几度越穷边，落魄天涯剧可怜。
消瘦容光增寂寞，飘零身世每迍邅。
驻颜苦乏长生药，返里惭无买棹钱。
秃笔忿投还自拾，且倾浊酒和愁眠。

扬子江晨眺

晨曦初上梦初回，景色如屏次第开。
塔影迷离排雾出，江流浩淼破天来。
几声鹤唳增幽恨，一纸家书费剪裁。
颠沛何堪贫病迫，悄然远眺独徘徊。

周素园

（1879—1958），名培艺、澍元、树元，贵州省毕节人，清末贡生，贵州辛亥革命元老之一，民主进步人士。曾任大汉贵州军政府行政总理、黔军总司令参议兼秘书长，1925年8月辞职回毕。1936年红军长征到毕节，出任贵州抗日救国军总司令，参加长征。抗日战争期间任八路军高级参议。新中国成立后任贵州省副主席，副省长。

春日抒怀

（一）

艰难尝尽好归田，退老闲居十二年。
漫信山中能避地，翻从井底得观天。
强权胜后人无类，学道成时犬亦仙。
为异迷盲遵觉路，敢辞残废着先鞭。

（二）

慈悲只是口头禅，遗臭留芳两漫然。

祖国山河甘断送，吾曹兄弟苦颠连。

前途展拓凭金草，大任担当要铁肩。

可有还童真妙术，让馀腾步学高骞。

（1937 年 5 月于延安）

周恭寿

贵州麻江人，民国年间曾任贵州教育厅长、贵州大学校长。

平田哨写字岩题诗

自古平田曾见玉，而今幽谷亦生兰。

青山有意藏仙迹，此后来人赐地瞻。

罗 福

清末民初贵州麻江人，曾任麻哈州州城议事会议长。

夏状元回故里①

传云洞上向无水，何以今天大涌泉？
只为状元衣锦至，故将点滴示欢涎。
王孙肚饿乏哀饭，季子金名翻柬笺。
试问岩隈何异物，也随末衍亦趋炎！

【注】
① 夏状元指夏同和（1868—1925），麻江县人。

郑万全

（1872—1949），湄潭天城人，清末秀才，一生执教于锡落坪培英馆 30 馀年。

题黎民洞①

（一）

半壁悬崖一洞擎，湾如九曲信生成。
昔人避难曾居此，我辈依旧效古行。

（二）

洞口砌石一树栽，几重石磴看重来。
古人不识经多苦，漫道桃源好避灾。

【注】

① 黎民洞，在天城乡进化村。洞深邃曲折，钟乳悬结，是乡人
春节游乐之所。诗题为编者所加。

金　章

桐梓县官渡河人。曾任赤水县知事，绥阳、遵义县长。

河　工

蟠龙之水极盘旋，寿国之山亘当前。急流不
容横流逆，殃及桐城万亩田。有志移山移不得，
东淘西凿终湮塞。或开明河或暗河，垒土如山两
岸仄。迩来河水迭为灾，一日滂沱万夫开。滔滔
洪水谁能治，费去黄金可筑台。擘华穿渠人已杳，
缩地鞭石谁可使。欲将陷溺拯斯民，神禹遥遥呼
不起。吁嗟夫，播川当时迁县治，未闻年年将水
避。如说三消洞不消，方洞涪洞又何地。君不见，
巴拿峡，苏伊河，何不效辟明河永世利。

赵 恺

（1869—1942），遵义县人，光绪甲寅恩贡。

赠徐特立

军中忙无暇，急急护文化。
保存图书功，当不在禹下。

胡树声

（1872—1944），遵义人，教书为业。

遵义城八景 (选三)

桃源仙踪

鬼斧神工辟，悠然一洞天。
楼台红树隐，山水白云连。
纵鲜逃秦客，偏多玩世仙。
遗踪留篆刻，今古忆张颠。

红花晚风

薄暮晚风凉，花岗的可望。
疏林连雉堞，狭路绕羊肠。
春雨草如染，秋霜枫自妆。
停车闲坐者，每至月昏黄。

蜈桥夜月

湘水自迢迢，征途接石桥。
夜深凉浸月，人静客吹箫。
细柳飘千缕，长蜈卧一条。
西城鸡互唱，竞渡马蹄骄。

胡德芳

字敬庵，贵州省桐梓县人，著有《谦益斋诗钞》。

迎眷属寓萧表兄品高家半月余感谢

满眼繁华不算春，惟怜落魄异乡身。
方忧乱世为贫苦，何幸居停有主人。
得免飘零才意定，相依患难见情真。
鲋鱼一勺能甦困，况此清波涌巨津。

侯树涛

字沧帆。贵州省桐梓县人。清末贡生。曾任民国绥阳、赤水县县长。著有《素园诗草》。

出西郊访友

出郭渡龙溪，风光望欲迷。
炊烟茅舍北，流水断桥西。
犬向篱边吠，莺藏柳内啼。
白云红树里，仿佛故人栖。

梦草亭怀古①

亭畔草芊芊，吴公开别馆。幽人坐翠微，午梦诗情懒。高卧傲羲皇，眠琴偕鹤伴。一色上帘来，下榻香风暖。虹桥柳丝拖，紫泉春水满。花坞影重重，竹篱围短短。画船穿藕花，丛菊相留款。树老集昏鸦，白云闲自散。博物聚奇珍，观罢携茗碗。斜阳读断碑，游人信步缓。空亭今寂寥，春色无人管。忧时藉草坐，浩歌抒愤懑。大雅望云遥，草亭惊梦断。

【注】
① 亭，在贵阳按察使司署后。

大雪吟

夜郎城头一夜雪，夜郎道上人踪灭。
盘龙偃卧僵不起，奎阁崔巍冻欲折。
天然粉本画图陈，放眼山川世界新。
江湖满地一渔父，披裘独钓水之滨。
流澌敲碎竹万个，天半纷纷花散堕。
豪吟驴背寄诗情，乘兴寻梅灞桥过。
遥指娄山霁色明，莲花朵朵霭云横。
雄关夺隘思刘綎，征马踟蹰畏不行。
世态炎凉冬令肃，飞来急雪窗纱扑。
何时广厦千万间，遍覆单寒安且燠。

姜凤翔

（1872—1945），字鸣岗，盘县人。清末秀才，曾任兴仁县长、盘县临时参议会议长。1928 年创立盘安普联立中学并亲任校长。

喜　晴

雨后农夫格外勤，一湾流水几家分。
甘霖此日来何晚，又是喜君又怨君。

娄 燊

字聘三，贵州省桐梓县人。清末任教于西门。

游天门洞

嵝岈古洞劈空悬，我试登临望欲颠。

手未拿云心已怯，情殷拨雾志仍坚。

眼将秋水双双洗，人到春台步步迁。

乍觉山头衔落日，归来犹带石花莲。

行经鼎山城麓

高原一簇树参天，万壑涛声咽涌泉。

阵阵花风吹曲槛，重重云气覆层巅。

羊肠有路深难到，螺鬟留痕望欲妍。

借问鼎山城是否，居人点首喜连连。

娄柱涛

字鉴平，桐梓狮溪人。清末岁贡。

过毕山长寿堂

金莲撤炬仰流风，考献征文待折衷。
底事黔中无大笔，徒教爨下有焦桐。
眉山学士今苏轼，绛帐经师昔马融。
窃幸予生犹未晚，弃材无用遇良工。

聂树楷

（1865—1943），字尊吾，晚号聱园居士。贵州务川人。光绪甲午年（1894）举人。辛亥革命后历任兴义知府，毕节知县护理贵西道尹。曾任省志局顾问。参编《贵州通志》。有《聱园诗剩》2卷，《词剩》1卷。

感　事

虎口寄余生，驴年望太平。军中闻易将，纸上厌谈兵。楚仅存三户，殷惟恃一成。人生终不死，竞起请长缨。

南村春日

二月南村风日好，饭余散走亩西东。

山容水态分浓淡，秾李夭桃间白红。

春事偏饶兵革外，人家都住画图中。

意行渐远天将晚，归路欣随牧犊翁。

满江红·岁暮天寒，忆曩经鹦鹉溪^①

三十年前，记岁暮、溪经鹦鹉。冒风雪，一肩行李，一仆一主。风利如刀肤如割，雪团作絮拳争舞。指前村、一带竹篱斜，留人处。 两老叟，形容古；踞上座，掀髯语。道今年大熟，多收禾黍。举酒互酬翁并媪，围炉作闹儿和女。问官人何事犯寒来，将毋苦！

【注】

① 鹦鹉溪，在思南县境，与德江县煎茶溪毗邻。

柴晓莲

（1898—1974），贵州省贵阳市人，曾任贵阳市政协副主席。参加民国《贵州通志》编纂，主编其中之《人物志》《古迹志》。今存著作还有《贵州名胜考略》《心远楼剩稿》等。

二四周年寄咏笙黔灵之麓

历剩三行暖尚遥，迟迟春汛待明朝。
风波又系昆池梦，灯火谁腾桂管谣。
万劫烦冤新故鬼，一年心事去来潮。
闻君欲蜕尘埃外，何处山深可避嚣。

二十三日午正复闻空警

枭音作处万灵瘖，砭耳摧肝响未沉。
人似乱云争出岫，身随众鸟倦投林。
伊谁鱼肉供刀俎，如此江山失带襟。
一劫欲临千念转，茫茫大野郁孤吟。

五月一日敌机扰，南郭有死者，时余卧病东郊

（一）

荡荡牂牁域，高瓴实壮哉。

雕盘千万仞，鸟瞰两三回。

苗岭空崒崒，岚天竟往来。

要当转飞炮，看尔羽毛摧。

（二）

唤起窗前曙，扶疴觉杖迟。

吾民非畏死，恫喝竟何施。

绿暗千家庇，朱殷一鸟驰。

三年薪胆恨，天道远难知。

八月二十一日倭机扰西南郊，与荫儿走避红边郭外山涧。是日闻警二次，投有重弹，损伤甚微

一声枭叫走如蚤，足茧荒山曝如槁。趋岩大似鼠投穴，幕天席地颠复倒。果然有震来虩虩，隋日边一点星光皦。渐若孤骛映朝霞，谁其见之眸子瞭。倏尔一落千丈强，两翼垂天同栲栳。市郊盘旋饱览馀，悠然而逝尾忽掉，且幸虚惊又一回，肩摩袂接返城堡。那知喘定才中途，又闻警笛喧天表。短音刺耳腿如绵，蛇行依旧伏幽窅。一之谓甚况再乎，性命呼吸托苍昊。何处投奋闹碻礁，岩穴震撼舌为桥。须臾雷车颠顶旋，肤粟面霜心如捣。众生沉沉入定中，肯以色声示彼狡。四山机张射妖鸟，伫盼铩翮堕荒草。惜乎技穷博浪椎，尺短寸长差微秒。六鹢苍黄悉退飞，流星怒啸残烟袅。坐令漏网得生还，天聋地瞆山悄悄。逾时彼枭复长鸣，心情已异音殊好。终凭两胫奏奇勋，拾得惊魂归故道。郎罢已疲阿囝饥，长日腹枵图一饱，堪笑灶冷釜空轑，焦饭何嫌馋吻燥。迤来庭阶竟小踬，骨疼似觉腰脊拗。平生任作牛马呼，讵耻折腰致神恼。济胜无具困奔波，杖乡居然侪耄老。忆向图宁寄一椽，午夜排闼攫群爪。岂无红边旧草庐，池鱼何辜烬一燎。黔山纵半天下青，远隐又苦良药少。以兹疏散令如雷，且庐人境甘嚣湫。但蕲一雨弥劫隙，雨中竟出日杲杲。去住两难心踌躇，斗室不觉千百绕。拟从电炬参

消息，市南为宵市北晓。一机不报花样新，致令
厉鬼唉人脑。千夫指目忽恍然，待得狂奔机已杳。
我思王者守四夷，蠢尔虾夷实渺小，天软人软谁
厉阶，忍使神州屈三岛，更瞻鹰隼盘碧空，升降
折旋技何巧？人袭其技转相屠，可怜人兮不如鸟。
吁嗟乎，可怜人兮不如鸟，战伐纷纷何时了。

癸未九日池铭约登电讯局楼，贵山书院遗构也

未许名山拓眼宽，小楼促膝亦良安。
栏干可恋日长逝，风雨不来诗自寒。
讵为杯深忘世劫，偶因菊淡上儒冠。
刺松碑出斯文废，向往明时此杏坛。

丁亥九日未出

未见菊花气已霜，怆怀无奈又重阳。
河山还我劫仍在，鬓发悬秋暮可伤。
却扫久甘埋姓字，倚楼宁复计行藏。
区区盏酒天犹靳，醒眼何修得醉乡。

新通志完成，适文献馆改组委员会，覃师志以长律，命同作，因次原韵

慨从劫罅赞删修，礼失犹知野可求。

本为南中宏志乘，尽忘皮里有阳秋。

豆卢杖在今同感，说友篇繁例已留。

继往开来无限意，牂牁文物足精搜。

黄齐生

　　（1879——1946），原名禄祥，又名鲁连，字齐生，晚号石公，贵州安顺人。曾任贵阳达德学校校长，遵义第三中学校长。著有《黄齐生诗词选》。

塞北重阳①

菊花朵朵满庭芳，塞北何尝异我乡。

长笑此身腰脚健，十年十处过重阳。

【注】

① 1932 年，赴绥远探望狱中的外甥王若飞。

新秋即事①

壁山城外文风桥，门对青屏一带遥。

点缀秋光何所有？牵牛花伴美人蕉。

【注】

① 1942年，齐生赴四川壁山，应聘为正则艺专（只风子主办）
　 文史教授，生活稍安。

沁园春·六十晋七感咏

（盖读毛、柳、钱、谢诸公之作而学步也①）

竟夜思惟，半世生涯，转类蓬飘。念圣似尼
山，原称混混；隐如桀溺，乱避滔滔。教禀津门②，
师承南海。许与梁谭比下高。羞怯甚、笑无盐嫫母、
怎解娇娆？　不识作态装娇，更不惯轻盈舞秀腰。
只趣近南华，乐观秋水，才非湘累，却喜风骚。
秋菊春兰，佳色各有，雕龙未是小虫雕。休言老，
看月何其明，气何其高！

【注】

① 毛泽东主席写《沁园春·雪》一词，柳亚子、钱太微、谢觉
　 哉诸老均有和韵之作。
② 原注天津严范孙师。

诗一首①

忽惊一电发归绥，囹圄阿甥盼诀离。

三次往探嗟无术，难为视死等如归。

【注】

① 黄齐生先生是王若飞同志的舅父。此诗是三次前往监狱探视时写的。

龚其昌

侗族，贵州省天柱县人。宣统元年（1909）承办天柱县劝学所，民国二年（1913）与天柱县参议长杨景光等人创办天柱县立中学，任第一任校长，尔后又兼办天柱县城高等小学及县立女校。

望夫石

夫婿从军数十秋，朝朝盼望在沙洲。

狂风难吹罗裙动，细雨反添珠泪流。

姊妹相邀哪转意，翁姑任劝不回头。

痴心顿改非容易，石烂海枯始罢休。

萧 三

七绝一首

铁胆天宫盗火种，剥玩山下祸自担。
文明不许探囊取，君子原来不素餐。

萧次瞻

（1905—1940），原名炳煌，又名次旃。贵州思南塘头人。1926年加入中国共产党，曾任中共思南县委书记、中共贵州省临时工委委员兼秘书长。1940年7月被捕，12月被秘密杀害。

登观音山

跋涉来千里，登程趁早阳。
路宜之字曲，花爱忍冬香。
四顾群山静，摩肩旅客忙。
升高须缓步，此去乃康庄。

七绝二首

(一)

火种原来盗自天，剥坑山下有谁怜。
文明不许探囊取，君子原来不素餐。

(二)

年来处处有奇闻，安定心灵镇定魂。
残酷并非今创举，斗争何地不留痕。

七律二首

(一)

历尽崎岖路几程，寸心原欲救危倾。
黄花寂寞悲深院，浓雾弥漫罩古城。
忍受折磨堪励志，相关痛痒见交情。
劝君正向光明面，心自安详气自盈。

(二)

云锁苍穹铁锁门，才惊午炮又黄昏。
焦枯床板连肝腑，灰黑檐墙合梦魂，
人世荒唐堪诅咒，血轮循环自寒温。
殷勤护惜三朝儒，收拾锋芒且勿言。

新正气歌

患难忧虞日，德业长进时。
要得胸怀阔，忍垢甘守雌。
要得身康健，饥寒强支持。
羑里七年囚，文王成大易。
释迦弃宫院，寂坐悟禅机。
心志既坚定，苦汁甘如饴。
读书三十载，真伪辨须臾。
仰不怨天命，俯不怪人非。
生当大时代，鞠躬唯赴义。
服劳尚有日，慎保五尺躯。
大义须舍生，慷慨亦何辞。
不恋我生前，陈债一笔除。
不虑我生后，后事有人继。
人生持久战，小败大胜利。
胜利多信心，遗忘个人私。
招手有巨人，普罗米修斯。

蒋铭炳

字丹书。贵州桐梓县人。游庠后教学远乡。著《听莺轩诗钞》4卷。

己酉大水感赋二十韵

万派趋芦里，群峰绕夜郎。雄关连蜀栈，天堑化黔疆。蛟宅危桥下，龙盘古洞旁。大江吞吐远，众水会归长。一日号风雨，三农悯稻粱。须臾成海岛，顷刻变沧桑。杨水东来阔，溱溪合益狂。才看浸柳岸，转瞬失河梁。到处呼舟急，千村徙宅忙。潮疑乘白马，劫欲换红羊。浪足淹高阜，波能撼县堂。船如天上坐，家在水中央。地讶同彭泽，城几类晋阳。阳侯频作祟，河伯惯为殃。妇子吞声哭，男丁涕泗滂。天心非溃溃，世界竟茫茫。乃粒知何日，其鱼叹故乡。田难登黍稷，祀定缺蒸尝。方命嗟崇伯，成功忆夏王。有人犹待世，此志几时偿。

清明感怀

纸钱到处景初和，佳节偏从客里过。
梓里久违心似箭，墓田荒后树生魔。
倦从邻舍分榆火，愁听书声咏蓼莪。
为语及门诸子辈，休将爱日付蹉跎。

喻克溥

（1842—1921），遵义人，贡生。曾任湘川书院讲习。

爱日长

东来微雨动新凉，独坐幽斋爱日长。
堤柳滋阴成翠幄，园花得润整红妆。
门无贵客疏迎送，座有奇书费较量。
炉再添香琴再鼓，高怀窃比古羲皇。

游湘山寺

入崦斜阳暮气清，湘山梵刹一闲行。
云封古洞迷无路，叶落空山静有声。
数点疏钟林表出，几枝宿鸟树梢惊。
高僧忽晤难言别，警柝城头已二更。

简　书

（1886—1937），字孟平，贵州省大定府人。曾就学贵阳，参加"贵州自治学社"，后入同盟会。返定建"自治学社大定分社"，兴办学校。著有《说诗》等。

春申江畔离情

（一）

月浸西流江浸天，春申浦上送行船。
分明去住皆飘泊，说到临歧总黯然。

（二）

敢夸身手好男儿，如此飘蓬到几时？
水皱愁纹山叠恨，不堪重听渭城诗。

（三）

十载风尘畏简书，彼苍于我竟何如？
成都可有君平卜，试检榆钱戏问诸。

熊大瀛

（1917—1941），思南城中人。1938年6月加入中国共产党，任县临时工委组织委员。1940年2月任思南县委书记，7月被捕。1941年8月被害。

狱中漫忆

漫忆桃林相碎语，而今翘首望天涯。
漫漫长夜悲虫泣，悠悠清梦怕愁遮。
一别经年人已渺，春风两度拂桃花。
愿寄南归千里雁，带得青鸾到我家。

廖凤岩

贵州省印江县人。

见报载敌人已陷首都

（一）

胡儿烽火犯长安，李郭勋名继起难。
带励山河伤破碎，汉唐文物惜摧残。
旌旗扰扰燕云黯，车马萧萧易水寒。
东亚和平成话柄，甘为戎首太无端。

（二）

群众殷殷望长安，不图国是愈艰难。

存危似发千钧系，胜负如棋一局残。

为虎作伥甘叛逆，哀鸿无策拯饥寒。

宋明往事前车鉴，俯仰兴亡感百端。

廖次岩

贵州省印江县人，曾任铜仁地区专员。

步父凤岩先生《国难有感》

惭愧长才乏治安，况当国步益艰难。

拼搏血泪除时弊，肯遁林泉看局残！

内地深仇民气馁，中宵惊起剑光寒。

前途努力各珍重，斩棘披荆事万端。

谭钧陶

桐梓北街人。录自民国《桐梓县志》。

酌月吟

开窗待月月徘徊，举杯邀月月初来。
有酒无月酒兴孤，有月无酒月疑猜。
有酒有月兼有我，三者缺一原不可。
举酒劝月月劝我，我同月醉酒量颇。
想是前生我是月，月兮我兮难分别。
一斗不醉复一石，月倍明兮我倍洁。
举头问月月何圆，上弦十日又下弦。
月不应我微示我，消长虚盈理显然。
我今见月我不忘，知进知退知存亡。
月丽于天常如此，人生于世当守己。
一切荣枯何足计，把酒酌月识化理。
长此对月醉千钟，宛如把酒饮月宫。

黎 树

（1867—1935），遵义县人，贵阳府庠生。

哭杨次典

小窗风雨暗秋声，闻道文星附远明。
怅望新亭空洒泪，待时卓茂不为生。
西江水冷归魂咽，驿路霜飞客梦惊。
况复著书功未就，九原应有泪纵横。

黎 梓

（1886—1954），遵义县人，曾任陕西高等法院书记官，襄城县知县。

新 秋

秋来才几日，便觉嫩寒生。
竹露不成滴，草虫先有声。
五更孤馆梦，千里故乡情。
早稻应将熟，黄云带晚晴。

田家词

束草如人荷笠斜，一竿风篆飏沙沙。
芳畦已下春前种，为恐凫鸥啄嫩芽。

遵义怀古

征车络绎蜀疆连，屏蔽黔阳控要边。
地接夜郎唐郡县，天开鳖邑汉山川。
经巢硕博师儒重，樗茧讴思太守贤。
一百余年盛文运，从来名胜以人传。

黎　渊

（1879—1934），字伯颜，贵州遵义人。庶焘孙，尹融子。
留学日本，获早稻田大学法学博士学位。曾创办天津北洋法政专
门学校，任国民政府参议。有《致明堂诗稿》等。

海天夕望

孤舟一叶类飘蓬，万里真乘破浪风。
海色静磨铜镜碧，日光斜烛火轮红。
净无蜃气迷仙岛，时有烟痕亘太空。
欲酹沧波吊徐福，神山何处是新宫①？

【注】
① 徐福墓在新宫县，去长崎甚近。

黎又霖

（1895—1949），又名万里，黔西城关镇人。参加过北伐，任江西省政府驻京办事处长等要职。1949 年在重庆被捕，牺牲于白公馆松林坡。

回黔西

人生不唱大风歌，莫使年华逐逝波。

万卷蜡红余蘸叶，一杯梨绿醉漓涡。

白公馆狱中

（一）

卖国殃民恨独夫，一椎不中未全输。

琅珰频向窗前望，几日红军到古渝。

（二）

革命何须问死生，将身许国最光荣。

今朝我辈成仁去，顷刻黄泉又结盟。

潘纯瑶

女，贵州省印江县人。

题圣墩积雪

积雪墩山岭，晶莹耀碧空。
彤云惭色减，盘石喜衣绒。
宿鸟栖何处，樵夫绝履踪。
冰心依一片，自在玉壶中。

潘富文

贵州贞丰人，民国六至七年（1917—1918）任贵州省溪县（今万山）县长。

题万山风景

二月春深燕子肥，万山风雪尚纷飞。
芳堆满地鹅毛重，烟消长桥虹影微。
大陆云龙随世变，北关塞马几时归。
水壶座下常相忆，多是沧桑触景悲。

题　竹

渐滨株守卧江竿，素志由来本不凡。
风雨常怀忧国病，满腔热泪洒空山。

戴传忠

贵州省印江县人。

喜三弟传煊自抗日前线归来

弟兄羁旅几经年，南北奔驰各一天。
每为音书劳想念，偏从离乱庆团圆。
一家喜气愁都散，两袖清风我亦然。
尚忆归来无别物，行囊唯有旧诗篇。

丁 芒

1925 年生，江苏省南通市人，中华诗词学会、之江诗社顾问，湖畔诗社主席团委员，江苏诗词协会理事，著有《军中吟草》《当今诗词学》《丁芒词曲选》等。

【双调】鱼游春水·为六盘水市建市二十周年作

破山的门，挖山的魂。谁把人心儿直线地升温、燃地火来烧毁了穷困？一策定乾坤，十万孤寒齐发愤，殷勤留住了春。　　好个东风，吹得山红。干人儿都住了华宫。只二十整年就把穷神送，鱼化了金龙。六盘水新潮更汹涌，汗珍珠亮了那笑容。

游织金洞后题

步入织金如织梦，胸中丘壑起新烟。
灵飞云树乾坤小，俯仰苍穹已忘年。

银雨树

一塔高擎欲刺天，莲花千叠说庄严。
入心银雨成禅意，参透人间亿万年。

织金穹顶

洞天忽仰万千霞，穹顶流云散落花。
微觉秋风吹暮紫，诗生两肋不思家。

广寒宫

琼瑶堆垛广寒宫，万朵奇花一洞红。
今夕登天赏美宴，嫦娥舞袖影迷蒙。

霸王盔

忽惊落地霸王盔，一曲悲歌心底回。
深洞雄风天意在，人间何必论是非。

【黄钟】刮地风·黄果飞瀑

天上银河放闸开，浪跌高崖。翻江倒海挟风来，声震九陔。秉天之志，汇情之海，放雷之韵，吐心之慨，向中华诉说爱。乾坤手里揣，凭我去化电扫尘埃。

参观遵义会议纪念馆

恭立栏前侧耳听，犹闻历史最高音。
长征一曲进军鼓，碾得中华万里平。

丁先清

1942 年生，贵州省铜仁市人。曾任玉屏侗族自治县人大常委会主任。玉屏县诗词楹联学会常务副会长。

休闲山庄

葱葱竹树翳农家，戏水融融山里娃。
稻浪香飘人惬意，和谐山寨度闲暇。

八仙岩畅想

八仙静坐三千载，孰料隧桥傍水行。
何用出门云驾雾，换乘高速享文明。

丁伟华

1922 年生，湖南省汉寿县人。副教授。曾任黔南州教育学院、民族师范学院中文系主任，《学报》主编。莫友芝研究会副会长，州诗联学会顾问。著有《东山集》等。

都匀东山公园

常上东山兴未穷，盈眸紫翠四时浓。
挹霞饮绿迎朝旭，撷秀怀芳沐惠风。
一水潆洄春色满，千门辐辏玉虹重。
凭栏喜到奎星阁，俯瞰南州气象雄。

十六大颂

神州处处溢笙歌，盛会京华喜庆多。
英杰盈堂谋国是，小康同步渥恩波。

庆祝黔南布依族苗族自治州成立五十周年

自治兴州五十年，黔南今已焕新颜。
春风浩荡千山绿，各族和谐万象妍。
富路畅通连海宇，人文蔚起壮云天。
小康同步红旗引，再创辉煌勇向前。

鹧鸪天·纪念抗日战争胜利六十周年

胜利回眸六十年，红旗指引巨龙骞。胡尘荡涤怀英烈，国运兴隆仰俊贤。　思既往，看当前，东邻虎视竟依然。和平长保金瓯固，力壮神州耀远天。

游斗篷山

斗篷名胜誉寰中，今日从游畅素衷。
山道弯弯迎胜侣，碧峰霭霭接苍穹。
泉清峡谷滋膏沛，地蔚松篁蕴秀钟。
乍见沅江源碛后，乡思千里逐流东。

黔南州诗联学会成立十周年书感

吟旌十载树黔南，荟蔚诗联雅兴酣。
各族和谐频击壤，同侪奋发辄鸣弦。
涵馨毓秀弘传统，踵事增华有后贤。
行见层峰能更上，赓歌绿满艳阳天。

荔波世遗加冕喜赋

黔南山水锺灵秀，瑰宝潜藏昔未知。
今值世遗加冕后，荔波多景盛名驰。
锥峰盘谷喀斯特，碧洞飞流画不如。
胜地风光迎雅客，青葱长葆众心舒。

自题游湖小照

众山翠护一湖春，千顷清波玉鉴陈。
柳岸白头观浩淼，乡心已到洞庭滨。
随舟荡漾思无限，甘作人梯老此身。
饶有清风盈两袖，湖光山色任高吟。

临江仙·改革开放三十年颂

卅载经纶兴伟业，神州万象芳妍。春回冻解
忆当年，中枢施睿策，大众展欢颜。　　社会和
谐欣构建，同心协力趋前。小康全面乐怡然。凭
栏舒望眼，接踵有群贤。

水调歌头·二〇〇〇年元旦

染翰迎新纪，满目物华鲜。南海双珠辉映，踵接返家园。两弹一星高矗，广宇神舟飞驶，到处凯歌传。华夏龙腾日，万里艳阳天。　　擎邓帜，扬正气，着鞭先。英贤荟萃，齐挥甘雨洒人间。行见嫣红姹紫，早迓台澎归棹，民族乐团圆。大地春来了，吟唱暖心田。

丁建平

贵州省毕节市人，中华诗词学会、贵州省诗词学会、毕节市诗词楹联学会会员、毕节地区诗词楹联学会理事。著有《闲散集》《夕拾集》。

遣　怀

百世清修一世缘，乱云深处共绸缪。
个中既得红颜句，懒向蟾宫看月圆。

牛　颂

乌升兔坠践田畴，满体泥浆混汗流。
碎骨甘为畇亩秀，粉身旨在稻禾稠。
鞭苔绳缚终无怨，餐秕食糠何计酬。
但愿秋天年景好，岁收其有自消愁。

敬业海子街中学

海中糊口几经年，茹苦含辛猛著鞭。
朝促晨星觅亮点，暮襄滞秀入优编^①。
忧心助学袋囊紧，敬业传知仁智全。
喜幸三千皆入泮^②，传杯聊赋鹿鸣篇^③。

【注】

① 滞秀：指滞后学生中的成绩较好者。

② 入泮：科举时代称生员入学为入泮。借指考取中专、大学的学生们。

③ 鹿鸣篇：指《诗经·小雅·鹿鸣篇》"呦呦鹿鸣……"这里指设"鹿鸣宴"。科举时代，乡试揭晓的第二天，宴请主考、同考、执事各官及乡贤。席上歌《鹿鸣诗》名曰："鹿鸣宴"，借指考取大学、中专的学生们宴客。

丁垂赋

原名丁垂富，1956 年生，贵州省纳雍县人。中华诗词学会会员，贵州省诗词学会理事，毕节地区诗词楹联学会理事，纳雍县诗词楹联学会副会长兼秘书长，《纳雍诗词》主编。

忆游纳雍鬃岭吊水岩后

曾登山顶赏山花，远望茫茫雾似纱。
可惜岩前千尺练，难裁一尺带回家。

咏　梅

又见梅花梳俭妆，严冬无计锁馨香。
远闻凭借好风力，近赏最宜明月光。
芳处肯容禽鸟唱，艳时不许蝶蜂狂。
何需摘向瓶中插，山野清幽韵更长。

卖蜂窝煤少年 (新声韵)

个儿才与板车高，三步行来两步摇。
煤愿多装嫌力小，汗缘长淌恨途遥。
常逢人面如冰冷，难卖心头似火燎。
叫唤连连声震耳，眼睛老往几边瞧。

清平乐·小鸟

檐前小鸟，呵护休惊扰。藤树青青庭畔绕，
一任啼鸣昏晓。　　飞来飞去由它，咱家便是它
家。但愿长为朋友，相看只隔窗纱。

清平乐·忆游黔灵山 (新声韵)

松青岩峭，自有登山道。鸟语声声猴窜跳，
频惹游人欢笑。　　仰瞻烈士丰碑，明湖畅敞心
扉。为觅黔灵灵感，归时衣染斜晖。

清平乐·近年闻人唤余"老丁"戏作

"老丁"未老，嘴上青青草。自觉口中牙最好，坚硬骨头能咬。　　心儿总像娃娃，秋花认作春花。梦想常飞天上，要撕几片云霞。

鹧鸪天·村行

野径弯弯竹树青，近山高耸远山横。厌朝闹市歌厅去，喜向乡村小寨行。　　闻鸟语，听蝉鸣，霎时雨过又天晴。瓜儿爬上墙头望，咧嘴红榴笑出声。

生查子·广场看放风筝

广场童与翁，笑遏行云住。比赛放风筝，忘了朝和暮。　　蓝天龙凤飞，鹰燕休相妒。人羡小鱼虾，也上高空舞。

卜算子·读李木先生《云水轩诗文集》

得水便成仙，笔下多成果。评点文章别一家，情热如团火。　　境界自然高，名利焉能锁？诗鹤翩翩出小轩，云彩三千朵①。

【注】
① 李木先生有句云："挽来云彩三千朵，一缕情怀一缕诗。"

【越调】天净沙·晓耕 (新声韵)

野花荒径飞泉，晓耕人在谁边？鞭响犊鸣雾散。欲寻难见，白云绿树青山。

丁显斌

笔名沧粟，（1925——1998），贵州省黔西县人，教师。曾任贵州省暨毕节地区诗词学会理事，黔西县杜鹃诗社常务理事，《杜鹃诗刊》副主编。著有《沧粟吟草》。

贺黔西杜鹃诗社成立

盛世风光灿古城，印山遗址树吟旌。
弘扬国粹辑佳韵，传唱兴黔致富声。

踏莎行·祝贺省、地、县诗词学会次第成立

诗社宏开，"杜鹃"花艳，"玉屏"曲雅"乌蒙"绚①。长歌短调发清音，引来鸾凤鸣声健。　"爱晚"风高②，丹枫韵倩，龙蛇走笔珠玑隽。文明共建兴无穷，爱憎忧乐真情现。

【注】
① 杜鹃、玉屏、乌蒙分别是黔西、金沙和毕节地区诗社名。
② 爱晚，系贵州省诗词学会办的《爱晚诗刊》。

丁钰儒

字荣铎，1936年生，贵州省赤水市人。中华诗词学会、贵州诗词学会、赤水诗词学会、遵义楹联学会会员。

缅怀任长霞

长霞劲骨人人敬，剑胆雄姿个个钦。
头戴五星司法治，胸怀百姓把冤伸。
满腔热血护群众，一颗丹心卫党魂。
悼念英灵嵩岳恸，登封万户泪沾襟。

咏郑州古都

定鼎商汤建伟功，东京西洛势超雄。
黄河北扼畿都护，赤县南连楚粤通。
华夏文明源禹域，中州圣哲肇神农。
千年胜迹光辉灿，新纪风流举世崇。

卜茂生

1938年生，湖南省澧县人。曾任中共贵州省委宣传部副部长。

赞抗癌明星 （新声韵）

猛兽毒魔夺命来，悲伤恐惧举家哀。
沉着应对理情绪，忍受煎熬仰壮怀。
除孽遵医经万苦，降魔循法祛千灾。
阴曹地府曾来去，喜颂诸君敢抗癌。

赞抗癌群体

非亲非故聚一堂，同病相怜好共商。
促膝交流谈体会，现身说法比顽强。
解除焦虑稳心态，丰富生活保寿康。
社会关心温蕴满，抗癌群体铸辉煌。

于世芳

女,1928年生,贵州省贵阳市人,1985年在贵州民族学院退休。

鹧鸪天·纪念中国共产党诞生
八十五周年 (新声韵)

千代熬煎梦遂生,揭竿起义尽难成。一从上海红灯照,星火燎原万马腾。　方向正,领航程,天翻地覆五洲惊。龙骧云起搏风浪,继往开来户户迎。

缅怀毛主席 (新声韵)

戴月披星万里行,工农觉醒举红缨。
燎原星火湘鄂赣,自力更生陕甘宁。
一夜春风迎解放,满门忠烈尽赤诚。
雄文五卷光寰宇,伟业千秋启后程。

浣溪沙·缅怀周总理 (新声韵)

逸群绝伦四海称,运筹谋划九州兴。披肝沥胆万民倾。　情爱忠贞人敬仰,未酬壮志恨难成。鹤飞天外享盛名。

竞赞村官好帅才 (新声韵)

满室炊烟泪洗腮，油灯半盏照锅台。
日思峭谷柴薪旺，夜盼高天月姐来。
治乱除污筑沼气，火灯熠熠粪肥埋。
更新万象人欢笑，竞赞村官好帅才。

缅怀林青同志遇难六十五周年

山高水长鞭莫及，三尺冰封信息稀。
双燕旧巢传喜讯①，拨开云雾举红旗。
草原结社震边镇，唤醒工农齐努力。
激愤群情建组织，力争民主见端倪。
红军万里进遵义，游子归家甜如蜜②。
滚滚乌江东逝水，乘风破浪不知疲。
行船忽被暗礁击③，从此英豪著狱衣。
历尽严刑肝胆裂，钢筋铁骨志难移。
高歌一曲震环宇，地恸山摇万民涕。
血沃中华花更艳，神州大地报春熙。

【注】
① 1933 年冬林青和缪正元从上海回毕节。
② 红军路过遵义，林青与李维汉取得联系，党中央批准林青、
邓止戈、秦天真组成贵州省工委，林青任书记。
③ 1935 年 4 月林青被捕，9 月 11 日壮烈牺牲。

于昭常

1942 年生，山东省东阿县人。曾任安顺市西秀区国土资源局副主任科员。贵州省诗词学会、安顺市诗词楹联学会会员。

黔中访农 (新声韵)

新村楼院靓家乡，好似江南迁夜郎。
且借乌江一砚水，重描黔岭稻花香。

鹧鸪天·香港回归十年

香港回归满十年，紫荆欢庆舞蹁跹。钢琴奋奏黄河颂，玉笛高扬赤县天。　　观大庆，谱新篇。港人治港笑开颜。何时宝岛回家转，共庆神州璧月圆。

万裕屏

1935年生，贵州省贵阳市人。曾任贵州省机械工业厅办公室主任、企管法规处处长。中华诗词学会理事，贵州省诗词学会、楹联学会秘书长，贵阳市诗词学会副会长。著有《律诗五百及别裁》。

抗冰斗雪奏凯歌

2008年1月中旬至2月，我国南方遭受历史罕见的冰雪凝冻灾害。在党和国家领导人亲临灾区指挥下，全国军警民奋勇投入战斗，奏响了一曲抗灾抢险的壮丽凯歌。

（一）

数九隆冬凝冻天，风刀雨剑舞尘寰。
茫茫一片银冰锁，皑皑八方白雪淹。
松柏失姿隐丰采，竹梅逊色偃嫣妍。
自然笔绘苍凉画，亿万黎民抱憾观。

（二）

冰封大地雪飞天，华夏今逢灾害年。
阡陌交通堵车辆，繁荣市井少人烟。
千方电网停输送，万户灯炉断照燃。
九域兴师缘底事？救危抢险重于山。

（三）

救灾解困信心坚，烈火熊熊五内燃。
家宝融冰临雪岭，锦涛化雪履冰川。
上层领导夷千险，下属员工克万难。
十亿黎元交口赞：关怀民瘼好兵官。

（四）

电网塔杆千处坍，抢修使命若眉燃。
冰山雪岭熬寒夜，墨面丹心战冻天。
折骨伤筋倾险野，捐躯流血躺危原。
万人挥泪送英烈，青史勒名于世间。

（五）

冰雪堆积路轨瘫，保通令下不容延。
官民除铲锹拿手，军警支援担荷肩。
热汗速融坚凝冻，温心迅挽逆狂澜。
自然灾害何足惧，众志成城定胜天。

（六）

南域遭灾广电宣，一方有难百方援。
抗灾指令中枢下，解困物钱各地捐。
争献身心争送暖，竞驱冰雪竞驱寒。
滞留游子家园返，喜度新春歌舞欢。

（七）

戊子春节义不凡，中央常委与民欢。
共干美酒同谈笑，同赏花灯共过年。
一股热流温肺腑，三旬寒气化云烟。
以人为本施仁政，赞誉口碑千载传。

（八）

雪化冰消天渐暖，春光慢步绿人间。
乡村游子家中聚，交电职工岗上眠。
增强力量抓重建，加固设施防再瘫。
战胜神州百年害，十三亿众尽开颜。

融冰之旅赞 （新声韵）

温家宝总理在中日邦交活动因故中断 7 年后，于 2007 年 4
月 11 日至 13 日赴日本访问，世称"融冰之旅"。

（一）

喜渡东瀛谊洗尘，温安握手会谈亲①。
生辉红日迎朋友，吐艳樱花馨比邻。
细雨融冰滋绿榄，和风解冻暖金樽。
海边相望闻鸡犬，共遏刀兵绝战云。

【注】
① "温安"指温家宝总理、安倍晋三首相。

(二)

日中友好数家珍，演讲意深言感人。
阿倍西行情谊厚，鉴真东渡法缘深①。
古贤尚且尊仁义，今相何堪拜鬼魂？
言史绝非续仇恨，唯图万代两国亲。

【注】

① 4月12日，温家宝总理在日本国会大厦演讲，对中日绵延2000
多年的友好交往史娓娓道来，获得在座480位国会议员的共鸣。

② "阿倍"指日本昔年遣唐使阿倍仲麻吕；"鉴真"系唐朝赴
日传法高僧。

(三)

温君访日近平民，意善情柔面写春。
练体园中言慰众，赛球场上艺惊人。
宗师诚挚献茶道，农户殷勤酬豆飱。
宾主何须分彼此，同堂言笑度良辰。

(四)

出访言谈蕴意深，思维敏锐胜骚人。
中国诗句寻常引，日本俳歌即兴吟。
好雨知时方罢口，樱花吐艳又发音①。
知识渊广谁能比？家宝拔尖翰墨林。

【注】

① "好雨知时节""樱花吐艳迎朋友"，是温家宝总理访问中
引用和自吟的诗句。

（五）

马不停蹄日夜奔，五十活动五十辰①。

天皇会晤珍一瞬，百姓访谈惜寸阴。

寅卯出行戌亥返，胸襟袒露意情陈。

七年断鸣双边鼓，总理击棰定好音。

【注】

① 温总理赴日本访问 50 多小时，举行 49 场活动。

自度词·一号红文惠三农 (新声韵)

（一）

千载天荒破，红文惠亿民。尽免通盘税赋，
频增扶助资金。地播良种，谷沐甘霖。东风四季
田园茂，春夏秋冬皆是春。

（二）

绿色通途顺畅，繁荣城市山乡。东销海味西
销果，南产食糖北产粮。一村一品，千县千纲。
致富飞车驶，黄金大道长。

（三）

学钱罄免，火旺庠园。学子勤书卷，师资奋教鞭。夏雨春风润育，红桃白李鲜妍。洛阳纸比昔年贵，九亿农民善翰笺。

（四）

稼穑壮耆扛，挣钱青背乡。医疗有保，病痛无妨。子女黉门造化，夫妻市井弛张。城中劳务多优惠，别土农工甜尽尝。

（五）

夯实基础，策马奔腾。寨寨通公路，家家照电灯。机代人工垦地，柴更沼气供能。昔年梦想皆实现，再把高科大业兴。

自度词·青岩古镇赞 (新声韵)

青岩魅力

青岩异景，悦目怡心。玉水湾曲绕镇，狮山危耸穿云。深巷明秋月，高坊灿夏暾。教堂观庙金光闪①，翰墨诗联雅梦魂。　　筹款还原破损，旧房胜迹翻新。无穷魅力招游客，难尽资源富庶民。辉煌历史，灿烂当今。灿烂丹青绘，辉煌词曲吟。

【注】

① 青岩镇位于贵阳市南郊，"观 guàn"指道观。

青岩文物

六纪沧桑，未减光芒。文昌阁内诗联雅，万寿宫中翰墨香。佛寺红墙素淡，教堂金碧辉煌。定广城门伟，石坊典故彰。　　昔岁能工建，沿街古木房。砌坎修廊，画栋雕窗。总理椿萱短住①，簧门子弟长扬。珍瑰文物寻何处，此镇排除觅哪方？

【注】

① 周恩来父、邓颖超母于抗战时期曾在青岩镇内寓居。

马　成

1941 年生，贵州省玉屏县人，曾任玉屏县文化局局长、县文联主席。玉屏县诗词楹联学会会员。

侗乡山寨

依山傍水侗乡寨，青瓦吊楼百卉开。
缕缕炊烟生翠岭，酒歌伴着爽风来。

秋日登高 （新声韵）

重阳结伴上东坡，耋岁同侪喜笑多。
信步登临极顶处，黔东一片好山河。

马万祺

1919 年生，广东省广州市人。全国政协副主席，中华文学基金会会长，澳门中华总商会会长。

游览红枫湖

红枫湖最好，世界也无双。
开放东风劲，贵州日月长。

侗寨风光

盛情侗寨一杯酒，轻步花桥景色新。
闻鼓而思歌且舞，中华百族一家亲。

马文骏

　　1941 年生，贵州省遵义市人，曾任贵州省人民政府副省长、贵州省政协副主席。著有《马文骏诗集》。

韶山毛主席铜像

立地顶天揽罡风，泽被东土润苍生。
千年方破阴霾雾，百寻普洒日光明。
汉秦文采长飞翥，唐宋风骚任纵横。
山河一统金瓯固，手划遥空指征程。

从　江

不从山岭只从江，从水从波向大洋。
月亮山育香猪嫩，都柳江濡椪柑香。
四通八达铺油路，三村七里修学堂。
侗苗从来风俗厚，自重自强建家乡。

遵义公园

廿年时念老公园，梧桐荫盖柳成绵。
海陆空游童嬉戏，狮虎豹啸花锦团。
办公陈屋思旧事[1]，学泳湘水忆髫年。
一杯热茶倦意解，安卧竹榻梦酣恬。

【注】
① 西式小楼曾为市民革办公处。

六盘水

乌蒙岂止水六盘，万壑千峰挂飞泉。
凉都欣迎九州客，立交广纳四省钱。
西电东送煤化电，乱石深山坡改田。
六盘锰铁铝钢水，浇铸特区小康园。

马平荣

女，1944年生，江苏省无锡市人。曾任野鸭小学校长，小学高级教师。中华诗词学会、贵州省诗词学会会员。

笔会（新声韵）

雅聚河滨叶正黄，切磋书艺热衷肠。
桌台摆满白宣纸，室内纷飘翰墨香。
篆隶草行均雅韵，米王颜柳尽端庄。
良师指点勤关照，乐趣无穷漫梦乡。

诗词进校园见闻（新声韵）

树绿风清阳朗照，校园韵致文光耀。
行行丽句布廊房，页页期刊集雅调。
荣誉专栏表绩勋，美称奖状彰诗教。
薪传国粹苦耕耘，喜看春花枝上俏。

剪纸迎春（新声韵）

百幅剪纸迎春展，满目琳琅霞彩翻。
梁祝恋蝶千古颂，福娃贺奥万民欢。
熊猫登月新歌唱，金鼠闹春捷报传。
子岁佳年浓似酒，民间艺术谱新篇。

马光旭

1924 年生，贵州省水城县人，退休干部。中华诗词学会、贵州省诗词学会、六盘水市诗联学会会员。著有《晚晴集》。

六盘水市一中建校六十周年颂

桃李芬芳六十年，耕耘尝尽苦酸甜。
辛勤不负园丁志，硕果盈枝映笑颜。

六盘水市荷城景观

文笔书空无日休，金钟对峙护金瓯。
朝天万笏千山秀，葡井甘泉一水优。
夹路明珠红似链，平畴禾稻绿如绸。
麒麟脊上烟飘荡，朱映荷城铁火流。

自　励

达世增知应自强，时时激励莫彷徨。
成功道上逢迷雾，失意场中遇曙光。
苦辣辛酸催奋进，悲欢离合寓兴亡。
宁心静志求清趣，淡泊修身老益康。

泛舟清碧公园

天高气爽正金秋，清碧公园泛小舟。
柳线千条嬉水面，菊花万朵闹枝头。
舟摇桥下画图美，影摄亭边景色幽。
红日当空风拂拂，波平流静甩鱼钩。

马光湘

1930年生，贵州省遵义县人。高级教师。贵州省诗词学会、遵义市诗词学会、遵义市楹联学会会员，凤冈县诗词楹联学会理事。著有《马光湘诗词选》。

咏梯子岩变迁

壮阔栈梯岩，巍巍危石盘。片云平地走，落日险峰悬。关隘千回转，涧深一线天。羊盘荒草地，人走径斜难。穷必思迁变，富则想路宽。集慧谋益利，自力献粮钱。苍璧银锄舞，野岭铁臂旋。凿岩天地动。破石鬼神寒。无数英雄谱，千秋百姓欢。民心凝坦道，高路入云端。盛世春光美，精神气浩然。

鏖战雪魔

三尺冰封客旅寒，风餐雨宿尽愁颜。
车流停滞知多远，人海思归望眼穿。
凝里排难交警助，雪中送炭庶民安。
中央关爱苍生笑，鏖战灾魔解倒悬。

马先进

　　女，1964年生，贵州省金沙县人，金沙县财政局干部。贵州省诗词学会、毕节地区诗词楹联学会、金沙县诗词楹联学会会员，玉屏诗社副社长。

踏莎行·乌蒙感怀

　　旧道崎岖，行车险阻。游人差旅心寒处。而今路坦过山川，连峰跨水飞虹渡。　　磅礴乌蒙，夜郎远古。杜鹃百里香如故。兴黔电厂似明珠，腾飞经济高原富。

踏莎行·西行小记

　　峻岭崇峰，山环水绕。边城小镇春将老。山花致意远行人，轻声问候君来早。　　峡谷烟飞，深溪水邈。遇仙桥险连川道。渔塘河水汇千流，年年润泽增温饱。

渔家傲·金沙安底风光

白虎山头风景异，陡滩如练轻烟起。小镇墙垣披彩翼，秋日里，梯田层叠黄金地。　今又丰收人又喜，清醪纯酿香千里。田野流光收眼底，频凝睇，温泉水美权梳洗。

马振篙

原名恩才，笔名一兵、一民，1930年生，陕西省岐山县人。曾任黔南州第二医院、中医院党委书记，贵州省诗词学会会员，黔南州诗词楹联学会会员。

登天安门城楼有感

龙虎风云岁月悠，当年帝后早荒丘。
神州叱咤开新局，号角喧鸣争上游。
经济腾飞增国力，文明建设竞风流。
人生悲喜真难料，临老居然立此楼。

刘邓大军挺进中原 (新声韵)

万炮齐呼啸，千旗染暮天。
飞舟纷渡岸，白浪怒吞山。
敌败军威震，号鸣河水欢。
中原燃战火，直指大江南。

马浡善

又名忠善、子善，湖南省隆回县人。1938 年生。在龙里、六盘水任教直至退休。副教授。曾任六盘水市诗词学会副会长，贵州省诗词学会理事，中华诗词学会会员。

南乡子·抗灾保民引吭歌 （联章）

献给贵阳"抗凝冻、保民生"的党政军民

（一）

气候暖寰球，却有极端冷气飕。灾害突来谁可预？何由？无雪南方今雪稠。　致害雪为仇，大地寒凝一切休。亿载雪峰原貌现，堪忧！无计资财顷刻丢！

（二）

特大雪灾侵，岂可封杀贵筑人！一见灾情即号令，同心。抗冻安民一线拼。　干部共军民，合力急排凝冻囤。水电交通要确保，循循。为了零八奥运春。

（三）

抗冻见精神，心挂民生系党心。灾难临头忠职守，情殷，解难排忧如血亲。　　万众似一人，共赴艰危冒雪雾。扰扰营营劳攘攘，纷纷。铲雪掀冰战斗春。

（四）

党政赏罚明，不少渎职被厉惩；遗臭人间为不齿，遭憎。耻辱光荣敌对称。　　灾后复生生，众志成城万事兴。英勇精神生态见，荣荣。绿水青山鹰鸁腾。

王　邸

1918 年生，河北省饶阳县人。历任贵州省人大常委，中华诗词学会常务理事、贵州省书协顾问和名誉主席，贵州省诗词学会常务副会长，省楹联学会会长，并主编《爱晚诗刊》《爱晚诗词》。著有《王邸诗词选》《王邸书法作品选》《王邸诗词手迹》。

贵州解放五十年（新声韵）

奋力耕耘五秩年，布依苗汉共扬鞭。
脱贫解困三十万，跨纪腾飞再向前。

水调歌头·新疆行 (新声韵)

踏上丝绸路，指日过高昌。千峰素裹银琢，原野稼禾黄。夹道胡杨左柳，伫立昆仑远眺，遍地马牛羊。万里西州道，一派好风光。　　葡萄熟，酸酪沁，雪瓜香。哈维汉大家庭，携手建边疆。曾是庭州古郡，势控东西南北，今日换时装，改革促开放，美景在前方。

纪念毛主席诞辰一百周年 (新声韵)

(一)

经天纬地智超群，扭转乾坤百战身。
万里长征吟妙句，三军统帅亦诗人。

(二)

统帅三军唱大风，雄文四卷育工农。
征途洒满亲人血，染透江山万里红。

建党七十周年

砥柱中流立，东方旭日红。

吟诗颂国运，调律唱年丰。

翠嶂横天外，清流贯邑中。

康庄大道直，万里沐春风。

大江截流

铁流齐发大江中，神女巫山亦动容。

观战人群齐呐喊，万双巨手缚苍龙。

咏 兰

雪浸灵根润，寒催碧叶长。

素心临皓月，深谷吐幽香。

咏 竹

雨洗凌霄节，风梳劲绿枝。

萧萧拂日月，瑟瑟报明时。

赞 梅

一树寒梅铁骨铮，敢披霜雪斗严冬。

不同桃李争颜色，留住清香伴晚风。

南歌子·夜宿白马湖①

　　驿路桥边月，石庐窗外光，暑天仍觉晚风凉。
山后白云深处透朝阳。　　旅枕难为梦，心宽意
自长。纵观天下好风光，最忆长征故道夜郎乡②。

【注】
① 白马湖，位于贵州省安顺市西南 30 多里处，是从贵阳至黄果
　　树风景区必经之路。
② 安顺属古夜郎。红军转战贵州时，曾经此地。

过镇远

　　步步登高入境幽，绿阴深处出琼楼。
　　青龙古洞林中隐，乌雀新枝月下浮。
　　傍水依山营壁垒，扼关凭险障黔州。
　　势连文德控苗岭①，卧踞清流望楚丘。

【注】
① 文德：关名。

黔东行

　　老骥黔东千里行，东风拂面一车轻。
　　青原桃李春芳艳，绿野黄花香气清。
　　四化人才干四化，长征路上继长征。
　　牂牁古郡康庄道，苗岭新村百业荣。

织金县即事

四壁云山石径幽，三潭滚月碧沙洲。
凉河蓼岸环峰阔，泉水清溪绕岸流。
晚照凝烟横黛岭，朝阳泛紫满晖州。
夜郎旧址寻无处，顺德封碑迹尚留。

赠日本朋友 （新声韵）

花溪碧水映春樱，中日书家叙友情。
富士乌江通翰墨，黄河入海汇东瀛。

瞻仰安龙红军烈士墓

万里长征路，风华岁月流。
未酬匡国志，碧血写春秋。

参观黎平会址

通道突围乘疾风，挥师转战进黔东。
功垂史册黎平会，点起征途火炬红。

兰州望黄河

黄河西去接云天，九曲东流永向前。
奏得摇篮歌一曲，发祥文化六千年。

出　关

北上雄师讨敌顽，三军奋夜出寒关。
刁鸣战地彤云掩，雪满弓刀铁甲斑。

诗　论

慷慨长歌发五中，不泥古律与唐风。
抒情言志创新意，各有千秋大道同。

牛年咏牛

文角花蹄赢美誉，耕云犁雨步无虚；
勤劳深悉民艰事，埋首田桑功弗居。

王 钰

布依族，1945 年生，贵州省贵阳市人。贵州省诗词学会、贵阳市花溪区诗词学会会员，青岩诗词学会秘书长。

【仙吕】一半儿四首

琴

高山流水绕梁旋，何处知音鸣和篇。慢拢轻挑情意绵。再操弦，一半儿幽深，一半儿远。

棋

布局排阵细凝神，对弈胸无一点尘。先守后发能制人。待挥军，一半儿围之，一半儿刎。

书

龙飞凤舞任挥毫，气韵雄浑笔似刀。历代帖碑勤练操。自逍遥，一半儿真书，一半儿草。

画

丹青笔下美多娇，百岭千峰君任描。流水无声掀浪滔。再挥毫，一半儿作花，一半儿鸟。

鹧鸪天·农家乐

喜看农家春满园，菜蔬瓜果甚新鲜。三通村寨多楼宇，渠绕田畴涌水泉。　　歌盛世，唱丰年，小康道上再扬鞭。脱贫致富国恩重，情系"三农"福万年。

王　森

（1932——1995），贵州省盘县人。曾任盘县特区政协委员，六盘水市诗词楹联学会会员。

行香子·思源图书馆落成

时远如流，烟敛云收。重勾起，缕缕乡愁。欲遗父老，无计分忧。贵理书卷，捐书款，建书楼。　　亲人百万，异口同讴。归来兮，意切情稠。家常风味，愧乏珍馐。进黄花鱼，松花蛋，桂花粥。

王　喆

字九皋，1927 年生，湖南省祁东县人。黔西南州教育局教研室中学高级教师。中华诗词学会、贵州省诗词学会会员，黔西南州诗词楹联学会副会长兼《盘江诗刊》主编。著有《九皋诗词钞》。

黄果树观瀑

白龙何事戏前川？抖落银鳞飞满天。
搅得犀牛潭水涌，雷鸣峡谷雨如烟。

沁园春·瞻仰毛泽东主席旧居

肃立禾场，仰瞻衡宇，思绪如麻。看土砖青瓦，寻常老屋；木犁石磨，耕读人家。一盏油灯，一窗竹影，一摞诗书意趣赊。抬头望，见蓑衣斗笠，犹带烟霞。　　满门忠烈堪嘉，有六位亲人血染沙。创韶山支部，点燃火种；农民夜校，培育新芽，鏖战黄洋，开辟陕北，抽剑倚天斩白蛇。乾坤赤，听《东方红》曲，响彻中华。

沁园春·纪念邓小平诞辰一百周年

绵里藏针，刚柔兼济，马列传承。纵三番起落，初衷不改；一生谨慎，处乱无惊。邻舍阋墙，韬光养晦，万国衣冠仰五星。行两制，雪百年耻辱，荆茂荷馨。　　老兵华夏干城。数十载东西南北征。历广西起义，太行抗日；中原挺进，淮海挥旌。雨雨风风，生生死死，一片丹心赤子情。期颐庆，祝"小平您好！"举世同声。

水调歌头·开发西部

吹响进军号，高唱出征诗。玉门关外春晓，丝路柳依依。退牧还林种草，北调南方江水，沙碛稻粱肥。万里长龙卧，油气喜东归。　　蓝图绘，宏猷展，壮国威。东西自是同步，创业里程碑。伫看茫茫戈壁，海市蜃楼仙境，栉比列边陲。西部英雄汉，昂首恨天低！

癸未重阳有怀

年年羁旅度重阳，又见枫丹菊绽黄。
帽落衡山家万里，诗吟摩诘梦三湘。
每思白发依闾望，忍看蓝天失雁行。
安得此身生两翼，洞庭盘水任翱翔。

沁园春·贺贵州省老年书画研究会十周年

老骥奋蹄，孜孜十载，育一枝花。有园丁数百，施肥培土；奇葩千树，竞吐新芽。益友良师，他山攻玉，入室登堂兴味赊。人老矣，得结缘书画，潇洒生涯。　漫言初学专家，都为讴歌锦绣中华。趁眼明脑健，看图临帖；晴窗雪案，泼墨涂鸦。临水观鱼，登高写景，取法天然意境佳。且发愤，运丹青妙笔，点染烟霞。

水调歌头·贞丰双乳峰礼赞

双乳峰何秀？翘首问苍天。开天劈地盘古，造就此奇观。袅娜亭亭仙女，敢践孔门礼教，玉体展尘寰。胜似露脐辈，丽质出天然。　千百载，献母爱，哺英贤。螽斯衍庆，弟兄和谐建家园。阅尽人间春色，际遇太平盛世，今日更欢颜。中外痴情客，联袂访婵娟。

编余即兴

甘作老牛耕砚田，不求闻达不捞钱。
三更阅稿昏花眼，千里传笺锦绣篇。
入室登堂勤引导，斟词酌句索根源。
书成一旦如分娩，怀抱麟儿展笑颜。

青玉案·奥运圣火登"世界之巅"

钉鞋踏破冰山路，送圣火、珠峰去。秣马厉兵千百度，踪前继后，蓦然回首，曾是经行处[①]。　　终教火炬冲天宇，欧美亚非尽人睹。天若有情天亦许，云开日丽，红橙黄绿，彩练当天舞[②]。

【注】

① 中国登山队，曾于1960年5月首次登上珠穆朗玛峰。

② 当奥运圣火，在珠峰顶上传递时，彩虹一道高挂蓝天。

霜天晓角·雪灾

大江南北，触目山山白。雨冻雪凝电断，困多少，还乡客。　　水枯粮告竭，饥寒震天阙。踏遍荒原古寨，解民瘼，情切切。

登贵醇厂区小龙门

小亭悬峭壁，举手可摩天。
长啸冈陵应，盈眸草木妍。
葡萄千架绿，杨柳一川烟。
览胜登高处，浮生半日闲。

辛丑早春由兴仁赴潘家庄途中

袅袅东风拂面寒，山乡景物耐人看。
骑牛妇女搓麻线，负仔男儿耕板田。
几处夭桃红古寨，一坡秀麦绿晴峦。
谁家小子迎亲去，笑语声声唢呐欢。

吊金化女史

豆蔻年华初识君，滋兰树蕙共晨昏。
鹑衣曾补三冬暖，鱼雁难传两地心。
重睹芳容千里外，惊闻宝婺五更沉。
双行老泪一杯酒，洒向南天报故人。

摩崖"欲飞"吟

绝代摩崖何处寻，晴隆城北困红尘。
欲飞难得风云会，僵卧徒遭岁月侵。
铁画银钩无媚骨，山花野草有知音。
若教裂石洪炉炼，愿为农家化此身。

王 毅

侗族，1937 年生。贵州省剑河县人。曾任贵州省政协处长。贵州省诗词学会会员。

遵义会议颂

霞照娄山北斗明，长征首捷五洲惊。
师旋赤水施迷阵，马跃黔滇夺险峰。
铁壁千重观砥柱，关山万叠记英名。
血凝壮史千秋颂，留得名楼育后生。

瞻仰邓恩铭烈士纪念馆

明秀樟江一少年，大明湖畔读新篇。
唤民匡业播真理，立党开宗育俊贤。
血沃中流成砥柱，春回大地换人间。
神州正迈康庄路，告慰英灵笑九泉。

瞻仰龙大道烈士纪念馆

清江秀丽少年贤，山外学成马列坚。
叱咤风云驱雾霭，奋除荆棘辟新天。
身居囹圄播真理，血染龙华显浩然。
继往开来多俊杰，侗村旧貌换新颜。

王　微

女，1933 年生，贵州省郎岱县人。曾任安顺地区行政公署机关工作员。

天台山妙境

咫尺危崖峭壁巅，天工巧夺五龙悬。
凭栏远眺千般景，微雨霏霏妙趣添。

屯堡人

六百年前到夜郎，屯兵戍守驻黔疆。
远离故土他乡客，从此扎根破大荒。

王大为

1940 年生，贵州省黄平县人，曾任贵州省凯里民族师范学校高级讲师，黔东南州政协常委，黔东南州诗词楹联学会副会长，《黔东南诗词》副主编。著有《词谱举略》《对联读写知识概谈》等。

【越调】天净沙·四季乡思

春　思

柔风软雨青坨，芦笙响起心花。俏妹装憨卖傻。眼波捎话，邀郎相会河涯。

夏　思

遍坡绿酽红稠，河边看赛龙舟。展劲加油大吼。赶前抛后，夺标人立潮头。

秋　思

银棉金稻红粱，香梨脆枣甘棠。云淡天高气爽。丰年欢畅，醉酣侗寨苗乡。

冬　思

青松翠竹红梅，迎来瑞雪纷飞。更衬山村景美。狗儿奔吠，娇儿寒假回归。

王大烈

1923 年生，贵州省赤水市人。中华诗词学会会员，黔南州诗联学会顾问，著有《王大烈诗选》。

都匀文峰塔

屹立傲苍穹，重修气势宏。
挺身挟剑水，劲笔写晴空。
铁骨千秋壮，英姿万代雄。
新园施重彩，跨纪驾飞虹。

贺黔南诗联学会成立十周年

吟笺十载竞风流，激浊扬清誉九州。
雅韵鸿篇歌盛世，弘扬国学谱春秋。

贺黔南老年大学二十周年校庆

剑江河畔筑黉楼，翠竹苍松二十秋。
皓首扬眉抒壮志，高师挥汗展宏猷。
关怀后代心犹热，效法先贤志未休。
莫谓桑榆躯干老，逢春老树叶枝稠。

王万常

1942 年生，贵州省凤冈县人，曾任凤冈县电影公司工会主席，中华诗词学会、贵州省诗词学会、遵义市诗词学会、凤冈县诗词楹联学会会员，著有《岁月集》。

鹧鸪天·春游南溪

三月阳春绿满堤，斜阳杏雨润花枝。微风拂柳南溪过，笔底油然生妙词。　　天朗朗，泛红霓。花香鸟语子规啼。牧童横笛声悠远，峰上云霞款款移。

渔家傲·游玛瑙山军事洞堡 (新声韵)

枫叶流丹红烂漫，长墙古道鸣飞雁。玛瑙峰头凝目看，菊吐艳，秋光山色景无限。　　聚义厅中兵百万，隐身之处敌难辨。暗堡明碉藏万剑，伏击战，号军气势冲霄汉。

浣溪沙·春游穿矸 (新声韵)

一镜平湖波浪开，朝霞辉映画楼台，穿矸堤畔久徘徊。　　浪里轻舟飞笑语，骚人即兴涌情怀，芳芬桃李任君栽。

浣溪沙·秋访农家 (新声韵)

枫叶翻飞盖地黄，园中菊艳桂飘香，一塘秋水映斜阳。　　科技兴农宽富路，小康万户气轩昂，声声唢呐曲悠扬。

王万禄

布依族，1933 年生，贵州省安龙县人，曾任安龙县政协主席。贵州省诗词学会、黔西南州诗词楹联学会理事。安龙县诗词学会理事长，《醉荷诗刊》主编。

漫游绿海

层峦叠嶂明珠嵌，苗岭高原锦绣添。

拱桥跨下沟连海，小岛坡上路绕山。

湖中画舫观美景，群山相映水中天。

石铺栈道湖边绕，撒网施罾小舟旋。

观海亭中堪小憩，龙门洞里可流连。

紫薇园建青山上，将军园在绿海边。

度假旅游来此处，神怡心旷好休闲。

蝶恋花·仙鹤坪 (新声韵)

仙鹤坪端风景好。奋勇登临，一览群山小。古木参天枝叶茂，珍禽异兽知多少。　　观景台前云缈缈。万木争荣，深壑闻啼鸟。九九遗踪塘与堡，天街市井尤奇巧。

王天觉

贵州省石阡县人。曾任镇远县人民政府办公室主任。贵州省诗词学会、黔东南州诗词楹联学会会员、镇远县楹联诗词协会副主席。

临江仙·二仙拱北[①]

拾得寒山峰对出，万山攒簇秋空。三更灵气化岚踪。黔甸朝北，无水却向东。　　朗月不知人事改，夜阑品赏蛮盅。藕花相宿野塘中。任我笑傲，甘露衬朝红。

【注】

① 二仙拱北：镇远府城西北有二仙山，并立如人，明万历年间称之为"二仙拱北"。

水晶帘·东山衔月[①]

谁道秋期远，有明镜，双峰为辇。兴足西帘，正玉井莲香，几处新展。羽扇招风炎暑退，那更是、星稀夜晚。唱清歌，计效杯行，认深认浅。　　湖边小池苑，掩青光一线，煦煦如染。但洞中荷宝，晚来自占，蜗角虚名身外事，付骰子，纷纷掷点。喜当今，公道开明，话头正转。

【注】

① 东山衔月：镇远城东山，危崖高耸，状如壶头，古时险关。

东汉伏波将军马援伐五溪，扎营无水之滨壶头山麓，并凿岸为室（今中元洞石室）以避炎暑，因发疫疾，卒于军中。

王化棠

1921 年生。河南省汤阴县人。曾任中共贵州省委农林政治部主任，贵州省国防工办主任等职。

侗女放排手

（一）

清江水上袅云烟，侗女乘龙下九天。
跃入碧波狂浪里，历经风雨过危滩。

（二）

九转峰回又一弯，木排连锁荡江边。
山歌一曲满天彩，好聚良材山水间。

桐木岭樱花

清明时节看樱花，万叠千重似彩霞。
来自扶桑颜色俏，黔山早已是新家。

苗　寨

一道清流四面山，石桥村树路弯弯。
苗家邀客嫁娇女，米酒笙歌舞步翩。

王玉贵

布依族，1956 年生。贵州省望谟县人，望谟县宗教局副局长。望谟县诗词学会会员。

长相思·环境保护 (新声韵)

这山青，那山青，为保青山都退耕。闲听杜宇鸣。　　上仓盈，下仓盈，上下一心事事成。地天皆可赢。

王玉福

女，1924 年生，天津市人。曾为北京市妇幼保健所职工，贵阳棉纺厂医院妇科医生。

扫帚吟

竹条秫稭细微身，编结成材便有神。
贵宅华堂须借重，寒门古寺亦情亲。
心怀庭院皆明洁，志在街衢不染尘。
镇日操劳无怨色，何曾炫耀是功臣。

月夜重游北海公园

一片清辉照古城，依稀白塔伴长庚。
九龙夭矫须浮动，五阁逶迤影倒横。
玉笛悠扬风入韵，荷塘寂静水留声。
园容增秀人增老，远客重来百感生。

春游花溪

樱花烂漫菜花黄，杨柳垂绦着翠装。
溪水澄莹鱼聚散，闲云飘逸鸟翱翔。
麟峰带露迎暄日，凤岫含烟待彩凰。
绿水青山知竞秀，人生慎莫负春光。

王世明

1933 年生，贵州省遵义市人。解放军红叶诗社社员、遵义市
诗词学会会员。著有《流星》《续流星》《秋苑吟草》。

登凤凰山

园林城内凤凰山，率领群峰竞碧蓝。
石径情牵迷梦境，亭台景诱入岚烟。
常思名邑埋忠骨，时感童山变绿颜。
伫立林巅听旷野，四方琴瑟奏和弦。

雾　晨

浓雾浸寒秋，登高结伴游。
朝阳驱雾散，吐出望江楼。

王礼扬

苗族。1954 年生，贵州省道真县人，小学高级教师。道真县
诗词学会理事。

登山观雪

千堆白雪千重景，万里银波万里天。
风卷雪花腾瑞气，腊梅挺立傲峰巅。

路

沟壑纵横皆是路，条条道路到京都。
人生漫漫多坡坎，涉水翻山觅坦途。

王任索

生于 1952 年，贵州省遵义市人。现在贵州省文史研究馆工作。

海龙囤

矗立崇山峻岭中，楼台城阙早成空。
飞龙飞凤铜铁口，难阻人间迈大同。

【注】

飞龙、飞凤、铜、铁为昔海龙囤古堡前之四个关口，今存残垣。

威宁草海

乌蒙磅礴拥明珠，禽鸟天堂世独殊。
草茂鱼丰天水远，夕阳一抹落霞舒。

王永奇

1929 年生，贵州省湄潭县人。中华诗词学会、遵义市诗词学会会员，湄潭县诗词学会副会长。

浪淘沙·冬景

风雪扫神州，松柏低头。寒鸦点点噪荒丘。一片葱茏都不见，寂寞人愁。　日落乱山头，红敛青收。炊烟渺渺鸟啁啾。击浪长篙穿暮霭，渔父归舟。

清江平湖 (新声韵)

天清日朗雨初晴，水库风光耀眼明。
山抱平湖湖抱岭，风生细浪浪生情。
船行岸移群山醉，林静峡幽百鸟鸣。
水复山重生美景，流连忘返月华升。

湄江颂 （新声韵）

风光如画母亲河，百里湄江美景多。
万鸟归巢山舞凤①，寒潭映月虹卧波。
洞天峡谷奇壶伟，柳浪平湖游客酡。
黔北粮仓天下赞，江南美誉世人歌。

【注】
① 诗中"山舞凤"等句为湄潭新旧八景中的"玉山起凤""虹桥夕照""天下奇壶""莲台柳浪""水源洞天""湄江峡谷""清江平湖"等之简称。

王巩汉

1931年生，江西省东乡县人，曾任中共黔南州委常委、秘书长，州人大常委会副主任等职。黔南州诗词楹联学会名誉会长。出版有《黔南纪行》等。

大小七孔胜景

万绿丛中隐碧泉，奔流急似箭离弦。
白硅皎洁清澄底，绿树扶疏荫蔽天。
林海涛喧声震耳，山禽飞舞影联翩。
世间独有此奇景，鬼斧神工出自然。

〖中华诗词存稿·地域专辑〗
中华诗词学会 编

贵州诗词卷

卷 二

黄润蓬 编

中国书籍出版社
China Book Press

目　　录

王执中

笔名竹翁，1929年生，贵州省贵阳市人。曾任紫云县供销社主任科员。安顺市诗词楹联学会理事，紫云自治县诗词楹联学会会长。著有《松麓吟笺》。

题白玉兰

淡雅难随俗，清妆与众殊。
娇妍唯本色，何用重涂朱。

贵阳渔洞峡

两岸悬崖万仞高，中间碧水静无涛。
哀猿不敢攀斯处，涧险正宜藏大鳌。

黄果树大瀑布

信是银河决，飞流下九天。
狂奔持电闪，怒啸带雷喧。
昼夜堆绒雪，晨昏喷雾烟。
乾坤毓秀气，一览醉心田。

赞边远山村通公路

气候温和特产丰，重关阻塞困流通。
旷原沃土千秋废，遍地黄金百代穷。
贯寨连城修坦道，劈山填壑学愚公。
多年梦幻今实现，喜看山乡改旧容。

王光义

1937年生，贵州省桐梓县人。曾任黔南州物资局局长、书记。中华诗词学会会员，贵州省诗词学会、楹联学会常务理事，黔南州诗联学会会长，《黔南诗联》主编。

敬赏毛泽东书法艺术 (新声韵)

笔落乾坤动，心随宇宙奔。
篇章翻海浪，点撇涌风云。
意趣雄狮舞，神思猛虎吟。
韵高流万古，天下第一人。

诗人节赴常德二首

沅江感赋 (新声韵)

斗篷踏露起航程，破雾穿云入武陵。
浩瀚沅江源剑水，他乡遇故更生情。

常德诗墙 (新声韵)

长堤十里缀诗墙，绿瓦飞檐耀眼光。
今古贤人出妙句，九州骚客访诗乡。

喜游贵州都匀绕河 (新声韵)

一山过去万山挪，万物生机耀眼波。
片片金黄织锦绣，条条曲径走高坡。
鱼翔浅底鳞光闪，楼建溪边瓦舍多。
画卷穿行游客醉，不知倦意听笙歌。

王光书

　　1931 年生，贵州省黔西县人。一生从教。中华诗词学会、贵州省诗词楹联学会（原常务理事）、毕节地区诗词楹联学会会员，黔西县杜鹃诗社创始人之一。《杜鹃诗刊》主编，著有《凝霞诗选》。

与离职退休同志共勉

离职退休不要休，重开花甲再风流。
归来得失宽心计，过去云烟眼底收。
颐养天年知冷暖，炎凉世态有沉浮。
闲时多问民间苦，绿水青山趣自悠。

挽申云浦会长

鲁西劲柏贵山松，挺秀凌霄岩石中。
叱咤烟云耕爱晚，邀来明月对诗翁。
宏开两臂迎朝露，横放一枝送爽风。
文苑腾芳申老在，乌江渔火赖艄公。

王光烈

　　字政仁，1922 年生，贵州省赤水市人。曾任中学教师、政协
委员等职。中华诗词学会会员、贵州省诗词学会顾问，赤水市诗
词学会会长。

赤水风光美

赤水清流映锦涛，红军四渡展英豪。
汪洋竹海资源广，悠久桫椤景色娇。
灿烂丹霞光玉宇，奔腾银瀑耀云霄。
天锣地鼓游人乐，中外嘉宾赞誉高。

王先岳

1945 年生，贵州省黄平县人。黔东南州诗词楹联学会会员，黄平乐源诗社社员。

诗　观

抒情写意欲何之，据典查经实太痴。
倾吐真情才可爱，意无做作便佳诗。

春游重安江

娇花柔柳斗芬芳，两岸三桥如画廊。
最是轻舟归宿晚，渔歌荡漾绕山梁。

如梦令

窗外叽喳春鸟，早早枝头欢闹。烟雨山乡，
草嫩叶鲜花俏。春到，春到，处处蝶飞蜂噪。

王先泽

1942 年生，贵州省黄平县人，会计师。曾任黄平卷烟厂财会科长。

江城子·杉木河纪游

桑榆夹岸掩茅庐，碧波舒，练沙酥。雅士裙钗，野渡宴游图。但效竹林常聚首，千日醉，杖钱沽。　　轻盈莲步乍踟蹰，戏游鱼，数飞凫。一阵嘭嗵，沥沥断随珠。出浴玉环云鬓乱，鱼枉妒，浣纱姑。

王仲丙

1933 年生，江西省上饶市人，曾任黔南州文联委员。中华诗词学会、贵州省诗词学会、楹联学会会员，黔南州诗词楹联学会副会长。

望　月

楼前望月祭亲人，瞻仰先贤德望馨。
江水和声弹雅乐，松涛咏唱伴瑶琴。
忠贞意志千秋宝，英烈精神万代魂。
锦绣岐山骄屹立，辉煌业绩励斯民。

王如初

（1932——2003），原名正柏，湖南省祁阳市人。从医为业。贵州省诗词学会会员，黔东南州老年诗社副秘书长。

万潮纪兴

采药茶山坳，寻亲到万潮。
幺公沽美酒，满太备佳肴。
座上谈时事，炉边论节操。
晚年逢盛世，心底乐陶陶。

墨　趣

茶余饭后两三行，活络舒筋胜药汤。
奉劝闲时勤戏墨，神凝气聚寿而康。

王如柏

1928 年生，云南省镇雄县人。曾任六盘水市政府办公室副主任、市地方志办公室副主任，六盘水市诗联学会会长。中华诗词学会理事。著有诗词书法集《寸草心》《金秋赋》《夕照行》《游历诗书剪影》《平凡与丰碑》《诗词书法集》《四海飞鸿》。

瑞 雪

（一）

战胜冰霜袭，迎来瑞雪飘。
千山堆玉璧，万树挂琼瑶。
改我沧桑旧，还她国色娇。
谁家千里马？飞驰过银桥。

（二）

瑶池仙子舞，撒满一天花。
地覆重重絮，云连淡淡纱。
无声织锦绣，有意育春华。
乐坏村前老，几番醉酒家。

游故宫

大地茫茫叹散沙，堆金积玉帝王家。
蓬门灾难连烽火，御苑笙歌醉浣纱。
八国铁蹄金殿土，亿民血泪故宫花。
不因打破王朝梦，哪得雕梁挂彩霞。

长城怀古

秦时明月汉时关，烽火台中放眼看。
秦月留辉千古国，汉关锁敌万重山。
始皇恨未金瓯固，武帝难忘玉镜残。
百世兴衰今已矣，东方又捧一轮还。

深圳罗湖桥头抒怀

只隔香江一步遥，罗湖桥是断肠桥。
花中有露皆悲泪，海上无波不怒潮。
鸦片烽烟仇尚在，圆明烈火恨难消。
盼她九七回归后，一代丰碑万代骄。

重访苗乡

十载苗乡第二回，摇钱树已遍山栽。

跳花坡变旅游寨，落帽峰成电视台。

坠耳银环依凤做，披肩花饰按云裁。

童孙戏摆长龙凳，当作火车开过来。

归里省亲

1941 年外出浪迹他乡，已 50 周年，回乡省亲扫墓，有感赋此。

白头归问故人稀，岁月无情痛别离。

父老堂前伤往事，慈严墓上悔归期。

家仇国恨三千里，浪打潮推十二溪。

但愿清明祭扫后，坟前莫遣子规啼。

花甲随笔

（一）

花甲风霜叹易难，求知求到发斑斑。

几经磨难凭心健，常盼清明任血干。

总把情操连故国，敢将身价比春蚕。

暮年检点沧桑味，只计芳甜不计酸。

（二）

才记童年作浪游，忽如花甲又重周。
几多岁月亡青镜，无尽风霜驻白头。
心血融诗浇故土，文章和泪补金瓯。
自知一粟怜沧海，总算倾生为世留。

古稀初度四首

怀念故土

家住云横草莽间，亲朋笑我半疯癫。
寸肠未饱穷忧国，片瓦无存患补天。
不计位卑思圣哲，何辞年老慕诗仙。
踏穿歧路八千里，磨碎乡心五十年。

遥祭双亲

一炷馨香一片心，九回肠祭九泉人。
千针衣暖恩如昨，寸草春晖愧至今。
劫后余生悲白发，梦中荒冢泣黄昏。
卅年奔命无从孝，熬到清平墓草深。

检点生平

宦海惊涛久认输，甘披"另册"辟殊途。
命中人鬼随他定，笔底波澜任我书。
耗尽青丝心未老，磨穿铁砚愿如初。
金秋博得高人咏，洗却荒唐作丈夫。

古稀试笔

都道古稀智力衰，不平展纸试诗才。
陈年故调翻新出，老树残花别旧开。
天下风雷移作韵，民间忧乐遣为怀。
原知老去空劳笔，抒尽痴狂也壮哉！

小保姆

村姑十四简梳妆，弃学城头奔小康。
夜为夫人邀牌友，晨帮小姐饰金香。
堂前肥犬肉还厌，厨下残羹饭却凉。
新族久忘《资本论》，漫将童泪洗荒唐。

小童商

学堂不进进商场，叫卖童声听者伤。
漫点钱钞情自在，斜叼烟卷态轻狂。
黄金岁月逐流水，荒诞人生误栋梁。
治国治家忙万事，愚顽不治是空忙。

小阔少

贫国偏生一代骄，千金散去比鸿毛。
朝朝聚宴精神损，夜夜围城意志消。
祖辈捐躯酬国难，孙曹挥手践民膏。
未来靠此撑梁柱，铁打江山也动摇。

鹧鸪天·老厂万亩竹林

万亩新篁独占春，山为神韵水为魂。寒霜有
意标风骨，热浪逢人赠绿荫。　　吟竹海，感湘君，
斑斑点点泪痕深。成材自古艰难甚，百劫千磨长
到今。

凉都赋

神州西部有仙山，山在云环雾绕间。

万里平方神奇地，天趣人文足壮观。

山莽莽，水潺潺，林密密，路宽宽。

看不厌大山壮景，赞不尽峡谷狂澜；

数不清先人溶洞，喜不胜黑猴出山；

悟不透夜郎文化；夸不完能源桂冠；

赏不够民族歌舞，品不遍风味特餐。

更有气温天独厚，凉都美誉九州传。

全球变暖难熬夏，双钟高卧任盘桓。

盛夏不超三十度，空调电扇不须安。

三伏炎炎无酷暑，三九隆冬少严寒。

白日遨游精神爽，夜来好梦做不完。

梦竹海、梦荷园、梦玉舍、梦桃源。

梦见夜郎重演绎，梦见霞客访丹山。

梦见专家探大洞，梦见红军过普安。

梦见九龙迁双水，梦见百凤降六盘。

梦见钢花飞四野，梦见明珠挂九天。

梦见群雄开发耳，梦见天骄建盘南。

百梦醒来多感慨，人生难得几偷闲。

再有十年挥彩笔，凉都千里唱婵娟。

八十放歌

　　一生思圣复思贤，花落人老任由天。乌蒙击水三千里，云岭奔波八十年。枯荣生死原非命，离合悲欢许是缘。见多少官场走马，见多少志士蒙冤。见多少人欢人散，见多少月缺月圆。韶华易逝终难免，朝如青雾暮如烟。看淡些功成名就，看淡些福寿双全。收拾起千般幻想，巷尾街头学少年：一堆堆稚子弹珠子，一个个村童放纸鸢；一组组娇姑踢毛毽，一骑骑竹马竞扬鞭。垒土块、建家园，捉迷藏、扮神仙。堪笑我老态龙钟，忙忙碌碌苦颠连。该回首时当回首，得偷闲处且偷闲。白日放歌阡陌上，晚来博弈小窗前。交诗友、结忘年，评书画、题锦笺。粗茶淡饭酬知己，高山流水响朱弦。纵无功业传后世，幸有诗书报前贤。他日一笑成归去，一路高歌到九泉。

王向规

字凡夫，1945 年生，湖南省祁东县人，曾任安顺地区行署专员，安顺地区诗词学会会长等职。著有《行吟集》。

翻越高黎贡山

雾霭茫茫漫群峰，曲径盘环缥缈中。
闻铃方知马帮过，拨雾才现岭葱茏。
车鸣林壑走惊鹿，涧泻清泉飞彩虹。
高黎贡山三千尺，耸峙西域拄太空。

龙宫胜景

纵横阡陌映碧潭，柳拂清溪泛渔船。
水涟漪漪通幽洞，山岚袅袅接炊烟。
洞府犹有神仙景，天池却在绿荫间。
欲避尘埃喧嚣地，何须他乡觅桃源。

王安金

1928 年生，湖北省武汉市人，曾任湖北黄冈县委宣传部副部长，贵阳市云岩区政府办公室主任等职。贵州省诗词学会会员。著有《晚晴诗稿》《百年家史回忆录》。

鹧鸪天·花溪公园

春日花溪景色幽，小桥流水荡轻舟。桃花林里香盈袖，柳树丛中听野鸠。　人欲去，又回头。眼花缭乱乐悠悠。风光秀丽心陶醉，一览能消万斛愁。

王守谦

笔名黄赤，1931 年生，河南省淅川县人。贵州省诗词学会、遵义县诗词学会会员。著有《霜叶集》。

沁园春·致北京奥运中国军团

壮志英豪，一代天骄，帜耀五星。喜神州大地，欢歌节庆；百年奥运，举世关情。万马腾骧，千帆竞发，磨剑多年屡试锋。金牌耀，激体坛高手，折桂蟾宫。　夺金端赖精英，靠智勇双全耀彩虹。颂中华奇志，乒乓盖世；一流跳水，举重神功。毛羽飞冲，篮球捷足，体育强龙勠力争。前程远，祝炎黄儿女，共树雄风！

王同华

1951 年生，贵州省桐梓县人，个体开业行医医生。桐梓县诗词楹联学会会员。

抒　怀

少慕良医梦寐求，勤思苦学志难酬。
灵枢素问潜修阅，本草伤寒苦探究。
辩证阴阳明表里，君臣佐使读春秋。
悬壶恻隐轻名利，济世活人同乐忧。

免征农业税感赋

候转青阳绝雪霜，晴输和气暖山庄。
地温庭院花初醒，风惹池塘柳渐狂。
绿野耕云人语乐，幽林唤雨鸟声忙。
中枢决策寒氛退，农事欣欣日照长。

王同祥

1927 年生。曾任政协贵州省委员会毕节地区工委主任。毕节地区诗词楹联学会、乌蒙诗社名誉会（社）长。毕节地区老年大学名誉校长。

登梵净山

金猴雾里啼深处，古木葱茏翠接天。
礼佛今来登梵净，木鱼声托白云传。

参观赫章韭菜坪

排闼群峦气势雄，黔山诸脉最高峰。
石林奇异神工造，雨过晴空驾彩虹。

毕节地区老年大学成立二十周年喜赋

廿年毕节建黉宫，衣钵真传信不空。
权赠民间谣一句，鸡冠花是老来红。

王志民

1935 年生，贵州省仁怀市人。农艺师。贵州省诗词学会会员、遵义市诗词学会、楹联学会会员，仁怀市老年诗联书画研究会会员。

咏　杖

来自深山一小笻，风霜雨雪不离踪。
修枝未改坚贞质，抹色难移朴素容。
上路每回亲手足，登山数载伴春冬。
须知此木如儿女，形影相随血肉同。

王孝雍

女，1931 年生，贵州省大方县人。贵阳 26 中学退休教师，贵州省诗词学会会员。

草海回眸 (新声韵)

当年执教赴高寒，一度光阴三秩年。
望海楼前舟戏浪，松坡堤上柳含烟。
曾培桃李千株绿，尽献心肝一片丹。
过往沧桑多少事，只甘茹苦不思甜。

咏大方对江 (新声韵)

如龙峻岭耸江边，左右双溪尽蜿蜒。
春夏花枝鸣百鸟，秋冬稷黍满千山。
前驱俊彦兴禹甸，后继子孙建故园。
登上高峰抬望眼，云龙风虎亦腾翻。

王克伦

　　1931 年生，四川省顺庆县人。贵阳市第二房屋开发建设公司
退休。贵州省贵阳市诗词学会会员。

赞青歌赛贵州队

榕江山水好，养育金凤凰。
侗寨原歌味，银屏展放光。
时音新主创，声妙百灵腔。
名次排优上，家乡庆贺忙。

王芳荣

1932 年生，贵州省镇远县人。曾任省委党史研究室秘书长、副厅级调研员。省市诗词学会会员、中共贵州省委机关老年诗书画研究会副会长。

庆祝中国共产党成立八十周年 （新声韵）

南湖破晓升红日，遵义正航扬远帆。
三代英贤华夏振，八十伟业九州欢。

夜游黄埔第一湾

谁绘浦东新画图，东方崛起有明珠。
月迎金茂摩天厦，江映银河不夜都。
十万花灯一湾灿，百千画舫二桥浮。
春潮粤沪开新路，绿满神州世界殊。

清溪吟

(一)

九里城垣八胜境，通途水陆利湘黔。
清朝铁厂史书载，情景悠悠浮眼帘。

(二)

阳雀甘泉百姓讴，三潮奇水玉浆流。
凌空文笔写长卷，最美溪边书院楼。

王远奎

1936年月生，贵州省丹寨县人，布依族。曾任丹寨民族中学党支部书记。贵州省诗词学会、黔东南州诗词楹联学会会员，丹寨县诗词楹联学会常务副会长。

水调歌头·丹寨龙泉山

突兀横天际，雄伟古今吟。杜鹃万亩红艳，满岭景缤纷。蝶恋花丛漫舞，山涌清泉如注，人与自然亲。碧翠掩人影，闲步正舒心。　　观寺庙，赏碑刻，漫登临。盘石畅饮①，撕朵云彩作餐巾。起瞰纵横千岭，凝望群山万壑，一片碧天云。放眼丹城现，正是百花馨。

【注】

① 龙泉山顶峰有一巨大而略平的盘石。

临江仙·丹寨石桥

石拱天桥横跨，群山环抱青葱。一河碧水浪花漾。石桥苗寨靓，造纸古传承。 古老水车频转，悠扬舒卷音清。和谐流韵小康情。朝霞铺大地，遍野物华升。

王声福

1942 年生，贵州省黔西县人，退休教师。

村居见闻

（一）

鹅鸭满塘嘎叫声，雄鸡飞上树枝鸣。
小姑忙点盐皮蛋，赶早装车运省城。

（二）

小车开进小山村，贵客翩翩串寨邻。
不是小村名气大，城乡互动喜攀亲。

王应斌

1956 年生，贵州省赫章县人，彝族，赫章县诗词学会副会长。

潇湘馆①

造访潇湘馆，追寻梦里人。
芭蕉荫粉壁，修竹绿霞云。
风动思吟絮，棋闲忆弄琴。
甬阶长瞩目，触处是芳魂。

【注】
① 指北京大观园潇湘馆。

题滕王阁 （八首录二）

（一）

未登杰阁思悠悠，千古兴亡系此楼。
六十年间圆美梦，西山南浦尽金瓯。

（二）

珠玉挥毫四座惊，分明童子赖神灵。
只因秋水长天句，滕阁千年废复兴。

王昌平

1953 年生，贵州省毕节市人。小学高级教师。毕节乌蒙诗社社员。

清平乐·参加毕节地区诗词界二〇〇七迎春茶话会暨征联颁奖会感赋 (新声韵)

风和日灿，细柳新丝绽。瑞满神州天地暖。无限春光烂漫。　　洪山映衬霓虹，金樽把盏情浓。酒祝和谐盛世，诗吟锦绣乌蒙。

王国梁

1935 年生，布依族，贵州省都匀市人，农民。

赞园丁

甘当学子老黄牛，琢玉传经效孔丘。
桃李成才酬夙愿，清风两袖也风流。

王尚礼

1925 年生，安徽省阜阳市人。贵州省人民医院退休主任医师。贵州省诗词学会会员。

自　叙

志为人民不畏难，关河万里晓星寒。
青春偏爱苗山秀，迟暮尤怜耳疾残。
医瞽遍寻边寨路，复聪广教大江南。
聋儿欲问今何往，朗朗书声出杏坛。

苦与甜

老当益壮未偷闲，哑巴口中取黄连。
唯求聋人少些苦，让我心里多点甜。

黄山行

鹅岭近天都，拾级三千丈。仰观奇秀景，迈步顶峰向。行行入胜亭，缓缓日初上。才入清凉境，幽花遍岩傍。佛掌手撑天，云雀林间唱。双猫疑戏鼠，孤仙迎客望。万众入深山，我亦相扶将。或携老伴游，或售灵芝酿。老妻曾骨折，居然征叠嶂。无坚不可摧，人老当益壮。悠然若闲庭，寸步不相让，比翼喜双飞，却把病痛忘。叹服人之力，何艰不能抗？黄山有挑夫，肩挑重百斤。负重复登高，毅力颇堪敬。我学挑夫行，登山能养性。欲速则不达，畏难怯为病。我今临高境，群山为我庆。世途若登山，山路多险境。自强苦攀登，曲径万壑通。脚踏实地走，志当凌苍穹。登高眼界阔，凌虚思虑空。远望光明顶，谪仙卧云中。杯酒笑向天，长歌醉云梦。溪从石门过，翠峰映碧空。花开涧边树，日照岩上松。层峦林泉美，丹青难描踪。绝顶虽未陟，至此亦称雄。乃从云谷落，缆车跨彩虹，更沐温泉水，品茗赞毛峰，兴尽驱车返，再会黄山松。

王明灯

1948年生，贵州省赫章县人，曾任毕节地区行署副专员。贵州省诗词学会、毕节地区诗词楹联学会会员。

贺毕节地区老年大学建校二十周年

建校廿年功不凡，鬓霜学子艺频传。
莫言晚照余晖短，点染江山更壮观。

游大方百里杜鹃林带感赋

（一）

三月风光普底新，数花峰驻数花人。
黄红白紫都寻遍，裁出山陬一片春。

（二）

花开偏在牡丹前，玉佩香麟态自妍。
雾罩霜凌无所惧，高标灵德媲幽兰。

王虎文

（1911——2001），山东省东平县人。曾任贵州省农业厅厅长、省农办副主任、省地方志编纂委员会副主任委员等职。贵州省诗词学会原顾问。

纪念毛泽东诞辰一百周年

华夏衰危逾百年，黎民疾苦受熬煎。
雄鸡一唱东方白，领袖平生重任肩。
新国建成初愿了，功勋卓绝美名传。
精神不死音容在，后继中兴着祖鞭。

安龙招堤游

十里荷花映水开，时逢残暑我重来。
半山亭内观碑赋，张氏门中出俊才。
湖涌五亭桥拱曲，河围长岸柳垂栽。
南笼斯景比西子，各有风光作画材。

参观省资源展览即兴

黔域史垂五百载，留传古迹足千秋。
自然赐我殊深厚，瑰宝漫山无匹俦。
盛览宏观宽眼界，细看远景激心头。
翻番事业重科技，兴振贵州争上游。

戊辰重阳老年节感怀

岁岁有重阳，今年非寻常。

法定老年节，我应列其行。

龄高志未已，不负十寒窗。

光阴逝难返，分秒岂能荒。

珍惜晚晴好，独酌一举觞。

爱晚诗社丙寅茶会即兴

冬寒过后春光至，牛去虎来岁序新。

万里宏图铺锦绣，九州改革起征尘。

振兴事业拓前路，抖擞精神扶巨轮。

邦富黔兴当拭目，英明决策利人民。

王和艺

女，1954年生，贵州省贵阳市人。贵阳友谊集团退休员工。贵州省诗词学会会员。

陶然诗社感赋 (新声韵)

陶然结伴识良友，山外青山楼外楼。

推韵敲声多里手，挥毫泼墨竞风流。

包容礼让如鱼水，默化潜移润垄畴。

有幸知音天命遇，笔耕不辍写春秋。

忆秦娥·赴贵定同学会有感

风凛冽，同窗牵手情深切。情深切，笑追往事，
畅说离别。　　　光阴似箭穿年月，已奔天命从头
越，从头越，夕阳无限，壮心飞跃。

王垂轲

字怀秋，号双桥室主。1928 年生，湖南省醴陵县人。中共贵
州省委宣传部厅级离休干部。贵州省诗词学会常务理事、贵州省
委机关老年诗书画研究会会长。著有《双桥诗稿》《双桥诗书画》。

壬申诗人节即席兼答友人

岁岁诗人节，清茶赛酒醇。友人有佳作，我
亦自低吟。诗本因情发，何云分古今。闲来聊遣
兴，岂敢称诗人。　　　笔写山河壮，墨歌美善真。
也曾抒块垒，着意颂革新。无力穷雕琢，但存赤
子心。中华多瑰宝，诗海万年春。

"爱晚诗社"成立十周年

（一）

爱晚吟坛孰与俦，志追南社亦风流。
休言自古夜郎小，刮目相看甲秀楼。

（二）

春回十度韵悠扬，白雪阳春自吐芳。
笔底波澜昭日月，笑看诗友鬓添霜。

赞白云区"世界兰博会"

（一）

喜迎新纪好春光，会集白云王者香。
域内泰西多佳卉，清幽雅洁细评量。

（二）

春兰名卉出黔山，待字深闺已万年。
今日回眸惊四座，五洲刮目夺华冠①。

【注】
① 贵州春兰，评为第一。

赞玉兰

严寒无奈此芳华，素朵清香未有瑕。
白雪休嫌春色晚，时来老树着千花。

访修文阳明洞

深秋结伴访阳明，悟道龙场留美名。

遗爱黔山五百载，几人参透此"知行"！

悼吴实同志①

本是湘滨农舍娃，平江举义弃犁铧。

中华重建艰辛甚，黔省振兴业绩佳。

七十余春生死外，三千多万汉苗夸。

高风亮节昭来者，黔岭洞庭洒泪花。

【注】

① 老红军吴实同志，湖南平江人。进军贵州后，历任省公安厅长、
副省长、省委书记、人大主任等要职。

纪念毛主席《在延安文艺座谈会上的讲话》发表六十周年

《讲话》辉煌六十年，指津拔雾意拳拳。

"二为"导向群星亮，"双百"方针众卉妍。

"五一工程"皆美艳，"三个代表"更深全。

文坛圭臬传千古，代代来人忆往贤！

七五初度

早逾稀龄何所求，诗书画海度春秋。
风云变幻家国事，自信来人有善筹。

王学敏

　　1935 年生，云南省曲靖市人。曾任贵州省望谟县政协常务副主席。中华诗词学会会员、贵州省诗词楹联学会理事、黔西南州诗词楹联学会理事、望谟县诗词学会会长，《望谟诗词》主编。

上元日游马岭峡谷

林荫幽径导游踪，万米天沟一线通。
峭壁水帘长短挂，飞泉虹彩有无中。
桥横云际连滇桂，蘑傍岩间张伞棚。
新绿迎春情似火，清流绕石韵无穷。

游龙滩电站舟中遇雨

淅沥珍珠洒画船，轮机突突浪花翻。
一江春水烟中俏，两岸蕉琴雾里弹。
风急欲吹纱帽落，流涓亦助界河宽。
青山着意想迎送，百媚千娇献客前。

牵牛花

二丑逢时开色花①，藤长叶茂顺墙爬。
串连曲折结成网，依附攀缘吹喇叭。

【注】
① 二丑，牵牛花种子，中药名为黑丑、白丑。

春雷（新声韵）

春雷滚滚动山川，风送珍珠撒玉盘。
时雨催开新画卷，蛙声阵阵水潺潺。

兴仁望谟诗友联谊会喜赋

盛世诗书文运兴，弘扬国粹有传承。
传经送宝迎春雨，诗地词天任纵横。

王治平

（1931——2005），贵州省德江县人。曾任德江县政协文史委主任，贵州省诗词学会会员，铜仁地区诗词学会副秘书长。

寄卢江轮友

形似寒梅傲雪霜，眼神洞察量身长。
清风两袖人称是，正气一生我最详。
屡戏赖徒当乐事，常邀墨客论华章。
善医天下癫狂疾，更为人民铲毒疮。

芷江行

胜地受降紫气浓，满园春色赖东风。
黄金五月花织锦，白眼三虹碧跨空。
风雨桥边思共济，钟鼓楼前话和衷。
芷江吹响和平号，防空塔上看大同。

王治高

贵州省凤冈县人。曾任中学校长、县政府督学等职，退休后任务川关工委副主任，遵义市历史文化研究会理事。

浪淘沙·圣火耀珠峰

圣火耀珠峰，点亮苍穹。祥云缭绕涌金龙。
神女殊惊盈喜泪，舞雪吟风。　　奥运赛文明，
大梦圆成。雪峰皑皑战旗红。谁越八千彪奥史，
华夏豪雄。

王泽秋

1936 年生，贵州省福泉市人。中学高级教师。黔南州诗联学会理事，福泉市诗联学会会长。

余热生辉

文峰塔下荟诗才，警句华章滚滚来。
余热生辉情未减，百花盛世竞相开。

王泽勇

1966年生，笔名王召、毕龙、溪山，号竹林老九。贵州省镇宁县人，布依族。镇宁县农业办公室主任。著有《细雨骑驴集》。贵州省诗词学会、安顺市诗词楹联学会会员。

石牛夜饮

耕春犁夏耙冬秋，夜憩河边饮石牛。
为得谷粮千颗硕，全凭心志一肩酬。
禾前农父周身汗，背上书童横笛讴。
应晓太平红日子，勤中欢乐更何求。

王封政

布依族，1950年生，贵州省望谟县人。望谟县诗词学会会员。

西江月·感师情 (新声韵)

时雨轻滋柳绿，春风唤醒荷鲜。晨读声朗润心田，勤育待飞紫燕。　　身教场中廊外，言传室内台前，耕耘汗水化甘泉，桃李花开更艳。

王思明

布依族，1932年生，贵州省贵阳市人。曾任中共贵州省委统战部长，七、八届省政协常务副主席。贵州诗词学会顾问。著有《民族颂歌》《高歌颂贵州》。

纪念中国共产党成立八十周年

元勋十二业辉煌①，八十春秋建富邦。
三代核心牢掌舵，旗擎马列耀东方。

【注】
① 指"一大"代表12人。

祝贺贵州诗词学会成立

丁卯迎来金色秋，筑城诗会聚名流。
颂今咏古赞开放，索句抒怀吟贵州。

王荡平

江西省九江市人，1927 年生。曾任毕节地区财贸学校教务副主任，中华诗词学会、贵州省诗词学会会员，毕节地区诗词楹联学会副会长兼秘书长。

毕节新貌

改革春风惊大地，乌蒙得意起歌弦。
苗村彝寨弹新曲，水廓山城带笑颜。
夹道琼楼镶岫嶂，一湾涓水弄漪涟。
小康在望马蹄疾，迈向雄关不让先。

赞毕节地区中华传统诗词知识骨干教师培训班

骄阳红似火，学海挂帆樯。
鼓擂敲平仄，旗摇继宋唐。
簧门昌国粹，桃李赋词章。
待到诗花灿，校园飘郁香。

一剪梅·春访

三月寻芳去路遐，既访东家，又闯西家。主人情厚谊还加，沏罢新茶，又烤黄粑。　话到桑麻兴更赊，土种粮瓜，水饲鱼虾。三农惠政绽奇葩，众口争夸，笑语喧哗。

王俊生

1924年生，山东省临清市人，曾任陆军四十四医院内科主任医师。贵州省诗词学会会员。

游成都杜甫草堂（新声韵）

颠沛流离到锦江，浣花溪畔建蓬堂。
夜深春雨心欢悦，屋破秋风愁断肠。
相对邻翁酌旧酿，孑身倔叟咏华章。
攀登绝顶群山小，亘古光芒万丈长。

游修文阳明洞（新声韵）

先生被杖贬黔中，龙场驿丞愤满胸。
冷对孤灯思未泯，潜修哲理悟则通。
岩间空剩读书处，人世常留教化功。
圣地重开迎远客，高朋雅坐赞王公。

王原义

字宜亭，号劲草，1923年生，江苏省丰县人。曾任贵州省化学工业厅基建处处长。中华诗词学会会员，贵州省诗词学会、贵阳市诗词学会会员。

十拍子·贺爱晚诗社成立五周年

少壮习枪弄棒，半生奋发图强。岁月匆匆流逝过，壮志依然鬓染霜。苍松老更刚。　　会友学文寓乐，夕阳尚有余光。喜望桑榆枝叶茂，爱晚诗篇翰墨香。自珍寿且康。

王祥洲

1940年生，贵州省凤冈县人。中华诗词学会、贵州省诗词学会会员，遵义市诗词学会常务理事、凤冈县诗词学会主席、政协《言志诗词》主编。著有《花月集》《芳草集》。

禹门沙滩览胜

阳春三月草萋萋，芳树娇花暗柳堤。
府第青篁姿窈窕，河塘绿岛影迷离。
殷殷珍品诗书画，赫赫鸿儒郑莫黎。
逝水流年爪痕在，沙滩今又灿虹霓。

西部茶歌

　　一从神农尝百草，茶叶方被人知晓。唐代陆羽著《茶经》，盛赞黔中茶叶好。味道醇厚亦清香，名传千里出夜郎。年年名茶作贡品，敬献将相与帝王。品茶自古遵茶道，修身养性通灵窍。个中融汇"佛、道、儒"，"廉、和、敬、美"自然妙。茶艺犹似一枝花，讲究沏好一壶茶。"红、绿、青、花"各有韵，"茶、水、器、境"均应佳。茶道"怡、真"是灵魂，茶艺具形犹是身。茶道茶艺融一体，平和敦厚见精神。改革东风吹凤冈，凤冈处处变仙乡。田坝有个仙人岭，山清水秀好地方。云蒸霞蔚雨露滋，温度湿度总相宜。空气清新水洁净，土质肥沃富锌硒。环境最宜茶叶生，芽嫩叶肥翠莹莹。延龄益寿功效好，清心明目通仙灵。一夜西部茶海春潮涌，已是仙人岭茶远近名。曾是深闺未识名门秀，而今五湖四海天涯行。君不见，仙人岭茶质优声誉好，畅销乡镇都市与京城。茶馆茶楼茶吧亲朋好友畅怀饮，小店商场超市琳琅满目令心倾。绿色精品锌硒茶叶人人爱，绿色凤冈花明柳暗胜蓬瀛。一曲《茶歌》纸短情长难尽兴，莫如与君一道心情舒畅品香茗。

王恩浚

1918 年生，贵州省安顺市人，曾任贵州省诗词学会理事，安顺地区诗词学会副秘书长。

安顺地区诗词学会成立志贺

安顺诗坛应运生，风流一代启先声。
山城济济多贤士，艺苑莘莘集俊英。
白雪阳春争大雅，高山流水谱真情。
身当圣世鸣其盛，灿烂余霞艳晚晴。

咏黄果树瀑布

飞瀑常悬气势豪，峰峦万叠耸青霄。
雷惊幽谷鸣天籁，浪拍长空卷怒潮。
花果山前云霭霭，水帘洞里雨潇潇。
拓荒应羡徐霞客，游记一篇姓氏标。

庚午春游洋海瞻何威风先生墓步何清泰庵题诗原韵

曾作京华汗漫行，几何人寿候河清。
才惊宰辅频挥扇，歌咏沧浪喜濯缨。
游借明驼心万里，归聆暮鼓月三更。
吟诗作画等闲事，煨芋轩中无限情。

学雷锋

老年更喜学雷锋，开拓情怀更不同。
建设文明争贡献，继承传统警愚蒙。
助人为乐精神爽，忘我从公兴趣浓。
喜看神州新气象，诗林词海遍春风。

虹湖晚眺 (安顺八景之一)

开樽常喜泛微酡，饭后闲从堤畔过。
落日残霞留晚照，平湖初月漾清波。
鸢飞鱼跃添奇景，燕语莺啼有妙歌。
最爱山城成不夜，荧灯闪耀掩银河。

王晓卫

贵州大学人文学院副院长、教授。

行香子

下笔匆匆，驭电追风。顺心事、何费天工。
自来奇趣，意惬辞丰。有五分情，三分味，二分
雄。　　狂歌怨我，不似顽童。学成些、夫子冬烘。
常搔短发，堪笑雕虫。愿心为诗，诗为海，海为胸。

江　畔

愉悦心胸两岸篁，江中鸟影入诗行。
兴来欲效顽童样，横坐青牛反著裳。

清明雨后至江村

小雨经时上竹垞，茅屋阴翳雾中花。
倒悬萧艾皆成户，混放鸡鸭各识家。
三尺孩童认旧客，半坑茺火煮新茶。
殷勤最是男儿汉，点起鸬鹚且泛槎。

梵净山行

经天拔地势清遒，脉系武陵连湘湫。
云海云帘藏幽径，山峦山岫带细流。
冷杉献碧珙桐秀，雪豹戏朋灵猴咻。
时在深林时在壑，奇花异兽不胜收。
我来梵净心早醉，欲卧芳茵身已飞。
一路青峰争变幻，八千曼坎竞攀追。
蘑菇石下惊造化，万卷书前叹奇瑰。
笑托朝阳登金顶，冷风簇拥似征骓。
天仙桥上自徜徉，弥勒释迦矗两旁。
突见彩环出林麓，乍招形影入佛光。
忽焉在上忽焉下，倏尔潜藏倏尔彰。
光影散时气爽朗，顿开胸臆脱名缰。

王铁钢

字艺锋，1940 年生，贵州省赤水市人。曾任中学教导主任。中华诗词学会、贵州省诗词学会会员，《赤水诗词》副总编。

赤水胜景

中外赞桫椤，炎黄发浩歌。
笙箫迎地鼓，乐曲引天锣。
翠竹成苍海，丹霞映赤河。
神州高瀑布，凤尾舞婆娑。

王继先

1936 年生，贵州省湄潭县人。遵义市诗词学会、湄潭县诗词学会会员。

湄潭颂

黔北小江南，晴川玉带缠。
青山如画卷，绿水似诗篇。
醒目茶山翠，欣心稻浪翻。
八方人和美，四季艳阳天。

仙谷山之旅

重叠逶迤仙谷山，风光旖旎几流连。
奇峰直刺轻云乱，峻岭横披薄雾缠。
溪水蜿蜒铺翡翠，森林茂密蔽云天。
炎炎夏日招人往，隐入深幽听鸟喧。

王继昌

1927 年生，贵州省贵定县人，曾任镇宁县粮食局业务股长。贵州省诗词学会、安顺市诗词楹联学会、镇宁县诗词楹联学会会员。著有《瑞阁诗文集》三卷。

诉衷情·赠诗友

耕耘播种在田畴，老有所追求。三生幸遇诸友，辛苦愿如牛。　　同咏唱，越三秋，再回眸。满枝红杏，开遍神州，欣慰诗俦。

赞女跳水选手

倏忽腾空起，翩然掠碧波。
探珠潜姹女，出水浴娇娥。
皎皎肌疑雪，亭亭貌若荷。
金牌看灿烂，万众尽欢歌。

王继贤

1946 年生，贵州省水城县人，曾任《六盘水报》社办公室副主任。六盘水市诗词楹联学会会员。

访勺米乡

格丘坡对木耳冲，雨雾长时锁峻峰。
欲识真容须日照，松涛万顷紫烟中。

王继汤

1936 年生。贵州省、黔南州、都匀市诗联学会会员，都匀市老年书画、诗、摄影研究会理事。

斗篷山上万千泉

王母瑶台宴众仙，珠玑压破九重天。
纷纷落向人寰处，一串珍珠一串泉。

唐多令·古稀遣怀

老钝意当休，愚人天幸留。笑当年，浮想迷求。重负坷途奔到老，而赢得，鬓如秋。　　壮志几人酬，茫茫风雨舟。欲重来，幕落场收。莫问光阴还几许，能吃饭，尽情游。

锦绣都匀

峰塔耸青霄，环林卷绿涛。

平川翻紫浪，广路越金桥。

百子婷婷立，江风冉冉飘。

斗篷天作画，"和合"任逍遥①。

【注】

① "和合"系传说中的两位神仙，是和睦善良的偶像，泛指游人。

王积义

1933年生，湖北省武汉市人，贵阳矿山机器厂退休高工。贵州省诗词学会常务理事。曾参与编辑《贵州楹联》，为贵州省旅游局编辑出版《贵州旅游景点对联集萃》。

丑岁观牛 (新声韵)

群牛过市默无声，鼻尾相羁互绊绳。

未卧残阳调病体，先输美味赴屠程；

百盘百碗人争啖，千亩千厢彼奋耕。

牧者轻牲惟重宰，来年役力靠何承？

王海涛

1931 年生，河南省汤阴县人。历任黔南州委党校教务处副主任、校办主任等职。副教授。现为州诗联学会会员。

贺黔南建州五十周年

秀丽黔南五秩春，城乡变化太惊人。
磷煤锌矿销多国，农牧果蔬富万民。
教育卫生齐发展，交通邮电进山村。
旅游生态和谐美，经济腾飞日日新。

耄年学电脑

耋耋老人学电脑，与时俱进非时髦。
浏览新闻知天下，储存文稿送儿曹。
聊天交友多网趣，寄件回书少邮劳。
焕发青春我未老，谁说朽木不可雕？

王润深

苗族，1939年生，贵州省雷山县人。中共贵州省委办公厅处级退休干部。中共贵州省委机关老年诗书画研究会常务副会长。

纪念毛泽东诞辰一百一十周年 （新声韵）

读《平凡与伟大——毛泽东中南海遗物遗事》有感

代有英贤舍死生，换来华夏巨龙腾。
为官敢忘民情苦，愧对毛公两袖风。

满江红·迎西部大开发

锦绣江山，多壮丽，东风沐浴。丰岁里，九州欢庆，果红枝绿。民富邦兴增国力，云蒸霞蔚拥丹旭。正西区、大地涌春潮，奔腾促。　　花烂漫，情意笃，同奏响，招商曲。喜迎新世纪，信心弥足。优势相生争发展，资源互补观全局。待明朝、跃马共康庄，飞鸿鹄。

安顺场渡口抒怀

纪念中国工农红军长征胜利七十周年

七十年前事，凝思渡口旁。
英贤匡社稷，勇士竞坚刚。
天国夭亡地①，红军胜利场。
我心追日月，先烈永流芳。

【注】
① 天国夭亡，指太平天国石达开全军覆灭。

赞雪域马班乡邮员王顺友 (新声韵)

豪气何须冲斗牛，马班无悔谱春秋。
情牵万里冰封路，意暖千家梦盼邮。
稚子自强增父爱，贤妻坚苦解夫忧。
忽闻雪域山歌起，又见躬身在所求。

思故乡

屈指离乡廿二秋，清江苗岭梦常游。
芦笙竞奏飞歌起，铜鼓轻敲叶笛悠。
游子每闻新禧事，归心长念故人楼。
衷情冀望家园美，富裕文明共九州。

故乡情四十四韵 （新声韵）

苗岭雷公山，离天三尺三。森林蔽日月，高崖飞瀑泉。

山脚多雨雾，岭上艳阳天。须当晴朗日，登高见层峦。

间有小村落，分布山水间。木楼隐苍翠，曲径绕田园。

山深少人识，客远喜地偏。农闲六月六，迎客在村前。

芦笙惊鹊鸟，飞歌震山川。寨老躬身请，姑娘把路拦。

敬献牛角酒，情盛语亦谦。美酒伴歌饮，乡情注心田。

拥客入小寨，石径绕宅弯。吊脚楼栉比，依山多干栏。

寨有欢乐地，鼓坪亮又宽。纹饰仿鼓面，石砌同心圆。

坪中立柱架，铜鼓架上拴。节庆笙鼓响，集会遵祖传。

今逢好年景，喜气挂眉尖。莽筒伴笙鼓，交响扣心弦。

笙手前引领，男女步姗姗。进退依节拍，意态悠且闲。

主邀客入列，踏步把手牵。左右苗家女，银饰更美妍。

笑容倾远客，舞姿何翩翩。笙曲忽转快，长裙随风旋。

客随主欢舞，飘飘几欲仙。一曲难尽兴，三番意流连。

品茗适小憩，邀客赴河滩。滩头人攒动，热闹实非凡。

驱牯两角斗，喊声入云端。牛王终胜出，乐坏美少男。

归途闻叶笛，悠扬花坡边。隐约绿荫下，情歌意缠绵。

不觉日将暮，屋宇见炊烟。客随主入室，喜就农家筵。

酸汤煮河鲤，蕺菜嫩且鲜①。难得风味美，一慰久垂涎。

主人进新酿，酒歌即兴编：感客今来访，相识诚有缘；

祝君交好运，岁岁阖家安。十杯不肯罢，客醉主欢颜。

客执主人手，欲谢言在先：待到秋收后，还来过苗年。

【注】

① 蕺菜，又名鱼腥草，贵州俗称折耳根。

致铜城友人 (新声韵)

双川汇涌碧波清，半岛长街是小城①。
俯览山光迷树色，仰观云彩悟江声②。
人言僻地多阴郁③，我敬知交至坦诚。
昨日良师今益友，思君待我一腔情。

【注】
① 1968 年 2 月笔者大学毕业分配至铜仁。
② 铜仁有东山、云彩江声等景观。
③ 离校前闻铜仁武斗惨烈。

电视观刘方仁受审①

警钟振聩警灯辉，落马高官老泪垂。
昨日台前宣党纪，今朝阶下仰囚规。
忧民济世多虚语，执柄为非一罪魁。
法理人心呼利剑，当思杜渐要防微。

【注】
① 刘方仁，1993 年 6 月至 2000 年 12 月任中共贵州省委书记。
　 2004 年 4 月 4 日中共中央批准开除其党籍、公职；8 月 4 日
　 北京市高级人民法院以受贿罪判处刘无期徒刑。

王培中

1955 年生，贵州省贵定县人，黔南诗联学会会员。

卜算子·金秋感赋

又是大丰收，处处珍珠缀。果脆瓜甜谷稻香。
情重人皆醉。　　美景壮金秋，喜悦方针对。科
技腾飞建小康，再把宏图绘。

王常俊

1951 年生，贵州省普定县人。中学退休教师。贵州省、安顺
市、普定县诗词学会会员。

村　居

绿柳沿溪护小村，黄莺对唱醉花荫。
桃行深溯陶公愿，竹影契合学士心。
茶蕨迎阴常对弈，诗书授子每亲临。
邻家播放舒心曲，物阜民康久沐春。

水龙吟·游天星桥

停车起步回眸，天星洞撰悬壁兀。笔锋遒劲，有人说是，刘公题著。幽帘碛路，错落宕布，嶙峋交顾。有盘曲胡道，回藤虬树。人疑是，桃源路。　　更有悬桥飞渡，眺河中，浮星无数。河旁洞内，撑天玉笋，银花冰柱。崖底涌涛，串珠万缕，飞绒飘雾。问仙山蓬岛，龙宫水殿，胜如斯否？

王常茂

字松然，号鸿雁斋主，1927 年生，山东省安丘市人。曾任贵州省邮电管理局邮政处处长。贵州省诗词学会会员，著有《鸿雁诗文选》。

祝贺中共十七大召开 (新声韵)

神州万里凯歌扬，中共群贤聚会堂。
畅议宏图兴伟业，同商国策理朝纲。
高瞻远虑随时进，拓展新程再起航。
继往开来前景美，扬帆接力建康庄。

庆中共八十华诞

历尽艰难八十年，光辉业绩史无前。
脱贫致富人心定，改革加深黎庶欢。
经济腾飞惊世界，神州巨变振山川。
同心团结红旗展，继往开来跨纪元。

王维新

1932年生，贵州省平塘县人。退休干部，黔南州诗联学会会员。

吟甲茶风光

千寻飞瀑落深潭，翠竹绵绵两岸边。
遥望绿林深似海，溪桥流水绕山间。

王得一

（1922——1997），湖南省长沙市人。贵州省文史馆馆员，贵阳市第四、五、六届政协委员。曾任中华诗词学会理事、贵州省诗词学会副秘书长、《爱晚诗刊》编委。著有《春近楼诗书印集》。

生日哭母

岁岁今朝逢母难，年年此时忆慈颜。
幼而失怙馀孺母，孤寡一门徒自怜。
及长年年患兵燹，流离颠沛别家园。
倚闾望子娘心切，十载音沉梦不圆。
楚水黔山千里外，云遮树掩对长天。
一朝骤悉慈云黯，痛哭何由达九泉。
未报亲恩人子恨，此生无计赎前愆。
古稀未或忘遗憾，有泪无心醉倚筵。

雨后望栖霞岭

（一）

难得城东一岭幽，几曾凭眺醉双眸。
林深寺古供游憩，代有高人乐唱酬。

(二)

忆昔风光曾寓目，半山红叶映栖霞。
碧梧庭院清凉界，一局棋枰一盏茶。

(三)

文物追思系梦魂，摩崖刻石尚残存。
一鳞半爪堪珍重，溯本还须识旧痕。

(四)

栖霞雨后清如洗，铁塔高楼耸入云。
岭半人家添几许，名山胜景忍瓜分。

梦中得句醒时凑成

(一)

留春不住浑无奈，柳眼花须何所赖。
深树横塘罢钓归，夕阳红到青山外。

(二)

夕阳红到青山外，芳草垂杨浮碧霭。
新燕衔泥去复来，流云似水霞如带。

留示儿孙

人生代谢寻常事，病入膏肓再活难。
骨冢希归桑梓土，何须重价买青山。

凭　眺

凭高舒望眼，春色扣心弦。
近树青遮屋，远峰绿上天。
楼台堪蔽日，城郭似浮烟。
忘却还乡梦，湖山是处妍。

乡　情

白发仍游子，凭桥未敢题。
客居思故土，乡梦绕长堤。
岭上云生树，门前月映溪。
明朝一挥手，又发夜郎西。

重泛红枫湖

节过重阳再泛舟，红枫带雨一湖秋。
群峰隐约云天接，双洞玲珑岁月悠。
绮丽河山迷老眼，休明光景豁新眸。
好收奇气归胸次，觅句迎风上舵楼。

湄潭道中

边塞江南兴不穷，轻车来去载秋风。
湄江竹映千湾翠，峻岭枫飘万点红。
村酒香时知稻熟，社歌吭处见年丰。
凭桥一眺斜阳岸，疏柳多情伴钓翁。

再游潕阳河

黔南风物细评量，妙景端须数潕阳。
有水有山皆秀色，无时无地不春光。
天工造化多奇绝，人力何堪较短长。
吾爱林泉真面目，自然瑰玮胜洋装。

岳麓凭眺

长虹拖雨接汀洲，面面风光上小楼。
千顷碧波湘水阔，一林红叶麓山秋。
乡情未减徒青睐，客绪常萦怅白头。
放棹五湖差可望，明朝先泛洞庭舟。

岳阳楼怀古

巴陵胜状欲吞虹，千古骚人兴不穷。

楼阁山光三面水，湖天云影一帆风。

湘妃洒泪成斑竹，屈子怀沙作鬼雄。

后乐先忧无限意，更收奇气豁心胸。

太白楼怀古

名楼长峙大江边，诗国曾流不朽篇。

气挟飞龙天上瀑，才高倚马酒中仙。

脱靴帝室朝辞阙，引剑姑溪夜泛船。

若论盛唐今更盛，金鞍揽辔著吟鞭。

九日重游来仙洞

轻车早发来仙洞，轮溅扶风一径泥。

结伴漫游寻旧迹，随人举步上天梯。

孟嘉有帽传曾落，梦得无糕不敢题。

身健岂甘虚九日，凭高四望白云低。

金婚自咏

（一）

乐奏周南第一章，难忘梧井露新凉。
衡阳乍见双飞雁，湘水初舒九回肠。
曾向洞庭迷夜月，重逢苗岭历秋霜。
人间自有真情在，赢得黄花晚节香。

（二）

离合悲欢五十年，阴晴圆缺不同天。
朝来爽气消春梦，午逐炎威散暮烟。
兰桂有芬心自得，桑榆多恙命如悬。
白头未改青丝愿，生死相依到九泉。

即 事

阳春有脚送寒冬，曾见名园一片红。
忽尔飞花铺满地，移时烈日耀长空。
江河渐涸源头竭，草木将枯野色穷。
好景从来多易逝，不须惆怅怨东风。

王得声

苗族，1962 年生，贵州省兴仁县人，贵州省诗词学会、黔西南州诗词学会、兴仁县诗词学会会员。兴仁县人大常委会干部。

江南行（新声韵）

江南千万里，尽在画图中。
红日燃江树，黄莺唱柳风。
洋楼金璧亮，吴女艳妆浓。
宝马驰天下，神州处处通。

王淑斌

1942 年生，贵州省福泉县人，曾任贵州省食品药品监督管理局监察室主任。贵州省诗词学会会员。

咏莲（新声韵）

高节翠叶花姿艳，点染湖泽映碧天。
藕断丝连情不尽，常留画卷在人间。

王隆源

蒙古族，1932 年生，河南省镇平县人。贵州省气象局离休干部。贵州省诗词学会会员。

渔歌子·漫游花溪 (新声韵)

十里涟漪百鸟飞，风情千种绿杨垂。鱼细嫩，蟹鲜肥，和风细雨满船归。

老叟今日乘飞机 (新声韵)

受穷昔日苦难言，今幸扶摇上九天。
破雾穿云翔大鸟，耋年豪兴乐如仙。

王道生

1938 年生，退休教师，黔南州诗联学会理事。

布依风情

轻风细雨物华新，布依人家花缀林。
新村男女多情致，隔岸山歌唤故人。

王道秋

1943 年生，贵州省绥阳县人。中华诗词学会会员、遵义市诗词楹联学会理事。

游扬州 (新声韵)

水绕江南处处幽，慕名访古到扬州。
寡人失道荒坟冷①，八怪标新彩墨稠②。
箫短韵长桥入梦，帆孤意远浪追舟。
瘦西湖里游人醉，乘兴寻踪上画楼。

【注】
① 寡人：隋炀帝杨广，坟在市郊；
② 八怪：郑板桥等扬州文人，市内有八怪纪念馆。

沁园春·航程献给党的十六大

风起南湖，气指江山，波涌征船。忆南昌起义，枪声报晓；井冈割据，星火燎原。万里长征，红旗漫卷，踏破千山到延安。扬马列，誓驱倭讨蒋，重铸人寰。　　新阳普照家园，赤县里、频频捷报传。看西昌星射，龙游广宇；巫山坝立，蛇镇狂澜。继往开来，宏图引胜，强富花开尧舜天。行两制，促山河一统，心系台湾。

王道常

1948 年生，贵州省桐梓县人。曾任遵义市文联副主席，《贵州历代诗词选》编委成员。贵州省文史馆研究员，著有《彤阳明月楼诗存》。

荔红轩紫藤图题诗

（一）

信哉南海春来早，正月虬枝萼已繁。
一夜东风相互约，藤花开遍荔红轩①。

【注】
① 荔红轩是作者深圳寓所书斋题额。

（二）

无定寒温知阅世，有神笔墨拟抽丝。
天然粉本凭谁借，屋角新开藤一枝。

（三）

屋角垂馨众口夸，香温茶热品春霞。
年来渐有清闲福，画笔如飞墨吐花。

（四）

细雨霏霏紫雪濛，书斋清坐对春风。
纤尘不染增疏淡，香度筠帘瑞气融。

（五）

流光催客又春深，瞥眼华年白发侵。
幸有老藤知我傲，繁香频点素衣襟。

（六）

谢后繁花吐绿云，蛟潜屈曲待勤耘。
劬劳任我遐思远，古铁盘空孕紫氛。

（七）

绕屋吟哦兴未休，绮如花盛句难酬。
何时笔涌烟霞气，传得灵光到指头。

（八）

烧空一架紫瑛莹，叠叠花扬海日生。
可否鹏城高咏句，春天故事有和赓。

王超群

1931 年生，贵州省思南县人，苗族。兴义市人民医院药师。贵州省诗词学会会员，黔西南州诗词楹联学会理事。

兴义城览胜

龙卧城头势欲飞，犀牛蟾桂月中窥。
波翻浪滚观鱼跃，花水绕城映夕晖。

《盘江诗刊》创刊献词

诗人兴会集盘江，短唱长吟献雅章。
愿为山乡添异彩，黎峨晚照一枝香。

王朝宗

1936 年生，贵州省仁怀市人，退休教师。遵义市诗词学会、仁怀市老年诗联书画研究会会员。

参观沙滩郑莫黎三贤馆

沙滩文化渊源远，钦史鸿儒别有天。
道德文章藏万卷，靓幽山水毓三贤。
民生国计蕴心底，剑胆琴心富世间。
四季禹门人不断，同声异口颂诗篇。

王敬祥

　　1939 年生，贵州省兴义市人。曾任黔西南自治州州委副书记，州政协主席。黔西南州诗词学会顾问。著有《情系丹青》。

退休感 (新声韵)

人老虽休志不休，丹青泼墨再从头。
身随岁月经风雨，心与人民共乐忧。

赞晴隆廿四道拐 (新声韵)

晴隆廿四雄关险，拔地冲天云雾翻。
二战当年军火路，驱倭伟绩永流传。

王尊华

（1917——2001），贵州省贵阳市人。曾任贵阳市志编纂委员会副主任兼办公室主任，贵州省文史研究馆馆员。中国楹联学会原常务理事、贵州省地方志协会原副会长。

一萼红·（并序）

丙寅重阳前三日，游安龙招堤，复一至十八先生墓及永历行宫旧址，浓云薄雾，竟日在雨声中行。情致萧瑟，以此阕写之。

倚山亭。便迷蒙一气，掩却远峰青。烟渚残荷，雾堤疏柳，风里旋作秋声。倩谁画米家半幅，看碧城云水墨纵横。湿壁寻碑，溜檐听雨，一晌幽情。难得清游挈侣，把湖山胜迹，付与闲评。碧血凝苔，苍岩吊墓，黄花一径车停。问何处王孙旧殿，但冷云衰草满空庭。明日花江晴未？暗记归程。

南宁南湖泛舟

碧树重重远市埃，南湖弥望水潆回。
曲廊小院玲珑过，异药灵根次第栽①。
槁密多饶南国趣，花浓早犯朔风开。
赏心未餍归舟晚，水阁明灯数举杯。

【注】
① 湖滨药圃培育之中药材，又属花卉，可供观赏。

思佳客·答雨樵翁次韵

味如鱼饮水谙，逢辰增齿止添惭。禅心早寄泥中絮，诗梦难寻海上毚。　　寒数九，窟迁三。楼居新卜户东南。孙雏报有高轩过，春酒春蔬此夜酣。

姚华先生一百一十周年诞辰纪念

从来多艺在多闻，文苑姚公起一军。
筑国山川供画本，京华人物叹空群。
风骚题句开新面，金石融书散异芬。
遗著千篇皆瑰宝，莲盦时现吉祥云。

一九八六年元旦喜赋

(一)

九州同淬砺，额手岁华新。
鹏奋扶摇翼，花催浩荡春。
居安皆乐土，海静不扬尘。
拨乱斯成治，七年事事珍。

（二）

乾坤重振顿，改革势如潮。

承旧探新智，择良剔旧苗。

商通城野活，物阜食衣饶。

万里中华景，管窥未易描。

贺新郎·乡贤杨龙友殉国三百四十周年纪念

壮采兼奇节。问几人，如公慷慨，一门忠烈。长吊仙霞关外路，毅魄犹凝鹃血。传画扇、桃花巧缀。岂意秦淮儿女怨，意横遭、粉墨相诬蔑。三百载、言喋喋。　　南明旧史何堪说。叹浙东、孤军奋战，河山寸裂。变节侯生如可恕，瑶草①诅容多责。寻旧舍、石林②湮灭。漫话围城歼寇事③，但繁华、车路没车辙。瞻妙墨、神飞越。

【注】

① 马士英号瑶草；

② 石林精舍为杨氏旧居，在南明河畔，今已不存；

③ 天启年间安邦彦叛乱围贵阳十个月，龙友戎装守卫，力战摧敌，围解，又率兵追击残敌。

兰州五泉山

参差池阁隐岩阿，山色泉声引兴多。

百里金城屋如诲，但从天际认黄河。

龙马精神

龙马精神老健身，咏歌同唱太平春。
青山解语频留句，白发多情更恋人。
筑国松筠新岁月，神州烽火旧征尘。
堪思异日修诗史，定把金笺志凤麟。

石　林

林林万石聚方园，重叠铦锋欲刺天。
填海不烦精卫口，驱山合借祖龙鞭。
蛇行斗折人穿窦，海涸云停地化莲。
莫怪游人须导引，迷宫一入便茫然。

敦　煌

千里飞行见绿洲，敦煌瓜熟正高秋。
小城花树青霄合，异国衣裙碧眼稠。
一窟能招天下客，九人偶契画中游。
当年凿壁开龛事，尽作神州瑰宝收。

沁园春·大光前辈七旬晋八诞辰谨赋长调为寿

千载花溪，妙手凭谁，灵境凿开。似醉翁亭子，地因人著；柳州游记，景自心裁。筑阁依山，围洲放鹤，缟李夭桃次第栽。功成后，便花开岁岁，人乐春台。　　携筇白首重来。记旧题漫漶石边苔。甚沧江卧久，名殊吏隐；文章价重，光未尘埋。老子犹龙，行藏自在，胸次何曾有点埃。双星灿，伴少微天外，今夕同杯。

访平刚先生故居

神州风雨夜凄凉，长夜漫漫何时旸。
志士奋起图良策，平公断发走扶桑。
广取西学参互用，民主救国异康梁。
继入同盟亲先觉，如拨迷雾见光芒。
受委回国规大业，主持自治正义张。
力排割据归一统，黔省从此现曙光。
举国方庆升平现，大盗窃国复猖狂。
护法入滇歼蟊贼，鼎革事业得济匡。
愤疾独裁忧国是，退隐山林野庭荒。
一生事迹留史集，秉志忠贞百世芳。

悼德山社长

（一）

五年洛社集英贤，爱晚诗声海外传。
倘续黔中文艺志，风骚荜路合居先。

（二）

市志重修事至难，因公肇画始搜残。
从知为政清廉外，另有文心接古欢。

陪萧娴老人黄果树观瀑和俞律兄韵

亟知观瀑胜登高，百里驱车未觉遥。
诗拟黄英如素友，字题白水忆观涛①。
山川筑国尊人瑞，翰薄江东誉凤毛。
试上危亭共翘首，滔滔逝者永难消。

【注】
① 萧娴老人 1984 年游黄果树，宾馆索书，老人榜书"白水奇观"
　四字赠之。

水调歌头·从张上坪移家返筑赋此志别①

我本无根客，随地便为家。几年浪迹山寨，顿改旧生涯。愧说躬耕垅亩，犹胜齐竽窃吹，意气尽堪夸。得失等闲耳，生趣是烟霞。　　看落花，重别去，念交加。是乡可恋，宁止山水与桑麻！长记茅斋云月，怅瞩故园风雨，更染鬓边华。相伴数竿竹，清梦倚窗斜。

【注】

① 作者在"文化大革命"中受不公正对待，下放黔南农村张上坪，1973 年平反回筑。

鹧鸪天·过燕玉寓所赋赠

风雨焦桐韵不平，黄花开后几阴晴。遥知纫蕙缲兰意，尽是中年去国情。　　新鹤梦、归鸥鸣，秋心万绪笔纵横。幽斋合与骚人伴，粉墨萧疏竹数茎。

自筑返村闻何明清老农下世诗以吊之

一载相交视我亲，归来不见九原人。
生前事事伤憔悴，万语千言只为贫。

鲁迅先生百岁诞辰

百年世运关文运，崛起中华见此豪。
愤托狂人倾泪血，笔诛丑类挟风涛。
古来哲匠难为例，老诵遗篇仰更高。
俯首横眉应有继，好将斯义告儿曹。

王辉球

　　1911 年生，江西省万安县人。曾任中国人民解放军二野五兵团及贵州军区政治部主任兼中共贵州省委宣传部长，中国人民解放军空军政委等职。

回黔有感

万里长征起井冈，四渡赤水战乌江。
血染战袍乌蒙岭，遵义会议放光芒。
莫忘艰辛创业史，四化建设谱新章。
春风吹破三句话①，万众欢呼新夜郎。

【注】
① 三句话即贵州旧谚："天无三日晴，地无三里平，人无三分银。"

王瑞明

穿青人，1951 年生，贵州省水城县人。曾任《六盘水报》社社长、六盘水市直机关工委书记。六盘水市诗词楹联学会会员。

七星关瞻仰夏曦墓

关山无语伴江流。有志忠魂志已酬。
黄土掩埋归旧梦，青春洒去报神州。
岳阳何虑兵戈久，黔水难忘战鼓稠。
两岸乌啼犹带泪，丰碑永为汗青留。

接转业通知有感

别离之际意如何？检点平生感慨多。
卅有六年经骤雨，十余八载唱雄歌。
闻鸡常怕秋枫落，映雪时忧岁月磨。
桑梓云山留一片，好将神箭射天鹅。

王嘉有

1929 年生，贵州省湄潭县人，曾任湄潭县商业局副局长，湄潭县诗词学会理事。

八叟登山

初冬巧遇艳阳天，欣聚友人登象山。
绿水青山激雅兴，丛林曲径助悠闲。
童年轶事桩桩妙，皓叟奇闻件件欢。
风暖茶香贪久坐，金乌欲坠不思还。

王睿明

（1924——2001），贵州省黔西县人。解放初期参加抗美援朝，转业后从教，后转卫生部门。黔西县杜鹃诗社创始人之一。

夜渡清川江

清川之水势茫茫，日夜奔腾东去忙。
流急三军争夜渡，河宽一苇亦堪航。
搴旗斩将惊脱兔，弃甲丢兵笑野狼。
横槊东征惩帝霸，戳穿纸虎敢猖狂。

环岛观澳门

万顷云涛万顷烟，天风浩荡白云间。
盼她九九回归后，一洗神州屈辱篇。

王燕玉

（1923——1998），名世璞，贵州省遵义市人。贵州师范大学教授。著述颇丰，出版《紫巢诗词文选》。

黎先生挽辞 (四首选一①)

禹门佳气纸间收，一世吟哦侧上流。
健笔凌云翔老凤，清音荡水泛雏鸥。
神融查淡情尤挚，性发袁灵质更优。
遗得助归诗几卷，名山待刻广温柔。

【注】

① 黎先生指黎丹膣，遵义沙滩文化最后一位塾师，为清末民初
　宿儒，作者早年从黎先生游，故学有根柢。黎先生有《助归
　草堂诗钞》，已辑印入《黎氏家集续编》，其子是当代著名
　诗人黎焕颐。

游成都桂湖公园

升庵读桂湖，遗址显新都。
碧水环高树，红栏带敞庐。
恍间陶兴曲，不见等身书。
令我生惆怅，滇黔旧事芜。

临江仙·秋杪

　　烟锁溪桥残柳冷，篱边凋尽黄花。角声起处晚风斜。断云天际，脉脉过寒鸦。　　曾记曲房炉火活。篆香穿透帘纱。暗伤离镜减容华。玉楼人远，无翼手频叉。

王耀明

原名王景光，1928 年生，河南省登封市人。曾任望谟县人武部代政委。贵州省诗词学会会员。

参观省老年书画展有感（新声韵）

落木萧萧霜满地，筑垣老圃见花开。
画廊展现千重锦，似有芳香扑面来。

慕　竹

不图官位不图酬，风浪声中真理求。
写取一枝清秀竹，黔山深处伴离休。

桂殿秋·蹲牛棚（新声韵）

心耿耿、雾朦朦，秋风秋雨透牛棚。赤心图圈何颠倒，昂首倚门问朔风。

韦开泉

黔西南州人大常委会副主任。

醉花阴·二十一世纪元年感赋

往逝百年华夏事，卷载枯荣史，壮志已然酬，
万里江山、不辱丹青志。　　新元复纪从辛巳，
国运兴昌始。唯众志成城，凭此龙威、拓创新福祉。

韦正律

布依族，1954年生。贵州省贞丰县人，中学高级教师。贞丰县诗词楹联协会主席。

西部赞歌（新声韵）

莫道高原不胜寒，春风已度玉门关。
北京喜送及时雨，西部勤耕受惠田。
鸟唱新城诗画美，花拥大道管弦欢。
百年机遇今朝有，热土兴潮涌巨澜。

长江三峡

拦江大坝战犹酣，高峡平湖在眼前。
锁住洪流兴壮举，削开峻岭写奇观。
丹霞有幸云间挂，白帝无私水底眠。
神女喜听交响曲，雾岚飘去不思仙。

黄果树瀑布 （新声韵）

黔中大地耸高崖，泻下银流涌浪花。
溅洒苍穹疑是雾，飘飞翠谷化为霞。
水帘洞中声维妙，观瀑亭前景更佳。
乘兴一游经洗礼，人生品性可升华。

北盘江峡谷大桥

关兴大道跨金州，险壑桥横任客游。
一架竖琴弹日月，两条曲线谱春秋。
心神震撼江河顶，意趣腾飞岭嶂头。
乐为黔疆添胜景，扬眉吐气耸天沟。

纪检之师 （新声韵）

劲旅具规模，扬旗映斧柯。
升华新赤县，沉淀古黄河。
世上清风爽，人间正气多。
和谐前景美，壮志未蹉跎。

水岩仙境 （新声韵）

山水喜相融，物华辉碧空。
云闲潭影静，日正岭姿雄。
石壁藏幽意，崖棺纪古风。
游人观胜境，兴致总无穷。

赣江怀古

赣水流芳远，南昌可溯踪。
物华天地阔，人杰古今雄。
世秉沧桑笔，时臻造化功。
王郎题咏处，都市耸花丛。

采桑子·山寨纪实

肥田沃土今无税，耕也开心，收也开心，政
惠乡村亿万民。　　勤劳致富康庄道，笑语言恩，
梦呓言恩，乐做桃花源里人。

韦汉鸿

1930 年生，布依族，曾任惠水县政协副主席等职。黔南州诗联学会会员。

乡土风物

村落依山傍水溪，为农世代此安栖。
乾坤运转新科技，千禧尧天分外奇。

韦世儒

1936 年生，贵州省望谟县人，布依族，贵州省诗词学会、黔西南州诗词学会会员，望谟县诗词学会副秘书长。

兴义马岭峡谷

千奇百怪遍寰球，裂缝山峦万水流。
马岭青松镶两岸，悬崖瀑布挂千秋。
清波碧浪银花溅，秀水奇山紫雾柔。
更喜漂流迷勇士，冲滩破浪荡飞舟。

赞修麻山公路

悬岩峭壁炮声隆，石炸沙飞破棘笼。
脚踏云层钻石眼，腰缠玉带劈山峰。
麻山叠嶂修金路，苗岭深沟架彩虹。
革命老区惊巨变，重峦峡谷任车通。

韦启碧

1950 年生，水族，贵州省都匀市人，历任乡党委书记、市人大农经委主任等职，黔南州诗联学会秘书长。

颂中共十七大召开

十月京城聚俊贤，锤镰旗帜映红天。
同心共筑康庄道，众手精描锦绣篇。
反腐倡廉顺民意，兴科重教建家园。
和谐社会人人赞，万里河山景更妍。

题清水苑

布依村寨路相连，隐隐青山笼紫烟。
千亩良田掀绿浪，一湾秀水绕平川。

韦隆位

1957 年生，贵州省独山县人。黔南州诗联学会会员。

农　家

金鸡唱破夜星空，二月桐花粉样红。
少壮驱牛耕晓日，嫂姑插谷寄春风。
陌间老妪携童乐，篱下尊翁笑岁丰。
五谷盈仓无赋税，谁朝善政与今同。

韦富荣

布依族，1925 年生，贵州省安龙县人，曾任安龙县新安区区长。安龙县诗词学会副理事长。

航天第一兵

五号飞船平地升，一人牵系九州情。
完成千载飞天梦，利伟航天第一兵。

韦儒堂

布依族，1961 年生，贵州省望谟县人。望谟县文联副主席。县诗词学会会员。

西江月·布依山村小景

傍水依山村寨，池塘凤竹奇花。小桥流水映丹霞，风景如诗如画。　　少女闺中织锦，村夫河里捞虾。牧童牛背竞风华，短笛横吹幽雅。

鹧鸪天·新屯吟

虎踞龙盘气势雄，山环水绕衬琼宫。田园广阔金波漾，古树葳蕤画意浓。　　扬国粹，正文风。布依说唱誉殊荣。物华天宝钟灵地，景致峥嵘古迹丰。

六广河景观 (新声韵)

胜日寻芳六广河，纵横沟壑叹嵯峨。
高天峡谷飘蓝带，曲水幽潭漾碧波。
天堑飞虹通坦道，长川游艇泛银梭。
水天一色蓬莱景，骚客流连赋赞歌。

支宗岳

1937 年生，贵州省安顺市人。曾任贵阳市云岩印刷厂厂办主任、保卫科长。贵州省诗词学会会员。

春钓 （新声韵）

轻风拂面菜花开，寻趣相邀亦快哉。
正是乡河春水绿，红鳞摆尾上钩来。

金阳晨曲 （新声韵）

层楼矗立耸长空，峻峭石林托彩虹。
樟木馨香迷晓雾，云杉奇秀挺苍穹。
万家欢笑晨曦美，八马神驰旭日红。
引凤栖梧诚有道，金阳从此更兴隆。

登高山下险滩 （新声韵）

迢迢千里武夷山，万仞赤峰突巨峦。
登云览胜随心愿，冲浪竹筏下险滩。

毛 侠

字河川，号新天闲人，1933 年生，湖南省芷江人。贵阳市乌当区人民医院医师。贵州省诗词学会会员，贵阳乌当诗社顾问。著有《山野涛声》。

满庭芳·欢呼神舟五号载人飞船飞天

乘坐飞船，神舟五号，今时一步登天。国中疆外，万众尽欢颜。华夏扬眉吐气，高擎酒、雀跃空前。飞天梦，今朝实现，一笑越千年。　英雄当此际，心怀赤县，笑傲神仙。且摘星揽月，谱写新篇。任我遨游不倦，惊回首、远去人间。流连处，茫茫宇宙，风景美无边。

毛大羽

本名毛尧堃，1925 年生，江苏省江宁市人。曾任贵阳市第二商业局干部训练班副主任。高级会计师。贵州省诗词学会会员，贵阳文昌诗社社长。

耄龄度日抒怀

八十过一不觉老，尚忆青壮情趣深。

闲日常把琴弦奏，旅游观景更养身。

蹉跎岁月如逝水，重负烦恼逐流云。

老大学习不辍课，知识扩充物华新。

公园晨练街散步，健康劳动保身心。

饮食注意富营养，规律生活百炼金。

精神饱满多奉献，与时俱进为人民。

科技发展正高速，我沐夕阳度芳春。

毛玉强

布依族，1972 年生，贵州省贞丰县人。贵州省诗词学会、黔西南州诗词楹联学会会员。

安龙招堤即景 （新声韵）

盛夏龙城旅，招堤十里行。
雨淋荷叶翠，风润柳条青。
花灿池中景，人游水上亭。
驱车旁径看，锦画满窗棂。

毛克江

1932 年生，贵州省余庆县人。曾任县直属团委副书记等职。现为《遵义诗词》《黔东南诗词》《构皮滩文艺》会员，《余庆诗词》理事。

游构皮滩暨乌江新镇

绿带连绵翠岭稠，乌江九曲下渝州。
苍松滇柏云崖险，天堑长桥江水悠。
大坝横江湖镜碧，玉龙翘首紫烟浮。
楼台亭榭倚削壁，一派江城风物优。

游石阡温泉

热汤泉眼几千秋，地造天然沸水流。
一片氤氲蒸气里，几多岚雾滚云头。
水清可净人间垢，泉暖能疗尘世瘤。
好个人间清暑殿，浴汤一泡解千愁。

毛嵩岳

（1914——2003），湖南省祁阳市人。曾任盘县特区教师进
修学校教师，六盘水市诗词楹联学会会员。

西江月·游盘县风洞河

桥拱一泓清水，青山苍翠巍峨。回肠碧水穿
山过，吞吐浪花万朵。　　吻面风来何所？吹翻
一渠清波。归途笑指那山坡，晚霞烧天胜火。

毛德华

1927 年生，四川省江津县人，曾任贵州省建工集团总公司总工程师（教授级高工）。贵州省诗词学会会员。

访北美硅谷三女家归来 (新声韵)

春来硅谷彩云边，夏尽随风一夜还。
不作蓬莱仙岛客，只缘心有夜郎山。

纪念长征七十周年一游 (新声韵)

黄龙阿坝两相通，山麓濛濛雨洒胸。
鸟道林崖攀尽处，奇花异树下晴空。
玉池五彩呈仙府，夕照霞辉映雪松。
不踏长征难履步，风光那见晚阳中。

孔正祥

1946年生，贵州省兴仁县人。曾任兴仁县政协文史委员会主任，黔西南州诗词学会会员，兴仁县诗词楹联学会理事。

紫木凼金矿

（一）

沉睡荒坡数万秋，能人盛世进山沟。
艰辛创业兴科技，捧出黄金耀九州。

（二）

一声炮响震山川，十里乡村笑语欢。
兴县富民谋大计，如今紫木写新篇。

邓　宏

笔名若宇，1983 年生，贵州赫章县人。黔南州诗词学会会员。

赞黔南师院

沃土新开建学堂，匀城画景又添光。
莲花山下书声朗，剑水河边翰墨香。
地利人和培俊彦，志同道合谱华章。
严师益友齐奋进，炉火正红好炼钢。

邓吉生

1924 年生，贵州省贵阳市人。曾任安顺地区邮电局副局长等职，贵州省诗词学会、安顺市诗词学会会员。

秋　饮

万里晴空玉宇宽，窗前饮酒乐悠然。
欣逢盛世精神爽，陶醉堂中鹦鹉喧。

邓克贤

1943 年生，贵州省安顺市人。省文物工作员。安顺市西秀区诗词学会副会长。

安榨城怀古

残垣十里卧山梁，普里古城隐大荒。
远去硝烟多少载，犹闻石径马蹄刚。

鹧鸪天·醉乡邦

两地吟俦聚一堂，交流学术话沧桑。莫悲白发夕阳晚，余热生辉铸锦章。　　诗百首、意深长，欲邀李杜醉乡邦。流连忘返难分舍，白雪阳春情满腔。

邓连昌

苗族，1930 年生，贵州省思南县人。中医师，贵州省诗词学会、铜仁地区诗词学会、思南县诗词楹联学会会员。

春游中天塔

佳节晴春市外游，邀朋聚友过桥头。
扶筇漫上中天塔，俯首遥观白鹭洲。
椅子山前瞻五老，乌江河里荡扁舟。
徘徊饱赏山城景，无限风光眼底收。

南歌子（双调）·游乌江

绿化乌江岸，沿山草木殊。旅游船上看群凫，且向岸边酒肆觅屠苏。　　乐赏晴纱景，倾谈懒看书。小舱一路问船夫，请问此江何处产肥鲈？

邓时雄

1934 年生，湖南省邵阳市人。曾任贵州航空工业集团总公司副总工程师。获国务院特殊津贴。

花甲抒怀

苍苍鬓发向斜阳，缕缕情思往事长。
旗卷风雷出苦海，运逢盛世浴书香。
红心不逐流年老，锐利但随磨砺彰。
梦里依稀花甲感，愿将余韵赋沧桑。

邓国照

1972 年生，贵州省道真县人。广州外来务工人员法律维权服务中心负责人。贵州省诗词学会、道真诗词学会会员。

贺余廷林、邱太靖伉俪新婚志庆 (新声韵)

大地和风畅，方塘比翼飞。
苍茫天宇灿，浩渺月轮辉。
鱼雁传书至，秋鸿引鹭归。
唤君疏影下，携手共交杯。

清平乐·北海银滩笔会 <small>(新声韵)</small>

　　银滩北海，绿水轻舟载。细浪澄波云霭霭，激起诗情澎湃。　　今朝美酒良辰，相邀万里嘉宾，琼岛清风朗月，丹青五彩缤纷。

邓政纲

　　退休教师，贵州省诗词学会、遵义市诗词学会、湄潭县诗词学会会员。著有《流水集》《鸿雁集》。

浪淘沙·莫荒务工田

　　雨洒杏花天，绿满郊原，东风拂面尚轻寒。乌雀似知霜雪尽，欢唱嚣喧。　　偶见务工田，野草芊芊。无人耕管变荒原。只重工钱不产米，以啥为天？

鹧鸪天·致卢翁仰柱先生

　　时雨春风润校园，桃夭李艳竞鲜妍，同窗闻道同成长，展翅学飞待上天。　　歌折柳、赴阳关，搏风击浪数十年。有缘皓首作邻里，策杖往来互问安。

邓修身

学名正祥,1933 年生,贵州省桐梓县人。曾任商业局纪检组长。贵州省诗词学会会员、桐梓县诗词楹联学会理事,《播韵》副主编。

游凉风垭森林公园

千山环拥翠微园,茂密森林壮景观。
灵鸟穿梭飞不息,游人如织喜流连。
清风送爽熏心醉,碧水多情解意烦。
待字闺中人未识,忘忧避扰胜桃源。

邓晓锋

侗族,中共镇远县政法委办公室主任。镇远县楹联诗词协会主席。黔东南州诗词楹联学会理事。

元宵花灯

满市花灯品至多,玲珑万盏结星河。
三街彩错虹颜逊,九巷光交月色和。
箫管奋吹音婉转,鱼龙劲舞影婆娑。
黎民最爱升平曲,彻夜总闻欢乐歌。

除夕作 (新声韵)

辞旧迎新日，欢欣万里同。
九霄移斗柄，四海沐春风。
游必团圆宴，饮皆喜庆盅。
手机飞短信，遐迩贺年丰。

参观反腐成果图片展感赋 (新声韵)

反腐昭成果，纠风重预防。
为人当遏欲，处世莫贪赃。
众恨一张口，鲸吞万户粮。
遍观违法者，迟悔泣高墙。

邓淑怡

女，1926 年生，山东省滨州市人。曾任贵州省图书馆干部，副研究馆员。贵州省诗词学会会员。

游红枫湖 (新声韵)

青山碧水映蓝天，一片苍茫浮晓烟。
翠嶂层层瑰宝献，黛螺点点彩珠连。
泽国波漾粼光闪，游艇穿巡绿浪翻。
侗寨苗村相媲美，心潮滚滚把家还。

邓清福

1948 年生，四川省泸县人。中学高级教师。已退休。贵州省诗词学会、遵义诗词学会、余庆县诗词学会会员。

自题《好景稿》

好景尤推李杜乡，欲游岂畏路途长？
撩云拨雾翻山岭，破浪乘风过海洋。
人假轻车兼快艇，天赍皓月与丹阳。
千秋诗国开新境，永世甘为求索狂！

学诗词

少年好古学诗词，朝诵夕吟仍觉奇。
春梦何愁无彩凤？童心自乐有灵犀。
倏伸捕影系风手，偶得行云流水辞。
不满兰苕看翡翠，当求碧海掣鲸鲵。

狮山晚眺

人登狮顶啸生风，豸角鱼鳞入眼中。
最爱华阳南麓下，落晖铺得满江红。

隔江对望美人峰

游子翩翩正少年，欲攀神女上云天。
豪情且化长江水，奔向沧溟涌碧莲。

移寓二首

（一）

教研室废且乔迁，嘉木繁荫好鸟喧。
一屋早空徒白壁，四生暂寓尽青年。
破窗烂几心犹乐，博学多思志更坚。
焚后余书朝夕读，狂搜断简与残编。

（二）

爱此小楼花树环，傲他巨厦耸云天。
梧桐月下摇清影，鸦鹊云中吐婉言。
无事读书同朗朗，有时习字各翩翩。
闻鸡起舞更相劭，且待他时急着鞭。

渡 江

长江如舞练，小艇胜穿梭。

白卷千重浪，青铺一匹绤。

童姑言啧啧，翁媪笑呵呵。

莫道真天堑，平安过对河。

临江仙·赠未婚妻

已订山盟海誓，犹辜月夕花朝。凤凰台上梦
吹箫。双星嗟隔汉，百鹊愿为桥。　　恨海千重
浪涌，情天万朵云飘。武陵春好咏桃夭。红妆人
静待，高烛夜深烧。

临江仙·咏梅

咫尺遐如万里，须臾永似千朝。诗人何处最
魂销？水中疏影照，月下暗香飘。　　自爱冰肌
玉骨，岂愁霜剑风刀！常吟秀句慰清标。芳容偎
我笑：春色伴谁娇？

破阵子·奉和大学师长咏江边竹

亮节超葭拔苇，奇姿压柳凌杨。影荡碧波迷晓月，魂绕红霞醉夕阳。吟风招凤凰。　　耐得新津寂寞，惯于故渡凄凉。雨打雷轰身不避，冰化雪消首又昂。心陶兰芷香。

夏日遣怀

（一）

青春弃我几时溜？叹惋华年逐急流。
但使烟花生笔底，不教霜鬓上心头。

（二）

留春不住且留夏，夏也难留还有秋。
更向人间留浩气，任凭风雨不忧愁。

邓集善

（1922——2003），别名泽之。贵州省水城县人。终身任教。贵州省诗词学会、六盘水市诗联学会会员。著有诗文集《性中天集》。

游子思亲

一去台湾数十秋，梦魂常在故乡游。

千行眼泪千行字，两处身心两处愁。

架上琴弦音尚在，园中花草梦中幽。

慈亲挚友何时晤，明烛高烧顶礼求。

水城修复观音阁感赋

水城山水自清幽，寿庙庵堂莫与俦。

不幸当年遭拆毁，堪欣此日得重修。

雕梁画栋新颜现，翘角飞檐旧貌留。

胜景全凭春色润，千秋万世颂宏猷。

青玉案·元旦迎春，情系台胞

东风吹醒花千树，沿民俗，迎春去。鼓响锣鸣如骤雨。欢声潮涌，乐音震宇，跳起升平舞。　　台胞肠结愁千缕，雁断鸿稀难寄语。子夜焚香已万遍，求神默佑，河山一统，世世长相住。

珍惜余晖

国势日趋富且强，老翁何幸仰风光。
及时畅饮黄花酒，逾节犹闻金桂香。
气爽秋高游子醉，河清海晏翰林狂。
夕阳正好宜珍惜，趁有余辉献锦囊。

邓照德

独山县人。曾任贵州省人民医院中医科中医师。

一剪梅·文昌阁雅集

重茸文昌阁擅筹。极景凝眸，栉比高楼。栖霞东岭绿荫树，南岳飞鸥，甲秀飞舟。　　古刹黔灵百丈湫。围围鳞浮，戏浪优游。阳明祠立传佳话，今日风流，他日风猷。

出诊夜归

巡医不怕远关山，踏遍盘江七二湾。
月影扶移归步急，征途处处作家看。

巫山一段云

爱晚骚人萃，珠玑落玉盘。韩雄岛瘦壮诗坛。文苑远交欢。　　百韵成三集，续编再四刊。黔山曲水对晴岚。协力地天宽。

浪淘沙令·纪念莫友芝乡贤书画展览

一代清纯，刚水仁亲。联珠书法显天真。考证作诗通小学，知见无垠。　　驹齿占群伦，韵学儒珍。遗篇巨著集仓困。盛世崇文修史志，重纪斯人。

醉桃源

南昌突举义旗天，兵枢聚众贤。军工政治着先鞭，东风遍陌阡。花甲稔逢年，长城障野烟，西南半壁全。昆仑翘首锦山川，秋阳焕万千。

重阳老人节

老人初令节，鲞耄遇时雍。
众媪操拳术，群翁炼气功。
三餐熙果腹，一盏乐醺胸。
皓首偏勤学，毋忘党郅隆。

尹　辉

　　女，1957 年生，湖南省洞口县人。兴义五中高级教师。黔西南州诗词楹联学会会员。

游漓江感赋

漓江山水秀玲珑，玉立婷婷两岸峰。
此处人家仙亦慕，生息都在画图中。

万峰林 （新声韵）

天边孰帅阅军容？晚照红霞晓雾朦。
八卦田边观锦绣，南盘江岸看雄峰。

尹大模

1934 年生，贵州省印江县人。

西江月·雪拥万山

霜剑风刀相逼，玉龙鳞甲纷飘。万山起伏耸琼瑶，几枝梅花含笑。　　穿越层层冰峭，战胜阵阵狂飙。满头晴雪也难消，我与天公舒啸。

尹慎吾

女，1930 年生，贵州省贵阳市人。曾任贵州省冶金设计研究院总工程师室主任。高级工程师。贵州省诗词学会、贵阳市诗词学会会员、理事。著有《回眸》。

长相思·香港回归感赋

天蓝蓝，海蓝蓝，海阔天空大道宽，香江挽碧澜。　　山也欢，水也欢，欢庆明珠故土还。九州唱凯旋。

南歌子·蛇年中秋感赋

皓月当空照，群星缀碧天。欣逢佳节喜团圆，尤忆台湾孤岛未回还。　　半纪风云会，沧桑岁月艰。但求一统驶归帆，陆海同观桂影共欢颜。

鹧鸪天·飞天梦圆

癸未金秋清气爽，神舟五号映天光。百年梦想今实现，浩瀚长空任驰张。　　环广宇，遨天罡，追星揽月舞霓裳。中华屹立大东亚，世纪英才竞昊苍。

浪淘沙·老团干欢聚

欢聚在阳明，绿荫长亭。耆年战友喜相迎。一曲高歌心血沸，童趣横生。　　昔日正年轻，展翅雏鹰。投身革命倍真诚。历尽沧桑多少事。无悔人生。

文国华

1945 年生，贵州省贵阳市人。贵阳市邮政局退休干部，贵州省诗词学会会员，《贵州诗词》编辑。

咏玉屏万卷书崖 (新声韵)

万卷书崖壁上观，风剥雨浸越千年。
纸坪沙退浮洲砚，笔岭云舒现墨潭。
鱼跃鹰旋搏激浪，龙腾凤舞觅谪仙。
奇章金铠藏何处，文水湾中待有缘[①]。

【注】

① 相传文水湾中，有一水府洞天藏有奇书金铠甲，以待有缘人。

游修文阳明洞有感 (新声韵)

雾霾散尽放新晴，诗友相邀圣地行。
山路盘陀接古洞，摩崖石刻伴孤亭。
登临瞻仰先生像，游憩评诠翰墨情。
经义诲人勋业在，学术细绎礼阳明。

谒简孟平先生墓[①]

志士长眠伴劲松，碑文铭刻载殊荣。

大方主政施良策，滇省挥戈骋玉骢。

义胆敢编《爱国报》，雄心勇立北伐功。

讨袁救世平生愿，留得英名贯日虹。

【注】

① 简书字孟平（1886-1937），贵州省大方县人。同盟会员，贵州辛亥革命领导人之一。

文受刚

1946年生，遵义县文化馆退休干部，遵义县文联兼职副主席。贵州省诗词学会、楹联学会、遵义市诗词学会会员，遵义市楹联学会理事，遵义县诗词楹联学会会长。

江城子·颐和园

海军不建建名园，恃皇权，滥花钱。甲午交锋，激战损兵船。十万忠魂沉水日，西苑里正寻欢。　悠悠岁月换人寰，太平年，舜尧天。游人如织，款步久流连。千古江山留胜迹，花似锦，柳如烟。

荧屏睹杨利伟航天归来

举国齐欢跃，神舟上太空。
飞行连昼夜，回落按时钟。
宝鼎分三足，华人傲九重。
壮哉杨利伟，万众仰英雄。

谒遵义会议会址

万里长征事，神驰数十年。
大贤临毁誉，峰会息波澜。
救国明方略，安民解倒悬。
航船新舵手，一步一重天。

文定朝

　　1932 年生，贵州省凤冈县人。曾任中共凤冈县委宣传部长。凤冈县言志诗词、楹联学会和遵义市诗词、楹联学会会员。

遵义凤凰楼

青山屹立凤凰楼，灿烂风光眼底收。
四处华灯争异彩，七层转阁映江流^①。
挥毫题咏诗翁聚，展翅飞翔紫燕讴。
盛世名城添美景，神州赞颂亮歌喉。

【注】
① 湘江河。

黎汝谦诞辰一百五十周年

自小攻书亦事耕，迤承长辈智聪明。
十载寒窗穿铁砚，三秋丹桂落黎庭。
丁年得意扶桑路，夏雨无端粤地冰。
一天大雾遮人道，两袖清风背帝京。
恋眷失偕尘世怨，禅房嗜佛寄真情。
朝朝狂饮醇粮酎，夜夜愁听伴笛声。
半百方华归地府，一腔热血写生平。
青山绿树低头悼，六岭沙滩泪水倾。

文建博

1943 年生，贵州省遵义县人。中学教师。中国楹联学会、中华诗词学会会员，贵州省诗词、楹联学会会员。

游黄果树瀑布

飞流跌落啸深川，垂练抛球下九天。
满谷轰腾雷溅雨，一渊沸滚水弹棉。
霓虹出没烟涛里，云雾徘徊崖树间。
鬼斧神工惊造化，驰名中外叹奇观！

览娄山关胜景

云绕娄峰草木娑，雄关一座锁高坡。
红军破越传佳话，青史编收谱壮歌。
三字摩崖昭古塞，半霄勒壁耀秦娥。
此间胜迹勾瞻仰，览去犹携感慨多！

南乡子·台胞探亲

　　入岛送流光，历尽艰辛鬓已霜。本是有家探不得，汪汪，泪眼盈盈望梓桑。　　一旦放还乡，准拟归期聚未长。海峡正如衣带水，汤汤[1]，何让亲人隔两方！

【注】

① 汤汤，典出《岳阳楼记》："衔远山，吞长江，浩浩汤汤，横无际涯"。

蝶恋花·人才有幸输身技

　　似水流光勾别绪，回首当年，持璧无门递。壮志难酬心未弃，犹将报国常怀系。　　华夏中兴红日丽，复正恢明，重举凌云翼。伯乐果真能识骥，人才有幸输身技！

满江红·园丁赞

　　发奋深钻，曾穷究栽培诸典。苦劳碌耕耘浇沥，围壅修剪，无数幼苗娴手育，许多硕果精心产。忍清贫壮志献林园，倾肝胆。　　蝶飞舞，雀啾啭，茵草密，熙晖暖。看百花繁盛，更添勤勉。已把新枝齐理顺，再将华叶全舒展。让芬芳一举漫天涯，香飘远。

水调歌头·咏蝉

吟唱几时断？醉眼望鸣蝉。不期两肚衷曲，交错竟缠绵。流响涓涓似水，如诉一腔襟愿，袅袅进心田。抱负俱昂烈，同气则相怜！　　追往昔，叹目下，出华年。蹉跎岁月，报国之念尚拳拳。埋隐山林深处，复鼓豪情壮志，引吭胜从前。但得清风助，再把远音传！

醉花阴·嫩苗赋祝《遵义教育》创刊

出土嫩苗虽弱幼，身骨自清秀。成长赖园丁，一展芳华便把奇香透。　　为伊销得容颜瘦，枝叶渐丰厚。莫笑不知名，待到来年定有佳音奏！

南柯子·迎归

秋水天天盼，忧思日日萦。几多心事几多情，又在更阑时候泪盈盈。　　一听君将到，欢欣喜失形。枝头鸟鹊最精灵，恰凑相亲时刻向人鸣！

文翰仪

原名文祖荣，1958 年生，贵州省兴义市人。中华诗词学会会员、贵州省诗词学会理事，农业银行小河开发区支行行长。著有《春梦谁家》诗词集。

鹊桥仙·对弈

纹枰一尺，理深千丈，谁解其中缘故？三皇五帝苦相争，却留下几多残局。　　漫天星斗，是非黑白，任你二人摆布。兴衰胜负有谁知，去问那樵夫渔父。

晨鸟飞过

莫谈君起早，更有觅食鸟。
去岁月初升，来时天已晓。
迷途檐下客，问路山中老。
万事皆因果，随缘总是好。

蝶恋花·丙戌中秋致友人

年复一年秋又到，皓月当空，只把佳人照。天上嫦卿飞舞蹈，春心一片为君表。　　游子天涯心意躁，浊酒东篱，把盏黄花笑。小曲未成先走调，酩然犹唱神仙好。

蝶恋花·丙戌年中秋

记得当年八月节，气爽秋高，灯火惊飞蝶。
皎月娟娟明似雪，桂花荫下语丝切。　　怎奈今
宵明月夜，密雾稠云，何处望娇月？无力黄花朱
泪咽，梧桐细雨肝肠裂。

方　洁

1931 年生，上海市人。曾任贵州省煤炭厅副总工。教授级高
工。中华、贵州诗词学会会员。

读毛主席诗词感赋 (新声韵)

倜傥深沉追李杜，雄浑豪放胜苏辛。
襟怀壮志兴华夏，笔扫纤柔启秀昆。
虎啸龙吟撼文苑，翻江倒海扭乾坤。
文韬武略惊寰宇，一代天骄铄古今。

沁园春·六盘水市建市卅周年感赋

卅载东风，极目乌蒙，五色斑斓。忆昔年鏖战，钟岳之麓，盘江之畔，旌旆缤幡。宿露餐风，披星戴月，十万貔貅斗地天。沧桑变，正夜郎崛起，黔首皆欢！　而今经济当先，喜改革鸿猷更旧颜。看高楼栉比，乌金腾涌；铁衢纵贯，钢水流湍。虎跃龙腾，日新月异，一派欣欣景象妍。迎新纪，愿明珠璀璨，共乐尧天！

沁园春·怀念周总理

星烁苍穹，大地丰碑，一代俊贤。忆南昌举纛，长征万里；驱倭倒蒋，逐鹿中原。帷幄筹谋，风云叱咤，缚虎屠龙斗敌顽。红旗举，建人民新政，撼震瀛寰！　中枢重任挑肩，更纬地经天心力殚。纵屡遭困阻，披肝沥胆；鞠躬尽瘁，力挽狂澜。武略文韬，兴邦富国，崛起中华蔚大观。迎新纪，共继承遗志，万马腾骞！

贵阳百花湖

阳春三月靓湖游，掩映峰峦接远陬。
白鹭翩跹亭榭静，轻舟荡漾碧波柔。
丹霞万朵红如灼，螺髻三千翠欲流。
山色湖光风物美，诗情画意豁胸眸。

黄果树观瀑 （新声韵）

矫若白龙天际落，遥闻霹雳撼苍穹。
峰峦凝翠藏幽洞，银汉高悬泻碧泓。
日暖青峦腾紫气，雨晴深壑映霓虹。
诗情画意山河美，疑在瑶池仙境中。

青岩古镇 （新声韵）

穿花拂柳访青岩，景色人文荡美澜。
垣伟关雄居险要，街长巷邃记流年。
俊贤荟萃八方赞，翰墨恢宏百代传。
殿宇宫祠添胜景，风光旖旎久流连。

方云华

1953 年生，毕节地区老龄办副主任。

咏法寨河

（一）

夜郎法寨一条河，陷下悬崖百丈多。
三峡放舟此漂泊，任君千里踏烟波。

（二）

漂流划艇绕雄关，闯进飞流又险滩。
水伯渎宗留不住，艄公送我劈波还。

（三）

东流漳水似蛟龙，濯锦弄珠飞势雄。
左转右弯三叩首，通江达海去无踪。

玉克熹

1939 年生，布依族，贵州省荔波县人。中学高级教师，贵州省诗词学会、黔南州诗联学会会员。

荔波风光

绿水青山锦绣园，葱茏草木接云天。
汽车飘过青山外，小寨荫掩绿树间。
烟雨濛濛江岸柳，激流滚滚浪尖船。
桃红李白蝶蜂舞，万亩梅花俏笑寒。

咏樟江

洪荒越千古，奔腾气豪雄。巨流百川汇，咆哮怒涛汹。深潭逸清韵，飞流挂彩虹。黛山虬树碧，青筠影丛丛。桥卧清波上，路连江海通。高楼两岸起，入夜霓灯红。商贾兴隆市，城乡正繁荣。旅游业兴旺，民生乐融融。更有民风胜，各族有异同。瑶山铜鼓舞，苗寨响芦笙。布依吹笔管，水族酒香浓。农家情切切，远客醉民风。游过樟江景，懒看水晶宫。

甘国芳

(1919——2003)，字剑吼，贵州省麻江县人，布依族。曾任湖南省洪江市政协委员。黔东南诗词楹联学会会员。

和黄杰先生游台湾日月潭原韵[①]

（一）

禅机顿悟静中参，底事沉迷日月潭。
四水三湘风景美，归来处处是江南。

（二）

晚晴烂漫胜朝霞，锦绣神州焕物华。
笑泯恩仇重携手，同舟共济建国家。

（三）

半生戎马扫狼烟，卓越功勋职位迁。

两制并行归一统，振兴华夏着先鞭。

【注】

① 黄杰，湖南长沙人，原国民党高级将领之一。《团结报》刊
载其游台湾日月潭诗词，故和其韵。

艾幼琴

女，1920 年生，贵州省贵阳市人，教师。北京市诗词学会、
贵州省诗词学会，贵阳市诗词学会会员。著有《月韵琴音》《月
韵琴音续集》。

长城凭吊

城头独站朔风寒，万里烽烟锁乱山。

岁岁胡人窥汉祚，声声鼙鼓震边关。

官兵日日思乡苦，翁妪时时盼子还。

灯下征衣和泪做，怎知血裹塞边天。

青玉案·红军山凭吊

红军山上英雄墓，烈士骨、排无数。赤胆
忠心埋净土。秋冬春夏，风霜雨露。凭吊何曾
误。　　今朝重走长征路，浩气传承不辞苦。怎
惧山高艰险阻，勇攀科岭，攻尖致富，再跳芦笙舞。

石 争

1926 年生。山东省肥城县人。曾任贵州省社会科学院院长。

伴胡绳先生考察贵州

春光明媚日，学者自京来。重访长征路，赋诗寄情怀。瞻仰纪念馆，凭吊古茅台。娄山嗟成败，筑城论兴衰。　　黔西访农舍，百里杜鹃开。高歌飞瀑壮，离去犹徘徊。青年索佳句，心潮滚滚来。寄语接班人，兴黔展奇才。

悼康健同志

忍悲挥笔悼康老，毕生为国为民劳。
春蚕蜡烛应逊色，九重天上当含笑。

石　果

（1917——2003），原名何恩余，何绮波，字君儒，贵州省湄潭县人。曾任湄潭县人民政府副县长。著有《石果诗词集》等。

从军行

十七离学校，十八着战袍。黑夜渡丛林，冒雨宿荒郊。冷露湿枪铁，寒风掠刺刀。铁肉相击激，弹雨嘶风号。事业泰山重，生死轻鸿毛。

新塞上曲

大军入敌后，战士意气高。粗粝不为择，崎岖不为劳。挥枪战顽寇，寒光耀刺刀。披星戍险道，冷露上睫毛。　　炮火彻天红，弹雨嘶风号。战罢读策论，访苦进山窖。魑魅事摩擦，党群如漆胶。极目神州地，日出应匪遥。

进军赞

中原重炮撼神州，鞭断长江水不流。
饮马滇池望北漠，红旗万里一金瓯。

夜航莫斯科

银鸟腾空去似梭，北京遥向莫斯科。

傍山落日敛余影，入夜层云涌黑波。

公里六千不算远，小时八个未为多。

留神你那高血压，莫教吃亏于病魔。

沁园春·离休抒怀

卒伍离踪，文苑疏痕，绮梦早残。忆刀光剑影，亦复尔尔；残篇断简，有甚玄玄！天际风云，人间血泪，付与流光无迹看。欣放眼，有擎天巨手，再拓坤乾。　　风光如此鲜妍，有道是夕阳照青山。感国规有制，离休颐养；家变获补，缺月重圆，烬火余温，管窥浅见，敢吝微言壁上观。吾何憾，谨服膺所仰，老大云然。

石天与

女，1930年生，贵州省黄平县人。贵州省诗词学会会员，著有《天与诗画》。

吊屈原

天意高难问，屈子苦沉吟。

风恶欺香草，水寒荡素心。

大江流断梦，小雅托哀音。

骚赋明如月，鉴古又观今。

访玄天洞①

玄天古洞匿深山，山在虚无缥缈间。

九盘十曲车行慢，林鸟惊飞复盘旋。

秋霜染红秋叶冷，谷深壁峭没紫烟。

方疑误入蓬莱景，不见波澜不见仙。

半月道观了无迹，百年香樟凌空立。

将军囚室今犹在，字字碑文诉往昔。

方园十里鹰犬恶，八年幽禁门罗雀。

抗日救国反获罪，热血化作英雄泪。

惨绝人寰满门灭，铁石人闻肝胆裂。

空悲切！潺潺秋水也呜咽。

【注】

① 玄天洞，位于息烽县城东北八公里处。明末，蜀人半月至此建庙。1938年至1946年杨虎城将军及夫人谢葆贞、子杨振中被囚禁于此。

石元尧

1956 年生，贵州省水城县人。六盘水市诗联学会会员。

访医采药

八卦炉中炼秘丸，历经天下万重山。
首乌找到千年健，红谷寻回百岁延。
壮志踏平东海浪，雄心激起怒江澜。
如今喜得神仙果，除尽民疴展笑颜。

醉庐山

匡庐山水乐非常，邀请夕阳品酒香。
城内万家辞旧岁，云中独我赏幽芳。
花开花谢随流水，年去年来在异乡。
醉卧林泉人不识，呼来新月述衷肠。

石德兴

1928 年生，贵州省榕江县人。曾任中国人民解放军总后凭祥办事处作战参谋兼中共凭祥市委员会委员。中华诗词学会会员、贵州省诗词学会理事，贵阳文昌诗社原社长。

卜算子·记中国人民志愿军抗美援朝第一战役 (新声韵)

地面敌人多，鸭绿江边闹。天上敌机昼夜来，炸弹随时爆。　深夜我潜伏，拂晓冲锋号。一举歼敌万五千，彭总扬眉笑。

记抗美援朝三八线夜景 (新声韵)

夕阳西下显平安，敌我双方兵士闲。
数万支枪安静放，千门大炮似休眠。
空中"野马"回巢卧①，地面人员进晚餐。
胆小敌军防夜战，灯光探照我军前②。

【注】
① 敌军"野马式"战斗机。
② 敌军远程探照灯。

记海南岛天涯海角夏夜站岗 (新声韵)

海阔天空不见边，天连海水水连天。
星光闪烁椰林上，巨浪翻腾炮口前。
远处一船弧影动，身旁众鸟大声喧。
棉装湿透身犹暖，枪挂白盐心也甜。

【越调】天净沙·海鸥 (新声韵)

汪洋大海天空，雷鸣电闪台风。暴雨狂潮汹涌。山摇地动，从容展翅空中。

长相思·记援越抗美汽车部队 (新声韵)

军用粮，民用粮，春夏秋冬四季装，官兵昼夜忙。　　吃路旁，宿路旁，不怕敌机天上狂，一心为友邦。

浪淘沙·贵州榕江公路大桥 (新声韵)

先父在从前，于此撑船，风霜雨雪袭衣寒。腊月严冬深夜里，仍未得闲。　　时过五十年，人胜神仙，长桥一座跨空间。侗汉苗民桥上过，笑语连天。

【中吕】山坡羊·贵州黄果树瀑布

悬崖高竖，急流倾注，空中挂起宽银幕。展雄图，怒雷呼。浪花掀起腾空雾。激越豪情当众诉：河，多险处；人，多险路！

黔北山区独索桥 (新声韵)

谷草竹丝扭股绳，横搭两岸渡行人。
农忙日子扛锄过，传统佳节载酒勤。
本地儿童玩乐趣，外来人士却惊心。
如今铁路村前跨，铁索桥头多贵宾。

忆国立贵州师范学校 (新声韵)

师生八百聚榕江，不怕敌机天上狂。
织布纺纱机器转，开荒种地铁锄忙。
收割粮菜厨房满，竞赛文章四海扬。
更有千人合唱队，歌声高唱打豺狼。

卜算子·赞贵州省诗词学会带头推行新声新韵 (新声韵)

新韵写诗词，黔省开头炮。依照《新华字典》音，老少都知道。　　不捧《佩文》书，不套清朝调。新韵新声大普及，华夏齐欢笑！

龙 吟

原名集才，侗族，1936 年生。贵州省天柱县人。曾任天柱县监狱管教科科长等职。贵州省诗词学会会员，黔东南州诗词楹联学会副主编。

春归 （新声韵）

又是一年绿嫩娇，丝丝岸柳荡垂绦。
东来暖气蓬山远，西逝寒流暮霭高。
细雨轻淋花绽放，微风漫起草初摇。
山乡一派阳春景，满眼坡丘杏与桃。

春 雪

谁挥素手撒梨花，洒洒飘飘落万家。
旋向田园铺锦被，飞朝林苑织轻纱。
红梅朵朵开新蕊，绿柳丝丝冒嫩芽。
影息形消全不顾，但求大地吐芳华。

龙　砚

1942 年生，贵州省天柱县人，侗族。曾任丹寨县政府办公室主任科员。贵州省诗词学会、黔东南州诗词楹联学会、丹寨县诗词楹联学会会员。

迎春赋

花甲年超兴未穷，迎春望眼不朦胧。

寒梅绽蕊门庭外，翠柏啸风烟雨中。

有幸青山常照阁，多情碧水总流东。

文人笔友如相问，依旧吟题趁好风。

金缕曲·老年大学笔会感怀

鬓白心难老，恋平生、平平仄仄，笔耕吟啸。放眼青山歌盛世，梦笔生花含笑。金旭照，风光独好。人杰地灵多美妙，颂东风，送寒喜春早。凝神望、东方晓。　　同仁相会唱新调，吐心曲、轻歌雅韵，余音缭绕。每忆青春年少日，情笃风华正茂。登大雅，知音不少。栉风沐雨共争俏。钟灵秀、东风醒芳草。赋金缕，见怀抱。

龙书堂

1930 年生，侗族，贵州省天柱县人。曾任中共天柱县县直机关党委书记等职。贵州诗词学会、黔东南州诗词楹联学会会员、天柱县诗词学会常务副秘书长、《天柱诗词》副主编。

咏三板溪水电站

深山峡谷现青天，玉带东流起白烟。
凿洞穿坡河道改，移山筑坝翠湖妍。
巅峰铁塔空中现，卧地电机洞里潜。
西部开发修电站，清江两岸换新颜。

银雾山风雨楼① （新声韵）

银雾山巅风雨楼，侗乡美景胜杭州。
造型宏伟凌霄汉，装点天锅塘更优。
座向东西凝瑞气，依托南北翠滴流。
佳节举办斗牛赛，车水马龙宾客游。

【注】

① 银雾山距天柱县城西 47 公里，石洞镇水洞地区八景之一银雾胜境，为明清遗下的斗牛塘，民族佳节集会盛地。县民政及宗教局资助修建银雾山风雨楼一座，于 2005 年 9 月落成。

龙成书

1956 年生，贵州省晴隆县人，晴隆民族中学语文高级教师。贵州省诗词学会会员，晴隆县诗词学会副会长，《晴隆诗词》责任编辑。

沁园春·赞晴隆彝族舞蹈《阿妹威托》 (新声韵)

烟锁深山，雾绕林原，古寨彝家。历千年修炼，雕璞成玉；莺歌谷底，燕舞峰垭。红日喷薄，曙光召唤，《阿妹威托》举世夸。清风爽，看彝家姐妹舞动朝霞。　　翩翩美卉奇葩，纵欧艺台前也不差。尽原汁原味，素朴淡雅；东方踢踏，出类超拔。承载文明，一张名片，白雪钦服下里巴。和谐路，让百花齐放，秀我中华。

龙光沛

（1928—2004），侗族，贵州省榕江人。曾任贵州人民出版社编辑组长，编辑室副主任，副编审。受聘为贵州文史馆馆员。著有《黔苑拾英》。

韦濂校友自台湾来①

麟山风雨夜，转瞬卅馀年。
君誉驰寰海，我惭踬砚田。
花溪仍旧貌，赤县换新天。
良宴何时再？相期各著鞭。

【注】
① 贵大同学自台湾来参加庶昌国际学术研讨会，相会于贵阳屋
　顶花园餐厅。

纪念黎庶昌出使日本一百一十周年

长在沙滩僻野中，扶桑出使驾长风。
英雄岂受山川窘，走向环球第一功。

任时燮乡长伉俪从台北飞筑出席
黎庶昌国际学术研讨会赋诗藉表欢迎

少小离家渡海东，蓝天万里驭长风。
关山莽莽情难隔，岁月悠悠志尚宏。
皓首乡亲文史会，故园往事梦魂中。
秋光春意黄花劲，爱国兴邦肝胆同。

古州崩坡塘

深山幽谷一明珠，湖出崩坡景色殊。
浪迹天涯归故里，须当挹秀展宏图。

龙先绪

　　1962 年生，贵州省仁怀市人，仁怀市政协文史委主任，仁怀市诗词楹联协会主席。贵州省诗词学会会员。著有《鸿爬集》《巢经巢诗抄注释》等。

泸沽湖

依山环百户，傍水自成村。
湖柳摇清影，凉风拂筚门。
轻盈阿夏舞，朴野古风存。
更有摩梭女，相邀去走婚。

虎跳峡

大江万里危滩富，虎跳峡名世外称。
两岸奇峰从地起，一川恶浪拍礁腾。
舟人闻此心魂悸，飞鸟过之羽翼凝。
我欲移家空壁下，卧看涛泻白烟蒸。

龙全泰

1931 年生，苗族，贵州省锦屏县人，退休干部。安顺市诗词
楹联学会常务理事。

缅怀周恩来总理

文武全才举世闻，德高望重五洲尊。
一身正气承先哲，两袖清风启后昆。
沐雨栉风勤国事，鞠躬尽瘁为人民。
长街十里潸潸泪，最表平民百姓心。

紫云格凸河观光

藏头匿尾一神龙，破石穿山卧谷中。
汇聚涓流奔大海，扬眉昂首傲苍穹。

游九溪

汇聚九溪溪水长，地灵人杰寿而康。
村丁万口千秋旺，屯堡文明第一庄。

游本寨

小道羊肠巷子深，石墙石瓦大楼门。
戍边屯垦古营寨，洪武由来六百春。

龙安清

　　笔名安清、田青，侗族，1929 年生，贵州省榕江县人。机械学院、省印校讲师。中华诗词学会、贵州诗词学会、贵阳诗词学会会员。贵阳芙峰吟社副社长。著有《安清诗词选》等。

回乡偶成

（一）

霏雨清明返故乡，清江两岸菜花黄。
驱车百里香潮涌，归筑犹存遍体芳。

（二）

春山碧醉伴河舟，崖上鹃花显媚柔。
苗岭诗俦情义重，林城寄念谊长留。

沁园春·黄帝陵

花茂春香，又到清明，草木向茏。正沮水涛绿，欣欣两岸；往来车马，喜气和融。飞上桥山，群峰环绕，万柏参天古树荣。陵宏伟，祭轩辕人涌，敬意心中。　　追踪上古英雄，溯历代江山功绩崇。善农耕除恶，亲相才干；握图制法，造字书工。钦定量衡，五音律吕，医药经方始此隆。歌黄帝，继人文初祖，德泽淙淙。

龙运清

苗族，1920年生，贵州省锦屏县人。曾任天柱县人民医院医务组长、中西结合医师。贵州省诗词学会、黔东南州诗词楹联学会、天柱县诗词学会会员。

鹧鸪天·中秋国庆巧相逢 (新声韵)

赤县今宵喜气浓，中秋国庆巧相逢。张灯结彩高堂上，美酒佳肴庭宴中。　　歌阵阵，乐融融，清辉朗月照长空。升平盛世人人共，国泰民安处处同。

观大江截流感怀

西江石壁甲全球，举世齐声赞截流。
先哲得知偿夙愿，当邀同醉庆宏猷。

龙志毅

彝族，1929年生。云南省水善县人。曾任中共贵州省委副书记，兼组织部长，贵州省政协主席。贵州省诗词学会名誉会长。

惊闻陈毅同志逝世

五十年来辨是非，屈指功过评者谁？
东南战绩垂青史，五洲纵横运幄帷。
溃伤历历战士本，苍蝇嗡嗡污也微。
盖棺虽闻忠诚论，遥望燕山有余悲。

（1972年2月）

游昆明西山

一别名山廿六年，足迹依稀云树间。
无边遐想聂耳墓，纵情嬉戏孝牛泉。
古寺漫谈多壮语，龙门远眺喜烽烟。
狂言虽堪成笑柄，丹心永在史无前。

参加母校五十大庆见诸学友

春城一别两茫茫，相见难于参与商。
非梦非烟少年事，如雕如琢在心房。
重逢嘘嘘惊人老，对语切切叹沧桑。
挥手再登滇黔道，万壑千山路犹长。

自　勉

对镜莫愁鬓有丝，攀峰越岭正当时。
谁言春去无佳景，红叶秋风好咏诗。

龙连池

笔名葩霞，1939 年生，侗族，贵州省天柱县人。律师。贵州
省诗词学会、黔东南州诗词楹联学学会会员。著有《葩霞诗词集》。

彭大将军

捧日丹心银汉悬，龙泉浩气塞云天。
星旗影动寒沙外，鼓角声悲战垒前。
六国平来霜鬓朽①，五湖归去晚贞坚。
江山一统身遭难，零落残魂送暮年。

【注】
① 借指抗日、平蒋、抗美援朝。

龙连荣

侗族，1931 年生，贵州省三穗县人。曾任黔东南师专中文系主任、学报主编、副教授。著有《小学古诗讲析》《教余笔耕录》等。

登山海关 (新声韵)

昔闻山海关，今幸获登攀。

右面临沧海，左边傍大山。

城宽超马路，墙峻胜巉岩。

雄伟扬华夏，威名遐迩传。

雷公山 (新声韵)

一峰特立傲黔东，群岭周山咸仰崇。

四季花鲜红灿灿，终年草茂绿茸茸。

汽车旋上好观景，浓雾横流难觅踪。

人立顶巅宜远眺，万千气象入眸中。

无　题

书山跋涉数十年，陡峭坎坷路险艰。
字义字音须考证，文辞文理必钻研。
遍查籍典忘劳累，苦想问题少笑欢。
抄撰读思冬复夏，深深褶皱满额端。

鹧鸪天·赞"神五"载人飞船（新声韵）

神五升天游太空，红旗鲜艳傲苍穹。转飞十四平安返，华夏长铭盖世功。　　山雀跃，水欢腾，江南塞北赞英雄。竿头百尺齐加劲，指日扶摇探月宫。

龙步清

侗族，1938年生，贵州省天柱县人。高级工程师。曾任贵州朝晖机械厂副厂长。黔东南州诗词楹联学会会员。

清水江

江水清清日夜流，松杉绿透水中舟。
惊涛拍岸浪生恨，猛水下滩排发愁。
津口无船彩虹架，码头有市客商游。
蓬船载酒月明夜，星满江中灯满楼。

龙贤昭

（1903——1998），侗族，贵州省天柱县人。曾任中共贵州省委统战部副部长、省顾委常委等职。

岁暮有感

羊去猴来又一年，黔山坡改赋新篇。
森林绿被层峦暖，锁住蛟龙别有天。

（1992 年）

赏花待月

古木森森绿满园，红黄白紫竞争妍。
赏花不觉安眠晚，待看冰轮照大千。

离亭燕·镇远视察有感

峭壁群宫如画，飞阁曲栏潇洒。锦绣㵲溪人俊杰，直把文光冲射。两岸尽人家，水里映红精舍。　　旭日城头高挂，飘絮绿杨低亚。电驶铁龙千万里，且听工农佳话。振奋上层楼，四化决心齐下。

赞远口大桥 （新声韵）

绿水青山映彩虹，大桥飞架坦途通。
湘黔要道车流畅，万众高歌颂党功。

渡江扫敌穴

负隅顽抗岂能长，解放大军战力强。
天险长江只一击，滩头小丑便逃亡。
跟踪奸敌勿停步，不使残余祸地方。
除尽豺狼民更始，兴家建国做文章。

登贵阳高坡乡远眺有感

高坡直插云天上，雄踞黔中瞰四方。
万壑千峰收眼底，苍松翠柏稻田黄。
粮丰物阜民安乐，反腐崇廉国运昌。
两个文明齐步走，中华儿女好风光。

龙美祥

布依族，1942 年生，贵州省贵阳市人。贵州省诗词学会、花溪区诗词学会会员。

花溪诗词学会会员首聚清华中学感怀 (新声韵)

日丽风和二月天，诗人聚会喜空前。
激情滚滚如潮涌，诗兴滔滔似浪翻。
老将诗篇多锦绣，新雏习作亦非凡。
花溪自古多才俊，郁郁文风代代传。

春宵喜雨 (新声韵)

昨宵喜雨不成眠，起早牵牛忙整田。
布谷山间频叫唤，催人奋进抢丰年。

吊屈原 (新声韵)

端阳竟日雨纷纷，洒向汨罗如泪淋。
欲赴潇湘山水远，哀思遥寄吊诗魂。

赞农村新型合作医疗 <small>(新声韵)</small>

费用高昂看病难，农民兄弟最堪怜。
微疾硬顶图康复，重患强撑盼自痊。
数载辛劳积攒少，一朝住院债台添。
实行合作医疗制，群众欢呼话语甜。

龙润海

　　字龙泉，号苗岭村夫。1968 年生，贵州省黄平县人；苗族。广东省东莞市清溪镇厚升五金厂技术课工程副经理。黔东南州诗词楹联学会会员。

唐多令·怀乡

　　今又是一秋，萧萧叶不休。念乡情，万缕清愁。只见天空飞雁过，声声唳，不回头。　　溪水向东流，村夫志未酬。月凄凄，独挂西楼。遥忆儿时些往事，凉如水，意悠悠。

龙清洋

苗族，中学一级教师。贵州省诗词学会会员、锦屏县楹联学会会长。

重上回龙山 (新声韵)

此山此路久睽违，今日登临逸兴飞。
岭下层层铺锦绣，眼前处处散芳菲。
宽坡陡顶石碑矗，大道陵园塑像巍。
新纪回龙山变样，无边胜景沐朝晖。

鹧鸪天·上文笔塔峰览胜①

路畔沿途景色秾，层峦滴翠满山葱。沃田油菜翻金浪，原野青纱卧地龙。　　林竞秀，豁心胸，啾啾鸟语水淙淙。松杉郁郁群芳茂，无限风光粲塔峰。

【注】

① 文笔塔坐落在茅坪镇龙大道烈士故乡的对面山坡上，此塔身高21米，塔呈七层六角，气势雄伟，能与湖南靖州县的文峰塔媲美。

临江仙·咏松

　　茎干挺拔枝叶翠，根扎峭壁缝中。昂然耸立自从容。芳华经盛夏，披雪度寒冬。　　凛冽冰霜何所惧？依然郁郁葱葱。丰姿铁骨傲苍穹。挺胸迎旭日，昂首迓春风。

龙渊泉

　　笔名朝霞，1929年生，贵州省大方县人，曾任中共花溪区机关党委书记。贵州省诗词学会会员，贵阳市诗词学会理事，贵阳市花溪区诗词学会副会长。

老年学书

　　皓首学书情更稠，横平竖直练从头。
　　切磋技艺临佳境，铁画银钩腕力遒。

花溪天河潭水帘洞 (新声韵)

　　天河泻玉坠深潭，瀑布涛声震九天。
　　水溅银花烟袅袅，凝神小立润衣衫。

麟山眺望 （新声韵）

一气攀登上顶巅，凝眸远眺美无边。

鹤洲点点兼葭盛，屋宇层层栉齿连。

映水曲桥浑似画，护河绿树茂如黁。

麟山一柱巍然立，胜景天成出自然。

观青岩农民书画展有感 （新声韵）

农民兴艺展，古镇墨飘香。

纸上龙蛇舞，胸中珠玉张。

谨严得古意，倜傥不疏狂。

引导农家众，丹书进奥堂。

龙德慧

苗族，1932 年生，贵州省丹寨县人。曾任中共丹寨县委统战部秘书。贵州省诗词学会、黔东南诗词楹联学会会员。

游韭菜沟（新声韵）

（一）

清泉丽水涧溪流，常见鱼儿嬉戏游。
垂钓渔翁迷恋处，修身养性乐悠悠。

（二）

谷静林幽人仰慕，神仙亦欲此中留。
嫦娥由此飞天去，宾客恍如梦里游。

龙淑懿

女，1936 年生，贵州省贵阳市人。黔南州诗词楹联学会理事。

卜算子·文峰园赋

草木尽知春，桃李方苏醒，朵朵鲜花似彩霞，
处处留佳影。　　夹岸柳丝长，波碧明如镜。依
塔微吟戴月归。月在潭中映。

平立滨

苗族，1947 年生，贵州省榕江县人。曾任完中办公室主任等
职。黔东南州诗词楹联学会理事。

念奴娇·都柳江

银涛飞泻，破重峦，日夜长驱南粤。水势滔
滔声撼谷，卷起浪花千叠。冲出高原，风雷激荡，
何物能拦截！贯通今古，不知多少年月。　　记
得初导拉林①，源流涓细，几被枯藤没。奋力掀
澜争壮大，历尽一波三折。汇合溪泉，吸收沟涧，
千里奔腾越。昂扬人海，襟怀更显雄阔。

【注】
① 都柳江发源于贵州黔南布依族苗族自治州独山县拉林乡。

望海潮·护堤古榕群

青岚浮岸，翠屏临水，长堤郁郁葱葱。根网纵横，波光掩映，遒枝势若蛟龙。苍劲百年中。更遮天蔽日，四季荫浓。装点侗乡，郊原秀色绿溶溶。　　年年浊浪排空。任狂澜怒卷，傲立从容。寒暑往还，江声起落，惯看春燕秋鸿。无意改初衷。秉情操依旧，不羡芳丛。袅袅琵琶韵里，传唱护堤榕。

金缕曲·黄帝陵寄怀

肃穆轩辕墓。卧桥山、森森翠柏，碧云深处。天下帝陵称第一，赫赫中华始祖。神圣地、民魂支柱。奠定初基归一统，启文明，功德高千古。隆祭典，设樽俎。　　龙人四海根同树。脉相承、生生世世，裔昆无数。万里寻根齐跪拜，敬献心香炷炷。怀祖德、亲情倾注。箕豆相煎休再续，弃前嫌，共赴图强路。携起手，莫迟误。

金缕曲·霜叶颂

凛冽西风劲，扫重峦。萧疏寥落，芳华褪罄。
竟向清秋燃火炬，飞彩流霞炯炯。红艳艳、层林
辉映。更染江天呈一色，斗霜寒，总把丹忱秉。
倾炽热，灿生命。　　试登高赏寻荒径。倚危岩、
披襟指点，近峰遥岭。纵有浮云幽谷漫，难掩熊
熊焰影。冲霄处，拓开诗境。如火情怀争亮丽，
壮山川，展示峥嵘景。抒感慨，赋歌咏。

东丹甘

1935 年生，贵州省黄平县人，苗族，曾在贵州省歌舞团工作。
国家一级演奏员。贵州省诗词学会会员。贵阳文昌诗社社长。

红枫湖 (新声韵)

明镜嵌高原，浪平天水连。
青山环四面，翠屿荡中间。
山寨苗笙响，鼓楼侗戏喧。
枫林红似火，游客醉如仙。

鹧鸪天·清水江 (新声韵)

苗岭山中一水流，奔腾前进不思休。污泥不染晶莹体，一路翩跹一路讴。　　勤发电，奋推舟，泽田润土促丰收。天干地旱颜常驻，贡献从来不计酬。

芦笙节 (新声韵)

大小芦笙响彻天，少男少女舞翩跹。
银冠银链银山亮，花帽花衣花海翻。
劝酒欢歌喧寨内，斗牛赛马闹村边。
一年一度来相聚，百万并肩永向前。

卢之分

笔名卢江轮，土家族，1936 年 3 月生。中华诗词学会会员，德江县诗词楹联学会副会长兼《傩乡诗联》主编。

登梵净山顶

健步登高我自悠，顶天戴日伴云游。
无心赶赴蟠桃宴，有意流连梵净幽。
万里河山收眼底，千年历史涌心头。
星移物换知多少，不尽锦江滚滚流。

重九登高

登高一览众山小，万象分明聚眼前。
碧水长空相照映，苍松翠柏互增妍。
篱边菊蕊迎霜笑，岭上枫林着火燃。
品类从来自有性，岂因人意改天然。

乡　思

半世飘摇风雨舟，梦魂常在故乡游。
青山霭霭倚天落，绿水悠悠抱寨流。
时雨润开千树锦，蝉声噪熟万田秋。
老农含笑丰收罢，唯望来年岁更优。

卢立志

号获秋，1931年生，贵州省镇宁县人，曾任贵州大学中文系古典文学教研室主任。《贵州诗词》编委、贵州省文史馆馆员。

退　休

弦歌庠序五十秋，几度西风白了头。
李艳桃芳齐焕彩，松青柏翠共同俦。
离坛不作遮羞叹，在世何须名利求。
喜得清风盈两袖，黔山楚水任遨游。

登海天园

九日登高望海天，人间地下两难全。

汉皇有意思承露，郑伯无心强阙泉。

休重坟前三厝土，应珍世上一团圆。

风高圣哲灰江海，日月江河共宇寰。

花溪之夏

七月花溪景色新，麒麟大将紫烟腾。

云成圣殿三千彩，日照神州五十明。

水映虹桥天上落，花迎盛客锦中行。

南风击壤今朝唱，曲曲高歌四海清。

沁园春·贵州大学建校五十周年

辛未中秋，碧海云天，月满东楼。五十年创业，几曾风雨；花溪河畔，破浪行舟。绿树成荫，层阁叠翠，遍地金风送彩球。喜今日，念前贤后继，多少风流！　高原学府名留，正改革旧规健步遒。有千红开遍，黔山楚水；京华北斗，越府穿州。难摇秋色，风姿正发，再建文明楼上楼。举美酒，与嘉宾共饮，云和长讴！

即兴二首

（一）

日好风犹好，人和意亦和。

南塘春有意，北岭晚晴多。

习习飘红雨，微微起绿波。

寻芳佳景妙，玩景赏心多。

面带千番笑，心添一片歌。

长征同挽手，破浪渡横河。

（二）

翠挂庭前柳，幽姿有劲松。

青春嗟可慰，皓月正相逢。

翠盖笼烟淡，苍髯带露浓。

枝连楼一角，涛卷雾千重。

浩气寻芳草，雄心认碧峰。

韶光依恋处，涧底展新容。

"三八"遥寄

女娲炼石补苍天，世上阴阳才得全。

姬发无商何灭纣，世民有长始纳言。

横戈跃马木兰勇，纬地经天武曌贤。

更有今朝花万树，支撑北国与江南。

苦　雨

墨雾蒙蒙裹万山，愁云暗暗积云寰。
金乌障雾难睁眼，黍稷求生恨气寒。
水漫良田农作苦，泥溅道路客行艰。
薪资月日千余少，美酒杯中化泪潸。

送魔君

何方异疾九州侵，有幸黔川尚未临。
十万华佗雄战阵，三千劲旅固关津。
中央决策擒非典，四海齐心锁鬼林。
喜得今朝诗友会，吟风唱赋送魔君。

题草堂友会

草堂老友结同窗，胜景名山度夕阳。
喜得尧天松滴翠，南风着意水流长。

月　夜

月照关山斗自横，闲观静宇悟真情。
人生百载寻常甚，参透平凡亦致明。

开阳磷矿老年大学执教

二度金钟镇，洋河喜旧游。
青松相叠翠，绿竹认神州。
北岭千般意，南塘一夜俦。
开磷三老友，把酒倾中秋。

卢仰柱

又名石山、锺灵，1919 年生，曾任湄潭县供销联合社主任，遵义市诗词楹联学会及湄潭市诗词楹联学会会员。

鼠年说鼠

嘴尖牙利眼如椒，洞壁穿墙称英豪。
偷油盗粮腹便便，传瘟播疫意飘飘。
城乡人人都喊打，渊薮深深有遁逃。
愿得灵猫勿懈怠，穷追掘穴灭尔曹。

卢兴国

1918 年生，贵州省黄平县人。贵州省建筑工程管理局原副局长。贵州省诗词学会会员。

龙虎吟

龙吟闻四海，虎啸震千峰。
虎跃尘埃地，龙腾碧落宫。
龙飞雷电绕，虎吼雨风从。
龙岁征祥兆，辰年改革中。

筑城初雪

红妆素裹似天仙，山舞银蛇分外妍。
万木枝头争丽景，花飞六出兆丰年。

水城今昔

别梦依稀换地天，故城五十二年前。
茅堂陋室高楼易，曲径羊肠公路连。
厂矿隆隆机器转，农家静静梦乡旋。
康庄大道坚持走，领导功勋党在先。

卢雨樵

（1911——1997），贵州省贵阳市人。曾受聘在贵阳市志编委会工作。爱晚诗社理事。

四渡赤水歌

——观《四渡赤水》影片作

寒冬夜话长征史，红军四次渡赤水，
银幕高张鼓角鸣，重见当年征战地。
巍巍领袖导群伦，帷幄运筹决一指，
战士三万一红心，誓共疆场伴生死。
笑彼白军卅万人，妄取长蛇包围势。
声东击西阵云迷，牵鼻驱之若狗彘。
始知用兵贵神速，百战不殆识彼己，
骄师十倍亦奚为，灞上棘门儿戏耳。
濯足何妨到茅台，烽火烛天赤城紫。
娄山关上叫晨霜，马蹄声碎喇叭起。
流转黔川血战酣，倏忽军行数千里。
回师再指贵阳城，甲秀楼前红旗举。
金沙江水去悠悠，神龙夭矫脱围逝，
长缨万里迈征程，再造神州良有以。
我时家居筑城北，回首瞬将半世纪。
属当九十嵩岳辰，丰碑高矗欣仰止。

春雨游花溪

（一）

护花夙愿化春泥，陌上轻轮碾路迷。
拂面晓风催驶急，春寒微雨到花溪。

（二）

寻春转自惜春迟，来见桃花带雨时。
恰似东坡立水畔，鸭江冷暖识先知。

爱晚诗社成立周年

浩歌天地阔，爱晚结诗盟。
衮衮诸贤在，劳劳一载情。
春吟添发白，俊句颂时清。
操笔从鞭镫，聊堪事远征。

贵阳南郊溶洞

地下苍凉见此宫，褰裳客岁记曾同。
丹崖翠碧图犹在，道篆仙扃事本空。
百步桥墩濯素足，千里踪迹问泥鸿。
不知鸡犬桃园外，可有渔郎旧路通。

乙丑游黔灵山

(一)

九曲寻芳径，黔灵最上头。

红飘樱蕊艳，青到柳枝柔。

鸟语鸣幽籁，花光绕画楼①。

细窥鱼水乐，不忍下垂钩。

(二)

一湖春水涸，弥望何萧寥。

远艇难为渡，孤堤好见招。

静观鱼鸟寂，倦对虎罴骄。

古洞云深处，门扃不可敲。

【注】

① 弘福寺楹联"鸟语鸣幽籁，花光绕画楼"。

卢诚之

布依族，1941 年生，贵州省望谟县人。中学教师。贵州省诗词学会、黔西南州诗词学会会员，望谟县诗词学会常务理事。

教师节感怀

堪喜幼苗沐党恩，繁荣盛世教坛欣。
千秋伟业人才重，万丈高楼基础深。
浇灌园丁黎庶仰，灵魂艺匠亿民尊。
精忠报国丹心壮，锦绣江山万代春。

鹧鸪天·万峰林

绚丽峥嵘日月光，万峰林秀九州扬，蜿蜒河畔游人醉，锥状山间玉桂芳。　　歌舞美、液琼香，西南胜景悦衷肠。风情万种宾朋恋，观赏陶然忘返乡。

卢健义

1929 年生，贵州省兴义市人。黔西南州城建局离休干部，黔西南州诗词楹联学会会员。

马岭峡谷大桥即景

峡谷深山山色秀，河川碧水水长流。
农家稼穑难寻路，商贾往来苦乏舟。
今架长虹凌霄卧，疾驰车辆畅旅游。
牛郎织女朝夕会，不叹银河相望愁。

卢鸿沐

1925 年生，贵州省绥阳县人。曾任贵州省文联编辑。

临江仙·参观乌江发电站

古道春风来故地，排空天险雄关。湖山旧梦晓莺天，碧波情不尽，云影恋青山。　　垒坝拦洪高百仞，激流坠引飞泉。机声水底沸喧阗。巨工成不易，豪气壮山川。

感　春

嫩黄着柳杏花开，雪雨催晴绿染苔。
草木早知风送暖，千红万紫报春来。

卢维新

笔名芦苇，1948 年生，贵州省贵阳市人。原贵阳五交化公司干部。贵州省诗词学会、贵阳市诗词学会会员。《贵州诗词》编辑。

用"甲、秀、楼"三韵咏甲秀楼 (新声韵)

（一）

秀冠黔中始称甲，重檐斗栱琉璃瓦。
碧潭流梦好寻春，绿树生风宜度夏。
人步青莲游履轻，桥浮玉带题名雅。
翠微安坐待烹泉，云鹤浪鸥如走马。

（二）

楼倚云天人挺秀，文华光采总依旧。
芳龄永继赖东君①，高致欲飞朝北斗。
花乱兰洲袅袅烟，月依潭影婷婷柳。
风流再续五千年，雅韵清诗吟不够。

【注】
① 人民政府多次斥资维修，使其历久弥新。

（三）

临风不必岳阳楼，把酒合当芳杜洲。
剑胆诗肠人放浪，月廊花径我勾留。
凭高意远浮云散，览胜襟开美景收。
桑梓物华常绕梦，梦倾甘洌醉心头。

送卢婕之京（新声韵）

万顷涛飞胆气张，九重珠落响玲琅。
指间流淌真情性，心底奔腾大海洋。
出水荷争惊世艳，凌寒梅吐断魂香。
何当听奏《黄河颂》，金色大厅鸣绕梁。

戏答友人（新声韵）

桃源洛水仰精魂，雅颂风骚奉至尊。
辞海探骊求妙悟，诗山剖玉远嚣尘。
寒天斋冷情犹热，闹市香浓智未昏。
愿效子规啼不断，无关鸿影与花痕。

铁木真（新声韵）

马背生涯独往还，铁蹄飞踏宋江山。
不甘朔漠逐丰草，誓让中原尊大汗。
汗血嘶风驰闪电，玉銮惊梦竖降幡。
神州历史同书写，也领风骚一百年。

宋徽宗

胡马尘昏大散关，铜驼别殿委腥膻。

穹庐榻冷衾如铁，旷野风高雨若磐。

浓墨研愁青眼黯①，瘦金蘸泪紫毫寒。

王师无望魂何寄，书史有名心不甘。

【注】

① 青眼为上等端砚。宋《端溪砚谱》："青眼为上，黄赤为下"。

茶 (新声韵)

融云和雾隐岩峣，不染嚣尘品自高。

破冻惊雷抽紫笋，知时好雨润银毫。

雪芽鲜嫩明前采，珠汗淋漓垄上浇。

盛宴青花浮玉乳，举杯何忍乱征徭。

青岩雨霁 (新声韵)

老街新雨洗游尘，小妹当门笑靥深。

素著衣衫还古朴，不施脂粉立清纯。

乡音带怯轻轻唤，瓦缶流香浅浅斟。

米酒微醺茶正酽，宽闲莫过自由人。

秋夜纪梦 （新声韵）

烟岚绕翠挂轻绡，竹坞藏幽隔小桥。
晓起烹茶收野露，夜来赊月颂《离骚》。
满庭蟾影随云动，一径书香应手飘。
袖纳清风人坦荡，胸无块垒乐逍遥。

哭牛玉儒 （新声韵）

饮恨边城志未酬，惊殇泣下拭还流。
九天含怨风兼雨，百姓放悲声哽喉。
才送英灵归洛水，又埋忠骨伴青丘。
因何折翅云霄雁，怎使回生孺子牛。

"保先" 得句 （新声韵）

赤胆红心色未凋，耻沾污垢玷丝毫。
洁身有守堪师表，廉政无私效舜尧。
渴报国恩江海远，饱思民瘼庙堂高。
独钟马列痴难改，弱水三千饮一瓢。

丁亥六月六男足兵败亚洲杯 (新声韵)

(一)

国势恒昌球市昌，天开慧眼也迷茫。

吃粮人有抓钱手，打仗兵无夺命枪。

洋教广招心气短，高薪敬奉友情长。

拔毛如可济天下，何不助民奔小康。

(二)

玫瑰浴火自铿锵，七尺何如弱女郎。

赛后输球常抱歉，堂前算账勇担当。

山溪入海敢掀浪，麻秆冲天难作梁。

莫怨球迷言太狠，只因恨铁不成钢。

文竹 (新声韵)

白吟原上草，我视掌中珍。

薄雾笼黄土，绿云蒸玉盆。

千家流雅韵，四季吐清芬。

画案疏灯影，书窗淡月痕。

纤纤承雨露，袅袅曳晨昏。

骨秀堪怜爱，姿娴最可人。

合当亲墨客，甘愿奉师尊。

笔砚结三友，芝兰拜一门。

浮嚣知抱素，淡定不争春。

香冷梅为魄，节高竹寄魂。

安能长作伴，好与共修身。

索句浑无碍，挥毫信有神。

申云浦

（1916—1991），山东省阳谷县人。历任中共贵州省委宣传部长、省委副书记、副省长、省顾委副主任。爱晚诗社原社长、贵州省诗词学会原会长。

中华人民共和国成立暨贵州解放四十周年感言

风雨沧桑四十年，工农奋起治山川。

清匪反霸三十万，减租退押又分田。

步步紧跟共产党，村村合作不平凡。

谁知公社初成后，人祸天灾一并全。

一举粉碎"四人帮"，神州大地喜气扬。

十一三中全会好，拨乱反正立新章。

一个中心两基点，经济繁荣人心安。

人民生活大改善，斗米斤盐不复还。

三千万人有饭吃，这是贵州大事关。

公路增长三万里，国民收入超十番。

农业基础是根本，普及教育遍黔山。

各族人民团结紧，后来居上信非难。

立国之本强国路，稳步攀登永向前。

申传祥

1931 年生，山东省曹县人。贵州省诗词学会会员，著有《〈今体诗钞〉注释》。

红军足迹永留香

雨洗青山山更青，百蔬流翠映江明。
云浮苍狗怜晶日，风展红旗涌壮情。
北海银鲸南海跃，南天龙马北天腾。
旧时战垒遗香烈，根绝渔阳鼙鼓声。

桥上散步

通宵春雨净泥尘，桥上环观满眼新，
来往足音牵笑语，高低飞燕戏轻云。
昔年志士忧宗社，今日仁人爱国魂。
汗马血刀开玉宇，应怀老骥晚晴心。

叶云方

1963 年生，贵州省安顺市人，安顺旧州中学语文高级教师。安顺市诗联学会会员。

答所问

问讯诗情在哪方，殊非数语所能详。
老青山上晨风冷，故纸堆中兴味长。
事理每随心荡漾，真知常伴眼迷茫。
诗心本在辞章外，费尽冥思枉断肠。

遣　怀

不在山边在水边，春来常享闹中闲。
当年也有幽燕气，眼下空余豆蔻篇。
美酒千盅说旧事，歪诗几首过新年。
芒鞋竹杖溪山好，万事悠然景色间。

观陈洪绶《屈子行吟图》

中华世代讲忠贞，独有《离骚》享盛名。
要在人间成不朽，心怀正义耻偷生。

丁亥春日，致周赞文先生

授业传经立世间，神飞鹤发照朱颜。
型江河畔才名远，土地关前骥志坚。
墨趣总能交挚友，诗情常可聚群贤。
如今且盼先生健，再把华章玉韵添。

叶作锦

1936 年生，贵州龙里人，退休干部。黔南州诗联学会会员，贵定县诗联学会副会长。

麦溪农村新貌

日丽登高放眼量，苗村布寨好风光。
依山梯土果蔬嫩，临水平川谷穗香。
起岸渔翁鱼满篓，下坡村妇菜盈筐。
廿年改革农家乐，情溢青山续美章。

叶位琛

笔名一江，别号子石，1931年生，江西省广丰县人。曾任中共贵州省余庆县委书记、遵义老年大学校长等职。贵州省诗词学会顾问、遵义市诗词学会副会长。

纪念遵义会议六十周年

红楼灯火一宵明，雄略胸藏百万兵。
力挫左倾狂浪挽，长征万里胜旗擎。

毛主席率红军长征

名城遵义正航程，领袖挥师向北征。
赤水迂回施巧计，娄山激战布神兵。
桥横铁索三军勇，路走雪山四海惊。
壮丽史诗黎庶写，雄韬伟略颂英明。

长相思·欢庆建党七十周年

正远航、导远航，斩棘披荆为众忙，几经风雨狂。　启大猷、展大猷，万里长征志正酬，同歌胜利秋。

改革开放金光道 (新声韵)

物换星移七秩年，前仆后继谱新篇。
改革开放金光道，万众欢腾霞满天。

回归颂

百载沧桑收宝岛，平安过渡齐欢笑。
国行两制定宏韬，稳定繁荣无限好。

叶国仁

（1924——2009），贵州省盘县人。盘县一中退休教师。中华诗词学会会员，贵州省诗词学会顾问，六盘水诗词楹联学会名誉会长，盘县《云霞诗词》主编。著有《梅庵诗词选》《晚吟轩杂咏》。

遥咏杜甫草堂

浣花松竹蕴深情，漂泊随缘卧锦城。
五载草堂留胜迹，千秋诗圣享高名。
欲求广厦居寒士，要挽天河洗甲兵。
长作诸侯老宾客，哀丝豪竹悼余生。

自　嘲

先生何苦作诗人，淡泊情怀难济贫。

回首渐忘荣悴事，顾形长惜水云身。

机来未解营三窟，老去方知愧六亲。

风口浪尖都踏遍，松江空许问鲈莼。

新修北门楼落成信步登览

偶乘逸兴一登楼，暑过天凉已进秋。

凤舞龙蟠存胜迹①，鹰扬燕赏继风流②。

衰迟犹许观新构，烂漫何堪忆旧游？

日暮倚栏驰望远，山光云影共悠悠。

【注】

① 杨彝《北门楼》诗："山势北来如凤舞，溪流南下若龙蟠"。

② 沈勖《北门楼再构呈诸帅》："鹰扬不独严戒备，燕赏从知壮客怀。"

中秋夜吟

仰望朦胧月，催人泪暗弹。
欲消千古恨①，不放一轮看。
桂树应无恙，蟾官想更寒。
中华好传统，寰宇正腾欢。

【注】
① 乙酉中秋，正遇"九·一八"国耻日。"千古恨"即指此。

读福桐翁《龙山吟》

文化老人吐凤才，《龙山》韵雅畅吟怀。
平生只恨论交晚，且待期颐拜寿来。

沁园春·喜迎香港回归

乘势腾飞，华夏雄狮，东亚巨人。念长城万
里，展藩北国；大江千古，哺育斯民。壮丽山河，
光辉历史，治乱兴衰代代新。南京约，痛金瓯一角，
百载沉沦！　　乾坤扰攘风尘，任群盗西来东去
频。慨迫开门户，民穷国困；均沾利益，虎笑狼欣。
继武炎黄，追怀唐汉，雪耻平戎壮志伸。看丁丑，
喜迎回香港，更创奇勋。

桃源忆故人·贺旅台乡友储荣昌兄创建宝霞山公园十周年

宝霞山上留春住，一片绿荫长护。杰阁凌空飘舞，几处琼楼布。　　暮年情系乡关路，架得金桥坚固。两岸去来无阻，胜作思归赋。

沁园春·孙中山先生诞辰一百四十周年

革命先驱，民族之光，举世敬崇。念反封反帝，心存博爱；无私无畏，气贯长虹。百四星霜，三民主义，振我神州声望隆。肩大任，便千秋万代，喜沐熏风。　　笑他今古英雄，为争夺江山情最浓。仰中山伟绩，共和缔造；倡行民主，迈向大同。玉帛干戈，和平奋斗，一统欣收不世功。期来日，了先生遗愿：天下为公！

念奴娇·丙戌秋登昆明大观楼抒杯

名楼欣上，倚晴窗展望，湖光山色。风物暗随兴废改，但见海天空阔。远岫浮烟，晓舟犁浪，近岸荷澄碧。霜侵堤柳，此间鸥鹭初识。　　沐氏曾建西园，水云深处，荒忽余陈迹。迁客骚人吟啸地，留得诗文清越。卖卜髯翁，长联耀壁，今古称奇绝。苍天何意，挫伤都是人杰！

金缕曲·辛稼轩逝世八百周年赋

目断神州路。问西风，孤鸿万里，汉关何处？慷慨锄奸驰北国，气壮山河如虎，负义胆、忠肝南渡。几夜挑灯频看剑，惜平戎万字无人顾。知音者，一同甫。　　鹅湖同憩中宵舞。饮瓢泉，自应羞见，偏安文武。谁记中原遗老恨？多少忧愁风雨，尽化作雄词豪赋！读罢遗篇空怅望，算铅山有幸余抔土。真人杰，壮千古！

元　夜

凛烈寒空风怒号，才过除夕又元宵。

城乡道路冰封断，远近山林冻未消。

盛节欣逢长夜乐，彩灯竞向广场飘。

繁星万点天街静，只欠蟾空一镜遥。

喜读梅州市百人诗会师友赓吟稿凑兴

万树琼葩耀眼开，赓吟何幸响泉隈。

一从粤海擎旗起，便有鸥群踏浪回。

文字因缘追笔阵，江山兴会赞雄才。

古城早庆诗花发，漫引春风过岭来。

梦游泉乡

（一）

残生寻梦到南疆，游屐缤纷践揭阳。
本是韩公怀畏地，泉乡今亦变诗乡。

（二）

直谏忘身犯帝颜，南迁驱鳄出潮安①。
退之自是忧民者，一角江山已姓韩。

【注】

① 韩愈，字退之，唐宪宗时因谏迎佛骨，贬刺潮州。所属潮阳县东北澉溪墟又称恶溪，即韩愈驱鳄处。

赋谢丁思深教授寄赠《适闲堂三集》

朱颜难再复，诗谊喜新联。千古荣枯事，思之只泫然。畅游看君健，守拙笑我颠。　　俱是情深者，相契莫问年。吟坛欣共奋，又庆读大编。余生各有托，怀土听鸣泉。

读《离骚》

屈子丹心忧君国，竭忠尽智遭谗嫉。

独抱坚贞赴清流，万家角黍哀情切。

两千余年世尚悲，文章辞赋真雄杰。

缠绵悱恻风雅宗，先生肝胆照日月。

满怀幽愤读《离骚》，忠奸自古不并列。

年年端午吊冤魂，蒲剑同护诗人节。

人生荣悴何代无，美人香草薰莸别。

我更羡此独醒人，生死焉能易其辙？

坦荡诚抒乡国爱，遁世无闻甘养拙。

千古难赓正气吟，坎壈一生腰未折！

沁园春·镇胜高速盘县段巡礼

岁暮关河，雾锁云封，古驿并存。看车驰高速，山开道阔；天随人意，日照征尘。东接贵黄，西连曲胜，筑路英雄尽铁人。全无畏，任桥长坡陡，隧道幽深。　　三年奋战艰辛，保质量优先勇创新。靠层层领导，狠抓不懈；民工振奋，共树奇勋。千古鸿图，兴黔机运，引得诗人慷慨吟！团结好，赞和谐世界，天下皆春。

浣溪沙·春在凤城

雾锁云封绿意稠，春风早上柳梢头。时来黄鸟戏林陬。　　一片晴晖观自在，无边广宇寄沉浮。山容水态总悠悠。

叶忠良

1936 年生，贵州省德江县人。贵州省诗词学会会员。

祖孙弈棋

鼓角三通摆战场，祖孙布阵令旗扬。
双方恶战声威猛，两阵强攻斗志昂。
黑炮当头轰老帅，红车奋勇保中央。
兵家胜败平常事，运筹帷幄细思量。

叶忠祥

1954年生，贵州省盘县人。中华诗词学会会员，盘县诗联学会常务副会长。

直升机救助震区游客

山崩地裂怒天威，泥石合流向客追。
捷足登峰终避险，转头无路亦堪悲。
景区久困心犹痛，余震重来志不摧。
幸得空中来救助，乘机喜伴彩云飞。

追忆父亲谢世

垂危老父挽难回，大事身当感力微。
有泪有悲皆咽肚，无兄无弟敢呼谁？
全凭内助邀亲友，更得吾儿解困围。
戴孝衔哀三叩首，雪花催泪满庭飞。

谢友人相送

感君相送谊如晖，习习东风拂面微。
临别三杯当互勉，喧春百鸟羡同飞。
前途漫漫身尤健，谷雨霏霏笋正肥。
满眼阴云期后约，同游何日载诗归？

虎跳河高速路大桥 （新声韵）

虎跳河中烟雾渺，古来天堑恨无桥。
惊观地柱冲霄起，仰叹天梁跨岭遥。
科技于今多壮举，江山如此亦妖娆。
行空旅客频来往，履险如飞足自豪。

探险仙人洞 （新声韵）

仙人洞里探真容，路险景奇千万重。
水幕岩门开梦境，石田脚印溯仙踪。
雷鸣瀑布地中海，怒吼阴河峡里龙。
玉笋琼林光射处，腾蛟起凤幻迷宫。

叶春荣

1943 年生，贵州省贵定县人，退休医师。黔南州诗联学会理事，贵定县诗词学会副会长。

忆江南·音寨游

（一）

音寨好，金海雪山游。酥李菜花飘瑞气，布依山寨竞风流。游客喜心头。

（二）

音寨好，景色最清幽。生态长廊娇彩画，清
江碧水荡轻舟，览胜乐悠悠。

叶荫郊

贵州省桐梓县人，曾任桐梓县政协副主席等职。中华诗词学
会、中国楹联学会、贵州省诗词和楹联学会会员，桐梓县诗联学
会副会长，《播韵》主编。

龙年迎春情思

日曜荆荷次第开，九州翘企瞩澎台。
春风信释冰三尺，雁阵归飞应序来。

三亚印象

碧海蓝天景色融，银滩翠岭馥椰风。
人流滚滚车流疾，卷起南疆浪万重。

春　游

春深信步作郊游，几过林泉景愈幽。
鸟语啁啾酬唱妙，桃花迎我笑凝眸。

平桥泛舟

柳岸桥横压碧流，悠然击棹荡轻舟。
深幽荻浦芳菲乱，彩蝶翩跹舞兴稠。

花溪麟山放目

四顾心舒眼欲痴，青山绿水两相宜。
妙哉幅幅丹青谱，曳我情融画内诗。

杜甫吟

颠连身世饱熬煎，风雨萧疏叹大千。
金鼓时鸣山色暗，虎狼猖獗日光寒。
悯民疾苦思尧舜，忧国衰微念哲贤。
笔落冰霜悲世运，史诗竞唱泪潸然。

泛舟红枫湖

碇起舟趋兴味殊，琉璃影幻溅玑珠。
幽深渚浦疑仙境，错落丘峦列锦图。
岩岫浮岚闲弄态，机声震谷逐飞凫。
依稀梦里蓬山渡，赏尽南湖入北湖。

咏娄山关

苍山似海碧连天，危岭雄关令胆悬。
独径通幽迷霭雾，一戈挡隘锁黔川。
秦娥壮咏从头越，赤帜高扬永向前。
放眼春光弥九域，长征再步陟峰巅。

重游花溪

黔中胜景欣重访，旧梦依稀入画廊。
蛱蝶翩跹花耀彩，亭台掩映竹生凉。
波光闪闪轻舟缓，林木葱葱曲径长。
寻迹龟山留影处，悠悠往事泛心房。

述　怀

老迈闲居挽夕阳，吟哦砥砺志尤昂。
梦中景雅凝佳句，杯内茶香启妙章。
笔力千钧针丑恶，诗魂一缕播芬芳。
青君有节流风远，晚照长天浩气扬。

叶祖耀

1927 年生，安徽省金寨县人。毕节四中教师。贵州诗词学会会员，毕节地区乌蒙诗社社员。

鹧鸪天·甲申端阳感赋

艾虎菖蒲挂院门，粽粑咸蛋垒盘盆。囊缠彩线随身系，酒浸雄黄自在斟。　河浅浅，水浑浑。倒天无处觅诗魂。秦王六合千秋业，湮没先生血泪痕。

悼相声艺人侯耀文

一夜传来噩耗惊，大师无语化骑鲸。
热嘲应是公平少，怒骂只因邪恶生。
岁月蹉跎才岂尽，风云变幻理难凭。
人间自此权离去，天国灵霄聆笑声。

叶章龙

　　四川省叙永县人，1953 年生，贵州省政协毕节地区工委文教委员会副主任。中华诗词学会会员，毕节地区诗词楹联学会理事。

月华清·访云南丽江古城

　　冰化清流，蜿蜒折曲，绕经门户幽院。垂柳溪边，隐匿千家街店。眺琼楼、斗角钩心，闻道是、木王金殿①。缭眼。会当观夜市，霓虹更炫。　　底处笙箫缱绻？似奏纳西人，祖遗哀怨。左衽银须②，徵羽宫商翻变。旧石路、满目沧桑，茶马道、月寒蹄远③。思恋。嘱前途珍重，早传鱼雁。

【注】
① 云南丽江古城现存古迹木天王府。
② 云南丽江古城有纳西族古乐演奏团，乐器演奏团员中有多位 80 岁以上纳西族老人。"左衽"为少数民族打扮。
③ 茶马道即茶马古道，古时此道从丽江古城起，到达藏族地区。马帮驮去茶叶及其他物资到藏族地区交换皮张、药材等。

吊钱壮飞烈士 (新声韵)

　　曾将孤胆闯龙潭，怒掷头颅表凛然。
　　数溯秘符援大义，频凭机智挽狂澜。
　　洋场履险雄豪健，沙土迷途鼠辈残。
　　只为寒林出狗盗，黔山蒙耻水羞惭。

六月西藏风物记 <small>(新声韵)</small>

吐蕃六月菜花黄，春意姗姗到此方^①。
千里荒原萌野草，万寻雪嶂护边疆。
经风柳眼金刚怒，映月青稞馥郁香^②。
云里牦牛食绿甸，胡杨深处踏歌场。

【注】

① 吐蕃：古代西藏称吐蕃。
② 柳眼：泛指柳树，传说唐时文成公主把婀娜柳树带到西藏种植，称公主柳，而今已不抽条，变成枝条直竖状。

百里杜鹃行

子规啼唤杜鹃开，拂面东风引我来。
九彩轻翻金玉坞，千峰漫点绛拗腮。
何缘僻壤殊洇染，全赖天公巧剪裁。
弥望春深花似海，流连客步印苍苔。

季春初游水西湖

千秋津渡失，险峡换平湖。
舫熨涟漪漾，山行翡翠浮。
高天鸥鹭逸，深水鳖鳞疏。
顾盼春花奕，和风满画图。

【仙吕】村里迓鼓·农家乐

碧溪儿一湾悄然淌，土馒头数堆村前傍。三五间草屋杂着青瓦房，酒旗柳梢横挑上。道是农家乐新开张，塘鱼正肥篱菊放，腊肉土鸡酒自酿。宇后巍岭嶂，户外幽林莽，城里人有景偏不赏，一桌麻将清晨搓到日曛黄。

孟秋谒青冢

青冢曾从史册闻，今朝躬谒感纷纭。
西风初瑟侵边塞，游子沉思仰过云。
汉帝和亲求鼎固，田家弱女扫狼氛。
腥膻历尽金瓯整，堪悯昭君泪浸裙。

田　兵

（1915——2002），山东省临沂人。曾任贵州省文化局副局长，贵州省文联副主席，全国文联委员，省政协常委。著有《田兵诗集》。

贺贵州省诗词学会成立

中华千劫诗未休，圣世汪洋万籁流。
黔岭也收波一点，幽兰阵阵香神州。

月满碧山

八月桂香南岭秋，清辉月满碧山头。
芦笙农舍传丰讯，苗舞侗歌古梁州。

颂谣之二

莫道残冬雪未消，筑城艺苑起春潮。
黔山多少风华茂，红杏枝头分外娇。

梵净山行

(一)

无毒盲蛇喜拦路，菩提荫佛令人悟。
森林原始密难知，白鸽珙桐开满树。

(二)

七千余级上山岈，举首入云未有涯。
地下宝藏深不测，辰溪两岸出丹砂。

过酒泉

(一)

远道遥看雪满川，近观柿醉艳阳天。
一泓清水新戈壁，前站停车到酒泉。

(二)

传说汉王赐酒来，将军高举笑颜开。
貔貅十万谁堪饮，倾入金泉共一杯。

青岛晨望

一望苍茫浴晓阳，蜃楼海市景非常。
蓬瀛相去无多路，此是仙洲第几乡。

半月湾拣石

长岛滩头半月湾，仙家藏宝水云间。
海波百炼珠玑出，五色晶莹照世寰。

月日山纵目

漠漠黄云青海寒，草肥马壮牧原宽。
荒凉不见柴达木，遍地明灯亮雪山。

田　利

原名田鸿超，1926 年生，河南省濮阳市人，曾任贵州省机电研究设计院原副所长。中华诗词学会、贵州省诗词学会会员，贵阳市清风诗社社长。著有《田利诗词选》。

韶山颂 （新声韵）

韶峰瑞气罩山冲，地圣人杰天下崇。
岭淌甘泉滋沃土，田栽香稻舞东风。
巍峨铜像千秋竖，革命家庭万代荣。
中外友朋皆景仰，毛公声誉贯长虹。

清平乐·赋闲吟 （新声韵）

绕庭花飐，陋室阳光灿。白日话铃时不断，晚上屏前消遣。　　虽休不享清闲，清晨漫步云巅。写作吟诗看报，心怀红色江山。

【中吕】山坡羊·农村放羊老人

清泉常注，村村多树，沟横草绿放羊处。早晨驱，残阳逐。吆吆喝喝无穷趣，赶赶停停坚瘦骨。放，是幸福。收，是幸福。

水调歌头·赞濮阳在黔老干部

辞别濮阳后，逐鹿下中原。日行千里云路，拔剑叩江关。淮海惊涛谁惧？搏浪长江果敢，所向震人寰。赤帜卷身影，风雨捣钟山。　　幸存者，佼佼汉，喜新天。经常自问：雄风能否胜当年？充满诗情豪迈，脚踏春天鼓点，奋发更空前。但愿人长寿，度百望云天。

春回故乡

二月离黔回故乡，铁龙飞驶驭风狂。
翻山越岭轮轻响，驾雾腾云我自昂。
广袤平原皆绿野，无垠麦浪尽飘香。
春风一路美如画，汇报家人庆祥康。

田正隆

1931 年生，贵州省凤冈县人，土家族。曾任中共凤冈县委党校秘书。遵义市诗词楹联学会、凤冈县诗词学会会员。

朝鲜停战 （新声韵）

昨夜灯光管制严，今晨巡哨拣传单。

家中妻子倚门望，前线征人指日还。

欣喜战争得胜利，迎来建设保平安。

帝国主义哀声叹，世界人民好喜欢。

沁园春·万佛山 （新声韵）

南野山川，林茂粮丰，胜景连连。望河头绿水，良田灌溉；山间银杏，普济民间。冬暖夏凉，人兴财旺，一代天生世外园。逢炎热，看游人爽劲，分外酣甜。　　万佛顶眺绝观，引无数游人尽眼馋。看峰峦岭峻，葱茏黛染；溪流川壑，雾绕云翻。惊险峡崖，飞流瀑布，奇兽珍禽无不全。观今日，论园林新秀，当属佛山。

田永光

1931 年生，山东省荷泽市人，曾任中共安顺地委副书记、行署专员，安顺市诗词楹联学会会长。

迎 春

大地春回岁序更，人间美事感频生。
神州壮丽金汤固，国运昌隆柳色青。
习习东风吹沃野，悠悠鼓乐震山城。
马年喜庆心潮涌，云鹫山高我敢登。

游天台山

寻幽访胜上天台，百里黔中眼界开。
浩淼红枫百舸疾，葱茏凤岭众人裁。
玉龙向日风梳柳，银杏经霜绿满阶。
壁上吴王空挂剑，匡时代有栋梁材。

田光华

笔名菲丁，1944年生。土家族，贵州省思南县人。贵州省思南县诗词楹联学会会员。

雪峰览胜

茫茫飞雪下云端，风卷云残气不凡。
古道斜阳人欲醉，苍岩秀色可为餐。
春光骀荡临仙景，秋色澄清览大观。
目睹峰峦棋局布，满头白发罩南山。

田兴扬

1947年生，贵州省凤冈县人，土家族。曾任凤冈县国税局局长。遵义市诗词学会、楹联学会、凤冈县诗词楹联学会会员。

游九道拐（新声韵）

千峰映影平湖静，一坝横江细浪清。
水碧峡幽托翠岭，舟行岸动海鸥鸣。

太极洞（新声韵）

峭壁太极天下妙，悬崖巨"凤"世间稀。
腾云眺望千峰翠，龟顶频观万壑奇①。

满岭苍松藏寺洞，一湾碧水绕佛居。

浓妆美景招人醉，秀色风光引鸟栖。

【注】

① 腾云，指腾云阁；龟顶，指乌龟顶。

田兴武

苗族，曾任黄平县民政局副局长。贵州诗词学会理事。

西河·故乡

苗岭坳，灵山秀水云绕。朝阳灿烂映长虹，林间鸟闹。松杉藤树尽葱茏，苍山幽谷猿啸。　　清江水，金航道。鱼虾嬉戏欢跳。源头翠岭似天池，下游浩淼。沿河两岸千丘田，丰收归牧夕照。　　僻乡礼遇万代俏。摄魂飞歌神仙调，天籁蝉鸣众晓。手相牵，聚会笙坪，满坝银饰光芒，冲天耀。

田兴学

1938 年生。退休干部。

农民感谢共产党

免了"皇粮"免学费，大慈大善大恩惠。
伟大英明共产党，情不自禁呼万岁。

田应礼

1933 年生，贵州省思南县人。曾任中央农广校麻江县分校专职副校长，麻江县政协副主席。黔东南州诗词楹联学会会员。著有《山心旅集》《江水桥诗联》和《麻江民歌选》。

梦的摇篮 (新声韵)

苗村侗寨原生态，藏在深山多未知。
绚丽风光添异彩，神奇河岳展雄姿。
花妍果美游人醉，燕舞莺歌赏者痴。
梦幻家园诗境界，得天独厚似瑶池。

天歌神韵（新声韵）

苗歌侗舞乐升平，潇洒昂扬显挚情。

木鼓咚咚豪意涌，芦笙娓娓美姿兴。

楼堂合唱如天籁，岳野飞歌似鹤鸣。

盛世稀音扬古韵，出神入化远传名。

远古风流（新声韵）

苗姑侗女竞妖娆，巧扮精妆盖世娇。

靓丽衣裙精妙绣，辉煌银饰巧工雕。

流光溢彩身姿美，目秀眉清体态娆。

远古风流惊赞叹，疑逢仙女贺今朝。

田君亮

（1894——1987），原名景奇，贵州省平塘县人。曾任贵州大学教授，新中国成立后任贵州省文教厅长，贵州省人民政府副省长，贵州大学校长，兼任贵州省文史馆馆长。有《病牛遗诗》。

森林公园

泼空一片绿，众睹心已喜。快哉更有亭，森森万木里。茶香酒味好，亭内堪隐几。挥杯相饮劝，客气不可以。革命大家庭，一体无此彼。劳逸互结合，业馀应乐矣。亭外几丛花，颜色自丽绮。天风自西来，树对清音起。忽变作涛声，恍如大地洗。兹地田荒芜，新时胜境启。要识是非真，新旧请对比。洛阳名园宋代夸，权贵独乐何足纪！

东　山

突兀峥嵘势接天，众山星拱自年年。
东升旭日峰头出，一片红光照大千。

花溪坝上桥

坝桥流水意悠哉，多少游人日往来。
逝者如斯谁会得，倚栏吟望独徘徊。

田茂昭

贵州省金沙县人，中学高级教师。贵州省诗词学会会员，毕节地区乌蒙诗社社员，金沙县诗联学会副秘书长。

卜算子·赞岩孔板桥科技示范村

示范板桥村，"四在农家"好，水面鸭鹅水里鱼，架上葡萄笑。　　致富靠勤劳，科技兴家宝。座座"洋楼"道路宽，到处歌声绕。

田视民

土家族，贵州省沿河县人。曾任德江县人大代表。

德沿公路通车

层叠峰峦鸟道盘，相离咫尺去来难。
昔时徒步两三日，今日乘车半日还。

大龙阡 (新声韵)

龙阡一股水，流满玉溪河。
潭澈无鱼跃，山深有鸟歌。
禅房全毁尽，钟乳半存多。
胜地昔荒久，洞前长薜萝。

田泰模

1935 年生，贵州省仁怀县人。曾任黔南州商业局秘书科长，州财校中共总支部书记。中华诗词学会会员，贵州省诗词学会、楹联学会理事，黔南州诗联学会顾问。

纪念毛主席诞辰一百一十周年

一轮红日出韶山，万道金光照宇寰。
北战南征谋解放，东围西剿挽狂澜。
八年抗战驱倭寇，三载挥戈灭蒋顽。
伟业丰功昭日月，风流盖世万千年。

莲花山远眺

莲花山上映霓虹，眺望千峰紫翠笼。
磺厂沟前云出岫，牛蹄坳外雾栖松。
盐津河畔蒙蒙雨，桐子园垭阵阵风。
古庙金銮成古迹，残垣枯井有无中。

田晓颖

苗族，中学一级教师。贵州省镇远县作家协会主席。黔东南州诗词楹联学会会员。著有《笛韵笙歌》《情到深处》。

芽溪踏青 （新声韵）

桃花三月到芽溪，墨客骚人竞猎奇。
盛世宏图添锦绣，春光一派蕴生机。

故乡吟 （新声韵）

故乡风物最娇妍，无限情怀魂梦牵.
春夏花开舒画卷，秋冬叶落寄诗篇.

田越英

笔名揽月，女，1967 年生，土家族。

感汶川大地震 （独木桥体）

炎黄一脉，华夏同心。
毗邻遇灾，牵动我心。
网络新闻，看着痛心。
远不能及，我很揪心。
绵薄之力，怎表我心？
祈福祝福，用我真心。

田景恩

1915 年生，贵州省印江县人。

燕子岩建设新农村有感

燕鸣胜地好风光，村寨宏开建设忙。
树立鸿基新栋宇，废除蜗舍旧茅房。
旅游大道通金厂，饮水深沟到木黄。
西部今朝沾国策，城乡破旧换新装。

田景康

1940 年生，贵州省务川县人。长期从事地方党史资料和当地史志资料整理工作。贵州省遵义市诗词学会会员。著有《志迹吟痕》。

沁园春·无题有感

回首何堪，半世颠顸，两颊渐斑，怅俯身倚案，筹篇拟稿；寒灯冷椅，谁与为欢？世事沉浮，民生休戚，脑际萦回念万端。卑微处、秉笔思南董，意向迁班。　惶惶何以心甘？念欲罢痴情断又难。想功名富贵，忧惭慨叹；无缘利禄，有守清酸。两鬓添霜，胸怀遗憾，却有通知把令传。离岗位！可编书未印，何以交班？

田锦奎

1943 年生，贵州省安顺市人。曾任六盘水市钟山区检察院高级检察官。贵州省诗词学会会员，六盘水市诗词楹联学会理事。

六五初度

壮年从检老临池，法制吟笺两系之。
正义公平曾梦许，和谐社会总情痴。
每添豪兴非因酒，偶有忧思是感时。
泼墨挥毫弘国粹，殚精竭虑谱新诗。

游凉都凤池园 (新声韵)

凤池如画柳垂丝，鸟语花香醉若痴。
四面青山作屏幛，一池碧水一池诗。

登贵州屋脊韭菜坪 (新声韵)

览胜登临韭岭巅，羊肠小路九回旋。
千岩竞秀凌霄汉，万壑争流接昊天。
如立蔚蓝仙界上，似游翡翠画屏间。
江山现瑞明新境，日月增辉壮大千。

冉砚农

1920 年生。山东省肥城县人。曾任贵州省副省长、省人大副主任、贵州省诗词学会会长。现为贵州省诗词学会名誉会长。

永远怀念毛主席

万载先驱谁与比？近代伟人孰齐名？
运用马列揽全局，三大法宝任纵横。
三山推倒新国立，九州歌唱四海腾。
实事求是生命线，永远怀念毛泽东。

永远怀念周总理

总理诞辰百周年，举世龙人仰前贤。
建党建军功卓著，抗日倒蒋智勇全。
日理万机治国事，五项原则国友欢。
鞠躬尽瘁乘鹤去，勤政廉洁万古传。

永远怀念邓小平

人民儿子邓小平，三起三落时代雄。
拨乱反正明是非，经济中心展新容。
改革开放循序进，科技文化日峥嵘。
一国两制金瓯固，和平统一旗帜红。
伟人虽去理论在，实事求是导航程。

贺二〇〇〇年元旦

元旦喜逢两千年，国庆澳归盛事连。
取缔邪教民心乐，民族团结国家安。
市场繁荣物价稳，政通人和山河欢。
跨世之交登高望，两岸同胞盼月圆。

沉痛悼念邵云环、许杏虎、朱颖烈士

庄严悲痛频催泪，烈士忠魂喜返家。
铁笔无情伸正义，哀思情切漫天涯。
狂轰使馆全民愤，侵犯主权应彻查。
落后从来常被打，增强国力振中华。

铜仁行

黔国山城美，铜仁景尤最。
山环双水舞，碧带常年佩。
桥上行人乐，河中轻浪翠。
沿江高处望，诗画使人醉。

意大利纪行

威尼斯市两番游，乘客如云不解愁。
日照碧波光闪闪，风吹轻艇水悠悠。
教堂尖顶攒天立，宝塔宏钟震耳遒。
猎景留鸿忙摄影，名城秋色送行舟。

赞白玉兰花

玉簪千万满头香，静立婷婷淑女装。
寒气岂能销玉骨，春光又促着银裳。
盈盈笑眼迎风舞，片片落英伴蝶翔。
珍重园丁勤灌溉，月明庭院溢芬芳。

赞天生桥电站

崇山峻岭白云闲，万马千军战正顽。
横砍二刀盘水断，直钻四洞巨龙环。
湖波浩淼百公里，光电辉煌三省间。
携手攻坚十数载，吾黔粤桂共开颜。

梵净山

华夏山河梵净奇，原植完整世无敌。
古树参天翻瀚海，九龙滚滚飞湍碧。
攀上云梯登金顶，烟霞万顷散还积。
宏伟金库待开发，致富浪潮创业绩。

观《警钟》电影

海丰曾见起妖风，罪恶滔天气焰凶。
执法居然犯法者，缉私原是吃私虫。
贪赃受贿阴谋泄，积玉堆金美梦空。
一击警钟鸣九域，如钢刑律与民同。

登水城钟山

沿梯旋上钟山峰，新貌水城映目中。
远近群峦披翠帽，纵横田野骋钢龙。
大楼幢幢参差起，阔道条条曲折通。
煤海铁流大发展，梅花山下万炉红。

赞女排明星表演赛

排坛历史辟新天，两队明星谊并肩。
球艺高超齐喝彩，险关频越扣心弦。
夺魁气旺山河壮，联冠声名世界传。
拼搏精神扬斗志，中华旗帜五星鲜。

过巫峡

幽静画廊纵目中，群峰叠嶂一江通。
仰看银甲金盔峡，竞摄巫山神女峰。
碑号孔明今尚在，滩名滟滪已无踪。
迂回曲折疑无路，水转天开又几重。

赤水十丈洞瀑布

翠滴晴峦峭壁环，银龙双舞戏深湾。
吼风激雨雷声震，喷玉洒珠彩练斓。
磅礴沉雄媲黄果，清幽挺秀赛梵山。
蓬瀛咫尺天涯远，能有几人识壮观。

冉懋勋

土家族，1934 年生，贵州省松桃县人。曾任印江县司法局副局长、律师所主任。

放　牧

走马山坪蒲藻塘，铃声无处不叮当。
垂杨荫里眠黄犊，丰草丛中隐白羊。
雨过因催千岭翠，风来为送百花香。
凝眸远景难收尽，画卷才开半幅长。

法　官

几经冬夏月光寒，又着春成獬豸冠。
力洗人为冤假错，刑科法定贼昏贪。
悠悠流水萦川去，习习清风绕袖还。
不问前程多少路，但留无愧玉壶丹。

白天明

侗族，1935 年生，贵州省石阡县人。曾参加中国人民解放军，任军队支队长、政委，高级政工师。

缅怀周总理

深谋远虑广绸缪，内政邦交巧运筹。
壮志丹心昭日月，雄才伟略写春秋。
一身正气佞人惧，两袖清风众口讴。
爱国忧民留美誉，德如惠泽润神州。

船　翁

成年服务未能闲，整日繁忙苦亦甘。
不去溜须抬轿子，只知摇桨驾民船。
狂风暴雨从容渡，巨浪惊涛快意还。
月照江湾方上岸，讴歌一曲乐陶然。

白中玉

号如璧，（1922—2000），贵州省黔西县人，教师，国家二级文史研究员。黔西县《杜鹃诗刊》编辑，贵州省暨毕节地区诗词学会会员，著有《心声集》。

省人大赵德山副主任莅临黔西以"诗友情长"四字题赠，即席奉酬

诗坛夙望仰云霓，友咏阳春信不虚。
情热大挥龙凤笔，长留翰墨在黔西。

白初怀

1930 年生，江西省余干县人。榕江县离休干部。贵州省诗词学会会员、黔东南州诗词楹联学会会员。著有《白初怀诗文选》。

难忘岁月

冰雪月余灾害深，半边天地被侵吞。
蔬溶菜烂何千亩？水断电停上万村。
千树雾凇枝里白，万竿腰折腹中新。
神州幸有党帷幄，化险为夷暖庶心。

汶川地震灾难重

汶川地震俨突傀，残害同胞灭命魁。
幼小孩提失母苦，高龄老媪丧儿悲。
伤员住院有回日，民众殉难无日归。
幸有党国好领导，灾民生活稳中炊。

付华强

1964 年生，贵州省思南县人。思南县诗词楹联学会会员。

踏莎行·似水流连

残照烟霞，流光溢彩，归鸦老树浮云盖。楼台初上欲孤飞，西风漫道身心怠。　　遥想经年，魂依大海，无边景色波涛载。高天丽日傲双翔，仙音绝唱关山外。

付作参

1961 年生，贵州省晴隆县人，晴隆一小语文高级教师。晴隆县诗词学会会员。

晴隆山草场春雨初霁 （新声韵）

晓观春雨后，燕戏柳梢头。
绿映千重浪，蓝披万片绸。
群羊溜碧毯，牧曲过山沟。
僻壤出奇景，骚人复畅游。

付应祥

1929 年生，曾任贵州省六枝特区人大常委会主任，六盘水市诗词楹联学会名誉会长。贵州省诗词学会理事。

战雪灾

冰封大地连云天，雪拥南疆史无前。
万里通途筑天堑，千条银线竟绝缘。
不见铁龙驰原野，更无银鹰降人寰。
不少企业迫停产，不少城乡夜阑珊。
苍松翠柏拦腰斩，越冬作物受摧残。
旅途羁客数百万，饥寒交迫受熬煎。
中枢亲临第一线，战败玉龙无硝烟。
天寒地冻人心暖，群情激奋建家园。

娄山关怀古

轻车缓渡娄山关，触景情深忆连翩。
黔疆驰骋敌丧胆，豪兴诗成未下鞍。
红旗北指征程远，健旅西行铁索寒。
乌蒙怒卷千重浪，天堑通途换人间。

郎岱"三三暴动"烈士墓

肃立墓前久默哀，"三三暴动"扫狼豺。
周边小草含仇长，满径红花带血开。
破腹东山留永慨，悬首北门愤难排。
卡拉桑拿奢风劲，不省江山何处来。

颂嫦娥一号 (新声韵)

破雾横空上九天，银河万里渡飞船。
尖端科技雄威远，谱写炎黄世纪篇。

令狐荣廉

1941年生，贵州省桐梓县人。中国楹联学会、贵州省诗词学会会员，桐梓县诗词楹联学会秘书长。著有《红籽集》。

花甲吟

岁月如梭六十秋，未遗恩怨亦无求。
清风两袖洁如雪，人老心平志不休。

芳　辰

韶华似水向东流，雨雨风风数十秋。
岁月蹉跎人易老，形神伴侣爱长留。
一生坎坷意分享，今世浮沉情未休。
尤喜夕阳多美好，风流自在乐悠悠。

临江仙·游天涯海角

曾是当年流放地，涛声诉尽沧桑。天各魂梦忆家乡。青山连古道，白发断肝肠。　　今日旅游成胜景，问君来自何方。南天一柱浴秋光。长空云雾隐，大海水茫茫。

令狐荣德

　　贵州省桐梓县人，1930年2月生。小学教育工作者。贵州省桐梓县诗词学会会员。

冬　钓

　　乍有隆冬半晌阳，忙邀钓友赴池塘。
　　阳光漫漫微微暖，小雨徐徐淡淡凉。
　　贪食游鱼饥辘辘，钓竿垂线放长长。
　　耐心苦待风霜冷，无虑鱼儿深水藏。

乐光彦

　　（1911——1998），字砚翁，贵州省贵阳市人。曾任贵州平坝县长。新中国成立后在安顺任教。贵州省诗词学会、安顺地区诗词学会理事。著有《耕砚斋诗稿》。

参谒黔灵山弘福寺

　　黔灵山色相思久，今览烟霞胜梦中。
　　万木沉沉参古寺，数峰寂寂听晨钟。
　　人天劫过开新貌。猿鹤归来识旧踪。
　　最喜岩间红豆树，一枝独秀出幽丛。

参加安顺地区诗词学会喜赋

一杵金钟集众英，探珠艺海共争鸣。
扬清激浊能言志，熔古铸新应立诚。
光灿文明宏大业，韵惊中外振天声。
老顽喜献雕虫技，不尽欢欣鼓舞情。

己巳初春寄台湾骏弟代柬

曾报清明扫墓回，杳然往岁费疑猜。
诚知世事如云幻，空有音容入梦来。
茅草无情随日长，庭花有意待人开。
老怀难遣别离苦，止酒频年又举怀。

花溪春游并访旧居部

忆昔曾居大寨村，重来恍似梦中身。
十围柳老参差绿，几度花飞烂漫春。
涣水波平光潋滟，麟山树涌碧嶙峋。
旗亭坝上人如织，同乐熙熙盛世民。

冯　泽

1930 年生，四川省南充市人。原贵州农学院党委书记。贵州省诗词学会副会长。贵州大学诗词学会会长。著有《时习斋吟稿》等。

抗洪颂歌 (新声韵)

骨肉之躯筑大堤，成城众志固江基。
军民奋起倚天剑，斩罢苍龙浣血衣。

瞻仰周恩来总理铜像 (新声韵)

气度汪洋海样胸，腥风血雨自从容。
狂澜力挽神州固，一柱擎天万仞峰。

咏贵大老年大学诗词班 (新声韵)

春风老树绽新芽，摇曳疏枝韵有佳。
平仄敲开花万朵，满堂华发最堪夸。

庆祝贵州省诗词学会成立二十年 (新声韵)

劈荆斩莽导明泉，千里桐花万景妍。
老凤高翔新凤起，风骚无处不黔山。

花 农

割取西天一片霞，借来琼海数枝花。
朝风暮雨辛勤种，送得春光进万家。

春到农村（新声韵）

添灯夜诵过三更，惠雨随风洒未停。
土润如酥香入户，似闻玉米吐芽声。

农村新景（新声韵）

阿哥网上觅商机，小妹街头卖脆梨。
傍晚一声手机响，五菱车内两依依。

咏福娃

五福连袂至，举世动欢声。
锦鲤龙门跃，熊猫峻岭登。
藏羚腾若电，京燕矗如风。
火炬火娃举，福光伴日升。

邓小平颂 (新声韵)

恶浪难摧不老松，三番起落志犹雄。

剜除黑子骄阳灿，指点江山异卉红。

两制宏图归港澳，一枝椽笔绘葱茏。

"小平你好"亿民颂，欣看东方腾巨龙。

海尔赞 (新声韵)

谁领当今时代潮，珠峰顶上大旗飘。

一捶出手蛟龙起，二秩功成日月骄。

王子翩翩惊世界，神童奕奕上层霄。

中华大地风云涌，万马千军有路标。

妙雨九寨沟

何处江山入画图，雨中九寨景绝殊。

空蒙山色隐还现，飘渺湖光有或无。

绿树含烟听乐鸟，银涛吐雾看飞凫。

神仙不恋天堂好，愿到沟中卧草庐。

黄鹤楼 (新声韵)

黄鹤几番去复回，白云楼影自巍巍。
长桥路阔千车过，大坝波平百舰归。
江汉三城树凝碧，楚天万里日生辉。
凭栏满目花方好，曼舞弦歌蝶乱飞。

花溪之秋

苇白枫丹桂子香，红榴紫蟹竞登场。
黄金道上迷情侣，玉鉴湖中醉恋鸯。
雁落平沙争暖草，鱼翔浅底戏斜阳。
东篱最是秋光好，满目霜华正吐芳。

观黄果树瀑布 (新声韵)

银河落碧潭，雷动九重天。
雾涌霓虹现，云开瀚海悬。
神龙施惠雨，仙女弄琴弦。
百里黔中地，禾肥草木鲜。

西江月·谒中山陵

郁郁钟山灵秀，巍巍虎踞龙盘。伟人此地得安眠，万姓千邦朝奠。　　喋血奔走呼号，民生民族民权。刀风剑雨苦周旋，要把乾坤扭转。

浪淘沙·贵大校歌赞

学府起黔中，旭日方东。溪山如黛沐春风。明德笃行歌响亮，育我潜龙。　　砺剑挽强弓，学海探踪。拿云捉鳖乐无穷。练就红心金玉质，再造天宫。

西江月·抗凝记

铁塔如泥散架，电绝黑暗千家。冰封雪冻路途滑，软禁冷宫呆傻！　　壮士挥戈上阵，铁军英勇出伐。破冰除雪斩银鲨，横扫玉龙鳞下。

鹧鸪天·贵州草海情 (新声韵)

烟水茫茫接碧天，舟行一路彩云间。鱼游浅底翻银浪，鹤唳高风舞绿滩。　　观鸟哨，护鱼栏，如今草海换新颜。翩翩彩羽悠然乐，更与儿童自在玩。

蝶恋花·春催农家 (新声韵)

昨晚雨疏风细细，柳绿桃红，茵草铺无际。春漾儿童眉眼里，纸鸢飞与白云戏。　　三月清明农事挤，种薯孵蚕，温室苗凝碧。布谷声催人早起，丰年全赖芳春计。

西江月·芦笙节 (新声韵)

舞影翩翩翻浪，歌声阵阵流泉。芦笙节里庆丰年，欢闹波涛扑面。　　茶果逐年增产，稻鱼连岁翻番。高科投产在来年，美好时光无限。

冯　楠

（1917—2006），贵州省贵阳市人。从事教育多年。曾任贵州文史馆馆长。工书法诗词。

田君亮先生诞辰百周年纪念[①]

盛气当年惩霸豪，纵横教席领风骚。
实功致用钦颜李，真理追求信马毛。
走卒愿书碑墓字，病牛不顾力筋劳。
百年辰诞思弥切，矩范长存仰愈高。

【注】

① 先生29岁任大塘县长时，曾计除当地恶霸；早年崇颜元、李

塈经世致用之学，终于笃信马克思主义、毛泽东思想，成为共产主义战士；有人讥其"跟党走"，先生曰："我若死，能于墓碑上书'中国共产党之走卒田君亮'，则我愿足矣！"先生晚年病中常诵李刚《病牛》诗。

郎德游

苗寨风情传远近，兼程冒暑半天游。
路拦盏盏醺咽酒，栉比家家吊脚楼。
老少盛装觇富足，宾朋彩佩颂嘉猷。
笙歌鼓舞升平兴，更报年丰夺大秋。

冯作人

苗族，1927年生，道真县人。道真自治县交通局退休人员。中华诗词学会、贵州省诗词学会、遵义市诗词学会会员，道真诗词学会顾问兼名誉主编。

龙年即兴

中华儿女喜乘龙，破雾穿云撼太空。
直上清虚探奥秘，摘星揽月傲苍穹。

秋　收

八月金秋收谷忙，银镰竟与日争光。
山原回荡斗声响，如此弦歌音最强。

过"夜不收歌舞厅"

夜色苍茫酒溢香，轻歌曼舞曲悠扬。
红灯闪烁人陶醉，盛世莫将忧患忘。

西江月·春夜

云淡星稀月朗，菜花十里飘香，春蛙鼓瑟奏
霓裳，竹韵清流伴唱。　　窗下荧灯明亮，学童
课读华章。闲庭絮语话麻桑，计日康庄在望。

冯拥义

笔名文轩。贵州省关岭民族高级中学语文教师。贵州省诗词
学会、楹联学会会员；安顺市诗联学会理事；关岭诗联学会副会
长、《索岭诗草》主编。著有《文轩诗联选》《五鬼斋诗文选》《笑
之堂诗文集》。

顶针格端午诗三章

（一）

天朗气清燕影翔，阳台独坐赋诗章。
家家包粽祭骚祖，户户焚香悼楚江。
乱世丹忱靖国难，和谐赤胆报邦康。
艾香蒲茂屈公享，千古高贤姓字芳。

(二)

千古高贤姓字芳，无诗无酒过端阳。

清风送爽白云淡，紫燕飞旋瑞气长。

盛世欣逢求进取，华年喜遇谋康庄。

书生未有惊天力，独卧书斋诵九章。

(三)

独卧书斋诵九章，扑面清风襟袖长。

闹市车声盈耳鼓，小楼鸟语满心窗。

诗章一卷留清韵，垂柳千丝散玉光。

独立阳台观落日，榴花艳丽菜根香。

咏楸树楸花 (十二选三)

(一)

楼前楸树与天高，绿叶繁花分外娇。

不与牡丹争国色，敢同梅蕊竞风骚。

鲁班斧下作梁栋，五鬼斋中化碧涛。

野鸟喧嚣因叶茂，云霞万朵自妖娆。

(二)

春风吹过玉魂消，绿叶繁花一树高。
万朵云霞织素锦，一堂春燕筑新巢。
风骚不入俗人眼，贫病招来雅士嘲。
柳绦不禁春风力，哪有楸枝傲碧霄。

(三)

老死寒堂学板桥，清平自在亦逍遥。
闲居清水充饥肚，怀抱残诗看燕巢。
楸树千寻根柢固，落花万朵叶芽娇。
从来名士集中觅，何见楸花姓字标。

冯明家

1940 年生，贵州省遵义县人。遵义县化工厂退休职工。贵州
诗词学会会员。

象山极顶①

晴放阶梯登远眺，四周青翠绝尘嚣。
娄山似海浪千里，湘水如银练一条。
探月嫦娥峰顶过，卫星信息耳边飘。
休闲不厌频漫步，共与灵山话舜尧。

【注】
① 象山，位于遵义县城西，今辟为省级森林公园。

中国嫦娥卫星成功入轨

嫦娥今日太空行，不驾青云驾卫星。
渴饮无穷银河水，饥餐不竭太阳能。
心雄遥测乾坤秘，志壮深探日月情。
梦想千年方实现，神州无处不欢腾。

冯济泉

1926 年生。江苏省南京市人。曾任贵州省人大常委会副秘书长、省文史馆副馆长。贵州省诗词学会顾问。著有《朝华集》《冯济泉书法集》。

香港回归感赋

香港回归旧耻湔，金瓯无缺庆重圆。
国行两制嘉模正，和平共处得尧天。

民族英雄郑成功

群峰老去晓云开，春色无边入壮怀。
风卷彤云天宇涌，乘风遥拜水操台。
一时郑伯成终古，万首骚音启未来。
留恋沉吟难舍去，日光岩畔久低徊。

悼刘海粟大师

学贯中西气度宏，龙吟虎啸傲长空。
旷世名笔翻江海，每为红日起苍穹。
百年绘事多鸿制，春风化雨遍寰中。
天香浮月浸天下，国色和春仰东风。
近百年来几经劫，天都峰顶拾重封。
难为沧海一粟老，艺通古今媲峤崧。
艺林三绝传天下，亮节高风是所尊。
伤心最是江南夜，云惨风凄月斜横。

陪台湾黔人游花溪

麟山遥接将山烟，隔海相思四十年。
万里归来双鬓白，黔人毕竟爱黔川。

缅怀谢六逸、蹇先艾先生

文坛历来论穷通，毕竟人穷诗始工。
先生谈龙原宿誉，乡土深情得文风。
学林虚实兼相理，谠论文心豪气充。
艾公知己尊郭老，患难相知惟谢翁。

《贵州日报》创刊五十周年志庆

劲节高枝耐岁寒，横斜疏落塑黔山。
清标瘦影惊风雨，破腊传春逾越先。
奇苑千山矜独步，雅坛百袂共翩联。
绘声写色浑忘己，种玉铸人在举贤。

安顺龙宫

灵虬世外起瑶穹，巧构陆离胜化工。
神阙留光天不夜，奇鳞倒映影浮空。
帘抛玉屑层层出，廓引仙踪处处通。
石乳析疑花满路，秋冬春夏一般同。

忆江南·梵净山

梵净好，俯首赏云涛。滚滚势若翻瀚海，飘
飘人似上重霄。宠辱两皆抛。

镇宁摩崖轩辕螺祖刻石

黄果飞瀑崖右行，雨风剥蚀了无痕。
炎黄螺祖形成象①，碧海秋云妙似神。

【注】
① 镇宁有摩崖石刻形同炎黄螺祖形象。

酬黄威廉同志并序

　　师范大学教授历史学家黄威廉学长以其所著《拂晓钟声》大作赠我，读之再三，不胜感慨。恒念国立贵州大学西舍同窗，俚以赠之，以博一笑。

同窗一瞬犹昨天，聚如风雨散如烟。
有志竟当何所易，情到深时更自然。
人事天时日相摧，剪烛西舍德业追。
感恨本不关风月，程门春晚倦游归。
师道养贤各呈才，葱葱郁郁气佳哉。
最苦无山遮望眼，满座头绪拨不开。
宅心仁厚孕重望，科技学国展雄才。
日高风暖添花气，愧我迂疏劳君怀。

冯道辉

　　贵州省兴义市人，1930年生，曾任黔西南州农业银行稽核科长。黔西南诗词楹联学会会员。

咏黔西南州州花三角梅

得名三角有渊源，列榜金州位壮元。
春到催妍桃李杏，秋来共艳桂葵兰。
峰林染翠添诗韵，峡谷落英铺画帘。
天地和谐民意顺，群芳烂漫满人间。

奇香园览胜

2001 年夏品评"奇香贵州醇"之际，贵州醇酒厂与贵州茅台酒厂尽捐前嫌，携手共创"北有茅台，南有奇香"之黔酒格局，游奇香园感而作。

> 奇香楼处好休闲，碧水青山纳古潭。
> 拂面清风杨柳岸，袭人花气葡萄园。
> 佳肴款待远方客，醇酒频斟座上贤。
> 国酿而今蹊径辟，创新不断涌清泉。

司　浩

1944 年生，贵州省盘县人。兴义五中高级教师。中华诗词学会、贵州省诗词学会会员，黔西南州诗词楹联学会常务理事。

万峰林 (新声韵)

> 独傲名山峰似林，连绵岳岭势无伦。
> 倘如霞客今还在，定做旅游中介人。

咏云湖山 (新声韵)

> 云涌重山山涌云，湖心如镜净无尘。
> 迷魂佳境谁常住？当代神仙游览人。

安龙吟荷

碧水识幽香，娇羞脸半藏。
塘边风作态，池面月梳妆。
佼佼出污垢，亭亭冠众芳。
安得同客醉，抛却世炎凉。

司云阁

（1927—1997），山东省长清县人。随军解放大西南，曾任贵州省商业厅副厅长。贵州省诗词学会原会员。

西江月·省商业系统老干体协成立

人老退居三线，高风亮节堪传，加餐颐养乐天年，四化喜看实现。　　晨起闻鸡锻炼，徐行慢跑挥拳。增强体魄竞先鞭，宿将争魁压冠。

游都匀文峰塔

文峰挺秀入云端，剑水龙潭映晓寒。
四野秋光堪入画，关山磅礴雁行欢。

咏昙花

何妨一现委苍苔，羞与群芳斗艳来。
待到月明良夜静，玉容娇蕊向人开。

忆秦娥·喜迎龙年心向边关

尧天阔，龙腾虎跃迎佳节。迎佳节，春风万里，
壮怀激烈。　守疆战士心如铁，餐风沐雨边关
月。边关月，枕戈先待旦，一轮莹洁。

游百里杜鹃

百里云山赞杜鹃，花香鸟语醉如仙。
游人同唱牂牁美，始识乌蒙别有天。

母光信

1950 年生，贵州省仁怀市人。曾任中共仁怀市纪委副书记等职。《仁怀市志》副主编、《茅台魂》主编。遵义市诗词学会理事、仁怀市诗联书画研究会常务副会长。中华诗词学会、贵州省诗词学会会员。著有《露珠集》《橘风》《鲁班声战斗》等。

游武汉东湖风景区

春拂东湖柳色新，楚城文化气氤氲。
烟霞染碧长江水，醉里斜窥拾翠人。

夜　读

忽闻帘外金鸡唱，始觉更深夜已残。
志奇丹诚游学海，师从奋勉克书山。
若无锥股悬梁痛，哪有经天纬地贤。
自信人生不戏我，长将智慧赋新篇。

共青湖遣兴

黔北高原嵌玉盘，波光潋滟翠屏环。
卧浪栏桥通旅店，隐林亭榭聚朱颜。
笙箫和曲牵游客，钓叟垂竿守绿湾。
世间锦绣归斯处，疑是蓬莱移此间。

浣溪沙·卫生城市仁怀

中国酒都靓色奢，晓风含露翠生霞。满城清韵蔚文华。　尤喜茅台王气旺，精神物质绽双花。簧笙箫笛弄琵琶。

邢其钧

女，1931 年生，贵州省贵阳市人，曾任贵阳八中高级教师，贵州省诗词学会会员。

青海湖

日月山边青海湖，冰川峡谷嵌明珠。
朦胧烟雨微波漾，翔集群鸥景物殊。

嘉峪关城楼

神奇大漠接边关，嘉峪巍巍敌胆寒。
古道丝绸通绝域，而今边塞净狼烟。

莫高窟

沙山断壁隐奇观，巧绘精工景万千。
仙女"飞天"飘七彩，琵琶伴奏舞翩跹。

成　渤

（1919—1997），湖南省湘潭市人。曾在中华全国总工会劳动保险部任职，后在贵阳棉纺厂供销科任科长。贵州省文史研究馆原馆员。

贵阳颂

贵筑阳和地，清芬四季春。
湖山涵甲秀，洞壑隐麒麟。
绿水漾南部，黔峰接北辰。
花溪情不尽，万里送游人。

颂国庆阅兵

观兵盛日庆云回，万里河山曙色开。
日映旌旗凌碧落，天连甲帐动风雷。
长空比翼银鹰过，阔道扬鞭铁马来。
百队菁华齐敬礼，欢声洋溢阅兵台。

登庐山

匡庐百里半烟笼，色相何妨一日穷。
九叠开屏山障日，双峰挂瀑水连空。
天池碧透重峦暗，花径斑斓百卉葱。
饱识庐山真面目，只缘身在此山中。

浅吟随笔

诗词万卷国之瑰，光焰千秋照九陔。
喜见华章堪继往，愿闻新作更开来。

黄果树观瀑

胜迹人间几度逢，青山如黛锁长虹。
天孙久未停机杼，不尽云罗落九重。

闫龙海

　　1952 年生，曾任武警贵州省总队后勤部副部长。贵州省诗词学会会员。著有《踏歌行》。

自　勉

半生戎马鬓已秋，一片丹心赤诚留。
挥鞭跃马青山下，运笔驰骋任自由。
牺牲奉献何足道，韬略真理仍须求。
男儿壮志怀天下，何须回首论功酬。

百花湖览胜

(一)

湖山多胜事，游乐趁春晖。
蜂蝶花间舞，云中白鹭飞。
青峰环岛屿，醇酒沁心扉。
醉眼星松际，迷朦尽翠微。

(二)

湖静青山翠，舟行倒影随。
春来花烂漫，水暖鳜鱼肥。
游乐嚣尘远，诗情美酒催。
回林多噪鸟，缓棹竟忘归。

镇远青龙洞

万丈飞崖锁大江，青龙幽洞古藤长。
傍水渔家舟点点，闲鸭觅食两三双。

闫学增

1918 年生。山西省屯留县人。曾任中共贵州省委副秘书长。

芷江军次

千军直指大江南，湘水雪峰信步闲。
战罢衡阳临芷晃，明朝跃马上黔山。

（1949 年冬）

木兰花慢

桂香飘万里，十四大，耀金秋。谱马列新篇，市场经济，非资非修。民康国强物阜，举红旗，烂漫焕神州。社会大同盛世，亿民竞奏箜篌。　　吴钩，读罢思悠悠，往事注心头。昔井冈秋雨，武装割据，星火长逑。真经寓于实践，看今朝，人物更风流。马列光辉真谛，核心求是从优。

念奴娇·娄山关

雄关莽矗，至深秋，益见英威风骨。一抹丹霞红胜火，枫染健儿碧血。竹自扶疏，松添蓊郁，岚嶂儿孙列。侧峰横岭，方之庐牯无别。　　遥忆万里长征，晨霜晓角，飞步从头越。英勇牺牲肩正义，肝胆冰莹如雪。豪气凌霄，丹心映日，威壮古今绝。燎原增焰，点灯星火辉烨①。

【注】
① 点灯，山名，亦称点金山，为娄山关之制高点。当年红军首克点灯山后，始攻占娄山关。

金缕曲·己巳岁末杂感兼迎庚午新春

岁暮西风烈。一时间，黑云狂浪，叶残红缺。巴拿马河乌浪浊，溅洒阡山碧血。红土地更弦易辙。打砸烧杀充宇内，激风雷、国际悲歌切。无产者，大联合。　　关山万里风波恶。诸先贤，仆前继后，抛头流血。壮志牺牲兴宏业，途远岁寒难夺。终赢来、红军灼耀。漫道雄关真是铁，乘长风、破浪从头越。回首处，东方烨。

黔山春

暇读微山《清江渔歌》，浮想联翩，赋诗和之。

读罢渔歌忆黔山，山山水水紧相连。
青山伴水青江绿，绿水傍山苗岭妍。
危屿茏葱林木茂，平畴肥沃米粮川。
人民民主金光道，三线宏图磐石安。

吕　和

　　笔名吕禾，1950 年生，贵州省郎岱县人，六枝特区电影公司
员工。

郎岱打铁关①

石开虎口啸滇黔，壁合龙门锁万山。
蔽日苍松披甲立，操刀绿竹顶天喧。
观光铁岭云飞乱，怀古沙场血战酣。
且论岩书非咒语，从来强将爱雄关。

【注】
① 郎岱打铁关为滇黔川古驿道上的一处险隘雄关，在关前的云
　崖之上刻有清人喻怀信的手迹"岩疆锁钥"四个大字。

折耳根

杏叶梨花白雪根，泥中细竹乱枝伸。
山村常菜银锄采，城市佳肴众口吟。
素拌登堂千段玉，荤烹待客满盘金。
清心除腻鲜香脆，尝遍黔珍恋此珍。

吕子炎

（1917——1999），原名子英，号栋材。湖北黄陂人。曾在四川、
湖北、湖南等多所地方法院任推事、检察官、院长，并任学校教授。
解放后在贵阳南明区新华书店工作。1985 年受聘为贵州文史馆馆
员。

赴百花湖途中

晓日破春寒，郊原视野宽。
莺声穿树幔，燕尾点波澜。
触处寻诗易，潜心炼句难。
江山无限好，书画孰能完！

游黔灵公园

湖光山色两盈盈，结伴闲游适意行。
渡水萤光三两点，鸣秋蟋蟀万千声。
断云霁雨长空净，古树摇风宿鸟惊。
尘俗顿消神智爽，黔灵锺秀毓精英。

吕兰欣

1963 年生。中学高级教师，遵义诗词学会会员。

玉楼春·春梦

残红满地花无数，又是莺歌喧老树。骄阳似火卧林中，梦断泉边天色暮。　　晚风初起吟禽语，两岸飘香新柳舞。清波层叠泛红霞。桥外渔歌垂钓处。

渔歌子·春江月夜

江岸行人入夜多，春风扑面柳婆娑。新月出，漾清波。滩头小坐听渔歌。

江边送别

红叶几枝横小窗，一行白鹭点秋江。
接天晓雾隐山道，临别汀洲人迹双。

春日小景

雨霁山中雾似烟，轻舟撒网在溪边。
杜鹃啼处新田绿，一片蛙声皓月圆。

吕昌林

　　1967 年生，贵州省大方县人。中学一级教师，大方六龙中学工会主席。毕节地区诗词楹联学会会员、龙中诗社秘书长、《龙中诗刊》常务副主编。

春兰写意

春风无意到窗台，淡淡清香扑面来。
瑞雪堆寒遮隐处，含羞半掩一株开。

贺十七大召开 (新声韵)

十七盛会喜宏开，教育三农慎重裁。
云聚京都筹大计，神州从此上高台。

春山雨后

春山雨后景清新，飞鸟唤晴处处闻。
牛背笛鸣相应和，声声引接远游人。

农家乐

畅饮屠苏举酒觞，东风送暖报春光。
鸟鸣窗外声清脆，兰放叶丛蕊淡香。
碧瓦红砖居室雅，青山绿水涧流长。
蠲除农税参医保，得惠熏风步小康。

朱　毅

女，1946 年生，中专学历，主管护师。

鹧鸪天·贺《独山当代诗词选》出版

诗友联吟兴意浓，华堂聚会喜融融。锦心绣口含珠玉，磊落襟怀淡泊中。　歌雅韵，忆诗翁，烟波江上寄长风，古今多少惊人句，各领风骚一代雄。

朱　曦

（1923——1996），湖北省人。曾任《贵阳文艺》副主编、《贵阳晚报》总编室主任。著有《万家灯火诗词钞》。

清明祭

（一）

俯首甘为孺子牛，周公吐哺复何求？
无儿无女无私念，无墓无碑无尽头。

（二）

汉武秦皇陵尚在，周公身后不留碑。
清明时节家家雨，十亿神州最念谁？

满庭芳·国庆登甲秀楼

河唤南明，楼称甲秀，黔中早播芳名。凭高眺远，楚客昔曾登。十载风刀霜剑，亭台废，何况联楹！萧条甚，青莲瓣里，直是少人行。　　多情、春又至，垂杨献舞，浮玉鸣筝。簮翅腾飞，似凤更生。此日重临览胜，雕栏外，广厦层层。吾何幸，山邀水约，谈笑乐升平。

采桑子·市政协文化工作组组织
书法家赴湖潮乡为农民书写春联

农村今日多新景，五谷丰登，五业齐兴，万户千家醉太平。　　春联两句描难尽，你诉衷情，我诉衷情，红纸千张写不赢。

怀武汉

江汉裁三镇，长桥缀一城。
武昌曾首义，夏口昔鏖兵。
黄鹤排云出，青山彻夜明①。
他乡人渐老，忽起故园情。

【注】
① 青山，武钢所在地，彻夜灯火通明。

阳明洞

昔贬龙场驿，缘何筑有祠？
虽违阉宦意，且喜庶民知。
兴学功难没，遭谗事可悲。
扶风明月在，俯仰寄遐思。

秋夜吟

(一)

灯火耀高楼，天凉好个秋。
窥窗花影动，入户晚风柔。
渐得读书乐，全无身世忧。
桂香飘远近，又见月当头。

(二)

静夜多遐想，无求岂有愁？
人生难百岁，日月自千秋。
休为声名苦，当因势利羞。
做人应似竹，虽瘦亦风流。

朱五义

　　1936 年生，贵州省修文县人，中学高级教师。曾任县史志办副主任、县文联副主席、县作协主席、县阳明学研究会会长。贵州省诗词学会会员。编撰《修文名胜风光诗文选》，著有《王阳明在黔诗文注释》《潮泉集》《修文阳明洞诗文集注》，参与校注《桐野诗集》。

成都草堂 （新声韵）

凄厉秋风破草堂，当年诗圣几回肠。
而今广厦万千座，好把羊毫谱锦章。

成都武侯祠 （新声韵）

大略雄韬盖世闻，偏隅西蜀鼎三分。
江山汉祚将倾覆，岂可旋乾复转坤。

金顶待日

星稀月半上云巅，万户千家正好眠。
只恐朝暾悄远出，枕茵金顶待明天。

贵州历史文献成果展览有感 （新声韵）

老树新枝硕果香，琳琅满目照华堂。
驰驱万里牂牁地，放眼千年翰墨场。
倜傥英才多壮举，激扬文字颂康庄。
峥嵘岁月当珍重，索隐探微写夜郎。

游安顺龙宫 （新声韵）

黔中览胜到龙宫，小小游船趣不穷。
玉女观书寻至理，金猴闹海建丰功。
蜿蜒十里情尤好，放眼终朝兴更浓。
但愿心同天地老，尘嚣远去豁襟胸。

闲鹤 （新声韵）

和风杏月好晴天，丛下苍翁傍池眠。
竹翠几竿怜影俊，霞红数朵惬心闲。
人生宝贵云天外，尘世沧桑意念间。
野鹤欢鸣幽静处，身心至善养颐年。

朱生亮

曾任安顺地区行署副专员，安顺地区诗词楹联学会副会长。

沁园春·咏黄果树

冉冉彤云，浩浩悬河，滚滚狂潮。赏雷轰险壑，瀑遮帘洞；波摇堤岸，雷荡浮桥。雾卷双峰，霓虹隐隐，玉竹萧萧雅韵敲。登临处想五湖烟景，无比妖娆。　　凭栏举眼情豪。喜雨润红花丽日高。见洪峰千里，清污除秽；奔流直下，一泻滔滔。百代英雄，千秋霸主，断水截流枉拔刀。丹青笔，绘雄狮梦醒，瑞凤来朝。

朱亚屏

（1927——2003），湖北蕲春县人。原黔南州商业局业务科长，黔南州诗联学会创始人之一。

七十述怀

忆昔峥嵘岁月稠，丁年困境印心头。
家贫屡屡炊烟断，灾害频频学业休。
背井离乡图建业，从戎报国竞风流。
茫茫尘海多惊浪，信步闲庭乐晚秋。

朱丽泉

1913 年生，贵州省独山人，退休干部，贵州省黄埔同学会理事，独山县老年书画研究会名誉会长，贵州省诗词学会，黔南州诗联学会会员。

七四初度感赋

桑榆虽晚不清闲，爱国情怀老益坚。
敢效春蚕丝吐尽，织成云锦绘新天。

中秋感怀

一年难得又中秋，对月怀人叹白头。
港澳回归群振奋，台澎早日驾归舟。

朱明安

（1915—1995），洪关学校英语和联农学校文史地教员。曾参加编修《仁怀县志》和《茅台酒厂志》。著有《岭南集》。

白家坳怀古

白家坳下忆当年，北上红军矢志坚。
大竹灯光昭永夜，鲁班烽火炽空前。
将军奋指催征马，战士相争着祖鞭。
夙愿于今皆遂矣，忠魂大可慰重泉。

端午节

今年端午算伸皮①，生活居然有转机。

挂罢菖蒲吊艾狗，包完粽子炖猪蹄。

一杯在手轻天地，五月风头任急徐。

佳节于今时运转，家家户户足豚鸡。

【注】

① 伸皮，俗谚，即逢好运之意。

朱定宇

1926 年生。贵州省沿河县人。省委组织部退休干部。已故。

咏甲秀楼

绿瓦红檐碧玉环，银墙赤壁蛰龙蟠。

大桥险渡悬七窍，飞阁临丹耸急滩。

枫树斜阳噪喜鹊，梧桐晓月起凤鸾。

青莲瓣内游鱼跃，两岸柳堤泛碧澜。

朱绍清

江西铅山人。曾任遵义播风文学社秘书长、副总编，贵州省诗词学会顾问。著有《朱绍清诗词》等四卷。

荣获全国文学一等奖抒怀

离职闲居志未休，追求文学上层楼。
诗词创作标新意，时代声音第一流。
喜报传闻齐赞美，奖杯闪烁喜心头。
中华大赛多才子，继往开来誉九州。

纪念红军四渡赤水七十周年

红军百战献丹心，四渡赤河震敌魂。
朱总调兵还遣将，毛公战略妙如神。
回师羽檄人心向，胜利歌声天下闻。
举世扬名留史册，诗联书画贺功勋。

纪念邓小平同志诞辰一百周年

太行征战几春秋，灭蒋驱倭誉九州。
驰骋沙场凭智勇，运筹帷幄有宏猷。
中华特色持高论，香港回归史册留。
一代伟人千古颂，五洲悲痛泪泉流。

朱树声

字良知，号太平，1928 年生，湖南省安化县人。曾任贵阳市工商银行经济师。贵州省诗词、楹联学会会员。

贵州爱晚诗社 20 年庆

风烛残龄迷晚社，黄昏时节习阳春。
廿年磨砺诗千首，欲寄蓝天与白云。

春节 （新声韵）

寒梅香尽艳阳天，鸟语花飞翠满帘。
万户新桃连瑞气，千门盛盏庆丰年。

朱跃均

1957 年生，贵州省绥阳县人，历任公务员、教师等职。遵义市诗词学会、绥阳县诗词学会会员。

合作医疗惠农户

山清水秀春风度，合作医疗惠农户。
治病报销不用愁，三农反哺党恩注。

朱穆云

字砺公，又字润子，号寒月庐主，1955年生，贵州省思南县人，中华诗词学会会员，思南县诗词楹联学会副秘书长。

锦缠道·春上望归图

又是春来，嫩月晓风新染。急推窗、望穿江岸。水烟依阳云山淡。燕子回时，不见轻帆返。　　饮千杯杜康，怎消离怨。夜深长、总嫌钟慢。有谁知、红豆楼中，正月圆时节，更叫心儿乱。

行香子·溪山行吟

点点新芽，串串槐花。遇清明、香透窗纱。红霞万朵，正挂天涯。乐山中莺，水中鸭，院中娃。　　春到云崖，绿染枝桠。既登山、无谓坡斜。鸟飞高处，应有人家。况天多晴，风多暖，景多佳。

江城子·铜仁锦江畅游随笔

正逢花讯起清香。柳垂江，鹭飞翔。朱阁华亭，倒映水中央。彩舫分波听畅笑，过眼处，是新妆。　　昨朝一片臭泥塘。草枯黄，鲤遭殃。人过西桥，小嘴怕开张。谁晓春风凭力度，消残色，出画廊。

临江仙·乌江河畔

　　记得那年春水涨，停舟系在垂杨。吊楼却有
酒飞香。闲开绮户，便见月窥窗。　　敲碟引来
新曲唱，清歌醒了愁娘。心儿皆碎梦难凉。探过
头去，更扯九回肠。

乔大学

　　原名乔景龙，1936 年生，安徽省宿州市人。贵州省诗词学会
会员。著有《蒲公英集》《多彩贵州》诗画集等。

钓　鱼

　　闲钓阿哈水，花明草木深。
　　虔心非为鲤，重在养精神。

麟　山

　　临溪突兀一奇峰，怪石嶙岣入画中。
　　不上麟山不知美，万千桃李笑春风。

伍开荣

1945 年生，贵州省独山县人，贵阳市清华中学教师。贵州诗词学会、花溪区诗词学会会员。

花溪松柏山纪游 (新声韵)

悬崖绝壁立深谷，人赞松柏景象殊。
夹岸苍山生异树，绕岩绿水聚平湖。
风光自古无直道，胜景从来多险途。
历尽沧桑豪气在，崎岖敢陟见功夫。

伍立尚

1969 年生，贵州省镇宁县人，镇宁县丁旗镇桂家小学教师，贵州省诗词学会、安顺市诗联学会会员。

渔歌子·乡夜 (新声韵)

明月穿云三五星，清辉流泻夜风轻。星北转，
月西行。听蛙不寐至天明。

西江月·回乡 （新声韵）

　　莽莽青山寂静，荫荫小径幽暝。鹧鸪声里故乡行。路转烟村翠景。　　昨夜零星小雨，今朝晓雾初晴。青蛙劲唱月微明，风弄花枝倩影。

伍成铭

　　1928年生，贵州省湄潭县人。笔名秋鸿，别号守拙室主。中学高级教师。贵州省诗词学会理事、遵义诗词学会编委、遵义楹联学会理事。著有《秋鸿诗草》《秋鸿词草》《守拙吟》《守拙鸿爪》等。

望海潮·述怀

　　胶州湾外，茫茫黄海，苍波白浪纵横。推灰曳沙，喧天啸地，千年不尽涛声。朝夕傍人鸣。莫非弄潮者，倾尽东瀛。美钦休哉，万分山水万分情。　　环城列岛风清。况笼阴树碧，带露花馨。浴罢归来，欢歌笑语，华灯伴我杯擎。相与诉今生。正拓开旧路，奔向新程。更上琼楼玉宇，秋月共长明。

听省劳模报告

涉水登山传斗志，良言句句振精神。
欢声雷动倾梁柱，热泪花开化宝珍。
三尺讲台呈万象，一腔心愿重千钧。
春来正见生机满，未许庸庸坐失辰。

玉蝴蝶·送别

挽手请君留住，知心话语，欲说还休。转眼三年，迎日送月当楼。倚朱栏，理丝没绪，绕碧径，断线偏悠。任神游，几更灯火，易放难收。　　无由，相期以后，屡传鱼雁，不误春秋。水远山遥，展趋何处想从头。莫忘了，同声相应，要记得，同气相求。击中流，浪涛声里，竞逐飞舟。

贵州省民盟为四化服务成果展览

服务经年成果展，科研技艺喜琳琅。
雄心勃勃思遐迩，热气腾腾论短长。
两建蓝图描昼夜，翻番足迹遍城乡。
春来一片桃花水，泛得佳音到远方！

伍启平

笔名浩海，1945年生，贵州省镇宁县人，曾任中共镇宁县委宣传部副部长、县委文明办主任、县委党校副校长，贵州省诗词学会、安顺市诗词楹联学会会员、镇宁县诗词学会副会长。

卜算子·为免征农业税而作

旭日照山川，改革春风荡。决策亲民万户钦，举国心欢畅。　　冲破老陈规，废掉千年账，不要农民把税捐，万世丰功唱。

伍明坤

字松韵，号明月，笔名江声。1944年生，贵州省六枝特区人。原任黔南州建筑总公司纪委书记、高级政工师。中华诗词学会、黔南州作家协会、世界华人协会会员，黔南州诗联学会副会长。《黔南诗联》常务副主编。

鹧鸪天·缅怀胡志明主席

故国疮痍志士忧，陆沉欲救赴欧洲。呕心沥血联盟策，抗美驱法洗国仇。　　天朗朗，地悠悠。伟人功绩颂千秋。越中情似红河水，友谊关前万古流。

纪念抗日战争胜利六十周年感赋

惨绝"三光"白骨多，王八得道即成魔。
《松花江上》歌催泪，玄武湖边血溢河。
壮士琅琊彰气节，将军长白撒天罗。
江山万里春风暖，警惕东洋卷蚘波。

都市擦鞋工

车流人海各匆匆，闹市楼台耸碧空。
老企砸锅无怨色，长街谋食自从容。
披风浴雨开新路，坐地擦鞋练巧功。
柳暗花明凭胆识，邻翁谑谓混江龙。

登金钟岭赏雪

岁暮寒流急，鳞花舞太空。
冰峰啼饿鸟，竹壑隐肥熊。
一片玲珑树，千丝透骨风。
孑然山野老，痴立画图中。

伍润强

1947 年生，贵州省贵阳市人。曾任毕节地区财政局副局长。贵州省诗词学会会员、毕节地区诗词楹联学会副会长、乌蒙诗社副社长。

咏织金洞

织金溶洞世无双，遐迩声闻名早扬。
宫掖广寒银雨树[①]，塔濒潭瀹讲经堂[②]。
田储石盾雪香溢[③]，殿兀灵霄玉柱藏[④]。
最是湖东行不足[⑤]，擎天有路去偏长。

【注】
① 即广寒宫，宫内矗立高达 17 米的银雨树一棵。
② 廛经堂：位踞日月潭中塔顶。
③ 雪香：即雪香宫，宫中有梅花田，田内积有石盾。
④ 灵霄：即灵霄殿，殿内有玉柱一棵拔地而起，其高直抵顶棚。
⑤ 湖东：指望山湖东侧的南天门及北天门的两条绵延石级。

任 波

土家族，1976 年生，贵州省思南县人。思南县诗词楹联学会会员。

春游嵩公泉

（一）

寻访嵩公览圣泉，临江陶醉水潺潺。
翠林幽径游人懒，绿蕊馨风过白帆。

（二）

流泉声远静层峦，归鹭夕晖恋黛山。
一抹春光一抹翠，半江帆影半江岚。

任天成

1946 年生，贵州省盘县人。高级工程师。曾任六盘水市地矿局副局长兼总工程师。

北盘江大峡谷

北盘江水水滔滔，切出高原缝一条。
断壁千寻刀斧削，悬崖百丈鬼神雕。
黑猴饮水枝为吊，土著探锌藤作桥。
科罗拉多名气重，焉知此处更妖娆。

任达瑜

笔名雨雯。土家族，1938 年生，贵州省思南县人。退休教师，贵州省诗词学会、铜仁地区诗词学会、思南县诗词楹联学会会员。

喝火令·游逍遥谷

丽日山间照，穿梭车辆忙。逍遥谷里看盈祥。
游客结伴三五，好似赴天堂。　　野岭松苍老，
谷深水远长。神悦心爽谷中凉。正好观光，正好
把鲜尝。正好满足心愿，满意转家乡。

任时燮

1931 年生，贵州省黎平县人。台湾《黔人杂志》社长。著有《海上白云词》《沙欧诗选》等。

酒泉子·凯里会议归来，答赠郭先生等乡亲

夫子上庠，栽李种桃於圃，播春风，施化雨，灿吾乡。　会逢卢山推耆杰，高论宏景阔。三日聚，千里别，梦犹长。

醉花阴·赠真相新闻网"笑傲江湖"节目主持人历史学家李敖教授

天纵斯文临海峤，直致江湖傲。真相见真章，口若悬河、笔阵诛无道。　诤今讽古非言笑，胜吉光高照。多证恃多知，学贯中西、历史还原貌。

任若绵

1963 年生，土家族，贵州省思南县人。贵州省诗词学会、铜仁地区诗词学会、思南县诗词楹联学会会员。

兴义万峰湖

青峦紫霭碧天连，峭壁悬岩倒影闲。
翠岛石林幽径远，轻风柔水荡漪涟。

沁园春·赏思南城景

翠涌层峦，墨染叠川，霞映九霄。看峰披岚霭，江穿城阙；佛眠圣岭，龟戏洪涛。塔峙中天，桥连关隘，禅寺学堂音律飘。眼观处，是千山隐约，万壑飘摇。　　瞬间雾尽云消。趁晓日喷薄把景瞧。有绿畦遍翠，红花映照；层楼崛立，鸽舞天高。熙往人来，船欢车笑，超市酒楼喜点钞。着众意，创梯城靓丽，前景昭昭。

向正沛

贵州省锦屏县人，中学退休教师。贵州省黔东南州、锦屏县诗词楹联学会会员。

临江仙·咏雪 (新声韵)

浩浩长空云漫，茫茫大地银装。玉树琼花闪银光。高原奔蜡象，阔野走银羊。　　岭上苍松寒茂，苑中梅艳争芳。冰封千里独昂扬。放眼观世界，一派好风光。

向本烽

1937 年生，江西省九江市人。贵州电力线路器材厂退休职工。

暮至庐山仙人洞 (新声韵)

渺渺仙踪何处寻？空留胜境任登临。
烟岚不惹游人赏，但仰苍松傲乱云。

访庐山白鹿洞书院 (新声韵)

水秀林幽馆舍明，宗师训导耳犹萦。
浔阳代有才人现，书院遗泽惠后生。

向朝儒

1938 年生，贵州省镇宁自治县人，退休教师。贵州省诗词学会、安顺市诗词楹联学会会员，镇宁诗词楹联学会常务理事。

西江月·回乡偶成 (新声韵)

万木峥嵘林海，丰收在望农田。漫山遍野果茶园，一路清风扑面。　　栋栋高楼敞亮，家家电器增添。眉开眼笑满人间，税费免除兑现。

向福初

1937 年生，贵州省遵义市人，中华诗词学会、贵州省诗词学会会员。

茶韵 (新声韵)

紫砂壶内涌波澜，沁肺馨香入笔端。
挥却俗尘多少事，长留雅韵在人间。

游黄果树瀑布 (新声韵)

雷浪奔腾万马鸣，凌空高挂巨荧屏。
天公倾倒银河水，怒为人间洗不平。

向德炎

1927 年生，贵州省桐梓县人。曾任遵义县政协副主席，国家二级编剧。贵州省文史研究馆馆员。

遵桐樱花诗会即席四韵 (选二)

(一)

每从银座认扶桑，似雪樱花一海洋。
四月留春返桐梓，翻疑故土是他乡。

(二)

满城银树趁花钿，锦句瑶章信手拈。
十里河街吟客醉，不知谁是李青莲。

二弟归来喜赋

回首前尘半纪还，依稀如梦亦如烟。
素志输酬唯守志，苍天胜算是欺天。
云横五岭多眠日，月照双边不渡船。
斑鬓归来人未老，茱萸重插虎峰山。

刘　玄

1936 年生，湖南省新晃县人。六盘水市疾病控制中心原副主任医师。中华诗词学会会员。著有《红柳集》。

唐多令·小城春语

此地正春风，梅君隐绿中。是朱桥，错点嫣红。欲寄相思难觅句，借摄像，写空濛。　　人际苦重逢，合匆散更匆。恨流年，漂老英雄。若让天公兴转世，沿故道，拾音容。

水调歌头·重访新疆感赋

梦断几多回，醒后问天山，可知大漠戈壁，今夕是何颜？往昔黄沙弥漫，古道驼铃声远，红柳不畏寒。塔水①浪波涌，经颂也悠然。　　今重返，抬睛看，事非先。荒原油井高架，壮丽景平添。铁甲长驱千里，窗外棉田似雪，风彩赛当年。更有人心聚，秀色永连绵。

【注】
① 指塔里木河。

刘 兵

女，1951 年生，贵州省贵阳市人。贵阳市国税局退休干部。贵州省、贵阳市诗词学会理事，《贵州诗词》特约编辑。

画堂春·绍兴古城 (新声韵)

千山挺秀万溪柔，春风画里行舟。鉴湖三月碧如绸，兰沁芳幽。 传盏会稽试剑，抛珠五泄争流。流觞醉我与朋俦，古韵悠悠。

画堂春·浦东公园 (新声韵)

晨林滴露鸟欢啼，轻风嬉戏涟漪。桃红柳绿绕长堤，落絮香衣。 拢翠紫藤摇曳，蒸云白塔依稀。江南春色最相宜，莫误花期。

修文知非寺 (新声韵)

清风浩月满天星，树影森森伴我行。
唯见三潮甘洌水，亦消亦涨自琤琤。

布依扰绕村 （新声韵）

缕缕东风唤百花，滴滴细雨润芳华。
梯田满目生春意，天道酬勤扰绕家。

谒龙冈翠柏 （新声韵）

冈为筋骨石为魂，郁郁葱葱五百春。
叶茂枝繁拔地起，千秋仰止是哲人。

瞻修文阳明园 （新声韵）

居夷为陋尚昂扬，创办新学育栋梁。
格物致知播警策，文韬武略永流芳。

甲秀广场 （新声韵）

冉冉秋风桂子香，绿烟掩映小亭凉。
丝竹萦耳欢歌起，曲曲心声颂贵阳。

十里画廊 （新声韵）

十里禾丰美画廊，春风点染布依乡。
龙游碧水南江秀，凤舞青山古寨祥。
花韵五环腾圣火，茶香四野醉长冈。
婆娑万木浓荫掩，避暑天堂爽爽凉。

渔歌子·春满画廊四首

（一）

菽麦青青油菜黄，水头古寨漾春光。桃李艳、柳丝长。双双紫燕绕华堂。

（二）

花海田园坝底窝，五环喜现耀金波。迎奥运、舞金梭。激情织绣好山河。

（三）

白雪浆汁热豆花，旋旋小磨唱吱呀。吟客雅、主贤达。飞联锦绣映朝霞。

（四）

云绕村庄雾袅峰，只缘绿野觅仙踪。谁暮见、密林中。杜鹃灿烂几枝红。

刘　亮

1935 年生，贵州省惠水县人。农行退休干部。贵州省诗词学会、黔南州诗联学会会员，龙里县诗联学会副会长。

吟龙里羊场万亩大坝

世誉羊场富谷仓，平畴千顷气温凉。
三支碧水滋林草，万亩良田育稻粱。
左右群山相对峙，北南渎道各分疆。
村庄隅落如鳞次，阵阵弦歌奏小康。

刘　娴

女，1933 年生，贵州省贵阳人。贵阳农校高级讲师。贵州省诗词学会会员。

游北京北海公园

鎏金白塔耸云天，画栋雕梁锦绣轩。
圣殿龙翔金光闪，古刹钟声清韵传。
长堤垂柳随风舞，碧树啼莺绕耳喧。
诗情画意令人醉，心旷神怡不欲还。

刘 毅

1930年生，贵州省盘县人，长期从教。著有《重九诗文集》。

多彩贵州

贵州地势属高原，莽莽翠微紫气妍。
苗岭雄奇松柏翠，巉岩彩练半空悬。
幽深河谷漂流醉，遍岭杜鹃彩锦山。
溶洞琳琅形态异，民族歌舞韵姿翩。
山川壮丽千姿秀，处处风光处处鲜。

观黄果树瀑布

迭翠群峰分两边，银河滚滚涌中间。
一条白练悬崖挂，万朵银花潭底翻。
骏马奔腾雷贯耳，长虹瑰丽雾垂帘。
水帘洞景独尊秀，中外游人兴致酣。

刘大春

1947 年生，贵州省凤冈县人，农民。遵义市诗词学会、遵义楹联学会、凤冈县诗词楹联学会会员。

娄山行

雄关峻岭指苍穹，漫漫崎岖蜀道通。
破嶂长车弯拐路，云中疑是走蛟龙。

刘开澧

1938 年生，贵州省六盘水市人。曾任都匀剑江学校校长，黔南州诗联、都匀市诗词学会会员。

荷塘雨过

荷塘雨过涌新波，鼓荡蛙声奏协和。
出水莲花光潋滟，风亲荷叶露珠多。

凯　旋

神五归来唱大风，无垠戈壁尽豪雄。
飞天问鼎苍穹日，奏凯同怀聂帅功。

刘长焕

1971 年生，贵州省教育学院副教授。贵州古典文学学会秘书长。著有《篱畔亭诗词》《篱畔亭诗词》《中国诗词发展史》。

沁园春·游黔灵山

为 2002 年 8 月纪念黔灵山弘福寺开山 330 周年暨赤松和尚塑像揭幕典礼并参加国际学术研讨会而作

胜地灵山，杖钵连巾，瑞罩壑岑。有通幽九曲，松风浴面；盈泉漏勺，涤净凡心。亭内观光，佛堂礼拜，悟透红尘妙谛寻。惊回首，看峦青湖翠，白鸟红禽。　　锺灵毓秀龙吟，叹此地禅宗传好音。算赤松长老，直追六祖；上人慧海，智启当今。不坏金刚，菩提境界，德济苍生遍布霖。遥峰去，听晨钟暮鼓，偈破云深。

定风波·感事有作

顿起疑心胡乱猜，密探暗访又重来。再惩三餐煤灶冷，蛮横。何时得以陟高台？　　戴月披星奔疾走，知否？难栖倦鸟更相摧。风雨欲寻清静处，无路，潇潇篱畔久徘徊。

九张机·咏菊

一张机，菊花开过小桥西，霜风渐近枝摇曳，落英灿灿，凭他裁减，怎不更怜伊？

两张机，丹青画阁情韵飞，丛丛绕舍和蜂舞，从容绽放，清香远送，妙手费遐思。

三张机，萋萋三径最称奇，陶令因之堪醉酒，推杯把盏，南窗寄傲，慢饮桃源诗。

四张机，长安香阵不停时，百花杀尽黄花发，冲天寒气，金甲映血，燃遍是戎衣。

五张机，椒兰变种妒蛾眉，骚人一曲情何控，重阳祭酒，无边秋影，漫漫有谁知？

六张机，西风帘卷情何移，黄花堪瘦人堪老，任它堆积，无需清扫，醉了可相依。

七张机，漫天香气散迟迟，斜阳弄影篱畔去，孤芳谁赏？惆怅谁寄？蕊绽万千丝。

八张机，忆菊香笼月明时，栏杆拍遍黄昏后，悠悠情影，香风轻荡，何处说相思？

九张机，酒痕遍染泪痕衣，天涯寻过是雪泥，长空孤雁，霜晨玄月，谁与伴南飞？

登　高

谷静暮烟轻，峰奇独自登。

满山黄叶落，曲径紫萝升。

阁旧迷枯树，篱新弄野藤。

清风盈袖窍，俯首一街灯。

题蔡聪森先生翠竹小鸟图

我家屋后有幽篁，淡淡清风送晚凉。
最喜山林鸟唱急，呼来啼破小轩窗。

游紫云格凸河

一湾清净水，三洞锁天门。
移岸飞舟去，流岚野壑存。
秋荫浮竹叶，香气出苔痕。
须向桃源醉，夕阳照远村。

刘凤亭

（1923—1995），河南省范县人。曾任贵州省建委副主任、省顾委委员兼秘书长。

红船颂

（一）

千锤百炼铸红船，赤帜乘风卷巨澜。
推倒三山驱魑魅，新华旭日暖人寰。

（二）

千军万马护红船，大纛巍然色更鲜。
莫道风云多诡谲，坚持真理四维坚。

（三）

千秋万代爱红船，继往开来火炬传。
夕照朝霞相映灿，东风浩荡史无前。

纪念周总理逝世十周年

时光转眼十春秋，怀想周公涕泪流。
大德大才扶伟业，忠民忠党树宏猷。
遗文细读循规律，治事恪勤学勇谋。
欣慰英灵惟盛世，宏图再展竞飞舟。

登梵净山

日出东方绕地平，金光辐射耀空明。
凤凰极顶青林密，苔藓纷披翠嶂横。
云带半遮天有界，山泉四溢水无声。
凭高一览真奇绝，百壑千峰万物生。

渔家傲·红枫湖行

天际云涛倾雾海，旧时荒谷今何在。步向红枫湖畔迈。山河改，光风霁月垂杨外。　　万顷良田资灌溉，明灯无数连城塞。溷水卤烟弥漫骇。污染快，催人治理除"三害"。

雷公山印象记

驱车破雾惊幽壑，万韧奇峰云乱飞。
玉带萦回泉不涸，银锄漫落土真肥。
牛羊茁壮奔山野，稼穑堆成满垛围。
造化锺灵神秀溢，脱贫景象醉人归。

清江十里长滩

路绕峰回十里滩，惊涛拍岸起波澜。
清江后浪推前浪，苗岭上山接下山。
逆水行舟纤索紧，险流稳舵客心安。
红霞万朵飞天外，景物留人仔细看。

过飞去崖

天生怪石叠奇峰，古木环山积翠浓。
何处飞云迷洞口，夕阳无限缩游踪。

刘代彬

1930 年生，四川省宜宾市人。中学高级教师。曾任玉屏县政协副主席。

女船家

时装项链手机新，雨帽花裙掌舵人。
请问姑娘何处去，嫣然一笑土家村。

刘永国

1950 年生，贵州省黄平县人。曾任黄平纸箱厂副厂长，黄平县乡企局副局长。

临江仙·落岩[①]

万仞悬崖娲补落，竹娜簇簇岩洼。翻山入涧隐蹊斜。猴顽嬉峭壁，松挺伴云霞。　　绿水傍流收倩影，坝头坐落人家。桃花怒绽架牛桠。饭馀梨树下，聚首话桑麻。

【注】
① 落岩，地名，因寨对面石崖得名，作者 1968 年插队在此务农。

卜算子·犁田

芒种稻秧催，牛颈牛桠挂。挽裤披蓑手握鞭，叱犊田中画。　　蹄踢水纷分，泥冒铧尖下。莫道憨牛不识途，俯首何鞭驾。

朱家山

层峦叠嶂赛峰雄，莽莽丛林尽郁葱。
晨雾轻飐花露重，晚风淡拂草香浓。
山幽谷静游獐麝，树老藤粗落鹭鸿。
百涧千溪朝两岔，汤汤绿水舞阳中。

阮郎归·游浪洞温泉

秋高偕友沐温泉，丹枫炫峻山。玉珠频涌泛微澜，轻飐淡淡烟。　　风飒飒，水潺潺，池中人尽欢。落霞消退月东悬，踏歌篝火边。

刘民昭

女，贵州省福泉县人。贵州省诗词学会会员。

登娄山关

昔日娄山鏖战地，层峦复岭如屏蔽。
松涛虚籁撼惊雷，恍惚先烈英雄气。

新疆行

（一）

银装素裹千山雪，红柳黄沙四季风。
莫道北疆春易老，匆匆犹看百花红。

（二）

腾云才别峰头雪，落地欣逢岭上花。
探索育英情万里，肩披星月绕天涯。

刘成学

1953 年生，贵州省六枝特区人。中华诗词学会会员，六盘水市诗词楹联学会理事。

别友人

曾经几度水城西，主客无言送别离。
大道何愁淫雨断，雄鹰岂畏暴风欺。
山重水复忧乡远，夜静更深恨路歧。
此去江南千万里，思君惟有梦依稀。

游盘县老厂竹海

碧浪排空百鸟啼，葱茏竹树竞高低。
天荒地老无人识，叶茂枝繁有凤栖。
浩气长存千嶂暗，锋芒毕露万村迷。
盘州不减苏杭韵，赤县风光处处奇。

游盘县碧云洞 (新声韵)

隆冬数九遇阳春，一点芳心绕碧云。
远客纷纷评往事，乡邻个个颂新恩。
千年古洞千仙寓，百座高楼百姓村。
翘首长空霞客笑，神州几处醉游人？

刘成德

　　1930 年生，贵州省罗甸县人，退休干部。贵州省诗词学会，黔南州诗联学会会员。

纪念抗美援朝五十二周年

抗美援朝保国防，英雄持戟赴沙场。
旗开正义驱凶虏，血染关山惩恶狼。
五亿人民为后盾，万千子弟搏前方。
三年苦战终操胜，华夏红星永世扬。

荔波风景大七孔

一江咆哮破山开，丽水奇峰入壮怀。
栈道悠悠悬岸走，天生桥下降仙来。

刘光帜

别名刘虎，化名金匡时，1926 年生，四川省西昌市人。中共贵州省委党史委员会副厅级副研究员。著有《风雨寻踪》。

纪念中国共产党建党八十五周年

桓桓八五年，碧血铸新天。
旭日昭华甸，东风漾醴泉。
三山冰雪化，九域赤旗鲜。
亿万神州乐，讴歌壮丽篇。

颂吴晗①

学者良吏，美哉吴公。
滇南燕北，儒林所崇。
李闻气节②，海瑞襟胸。
如椽史笔，敢颂刚锋。
惨罹文网，历史是从。
刀丛剑树，横眉四凶。
中华英烈，泰山劲松。
浩气长存，一代儒宗。

【注】
① 1984 年 10 月在清华园参观邓小平题"晗亭"有感而作。
② 即李公朴，闻一多。

颂闻一多

英雄战士赋诗魂，爱国忧民主义真。
古籍诠释多妙议，文章千古普天闻。

颂朱自清

名篇背影颂真情，胜似荷塘月色清。
大义凛然辞救济，投身反美自铮铮。

赞西部大开发

（一）

喜看丰年穗正黄，秋山红叶又经霜。
银河星淡霞光起，十里风来百卉香。

（二）

开发西部千秋计，西电东输意更长。
老骥常怀千里志，生辉余热谱新章。

谒龙大道故居

大道之行天下公，甘将热血洒苍穹。
英年罹难犹堪叹，谒见丹心别样红。

刘邦闻

1935年生，贵州省桐梓县人，小学高级教师。桐梓县诗词楹联学会会员。

垂　钓

手执鱼竿去水边，全神入定似参禅。
浮标起落如尘世，困囿樊笼只为贪。

刘兆凤

女，1949年生，贵州省贵阳市人。贵阳市职工技术协作委员会常务副会长兼秘书长。贵州省诗词学会、贵阳市诗词学会会员。

黔西杜鹃花

天公造就物华新，百里鹃花倍足珍。
五彩缤纷游客醉，撷香归晚月黄昏。

美丽的红枫湖

碧波万里接晴空，多彩红枫孰与同？
远望鸳鸯频起舞，近观湖底列群峰。

游昆明

久慕春城景色佳，美人独卧日偏斜。
西山石级客潮涌，百字长联世代夸。

进城务工人员

为谋生计别爹娘，修建高楼苦倍尝。
老板工头心太狠，工资拖欠不商量。

刘名圣

笔名刘石泉，1931年生，湖北省天门市人。曾任贵钢经济师。贵州省诗词学会会员。著有《三湾吟草》《情系贵州》。

采茶曲 <small>（新声韵）</small>

题赞都匀毛尖

黔南苗岭育奇葩，雾霭云蒸滴翠霞。
百里熏风拂绿野，农家姑嫂采新芽。

城南春晓 <small>（新声韵）</small>

南明河畔柳闻莺，河道精修水复清。
流光溢彩园林美，夜来一片鼓蛙声。

题赞马蹄莲

马蹄莲开蝶恋花，英容圣洁玉无瑕。
曾随总理①迎宾客，常把温馨送万家。

【注】
① 即周恩来总理。

红枫湖咏怀①

山岚叠翠神功裁，碧水连天鬼斧开。
民族风情添异彩，山歌明快暖心怀。
停泊花桥登鼓楼，惊赞明珠耀千秋。
居高纵览情深处，万顷清波荡客舟。
渔舟唱晚烟霞起，倦鸟投林日落西。
野渡无人船系柳，牧童牛背自横笛。
篝火联欢兴未尽，柳梢明月送归程。
依依难舍芦笙恋，回首夜郎满别情。

【注】
① 红枫湖位于贵阳西32公里，集山、水、洞、林于一体，大于（杭州）西湖十倍，是国家级风景名胜区。

咏 菊

菊倚东篱明月光，残红寥落怨晨霜。
寒蛩絮语秋容淡，岂识黄花晚节香。

渔歌子·春晖颂

魏紫姚黄倚翠微，南明河畔柳丝垂。桃李艳，
杏芳菲。林城四季浴春晖。

刘兴林

侗族，1962 年生。贵州省诗词楹联学会、铜仁地区诗词楹联
学会会员，《梵净山风韵》副主编。著有《山泉韵语》。

纪念周逸群诞辰一百一十周年

锦江千载唱渔歌，英烈逸群故事多。
振臂挥毫传马列，扬鞭策马斩阎罗。
南昌起义雄心志，鄂北扎根掀浪波。
痛悼英雄身早逝，继承遗志震星河。

十里锦江

风和日丽柳含烟，碧水青山倒影闲。
荡漾渔舟连两岸，游人画里笑开颜。

刘次宾

（1925——2007），本名鸿才，四川省新都县人。贵阳市儿童福利院退休干部。贵州省诗词学会会员。著有《鸿爪诗联》。

老人节上黔灵山 (新声韵)

登高重九日，健步上灵山。
盛世多风趣，红霞照满天。

刘纪和

山东省沂水县人，1936 年生，贵州省统计局统计干部培训中心主任，贵州省诗词学会会员。

记十二届青歌赛

天籁之音青歌坛，原生态韵绕云天。
雪域侗寨原上谣，世代传唱兴无前。

腊梅 (新声韵)

雪裹枝桠掩嫩黄，风霜凛冽不惊慌。
东君有信春来早，墙角篱边送暗香。

刘芳龙

1935 年生，贵州省罗甸县人，退休干部。贵州省诗词学会，黔南州诗联学会会员。

母亲颂

万苦千辛弗尽言，奔波劳碌少休闲。
栽桑种豆开荒地，播种分秧插稻田。
清晓早炊三鼓起，寒宵补缀五更眠。
育雏奉老情难报，但愿慈亲寿百年。

破浪乘风驾远帆

雪雨风霜正十年，奇葩艳丽展新篇。
弘扬国粹昌时尚，丕振文风布景天。
继火传薪扶俊秀，承前启后仰英贤。
诗潮涌动波澜壮，破浪乘风驾远帆。

刘克俊

1934 年生，贵州省遵义县人。退休干部。贵州省诗词、楹联学会会员，遵义市诗词学会理事，遵义县诗词楹联学会副会长。

白头吟

人到老年格外勤，读书习学度光阴。
白天泼墨入佳境，夜晚操琴听妙音。
苦把诗词茶内煮，乐将平仄酒中熏。
梦来犹恋儿时趣，坐看西楼星躲云。

子午山谒郑珍墓

沙滩河畔惠风熏，子午春归草色新。
几树桃花花带露，一林碑石石留痕。
文彰郑母存经典，墨染青山壮禹门。
一代鸿儒天下颂，悠悠乐水慰诗魂。

刘助兴

1952 年生，贵州省水城县人。曾任六盘水市钟山区运管所副所长。

感　怀

（一）

莫道退休多寂寞，得失忧乐寸心知。
仿声扮相娱孙女，品画观花慰老妻。
旧曲回音入静夜，新诗得句酒酣时。
素笺书尽摘星梦，漫步魁阁信有期。

（二）

老来万事莫当真，抚剑弹铗且啸吟。
曾履仕途知险阻，欲搏商海叹艰辛。
琴棋渐洗心头累，翰墨常邀腕底春。
功过是非烟散去，天年怡养致清淳。

刘环城

笔名刘三，曾任贵州电视台报社主任编辑、记者。贵州省诗词学会会员。

明荣知耻

（一）

八荣八耻指南针，一生跟党信为魂；
全心为民勤服务，和谐社会满园春。

（二）

饮水思源记心间，滴水之恩报涌泉；
多彩人生党给予，明荣知耻永向前。

刘茂琳

女，1929 年生，湖北省黄陂县人，退休教师。贵州省铜仁地区诗词楹联学会会员，著有《清净斋诗文书画集》。

咏铜仁

群楼林立似春笋，叠翠晴岚拥碧空。
护市东山如卧虎，围垣锦水若盘龙。
渊渟岳峙添风韵，云彩江声壮势宏。
日暮霞光辉夕照，桥城灯火映苍穹。

莲池庵

久闻人到古池庵，只愿为僧不作官。
徐起清风松递响，微开淡霭石生莲。
飞珠溅玉奔云里，秀谷鸣溪落眼前。
曲径千回天一线，偏招词客屡登攀。

东　山

东山一望莽苍苍，琼阁嵯峨接渺茫。
怪石嶙峋藏古寺，幽林寂静隐平冈。
参天郁木成奇秀，吐艳名花喷异香。
游客如云浑欲醉，挥毫题句远名扬。

铜　岩

中流砥柱小金山，兀立河心二带环。

绿涨双江新水活，红堆两岸野花妍。

群岚叠嶂楼台隐，倒影波光黛色寒。

日暮蓝天辉夕照，粼粼锦碧漾微澜。

梵净山

梵净耸云端，登临近日边。

云梯连碧宇，金顶接蓝天。

绿海生祥气，层峦起瑞烟。

游人咸已醉，久久不思还。

刘昌华

伕佬族，1929 年生，贵州省石阡县人。石阡县农业局退休干部，农艺师。

沁园春·青藏铁路

青藏风光，冰掩诸峰，雪盖万山。看高原上下，全呈皑白；三江首尾，尽失潺湲。空气珍稀，寒风凛冽，人类生存实困难。真艰也，叫齐天大圣，筋斗难翻。　　冰原筑路辛艰，集百万英雄战险关。穿凌崖隧硐，钻机频转；荒沙冻土，铁轨均安。缺氧何妨，严寒不惮，天大艰难齐力担。通车矣，听凯歌高唱，响彻人寰。

长　征

胜利长征七十秋，东狮崛起震寰球。
英雄业绩垂千古，烈士功勋扬九州。
遵义正航惊鬼蜮，雪山越隘抗倭酋。
天安门上红旗展，共产光辉万代讴。

免征农业税感赋

富民国策免皇粮，心系三农好主张。
八亿农民伸拇赞，九州百姓笑眉扬。
唐宗减赋三年美，炀帝横征千里荒。
盛世昌明施德政，尧天舜日乐无疆。

刘明远

又名公犊，号工余竹叟。1946 年生。贵州省遵义县人，退休工人。中华诗词学会、贵州省诗词学会、遵义市诗词学会会员。著有诗词曲联集《天天居墨籁》。

赞壶口瀑布

豪情万里一壶装，邀得九州同举觞。
不惜高原劈秦晋，更钟平野泽农桑。
染成儿女千秋色，注重炎黄一脉香。
日月朝朝凭尚飨，满壶尽是好琼浆。

沁园春·题百里杜鹃

万古高原，三月春风，百里杜鹃。看红黄紫白，争奇斗艳；东南西北，成阵联翩。雨厉风凄，云封雾锁，纵是神仙亦怯寒。流年里，听子规声切，直唤春天。 花山花海花妍，令多少诗情叩思弦；是夜郎经纬，尚存缕缕；水西营垒，更著斑斑。辟驿唐蒙，安边诸葛，未启山林犹闭关。自珍摄，定花团锦簇，秀美山川！

水调歌头·茶馆

不是闲无事，茶馆去喝茶。无须相识，片言只语即亲家。才乐耕夫免税，又喜学生蠲费，笑得眼眉斜。都道年成好，茶味正增加。 新雀舌，铁观音，爽伶牙。侃天嗑地，双眼难得夹泥沙。哪项工程造假，哪个高官落马，不必自清查。茶馆虽然小，转瞬到天涯。

刘知白

1914 年生，安徽省凤阳县人。曾任贵州省贵阳市人大常委会委员、市文联顾问，贵州省文史研究馆馆员。

步权樵腊梅原韵 (二首选一)

为爱梅花不畏寒，画中好供四时看。
清词沁腑心如醉，读罢临风久倚栏。

观黄果树瀑布

天工何事开奇景，洞挂珠帘更觉幽。
难怪游人张巨眼，瀑声随梦到心头。

画罢随感

(一)

一病废吟诗，筐床任所之。
丹青知我意，伴到月斜时。

(二)

意造清幽境，梅花竹石图。
眼看春又去，难得学糊涂。

游百花湖

天然秀色百花湖，无数峰峦似画图。
安得移家栖胜境，四时风物任侬涂。

自　况

（一）

年来时在病中过，煮药居多画不多。
莫笑此生头已白，梅翁自乐墨花窝。

（二）

斯人性癖友苍松，不问寒山路几重。
乘兴放歌新制曲，清泉玉露涤心胸。

刘金永

1977 年生，贵州省遵义县人，遵义市诗词学会会员。遵义县机构编制委员会办公室干部。

打工杂感

数年南海苦如秋，万里长街几度谋。
大野青山常入梦，异乡游子总生愁。
每闻兄弟来家信，愧把青春置外头。
仕路今从何处看，东江浪里一轻舟。

春回家乡

毕竟家乡春日多，篱栏伫望影婆娑。
桃红竹宅两三树，风醉梨花一满坡。
狭路牛争蘑架草，邻村爷赶板桥鹅。
忽闻寨外数声笛，响起儿时那首歌。

家　访

苍山飞瀑岭飞霞，花径蜂轻树噪鸦。
探问来敲门有语，大人薅草未归家。

刘绍尧

1933 年生，四川省乐山市人。曾任《贵阳钢厂史》副主编。中华诗词学会、贵州省诗词学会会员，贵阳陶然诗社秘书长，《陶然诗韵》编辑。

黔灵春晓 (新声韵)

平生足迹好名川，爱上黔灵雾里山。
云暗浮屠还隐现，人登曲径证仙凡。
松涛乍起猴奔壑，春雨新凉露浸衫。
队队儿童祭英烈，湖上轻歌满画船。

题阳明祠

犯颜直谏忤权阉，梃贬蛮荒瘴野烟。
浩气长存邪自怯，易窝顿悟道通天。
知行合一开新宇，格物致知理奥玄。
龙岗兴学传大道，风标猎猎照人间。

抒怀 (新声韵)

少小从戎志气宏，冰河铁马跨江东。
识途老骥豪情在，依旧昂扬啸晚风。

冬泳二首

（一）

波鞋靓顶古稀翁，落拓青衫两袖风。
浪迹天涯人不识，扬声长啸扎湖中。

（二）

休闲意趣寄林泉，未减癫狂似少年。
白鹭横空人迹罕，逍遥仰卧水中天。

刘荣仁

1937 年生，贵州省纳雍县人，曾任普安县政协常委、秘书长、县文联副主席。贵州省诗词学会、黔西南州诗词楹联学会会员，普安县诗词楹联学会副会长。

思佳客·采风半个箐

一路游人一路歌，半坡松竹半坡禾。千竿翠竹千只韵，百鸟投林百鸟和。　步幽径，荡清波，人来人往若穿梭。民居雅室花浓郁，淡饭粗茶佳客多。

刘荣柱

1945 年生，贵州省开阳县人。安顺市第一高级中学高级教师。安顺市诗词楹联学会理事。

蝶恋花·退休感怀

乙酉金秋秋色瑞，粉笔生涯，渐去心还醉。往事如烟夕照媚，情牵梦境寻欣慰。　　晨里钟声声更脆。笔砚耕耘，别是一番味。盛世当歌前景美，名山胜水勤描绘。

纪念毛主席诞辰一百一十周年

纵目横空几十年，铿锵雅韵百余篇。
山经战火依然美，笔走龙蛇别样鲜。
吟雪含情抒壮志，写梅寄兴傲霜寒。
诗魂逝去雄风在，领袖遗篇万世传。

游安龙招堤

气爽秋高沐暖阳，安龙城外赏风光。
荷塘十里行香远，垂柳千株护岸长。
荡起扁舟心里醉，采来莲籽口中尝。
苏杭美景人称赞，怎比招堤韵味强。

西江月·游青岩古镇

昔日兵家争占，今朝游客流连。美肴佳酿摆街边，引惹来宾艳羡。　　寺庙宗祠庭院，牌坊楼阁楹联。人文荟萃在其间，沉醉诗乡眷恋。

刘香奇

1944 年生，贵州省安顺市人，曾任安顺市交通局副局长。中华诗词学会会员，贵州省诗词学会会员，安顺市诗词楹联学会秘书长。

漂流马岭河

马岭河穿裂谷间，悬崖怪树古藤缠。
撑空峭壁猿啼吼，夹岸飚风雾滚翻。
激浪漂流千副胆，飞舟劈破万重滩。
狂波盖顶豪情壮，闯过惊涛天地宽。

秋　韵

秋高云淡雁南巡，重九登山晓雾侵。
遍野金风香桂子，层峦玉露染枫林。
白头咏唱歌犹健，旧案临池笔聚神。
莫道严霜真肃杀，黄花兀自向天吟。

游龙宫风景区

放舟碧水漾龙宫，玉树琼花殿宇雄。
林茂径幽青鸟脆，瀑明洞暗紫烟融。
苍藤翠蔓梳风雨，野垅璇塘染郁葱。
偷得闲暇三两日，群芳谷里访仙踪。

咏黄果树大瀑布

巨瀑从天降，雄名四海闻。
峰高扶日月，浪激洗乾坤。
破峡风云涌，穿滩虎豹奔。
壮哉黄果树，其势夺千军。

谒中山陵

横空一啸起南天，明志共和除腐顽。
百折不回摧帝制，铮铮雄骨卧钟山。

草原夕唱

琴笛悠悠暮色苍，炊烟袅袅唤归郎。
奶茶烈酒飘香远，轻晃鞭梢牧夕阳。

壶　口

天公喜设瑶台宴，开启昆仑碧玉泉。
九曲黄河盛万斛，一倾壶口醉中原。

鹧鸪天·祝贺香港回归十周年

飘泊南洋一叶舟，百年苦难百年愁。醒狮惊破黄粱梦，祖脉回归完璧收。　强国势，固金瓯，功成两制谱鸿猷。九州天籁歌昌盛，月朗风清荆蕊稠。

刘顺慈

（1912——1996），湖南省长沙市人。新中国成立前曾任中国旅行社主任、湖南省银行、贵州省银行经理。新中国成立后在贵阳市志办工作。

竹枝词·农村小景

（一）

电视屏前酒一樽，拈须含笑语儿孙。
自从盘古开天地，哪有今朝富满村。

（二）

两层楼房住有余，鸡鸭成群圈满猪。
电器齐全家具美，立柜格格摆新书。

甲子除夕

唤起春牛又一年，梅花消息报团圆。
荧屏璀璨农家乐，闹市欢腾火树妍。
守岁白头频进酒，冲寒劲旅正巡边。
今宵北望中南海，光耀红星庆普天。

春　兴

乾坤气暖灿云霞，幸福生涯属万家。
快意相逢延命菊，豪情寄托报春花。
半醒枕上听晨曲，薄醉楼头待月华。
水阁山村芳讯好，红枫鸥鹭约浮槎。

爱晚诗社成立二周年

岁月奔驰又一春，欣然两度祝生辰。
诗坛白发捻红杏，社友清词颂大椿。
盛世生涯宜纵笔，晚晴天气最怡神。
侗乡苗寨青青柳，绿上吟鞭得句新。

抒　怀

珍惜余年镇日忙，偶然不寐夜偏长。
未遑刮目看朋旧，岂肯低眉对剑铓。
断绪千端无可说，好诗一读便难忘。
江山容我抒怀抱，地北天南任自翔。

龙年春节

中华昌盛史无前，喜上梅梢又一年。
改革朝霞升冉冉，承包瓜瓞竞绵绵。
宜春帖写兴黔颂，献瑞辞成富国篇。
十亿炎黄开口笑，龙盘海峡护归船。

随感二首

（一）

一羽经天万里长，诗才无力写沧桑。
扪心枕上星光灿，濯足滩头海浪狂。
入梦故人犹俊逸，看云老眼总寻常。
愧输余热居人后，三日清闲两日忙。

（二）

人生忧乐费思量，圆缺阴晴日月长。
紫蟹横行终鼎沸，白鸥适意恋湖光。
谈兵纸上非吾愿，骂座樽前任客狂。
白发欣然逢盛世，楼居四季沐朝阳。

刘衍奎

1940 年生，贵州省大方县人。曾任《毕节日报》社长兼总编辑、中华诗词学会会员、贵州省诗词学会理事、毕节地区乌蒙诗社社长。

山村即景

栉比农家枕汉皋，通关小道出塘坳。
寨前绿水弯弯绕，村后青山叠叠高。
千里良田抽早稻，一群肥畜侣蓬蒿。
阿哥笑口开难闭，连谢今年风雨调。

鹧鸪天·悼念王选先生

日览传媒猝尔知，"毕升"驾鹤疾西驰。九州学界齐悲恸，歌挽黉门一大师。　　辟险道，破难题，直奔四代照排机。呕心沥血十余载，光电雄居铅火时。

青玉案·题赠大方一中"云龙诗社"

云龙山麓雏莺啭，崭头角、春风面。庠序吟坛星汉烂。古今博采，稟经酌雅，久有声名显。　　方城历代兴文苑，耆宿存珍数千件①，婉若遗珠当代现②。再瞧时下，摇旌呼唤，欲把先贤赶。

【注】

① 指成立于1936-1939年时期的大定耆英诗社成员创作的作品。

② 指现今编辑出版的晚清女诗人周婉如的《吟秋山馆诗词钞》。

鹊桥仙·咏老年教育（新声韵）

征程尚远，夕阳迎迓，喜获甲胄脱解。担囊负笈入黉门，投名宿、攻读不懈。　　知荣明耻，修身养性，与众同窗心惬。春深老树绽新葩，笑靥灿、如霞情烈。

刘较书

1932 年生，贵州省赤水县人，历任地委统战部部长、地委落实政策办公室主任等职。曾编写过《岁月如歌》《江山如画》等书。

蝶恋花·忆同学

庭院唱声腔正好，掩耳悄听，恰是昆曲调，姹紫嫣红开遍了。良辰美景青天晓。　　咫尺天涯情渺渺。暮卷朝飞，同学真情好。忆往昔云烟梦妙，晚情偏是逗人笑。

张家界

张家界里复高山，怪石奇峰画图嵌。
峭壁岩悬苍翠景，猿啼虎啸绝人间。

刘家验

1927年生，贵州省绥阳县人。曾任校长、文化馆馆长、科协副秘书长。中华诗词学会、贵州省诗词楹联学会、遵义市诗词楹联学会、县诗词楹联学会会员。

安民遐想

绿水青山春色融，平房门外布青松。
花香四季果蔬旺，日丽九天精气浓。
兴致敲诗除俗虑，闲来对弈拓心胸。
疏名淡利平常态，自在一生欢乐中。

刘尊荣

1939年生，贵州省道真县人。历任县委组织部副部长、保险公司经理等职。中华诗词学会会员，贵州省、遵义市诗词学会理事，道真诗词学会会长兼主编。

人大、政协"两会"颂（新声韵）

天换新颜地换装，千山万壑沐春光。
长征接力催钟鼓，瑞气蒸腾国运昌。

晚　秋

翠滴青松枫叶红，湖光山色两相融。
鱼翔浅底戏秋水，五谷丰登歌大同。

新农舍 (新声韵)

新舍楼台缀玉珠，半藏农具半藏书。
池塘鲤跃青波漾，春满田间万象殊。

刘锡龄

1925 年生，贵州省贞丰县人，曾任贞丰县人民政府文教科负责人。贵州省诗词学会、黔西南州诗词学会会员。

布依风情

声声木叶荡山庄，阿妹房中暗地慌。
躲过爹娘瞄远树，避开兄嫂会情郎。
哥看阿妹人灵秀，妹觉阿哥心亮堂。
两小无猜情酽酽，双声合韵爱深藏。

惜　别

弱龄遭掳抢，避祸到山庄。正虑难立脚，有缘识锦娘。锦娘性爽朗，贤惠献衷肠。为吾做新鞋，不惜昼夜忙。深情含未吐，婉语似蜜糖。笑靥如花美，常着淡淡妆。　　只因家教严，相爱如隔墙。别时留遗恨，此后各一方。一别七十载，分道各自忙。白头惊喜会，相见泪盈眶。皆喜同长寿，儿孙聚满堂。老年忆惜别，互祝米寿康。

刘靖林

1966 年生，贵州省毕节市人。毕节日报社副总编，毕节地区诗词楹联学会副秘书长。

黔电送粤赞 （新声韵）

奚知毕粤两无猜，红线一牵喜事来。
不见羊城灯万盏，却争百里杜鹃开。

端阳感赋 （新声韵）

古往今来颂楚风，又观榴火斗嫣红。
年年端午兴诗会，走笔裁笺句尽工。

刘福坤

1930 年生，贵州省余庆县人。县法院院长、党组书记等职。退休后拜师学习诗歌。余庆诗词楹联学会会员。

四上天安门城楼有感

天安门上彩霞飞，礼炮声声似滚雷。
领袖风姿光北斗，元戎仪态挺神威。
三军检阅雄风盛，万众欢呼赤帜飞。
翘首东方惊世界，神州新纪孟春晖。

观看云南山茶花即兴

三月茶仙展笑容，披红着绿舞东风。
有心摘取回乡种，兴许家山花更红。

刘福萍

1936 年生，贵州省福泉市人，福泉市邮电局退休干部，黔南州诗联学会会员，福泉市诗联学会秘书长。

翠屏山①

群峰叠翠聚风情，遥映古城景色清。
五圣观云仙子殿，三星照月玉皇亭。
潮音演绎狂欢曲，瀑韵吟哦大雅声。
九老峰前非故制，金鸡啼现彩云屏。

【注】
① 翠屏山即福泉城南金鸡山，又名九老峰，九十九峰。

刘嘉碧

1955 年生，贵州省盘县人。《六盘水晚报》总编。六盘水市诗词楹联学会会员。

题盘县老厂竹林

绿叶青枝孰种栽？风风雨雨自成材。
抽条不学藤攀附，万户千家请你来。

感　怀

夜立茫茫宇宙中，自知渺渺一青虫。
心随天马千重雾，身付热情万里风。
海静月圆人不醉，山横壑险路难通。
曾经愤愤星辉意，化作倾盆洗太空。

刘德凤

1934 年生。贵州省思南县人。退休干部，贵州省诗词学会、铜仁地区诗词学会会员，思南县诗词楹联学会会员。

田园采风录

茗芽撷罢近清明，柳眼微舒乳燕轻。
红杏篱边新酿熟，一犁烟雨动春耕。
曙光才透菜花畦，妇起晨炊子架犁。
荷锸牵牛趋北陌，三更灯火五更鸡。

刘翰成

1924 年生，湖南省邵阳市人。曾任安顺市西秀区法院办公室主任。省、市、区诗词学会会员，安顺市诗联学会秘书长。

欢呼大治年

大治之年正气扬，岂容蟊贼毁铜墙。
驱除迷雾化春雨，严惩妖魔亮剑光。
志士仁人朝北阙，贪馋野狸跳东窗。
腐风不刹必污染，铁打江山难久长。

稻草人

草苞司令叹孤军，耀武扬威吓鸟禽。
风雨飘摇真象露，更无肝胆与灵魂。

沁园春·森林颂

苗岭苍山，郁郁葱葱，景色协调。望晴川野外，花香鸟语；群峰滴翠，林海松涛。锦绣黔中，园林胜境，异水奇山罩绿袍。风光美，看层林尽染，彩蝶妖娆。　　山林分片承包，喜阔道林间气势豪。更史无前例，弘扬科技；振兴林业，又献新招。干部当先，银锄飞舞，绿化城乡汗水浇。齐奋斗，树雄心壮志，党领风骚。

刘冀川

女，1949 年生，四川省人。曾在中共贵阳市委组织部、市老干局工作，贵州省文史研究馆秘书。后到海南工作。

教师节作

（一）

叶老梧桐又一秋，残灯夜课岁悠悠。
催开桃李盈芳圃，放尽春心到白头。

（二）

放眼尧天雾障开，黄金台上聚良材。
韩文若作今朝客，锦绣篇章快意裁。

息烽温泉行

碧野春风路几程，群山横黛晓云轻。
桃花水暖牵游客，社燕声回动旅情。
岸柳飏丝飘袅袅，崖泉漱玉弄玎玎。
幽居精舍迿人意，引得诗思入嫩晴。

咏　菊

一叶秋声百卉殚，瘦枝竟敢斗威寒。
从来玉质坚铮骨，霜剑风刀不堕冠。

从军忆

枪声震破五更眠，马上琵琶撼九天。
踏月披霜随号角，沐风栉雨仗青毡。
铁蹄惯踏冰河水，素手常攀峭壁烟。
莫使壮行成往事，尚余豪气写吟篇。

满江红·缅怀何香凝先生

烽火干戈，熔就了，心红志洁。伸正义，批鳞射虎，巾帼豪杰。玉帛珍馐如粪土，家仇国恨镌霜骨。驾飞舟，击楫柱中流，何英发！　　襄统战，促团结。神州屹，朝晖晔。又嘶风万里，任重循辙。哀乐半生留赤胆，风雷百丈呈高节。更老来大笔写江山，如椽立。

花　溪

花满枝头香满溪，麟山日暖草萋萋。
一篙撑皱春波绿，隐隐笙歌绕柳堤。

图云关

烟峦排扇峙雄关，槛外波光早燕还。

松径幽深天地远，几枝红白自斑斓。

渔歌子·邕江畔月夜独步

隐隐渔灯棹影稀，江声流梦过长堤。芳草腻，

夜云低，微星淡月寄相思。

葡　萄

意自娇柔蔓自长，与人几度作阴凉。

秋来谁问君归处，惟有丰枝对早霜。

刘繁柱

1938 年生，山东省肥城市人。曾任贵州省兴义军分区副政委。贵州省诗词学会会员，贵州省军区诗书画研究会副秘书长，《南岳吟草》编辑。

鹧鸪天·贺贵州省诗词学会成立二十周年①（新声韵）

艳朵骄开红贵州，骚人"爱晚"起航头②。乌江碧浪新歌唱，苗岭词吟雅调讴。　　乘顺水，快行舟。屈原神韵育春洲。继承李杜诗言志，灿烂鲜花染九州。

【注】

① 2007 年 10 月，贵州省诗词学会成立 20 周年。
② 《贵州诗词》前身为《爱晚诗词》。

雄鸡啼鸣（新声韵）

离了樊笼碧树栖，毛绒披彩五花衣。
豪情尽向苍天表，正适新元迎旭时。

春咏（新声韵）

（一）

旭日东升大地新，河山万里竞芳芬。

柳枝吐翠如丝线，浅草发青似绿茵。

紫燕穿梭织锦绣，鸳鸯戏水觅温馨。

阳光渗透深层土，百姓备耕抢早春。

（二）

喜人春色呈佳景，午倦偷闲入画屏。

世事纷纷不屑顾，浮名淡淡未曾听。

窗明几净迎晨曙，卷厚章新送晚晴。

落日余晖红似火，桑榆盛世乐康宁。

刘燮明

字仲权，1945年5月生，贵州省从江县人。曾任黔东南州中医医院副院长、主任医师。中华诗词学会、贵州省诗词学会会员，黔东南州诗词学会理事。著有诗集《韵苑学步》。

下司夕眺 （新声韵）

绿水澄如镜，青山两面开。
黄鹂鸣翠柳，暮霭笼田垓。
画舫悠悠过，游人款款来。
晴川飞笑语，清辉上高台。

游雷公山 （新声韵）

山高层绿绕，岭秀自生烟。
飞瀑传凉意，流溪带笑颜。
林森空气好，天碧彩云翩。
空谷听蝉唱，人间有乐园。

登黔灵山 （新声韵）

独上黔灵晓雾浓，林涛隐隐伴晨钟。
猿啼古木传哀韵，虎啸深山震昊穹。
修道须择清静地，强身可练少林功。
登高何惧人辛苦，无限风光在险峰。

刘豫生

字雁南，1934年生，湖北省溁县人。曾任贵州省水利电力厅地方电力局副局长。高级工程师。贵州省诗词学会会员。

水调歌头·盛会之际话长江[①]

旭日耀东海，盛会话长江。群英聚议决策，伟业世无双。碧水高峡荡漾，笑语湘湖赣沛[②]："两弟可安康[③]？"馈电遍华夏，绝涝百城厢。　　猛虎跳，白鹤笑，巧家忙[④]。金沙拱手，能源洁净送东方。更引江流北上，喜会长河老友，携手哺炎黄。燕赵开河网，塞外辟苏杭。

【注】
① 盛会即中共第十六届代表大会。
② 湘湖赣沛：即洞庭、鄱阳二湖。
③ 两弟：三峡水库蓄水量较洞庭湖、鄱阳湖蓄水量大，故三峡水库可称洞庭、鄱阳为"两弟"。
④ 猛虎、白鹤，巧家为金沙江上梯级水电站所在地虎跳峡、白鹤梁和巧家。

一剪梅·过年

儿时父母怕年关。租要交全，债要清还。长大方知过年难。票证没完，排队没完。　　白头喜过小康年。国也有钱，家也有钱。展望来年笑开颜。四海团圆，百姓平安。

齐少忠

1943 年生，贵州省安顺市人。石油公司工作。安顺市诗词楹联学会会刊编辑。

临江仙·黄土桥即景

（一）

倩影婆娑堤岸柳，靛青石上蛮腰。水车侧畔曲栓桥，浓荫堪避暑，十里夏云高。　　细赏枇杷新品种，繁枝分翠堪娇。丰收硕果待辛劳，根粗肥叶茂，昂首任风摇。

（二）

寨后村前碧如洗，层峦滴翠清幽。炎炎烈日照松楸，肥田蒸水气，又被雨云收。　　信步羊昌河岸上，前波后浪沉浮。全凭山骨枕中流，狂涛翻瑞雪，一泻势难留。

齐鲁青

1922 年生。山东省肥城市人。历任肥城县抗联组织部长、贵州省安顺地区行署副专员、贵州省新闻出版局副局长等职。贵州省诗词学会顾问。

满江红·新中国成立五十周年志庆

五十年来，经过了、艰难岁月。三中会①，春潮涌动，万民情切。改革高歌扬广宇，振兴经济齐飞越。展雄风、绘锦绣神州，人心悦。　　新世纪，多贤杰。谋良策，肝肠热。理论红旗举，三讲勤说②。四化宏图光灿烂，市场经济通盘活。康庄道、更上一层楼，前程阔。

【注】
① 三中会，指党的十一届三中全会。
② 三讲，指讲学习、讲政治、讲正气。

哭孙汉章同志

风雨征程七十年，德高望重美名传。
兴黔头白国家事，勤政心丹留史篇。
竭虑殚精酬壮志，披肝沥胆不息肩。
良师益友去何早，业绩辉煌启后贤。

（1997 年）

踏莎行·改革潮

四海升平，九州春碧。振兴华夏雄心赤。加深改革奋腾飞，争分夺秒豪情激。　　奋发图强，更生自力，辉煌业绩来非易。坚持马列举红旗。泱泱大国东方立。

沁园春·雷公山

莽莽"雷公"，绿染丛林，花满壑丘。值天晴日丽，彩霞朵朵；熏风习习，云浪悠悠。鹰击长空，燕鸣翠树，清水江波荡画舟。攀绝顶，听松涛竹浪，曲径通幽。　　苗乡侗寨鼓楼。喜看那人间春永留。有古榕高耸，花桥横架，银河星烁，晓月如钩。木叶声扬，芦笙细奏，曼舞轻歌情意柔。风光秀，正引来百侣，汗漫同游。

汉宫春·乌江行

滚滚乌江，看惊涛骇浪，奔放东流。千峰万壑，翠绕岚叠云悠。桃红柳绿，含苞放、鸟唱枝头。千垌远，菜香麦涌，今年又是丰收。　　几度沧桑巨变，喜截流筑坝，大展宏猷。万千愚公智叟，汗洒荒丘。工程艰巨，战胜了、虎豹龙虬。现在是，飞舟扬棹，金光照彻黔州。

喜朝天·迎春

大地春晖，山河增秀。轻歌曼舞声声奏。舒芳耀彩舜尧天，时逢新岁人添寿。　　壮谱精英，豪吟豆蔻。激情豪迈涌斗牛。千秋大业展宏图，征程辽阔春风透。

参观王若飞故居感怀

当年戎马征延北，受命和谈到蜀岷。
为国忘身探虎穴，赴汤蹈火靖烟尘。
雄心矢志持真理，冷眼横眉对敌人。
岂料风云惊不测，长教杰士泪沾巾。

摸鱼儿·登黔灵山述怀

看黔灵、几番风雨，吹开烟霭沉雾。江山占得天然秀，新植几丛芳树。春永住！凝望处、红堆翠叠凌霄宇。春光竞吐。锦绣织田园，画图新展，遍地镂金路。　　千年事，引起英雄奋矞。赢来金筑坚固。征途纵有层层苦，披荆斩棘何惧？君且顾！今已见、东风驰荡朝晖布。良辰难遇。休掷了时光，骥心不老，蹄劲争奔赴。

江之一

1922 年生，湖南省汨罗市人。贵州省铜仁地区邮电局退休干部。贵州省诗词学会会员，著有《金秋赋》《松鹤情》《之一诗词稿》。

感怀 (新声韵)

少年立志欲飞腾，壮岁无能趁好风。
老大退休常抱憾，涓埃未报党恩情。

乡 思

(一)

湘客到黔游，悠悠七十秋。
朝思汨罗水，夜梦岳阳楼。
昔日青青发，而今光秃头。
乡思仍执着，无计泛归舟。

(二)

小苑徘徊久，凭栏意怅然。
风吹花影乱，波静鲤鱼潜。
雀绕丝笼转，蝉藏叶底喧。
乡思何日了，又见柳含烟。

江志东

1947 年生，四川省人。六盘水华佗正骨医院院长，贵州省诗词学会会员、盘县诗词楹联学会会长。

屈　原

众皆混浊不随波，独醒唯君奈若何。
午日怀沙人去后，汨罗千古唱悲歌。

范　蠡

下海经商不弄权，功成身退利名全。
权钱交易谋私者，若面陶朱可汗颜。

李后主

凤阁龙楼去不还，帝家末世命多难。
只因亡国锥心痛，换得名篇万古传。

宋徽宗

翰墨丹青一品香，可怜身在帝王乡。
因文废政君之过，枉向西风怨夕阳！

赞新民乡鱼龙化石

异类生来总不同，非鱼非兽亦非虫。
当年鳞爪今犹在，只欠风云未化龙。

汤汉华

　　女，1934 年生，江苏省武进县人，曾任贵州省监狱管理局大洞口监狱生产、供销科长，经济师。贵州省诗词学会会员。

喜闻国家免征农业税 （新声韵）

欣闻农税得全免，亿万农民尽笑颜。
政策英明开富路，小康建设趁风帆。

咏兰 （新声韵）

身居幽谷乱石旁，傲雪经霜挺自强。
剑叶婆娑呈雅韵，蕊香郁馥醉心房。
百花齐放弗争艳，万树凋零自吐芳。
飘逸悠然君子气，格高品正美名扬。

安兴旭

1957 年生，贵州省黔西县人。黔西县水利局干部。

游水西湖

叠翠青山望不穷，苍岩远目已腾空。
村居缥渺白云外，树影轻盈碧镜中。
欲品花香临峭壁，蓦思鱼味泊荆蓬。
雕船聚友欢相饮，醉展歌喉唱晚风。

许义明

字双星，号两如楼主。土家族，1948 年生，贵州省思南县人。
中华诗词学会会员，贵州省诗词学会理事。思南县诗词楹联学会
会长。

诉衷情·咏谭嗣同

云间振翅自潇湘，冷笑对强梁。八方游历如
梦，将浩气，化愁肠。　　天理在，意舒长，步
商鞅。朗朗明月，缕缕清风，醉了浏阳。

鹧鸪天·雨中游华严寺

仰望半空垂雨帘，千丝万线挂林间。远山隐隐成暝影，近水茫茫起白烟。　　花殿后，玉阶前，依栏收伞听山鹃。几声钟鼓鸣清雅，一曲新词半日闲。

鹧鸪天·深秋戏作

窗外虬枝落叶黄，蝉声渐短意犹伤。书斋闲读诗词赋，笔墨乱涂风雅章。　　温酒暖，去秋凉，荆妻笑我满头霜。心中常有少年趣，虽过韶华人自狂。

行香子·龙底江春游

江上横舟，水上浮鸥。竹林翠，小鸟啁啾，鱼欢浅浪，心荡清流。看桃花笑，梨花闹，杏花羞。　　风生脚下，犁挂肩头。舞春风，忙碌田畴。青山绿野，古树琼楼。比漓江美，乌江秀，锦江幽。

捣练子·致友人二首

(一)

无俗语，有禅功，一路烟霞一路风。官样文章从不做，只书锦字赋春红。

(二)

施雨露，驾云帆。大道金光只等闲。天地君亲师主位，紫罗千载颂长安。

卜算子·常德诗人节诗友聚得句

相会洞庭边，才识水深浅。千里诗缘一线牵，不觉云天远。　　聚散总无凭，亏了东风便。寻梦苍山碧水间，飞舞青萍剑。

玉蝴蝶·车过水爬岩

只见落红飞遍，车帘掠过，低谷高山。暗自惊呼，旅路曲曲绵缠。雨轻轻，夏蝉已老，风淡淡，秋叶流丹。起云烟，浪中盘绕，好似行船。　　如仙。行游赴宴，鸣鸾挽佩，巡视南天。跃上前峰，回眸顿觉失边栏。望天下，苍鹰振翅，觉心头，剑气回环。莫流连，路程尚远，直向阳关。

沁园春·咏思唐

亘古沧桑，史记思州，语论思唐。望眼前世界，大江横卧；此间翠色，短笛悠扬。往昔威名，今朝锐气，巴楚文风日月长。四时节，看潮头戏浪。锦上添香。　　高歌胜利篇章，树多少雄心放眼量。更腾蛟起凤，人才济济；飞花啼鸟，捷报双双。八景三阳，千年万载，绿色沿江入画廊。风来急，更惊天动地，百业康强。

沁园春·常德诗墙感赋

锦玉词章，歌涌灵泉，花映霓裳。览山川风物，清奇吐秀；人文地理，俊逸流光。召唤文明，弘扬国粹，热血忠心盖宋唐。黔中客，醉青山绿水。梦启晴窗。　　情豪尽数潇湘，听诗韵飞声笛韵扬。看花明七色，沅江水暖，风生八面，洞庭波长，史集名贤，德昭华夏，大写桃源鱼米乡，寻高雅，赏武陵佳致。禅悟诗墙。

许华贵

1944 年生，笔名雪，四川省达县人。贵州省诗词学会会员，安顺诗词楹联学会副会长，《金钟吟草》主编。

沁园春·纪念中共十一届三中全会召开二十周年

　　壮丽山河，浩荡春潮，万里纵横。自元戎破壁，坚冰打破；英才际会，盛世欢荣。马列新碑，雄文三卷，灿烂光辉耀眼明。谁堪比，看中华崛起，经济飞腾。　　黔中儿女多情。对旖旎风光感慨生。昔黔驴之技，理当昭雪；夜郎自大，势必澄清。瀑雨飘香，山花竞艳，指顾扬鞭新纪程。衷心颂，有笙歌缭绕，水秀峰青。

满江红·西部大开发

　　战略西移，春浪涌，心潮共发。穿古塞，首开通道，铁龙飞越。大漠驼铃嗟往昔，雨花丝路扬新月。叱风云，壮举振环宇，歌长策。　　千秋事，英雄业；鹏翼展，高原阔。喜宏图绚丽，九州情结。骏马昂奔芳草绿，雪山起舞冰莲洁。趁晚晴，奉献此余生，肝肠热。

高阳台·观苗家歌舞演出

　　曲曲迎宾，穿梁荡谷，畅怀水竹园中。皓齿明眸，嫣然一笑情浓。吹笙击鼓声嘹亮，展英姿，矫若游龙。最堪怜，扭臂摇腰，环佩叮咚。　　轻盈体态凌天燕，更裙裾弄摆，舞步迴风。婉转低昂，翩然又似惊鸿。联欢主客手拉手，白发翁，乐亦无穷。吐清歌，临别依依，意愈千重。

秋　兴

　　风叶响高林，萧萧荡远岑。
　　诗坛倾肺腑，学海豁胸襟。
　　不坠青云志，安违白首心。
　　长歌勤艺苑，老更惜光阴。

许启学

　　1938年生，贵州省贵阳市人，贵阳市药材公司退休。贵州省诗词学会会员。

习画抒怀

　　莫笑暮年学兴浓，偏好案头描草虫。
　　红绿蓝白黑五色，纸笔墨砚水一盅。
　　勾勒穿插有疏密，远近虚实避雷同。
　　画图优劣只自赏，挥毫抹彩乐其中。

许国珩

（1922——2004），湖南省祁阳县人。曾任贵阳市政协秘书处主任。《爱晚诗词》编辑。著有《春晖寸草集》。

毛泽东主席百岁诞辰颂

丰碑千古镂英雄，拙笔难书盖世功。
立党南湖播星火，建军赣水缚苍龙。
长征万里沿途赤，抗战烽烟据地红。
缔造共和民做主，神州十亿颂毛公。

游武侯祠

羽扇纶巾意纵横，一生谨慎贵权衡。
琴声忽自空城起，弹退曹营百万兵。

吊屈原

忠贞不二谏君王，讵料奸邪暗底伤。
放逐荒陬心戚戚，行吟泽畔意遑遑。
问天无语肝肠裂，哀郢有情涕泪滂。
宁赴清流辞浊世，千年潮涌汨罗江。

纪念辛亥革命七十周年

革命先行孙逸仙，推翻帝制解民悬。
高瞻远瞩联俄共，扶助农工掌大权。
窃贼登基甘卖国，门徒悖教失真诠。
前嫌捐弃重握手，建设神州肩并肩。

春日花溪偶成

扶栏拾级上麟山，十里溪田指顾间。
路转曲堤观瀑雨，柳荫浪里水潺潺。

游天星桥赋

黔中何处最多娇？我赞天星别致桥。
树怪石奇林壑美，山鸣谷应瀑声嚣。
心迴曲折岩间路，人踏参差水上礁。
毓秀锺灵名胜地，诛茅结屋寄鹪鹩。

游荔波小七孔

茂兰喀斯特森林，久慕盛名今幸临。
灌木乔松生石隙，流泉飞瀑绕山阴。
鸳鸯湖里多情侣，蝙蝠洞中有异禽。
最是卧龙坝上水，宛如白练挂江心。

参观孟关民族乡有感

暮春三月正芳菲，草长莺飞豆麦肥。
一片生机盈涧壑，无边瑞气满柴扉。
工商农牧齐兴旺，苗汉布依共沐晖。
人寿年丰政策好，城乡处处竞生辉。

戊寅盛夏游香纸沟即景

金筑乌当香纸沟，山高林密水长流。
羊肠小道通幽境，龙井深湾接隘湫。
瀑布悬空如白练，树根盘石似苍虬。
茅亭暂憩凉风拂，酷暑顿消爽若秋。

许挺林

1930年生，河南省济源市人。曾任贵州省公安消防总队副总队长。贵州省诗词学会会员。

瞻仰《解放贵州革命先烈纪念塔》

黔灵山麓纪念塔，万绿丛中映丹霞。
苍松翠柏云雾绕，湖光山色景象佳。
凝视宝塔忆英烈，兴黔遗愿遍地花。
先贤业绩垂青史，后辈奋发建国家。
改革春风绿大地，齐奔小康世人夸。
先烈九泉若有感，颔首微笑思无涯。

参观陕西勉县诸葛武侯墓

千载古柏绿荫荫，定军山麓埋忠魂。
一生辛劳多谋略，三顾知遇报君恩。
忠心赤胆扶蜀汉，鞠躬尽瘁老臣心。
武侯巧计安天下，卧龙盛名垂古今。

许雯丽

女，1963 年生，贵州省盘县人。《六盘水教育》杂志编辑，六盘水市诗联学会理事。

读秋瑾诗

国破家亡几度忧，英雄感奋向东游。
天生贞烈红颜女，血染青春献九州。

许魁武

1926 年生，河南省武陟县人。曾任贵阳市公安局河滨派出所副所长，贵阳市检察院检察员。贵州省诗词学会、贵阳市诗词学会会员。

国庆颂

光辉历程五七年，弹星飞船齐上天。
经济繁荣展新貌，文明花开更鲜妍。
江山巨变美如画，科技兴国史无前。
港澳回归金瓯固，国强民富乐陶然。

毕　新

女，1951 年生，贵州省贵阳市人。曾任水城县信访办主任、水城档案局局长。中华诗词学会会员、贵州省诗词学会理事、六盘水市诗联学会副秘书长。

长相思·打工妹三首

初出家门（新声韵）

别爹娘，泪汪汪，步步回头望故乡，山川也断肠。　　苦累忙，不彷徨，不舍追求盼自强，冬梅傲雪霜。

独立闯荡 （新声韵）

月如钩，月成球，苦练勤学业绩优，人勤天道酬。　　历春秋，善运筹，独立经营长智谋，功成闯九州。

再出山沟

壮志酬，住新楼，来接爹娘度晚秋，山村话别愁。　　出山沟，众挽留，拜别乡亲热泪流，乡情甜又稠。

【越调】天净沙·咏天生湖 （新声韵）

松林茅舍山花，碧湖亭榭烟霞。野径清风草坝，几只白鹤，腾空去舞云纱。

一剪梅·赶花场

小寨苗姑夜半忙，换上新装，着意梳妆。清晨上路喜洋洋，轻越山梁，急跨平冈。　　对镜溪边细端详，云鬓高扬，笑靥盈光。笙歌婉转诉衷肠，心系情郎，飞进花场。

游草海 (新声韵)

海碧风清水草肥，鱼游虾蹦鸟翻飞。
行船击水丹霞碎，满目金波涌翠微。

醉花阴·游荷城花园 (新声韵)

柳岸凭栏独远眺，日暖云飘缈。白鹭舞翩翩，
翠鸟穿翔，桂子香来早。　　凤池棋苑楼亭巧，
赏景观鱼跃。对奕品香茗，帘外湖风，送爽驱烦扰。

定风波·览景感怀 (新声韵)

几缕烟云锁远村，山清水秀诱骚人。一叶轻
舟乘旧梦，观景，撷来灵感意清新。　　古圣先
贤遗范本，精品，沉酣翰墨久耕耘。师法自然求
妙谛，寻觅，玄机参透悟迷津。

采桑子·红枫湖

乘舟眺望红枫美，碧水涟漪，柳映湖堤，苗
家笙歌越竹篱。　　春风戏水满湖皱，桨动船移，
日暖鸥啼，满目春光任客迷。

卜算子·游竹海

几次跨清溪，一路钻幽竹。花草频频送暗香，醒脑舒筋骨。　野鸟寄高枝，幼笋披新绿。二月春风送爽来，好景莫辜负。

阮祥泰

1938 年生，贵州省毕节市人。毕节一中高级教师。

西江月·回乡

种豆栽瓜屋后，牧鹅放鸭溪边。东村西寨尽桃源，炊黍杀鸡呼唤。　争说年丰税免，矜夸囤满仓尖。酒酣耳热语缠绵，絮絮叨叨不断。

定风波·村居

因果轮回鬓发皤，桑榆暮景漫消磨。楼外小园春气暖，挥汗，添肥耘草护佳禾。　茄紫椒青相媚好，夭娇，绿裙红袖舞婆娑。鲜嫩香甜污未染，清淡，养身不用费钱多。

鹧鸪天·送诸同窗回贵阳

望断归车怅别离，匆匆相聚又分飞。山中鹧鸪声声远，楼外斑鸠苦苦啼。　人易老，性难移，同窗怜我太愚痴。归田不怨人情薄，黍熟鸡肥莫误期。

鹧鸪天·谌宏昌将军见访

白露丹枫腊月初，山村相访路崎岖，笃诚不畏关山险，高义何惭势位殊。　闲射虎，苦攻书，围炉谈笑两农夫。行藏俱是国恩重，云在清空任卷舒。

丙戌除夕

（一）

宅边种柳又栽桃，不觉枝头雪已消。
问到邻翁何岁月？方知除夕是今宵。

（二）

盈虚不计问苍天，熊掌与鱼难两全。
但使心安无挂碍，故乡守岁胜团圆。

（三）

山翻银浪草凝霜，傲雪红梅独自香。
我放礼花燃爆竹，儿童笑我少年狂。

归田吟

故里回归似老僧，旧时绿竹喜相迎。
岚浮山海露峰影，天涌云涛闻雁声。
日诵佛经轻富贵，月多薪俸傲公卿。
乡情未尽禅心静，相伴农夫了此生。

游毕节八一广场

水绕山围新广场，五龙桥畔好风光。
清波荡漾笙歌暖，扇舞翩跹草树香。
朝露晶莹飞燕子，华灯璀璨憩鸳鸯。
甘棠树种千秋德，惠我儿孙乐小康。

孙 稳

女，1933年生，河南省漯河市人。离休干部，贵州省诗词学会、安顺市诗词学会会员。

赞中华诗词进校园

宋韵唐风进校门，骚音和众势凌云。
泉台李杜堪欣慰，国粹弘扬有后人。

春满田野

竹翠林丰瓜果鲜，蛙鸣鱼跃畜禽喧。
微机联网拓思路，沼气为炊无浊烟。
骏马奋蹄迎旅客，铁牛昂首沸田园。
欣闻诸省免农税，九域欢歌尧舜天。

水调歌头·吟黄果树瀑布

大地钟奇秀，黔中景观多。清溪古堡溶洞，巨瀑唱欢歌。十里声喧雷动，素练轻抛雪沫，峭壁泻银河。丽日照飞雨，彩带舞清波。　惊天地，泣鬼神，壮山河。声名远播环宇，四海赞巍峨。更喜悬流磅礴，涤荡大千污垢，俯首润田禾。昼夜奔腾急，潇洒出山阿。

孙文铸

1942 年生，贵州省遵义市人。贵州大学副教授。贵州省诗词学会会员。

浣溪沙·牵牛花 （新声韵）

为让人间绿色添，遮风阻暑乐家园。却讥我辈好趋炎。　　大地莫能拘绊我。空中拓路任伸延，爱心奉献不忧谗。

孙用玲

女，1971 年生，侗族，贵州省镇远县人。镇远名城旅游公司员工。黔东南州诗词楹联学会、镇远县楹联诗词协会会员。

咏镇远第五届桃花诗会

（一）

昔日桃源无处寻，何如镇远板滩村。
文人盛会增春色，试咏小诗吐雅音。

（二）

雨后桃林花更娇，春山吐翠亦妖娆。
一堂诗画辉三壁，满岭芳华映九霄。

孙立绪

1931 年生，贵州省瓮安县人。贵州大学沙冲校区高级讲师。贵州省诗词学会会员、贵州省军区老年诗书画研究会理事、《南岳吟草》编委。

龙宫 (新声韵)

瀑飞珠玉壮龙门，槎泛天池入幻深。
钟乳琳琅千百态，张扬曼妙欲迷魂。

梵净山 (新声韵)

万步悬梯着意攀，蘑菇石仰武陵巅。
金刀劈破云中甑[①]，紫气升腾天外天。

【注】
① 梵净山，民间称饭甑山。

孙如一

女，1930 年生，四川省大竹县人。曾任贵州省卫生防疫站副主任医师。贵州省诗词学会会员。

茉莉花

绿叶柔枝小白花，清香沁肺入千家。

无心斗艳争高下，愿伴茶香到海涯。

孙纯英

女，1932 年生，贵州省安顺市紫云县百货公司退休员工。紫云诗联学会会员，安顺市诗词楹联学会会员。

唐多令·神舟五号载人航天

激动看神舟，穿云绕地球。浩银河、英杰遨游。揽月九天何所惧，飞天梦、喜今酬。　　丰碑记风流，军威震五洲。亿万民，欢跃高讴。继往开来宏伟业，与时进，壮勋猷。

孙其智

1946 年生，布依族，贵州省平塘县人，黔南州诗联学会、平塘县诗联学会会员。

贺平塘县诗联学会成立

玉水金盆聚众贤，高擎吟帜赋尧天。
诗舟浪涌千花发，翰墨香飘万象妍。
白雪阳春歌盛世，新声古调蕴佳篇。
九州同道民魂振，壮志雄图绘大千。

孙景珠

女，1944 年生，贵阳医学院退休职工，贵州省诗词学会会员。

山　泉

广采华露兮，酿集甘甜。悠悠流淌兮，天地人间。伴随五岳兮，流水潺潺。润泽万物兮，岁岁年年。游子见之兮，解渴佐餐。山川秀丽兮，草木芊芊。兰香梅绽兮，蝶飞鸟翩。红叶漫舞兮，弹奏琴弦。雷鸣电闪兮，惊流涌澜。白雪皑皑兮，细语缠绵。明月朗朗兮，天籁低咏。与石相击兮，回转惊喧。涓涓细流兮，不舍昼夜。汇入江河兮，永期向前。

严钦华

苗族，1932 年生，贵州省务川自治县人。曾任务川自治县农办主任。遵义市诗词学会会员。

菩萨蛮·南山林园

南绿山苑林苍翠，长廊亭阁金光粹。曲径绕山前，百花争艳妍。　　游人来岭顶，疑是登仙境。峻岭竞争春，古城颜貌新。

苏　华

1937 年生，贵州省镇宁县人。贵阳市乌当中学高级教师，贵州省诗词学会会员。

晨兴（新声韵）

昨晚缪斯至梦中，今晨睡眼尚惺松。
情思只恐飞窗牖，纸墨匆忙绘彩虹。
转动脑筋防退化，推敲韵律咏春风。
歌章草就尺笺满，朝露悬滴夜雾浓。

金阳新区公园 （新声韵）

唯知广厦矗连绵，未谙金阳另有天。
翡翠石林多似笋，葱茏竹树远无边。
蜿蜒小径通幽静，简古木屋好憩闲。
借问芳名何所谓？夜郎生态大公园。

红枫湖纪游 （新声韵）

金风送爽漾清涟，快艇飞梭笑语喧。
苗侗寨连布依寨，云霞天映水光天。
村姑祝酒歌声脆，小伙攀梯意志坚。
更有芦笙勤致意，吟朋诗友尽欢颜。

苏正淮

笔名正清、牧野等，土家族，1954 年生，贵州省思南县人，思南县诗词楹联学会会员。

参加《旷继勋将军传》审稿会感赋

一代英名留史册，辉煌勋业忆沧桑。
铮铮铁骨擎天地，磊落胸怀纳海洋。
将略雄才遭劫难，阴谋权术致祸殃。
大功未竟身先死，英烈千秋豪气扬。

苏步青

（1902—2003），浙江省平阳县人。著名数学家。曾任浙江大学数学系教授、复旦大学校长、全国政协副主席、民盟中央副主席、中国科学院学部委员。

水调歌头·劝饮郑公晓沧

黉舍立三处①，近蜀似依刘。十年旧雨重聚，杯酒为公酬。忆昔东西行役，公独任劳任怨，风月伴离愁。对菊倩吟句，此兴尚存否？　湄潭好，鱼米国，可淹留。男儿磊落，何须泪洒古播州。且酌茅台香醑，应舞龙泉长剑，听我醉中讴。乱后故人少，况复断乡邮。

【注】
① 浙江大学于抗战时期迁黔，住遵义、湄潭、永兴三处。

鹧鸪天①

住惯黔中湿漏天，只将离恨上诗篇。句清终让过潭月，屋小浑如载酒船。　年又换，岁空添，梅花无梦到愁边。甫能消得残冬雪，犹欠东君几日寒。

【注】
① 作者词后落款为："一九四四年在湄潭作，调寄鹧鸪天，为湄潭县人民政府补壁，一九八五年八月，复旦大学苏步青"。

夏日遣兴

穷居身世似沙鸥，疏懒偏怜夏日愁。

读罢槐阴看转午，兴来笠影伴垂钩。

闲云叠处千苍狗，旧雨逢时早白头。

欲向荷亭逭残暑，溪堂枕簟晚风秋。

初冬偶成①

黔北秋深雨露滋，菊残犹剩傲霜枝。

风高砧杵催寒早，云湿雁鸿缀字迟。

兵甲连年萦梦寐，簟飘乐道许追随。

江南处处堪惆怅，庾信平生独赋诗。

浙大黔省校舍新建碑亭落成有作①

碑石无闻四十春，红旗飘处一亭新。

行文闪耀四迁史，斗志昂扬中国人。

求是声音怀竺老，桐油灯影忆湄滨。

当年学子尽英杰，建设长征齐献身。

【注】

① 此诗作于 1985 年。浙大黔省校舍碑亭在遵义丁字口湘滨公园
　内。诗题为编者所加。

忆贵州湄潭

寄身破寺复何人，眼底江山一片新。
莫道桐油灯影淡，如今放焰暖生春。

寄怀遵义

八年离乱隔西湖，排闷吟哦兴未孤。
别梦和烟轻易散，客怀如水淡难书。
红旗地胜空愁远，白屋家贫尚无舒。
说与儿童今幸福，回头四十七年殊。

杜正尧

1940 年生，贵州罗甸县人，退休教师。中华诗词学会、中国楹联学会、贵州省诗词学会会员，黔南州诗联学会理事，罗甸诗联学会会长。

故乡情

（一）

远道归来访故园，春风剪柳艳阳天。
小桥流水桃花醉，紫气依依情万千。

（二）

竹林深处访人家，问暖嘘寒慢品茶。
最喜亲朋相聚会，围炉煮酒话桑麻。

更上层楼唱大风

十载艰辛意志雄，群星璀璨耀长空。
深情浇灌禾苗壮，妙手耕耘果实丰。
继火传薪研雅韵，筑坛竞技铸洪钟。
擎旗导引云天路，更上层楼唱大风。

杜必成

1926 年生，贵州省沿河县人，土家族。副主任药师，曾任黔南州第二人民医院院长等职。中华诗词学会、贵州省诗词学会会员，黔南州诗词楹联学会顾问。著有《苗岭放歌》。

临江仙·都匀剑江游

荡漾剑江南逝水，源流今古沧桑。"愚公"盛世力排脏。清波河道溢，污秽扫精光。　　络绎游人沿岸赏，风光满目非常。琼楼玉宇展辉煌。桥梁多似锦，百卉竞芬芳。

临江仙·青岩颂

　　筑市南郊悠久镇，雕檐拱壁龙蟠。人文旷世育英贤。状元声望远，众彦盛名传。　　以往风云多战乱，狮山儿女擎天。驱邪除恶卫民安。胜迹锺灵地，代代谱佳篇。

杜荣国

　　（1935——2003），江西省樟树市人。曾任安顺市诗词楹联学会常务理事，《金钟吟草》会刊主编。著有《荣国诗词》。

夜宿黄果树

　　忘却家乡恋瀑乡，晶帘百丈月如霜。
　　晴天作雨沾衣湿，秋夜飞泉漱石凉。
　　独有人间悬一绝，竟能世上压群芳。
　　春风借得如椽笔，谱写惊天动地章。

题黄果树徐霞客石像

　　朦胧碣石势横空，露似珍珠兴自浓。
　　百丈晶帘晴作雨，一湾碧水气成虹。
　　天开绝岭千层绿，日射清波万点红。
　　借问春山芳草地，客来寒夜路几重。

天星桥

天星桥下水如蓝，片片春云映碧潭。
雾里奇峰腾岭北，水边老树卧溪南。
涛声阵阵常凝雨，壑影葱葱总挂岚。
此去家乡归路远，借方净土结茅庵。

纪念周总理诞辰一百周年

同歌周总理，浩气震人寰。
义胆摧顽敌，丹心挽国艰。
卓然惊魍魉，独步把雄关。
热血呕千日，魂牵万里天。

杜普特

1931年生，四川省夹江市人，曾任贵州省京剧团党支部副书记。中国楹联学会名誉理事，贵州诗词学会常务理事，《贵州诗词》编委。

宅吉凉亭[①]（新声韵）

云冈险处乐平生，道是无名却有情。
脚踏丹崖心自稳，头朝霄汉眼尤清。
沉浮日月同鹰俯，反复春秋共客衡。
风雨雷霆何所惧，岿然勉励虎龙腾。

【注】

① 宅吉：地名，在贵阳市北。

自嘲（新声韵）

象岭栽花本自由，斋前锄莠却伤头。
清廉中外黔黎敬，腐败古今贤圣羞。
秉笔不谀呈赤胆，挨刀未悔作黄牛。
乔松劲挺尤堪效，勇对长风弄笨喉。

象山斋读史①（新声韵）

不是元龙百尺楼，犹能一览古神州。
深钻未作千金梦，细咽宜评万户侯。
权势如云云化雨，黔黎似海海推舟。
毋嗟璞玉无君解②，且喜孙阳有马求③。
勤效贤明追历代，长凭实事论春秋。

【注】

① 象山斋：寒舍在贵阳市北之象山上，故名。
② 璞玉：指楚人卞和所得之璞玉。
③ 孙阳：伯乐。

咏太平天国 （新声韵）

（一）

一代英豪拯九州，太平军起主春秋。

千年冰雪全溶水，万里风云共讨仇。

惊破清宫昏帝梦，揭穿租界列强谋。

新兴国盛盈王气，不灭妖魔誓不休。

（二）

国是轻心迷酒色，谋私内讧友成仇。

妖魔合扰雄师溃，兄弟分崩伟业休。

自古骄奢军易散，从来腐败志难酬。

早循先进马恩道①，不信江河无济舟。

【注】

① 马恩道：指马克思、恩格斯早在太平军起义前三年（1848）
  就发表了《共产党宣言》，继后，又多次著文指明中国革命
  的光明前途。

鸦片战争遐思（新声韵）

（一）

昔日林公敢禁烟，军民威振九龙边。

炮狂英舰生灵唾，骨软清廷噩梦缠。

保卫国门何获罪？纵容洋寇太欺天！

南京约定神州耻，割地赔银丧主权。

（二）

英帝清廷两降灾，南京约定令民哀。

列强兵舰时时入，鸦片烟箱处处开。

崛起千军兴赤县，斗争百载净黄埃。

今朝自主行权力，不让乌云再涌来。

览息烽集中营旧址（新声韵）

（一）

腥风血雨倍凄凉，蒋姓魔营隐僻乡。

华夏英雄蒙九死，东洋鬼子搞"三光"。

酷刑猫洞戕钢骨①，断砺心湖饱犬肠②。

虽是沧桑曾巨变，杀人真事岂能忘。

（二）

魔称菩萨太荒唐③，九字分牢无寸光④。

"忠孝爱仁"真地狱，"和平信义"假斋房。

书生怎受钢鞭打，胸腹何堪枪弹戕。

杀尽牢中英烈汉，更来千旅战疆场。

【注】

① 猫洞：该营内天然溶洞，特务头改称"妙洞"，以便秘密杀人。

② 明心湖（心湖）系该营内大水塘，特务等享乐处。

③ 魔称菩萨：大特务头戴笠在明心湖断碣上诡题："无霹雳手段不显菩萨心肠。"

④ 九字分牢：该营将监牢伪称"斋房"，分为"忠孝仁爱信义和平"八等及"特"等监牢关押抗日爱国志士。

卜算子·遵义会议会址 (新声韵)

红日照名城，浩气冲牛斗。金匾高悬会址明，楼览千山秀。　　竭力挽狂澜，北上驱倭寇。华夏今朝分外娇，牢记回天手。

蝶恋花·春思 (新声韵)

诚谢春风吹老柳，柳长河山，十亿三千九。似柳人生知富有，柜装诗赋不装酒。　　一世坦然风满袖，敢鄙严嵩，鳌耄非仁寿①。时刻高吟常抖擞，如天如海容星斗。

【注】

① 严嵩：明朝大贪官。

鹧鸪天·邻叟 (新声韵)

昔怜孤寡泪珠垂，上门年壮共新炊。廿年挈妇情尤厚，百计扶童心不灰。　　仰诚信，定行为。成才孝子亦循规。尊崇继父芳邻赞，胜似亲生敬入微。

满江红·乌江渡口 (新声韵)

骇浪滔天，奔洪处、双崖对叱。风云涌、群鸿飞过，重新整饬。勇士曾攻江北岸，忠魂已隐碑中室。访澄江、渡口有贤人，来诠释。　　百年恨，呼天日，红军到，开囚桎。举钢枪重炮，碎碉崩轼。多助义师船下水，众追逃匪民摧驲①。想当年，遵义闹新春，城乡赤。

【注】

① 驲：古代驿站用车，喻反动派军用车。

念奴娇·乌江 (新声韵)

娄山高峙，举林壑、千里乌江流碧。湾外百轮今满载，破浪乘风无匹。险谷嶙峋，凌空一柱，状若生花笔。如能把握，谁将壮志题壁？　　渡口崛起金桥，如弓张两岸，欲瞄天的。巧促天翁施猛电，溶解阻航石碛。趁此明时，坚持余勇，斜展天兵翼。驱轮东海，壮游开创奇迹。

鹊桥仙·访麒麟洞① (新声韵)

(一)

仙山迎客，丹心怀旧，麟洞惊闻麟语。蒋朝严令弃东疆，任日寇、疯狂盘踞。　　不思"攘外"，专行"安内"，民赞张杨豪举②。神州万里展红旗，始卷尽、倭魔风雨。

(二)

独夫弃义，张杨蒙难，先后双英囚此。杜鹃啼血野猿鸣：莫轻信、暴君明智。　　抗倭梦断，匡民气盛，留取雄怀盖世。祥麟叙罢论当今：寇虽败、狼心未死。

【注】
① 麒麟洞：在贵阳市西北黔灵山中。
② 豪举：指张学良、杨虎城将军发动的西安事变。

李 中

1928 年生，江西省星子县人。曾任贵州省审计厅综合处处长。贵州省诗词学会会员。著有《诗海求索》。

抗战吟

山河破碎激英雄，壮士驱倭不朽功。
莫惜黄花闲战马，应怜黔首逐征鸿。
三更梦断芦沟月，五夜声闻沪浦风。
驰骋沙场图报国，义师指日复关东。

游红枫湖

山水连连映碧天，合家乘兴泛游船。
轻风习习岸边柳，薄雾绵绵湖面烟。
苗寨苗歌声细细，侗楼侗舞步翩翩。
休闲乐事年年有，难得者番少长全。

咏陶渊明

靖节高风日月长，玉京山下永流芳。
桃花源里思真朴，归去来辞恋故乡。
刚直立身鄙世俗，清贫克己羡羲皇。
弃官隐逸非公意，猛志因时用与藏。

九江登舟

南望匡庐飘渺间，几声汽笛洒江天。
浔阳薄雾笼洲堵，溢浦微风送客船。
恨别有心怜杜甫，思归无计学陶潜。
白头未肯荒时日，犹读濂溪说爱莲。

夜宿小七孔景区

逆旅藏峰麓，倦游觅店投。
暮云山色暗，归鸟唱声幽。
秀木春秋绿，樟河日夜流。
人间仙境地，到此别无求。

李　立

原名李国华，1907 年生。江西省永新县人。曾任中共贵州省委书记、省长，中央西南局委员，全国人大法制委员会委员，全国政协常委等职。著有《洪流滚滚》《远征万里》《民歌百首》《忆征程》等。

赞改革开放

改革开放二十年，经济建设是主旋。
艰苦奋斗团结紧，国强民富众欢颜。
十五蓝图新起点，四化建设喜空前。
再接再厉齐奋进，振兴中华猛看鞭。

乌江渡电站

乌江自古称天险，山势险峭流急湍。
地质复杂溶洞多，施工建设任务艰。
建设大军齐奋勇，团结战斗排万难。
一条大坝飞南北，串串明珠照高原。

红军渡乌江

红军西进欲渡江，敌人闻讯心发慌。
围追堵截徒劳事，时东时西敌迷茫。
神机妙算巧用计，兵临城下逼贵阳。
待敌分兵来把守，我军相机渡乌江。

两军会师在木黄

两军会师在木黄，战友相逢喜洋洋。
贺龙军长真威武，英雄美名传四方。
二六军团汇一起，并肩战斗打豺狼。

李 红

1966年生，蒙古族，大方县六龙中学副校长，中学高级教师。乌蒙诗社理事，龙中诗社社长，《龙中诗刊》主编。

浣溪沙·荣辱观

仁爱修身万古风，殃民祸国世难容，世人应效岳王功。　丑美假真铭脑内，耻荣善恶记心中，文明风范万年弘。

李 坤

1926年生，湖南省祁东县人。中国楹联学会、贵州省诗词学会、遵义市诗词学会会员。

农家国庆节出国游

昔日常为温饱忧，每逢佳节面容愁。
承包瑞雨泽八亿，减负春风暖九州。
高档梨桃欣俏市，优良棉稻喜丰收。
迎来国庆心花放，笑携全家欧美游。

李 恒

1949 年生，贵州省仁怀市人。主治医师，仁怀市老年诗联书画研究会、遵义市诗词学会会员。

油菜花 (新声韵)

碧叶琼枝万顷香，蜂飞蝶舞采花忙。
四围绿抹连天际，二月乡村更靓妆。

李 俊

笔名江龙，1930 年生，贵州省大方县人。退休税务干部。黔东南诗词学会会员。

抗凝冻保民生

百年罕见令人惊，连锁三节更无情①。
不见清江鱼摆尾，未闻苗岭鸟叫声。
交通电水全中断，城镇乡村闯灾星。
远听京都急救令，麻江全境战鼓鸣。
五乡连手斗暴雪，四镇齐心抗冻冰。
勇士英雄打头阵，党员干部当尖兵。
献物献款献情意，保电保路保民生。
雪化冰消春意暖，党恩颂后颂群英。

【注】
① "三节"指小寒、大寒和立春三个节气，即冰冻持续的时间。

李 悦

女，1973年生，贵州省毕节市人。毕节市岔河中学教师。毕节乌蒙诗社社员。

贺毕节二中文峰诗社成立

双阁久沉沦，文峰今日新。
龙盘呈瑞气，虎踞待风云。
桃李枝头艳，师生庠内春。
诗承唐宋韵，看我禄州人。

记丙戌四月杜鹃花节歌舞大赛

缤纷异彩杜鹃林，空巷万人普底寻。
舞乱霓裳闻鼓乐，歌飞碧宇遏行云。
莺啼枝上频偷眼，蜂舞花间不住吟。
更喜虞韶邀客到，瓮中咂酒带春斟。

李 卿

1917年生，贵州省大方县人，彝族，毕节地区民委退休干部。贵州诗词学会会员，毕节地区乌蒙诗社社员。著有《景云诗文集》。

咏毕节城

神州边远一山城，试作巡游却震惊。
学府如林文教盛，吟坛若岱唱酬兴。
双峰耸秀人文蔚，一水长流财富盈。
市建新容呈笑貌，公园化景日蒸蒸。

李 敏

女，贵州省道真县城关二小六年级学生。

春 雨

沙沙春雨象牛毛，滋润桃花一树高。
小草展腰如梦醒，风吹嫩叶满山摇。

李乃瑞

1930 年生，贵州省兴义市人。曾任乡民政干事等。黔西南州诗词楹联学会会员，兴义市诗词楹联学会理事。主编《鲁屯诗文选》。

新农村民歌

油　路

幸福花儿谁个栽，新婚姑娘回门来。
行至村前一阵雨，宽宽油路不湿鞋。

做　饭

镰刀斧子早丢开，扁担箩筐搁月台。
客至轻轻一拨电，厨房饭熟不用柴。

明　珠

小小油灯早收藏，灯油不上自发光。
明珠串串碧空挂，一片笙歌接大荒。

自来水

村边古井变荒垓，妇女不来长绿苔。
做饭洗衣不挑水，龙头一扭水自来。

李大光

（1904——1990），广东省始兴县人。解放前曾任清镇、兴义等县县长。解放后任贵州省文史研究馆馆员。原黔风诗社副社长。

参加贵州地理志下册审稿座谈会献词

黔南地志下编成，旧说三无事已更①。
访问客从天外至，清游人在画中行。
田畴开辟山林启，物产丰饶货殖盈。
气象水文前未备，创新定稿趁春晴。

【注】
① "三无"即所谓贵州"天无三日晴，地无三里平，人无三分银"。

寄怀周千秋先生

周千秋先生，40前旧好也，抗战期间，在贵阳举行画展多次。现任美国迈亚密美术学院院长。偶于韶音诗刊见余诗，万里驰书寻问，感赋奉怀。

作画题诗韵味醇，卅年踪迹事成陈。
酒痕莫浣襟前渍，墨泪难除劫后尘。
艺苑蜚声新大陆，山城流寓老词人。
归来旧地重游日，万壑千岩处处亲。

登甲秀楼

翠微阁外萧疏趣，芳杜洲前淡荡风。
最是斯楼犹挺秀，澄江如练卧长虹。

甲子迎春有作

倚枕遥听爆竹声，邻鸡喔喔普天明。
诗酬新岁春方到，寒拥重裯梦亦清。
喜有头衔称顾问，愧无椽笔颂昇平。
花溪桃李芳菲日，选胜追欢趁晚晴。

爱晚联吟

洛社联吟慕昔贤，金桥雅集又经年。
放歌鸣盛宁辞拙？读史搜遗不废编。
为惜晚晴因久坐，更邀大月照迟眠。
痴情欲阻春归去，待缚羲和系席前。

黔西百里杜鹃

如云如锦映山红，开遍天南万壑中。
莫道野花无异彩，诗人青眼特推崇。

文昌阁社集有作

登临古阁憩华廊，品茗清谈乐未央。
敢吁宿权蠲武力，难寻逸老话文昌。
栖霞空现峥嵘貌，甲秀同施绚丽装。
最喜残城留一角，供人凭吊证沧桑。

李才举

1933 年生，贵州省赫章县人，曾任毕节县电影管理站站长。

祝某老八五寿诞

鹅黄鸭绿引杯长，耋耄如师鬓未霜。
喜数鹤筹添海屋，快扶鸠杖沐阳光。
才名自昔推三凤，文彩于今灿五洋。
此去期颐知未远，百年还醉六千觞。

李子江

石阡县退休干部。贵州省诗词学会会员。

退休有感

夕阳西下彩霞飞，晚岁离岗莫自卑。

德善多行扬正气，桑榆留照播金辉。

温恭勤俭宜安分，明礼忠诚贵守规。

爱国奉公廉是本，天年怡养在人为。

李天泉

1939 年生，贵州省绥阳县人。从事教育工作 40 余年。中华诗词、贵州诗词和遵义市作家协会会员。《诗乡诗词》编审。

沁园春·天路歌

巨彩霓虹，横卧高原，举世震惊。看昆仑上下，大河始处；雪原广野，喜气蒸蒸。十万铁军，斩关破隘，血汗抛浇天路成。凭科技，敢超越极限，不愧称英。　　中枢决策英明，率各族人民西进征。让藏青高地，除困去贫；民丰物阜，万物勃兴。欧亚通连，繁荣经贸，万里边陲兰桂馨。须一往，再创一流业，劲步攀登。

李元明

1942 年生。退休教师，绥阳县诗词楹联学会会员。

冬雪 （新声韵）

北风呼啸六出飘，柳絮鹅毛各竞娆。
田野山川铺玉毯，麦苗树木盖银袍。
林间飞鸟匿踪迹，河内游鱼藏暗礁。
瑞雪岁丰先兆好，来年喜见稻禾娇。

李友学

1942 年生，贵州省贵阳市人。曾任贵阳市社科联副主席。贵阳市王阳明研究会副会长兼秘书长。贵阳市诗词学会常务理事。

咏高坡

暮春结伴上高坡，拂面清风笑语和。
喜见茅棚成瓦舍，苗民笙鼓奏新歌。

游贵阳阳明祠

扶风拥翠立东方，古树荫浓双桂香；
碑刻回廊遗墨宝，知行至理万年光。

李文炎

1926年生，湖北省长阳县人，高级工程师。贵州省铜仁地区诗词楹联学会原会长。

铜仁八景新韵

东山梵宇

东山梵宇入云端，俯瞰桥城一翠盘。
如簇青峰遥拱列，似肠碧水近缠绵。
佛傩共处经堂静，翁妪相扶林下闲。
钟鼓不知谁盗去，借来双卡舞翩跹。

中流砥柱

两江交汇怒奔腾，安稳如山砥柱横。
劈浪转成渔艇舍，庆功奖筑跨鳌亭。
盈盈环佩风铃响，淡淡梳妆月色朦。
空际传来女娲语，铜岩原是补天崩。

云彩江声

攀壁凌空剪彩云，何朝雅士勇无伦。
壮哉倒影龙蛇动，惨矣百年风雨侵。
古渡东西荒寂寂，新桥南北挤纷纷。
惊涛拍岸千堆雪，一路江声去海滨。

两江春色

昨夜东风强劲吹，跨鳌亭外绿芳菲。

两江新水悄悄涨，夹岸桃花片片飞。

折柳依依打工妹，装车满满运春肥。

忽闻梁上呢喃语，仰首纸鸢天上窥。

渔梁夜月

清风阵阵噪归鸦，爽送渔梁四五家。

如诉滩声流日夜，似盘蟾影映鱼叉。

荡舟围捕秋江月，安栅截拦春水虾。

零点钟敲舱已满，明朝担去换桑麻。

文笔凌云

文笔峰巅差转台，松杉凝绿护徘徊。

春云秋雾轮流驻，北雪南雷交替来。

堪忆凌霄摩日月，更观下海敛钱财。

蓝天作纸任挥洒，大展宏图笑口开。

玉屏晴雪

万仞峰峦似画屏，经宵镀雪玉晶莹。

阳光温射绵绵意，月色柔摩脉脉情。

风戏云烟半山袅，客惊鸡犬野村鸣。

黉宫墙外有人立，重教尊师喜盛行。

青峰挂笏

武陵野老性情直，挂笏青峰人笑痴。
暴雨奔雷浑不怕，清风明月两相知。
泛舟独钓寒江雪，对酒高歌归去辞。
贪恋林泉无限趣，羞从权贵远城池。

渔歌子·梵净山

（一）

梵净巍峨十亿秋，八千石级上天游。珙桐树，
鹅掌楸。孑遗幽谷绿油油。

（二）

梵净甘泉汩汩流，九溪清洌大鲵浮。华南虎，
金丝猴。穴居野饮乐悠悠。

（三）

梵净山庄阡陌稠，陶潜记有一周游。避秦乱，
入夷州。不知汉魏晋春秋。

（四）

梵净山巅舒望眸，佛光普照大神州。山水美，
情意柔。磨菇石上白云留。

李文辉

贵州省锦屏县人，贵州省诗词学会、黔东南州诗词学会、锦屏县诗词学会会员。

抗雪灾凝冻 （新声韵）

浩雪弥空冰九州，南国断电水停流。
交通阻塞车瘫痪，活力滞淤体佝偻。
调动各方相解困，匀和内外济余忧。
驻军武警冲头阵，抢险救灾赖党谋。

李少雄

1945 年生，贵州省赤水市人。中华诗词学会会员，贵州省诗词学会理事，赤水市诗词学会副会长兼秘书长。

观 瀑

溪清谷秀杜鹃鲜，十丈洞高撑破天[①]。
捅漏瑶池倾大水，卷来王母玉珠帘。

【注】
① 指赤水十丈洞大瀑布。

鹧鸪天·四川特大地震感怀

地震山摇气势凶，人亡物毁断交通。惊天噩耗全球播，铁石心肠亦动容。　　援助速，解囊丰，捐医献药救灾匆。中央决策关怀切，激励军民奋战雄。

沁园春·神奇赤水

远古人居，数变沧桑，宋置县官。矗岩雕石刻，功碑史记；忠贤节孝，烈勇名传。市镇乡村，山环水绕，翠冒幽储竹海翻。长征伟，叹红军智渡，化险为安。　　喜逢开发黔川。滇湘系、兴游贸路宽。赏桫椤神韵，寻珍究奥；风光四洞，秀色能餐。瀑布丹霞，雄奇彩焕，谷静溪滢妙万般。资源广，产肥煤气电，致富峰攀。

李玉秀

女，1941年生，四川人。退休干部。思南县诗词楹联学会会员。

农民进城务工

戴月披星风雨度，一身正气洒乾坤。
雕梁画栋翻新宇，筑路修桥去旧痕。
一笔描成千样景，两肩扛出百年春。
谁言天下农工贱，不在人前矮半分。

李玉森

1938 年生，山东省菏泽市人。曾任中共贵阳市花溪区委党校常务副校长。贵州省诗词学会会员、花溪区诗词学会常务副会长。

游花溪区镇山村 （新声韵）

乘船十里到村边，喜见布依歌舞欢。
玉树参天湖水瀚，青石铺地院庭宽。
家藏陈酿琼浆饮，野菜鲜瓜绿果餐。
空气清新无秽染，长留久往定成仙。

李正和

1949 年生。贵阳市白云第七小学教师，贵州省诗词学会会员、贵阳市花溪区诗词学会会员。

鹧鸪天·花溪

四季如春迎客忙，自然山水自然妆，风拂垂柳轻轻舞，水载轻舟慢慢航。　　花初放，蝶正忙，风过花间阵阵香。香风吹得游人醉，且把仙乡作故乡。

李节全

遵义市政协书画院副院长，中华诗词学会会员。

娄山关

青葱峻岭势嵯峨，含翠凝烟树满坡。
沟壑纵横云滚滚，雄关浩气壮山河。

赤水瀑布

桫风竹海碧云天，银水丹岩扑面寒。
悬瀑飞流声不断，游人头上雨如烟。

农家乐

入眼新春气韵佳，寻诗觅友访山家。
西窗闲话桑麻事，绿柳烟中慢煮茶。

李本良

1936年生，贵州省盘县人。曾任盘县县志办主任。

赞碧云洞摩崖

碧云古洞文华丰，墨客骚人常问踪。
"地帅天宫"未夸大，"人间仙境"好形容。
"尘清"二字双关意，"水洞"一名实况同。
无数摩崖今尚在，当年霞客甚推崇。

李本泉

1935年生，四川省叙永县人。曾任安顺地区邮电局干部。安顺市诗词学会会员。

欢呼香港回归

两制花开港九归，时辰倒计似梭飞。
百年耻雪遂心愿，四海欢呼振国威。
喜看英旗沉夕照，高歌赤帜映朝晖。
中华儿女连天舞，各族人民共举杯。

李代富

1938 年生，贵州省湄潭县人，凤冈县诗词楹联学会会员。

农村新貌

平顶砖房随处见，高楼大厦屡增添。
庭前杨柳枝芽嫩，屋后园林果汁鲜。
个个手机腰上挎，家家电器屋中全。
乡村公路连成网，致富发家争上前。

李永久

1931 年生，贵州省正安县人，台湾《黔人杂志》发行人兼总编辑。著作颇丰。

悼念正德兄逝世三周年

经历名山与大川，只因战乱走台湾。
落叶归根驾鹤去，故国神游指顾间。
慷慨解囊何须返，良朋茬址有高轩。
无私奉献讲道义，《黔人》始如日中天。

沁园春·两岸统一在望

祖国腾飞，一日千里，盛况空前。上下一条心，埋头苦干；科技发展，遥遥领先。物阜年丰，风调雨顺，真乃国泰又民安。福利好，喜民尽欢颜，舜日尧天。　　反观今日台湾，台独横行无法无天。看群魔乱舞，祸国殃民；流氓地痞，鸡犬升天。不知死活，自掘坟墓，大限已经到眼前。到那时，两岸乐统一，共庆团圆。

李永锡

侗族，1924年生，贵州省万山特区人。铜仁地区诗词学会会员，万山特区诗词学会副主席。

晚晴吟

自古人生重晚晴，夕阳红照万山明。

秋光景胜春光好，老凤音超雏凤声。

翰墨有缘甘作伴，砚田无语不欺名。

暮年老骥志千里，挥笔高歌未了情。

李圣陶

1930 年生，退休教师。德江县《傩乡诗联》编辑之一。

安家渡秋色

崇山峻岭叠长空，车路如绸飘雾中。
枫叶醉枝童乐牧，炊烟缭绕过云峰。

盛夏如春

盛夏如春树色鲜，周山暮霭半浮悬。
横空枝叶因风舞，三伏还如三月天。

李达成

1921 年生，贵州省德江县人，退休税务干部。

浪淘沙·喜进老年大学

晚景胜朝阳，万丈光芒。古稀尤获坐书房，
学海无涯勤进取，再现余光。　　文字溯炎黄，
源远流长。千年历史赖弘扬，一瓣丹心红似火，
奋发图强。

李达荣

1947 年生，贵州省石阡县人。武警退役上校军医。中华诗词学会、中国楹联学会会员，贵州省诗词楹联学会理事，遵义市楹联学会副会长。著有《李达荣书自撰百联》《李达荣书自撰诗词》

乌江回龙渡

回龙渡系红军强渡乌江渡口之一

岸断千寻挟水流，乌江雪浪滚悠悠。
从来信守奔东海，不似行云乱掉头。

石阡温泉

气化蒸腾永不休，汤泉千古抱城流。
祛污涤秽还清貌，长伴苍生到白头。

贵阳天河潭

石板平桥滚马坡，花溪碧水汇天河。
伏流贯岭横舟去，鸟啄蚌滩幽梦多。

海龙囤怀古

曾是龙岩顶上仙，谁知坐化此山间。
残碑断壁存文史，巨石寒关染燧烟。
胜败已随征战渺，是非凭任后人传。
从来世事层层雾，自古家兴久久难。

游穿洞

三度临穿洞，石门绣画屏。
梦中生幻境，酒里涨豪情。
假日寻芳道，渔舟过碧峰。
苗乡窥古寨，岁月正升平。

西江月·遵义

龙囤峦奇岭秀，沙滩水绿花香。雄关雁叫永
流芳，客谒红楼如浪。　　老者红云挂脸，姑娘
秀口热肠。亲民开放正风光，谁不心花怒放。

采桑子·贵阳红枫湖

湖湾秀丽群山翠，眼里红枫。水里青峰，怪
石嶙峋玉镜中。　　鱼肥味美风情著，苗舞芦笙，
侗唱多声，野趣浓和舟影横。

李华年

1937 年生，天津市人。教授。曾任贵州民族学院中文系系主任。贵州省文史研究馆馆员。

泰安行并序

今年为丁文诚公宝桢诞辰 180 周年，作长句咏先生捕杀慈禧所宠大阉安德海事，以志慕仰，命曰《泰安行》云。

同治八年七月初，箫鼓楼船下津沽。两舷高树龙凤旗，大蠹绣出三足乌。歌儿珊瑚映绿水，舞女罗衣从风起。更有小僧赛娈童，果然跛者不忘履。沿途州县忙供张，辛苦也为饱私囊。绅商咬牙出金玉，小民吞声鬻儿郎。自刑取贵空中浮，恃宠骄恣忘内忧。明知川满必欲游，不信积羽可沉舟。智虑万变善吹蛊，焉知身是柙中虎。正喜金钗逐步摇，飞檄已下东昌府。府君尾随三日夜，逡巡疑惧不敢捕。复檄总兵王正起，方执貂珰泰安路。貂珰临缚声如雷："我奉懿旨办龙衣！尔敢动我一毫毛，送尔直上望乡台！"巡抚丁公具疏闻，决速正法免纷纭。泰安县令跪请待朝旨，公云纵获重谴吾不悔！丁公生平多建树，治军治水筹盐务。凡事但系国与民，柔亦不茹刚不吐。呜呼丁公真伟人，唯知有国而忘身。每处大事无趋避，心有南针义与仁。但使为官能如此，岂有小民懦者不立顽不廉！

赠冯文轩·并序

　　冯拥义，别署文轩，余忘年友也。尝就读于贵州民族学院中文系，于诗书篆刻靡不究心，爱好既深，其所成就亦灿然可观。余谬忝教席，彼亦时来舍下请益。余于此道乃涉猎而已，然彼仍执礼甚恭，亦足见其虚怀若谷也。近索句于余，余素不作诗，不得已以俚句应之，固无当于大雅也。

冯生不羁者，或笑无事忙。
家无儋石储，室中溢墨香。
浊醪偶一醉，挥毫累千行。
龙蛇何潇洒，珠玑灿辉光。
虽嗟人生苦，亦显志气昂。
百年纵一瞬，君子固自强。
雁过尚留声，耻随腐草亡。
吾观冯生志，振衣千仞冈。

登麟山

吾侪多逸兴，贾勇上麟山。
草树萦青霭，群峰接远天。
鱼梁飞白雪，仙侣斗朱颜。
盈耳流行曲，依依入暮烟。

李华伦

苗族，1963 年生，贵州省晴隆县人，晴隆民族中学语文教师。黔西南州诗联学会会员。

观鱼 (新声韵)

狮头燕尾舞翩翩，儒雅温柔一展闲。
潜底翔高拨暗涌，左摇右摆起漪涟。
红尘自古逐名利，金鲤从来远避嫌。
心旷神怡鸣自在，云舒云卷度流年。

李华宗

1931 年生，贵州省贵阳市人，曾任办公室主任。贵州省诗词学会会员。著有《枫叶集》。

梨花赞 (新声韵)

不用披红和戴彩，何须抹口又涂腮；
无瑕秉性洁如洗，自有蜂蝶觅路来。

一剪梅·归 （新声韵）

戎马边关何畏劳，群岳高高，江水滔滔。情
丝一缕梦还巢，风也相招，雨也相邀。　　长箭
离弦似火燎，山又遥遥，路又迢迢。流光逝水韶
华消，愁上眉梢，心上波涛。

鹧鸪天·军民抗击暴风雪 （新声韵）

暴雪频频岁暮间，冰封大地降严寒。天昏地
暗无日月，肆虐袭击大江南。　　临大难、稳如山，
抗灾抢险建家园。爱心一片红炉火，众志成城战
胜天。

李庆常

1935 年生，贵州省道真县人。中华诗词学会、贵州省诗词学
会、遵义市诗词学会会员，道真县诗词学会常务理事、秘书长。

老黄牛 （新声韵）

管甚评足与品头，自食草料自耘畴。
全凭力气犁彪炳，汗染山河绿九州。

李兴林

1938 年生。机械技师。遵义市诗词、楹联学会会员，仁怀市老年诗联书画研究会理事。

雨后郊游

雨后初晴看物华，松风送雾过山垭。
近观溪畔花千树，远眺崖头人几家。
牛犊村童戏野水，农夫垄亩话桑麻。
符阳处处皆诗画，漫步东郊醉晚霞。

腊　梅

院里寒梅淡淡妆，傲霜凌立厌攀墙。
夜倾三尺鹅毛雪，冻折花枝不减香。

游盐津

绝壁千寻涧水清，云山倒影小舟横。
垂纶渔父深溪畔，不钓游鳞钓太平。

李安仁

1925 年生，贵州省毕节市人。公安干部，中学教师。黔西南州诗词楹联学会会员。

胡锦涛主席鸡年视察兴义有感

（一）

兴义边陲地，主席亲视察。纳灰看农户，一起打糍粑。拘谨渐抛却，同乐布依家。　温存询冷暖，关切话桑麻。金鸡报晓日，春风绽奇葩。城乡传喜讯，欢声遍天涯。

（二）

万亩桃花林，蓄芳得阳春。满川绽新绿，晴云拥朝暾。灵鹊鸣高树，吉兆迎亲人。轻车倏忽至，主席远莅临。　亲切询生计，片言抵万金。黾勉小康路，共建和谐村。力行勿稍懈，勿负言谆谆。主席亲嘱咐，群民记在心。

李丞丕

1943 年生，贵州省桐梓县人。赤水市人大常委原副主任。中华诗词学会、贵州诗词学会会员，赤水县诗词学会副会长。著有《竹乡吟》。

赤水颂

犹记开天八百秋，鸿基初奠几沉浮。
藏龙喜卧蟠龙洞，竹海欣登观海楼。
黔北明珠添异彩，桃源仙境乐遨游。
金沙十丈桫椤月，改革新潮写一流。

赤水河

人类发祥旧故乡，流长源远话沧桑。
奔腾三省毓英杰，整治几回通夜郎。
四渡红军光马列，万年历史壮炎黄。
风光到处频舒眼，百舸争流奔小康。

十丈洞瀑布

幸运逢春游览至，风溪深处是蓬莱。
银龙吐玉多奇景，白虎旋珠共壮怀。
万马奔蹄惊地动，千人击鼓庆天开。
从今开发黔川笑，旷世诗潮滚滚来。

李运春

1951 年生，贵州省盘县人，农民。贵州省诗词学会会员。

山野趣 (新声韵)

山野原多趣，黄花自在芳。
青藤绕古树，老叟钓夕阳。
涧水垂长练，玄蝉恋旧章。
顽童牛背戏，遣兴入诗囊。

鹧鸪天·村居闲咏 (新声韵)

竹满西园韵乱敲，花开小院竞妖娆。枝间宿鸟酣然醉，岭畔孤云自在飘。　　月似水，蛙如潮，满天星斗为谁摇。风清霭淡笛清越，敢吝金樽负此宵？

李志坤

女，1931 年生，贵州省安顺市人。贵州省广播电视厅退休干部。著有《雅居吟草》

南歌子·农家

雨暗孤房寂，林深小径横。晨星未坠荷锄行，酷暑耕耘挥汗到三更。　　报晓鸡惊梦，巡更犬吠生。晚来归舍倦难撑，夜半披衣只为月光明。

江城子·思子

贵山鹅市两茫茫。费思量，苦难忘。孤帆千里，思子泪千行。岁岁相逢难久守，聚苦短，别偏长。　　晚来梦境更凄惶。急收藏，意慌张。欲言无语，别恨诉诗章。且待初成长短句，心略慰，意差强。

行香子·遨海

小艇轰鸣，海混鸿惊。云天暗、影乱波横。风频人罕，寒透稀龄。又渔船旧，渔家健，渔网轻。　　迷茫雾裹，日色将暝。喜今夕、缺月重盈。天伦相聚，乐煞残庚。见左山明，右山乱，近山青。

李连仲

1927 年生，河北省定州市人。中共安顺市汽车运输公司党委书记。曾任安顺市诗词楹联学会顾问。

古　稀

十八从戎国正艰，流云逝水一挥间。
驱倭倒蒋晋绥察，解甲归工津冀滦。
烈火熊熊兴冶电，车轮滚滚振黔安。
满腔热血酬家国，翠柏苍松傲岁寒。

李佑碧

女，1924 年生，贵州省遵义市人。终身从事小学教育。遵义市诗词学会会员。

园丁忆感

执教而今三十年，青春涓滴志弥坚。
跋山涉水全无惧，冒雨顶风一径先。
曾育蕙兰香宇内，还浇雨露润人间。
巷居箪食心田乐，但使灵魂永得安。

李茂熙

侗族，1936 年生，贵州省锦屏县人。曾任锦屏县水利局股长、经理等职，黔东南州诗词楹联学会会员。

天然放牧场——青山界

百里青山界，天然放牧场。
无垠青草茂，遍地是牛羊。

李昌久

1929 年生，贵州省兴义市人。黔西南州诗词楹联学会会员。

兴义一中七十周年校庆

英才辈出誉边陲，七十丰功无可非。
花水笔山多秀丽，文经武纬振声威。
门墙三载师恩重，世路半生学友归。
石级重登回母校，满园寸草报春晖。

李昌伦

1950 年生，贵州省修文县人。曾任关岭自治县人民政府副县长、安顺市科学技术协会主席。安顺市诗词楹联学会副会长。

贺安顺市诗词楹联学会成立二十周年

廿载春秋一瞬间，喜看鹤发驻红颜。
沙场昔日扛枪手，艺苑今朝弄管仙。
歌赋吟诗联咏友，奇思妙对乐吟坛。
休言老骥狂年少，笔下风雷大浪翻。

上　坟

桃红柳绿万山春，百姓千家邀上坟。
新冢台前香火盛，古丘卧处草丛森。
冥城炮震千峰响，阴宅幡飘白日曛。
肴馔酒香追远祖，清明代代祭亡魂。

李昌琪

1939 年生，贵州省晴隆县人。曾任黔西南州政府州长。贵州省诗词学会会员，黔西南州诗词楹联学会名誉会长。著有《揽月楼诗集》《揽月楼诗集续编》。

赞马岭河峡谷 (新声韵)

天沟曲壑映霞晖，峭壁悬崖覆翠微。
栈道葱茏沾雨露，峡中锦绣绽芳菲。
一桥索挂惊无险，群瀑飞流势有威。
瑶草琼花观不尽，夕阳西落始知归。

晴隆二十四道拐

享誉环球廿四弯，逶迤险峻叹奇观。
悬崖绝壁开车道，远眺为之心胆寒。

赞以胡锦涛为总书记的党中央

中枢盛会荐高贤，劈浪领航扬锦帆。
驾御风云承伟业，运筹帷幄创新篇。
群贤睿智谋宏策，百族英豪奋著鞭。
高举红旗方略定，昂扬阔步创新天。

赞贵州醇酒厂

醇酒飘香赤县天，清幽环境美庄园。
投资办学兴医院①，谱写辉煌锦绣篇。

【注】
① 贵州醇厂投资办了兴义市工人医院，兴义市第八中学。

赞万峰湖 （新声韵）

游客如云四海来，万峰湖畔百花开。
清风凉爽宜人住，古老八音咏壮怀。

李忠权

苗族，1927 年生，贵州省丹寨县人，曾任国储贵州管理局五三一处处长。贵州省诗联学会会员，贵阳市花溪区诗词学会常务理事。著有《李忠权诗选》《躬耕诗钞》。

庆丰收 （新声韵）

连年一号乐心头，澍雨春风润物优。
万户辛勤耕沃土，千村奋力耜良畴。
金黄稻麦漫田野，绿色粱蔬遍地陬。
扶助三农结硕果，丰收喜悦满神州。

庆凯麻高速公路通车 （新声韵）

开山劈岭筑宽路，深堑架桥成坦途。
僻壤通衢辞旧貌，穷乡致富绘新图。
东西顺畅千般好，南北相连万象苏。
清水江边添玉带，苗村侗寨众民舒。

送电苗乡 （新声韵）

峡谷高山一线牵，苗乡万众喜开颜。
电灯取代松明火，胜过前朝千万年。

贵州诗词学会成立二十周年庆 （新声韵）

骚台创建二十春，艺苑鲜花馥郁馨。
雏凤起飞攀峭岭，雄鹰展翅骞昆仑。
贵州诗榜鳌头占，赤县吟坛拇指伸。
诗校诗乡多俊秀，新声新韵入时新。

李忠奉

笔名娄山伯、娄山渔樵。1946 年生，贵州省遵义县人。水电九局退休职工。贵州诗词学会会员。

黔灵即景 (新声韵)

薄暮生凉意，轻风送暗香。
云霞呈五色，蝶彩弄三光。
水畔惊鸿舞，潭中赤鲤翔。
余辉扶醉客，疑是入苏杭。

江城子·关山祭女 (新声韵)

残红渐尽意犹寒，赴苍山，泪丝涟。化纸焚香，利刃搅心尖。错位阴阳伤肺腑，残喘者，问空山！　　深情寄梦梦难圆，咒关山，怨黄泉。烨烨青春，车祸夺英年。可恨苍天偏眼瞎，烟散处，泪潸然。

风入松·寻梦

春风伴我返洄塘，懒赏古槐香。云峰旧景依然在，沉沉夜，总感苍凉。远去莺声燕语，偏偏挂肚牵肠。　　高楼闷坐漫推窗，眼底尽灯光。昏黄一片迷茫境，情难断，空自思量。月渐云深处隐，心随地老天荒。

李鸣峰

1922 年生，山东省菏泽人。曾任贵州省农业厅副厅长、贵州省农业管理干部学院党委书记，贵州省诗词学会副秘书长等。著有《半窗斋吟草》。

潇湘夜雨·东风水电站

坝立苍穹，揽云接月，截流锁住蛟龙。涛翻浪涌，泄水映长虹。浩渺烟波澄碧，莽莽处、湖阔鱼腾。两岸秀，氤氲岚气，更山色空濛。　　昔荒丘秃岭，兽禽出没，灌木草丛。现建伟工程，壮志雄风。千万愚公巧匠。日夜干、佳绩丰功。高处望，山乡巨变，电站展新容。

安顺龙宫

造化何时辟此丘？扁舟一叶下瀛洲。
天池碧镜神仙树，钟乳玉峰帝子楼。
瀑射龙门风倒立，河穿灵穴地悬流。
云梯百尺人争上，镇日琅环快意游。

黄果树瀑布

惊雷十里震山川，怒瀑飞来天地旋。
江跌犀滩涛作雨，洞开猿壁水为帘。
石林河上春峰秀，苗寨堂前蜡染妍。
游罢亭边评旧句，仙鲸吸海拟弹棉。

正安调查

陪同京使正安游，极目丰收景色幽。
千顷稻粮腾碧海，万家玉米铸金丘。
天楼山下银河落，良坎堤前飞瀑流。
纷说放宽政策好，年年温饱永销愁。

桂枝香·青岩镇怀古

贵阳日暖，正秋高天晴，青岩寻迹。玉带清
江绕镇，危峰狮蹢。艳阳古道山城里，健登临，
崇阁南殛。玉坊阵列，佛寺弈布，珍杉冠倜。　　喜
地灵，人文映碧。羡赵氏文魁，渔璜诗擘。海内
震惊教案，誉传赤册。红军南寨奇兵出，激风雷，
痛击顽敌。至今耆老，犹传佳话，山河生色。

桂枝香·纪念遵义会议五十周年

雄怀激烈。倚马立娄关，霜晨雁月。昔日红军北上，履冰如铁。名城会议狂澜挽，正航途，千秋豪杰。两摧遵敌，四横赤水，独夫刀折。　忆往事，萦怀圣哲。看十亿神州，巨人东崛。万里长征基奠，直凌天阙。峥嵘岁月波涛涌，喜苍松，久经寒雪。三中全会，目标宏伟，奋飞传捷。

谒遵义凤凰山红军烈士塔

烈士捐躯五十年，神州日月换新天。
英名永著麒麟阁，凤岭长镌正气篇。
花发严霜嚣雪后，泪挥玉桂暮云边。
喜看江水腾银浪，遍地豪雄继铁肩。

遵义解放四十周年

壮岁从军战播城，暮年犹记鼓鼙声。
猛追穷寇残云扫，奋起生民旭日升。
锄舞银龙禾稼秀，臂摇赤帜貌颜更。
不愁夕照双眸老，偏爱湘江锦浪清。

东风第一枝·甲子重阳游红枫湖

高峡明珠，黔州西子，重阳秋水铺练。万丛浴浪烟螺，一行叫空塞雁。艇回百里，看不尽峦岚千转。更喜有、幽洞寒潭，恰似玉晶宫殿。　晨雨细，山濛水远，夕霁转，天澄湖婉。舷楼倚槛吟诗，客馆濡毫挥翰。豪情胜景，都浸入一樽秋晚。任霜雪、染白髭须，犹有余温生电。

家山好·第一个老年节

让贤去职养天和。身犹健，逸情多。重阳省定老年节，继尼轲。对金菊，发长歌。　乌蒙苗岭家山好，改革绩功峨。同心同德，披荆斩棘战风波。难关奈我何！

临江仙·省农干学院师生筑路

绕郭北郊山下路，峰冈坎坷迴萦。蔓荆瘠土少莺声。天晴扬石幔，雨湿滑泥冰。　老骥蹄轻脚健，雏鹰翮劲身轻，银锄金镐当长缨。志坚山可拔，吾辈道能行。

游织金洞

翘首洞门外，从容琼国游。

径随玉阙尽，溪入隐江流。

翡树烛天镜，瑶宫依海楼。

红岩观飞水，碧岸问扁舟。

游石林

（一）

万簇千峰亘古开，云宫椒殿鬼神裁。

风流典雅阿诗玛，满面桃花问客来。

（二）

海上吹来瀛客岛，月中飞下广寒宫。

路南奇景天生就，万锷千峰举世雄。

赠农业大专班同学

花甲顽夫也赋诗，只缘身处圣明时。

岁寒曾见松篁劲，春暖欣看桃李姿。

经国文章初破卷，济川才略又荣枝。

骊珠勇搏非难得，我爱逢人说项斯。

李季能

1943 年生，贵州省思南县人。高级教师。

梵净山顶观原始森林

眼底峰峦次第高，白烟缭绕走云涛。
时闻野鸟呈欢叫，更听山风起怒号。
林海频翻青绿浪，云天正展紫红绡。
嵯峨气势千般景，点得黔川处处娇。

观　潮

到得钱塘令眼开，水波荡漾正徘徊。
一墙渐起铺天至，万马齐奔卷地来。
海啸山崩心胆碎，风号浪吼鬼神哀。
何来如此千奇景？月相盈亏寄盛衰。

感赋四野屯双扇门石牛景观

忆尔当年随老聃，驮经五篓过函关。
栖居斗侧穹苍下，耕种历山虞舜前。
丑位生肖排属相，齐都火阵助田单。
而今野岭寻归宿，双扇门旁眺大千。

贵州楠木王

腰围九米寿千三，密布浓荫瞰谷川。
曾遇艰难遭掠劫，也观离乱起烽烟。
六朝胜败越身畔，百代兴衰入眼帘。
阅尽荣枯逢盛世，苍颜返少又华年。

李侠公

（1899——1994），贵州省贵阳市人。曾参加北伐战争，抗战期间任陆军大学政治部主任、文化工作委员会副主任。新中国成立后被选为全国人大代表、贵州省政协副主席。

天安门城楼观开国典礼

1949年7月，自苏州赴北平参加新政协会议。10月1日，毛主席亲临天安门城楼主持各族各界50万人大会，庄严宣布中央人民政府成立。

扫尽妖氛翻旧宇，昭苏万姓建新朝。
蔽空赤帜千层浪，旷代殊勋一羽毛。
执手温存恩义重，开元讲话激情高。
从兹十月夸双璧，崛起中华敢自豪。

赴绥阳县蒲老场道中

晴空万里脱尘嚣，山拥田畴大道遥。
喜见三秋完活路，分明九日又登高。
麦青菜绿耕耘细，土滥泥松肥水饶。
小憩陇头童稚乐，笑声争送玉粱糕。

赠肖娴书法家

万里还乡一凤毛，满城争说女书豪。
龙蛇笔走公孙舞，横扫千军南海潮。

孙冶方同志出"四人帮"狱之翌年秋来筑视我，盘桓月余别去，诗以赠之

把臂论交五十年，几经危难到尧天。
君挥健笔诛奸慝，党庆还原辨佞贤。
价值规律擎火炬，明珠黑夜照心田。
离多会少情何已，泪不轻弹也黯然。

黄果树瀑布

千秋不变雨珠色，万古长留雷电音。
更有晶帘添彩笔，右丞山水让三分。

夏暑游森林公园

昔年枭杰争城地，此日人民共乐园。
直把荒山变林海，晴晖筛影怯衣单。

岁暮晚霞

晚霞晚景晚天好，万丈霞光五彩罩。
不叹黄昏临岁暮，人间灯火自光辉。

小园腊梅盛开

百花头上说梅开，未见青枝缀玉苔。
独有腊梅开满树，香飘十里送春来。

李泽远

1923 年生，遵义县人。离休干部。

爱国将领张学良将军

爱国将军胆识高，秦城兵谏震尘嚣。
英雄千古知多少，唯汝丹心照后曹。

李治英

女，1930 年生，贵州省黔西县人。贵州省建筑设计研究院高级工程师。中华诗词学会会员，贵州省诗词学会会员。

苗岭谱华章 (新声韵)

廿年花竞放，苗岭谱华章。

吟苑余音妙，案头书卷香。

歌农为首创[①]，新韵率先航。

盛世吟旌举，国隆诗运昌。

【注】
① 指《贵州诗词》"情系三农"专栏。

贵州百里杜鹃 (新声韵)

百里杜鹃一望收，万年沉睡大山沟。

适值盛世贤哲举，又遇东风雨露优。

灿烂芬芳皆窈窕，嫣红姹紫遍山陬。

多姿多彩花枝俏，胜境今朝誉满球。

访修文阳明洞感赋 (新声韵)

修文龙岗郁苍苍，双柏巍巍气势昂。
奸宦专权乱朝政，大贤遭贬困龙场。
三年悟道兴书院，一夜通经破晓窗。
今日观光遗爱处，阳明哲理众传扬。

李诗盛

1937 年生，贵州省兴义市人。县教研室主任。黔西南州诗词楹联学会会员。

咏三峡平湖

高峡平湖景物新，百年梦想得成真。
横江一坝蛟龙锁，功在千秋利在今。

李荣金

1947 年生，贵州省习水县人。贵州省商业储运公司退休职工。贵州省诗词学会会员，贵阳市花溪区诗词学会理事，《贵州诗词》特约编辑。

和姚子芳兄《花甲抒怀》原玉 (新声韵)

红尘浩瀚喜同庚，山海结缘赏韵声。
善意盈盈一点爱，清骨睿睿两相情。
残阳共醮描诗骨，瘦月独怜照剑营。
甲子凝霖菊气壮，东林日晓又天晴。

到花溪乡李村写春联 (新声韵)

春联对对艳彤彤，美意相亲富丽融。
门上荣华家内旺，双心集喜更同红。

贺清华中学六十五华诞

烛映辉黔六五春，教书育人系国魂。
大将山拥才济济，清华楼聚龙群群。
自强不息鸿鹄血，厚德载物师表心。
喜逢华诞献拙笔，谨抛陋斧弄班门。

花溪公园两咏 (新声韵)

夏

林荫水碧慕人多，竞彩游衣逐浪波。
落日衔山归去缓，还留爽意笑清河。

秋

西风无语降人寰，漫染桐林叶色斑。
欲问霜期何处访，黄金大道闹声欢。

贺陈钢校长《清华风韵》诗集首发

花诗簇簇盛坛开，溪岸徐徐绿柳徊。
喜我明珠添妙趣，清华辈辈出英才。

李树荣

女，1937年生，云南省鹤庆县人。曾任黔东南师专党委副书记兼纪委书记、《黔东南师专学报》（社科版）主编。中文系副教授。贵州省诗词学会会员。

游修文阳明洞感赋 (新声韵)

权阉肆虐朝纲乱，龙岗欣然纳大贤。
悟道流芳遗爱广，洪荒一破醒南天。

谒但丁故居

石道砖墙铁皮灯，但丁故居旧貌存。
黑夜茫茫中世纪，文魁先醒唤世人。
终身流放归不得，巨著华章他乡吟。
弗罗伦萨星光灿，文艺复兴凭领军。
魂兮归来望故里，谒者遍及五洲宾。
圣哲像前齐围聚，《神曲》朗诵众凝神。

李思明

1936 年生，贵州省桐梓县人，曾任桐梓县档案局局长。中华诗词学会、中国楹联学会会员，桐梓县诗词楹联学会会常务副会长。著有《危楼诗鸣》。

甲戌岁题照赞方竹林更新

林中君子世无伦，方直高标万代钦。
千载自生呈莽莽，一朝培育益欣欣。
森森凤尾临天舞，茁茁龙腾破地伸。
树木树人堪击节，到凌云处总虚心。

【越调】天净沙·和平鸽

蓝天碧野丹霞，佳音翠羽飞花，雨夏风秋浪打，弋翔如画，呈祥地角天涯。

喜获中国楹联学会会员证

桃符古卉播清芬，仰慕平生习艺勤。
追溯渊源探韵旨，寻求脉络体形神。
大观联语一翁训，盛世民情百态循。
且喜飞鸿传喜讯，新兵翘首目卿云。

雄狮颂

烽火卢沟警睡狮，八年铁血铸雄姿。
仰天振鬣风云动，立地驱轮日月驰。
蹄踏三山除鬼蜮，头昂四海托龙螭。
六旬痛饮毋忘史，对酒当歌义勇诗。

李钟鸣

1941年生，贵州省贵阳市人，曾任花溪建筑公司工会主席，贵州省诗词学会会员，花溪区诗词学会理事，青岩诗词学会副会长。

青岩古镇菊林书院德艺双馨 (新声韵)

(一)

粼粼玉带绕城东，抖翘雄狮戏水龙。
静看油杉青翠景，相思白鹭碧河中。

(二)

菊苑千姿满艳芳，林城古镇远名扬。
书香瀚墨饶宗祖，院李庭桃育栋梁。

李俊香

女，1944年生，河南省新郑市人，从事医疗工作。贵州省诗词学会、遵义市诗词学会、湄潭县诗词学会会员。

西江月·迎春 (新声韵)

万紫千红辞旧，三山五岳迎新。龙腾狮舞竞缤纷，华夏空前好景。　　开放辉煌共庆，改革巨变齐奔。花繁叶茂早争春，禹甸同歌鼎盛。

鹧鸪天·求知 (新声韵)

耳顺年华进课堂，诗词歌赋颂兴邦。繁星作伴习书法，晓日窥窗读玉章。　　争日月，抢时光，微霜两鬓又何妨？东隅已失桑榆补，莫再蹉跎趁体康。

李俊美

1923 年生，山东省菏泽市人。曾任兴仁县人大常委会主任。县关心下一代工作委员会和老年大学顾问。

贺十七大胜利召开 (新声韵)

金秋十月透芬芳，丹桂飘香谷正黄。
社会和谐春锦绣，科学发展岁安康。
群贤毕至谋国事，众士云集绘瑞祥。
破浪扬帆存远志，红旗舞处谱新章。

李独清

（1909——1985），幼名忠信，别号洁园，贵州省贵阳市人。曾任贵州省政协委员、省文物管理委员会委员、省古籍整理小组副组长。有《洁园剩稿》等刊行。

挽谢六逸

竟为饥趋归故里，溘先朝露緤帷空。
可怜贫也身非病，孰令致之道已穷。
文苑儒林商位置，新知旧学启愚蒙。
盖棺未久传洪捷，家祭须当告放翁。

散套【南吕】一枝花·游修文阳明洞

千秋排荡功，海内声名重。蓝关深雪拥、白帝彩云封。迁客孤踪。一个桃源洞，栖身天地容。但看他沐雨耕烟，定凭我走村越垅。

【梁州】

第七虽荒僻澶庞可取，有威仪远近相从，居夷君子宣尼颂。一轩植桧，偃卧其中；一亭翳竹，比拟高风。玉汝成必是天公，按诸古恰是儒宗。造乎极将待探求，事事俱通。

【隔尾】

蔽唯心早受今人讽，行南国依然教化崇。城北巍峨立祠奉，兴浓、碧丛，日暮空山匿群动。

贵阳山水十咏

筑垣形胜地，杖履足流连。不吼三狮聚，凌空一凤骞。扶风存两祀，南岳亦巍然。甲秀鳌矶上，来仙牛渚边。栖霞无旧筑，观象见平川。地下公园辟，河滨晓色妍。黔灵九曲径，漏汋百盈泉。本阁寻遗址，芝岩恤洞天。引湖犹潋滟，得景尽橙鲜。城北贵山在，郡名由此传。

观演奏古乐赋四绝

（一）

高歌一曲行云遏，乐奏钧天耳暂明。
莫随胡沙哀怨在，听来都是凤鸾声。

（二）

不减唐人柳七郎，霜风残照好篇章。
再生古曲非凡响，三日余音尚绕梁。

（三）

暗香疏影梅花月，白石老仙旁谱留。
遥想当年桥畔路，小红低唱亦风流。

（四）

华灯初上弹筝人，古调精奇又创新。
文艺必将民族化，诸君奋勇献青春。

爱晚诗社成立

三宗一祖相攀附，不是江西旧结盟。
应许群才趋大雅，要携万类进文明。
晚晴共道人间重，好句必将天下惊。
真力内充弥满后，太空横绝待诗成。

农历甲子春节

甲子又逢开岁月，桑榆虽晚说新年。
育材尚有接班乐，奔富须从两户先。
草树承包加畅茂，鱼龙相逐最喧阗。
春迟已见鸿钧转，政令颁来淑气连。

李庭桂

（1916——1997），河北省藁城县人。曾任中共贵州省委副书记、贵州省常务副省长、省顾委会副主任。贵州省诗词学会原会长。

忆平原激战

——纪念抗日战争胜利 40 周年

平原激战骋骅骝，不灭倭奴誓不休。
击罢西边东进急，黄河两岸度春秋。
浚城告捷军民奋，挥戈跃马向商丘。
出奇制胜贵神速，帷幄戎机巧运筹。
雪耻建功凭战果，河山光复壮神州。

咏黄果树瀑布

白河下落势奇雄，烟雨雷声十里中。
直泻犀潭花万朵，赤橙黄绿幻苍穹。

阳河上

秀峡青溪一线连，翠微珠洒百重泉。
巨岩陡壁斜穿洞，利剑峰高直刺天。
蝴蝶翩翩成阵舞，鸳鸯对对浴波眠。
前情未尽后情出，缭乱眼花叹自然。

春 望

春云袅袅漫穿林，溪水潺潺映翠岑。
松茂竹苞高节见，麦苗茁壮绿浮阴。

祝贵州诗词学会成立

水秀山清老更怡，热心倡导筑城诗。
黔风自古喜辛味，苗岭奇葩分外奇。

五 绝

同饮黔灵水，相逢易也难。
一杯联旧雨，余热壮诗坛。

养盆菊有感

嫁接盆栽又六年，新枝挺秀橘香园。
林泉莫忘烽烟事，事记驰驱路八千。

李洪涛

1925 年生，山东省东平县人。历任中共县委、地委书记。中华诗词学会会员、贵州省诗词学会顾问，遵义市诗词学会名誉会长。著有《洪涛诗词选》。

一丛花·读《毛泽东诗词》有感

胸怀博大铸宏篇，红雨洒人间。磅礴正气冲霄汉，征腐恶、地覆天翻。憎爱显明，为时而著，光照大千丹。　　华章警句耀文坛，扬国宝身先。承前启后东风劲，看百花、竞放争妍。山岳韵飞，江河诗涌，齐颂舜尧天。

临江仙·纪念遵义会议六十周年

六十年前风浪激，遵城荟萃英雄。红楼纠"左"立丰功。群龙重得首，鼓角震长空。　　万里长征新转折，娄山一战威风。赤河四渡显神通。金陵春梦碎，天际太阳红。

水调歌头·中秋赏月

皓月当空照，佳节又中秋。欣看玉宇澄澈，万里暮云收。一派升平好景，万户笙歌曼舞，欢笑满神州。助兴嫦娥伴，丹桂馥长留。　　金风吹，菊花艳，倚华楼。漫吟赏月诗句，把盏自风流。今得茶香酒醉，莫负先贤恩泽，饮水思源头。愿像今宵月，完我故金瓯。

沁园春·缅怀毛泽东

百载沉沦，谁使神州，地覆天翻？看秋收起义，三山推倒；九州红遍，万众腾欢。建设中华，服膺马列，思想光辉照大千。开新宇，有擎天巨手，掌舵扬帆。　　雄文四卷非凡，是航海塔灯导指南。教实事求是，群众路线；为民服务，愚公移山。一代风流，功勋卓著，青史英名万代传。怀念甚，正七十党庆，默忆慈颜。

临江仙·万里长征

遵义城头升旭日，娄山大捷春雷。桥横大渡显神威。雪山腾细浪，草地奋如飞。　　万里长征雄盖世，铸成时代丰碑。艰难困苦汗青垂。燎原星火旺，华夏放光辉。

李宪杰

布依族，贵阳市乌当区委统战部干部，贵州省诗词学会会员。

仙女山瀑布

银河垂泻下仙潭，酷似珍珠坠玉盘。
两岸青山皆不语，相思无限尽安然。

来仙阁

来仙阁上望清流，烟波锁坝春意稠。
十里垂杨花映水，风满帘栊情满楼。

李祖运

1948 年生，贵州省贵阳市人，花溪区地方志办主任。贵州省诗词学会会员，贵阳市花溪区诗词学会副会长。

修志即兴致诸公

书生报国意神同，无奈春秋白发容。
常叹骚人吟胜景，喜观雅士效诗宗。
金车宝马缘无我，挚友亲朋幸有翁。
若得他年高榜上，骑龙旨酒敬诸公。

李勇豪

1930 年生，贵州省三穗县人，苗族。曾任锦屏县财政局长。贵州省、黔东南州、锦屏县诗词学会会员。著有《耳顺集》《古稀闲吟》，《晚晴词选》《鹧鸪百鸣》。

鹧鸪天·初夏农村即景

初夏农家耕种忙，麦苗葱绿菜花香。扬鞭铁马山河舞，手把金牛岁月昌。　　田锦绣，野芬芳，扶贫政策日辉煌。科学管理广增产，奋进勤劳奔小康。

鹧鸪天·绿化吟

喜见春光明媚天，满坡满岭草芊芊。百花齐放蜂观舞，万木争荣鸟竞喧。　　桥下水，路边田，蛙鸣鱼戏稻禾间。墒情保养滋苗壮，生态平衡益大千。

李振高

1930 年生，贵州省习水县人。曾任中共仁怀县委常委、县政府副县长、县人大常委会副主任等职。仁怀市老年诗联书画研究会会员。

抗冰灾

遍地冰封行路难，百年罕见地天寒。
军民奋战冰灾退，笑看人间春盎然。

李效敬

1926 年生，曾任贵州省人大毕节地区工委主任。毕节地区诗词楹联学会、乌蒙诗社名誉会（社）长。著有《踏遍青山人未老》。

祝贺《毕节日报》复刊二十周年

毕节舆情赖报传，廿年航海岂辞艰。
乘风但继征帆发，再谱浮天破浪篇。

祝贺毕节地区老年大学成立二十周年

黉宫莫过老烟霞，八斗储才不厌奢。
祝愿媪翁多上寿，拼将贡献振中华。

洪延星同志《心声集》面世志贺

戎马西来志可夸，弘扬国粹振中华。
心声一卷飘芟泽，翰苑枝头又著花。

祝毕节地区诗词楹联学会成立
十五周年暨第三次代表大会召开

一帜高擎十五年，诗名遐迩口碑传。
才华不负乌蒙地，国粹弘扬敢领先。

李继今

女，笔名婉颖，1970 年生，毕节市烟草公司员工。毕节地区诗词楹联学会理事、乌蒙诗社社员。

祝贺《毕节日报》复刊二十周年

传媒日日作行藏，广采勤编那计忙。
五卷缥缃无败笔，廿年磨砺见锋芒。
先行已效东沿迹，开发还追西部荒。
但得扶摇凭借力，禄州万里定腾骧。

李继泽

1937 年生，贵州省余庆县人。退休干部。贵州省诗词学会、遵义市诗词学会会员，湄潭县诗词学会理事。

赞茶王《银柜眉尖》① (新声韵)

夜来春雨后，寒退雪全无。
旭日千峰爽，东风万物苏。
眉尖初上市，阳雀未啼咕。
芳草香尧地，茶王走大都。

【注】
① 2004 年海峡两岸中国（福建）茶叶博览会"茶王大赛"湄潭《银柜眉尖》获"茶王"荣誉证书。

李继善

1945 年生，河南省郏县人。工程师。贵州省诗词学会、楹联学会理事。

南歌子（双调）·龙宫

览罢漩塘美，欣观洞瀑奇。幽深锦秀望中迷，雄趣天然赐与世间稀。　　地隐多娇景，岩抛碧玉玑。龙牙错落水长嘶，婀娜匍舟侧看乳千姿。

卖花声·游天河潭

山鸟舞晴天、轻棹同欢，银潭洞府乐神仙。欲问风光何处妙，天上人间。　　流水不停闲，总是奔前。来年景物胜今年。该纵情时君莫负，无限江山。

鹧鸪天·游渔洞峡

绿水盈川倒影斑，野花挂岸径盘桓。上渠流入山庄户，河起波澜驶画船。　　岩壁峙、坝连拦，瀑飞浪溅跌深渊，阴森境暗游蹊尽，小艇乘行一线天。

北盘江大峡谷

仰见如刀削壁悬，顶高嶙峭袤云烟。
这边人喊那边应，相会还须一两天。

瞰筑亭上

晨练象王台，登亭眼界开。
连峰皆荫树，深谷净尘埃。
青霭幽林出，游人曲径来。
笑谈成至友，鸟语不疑猜。

响水河畔

澄澄碧水泛涟漪，七孔玲珑衬景迷。
绿树繁花荫两岸，布依村寨小桥西。

都柳江行舟

都柳江中醉客船，藤缠古木岸森然。
清流急转疑无路，翠岭参差别有天。
片片浮云萦碧峭，声声侗笛破苍烟。
篙工点水轻舟疾，一览千山尽眼前。

游施秉云台山二题

裂谷云山

自然藏奥妙，雾缈谷幽深。
花雨道禅盛，奇峰气象森。
泉鸣松冷色，风响鸟清音。
景美人文古，壮观娱客心。

印斗产阁

盘桓临绝顶，俯首望长川。
眼下群峰渺，山中一壑烟。
侧身扶链过，登阁赏心悬。
待坐观风景，神怡客欲仙。

李培道

又名阿道，侗族。1972 年生，贵州省玉屏县人。贵州省诗词学会会员，著有《灵魂的家园》《荒魂》。

读《长歌行》有感赠三月哥哥远行

身距江南四千里，山高水远不相邻。
燕山收我侗家汉，黎水濯吾云贵尘。
郊岛苦吟长过耳，少陵辗转总为人。
识君剪却年前树，始得新芽占尽春。

题城西渔人码头诗

池水岸边垂钓竿，一堤碧影任悠然。
吟诗酌酒倾亭上，明月轻风解俗烦。

五月二十二夜离津感怀

渤海遥闻波浪翻，津门夜过五更寒。
苦持十载真似梦，功箦一朝乍逝烟。
雾锁云遮风不静，鸦飞人去月难全。
长夜冥冥迎旭日，绮霞依旧灿东天。

李清竹

1937年生，贵州省遵义市人，高级农艺师。曾任民建贵阳市委主委，贵阳市人大常委会副主任，第八届全国政协委员。贵州省、贵阳市诗词学会会员，贵州省诗词学会副会长。著有《清竹疏林》。

献给老师

殷殷慈母情，拳拳赤子心。一生抒壮志，双手扶来人。师德无言颂，莽莽望昆仑。

悼友人查日曦

运交华盖仍有求，待到翻身已白头。
青山夕照绘美景，破船载酒泛中流。
挺腰强负耄耄事，俯首甘为孺子牛。
丝尽蜡干车到站，饱蘸热血写春秋。

飞进拉萨

千里雪峰万重山，世界屋脊细鸟瞰。
心怀神秘圣洁土，思绪虚无缥渺间。
忽闻二郎歌声紧①，似见公主马不前②。
踏上贡嘎情切切，走向阳光不知寒③。

【注】
① 指歌曲《歌唱二郎山》；

② 指文成公文；
③ 我们到贡嘎机场后，受到西藏统战部的热情欢迎。在驶向拉萨的车上不停地播放一首叫《走进西藏》的歌，其中有"走向阳光"句。

瞻定远侯祠

投笔从戎走边关，卅六勇士力不单。
夜闯敌营浑身胆，千难万险巧周旋。
正气能溶天山雪，谋略细雨息烽烟。
遥望西边恶浪涌，班公气宇更昂然。

西岳华山

欲用盆景比华山，关西平原大托盘。
斧劈峡谷成峭壁，刀削五峰接青天。
凿岭连嶂不留道，砂磨险岩怎容攀。
都说华山一条路，唯见铁链高处悬。

感　时

莫失春风茂枝芽，不负夏日绽树花。
秋叶纷飞偶见果，静待三九话年华。

赤水燕子岩 <small>(新声韵)</small>

穿林越涧复攀梯，凭栏远眺众山低。
游人惊指岩前树，天边飞来燕衔泥。

竹海观新竹

细雨无声夜入园，春笋勃勃向蓝天。
老枝不嫉新枝秀，飒爽英姿各有年。

盘水玉舍公园

游客问玉舍，驱车文字山。盘旋上高岭，逶
迤入林间。树海白云绕，空谷鸟声喧。林暇轩前站，
千峰卷巨澜。

李清涛

（1922——2007），湖南省邵东市人，曾任安顺地区诗词学会副会长兼秘书长。安顺市诗词楹联会学会顾问。著有《望钟楼吟草》。

陪袁本良教师、洪希颐副校长及地区老年大学同学游黄果树

胜日同游黄果树，竞看飞瀑渲前川。
水帘洞外银丝坠，月影楼前玉带悬。
白浪溅珠珠似雨，红岩镌字字如蚕。
世人共赞风光好，无限诗情写锦笺。

游峨眉山

金秋十月上峨眉，扶仗攀山力不疲。
放眼峰峦云际树，赏心寺院画中诗。
登高更觉风光好，望远方知景色奇。
不愧人称天下秀，蓬莱仙境谅如斯。

登金钟山

秋来天气爽，拂晓上东山。
眼底城郊阔，林中古道弯。
金钟悬雾里，银杏耸云间。
景美游人醉，谈诗展笑颜。

李鸿恩

贵州省石阡县人，曾任石阡县供销社会计股长、会计师。

咏　菊

百花已谢九秋霜，三径独存晚节香。
喜与高人相对饮，满腔诗兴泻篱旁。

重阳感时

国家多难愧称觞，一介书生虑万方。
半壁河山留夕照，满城风雨近重阳。
桃源只避秦时乱，菊径先从晋代香。
安得长戈挥落日，宁为玉碎与偕亡。

李登仑

1932年生，贵州省绥阳县人。曾任赤水县人民政府常务副县长。赤水诗词学会会长。中华、贵州、遵义市诗词学会会员。著有《盛世豪吟选》。

汶川地震

汶川地震亿心悬，四海华人血脉连。
党政关怀情义重，无私大爱谱新篇。

临江仙

冰雪纷飞凝大地，南方各省遭殃。千山万岭白茫茫。人民生活困，救急有中央。　　党政军民齐奋战，民生心系乡邦。主席总理措施强。一声宏号召，各级救灾忙。

李登峰

（1924——2003），山东金乡县人。曾任中共毕节地委、行署秘书长等职。中华诗词学会会员，毕节地区诗词楹联学会名誉会长。著有《乌蒙小草》。

朝中措·再游赫章平山林区

赏心无意钓诗钩，旧地喜重游。光耀金秋美景，迎来五谷丰收。　　丛林覆盖，溪清草绿，渔唱樵讴。更爱平山父老，治山治水同筹。

戊辰秋盛郁文教授临寒舍观菊赐诗余乘兴试步原韵和之

春尽嫣红秋复来，东篱今始为君开。
陈蕃下榻无多具，陶令盈樽有淡醅。
一曲新诗舒雅兴，数枝瘦菊惠文台。
布衣相识天缘合，岂赋江南庾信哀。

夜登重庆两江亭

徐步登鹅岭，临风纵远眸。
多姿疑海市，奇幻胜琼楼。
新月悬空照，繁星水底收。
两江亭屹立，兀傲共渝州。

李登第

1946年生。贵州省遵义县人。退休教师。中国楹联学会会员，贵州省诗词楹联学会、遵义市诗联学会、遵义县诗词、楹联学会会员。

苏州报恩塔

突兀近天庭，临巅可摘星。
流檐添秀美，飞角显峥嵘。
吴主报恩重，斯民叹命轻。
塔之功与过，自有后人评。

李维坤

女，1936 年生，湖南省衡山县人。曾任贵州省汽车贸易公司物价员。贵州省诗词学会会员。

我爱贵州 (新声韵)

夏无酷暑少严冬，气候宜人景更融。
四野藏珠称富矿，九天飞瀑咏高风。
茅台美酒寰球颂，苗岭仙姿顾客崇。
西电东输民庶暖，和谐社会共繁荣。

咏梅 (新声韵)

铁骨铮铮气度轩，冰天雪地任熬煎。
不同百卉争芳艳，独在三冬展俏颜。
骚客吟成诗句美，丹青绘就画屏妍。
迎风傲雪把春报，格自高昂品自坚。

赞松 (新声韵)

刚直挺劲耸云天，雾锁烟笼意志坚。
铁杆枝桠擎雨盖，浓荫鲜氧沁心田。
寒来暑往春常在，冰冻雪封景更添。
三友严冬多默契，同甘共苦自天然。

李智军

1942 年生，贵州省桐梓县人，曾任天柱县人民武装部部长，黔东南州人大办公室副主任。贵州省诗词学会会员，黔东南州诗词楹联学会常务副秘书长。著有《随行吟咏》。

【双调】折桂令·侄儿乔迁新居赋 (新声韵)

乔迁喜，长远安家。锦绣宅园，玉宇雕花。幽静闲亭，九天溪秀，碧水披霞。　　桑梓客贺朝来耍，献殷勤美酒鱼虾。岁月年华，思变脱贫，笑口儿夸。

画堂春·海仙山鼓浪屿 (新声韵)

层峦叠翠岛寰萦，岚烟缥缈欢腾。峰岩跌宕海鸥鸣，浪鼓雷声。　　古树参天风景，摩岩石刻芳名。屿珠灿烂客宾迎，傲雅雄鹰。

摊破浣溪沙侗乡鼓楼赞 (新声韵)

巧匠能工建鼓楼，精雕细刻灿神州。伫立雄峰抒雅意，景悠悠。　　燕子飞来窥画栋，姑娘演唱嗓音柔。瑟瑟秋风陪伴舞，醉人留。

李敦礼

1930 年生，曾任印江县文联主席。印江县诗词楹联学会会长，贵州省诗词学会理事、铜仁地区诗词学会常务理事。

参观沙子坡新垦茶场

闻道荒原好种茶，土娃苗女笑如花。
地挖尺半银锄折，石砌千层玉臂麻。
兔穴狼窝成沃土，芜冈秃岭绕云霞。
辛勤赢得千山绿，一片茶歌醉万家。

醉花阴·赠友

曾记旧时游学处，巷陌浑如故。旧友半凋零，人世浮沉，此恨凭谁诉！　　封侯一半缘天助，岂等闲虚度！莫叹近黄昏，夕照霞飞，辉洒青云路。

李瑞华

1933 年生，重庆市人。原遵义四中副校长，高级教师。遵义市诗词学会理事。曾编辑《困学诗词》选集。

娄山关

一关烟雨暗苍穹，魂断悬崖故垒中。
千嶂犹闻鏖战急，马嘶残照大旗红。

香港回归

奇耻百年一夜终，香江无处不春红。
笑闻港督南柯梦，喜看环球东国风。
碧海明珠原是泪，黄河锦鲤见成龙。
紫荆俏丽澳台后，共举金瓯铸大同。

忆江南

多少忆，最忆校园中。碧瓦雕窗樱苑雪，龙山湘水杏坛风。桃李郁葱葱。

李瑞利

笔名李然、古风，字益安。1974 年 10 月生。贵州省贵定县人。中国振华集团群英无线电厂职工。贵州省诗词学会会员，黔南州诗联学会常务理事，贵阳乌当诗社秘书长。著有《竹玉草》。

都云洞①

洞外风光不尽同，人间弹指万般空。

来时到处寻鸿爪，踏破苍苔雾锁松。

【注】

① 都云洞，在贵州省都匀市东 2 里，系天然溶洞，市名"都匀"原为"都云"，即源于该洞。

贵定洛北河红子岛 (新声韵)

又是风和白鹭飞，芳洲似火柳相围。

颗颗红子胜红豆，写满相思送晚晖。

贵阳文昌阁抒怀

东门得势气轩昂，杰构巍然傍女墙。

九角凝空瞻北斗，千人奋志振南荒。

骋怀欲共青云远，抚碣犹知往事长。

四百年来多雅韵，今朝我又诵词章！

贵阳甲秀楼

最忆城南甲秀楼，匆匆走马气横秋。
鳌矶万象潭涵玉，铁柱千年锈锁头。
九曲长江花柳爱，三朝故事水天柔。
人文振起耀星月，不为浮名处处留。

李锡虎

　　1951 年生，贵州省毕节市人。曾任中学校长等职。贵州省诗词学会、楹联学会会员，毕节地区诗词楹联学会理事，毕节市诗词楹联学会副会长，《毕节诗词》副主编。

咏黄果树大瀑布

龙吟虎啸疾雷喧，未睹真容先胆寒。
奔水出山山欲动，飞流砸地地还穿。
排空激浪冲云起，溅玉姣绡裹雾悬。
不是夜郎夸自大，天然奇景誉人寰。

过猴子桥参观电站有感

利涉济川猴子桥，嵯峨山势递迢遥。
游云直向峰间出，雁齿全从鳌背交。
跨岸长虹铺坦道，撑天巨柱出云霄。
铲山鞭石愚公志，致富扶贫有远招。

纪念抗日战争胜利六十周年

抗战烟消六十年，泪河血海几曾干？
刀光剑影凝目在，国恨家仇透胆寒。
一代英豪摧贼胆，万千骁勇扫狼烟。
雄风奋振新华夏，岂让死灰还复燃。

李锦章

侗族，1916年生，贵州省剑河县人。曾任剑河县交通局副局长。

自度词·老年乐

（一）

吃也香，睡也香，一觉睡到大天光。起床活动四体强。

（二）

红茶汤，绿茶汤。早晨喝茶清洗肠，解渴润肺促健康。

李新春

贵州省毕节市人，毕节地区电视台办公室主任。毕节地区诗词楹联学会暨乌蒙诗社理事。

夜郎村甲申端阳诗赛即兴

五月端阳战火红，夜郎村里聚诗雄。
交锋不用菖蒲剑，只挽千钧李广弓。

李福荣

1971年生，贵州省晴隆县人。晴隆民族中学教师。贵州省诗词学会会员，晴隆县诗联学会秘书长。

教师 (新声韵)

饮甘嚼露度春秋，力尽千钧不计酬。
老骥辛劳甘俯首，孺牛沥血苦耕畴。
殷勤美誉千年在，负重精神万古留。
桃李芬芳花烂漫，吐丝费蜡乐悠悠。

李德奎

1930 年生，贵州省镇远县人。曾任贵州省烟草专卖局（公司）计统处处长等职，贵州省诗词学会会员。

贵烟知青纪念下乡岁月暨回城三十周年

仲秋风爽碧云天，分久重逢夙梦圆。
十里八里来聚首，千言万言问平安。
几番创业皆成就，三秩历程一瞬间。
回味少儿嬉戏乐，品尝青壮苦酸甜。
翩翩起舞英姿绽，阵阵歌声动地旋。
无奈夜深山色暮，悦情不解握别难。

如梦令·行道树

挺立挡风遮雨，深入土尘沙粒。枝叶溢清香，
染绿世间天地。珠玉、珠玉，贵筑几多妍丽。

李德辉

1936 年生，贵州省大方县人。曾任贵州省毕节地区农牧渔业局副局长。中华诗词学会会员、贵州省诗词楹联学会理事，毕节地区诗词楹联学会副会长、乌蒙诗社副社长。

再获"全区老干部先进个人"荣誉称号感赋

古稀将至未龙钟，躯壳犹存抱负宏。
云水襟怀朝气旺，柏松气节夕阳红。
拳拳诚意情难已，耿耿忠心志不穷。
两鬓飞霜休笑老，蚕丝未尽吐犹丰。

浣溪沙·甲申端阳诗会在夜郎文化休闲都举行

共度端阳意兴高，八音九曲奏箫韶，回裙转袖凤凰飘。　　锦壁高悬诗并画，华堂朗诵涌如潮。与时俱进振风骚。

春日小景

（一）

三月杏花照眼明，丛林深处杜鹃声。
一园翠笋初成竹，十里秧针绿染成。

（二）

麦田匀绿鲫鱼肥，小院农家久闭扉。
罢罟渔人心自得，船头载得鸬鹚归。

缅怀钱壮飞烈士

虎穴龙潭气宇昂，长征北上砺锋芒。
经纶未展终遗恨，痛哭英雄几断肠。

缅怀蔡应达烈士

匡扶社稷为民谋，壮别天涯未许愁。
短暂一生留伟绩，名垂青史耿千秋。

李德新

1939 年生。曾任贵州省邮电报社记者、编辑。

咏黄果树瀑布 (新声韵)

一泓白水映斜晖，跌落断岩雪浪飞。
匹练悬空云作阵，犀牛沉底浪发威。
岩含元气分青障，洞吐余流润翠微。
观瀑亭中虹影现，玉珠飞溅幕帘垂。

李冀峰

1923 年生。河南省南乐县人。曾任中共贵州省委常委，兼组织部长，省人大常委会副主任。贵州省诗词学会名誉会长。

贵阳新机场通航

今日通航话夜郎，昔时封闭岁月长。
资源丰富待开发，秀丽山川未外扬。
观念更新开新宇，拓宽大道奔小康。
银鹰腾起云天外，驰骋铁龙出海洋①。

【注】
① 指南昆等通海铁路。

观黄果树瀑布遐想

银河飞泻落犀潭，云雾漫漫天地寒。
奇景壮观环宇誉，彩虹飘动色斑斓。
弹棉织锦洞门外，游子情牵揭水帘。
大圣不知何处去，神奇故事留人间。

西部大开发感赋

邓公战略放光芒，致富焉能只一方。
西部腾飞求发展，神州崛起更辉煌。

漫步贵阳花溪

拂面东风伴我行，莺歌燕舞正春明。
清溪倒影垂杨翠，多少诗情画意生。

写在瓮安江界河畔

红军渡口话当年，突破乌江敌胆寒。
昔日长征拓广宇，今朝建设美江山。
山间河水奔流急，岸上峰峦耸接天。
漫步江边抬望眼，一桥飞架壮空前①。

【注】

① 江界河大桥长 461 米，宽 13.4 米，桥面至最低水位 263 米，
　是当今最大桁式桥。

晚晴曲

未酬理想惜春秋，花甲年过志不休。
余热一分光一缕，涓涓细水汇江流。

重游望谟故地①

天马昂头跃碧空，望江水暖沐春风。
匆匆二十六年过，今日榕青花更红。

【注】
① 我二十六年前在此地工作，天马山在望谟城边。

祝贺贵州诗词学会成立

学会纳贤聚诗翁，黔中艺苑花更红。
激扬文字纵豪情，盛世抒怀咏新风。

瞻仰王若飞烈士故居

年华逝去忆峥嵘，不畏牺牲历险行。
自古人生谁不死，丹青垂史记芳名。

菩萨蛮·安龙招堤

　　雨停云散清风爽，青青莲叶荷花艳。秋水漫塘边，招堤起柳烟。　　半山亭却步，登上楼高处，回首望天山①，晚霞映碧泉。

【注】
① 天山指天榜山，下有南明十八先生墓。

杨　映

　　1939 年生，贵州省福泉县人。丹寨县卫生局退休干部。贵州省诗词学会会员，黔东南诗词学会理事，丹寨县诗词楹联学会副秘书长。

遵义红军山赋 (新声韵)

　　长征万里话千秋，激战一生壮志酬。
　　遵义城头将血洒，救国浩气永存留。

杨　德

苗族，又名杨明午。笔名杨宸、杨阳、杨炎、林森等。贵州省黄平县人。国家公务员。中华诗词学会会员。著有诗集《行踪感怀》《随想漫吟》《古韵今歌》等。

对乱圈地有感

南北东西赛引商，良田毁掉砌围墙。
劝君爱护珍稀土，留与农家去种粮。

书　趣

面壁十年仍未通，倏然身体变弯弓。
寒风阵阵不知冻，酷暑炎炎忘蚜虫。
商海捞鱼他致富，书山刮地我甘穷。
读书自有读书趣，志向书山奋力冲。

杨　霜

1940 年生，贵州省贵阳市人。曾任贵州省书法协会副主席。贵州省文史馆馆员。著有《品石斋自书诗稿》。

柳　燕

东风铺锦满山川，佳卉芳林绣彩妍。
醉眼春光谁织造，燕梭飞处柳丝牵。

春霁偶成

好雨润花花不知，更因哄紫自矜持。
池塘春草年年发，却引离人有所思。

遥祭炎帝神农氏陵

文明肇造溯洪荒，遥祭崇陵帝子忙。
古国衣冠归治化，宜时耕刈导农桑。
千家安宅墣垣筑，百草为医性味尝。
开创精神传万代，中华儿女继辉煌。

杨才书

1929 年生，河南省靖丰县人。曾任贵州省城乡城市经济调查队副队长。省诗词学会会员。

中华五千年

三皇五帝夏商周，春秋战国混战稠。
秦扫六合归一统，三国两晋乱悠悠。
南北分裂百余载，战火纷纷无尽头。
隋朝统一短过渡，唐代繁荣冠亚欧。
五代十国民涂炭，黄袍加身建金瓯。
宋夏辽金战又起，元朝称雄到欧洲。
明清二朝再统一，民国建立帝制休。
炎黄子孙龙传人，社会主义堪称优。

杨天炳

贵州省施秉县人，1924年生，小学教导主任。黔东南州诗词楹联学会会员。

游雷山响水岩即景

响水崖间景色新，登临览胜满怀欣。
山山葱翠如近客，树树落红好迷人。
瀑布飞泉珠玉碎，流光倒影紫烟沉。
绝佳景色留人醉，逸性遄飞发狂吟。

杨天航

贵州省天柱县人。侗族，1927年生，曾任县志办副主编。贵州省诗词学会、黔东南州诗词学会会员。

喜读《陈毅诗词选》 (新声韵)

久闻老帅是诗翁，早仰将军百战功。
策马挥戈千万里，随吟聚稿数十冬。

杨长根

侗族，贵州省锦屏县人，中学高级教师。

赞英雄老兵张承德 (新声韵)

建军八秩忆沧桑，张老德高日月长。
反蒋摧枯鏖战勇，援朝抗美志刚强。
南征北战歼敌寇，弹雨枪林斩恶狼。
嘉奖频频传内外，功勋赫赫永流芳。

杨长福

别名葆青，侗族，1931 年生，贵州省三穗县人，高级经济师。曾任黔东南州财政科研所所长等职。贵州省诗词学会理事，黔东南州诗词楹联学会副会长。著有《山泉荡漾》《山泉激滟》及《山泉潺湲》。

三穗情 (新声韵)

邛水欢歌清秀容，常年四季涌流同。
两支巨笔插天伟，一座灵山屹地雄。
溶洞恢宏增景彩，将军显赫耀乡荣①。
竹编工艺扬遐迩，宗式服装苗寨红②。

【注】
① "将军"指清抗法将领杨昌魁，民国抗日少将副军长周志群

及中国人民解放军上将杨至城等均系三穗籍。

② 该县寨头苗族妇女服装与宋廷宫女服装无大异。

赞镇远青溪扑火英雄① (新声韵)

紧急出动哨声洪，扑灭山林烈火熊。
生死关头弗后退，临危不惧火魔凶。
抗冰战火能吃苦。抢险救灾勇立功。
浩气永存天不老，长街悲泪送英雄。

【注】

① 2008 年 3 月 1 日，镇远县青溪镇瓦扎坡发生山火。正在冰冻
灾后支援青溪重建的成都部队驻渝红军团某连官兵与当地民
众千余人扑灭山火，二级士官李乾波、三级士官张世勇以及
村主任郑美鹏、村组长李茂明不幸遇难。3 月 4 日凯里山城
十万群众自发集中大街悲送部队两位英雄。

杨长燧

1931 年生，重庆市綦江县人。经济师。贵州省诗词学会会员，
桐梓县诗词楹联学会副秘书长。

行香子·偕故乡诗友同游娄山关

鬓染冰霜，娄岭观光。寒冬日，喜浴朝阳。
蒸蒸热气，暖透心房。醉家乡水，关山月，故乡
腔。　　同侪漫叙，句句衷肠。想当年，意气昂扬；
枪林弹雨，血战沙场。看五星旗，空中荡，灿东方。

杨仁智

侗族，1942 年生。贵州省天柱县人。曾任米溪小学校长。黔东南州诗词学会会员，天柱县诗词学会理事。

黎平机场通航庆典

阳春十月动雷鸣，侗寨苗乡喜气盈。
四面山川歌化雨，八方黎庶颂浆琼。
千丛礼炮腾空起，万众欢声震地生。
展望小康期不远，天荒已破拓新程。

杨玉淘

1927 年生，布依族，贵州省平塘县人。平塘县国税局退休干部。黔南州诗联学会会员。

小康人家风景线

（一）

优美圆浑立体声，长虹音响早驰名。
新歌古曲随心选，细品香茶慢慢听。

（二）

最烦过去洗衣裳，两手搓揉半日忙。
自动全能机器好，轻调旋钮坐乘凉。

杨正清

贵州省望谟县人，曾任望谟县老干局副局长。望谟县诗词学会会员。

赞抗美援朝

美帝侵朝战火飞，邻邦遭难我临危。
毛公颁布援朝令，彭总高擎讨美麾。
鸭绿江边传捷报，上甘岭上响惊雷。
打狼堪赞亲兄弟，鲜血凝成友谊碑。

杨世英

女，1922年生，湖南省新化县人。贵阳市经委退休干部。贵州省诗词学会会员。

黔灵春晓

气暖时和草木荣，山光物态最关情。
湖边又见衔泥燕，林际时闻出谷莺。
树树梨花飞雪白，双双彩蝶逐风轻。
诗潮恰似春波涌，漫步归来韵自成。

重九登仙人洞

重阳结伴登高去，铜鼓山前信步游。
雨霁天清苔尚湿，霜寒梧落菊偏稠。
野花权当茱萸插，果露聊充大白浮。
体弱未同攀绝顶，凭栏独自看云流。

阿哈湖即景

明湖碧野入眸中，老幼偕游兴不穷。
磴磴山峰横素链，弯弯石径唱书童。
风摇瑟瑟千竿竹，日照森森百丈松。
细看芦汀深水处，凝神垂钓一渔翁。

游天河潭

碧潭深邃底藏天，峭壁擎云鹰燕旋。
溶洞毗连多曲径，石门相接可游船。
彩灯璀璨迎人艳，钟乳玲珑入眼妍。
漫道蓬莱仙世界，身临此境乐陶然。

百花湖纪游

（一）

湖光潋滟漾群山，屿岛天成九曲湾。
鸥鹭凌波频掠影，鱼虾戏水自悠闲。
晨曦晓月交相映，画舫渔舟往复还。
景物宜人神智爽，何愁年迈鬓毛斑。

（二）

平湖一碧接长天，镜里凝眸景更妍。
红叶团团山上艳，青螺串串水中联。
三秋胜景逾春色，十顷波光映钓船。
诗友画翁多雅兴，余陪末座亦欣然。

中秋思亲

同胞弟妹各殊隅，异地黔南感索居。
差幸萱堂腰腿健，尚欣膝下子孙娱。
雁行折翼心常戚，侄辈投书日益疏。
丹桂飘香蟾月满，相思切切倍唏嘘。

老人节感怀

老人佳节恰重阳，枫叶飞丹菊正黄。
气爽天高蓝似帛，风清月朗白如霜。
荻芦飘雪漫天舞，柑橘垂金满院香。
嵫景桑榆君莫叹，晚霞璀璨胜春光。

杨世藩

　　1925 年生，贵州省镇远县人。曾任天柱县商业局主任科员等职。贵州省诗词学会会员。

登黔灵山

黔灵山水好风光，俯瞰林城气昂扬。
玉宇琼楼都市美，春风拂过又芬芳。

游莲花山电站

莲花山上罩长烟，游客登临览壮观。
河水穿坡修电站，明珠璀璨照人间。

杨占祥

1932 年生，贵州省榕江县人，曾任从江县人大常委会办公室主任、法制工作委员会主任等职。黔东南州诗词楹联学会会员。

江城盛会 （新声韵）

都柳江畔从江城，六洞芦笙笑语频。
莫道穷乡偏僻地，八方宾朋喜光临。
青年男女从城聚，飒爽英姿是雄心。
起舞翩翩迷远客，小黄大歌醉游人。
琵琶奏出清平调，笛管吹来致富音。
山欢水笑人康乐，民族团结国欣欣。

杨再相

字汉卿，号多味斋主人，苗族，1932年生。贵州省天柱县人。凯里市城南联小退休教师。中华诗词学会、贵州省诗词学会、黔东南州诗词楹联学会会员。著有《埙篪合韵》。

永遇乐·青藏铁路全线通车

屋脊高原，风光特异，美景无限。雪域荒漠，冰川冻土，缺氧人稀罕。水复山重，千难万险，天路铁龙铸建。经鏖战，两千日夜，青藏通车实现。　金桥隧洞，跨河越岭，唐古昆仑全揽。最高海拔，最长途径，举世刮目看。促进发展，现代工程，皆填补空白点。振国威民康物阜，尽如人愿。

杨再将

苗族，1940年生，贵州省天柱县人。中学高级教师。中华诗词学会会员、贵州省诗词学会理事、黔东南州诗词学会驻会副会长、《黔东南诗词》主编。著有《抱竹轩诗文选》。

女儿乐

新装电话到侬家，乐得千金两手抓。
忙摁京城呼二弟，问他可也想爹妈？

苗乡即景

草长莺飞四月天，杂花生树各争妍。
苗乡别有风光好，蕨菜抽苔笋冒尖。

沧桑曲

州里苗音杂侗腔，庆云缦缦绕关梁。
四方振臂山河动，十面同心日月光。
周览域中嗟地老，年来化外破天荒。
喜吟人世沧桑曲，赋得清平乐未央。

望九州

立马昆仑望九州，无边胜景入瞳眸。
长江滚滚蛟龙锁，大漠茫茫稻麦收。
极地风光凭览赏，太空幻境任遨游。
河清海晏乾坤定，燕舞莺歌竞自由。

忆江南·新舟恋

（一）

长相恋，故里最堪怜。雾绕层峦呈胜景，云
山耸翠现奇观，旧貌变新颜。

(二)

乡思苦，嵌在寸心间。白石峰高连碧落，硐桥虹卧引清泉，灌溉米粮川。

(三)

暌违久，往事怅如烟。南浦横舟迎赤子，亭塘歇马盼儿还，羁旅欲归难。

一剪梅·鸬鹚渡口

绿染江村春意浓。山色葱茏，水色晶莹。渡头留影忆峥嵘。志壮才雄，返老还童。　　待发云舟趁好风。海阔天空，气贯长虹。一川碧浪奔前程。来也淙淙，去也匆匆。

江城子·五月侗乡

侗乡五月好风光。藕花香，摽梅黄。陌上莺啼，柳絮趁风飏。沃野平畴如锦绣，天正暑，日初长。　　农家小院戏鸳鸯。俊情郎，俏新娘。双宿双飞，都为夏收忙。小麦豆菽油菜籽，金满斗，喜盈仓。

念奴娇·八十年代第一春喜赋

　　旧符安在？骋望眼，一派新桃炜烨。舜日尧天民宴乐，鞭炮声声告捷。几度狂风，几番烈日，九囿弥春色。山河重整，功归多少豪杰。　　壮哉革命先驱！风流更待，历史翻新页。继往开来思远道，犹有云山千叠。路转峰回，花明柳媚，美景非虚设。东风浩荡，焕发无限情热！

杨再常

1931年生，贵州省松桃县人。曾在省委组织部工作。已退休。

松桃赞

　　三十二年返故里，风光不与往年同。
　　松江浪涤污泥尽，桃岭花开林壑红。
　　铁牯奋蹄织绿锦，银鹰展翅舞晴空。
　　老夫乘兴登高望，春色迷人心亦雄。

尊师茶话会上感作

　　弹指别离卅五春，重逢俱是鬓霜人。
　　久经风雨师刚健，扶杖讴歌妙入神。

游黄平飞云崖

胜境黔南一洞天，幽深古寺水环山。
亭亭白鹤立高树，满壁诗书足大观。

登梵净山

（一）

竹幽树古石峥嵘，水唱蝉歌灌耳盈。
雾霭匆匆从脚过，云梯万级步从容。

（二）

经宵风雨近天明，雾隐奇峰又涤清。
金顶千寻兀突秀，白云恰共最高峰。

〖中华诗词存稿·地域专辑〗

中华诗词学会 编

贵州诗词卷

卷 三

黄润蓬 编

中国书籍出版社
China Book Press

目　　录

杨有忠

贵州省安顺市人，中学教师，贵州省诗词楹联学会、安顺市诗词楹联学会会员。

刑江春早

碧水西来缓向东，依山绕岭去从容。
清江细泛鳞鳞浪，嫩柳轻摇淡淡风。
翠竹披霞形灿烂，渔舟茏雾影朦胧。
机耕大道连村野，万亩良田渠道通。

题云鹫山

万仞悬崖上碧空，一峰拔地压群峰。
山花野草闻僧语，古树枯藤见鸟踪。
画栋飞檐观殿伟，粉墙题字羡诗工。
登临把酒凭栏望，尽览明屯八寨风。

三农之春

春风送暖遍天涯，桃李满园争放花。
绿野葱茏舒锦绣，青山叠翠衬烟霞。
雷鸣宇宙回阳气，雨洒乾坤润物华。
政府今年颁惠政，种田免税喜农家。

杨成荣

1954年生,贵州省大方县人,彝族。毕节地区农广校常务副校长,高级政工师。中华诗词学会、贵州省诗词学会会员。毕节地区诗词楹联学会、乌蒙诗社常务理事,副秘书长。

连战宋楚瑜访问大陆有感

世界风云变幻多,中华奋起莫蹉跎。
九州一统千秋业,两岸三通百代歌。
连宋坦诚伸大义,汪辜会晤构谐和。
共圆强国炎黄梦,认准航标逐浪波。

乙酉年二月邀友同游青岩 (新声韵)

早春二月到青岩,初绽桃梨景色妍。
川会馆前多阅览,状元楼里久流连。
解读寺院玄词句,欣赏牌坊妙对联。
登上山峦观古镇,半城商贾半农轩。

毕节山城形胜吟

边城地势扼滇川,险峻清幽皆自然。
月满东山笼北镇,日沉西岭锁南关。
灵峰耸翠三千尺,响水鸣雷十八湾。
虎踞龙蟠相拱卫,敢夸云贵赛江南。

水西马

水西自古出良马，膈阔腰平体貌佳。
济火资军擒孟获^①，奢香借力捍中华^②。
翻山越岭履平地，逐电追风迎彩霞。
今日康庄通大道，雕鞍载客伴农家。

【注】
① 彝族首领济火献粮草、马匹助诸葛武侯擒孟获有功，封罗甸
　 王世长其地。
② 史载洪武年间共从水西境内输出 3.3 万匹马以供军需，奢香
　 及其子贡良马 2929 匹。

丙戌年初夏邀叶章龙诸友登马干山

攀登马干山，心静好参禅。
地僻六根净，风高五月寒。
浮云飘渺渺，流水响潺潺。
宿鸟归声远，流连不忍还。

读史有感

秦开驿道启乌蒙，地僻难兴汉代风。
因得奢香明事理，埧篥始得两交融。

杨至成

侗族，贵州省三穗县人，曾任中国人民解放军武装力量监察部副部长、军事科学院副院长、高等军事学院副院长，1955 年授上将军衔。

在赣江舟中 （新声韵）

浩浩晴空宿雨稠，一江蒲水缓行舟。
暖风吹破寒烟散，旭日照彻细浪浮。
禾黍蓬蓬笼玉穗，果蔬累累满平畴。
遥闻歌颂红旗手，喜报今年兆稔收。

北海舰上 （新声韵）

北海风光何自然，红旗飘舞万千旋。
大泽无际穿风转，云淡清空吐瑞烟。

访井冈山 （新声韵）

井冈山上红旗鲜，紫气东腾焕晓烟。
化日春光萦四海，罗霄换貌乐新天。

杨光发

1937 年生，苗族，贵州省普定县人。曾任县马场区区长等职。安顺市诗词学会会员。

江城子·农民进城务工

离乡背土在他乡。白天忙，夜思娘。冬去春来，盼望挺胸堂。致富前程堪秀景，民为食，奔小康。　　人间目下好时光。破天荒，整行装。城里高歌，玉宇奏华章。回首年来流血汗，添砖瓦，为国昌。

石　磨

千锤百炼进农家，世代民生不少它。
今日乡村通电后，尘封磨影不飞花。

【中吕】山坡羊·普屯坝公路颂

峰峦天外，羊肠难迈，普屯独具风姿帅。百花开，有谁来，旅游景点春空待。　　日下路通高奏凯。功，史册载，劳，永不衰。

过赖五关①

深山石径路人攀，道道关山接九天。
君若登临休畏惧，五关过后路途宽。

【注】
① 赖五关，是普定至马场必经之道。

杨光周

侗族，1956 年生，贵州省黎平县人，黔东南州老年大学校长。中华诗词学会会员，贵州省诗词、楹联学会常务理事，黔东南州诗词楹联学会会长。

抗日战争胜利六十周年

甲子周前劫难经，恃强凌弱自东瀛。
国将不国家残破，人已非人鬼纵横。
奋起炎黄伸大义，拼将血肉筑长城。
八年苦战哀兵胜，华夏精魂浴火生。

沁园春·谒韶山毛主席故居

清水碧荷，青瓦泥墙，绿竹苍松。是普通居舍，耕樵模式；典型堂构，湘楚遗风。溪护峦怀，光环气润，震古铄今盖世雄。凭谁料？这深冲壁垒，秀毓灵锺。　　中华缔造功丰。评贡献、首推毛泽东。似韶峰喷礴，光弥宇宙；韶音嘹亮，响彻苍穹。业著千秋，统垂三代，跃上雄关日更红。分三步，正鹏抟万里，叠展恢宏。

杨光涛

1937 年生，贵州省息峰县人。龙里中学退休高级教师。中华诗词学会、贵州省诗词学会会员，黔南州诗联学会理事，龙里县诗联学会副会长。

洛北河纪游 (新声韵)

初夏同窗洛北游，清风丽日过沙洲。
舟行浪卷"三峡"险，步履桥横铁索愁。
淼淼清波衔远翠，悠悠妙曲乐忘忧。
农家忙碌耕耘早，远客江中正遨游。

沁园春·毛泽东主席颂 (新声韵)

回首征途，辟地开天，史册永芳。忆秋收起义，惊天巨浪；井冈星火，燃遍城乡。强渡湘江，挥师西进，遵义城头升曙光。千辛苦，过雪山草地，无比坚强。　　长征万里辉煌，赖领袖毛公导有方。看辽疆鏖战，指挥若定；平津解放，淮海引吭。占领南京，兵临海岛，推倒"三山"万代昌。今朝美，喜中枢孚望，率步康庄。

沁园春·龙里览胜

里属南州，路贯湘黔，景色壮观。看龙峰叠翠，留音唱晚；冠山荫翳，播水摇篮。莲洞幽深，猴洞静谧，旷野平川大草原。登高望，那苍茫林海，一片葱然。　　身临胜境忘还，喜生态园中景致鲜。有画船戏水，莺歌婉转；清泉流韵，百卉争妍。盆艺千姿，飞龙洞秀，绚丽风光别有天。驱车返，览巫山岩画，思越千年。

江城子·三轮车司机 (新声韵)

脚蹬三轮似风行，起黎明，送三更。春夏秋冬，风雨更兼程。为找钱粮糊众口，穿小巷，碾泥泞。　归家深夜母叮咛，"看红灯，莫超乘，路口街心，切记响铃声。"力挺娇娃金榜中，拼老命，也心倾。

杨光隆

1933年生，贵州省雷山县人，苗族。曾任丹寨县卫生局党组书记。黔东南州诗词学会会员。

丹寨韭菜沟 (新声韵)

参差树木骄阳蔽，风爽溪清送嫩凉。
野鸟喧鸣花烂漫，满山幽静散清香。

颂码头电站兴建工程 (新声韵)

峡谷幽深修电站，天然美景壮观瞻。
施工不畏艰辛险，规划堪称壮丽篇。
报效山乡明至理，造福桑梓惠黎元。
前程兴旺酬雄志，苗岭辉光耀大千。

杨光琼

女，1942年生，贵州省黔西县人。曾任中共贵州省委办公厅机关财务处处长等职。贵州省委机关老年诗书画研究会会员。

香港回归十年

弹指一挥十年间，紫荆飘香香满园。
两制并存征程亮，港人治港百花妍。
金融贸易国际港，教育旅游捷报传。
寰宇齐赞明珠美，邓公英灵笑九泉。

学习胡锦涛总书记荣辱观感赋

八荣八耻记心间，品德优良境界宽。
明辨是非知正误，和谐社会谱新篇。

杨邦贤

1949年生，布依族，贵州省平塘县人。历任县文化局、旅游局副局长等职。黔南州诗联学会会员。

咏养鹤山日出

羲和鞭日漫天红，云海奇观气势雄。
峰接金盆如火起，名山无处不峥嵘。

杨华全

侗族，1947年生，贵州省锦屏县人，退休干部。贵州省诗词学会、黔东南州诗词楹联学会、锦屏县诗词楹联学会会员。

二〇〇八年春南方雪灾 (新声韵)

何方神怪搅尘凡，遍地寒冰接九天。
千里河山均雪陷，万般庄稼尽摧残。
魂惊动脉交通阻，心碎热能线网瘫。
正遇人间欢改岁，党情温暖慰民安。

临江仙·端阳节锦屏清水江看龙舟竞赛 (新声韵)

竞赛龙舟怀屈子，年年粽祭端阳。千秋史事未能忘。汨罗魂未断，应感换天堂。　　翘首江边人几万，欢颜尽着新装。呼声激励健儿强。同心齐奋力，鼓点击飞航。

杨兴举

1957年生，贵州省织金县人。贵州省文明委办公室专职副主任。贵州省诗词学会顾问。

巫山一段云·乌蒙颂

峰攒乌蒙秀，边黔万古秋。试验三策见宏猷[①]，
改革占鳌头。　　九洞多奇景[②]，任君花海游[③]。
小康衢路看骐骝，那得不风流！

【注】
① 试验三策：指毕节试验区"开发扶贫、生态建设、人口控制"
　 三大主题。"贵州省毕节开发扶贫、生态建设试验区"是
　 1988年6月时任贵州省委书记胡锦涛同志倡导并报经国务院
　 批准建立的。
② 九洞：指织金洞和大方九洞天，均为国家级风景名胜区。
③ 花海：指黔西、大方百里杜鹃和威宁草海，分别为国家级森
　 林公园和国家级自然保护区。

游百里杜鹃

叠翠层峦相秀拔，嫣红姹紫竞风流。
游人如织叹观止，造化承天独宠优。

杨守智

（1928——2004），四川铜梁人。退休干部。

西江月·湘江夜

明月洒辉湘水，清风柳景亭楼。徘徊萦绕忆从头，一阵蛙蝉协奏。　　点点星光相伴，双双恋侣同游。相依无语意情投，定是称心配偶。

杨克兴

1949年生，贵州省晴隆县人，曾任晴隆县畜牧局长，工商联书记。黔西南州诗联学会会员。

赞晴隆二十四拐 (新声韵)

险道雄关廿四弯，浑然虎踞与龙盘。
天涯万里连滇缅，二战殊勋举世传。

杨苏民

1930 年生，江西省鄱阳市人，曾任贵州省望谟县政协主席。中华诗词学会、贵州省诗词学会会员，黔西南州诗词学会顾问，望谟县诗词学会首任会长。著有《幽草集》。

春韵 （新声韵）

盘江二月换新装，风送桐花百里香。
刈草村姑林下过，金蜂一路吻衣裳。

巾帼晨练即景

黄莺彩凤早梳妆，日日黎明唤太阳。
绰约英姿偕柳浪，悠扬韵律伴霓裳。
木兰剑共虞姬舞，太级拳随野鹤翔。
盛世近来春二度，白头也发小丫狂。

还乡偶题

携子偕妻返故园，饶河美景醉心田。
渔歌起伏千舱满，稻浪翻腾万顷延。
突突轮机惊骛起，行行归雁伴侬还。
庐山挺秀云霞丽，彭蠡长天试比蓝。

鹧鸪天·教师节庆

赤子拳拳拓八荒，耕耘不误好时光。东风着意催桃李，朝露无声润蕙芳。　　熬酷暑，耐严霜，丹心一片致兴邦。尊师重教传薪火，美德还须举国襄。

杨怀胜

贵州省石阡人，退休教师。

布谷吟 （新声韵）

百禽类里美名声，绿水青山牵我情。
愿作人间一信使，年年岁岁唤春耕。

杨秀忠

曾任石阡县人大常委会副主任，贵州省、铜仁地区诗词学会会员。

同友人登云台山

何方高士起云台，雾绕霞飞胜景开。
绿树成荫添韵气，石林出岫破尘埃。
八方信士虔诚拜，千里游人次第来。
伫看云霞迎早曙，四时烟景满情怀。

游圆明园感怀

末代王朝筑巨园，苍天不佑付狼烟。
列强残暴伤天理，清府昏庸丧国权。
荒草鸣蝉哀怨曲，残碑留迹耻羞篇。
百年阴影沧桑变，锦绣江山处处妍。

赞免交农业税

皇粮豁免史无前，华夏高歌尧舜天。
救苦观音言有愧，补天女娲叹无缘。
政清方可听忧怨，德厚才能解倒悬。
一代天骄超胆识，九州黎庶乐无边。

哀悼汶川大地震遇难同胞

万籁齐鸣动九陔，群山俯首尽含哀。
苍天洒下伤心雨，大地装成悼念台。
悲泪潸然天地暗，哀思凄切水云霾。
人间无处不忧怨，满野鹃花带血开！

杨秀珍

1936 年生，贵州省凤冈县人，凤冈县永安镇供销社退休干部。遵义市楹联协会会员、凤冈县诗词楹联学会会员。

鹧鸪天·回田坝

别后重来田坝乡，旧颜处处换新装。车通农户千家悦，茶满丘山万里香。　　青漫漫，绿茫茫，形如海浪闪波光。金山银岭神仙境，综绘蓝图美凤冈。

杨秀黔

女，土家族，1984 年生。贵州省道真县职业教育培训中心团委书记，德天堂诗社秘书长。

针 (新声韵)

纤纤雪亮针，巧手绣乾坤。
百炼磨成器，千锤锻就魂。
缝衣游子暖，走线母颜亲。
劳苦功高后，行踪无处寻。

杨伯勋

（1931—2005），仡佬族，贵州省道真县人。贵州省诗词学会会员，道真诗词学会理事，《道真诗词》副主编。

老龙洞电站 （新声韵）

老龙口吐夜明珠，万丈光芒照坦途。
玉宇繁星还逊彩，人间美景赛天都。

杨启明

1930年生，贵州省贵阳市人。贵州省建筑设计研究院退休干部。贵州省诗词学会会员。

林城今胜昔 （新声韵）

大路通天高架桥，琼楼广厦耸云霄。
环城林带碧如海，山色湖光映翠瑶。

杨其鑫

1939年生,侗族,湖南省芷江市人,玉屏县诗词楹联学会会员。

紫气山荷塘

三亩池塘一鉴开，百年菡萏镜中栽。
清流自有天河注，不许泼污脏水来。

侗乡剪影 (新声韵)

木楼吊脚野山青，姐妹婷婷立翠屏。
曲曲侗歌飘入耳，桃花人面漾深情。

游春即景 (新声韵)

树树夭桃吐艳红，呢喃春燕舞苍穹。
儿童不愿负春色，竞放风筝戏碧空。

杨英明

号南极山人，1946年生，贵州省六枝特区人。六枝特区经贸局退休。贵州省六盘水市书协会员、六枝特区书协副主席。

山村访友未遇 (新声韵)

八月枫红染半坡，四周香稻正开割。

村中人寂闻蜂语，竹后风轻传鸟歌。

杨松林

1951年生，贵州省剑河县人。退休干部。贵州省诗词学会、黔东南州诗词楹联学会会员。

临江仙·五十自寿

少小陀螺鞭未断，纸船曲水依然，春风昨夜染苍颜。童谣曾记否？天命我知焉。　　只识松高冰雪后，名衔何苦纠缠。田园弄墨亦安闲。隔篱邀彭祖：盟酒这杯干！

满庭芳·示儿

西苑驱鹰，南辕走马，倜傥可黯周郎。隳功玩物，潇洒慨而慷。敢问冯公砚笔，几人续、警世文章？红尘事，明花暗柳，把酒看沧桑。　黄粱，如意梦，酣然一枕，鹊噪朝窗。昨夜东篱笋，又崭垂篁。难赋童蒙岁月，纸鸢去，无觅归航。惊回首，关山残照，徒映满头霜。

谭嗣同戊戌殉难百年祭

气撼乾坤救世穷，可怜时运负英雄。
维新痛化一春梦，变法长亏一篑功。
热血甘浇千古恨，烈魂誓照九州同。
中华后起回天力，赖有谭公唱大风。

杨国麟

1936 年生，贵州省安顺市人，小学高级教师。贵州省诗词学会会员，黔西南州诗词楹联学会常务理事、办公室主任。

夜　读

簧门寂静夜幽香，皓月临窗兴致昂。
酌句斟词多体会，高明吟友颂华章。
扬帆艺海千重浪，展翅文山万里长。
不计常年耕作苦，诗坛韵致足徜徉。

谒王宪章将军塑像

武昌起义谱新章，跃马横刀对帝王。
昂首高歌迎胜利，英雄豪气九州扬。

胡总书记莅兴义视察

桃花谷里闪金光，领袖欣然到我庄。
指点国强民富路，桃园再做大文章。

杨昌华

布依族，1949 年生，贵州省望谟县人。曾任望谟县直属机关党委副书记，纪检书记。黔西南州诗词学会会员，望谟县诗词学会理事。

望谟女王山风光并序

女王山，位于望谟县城东，距城 5 公里，巍峨壮丽，景色宜人，一年四季郁郁葱葱，相传是女王与李将军的古战场遗址。

天然绵绣女王山，郁郁葱葱耸宇间。
仰卧山腰乘母舰，攀登绝顶坐飞船。
遥看两广山边现，俯视双江眼底旋。
胜景千般观不够，游人饱览不思还。

杨昌盛

　　网名鹤舞水乡，水族，1961 年生，贵州省三都县人，高级中学讲师。三都县第九届政协委员。黔南州楹联学会、贵州省诗词学会会员。

都柳江畔抒怀

千峰连万壑，一水映三城。
晓雾如纱薄，江风似梦轻。
花红春浴女，柳绿画中人。
忆昔王孙乐，山中可纵情。

秋日感怀

梧桐叶落桂花黄，片片诗情亦带香。
钓叟垂纶红叶下，牧童弄笛碧波旁。
南天雁去声声远，北岭风来阵阵凉。
不见蒹葭凝白露，如何两鬓却沾霜。

杨昌隆

　　贵州省镇远县人，农民。贵州省诗词学会、贵州省楹联学会会员。自编诗联集《黔农犁韵》。

卜算子·龙池① (新声韵)

　　洗笔墨如斯，书圣曾来未②？若把鹅池相并提，还逊许多倍。　　唯有性情人，领略其中味。又岂茅台青酒醇，我自先陶醉！

【注】
① 原镇远，系国家级旅游风景区铁溪风景区之著名景点。
② 书圣指王羲之。

拾　荒

　　诗人沦落走天涯，联客跌跤就地爬。
　　艺拙未能登大雅，术生难得度春华。
　　家庭困顿犬欺虎，收入低微龙怕虾。
　　破晓雄鸡初叫唤，烂箩两个踏朝霞。

打工寄家书

两张照片寄双亲，千里漂流游子吟。

梦境几回慈母泪，他乡半载打工人。

金钱未有挣多少，词赋尚存值万文。

大梦谁先能觉醒，愚儿我自度终身。

杨忠献

贵州省湄潭县人，曾留学美国，高级技师，　兼气化瓦斯公司经理。

归国谣·乡念

漂泊久，厌见异乡山与柳，遥思湄水茶鱼酒。　天涯海角常怀旧，狮山茂，少时校苑花真秀。

杨金伦

1932 年生，贵州省金沙县人。曾任中共黔西县委书记、毕节地区扶贫办主任等职。

凭吊钱壮飞烈士

地下尖兵民族魂，龙潭虎穴建殊勋。
长征路上披荆棘，血溅乌蒙浩气存。

浣溪沙·有感少年同学相会

五十余年岁月长，播州一别各他乡。魂牵梦绕念同窗。　　盛世相逢休道晚，桑榆暮景更风光。今朝促膝话衷肠。

杨宗祥

侗族，1938 年生，贵州省玉屏县人，曾任玉屏县人大办公室副主任。贵州省诗词学会、铜仁地区诗词楹联学会会员，玉屏县诗词楹联学会副会长。著有《山溪集》。

飞凤桥

一桥跨越野鸡滩，画柱雕梁涌壮观。
凤翥轻云山似锦，鱼翔浅底水如烟。
碧湖轻棹渔歌美，秋野金风谷浪翻。
侗寨风光无限好，神仙到此不思还。

杨绍元

1931 年生，贵州省织金县人。贵州省建筑设计研究院工程师。中华诗词学会、贵州省诗词学会会员。

咏黄果树瀑布

银河倾泻白云升，天下奇观展画屏。
丝雨早看深谷洒，涛声夜听震雷鸣。
晨星西坠青烟起，红日当空彩练生。
雪映川霞非臆构，乱山衔月照波清。

访周渔璜桐野书屋

步入骑龙石谱边，书斋博览忆前贤。
"名传冀北三千里"，遗下"周南"五百篇。
京国钟歌扬赤县^①，西湖绝唱震诗坛^②。
驰名中外高才子，敢与东坡共比肩。

【注】
① "京国钟歌"是周渔璜于康熙四十七年夏天现场所作。
② 西湖绝唱即"直把西湖比明月，湖心亭是广寒宫。"查为仁在《东坡诗话》中说：贵阳周起渭的《西湖》诗较东坡进一格。

春游西湖

春风伴我到杭州，即赴西湖去探幽。
漫步苏堤参岳庙，荡舟环碧览瀛州。
雷峰夕照三潭月，葛岭朝暾几度秋。
风月无边观不尽，断桥不断再重游。

鹧鸪天·端阳节吊屈原

读罢《离骚》恨满腔，沉沦千载一忠良。怀王不听忠臣谏，轻信谗言致楚亡。　　丝裹粽，浪扬舡。骚人魂绕汨罗江。年年岁岁来遥祭，皓魄高风未可忘。

鹧鸪天·纪念贵州省诗词学会成立二十周年 (新声韵)

风雨兼程二秩年，骚坛园里百花妍。雏鹰老凤齐争艳，今韵新声独领先。　　扬正气，斥贪官，华章诗作万千言。与时俱进朝前迈，多创阳春白雪篇。

杨绍银

苗族，1953 年生，贵州省天柱县人。小学高级教师。黔东南州诗词学会、天柱县诗词学会会员。

浪淘沙·缅怀北伐名将王天培

北上讨貔貅①，万里烦忧，徐州血战美名留。功入青史同日在，彪炳千秋。　　壮志未能酬，死不甘休，满腔热血付东流。一代雄才含恨去，燕落荒丘。

【注】
① 貔貅指袁世凯的军队。

杨春霖

学名虞润，1929 年生，贵州省毕节市人，镇雄一小退休高级教师。云南省诗词学会会员，昭通市诗词学会理事，镇雄诗词楹联学会副会长。著有《斋吟草》。与文友合著《闲庭漫吟》。

唐多令·金秋海子街

红日照山陬，小溪碧水流。果木林，遍布冈丘。赭绿黄橙争艳丽，赶时令，正金秋。　　牛放垄沟头，老翁路上游。玉米包，盛满箩篼。都说今年天道好，人勤奋，自丰收。

杨珍玉

（？—2008），女，侗族，贵州省榕江县人，曾任榕江县人民法院院长、县妇联主任等职。黔东南州诗词楹联学会理事。与老伴王必贵合著《侗乡杂咏》《侗乡杂咏》续集。

农事即景

（一）

杜宇催春农事急，凌晨抢早下田犁。
童骑牛背横溪过，妇采蚕桑露湿衣。

（二）

大地复苏添绿装，清风拂柳伴垂杨。
呢喃紫燕传佳讯，农税免除喜气扬。

杨荣亮

1944年生，布依族，贵州省独山县人。退休教师。贵州省诗词学会，黔南州诗联学会会员。

砧 板

方圆平扁守厨房，荤素陈鲜过眼忙。
但给世人呈美味，刀锋切背又何妨。

杨柳江

笔名庞客，1959年生，四川人，花溪区保险公司经理兼党委书记。贵阳市花溪区诗词学会常务理事。

漯阳遣兴

漯阳风雨正迷茫，春末携手兴致狂。
碧树危岩展诗卷，奇观异景呈画廊。
雾绕峰端缠玉带，云飞天际隐赤阳。
只疑置身三峡里，误将此水作漓江。

四言·短歌行

泉生石上，夏夜清凉。极目眺望，四野苍茫。鹤鸣天外，虎啸八荒。骥驰千里，鱼跃三江。隐逸陶令，旷达嵇康。放浪翰墨，尽情酒觞。怀揽美景，口吐芬芳。纵观今古，现代辉煌。

杨厚楣

1945 年 7 月生，重庆市璧山县人。曾任贵阳市人大法制委员会主任委员。贵州省诗词学会会员。

咏桂林 (新声韵)

一江碧水蕴春情，两岸青山列画屏。
横放狭舟篙未举，渔鹰兀自理双翎。

咏兰二题 (新声韵)

(一)

身藏幽谷野峦间，月影伶俜体态娴。
质瘦原存清淡意，世人觌面竞争怜。

（二）

香清溯薮异根源，瓣状神奇数未全。
沃土根深精蕴浸，自存血性在心田。

再登东山 （新声韵）

城东岭秀景天成，寺址依稀路径明。
陡壁攀援迷往事，孤峰漫指忆斯亭。
油沾豆腐花椒饭，火烬山柴苦叶茗。
昔日高僧悟禅处，无情荒草漫天青。

耕耘追忆十二选四 （新声韵）

下乡插队，历时八年，艰苦辛劳，浑然不觉，感之叹之，是以追记。

建　屋

笆茅盖舍暂栖居，地面低湿垫旧泥。
砍取山棘编片瓦，掬山畜粪抹疏篱。
月光朗朗中秋道，寒意沉沉冬夜蹊。
岁末团圆思未顾，汗滴泠泠渍襟衣。

乡　趣

心寒敛翼畏旋飞，只作山茅芥草微。
苦诵无愁消夏暮，勤吟有悟滞冬帷。
山姑寄意溪盈水，野调传情目泛晖。
最是秧青明月夜，坡田苦觅带萤归。

劳　作

春播夏莳渐牵情，久演农耕技可称。
耙地肩披寒浸夜，拔秧眼望月遮星。
担肥挑米须肩巧，薅草扯稗要眼明。
待到收割时令到，村村挞谷响雷鸣。

冬　修

冬多空日少农耕，饬整沟渠刨树坑。
雪裹山川织素锦，凌挟天地罩寒冰。
衣单被破眠难稳，火弱柴湿坐发兢。
捱过冷阴逾四九，隔河看柳嫩芽生。

杨思藩

号侗家拙叟，1925 年生，贵州省天柱县人，侗族。贵州省文史研究馆馆员，贵州省诗词学会会员。著有《燕窝人诗文集》。

梵净山蘑菇石

地老天荒菌不老，长年俊立领风骚。

通身日月精华聚，上下阴阳灵气高。

皮皱千层难食用，肚藏万卷任推敲。

武陵翠色添奇秀，独占危巅万古骄。

仡佬人打蓂鸡蛋①

五彩飞飘跃碧天，千人涌动万人喧。

来回交错过河去，重叠成堆盘子间。

队队拼争呆子夥，竿竿直逼换窝前。

仡家精艺迷君魅，青竹巧编篾蛋旋。

【注】

① 有五种玩法，即：过河、进缸、盘子、呆子、换窝。

纪念堂瞻仰毛主席遗容

华夏钟灵紫气隆，金星瑞现东方红。
弥天妖雾阳和化，遍地瘴烟风扫空。
普济亿民出孽海，腾飞百族上苍穹。
侗家遣子谢恩叩，礼罢鞠躬再鞠躬。

杨胜义

（1925——2007），贵州省铜仁市人，会计师。

金顶随心戏白云

清幽甲万山，仙境少尘烦。
谷底湍流吼，峰头青霭缠。
金猴戏锦雉，古木插蓝天。
一览群山小，白云随手拈。

杨胜模

1932 年生，贵州省印江县人。贵州诗词学会理事，黔南州诗联常务理事。

庆飞船载人成功

飞船变轨准时间，科考功成竞领先。
热线频传新喜讯，英雄着陆报平安。

纪念抗日胜利六十周年

日寇投降六十年，东洋战犯梦魂牵。
小泉屡拜亡灵社，警惕死灰再复燃。

斗篷山览胜

林原竹海半遮天，万籁和声抚管弦。
露重岚轻幽峡谷，斗篷峭壁泻飞泉。

杨炳超

苗族，1945 年生，贵州省丹寨县人。曾任丹寨县人民政府副县长、人大常委会副主任。贵州省诗词学会、黔东南州诗词楹联学会会员，丹寨县诗词学会副会长。

登丹寨猫鼻岭林海 （新声韵）

鼻岭仙山降世间，芬香林道顶峰攀。
醉迷冉冉阳光浴，步迈姗姗妙景观。
笑语欢声游绿海，怡情悦趣品甘泉。
天然赐氧舒心肺，保健强身胜药丹。

杨祖恺

1915 年生，贵州省遵义市人。曾任师范学校校长。贵州文史研究馆馆员。黔风诗社副社长。

重修贵阳市文昌阁

城东擅地胜，杰阁据崇冈。不知何巧匠，构以祀文昌。形制颇独特，九角露锋芒。年久倾颓甚，古迹虑消亡。当政重修葺，规划允宜藏。城市新风貌，翼然焕栋枋。友朋四方至，胜景共徜徉。

谒修文王阳明祠

龙场三载境何穷，合一知行静悟通。
派立姚江承道统，名高筑国仰儒宗。
文韬武略勋劳著，藩逆剿奸正气攻。
旷代英风留史册，阳明心学播瀛东。

兴义即事

车经数县渐苍暝，禾黍盈畴到眼青。
三省毗邻称地会，万家生聚倚山屏。
树撑晴日穿云洞，墟散晚风跋浪亭。
共沐时清方志续，爱乡爱国与丁宁。

乙丑春日偶成

（一）

寰宇风雷激，长天斗转寅。
宗邦臻郅治，局面正开新。
航舶征南极，轺车动北邻。
回归香岛讯，华胄振龙鳞。

（二）

干部年青化，浪潮滚滚翻。
治人行治法，开发重开源。
何处无芳草，各行出状元。
第三梯队起，活力满春园。

红枫湖上即兴

旷览红枫胜，重阳细雨中。
波柔湖潋滟，石瘦洞玲珑。
宝藏开新地，明珠耀远空。
时清人共乐，吾亦似还童。

游红枫湖打鱼洞

岩溶地貌盛黔疆，别具丰姿此洞藏。
不在恢宏森众象，却因剔透显孤芳。
恍升盘谷临幽壑，似上层楼绕曲廊。
又为湖山添一景，澄潭邃窟各低昂①。

【注】
① 将军洞以水胜，此洞则玲珑曲折过之。

过七星关到赫章县

车历峰丛路绕弯，攀登直上七星关。

丰碑矗立苍茫外，浊浪翻腾绝壑间。

墨特川开工矿业，青梯土辟最高山。

民生休戚筹长策，百计脱贫岂任闲。

【注】

七星关有革命烈士夏曦纪念碑，赫章，彝语原名墨特川，富矿藏。

庆祝一九八六年"六一"儿童节

（一）

欣看儿童节，鲜蕾倍展招。

振兴需础石，雕琢出琼瑶。

善教如培树，求成忌揠苗。

层层梯队续，苗茂待凌霄。

（二）

蒙养求其正，百年始树人。

盛时欢改革，老辈喜传薪。

标准悬三好，栽培重一新。

党恩深厚处，腾跃尽龙麟。

杨高德

贵州省遵义县人，1928年生。曾任中小学校长。

水调歌头·老伴购衣过生日

花缎衣装秀，式样赶时鲜。做工堪称精品，光彩衬容颜。老伴心花怒放，也赶潮流时尚，潇洒乐天年。体胖心康健，谈吐语不颠。　　衣冠美，眉儿俏，走人前。夕阳辉灿，人老情趣越香甜。儿子平时料理，媳妇忙时帮衬，万事尽周全。幸福来何易，更喜子孙贤。

杨家珠

1945年生，侗族，农民。贵州省榕江县人。中国楹联学会会员，贵州省诗词学会会员。

牯牛子

生来竟日舞蹁跹，助我耕耘十二年。
冷雨淋身腾大气，惊雷动地望长天。
寒春俯首甘流汗，盛夏扬蹄免用鞭。
回报只需山上草，有功无赏也无言。

杨通云

1931年生，贵州省丹寨县人，苗族。曾任丹寨县人民政府副县长、县人大常委会副主任。贵州省诗词学会、黔东南诗词楹联学会会员，丹寨县诗词楹联学会会长。

咏丹寨九十九岭风光 （新声韵）

峰竖峦横山岭峨，霞云七彩映天河。
盘丘弯道随星转，绝顶危巅触月摩。
壮丽苗乡常吐秀，葱茏生态永蓬勃。
水光山色难收尽，盛事骚人浩气多。

咏丹寨蜡染

水妹苗姑智慧多，手操蜡笔绘山河。
游鱼彩蝶翩翩舞，旭日流溪处处歌。
飞凤腾龙皆入画，繁花碧树尽包罗。
夜间一梦游仙境，忘却人生竞逐波。

赞丹寨羊排苗寨推广沼气 （新声韵）

洋炉土气换炊烟，化作白云翔九天。
水绿山青村貌秀，窗明几净寨民欢。
垃圾粪便沼坑入，导管阀门台灶安。
环境卫生得改善，新村建设乐欣然。

苏幕遮·咏丹寨石桥风光

秀石桥，穿洞美，遍地奇花盛景游人醉。绿树清波波荡漾，果品芳香更显山乡翠。　　古工坊，新智慧，巧创新花彩纸出精萃。科技兴农农发展，苗家田园日渐有滋味。

杨通章

1936 年生，布依族，贵州省平塘县人。退休干部。历任县工商联合会主任、商会会长等职，黔南州诗联学会会员。

六洞峡谷

烟笼暗柳鸟鸣桑，大道驱车转渡塘。
酣饮双泉凉肺腑，纵观数景喜心房。
深潭戏鲤沙如玉，野渡横舟月似霜。
峡岸子规啼不住，蓑翁钓晚卧残阳。

杨培国

贵州省印江县人，印江县政协文史征集员。

歌颂木黄河

木黄河水浅清清，红日桃花相映明。
紫燕穿杨无倦意，野凫眠岸有闲情。
蜂飞蝶舞春常在，蟹走鱼游浪不惊。
盛世百灵皆自得，会师碑馆永香馨。

杨盛显

1936 年生，贵州省晴隆县人。经济师，驻厅纪检组副组长（正处级）厅监察室主任；贵州省诗词学会会员。

纪念毛泽东同志诞辰一百一十周年 (新声韵)

百年华夏缚魔人，万里长征举世钦。
驱寇斗顽惊日月，改天换地展经纶。
胸怀玉宇思国富，手掌金瓯盼党欣。
一代天骄华诞日，万民酹酒悼忠魂。

退耕还林好 (新声韵)

苗岭村民找困因，改粮种树为脱贫。

远山陡岭还乔木，瘦土荒丘变果林。

亩产桐茶超廿担，户收桃李跨千斤。

山清水秀人欢笑，物阜民丰气象新。

卫城赋 (新声韵)

秋高气爽卫城新，满坝良田稻吐金。

惠政赢得金满斗，老农含笑谢深恩。

杨敏修

1951 年生，贵州省桐梓县人，曾任桐梓县武装部办公室主任、政工科长等职。桐梓县诗词楹联学会会员。

热血化坚冰

——吊湖南抗冰灾保供电牺牲的罗长明、罗海文、周景华等电力工人

凝冻三湘大雪崩，江南塞北总关情。

交通受阻物流断，供电告急举世惊。

万盏灯辉为圣职，一腔热血化坚冰。

青山垂首掩铮骨，铁塔悲镌赤子名。

杨隆斌

贵州省贵阳市人，中华诗词学会、贵州省诗词学会会员。著有《桑榆闲韵》。

香港回归千秋颂 (新声韵)

几度沉沦鸦片祸，三番租让九龙殃。
只因国腐蒙奇耻，唯有邦兴洗旧伤。
两制鸿猷舒美卷，百年大辱启新章。
回归香港千秋颂，奋起中华万代昌。

澳门回归 (新声韵)

殖民强占澳蒙羞，四百馀年志未酬。
万里春风归正好，欣逢华诞壮神州。

杨智平

1966 年生，贵州省黔西县人，中共黔西县委宣传部副部长、文明办主任、文联副主席兼秘书长。毕节地区诗词学会理事。

西江月·致北京好友

人隔千山万水，情留一寸心田。声波电讯两相传，诉得离愁无限。　君去京都路远，我留乡梓频年。分身虽远共婵娟，但愿鱼书不断。

虞美人·绿化白族节暨民族风情园开园

松涛海韵春山晓，瑞气和风绕。歌房大海舞翩跹，白族同胞欣喜尽开颜。　　和颜宾主犹堆笑，共唱清平调。新村建设谱新篇，赏景观光百亩辟疆园。

杨朝靖

贵州省毕节市人，黔西公路养护段退休干部。

行香子·红军长征入黔七十周年祭红军坟

星耀旗红，蔽日飞空。有天兵，荟萃工农。征程万里，似虎犹龙。倒峡翻江，驱蟊贼，进乌蒙。　　金柝随风，气贯长虹。赴沙场，留迹遗踪。丹心碧血，史帛垂功。尽命捐躯，将俊杰，士英雄。

游故宫

庭院未闻脂粉香，妃居栉比隐凄凉。
幽宫稗史风流事，常使人民咒帝王。

丁亥端阳诗会有感

岁临丁亥庆端阳，喜聚骚人来四方。
怀古篇章何处萃，乌蒙拾韵满诗囊。

贺毕节地区老年大学成立二十周年

雨露中天教泽长，习书习画读篇章。
老当益壮朝朝练，年迈求知日日忙。
大是大非明大义，研今研古并研洋。
学成自觉精神焕，庆幸黄花晚节香。

杨瑞芝

女，1926 年生，贵州省贵阳市人。贵州省政协原委员、民革候补中央委员、贵州省民革副主委、贵阳市民革主委。贵阳市政协副主席任内退休。

端午喜雨

端午秧苗布九阡，兰田处处玉生烟。
风调雨顺天和美，嘉政频颁已十年。

西山谒聂耳墓

外衅内戕涕泪多，八年倭患苦煎磨。
思君奋起招魂曲，唤醒人民夜枕戈。

花溪绿园读书杂咏

轻车南向远嚣尘，云水经秋老更亲。
漫笑同堂多白发，桑榆未晚惜馀春。

织金县鱼山杂咏

鱼山怀古

流连忘返是蓬洲，山不在高境更幽。
汉郡唐祠遗胜迹，月华初上读书楼。

鱼山忠烈祠

渔阳鼙鼓撼神州，天宝物华叹未休。
难效秦庭包胥哭，却遗庙貌壮边陬。

重庆行杂感

（一）

名城风物总堂堂，抗战陪都未敢忘。
乍到枇杷山上望，万方灯火汇长江。

（二）

南行有兴结鸥盟，曾听红岩起凤鸣。
七宝莲台君见否，还从雾里辨新城。

杨勤槐

　　1927 年生，贵州省贵阳市人。曾任贵阳市人民医院内科主任，主任医师。贵州省诗词学会会员。

绿色呼唤受欢迎[①] （新声韵）

千曲同声咏绕梁，一台音乐震华堂。
青松皓首雷山露，老干虬枝娄岭霜。
草甸牧歌歌宛转，荒原驼韵韵悠扬。
长城古调军威震，艺苑林乡奏隽章。

【注】
① 2004 年 12 月 9 日，"青松""老干"等 11 个合唱团，千余
　　名歌友在北京路影剧院演出，以"绿色呼唤"为主题，深受
　　听众欢迎。

游马岭河谷遇雨 (新声韵)

雨骤风狂水漫摧，迷濛烟雾锁空帷。
高崖峻岭失清翠，撒落珠帘无鸟飞。

杨煜光

1940 年生，四川省成都市人，高级经济师，主任记者。贵州省诗词学会理事，芙峰吟社发起人之一。

满江红·杜鹃吟

访杜鹃花，青山外，璨然满树。回首处，鹃声犹唱，山花如故。久客不知山远近，重游却诧花相妒。听鹃啼，劝我不如归，归何处？　芊芊草，留春住；潺潺水，引春渡。盼春花长艳，春色长驻。人赞黔中春景好，此生莫把春光误。愿中华，千载漾春风，升平路。

浪淘沙·名瀑吟

一瀑滚惊涛，漫洒琼瑶。击冰敲玉织鲛绡。莫叹炎暑骄阳炙，到此顿消。　峰环复雾缭，露滴林梢。当年霞客曾饮瓢。雨好晴奇俱入梦，天际虹桥。

鹧鸪天·天宫吟

开辟鸿濛业未央，神工鬼斧凿太荒。娲皇炼馀补天石，璞玉蚌珠此深藏。　　瑶池露，广寒浆，群仙醉酌奉玉觞。蓬莱始信无多路，武陵源只在山乡。

南乡子·林城吟

蒨草绿千磎，万壑飞瀑放眼碧。孰云黔山无佳木？离离，古树虬枝来凤栖。　　起舞闻晨鸡，击楫中流正可期。扶摇图南九万里，逶迤，无限春风夜郎西。

水调歌头·黔灵山吟

山名大罗木，地近大罗天。杖钵狮象簇拥，群岭拜云岩。捅破层峦叠嶂，绞尽岚云岫雨，涓滴汇檀川。遥问圣泉水，涨缩向谁边？　　扪荆棘。拊薜荔，筑茅庵。倒植成树，方有松荫茂伽蓝。龙径凌虚九曲，虎字磅礴半壁。崔嵬峙雄关。鸟畴千壑静，空谷听呼猿。

春从天上来·天河吟

灏瀚天河。问欲渡牛郎，怎越嵯峨？支机织女，几度抛梭？瑶池几度笙歌？滴琼浆数点，聚兹处，雾雨烟萝。待春来，看春葩烂漫，春树婆娑。　　东君共我厮磨。醉竹露桐风、黛岭碧波。带笑榴花、含羞竹笋，未肯褪尽轻罗。听水车咿轧，似为汝、指点新荷。向人间，欲将春绾住，长在山阿。

黔诗吟

造化钟岩嶙，不忍弃遐荒，锦绣铺黔隅，诗魂播夜郎。舍人注《尔雅》，发轫遂琳琅，道真启汉学，南中破天荒，尔来二千载，莫道愧诗乡。太白贬谪留遗韵，阳明悟道蛰龙冈。天末才子谢三秀，词坛独步追盛唐。今是山人吴中蕃，风雨特立梦草堂。挽弓射鹄杨龙友，砚池泼墨染丹黄，可怜一出《桃花扇》，难掩铮骨力挽颓波志未央。名震京华周桐野，绝俗超凡气轩昂，挥毫写就《大钟赋》，翰苑诸君从此不敢觑华章。孰谓黔山少斯文，娓娓不尽史留香。今朝多雅士，先贤慎莫忘，吟咏须天籁，非比立庙堂。廿载创业艰，身后道路长。取舍须留意，着意培群芳。慎言样炯远，传统当弘扬。休谓土风俗，瑰宝藏僻荒。应知诗言志，莫效凿空狂。万川同映月，四海仰天光。歌诗从来非一体，百花当比一花香，黔山欲期诗坛旺，多彩和谐是康庄。

杨福昌

1929 年生，侗族，贵州省万山特区人。曾任铜仁县建委主任。

鹧鸪天·重游梵净山

金顶巍巍喜再登，山花朵朵笑相迎。丛林鹃唤千枝绿，深谷婵鸣万里晴。　　山静静，水晶晶，佛光映照更幽清。九州岂止黄山好，梵净风光亦有名。

杨静安

又名杨再煦，贵州省石阡县人。农民。

咏泰山

雄主神山告，名贤尽往朝。
身居五岳首，雾绕三门腰。
胜地昌文远，遗风仰古标。
登临天下小，艺海涌诗潮。

自强不息

逝水东流休感伤，无须歧路再彷徨。
衰翁不废勤研读，一息尚存心自强。

杨德阳

笔名听秋居士、忧郁的海，1977 年生，贵州省大方县人。大方一中教师。《云龙诗苑》编委。

大方九洞天行吟 (新声韵)

天工开胜景，九洞展奇观。
仰望苍穹近，聆听细水潺。
轻烟摧暮霭，落日映西山。
频唱渔歌晚，扁舟伴月还。

杨德忠

布依族，1970 年生，贵州省贵阳市人。花溪区湖潮乡政府乡长。贵州省诗词学会、贵阳市花溪区诗词学会会员。

清平乐·青岩 (新声韵)

万家烟树，漫步青石路。红袖娉婷春风度，农舍可曾小住？　　周公翰墨留香，布依米酒初尝。古镇石墙门外，菜花满目金黄。

杨德政

1927 年生。贵州省贵阳市人。曾任贵州省广播电视厅厅长。

点绛唇·建党八十周年抒怀

莽莽神州，东风吹发花千树。本坚根固，时雨殷勤护。　　几度严霜，曾把韶光误。安若素，柳荫深处，依旧香如故。

相见欢·观百里杜鹃

黔西三月清明，雾斜横。百里杜鹃斑斓舞轻盈。　　天公巧，赏花早，趁初晴。莫把良辰佳景付流萤。

满江红·贵州好

蓝玉藏珠，山川俊，许多人杰。常记取，后来居上，勿忘先哲。莫羡中原佳丽地，喜看苗岭花同叶。正夜郎奋发在今朝，情弥切。　　瞻前路，关隘接。荆棘处，峰峦叠。有征夫不老，宝刀难折。跃马横刀莫后退，闻鸡起舞毋停歇。待西东一派好风光，同凉热。

浪淘沙·甲戌年冬月贵州人民广播电台45周年台庆，嘱余作文以志

把酒祝东风，且饮从容。四十五载稼穑功。户户家家承雨露，处处芳丛。　去日也匆匆，来日无穷，一年花胜一年红。料得来年春更好，满地红彤。

忆江南·赠省有线电视台影视频道

冬去也，万木易葱笼。润物无声承雨露，荆棘透过一丛丛，花叶弄春风。

【中吕】醉高歌带过喜春来·赞茅台

香务缭绕百花坞，绿水青山飞野鹭。古中华文化殷勤注。贵州茅台古镇原是那醉八仙忘返处。　流淌的尽是那琼浆玉液和甘露，干一杯清洌香醇正气抒。也叫那诗翁舞娃迷归途。香飘万里，对酒当歌、喜看世间殊！

浪淘沙·观京剧《霸王别姬》

击节咏英雄，羽目重瞳。将军百战震寰中。
破釜沉舟惊壮举，直捣秦宫。　　勋业转头空，
何去匆匆？饰非拒谏已朦胧。徒唤虞兮雏不逝，
愧对江东。

【中吕】十二月带尧民歌·苗乡小景

峰回路转，花鸟争妍，好一似舒展了画卷，
十里好良田。鸡鸭满园，牛马声喧。爹爹饮醉赶
场天，青少田间话丰年，小姑也笑攒了绣花钱，
山乡，恰是那当今武陵源。美景绵绵，家家竞冒巅，
政令儿遂我苗民愿。

杨德淮

1940 年生，侗族，贵州省玉屏县人，终身从事教育工作。副
教授。贵州省诗词学会理事，铜仁地区诗联学会常务副会长。

玉屏箫

虚心有节气柔和，妙曲引来龙凤歌。
怎得佳音寰宇响？千刀万剐复搓磨。

岩黄连

不去名园挤地盘，悬崖石缝总心安。
从头到脚浑身苦，却是清凉止痛丹。

磨　石

平生不惮受研磨，出自深山硬骨多。
但使钝刀成利刃，身心耗尽又如何！

棕　榈

扎根大地志坚牢，雨打风吹节节高。
皮剐千层筋骨硬，昂然挺立不弯腰。

过薄刀岭

薄刀立地亦成山，锋口蹊荒胆气寒。
野竹担心人惧怕，沿途夹道护云端。

过剪刀峡

心存高远不须哀，石缝容身任往来。
自信人间无绝路，苍岩当道亦掰开。

铜仁至黔江

春阳护送至黔江，绕岭穿山曲径长。
座下飞轮敲节拍，菜花沿路诵诗章。

雪晴牧牛

难得阳光好，邀牛上远山。
茅花风里俏，松叶雪中寒。
眼下云烟阔，心头天地宽。
何须多慨叹，处处有乡关。

梵净山承恩寺

择山凌绝顶，牖户对长空。
院静僧房远，云闲石径通。
香烟弥佛殿，日色染幡风。
人界连天界，原来一步中。

春　日

岭上朝霞又晚霞，新春也到野人家。
寒门飘过千丝雨，老树挣开万点芽。
漠漠溪头添翠柳，欣欣杏树缀红花。
几声呼唤南来燕，催得山村日夕佳。

农场周年吟

身居山地爱山乡，又见金风催稻黄。
岁月匆忙流水急，年华驰废故园荒。
扶犁亦有农家乐，开卷岂无油墨香？
草径茅庐灯未灭，深宵最好赋诗章。

悼亡女

大年二十忆芫芫，今在谁家过大年？
终见暗云应少雨，不兴香纸恐无钱。
人间二月童心脆，父母终生热泪牵。
指望黄泉怜悯者，常将温暖送身边。

黄桶坝访门生

满村桃李访门生，十载西东叙别情。
今日重逢谁料到，昔年遭遇共相倾。
山间道路弯而曲，天上云烟浮又轻。
残雪消融付一笑，春光明媚照春耕。

长相思·重逢又别

说一声，笑一声，牵起当年无限情。秋风逐晚晴。　　走一程，送一程，白首童心望路平。斜阳分外明。

采桑子·秋林独卧

寻来万树晴云下，秋野林空。目断飞鸿，仰卧轻柔落野中。　　人心喜与山心合，泉水叮咚。雀鸟咕哝，何处悠然响暮钟？

人月圆·登梵净山

奇峰异岭添豪兴，忒爱此山高。千秋石径，万年金顶，百步天桥。　　倚岩远望，临风遐想，人在晴霄。茫茫宇宙，匆匆岁月，漫漫云涛。

杨德模

侗族，1941 年生，贵州省天柱县人。小学高级教师。黔东南州诗词学会会员、天柱县诗词学会理事。

家乡颂 (新声韵)

家住青山绿水旁，年年四季百花香。
林间小鸟叽啾叫，水里群鸭戏水忙。
一片平畴丰产坝，千家楼库满积粮。
和谐环境侗乡寨，佳酿同斟唱小康。

杨儒厚

1938 年生，贵州省铜仁市人。铜仁市政协退休干部。铜仁地区诗词楹联学会会员。

东山寺

自古东山是佛山，亭台殿宇碧云间。
轻风冉冉溶春暖，峭壁森森映水寒。
四季画屏收眼底，三江明月上栏杆。
人生难得清凉地，放下痴迷好坐禅。

构溪吟

路转峰回到构溪，田园美景悦相知。
清流十里粼波渺，绿竹千竿碎影稀。
故友情深人睡晚，新林雾重鸟飞迟。
闲观枫叶凝秋色，处处嫣红处处诗。

肖　星

1933 年生，贵州省赤水市人。曾任黔东南苗族侗族自治州乡镇企业局副局长，经济师。贵州省诗词学会会员。

采桑子·访农科院赞蔬菜专家李桂莲 (新声韵)

农科立院三十载，业绩辉煌。有女非常，蔬菜青青众庶昌。　　桂莲滴汗田间去，春到厨房。香到厨房，巧把时光反季装。

巴黎参观卢浮宫赞华裔建筑大师贝聿铭①

玻璃金字塔，巴黎一奇葩。卢浮宫前人流涌，赞不绝口金字塔。玻璃六百方，采光又宽大。游客纷纷来议论，如此辉煌谁建它？　　总统密特朗，慧眼识大家。力排众议荐贝氏，设计指挥都由他。华裔贝聿铭，大师帅印卦。扬眉吐气我自豪，炎黄子孙人人夸。

【注】
① 卢浮宫原入口既窄又暗，影响游客参观，自 20 世纪 80 年代，由贝聿铭设计建成金字塔以来，入口处不仅采光好又宽大。游客已将此塔当作新标志，成为与《蒙娜丽莎》《维纳斯》相提并论的观赏热点。

肖　娴

女，字雅秋，号枕琴室主，又号蜕阁。贵阳人。曾任中国书法家协会名誉理事、江苏省书协副主席、南京市书协名誉主席、江苏省政协委员。

一九四九年冬送弟暨子女婿四人参军去西南

执手叮咛嘱，报国愿已酬。四人分三处，勤书付军邮。莫以家为念，西南望早收。男女四方志，女子亦同俦。同行诸兄妹，相互照顾周。莫耍娇憨态，服从是上筹。万众同一心，欣喜得依刘①。

【注】

① 刘指当时刘伯承同志主持二野军大。

住乌江偶成虞姬一首

大王天下真英雄，姬亦人中奇女子。
堪叹无情太史公，为何不写美人死。

即　事

小院低篱三五家，隔墙儿语笑声哗。
互相学习忘过午，幸有芳邻告日斜。

肖长林

1943 年生，湖南省长沙市人，曾任贵阳新添民房开发公司副经理。贵州省诗词学会会员，《贵州楹联》特约编辑。

沁园春·甲秀抒怀 (新声韵)

胜景城南,亭俏桥坚,近水月台。看碧流莹澈,蓊葱林木；高楼两岸,洁净无埃。历代名人,事迹光耀①,照片悠长眼界开。名传外,载法国明信,响亮招牌②。　　斯楼历难多灾,赖盛世重修标志来③。叹长联气势④,鳌矶浮玉；沙洲芳杜,潭水徘徊⑤。爱翠微园,遗风明代,古韵犹存月影筛。杯高举,为林城美景,欢畅抒怀！

【注】
① 指贵阳历史上 24 位名人的生平事迹。
② 诸多老照片中，有一幅系清末民初时，在法国邮政总局发行的明信片上就用了该楼"玉照"，可谓名声早已在外矣。
③ 甲秀楼是贵阳的标志性建筑。
④ 指清末民初之贵阳刘蕴良进士所作之联，共 174 字。
⑤ 鳌矶湾、浮玉桥、芳杜洲、涵碧潭，均系甲秀楼之景点。

桂枝香·王阳明龙场悟道

狂风肆虐，叹冷暖人间，世态凶恶。欲寄锦书难托，漫天寥廓。遭谪跋涉群山里，望残阳，水流山壑。竹林弯道，草蓬惊处，竞飞山雀。　　小洞天①，甘心寂寞。效目不窥园②，秉烛拼搏。竖起心学大纛，更书诗作。黔中足迹新风至，共精心浇灌花萼。迄今犹见，遗风正劲，勇于开拓！

【注】

① 小洞天，指修文阳明洞之小洞天。
② 目不窥园，典出董仲舒钻研致学，三年未入后花园一步，故有"三年不窥园"之赞誉。

江城子·思南美景醉风情

乌江滚滚卷狂涛。浪咆哮，影岢峣。山川秀丽，景色倍娇娆。异洞奇峡笼碧翠，风物美，醉今朝！　　傩坛戏剧领风骚①。踩钢刀，舞戈矛。花灯说唱②，表演乐逍遥。访古寻幽多俊彦③，星耀眼，最堪豪！

【注】

① 思南傩坛戏有"中国戏剧活化石"之美誉。
② 花灯则以许家坝最有名，说唱内容以当地动人的爱情故事为主。
③ 从古至今，人才辈出，从田秋、李谓到旷继勋、廖锡龙等，如耀眼星辰，值得思南人民为之骄傲与自豪。

奥运精神颂 (新声韵)

北京奥运起雄风，照亮环球圣火熊。
申奥终圆华夏梦，登高勇上泰山峰。
比强比快夺金冠，讲谊讲情结友朋。
构建和谐歌盛世，五洲四海共繁荣。

瞻仰刘少奇故居

梅兰菊竹亮高风，更有荷花碧叶蓬。
历史本来民写就，伟功长在傲苍穹！

苏东坡

新旧党争命坎坷，屡遭贬黜又如何。
乌台诗案等闲视，太守弯弓西北歌①。
才艺全能独造诣，人生直面任蹉磨。
苏堤柳翠随风展，垂范后人景仰多。

【注】
① 出自《江城子》。

肖心田

1940年1月生，江苏省溧阳县人。曾任贵州省扶贫办副主任、省农办副主任。中共贵州省委机关老年诗书画研究会副会长，贵州省诗词学会会员。

竹枝词·退耕还林好

昔日垦荒种一坡，秋天收获不满箩。
泥砂跟着雨水跑，坡上土少石头多。
如今退耕树上坡，坡上花香鸟唱歌。
秀水清山风景美，子孙后代幸福多。

读周总理为贵州题词感怀 （新声韵）

总理题词情意深，春风拂面暖人心。
洗清千载尘封案①，冀望蛟龙腾碧云。

【注】
① 尘封案：指"夜郎自大""黔驴技穷""三无"省份等。

抗日胜利六十周年感怀 (新声韵)

腥风血雨忆当年，倭寇横行华夏园。
抢掠烧杀无忌惮，细菌毒气灭人寰。
倒行激起全球愤，逆向难逃鬼魅关。
今日厚颜翻铁案，苍蝇碰壁亦徒然。

咏榕江古榕群 (新声韵)

千株笼罩绕城垠，十里河滩醉贵宾。
叶茂枝繁如巨伞，根盘节抱似情人。
喊喊私语秦娘美，朗朗叙谈三宝新。
万亩农田丰产喜，千家侗寨四时春。

【注】
① 榕江县是《秦娘美》故事的发源地。榕树下有秦娘美的塑像。
② "三宝"是指"三宝鼓楼"，2001 年兴建，21 层，获吉尼斯世界记录。

咏雷山响水岩 (新声韵)

奇峰日照彤云漫，岩下深溪流水欢。
径绕千寻通雾海，瀑飞三迭响山间。
碧溪揽翠神仙醉，彩墅拥幽旅客安。
异草奇花香四季，欢歌曼舞夜无眠。

肖应荣

1931 年生，贵州省独山县人。中共贵州省委党史研究室退休干部，已逝。

建党八十周年感怀

八十征程历险艰，沧桑巨变地天翻。
狂澜个个凭谁挽，斩浪劈波靠舵船。

西江月·赞林青

"愿将满腔热血，换来幸福人间"①。逃生互让美名传②，堪作党员典范。　任你酷刑摧折，铮铮铁骨岿然。高歌就义气冲天，理想终能实现。

【注】
① 林青同志（曾任中共贵州省工委书记）1934 年所作诗句。
② 在狱中只能一人越狱时，林青曾让工委委员刘茂隆越狱。

过茅台

莫道山深江水赤，精心配制酿琼浆。
茅台美若飞仙子，国色天香举世扬。

闵德银

笔名李木，1947 年生，贵州省思南县乡镇企业局退休干部。中华诗词学会会员，贵州省诗词学会常务理事，《贵州诗词》《贵州楹联》编委。著有《云水轩诗文集》。

壬午仲春上大岩关

缓步关山又一重，峰峦淡绿雾云空。
偶闻阳雀啼声脆，却在桃花细雨中。

卜算子·汶川特大地震

平地一声雷，地震无情啸。领袖前沿作动员，大爱神州照。　　生命救援中，奇迹人间报。众志成城内外扶，重建家园俏。

癸未孟春咏柳

信步江边景色扬，偶看河柳吐芽忙。
春风善解游人意，彩笔轻勾染淡黄。

点评《贵州诗词》佳作感赋

青鸟衔来一韵刊，披衣握笔夜难眠。
点评如拣云霞石，洒向高原万匹山。

观志平摄思南石林雪景图片

漫天大雪正飞扬，冰冻群山裹素妆。
抓拍伴随寒气逼，换来靓色暖家乡。

咏柳四首

（一）

初春岸柳竞从容，招手相邀二月风。
约我每天来散步，互看无语两心通。

（二）

平心伫立漫相思，欲走回眸不忍离。
小鸟枝头频浅唱，柳丝牵我倍依依。

（三）

伏案三更睡意浓，梦中与尔叙桥东。
醒来回忆君身影，忙唤柳兄喝两盅。

（四）

年复一年早白头，与君相会未曾休。
同弹和谐心中曲，微笑安居在地球。

吴　晓

1941年生，贵州省安顺市人。曾任中共贵州省委宣传部出版处处长等职。现任中共贵州省委机关老年诗书画研究会副会长兼秘书长，贵州省诗词学会常务理事、校园工作委员会副主任。

水调歌头·庆祝党的十七大胜利召开（新声韵）

十月九州地，大事喜临门。十七大召开了，赤县笑声频。万众齐夸盛会，旗帜高扬奋进，拥戴举旗人。宏伟目标定，愿景顺民心。　　新形势，迎挑战，振精神。承前启后，改革开放再求新。构建和谐社会，实现科学发展，呼唤最强音。华夏共牵手，竞向小康奔！

水调歌头·抗凝冻保民生（新声韵）

罕见大凝冻，肆虐九州惊。造成停电停水，凝冻路难行。来往城乡受阻，百姓生活遭困，大祸扰民宁。灾讯速呈报，惊动北京城。　　号令出，抗凝冻，保民生。举国上下，团结一致破坚冰。保电复明常亮，护路开通流畅，黎庶赞声盈。华夏热流涌，放眼看天晴！

咏甲秀广场 (新声韵)

新建广场宽，翠微涵碧连。
园中铺绿毯，河畔砌银栏。
火树银花灿，棋亭雅士娴。
喷泉无限乐，水柱入云天。

开阳南江大峡谷 (新声韵)

开阳何处美？最美数南江。
沿岸雄奇险，满河清静凉。
吊桥牵两岸，栈道走一厢。
游客开心笑，农家烧烤香。

总书记访农家① (新声韵)

除夕书记访农家，问暖嘘寒把话拉。
老少依着书记坐，举杯同饮布依茶。

【注】

① 2005 年 2 月 28 日（农历大年除夕），中共中央总书记胡锦涛
到贵州黔西南州兴义市布依族农家慰问。

三峡截流成功 (新声韵)

截流蓄水镜中天，锁住蛟龙好梦圆。
大坝横江惊宇宙，神州十亿舞翩跹。

游土城 (新声韵)

土城日暖沐春风，远近彤云如火红。
赤水红军征战地，丰碑高耸颂英雄。

新风赞① (新声韵)

自行车队娶新娘，舍弃轿车排队长。
新颖新奇新亮点，结婚简办更风光。

【注】
① 《贵阳日报》2006 年 10 月 9 日头版刊发《自行车迎娶幸福新娘》的新闻和大幅彩照，读后有感。

读赞《黑牢诗篇》① (新声韵)

诗篇立意向光明，冲破黑牢正义声。
鼓舞九州人奋进，红旗招展慰英灵。

【注】
① 《黑牢诗篇》即白公馆、渣滓洞革命烈士诗文集。

故乡行

喜见门前燕子飞，转来转去互相追。
新房幢幢一般样，燕子难得认户归。

崇敬雨花台 (新声韵)

众人崇敬雨花台，烈士血浇花盛开。
绿树丛中英烈笑，神州强大我开怀。

赞绿丝带行动①

林城创举众人夸，绿带连着你我他。
展现人间多美好，爱心情涌大中华。

【注】

① "绿丝带"行动是戊子年初凝冻期间，贵阳以公交车为主发
　起的在车后镜处系上绿丝带，免费搭送有困难行人的活动。

故乡行

（一）

进村惊又喜，不辨老家门。
童女指新舍，热情导我寻。

（二）

亲友来相聚，圆桌把话拉。
出言夸盛世，政策富农家。

（三）

电话家中响，信息千里来。
打工人受奖，慈母乐开怀。

（四）

甩脱贫困帽，亲友往来多。
对饮谈家事，越说越乐呵。

吴大荣

1943 年生，曾任织金县文化局长兼织金报总编辑。织金县诗词楹联学会主席。

行业匠人咏 (新声韵)

弹花匠

右手执弓左握锤，绳弦响处絮翻飞。
躬身弹奏沧桑曲，温饱差堪常皱眉。

剃头匠

剪剃推刮手艺精，立足方寸走千程。
进门多少虬髯客，转瞬变成俏后生。

吴才俊

1921 年生，贵州省天柱县人，苗族。曾任政协黔东南州第五届委员，政协天柱县第六届委员，天柱县远口区完中教员。中华诗词学会、贵州省诗词学会、黔东南州诗词学会会员，天柱县诗词学会副会长。

颂清官 （新声韵）

扶贫创业又开发，两袖清风百姓夸。
任满退休归故里，一轮红日照乌纱。

吴长明

1950 年生，贵州省绥阳县人，曾任中学校长等职。绥阳县诗词学会会员。

故乡的小河

小河昔日水长流，杨柳青青景色幽。
美景而今何处去？只缘水土下山头。

忆南京大劫七十周年

流血故都三十万，同胞愤慨心寒颤。
如狼倭寇杀黎民，史实真容谁敢篡！

吴从松

侗族，1949 年生，湖南省新晃县人，中学高级教师，玉屏鸥鹏实验中学校长。贵州省诗词学会会员，铜仁地区诗词楹联学会理事，玉屏县诗词楹联学会副会长。著有《叶满秋山》。

凤山行

峻岭巍峨曲径通，登临直欲上苍穹。
树摇岚岫参天翠，寺卧危峰淡霭笼。
风铎怡心情韵远，海城入望画图雄。
凭栏红日东天好，把臂河山霞蔚中。

故园偶拾

奔波南北念家园，故里重来万感牵。
护寨旗峰千古立，脱贫乡梦一朝圆。
垂髫黄发桃花面，村落通衢翠柳烟。
歌满晴川风物好，般般竞秀艳阳天。

怀蔡锷将军

松坡湖畔夕阳斜，护国犹思岁月赊。
羽檄奔雷腾浩气，义师飞虎扫群邪。
扬鞭虽未横天堑，擐甲实堪惠中华。
放眼河山缅伟绩，乌蒙磅礴涌霓霞。

春日偶感

歌声俏语染芳林，人面桃花笑靥深。
借问村姑何事乐，东风绿透牧春心。

江城子·感怀

辛勤九畹卅春秋，夙呕心，几曾休。岁月消磨，树蕙莳兰谋。苟利国家生死以，腊烛泪，尚知不？　梦中忽作少年游，持长缨，戴兜鍪。马作的卢，热血遂鸿猷。争奈诗书偏笑我：空头白，恨悠悠。

吴以立

女，1944 年生，贵阳铁一中高级教师。

绿丝带

风中飘舞绿丝带，的士私车免费载。
冰冻雪灾何所惧？人间自有真情在。

吴本渊

侗族，贵州省剑河县人。剑河民族中学高级教师。贵州诗词学会、黔东南诗词学会会员。

山乡出栋梁 (新声韵)

三尺讲台岁岁忙，耕耘哪顾满头霜。
不悲蜡炬成灰烬，喜见山乡出栋梁。

吴让松

号吉谌，侗族。1932 年生，湖南省新晃县人，曾任玉屏县教育志主编、县政府兼职督学。玉屏县诗词楹联学会会员。著有《愚叟轩诗钞·蜜蜂集》。

万卷书崖

古卷何时轶岸边，星移斗转几多年？
远观迭卷浮遐想，近睹悬矶暗悚然。
名士惊服讴赋颂，先贤倾倒咏诗联。
凭栏惬赏风骚韵，逐浪推舟下芷沅。

咏野鸡坪飞凤桥

廊桥画栋势巍峨，镌凤雕龙故事多。
静坐桥头闻笛韵，徐行江畔赏山歌。
逸翁止步尝陈酿，少妇濯衣划绿波。
借问仙桥何处架？侗姑笑指野鸡河。

吴达忠

1931 年生，退休干部。安顺市诗词楹联学会理事。

沁园春·安顺市诗词楹联学会成立二十周年感赋

八月天高，日丽风和，稻熟正黄。看诗坛聚会，吟旌独树；骚风词丽，国粹弘扬。吟友高歌，抒情华诞，知古倡今韵味长。金钟响，喜雨滋"吟草"，翰墨飘香。　　黔安风范华章，忆岁月艰难举步怅。幸同仁豪气，承传不怠，凌云壮志，正义舒张。艺苑生辉，当歌盛世，古韵新声绘小康。今朝颂，历廿年风雨，旗帜高扬。

吴光权

1927 年生，侗族，贵州省铜仁市人，中华诗词学会会员。著有《马蹄集》等。

祭诗翁臧克家同志

星殒诗坛举世哀，三山五岳祭灵台。
元宵朗月扶翁去，一路豪吟动九垓！

忆巴金

文星朗朗乱昏鸦，照亮春秋照亮家。
血铸真言随想录，人间长看九州霞。

梵净仙苑二首

高山杜鹃

名山梵净养名花，最是杜鹃铺险崖。
五月雄风香送暖，吹开绿海滚丹霞。

稀世珙桐 （新声韵）

奇峰奇气恋奇葩，展翅白鸽落树桠。
历尽沧桑观世界，总将冰玉铸芳华。

春　晓

梦意缠绵剪不开，新晴得韵闹阳台。
推窗陡见枝头艳，青帝索诗送礼来！

满江红·青藏铁路全线贯通喜赋

横跨昆仑，穿唐古，轨铺青藏。休漫问，抢夺天险，岂愁缺氧？誓把豪情拴冻土，犹将血汗浇春酿。二千里，架历史长虹，千秋壮！　昆仑骨，骄雅量，唐古韵，敲奇想。破邪说怪论，唤春霖降。青藏飞龙吟盛世，"神舟"劲橹拨金浪。看今朝，高韵寄深情，千秋唱！

水调歌头·长桥飞架港珠澳

昔日梦怜海，今日海怜桥。串明珠酿春色，内外绘妖娆。多少相思祝祷，化就倾情拥抱，碧浪向天抛！谁个不神往，谁个不魂销？　桥入画，水吟俏，韵飞涛。超人气派，谁遣星月照心潮？志寄分分秒秒，情洒说说笑笑，自信驾春飙。十亿兴邦曲，万代领风骚！

吴先济

1944 年生，贵州省盘县人。工程师。贵州省盘县诗词楹联学会会员。

鹧鸪天·冬夜答妻书

月照工棚白雪深，寒衣初试正合身。书中未有相思句，字里常萦泣泪痕。　　心已醉，梦难真，感妻无寐月西沉。望卿应少离时怨，劳燕分飞各自珍。

沁园春·赞架子工

头顶青天，脚踏檩杆，腰系云间。似燕儿飞舞，悠然轻巧；雄鹰展翅、自在盘旋。不畏严寒，何辞酷暑，雨雪风沙无阻拦。长天晒、任浑身汗水、湿透衣衫。　　高空作业非凡，凭机智豪情不一般。看金鸡独立、身姿优美；白猿舒臂，体态非凡。露宿风餐，披星戴月，万苦千辛从未闲。君为啥？为人民造福，建设家园。

吴安怀

1938 年生，贵州省绥阳县人，中华诗词学会、贵州省诗联学会会员。

宝岛声声 （新声韵）

黄肤黑发古今亲，字共方形语共音。
历尽沧桑焉忘祖，直呼叶落要归根。

人月圆·日月潭投影

又山拥抱瑶池镜，烂漫饰晶宫。携春乍苒，
云鬟映影，玉鉴花容。　　不堪回首，明湖隐俏，
泪眼朦胧。朝思暮叹，归期几许？老态龙锺。

长相思·锁风沙

风沙疯，风沙狂，岁岁年年似虎狼，负儿徙
异乡。　　风沙封，风沙藏，千里桐荫万户祥，
耕耘希望忙。

吴纪光

贵州省黄平县人，曾任《黄平县志》编辑、贵州省历代诗文编纂委员会编辑。黔东南州霜枫老年诗社理事、黄平县乐源诗社副社长。

咏　梅

残冬未了见微阳，初绽梅花浮暗香。
老树依风悉寂寞，横塘照影转凄凉。
立身只合松为友，遁世那须干作梁。
借得孤山盈尺地，一枝斜傍水云乡。

吴明时

1931 年生，贵州省丹寨县人，苗族，曾任贵州省农行副处长，贵州省诗词学会、贵州省丹寨县诗词学会会员。

游丹寨龙泉山 （新声韵）

云雾绵延苗岭峰，绿杉刹宇杜鹃红。
清泉朗朗和莺语，芳草萋萋伴劲松。
远眺山峦林万顷，近观稻麦浪千重。
妖娆美景迷人醉，络绎嘉宾游兴浓。

吴学泮

号香泉，字霖炳，1933 年生，贵州省毕节市人。退休干部。毕节乌蒙诗社社员。

苏州游

（一）

早说苏州景色优，亲临今日愿方酬。
楼登白塔观全景，步缓寒山渡小舟。
古寺钟声依旧响，枫桥石迹展新猷。
山林野味伟长字[①]，张继唐人遗韵留。

【注】
① 钱伟长在普明宝塔题字曰：山林野趣。

（二）

青田一路赏名雕，沫若文豪字未消[①]。
天地同庚山岳丽，松枞并寿海湖娆。
东园载酒西园醉，南陌寻花北陌姣。
望月亭中敲古韵，天堂独领一风骚。

【注】
① 青田石雕有郭沫若题字。

吴学香

1941 年生，贵州省毕节市人。曾任毕节地区行署专员。毕节诗词学会名誉会长。

毕节地区"三届"老运会即兴

夏日骄阳似火红，山乡老汉各争雄。
夜郎国里球排阵[1]，韭菜坪前剑较锋[2]。
白发皤然争上寿，朱颜赪矣脸还童。
桑榆莫道夕阳晚，奋战疆场勇立功。

【注】
[1] 夜郎国：指赫章县；球排阵：指乒乓、柔力球赛。
[2] 韭菜坪：赫章著名景点之一；剑较峰；指太极、木兰剑赛。

音寨野趣[1]

（一）

车窗半掩纳清风，过眼春花映日红。
青霭绮霞生野趣，农家一访见情锺。

（二）

金海雪山摆擂台，布依儿女赛歌来[2]。

清江水绕新村外，万里春光尽入怀[3]。

【注】

① 音寨：贵州省乡村旅游示范点，贵定县管属。

② 金海：万亩油菜花竞开之景状；雪山：指满山遍野梨花开放
之景状。

③ 清江：盘江美称。

吴学锦

1950 年生，侗族，贵州省黎平县人。黔东南州诗词楹联学会
理事。

黎平天生桥 (新声韵)

美景奇观一洞天，彩虹高架涌流泉。

千秋绝艺施神斧，惊叹天生半月圆。

吴承旺

1941年生，福建省龙岩市人。贵州省社会科学院哲学文化所退休。副研究员。中共贵州省委机关老年诗书画研究会会员。

清平乐·纪念香港回归十周年

香江港岛，信步闲庭好。放眼紫荆花正茂，装点江山更俏。　　中华劲舞长龙，阴霾日渐消融。万马奔腾踊跃，高歌百业欣荣。

广州农民讲习所

红墙小院聚英贤，手握真经剑指天①。
扭转乾坤豪气壮，星星之火已燎原。

【注】
① 朱德书有"锦绣南天"。

浪淘沙·抗冰雪

凝冻雪无边，一片茫然，车航受阻出门难。返里乡亲眉不展，愁煞儿男。　　万众挂心间，抢险驰援，千军万马战奇寒。灾害无情人意暖，融化冰山。

吴绍卫

1962 年生，贵州省兴仁县人。中学语文高级教师。中华诗词学会会员。著有《人生如易》。

咏菊 (新声韵)

霜重煎成千瓣泪，许由元亮竞相随。
花繁酿就万盅酒，邀月对酌话采薇。

诗赛吟 (新声韵)

几度年华几度秋，校园诗赛靓金州。
龆龄兴雅非胡造，弱冠情浓岂可休。
天命将临谁敢怠，古稀纵至怎言愁。
峥嵘岁月多诗意，甘作骚坛孺子牛。

渔家傲·鲤鱼寨风情 (新声韵)

雅兴郊游思屯脚，鲤鱼苗寨春光好。风雨亭闻飞鸟闹。方下钓，柳烟笼水肥鱼跳。　　翁媪后生眉眼笑，银装蜡染经销俏。板凳舞苗姑窈窕。宾客到，酒香溢满弯牛角。

吴贵民

侗族，1973年生，贵州省玉屏县人。玉屏县诗词楹联学会会员。

闻笛偶感

横笛牧童乐下滩，仿如仙管降人寰。
吟龙鸣凤七情俱，弹指飞唇五律全。
古调清悠今韵脆，南声丽婉北腔欢。
何须赏曲瑶池去，尽在屏山玉水间。

吴祖卢

1937年生，布依族，贵州省三都县人。曾任中学教师、教导
主任等职。现为黔南州诗联学会、贵州省诗词学会会员。

游都柳江

轻舟一楫泛都江，绿水悠悠万里长。
两岸松林频倒影，千林竹笋竞飘香。
石崖古刻观遒字，水寨笙歌听妙腔。
更喜潭边修电站，华灯高照乐山庄。

吴泰华

贵州省湄潭县人。原遵义四中语文教师，中华诗词学会会员。著有《片云楼吟草》一卷。

放马吟 （新声韵）

万里江山血染红，东洋隐隐动阴风。
风云变幻实难测，马放南山要带弓。

含羞草

小草纤纤质本柔，并非作态故含羞。
人来便动轻浮手，能不自珍容色收？

长相思·己卯年九五登山

秋山高，秋空高，上得山来又碧霄，思飞意气豪。　　衣飘飘，发飘飘，浪得秋光老亦娇，随风舞一遭。

眼儿媚·诗乡秋韵

诗国诗乡说风流，夕照也温柔。满山红叶，让人眼醉，已见情稠。　　火红辣子堆山艳，枫叶转含羞，恍然响起，骚人雅唱，村女歌喉。

吴恩荣

　　贵州省锦屏县人，苗族，曾任锦屏县政协副主席。贵州省诗词学会会员。著有《林海之歌》《双耕之歌》《铁道战歌》。

咏隆里古城堡 (新声韵)

六百春秋七百家，先民军垦聚天涯。
城围四面堞墙固，街筑千条卵石华。
窨子排排楼栉比，井泉处处水清佳。
吉祥戏曲惊仙子，欢舞龙灯艳卉花。
汉族风情多韵味，江南传统展奇葩。
原生态馆中挪建，古色古香游客夸。

吴雪俦

　　（1908——1992），原名吴萃人，贵州省湄潭县人。曾任贵州省文教厅副厅长，民盟贵州省委主席。省政协委员、文史馆副馆长等职。著有《墨香吟》《蜀道诗草》。

种　树

家余半亩地，种树不留闲。
晓日一窗绿，春风满地斑。
宿云栖不去，好鸟倦知还。
尤喜多情月，窥人夜渡关。

夜　思

鼓角城头传暮更，乱山扶月挂前盈。

不禁风落叶千树，尚剩蛰残虫几声。

拯浦渐消欲冻水，边城犹戍未归营。

无端此夜思多少，才逐铜壶滴又生。

偶　成

一卷书如一顷田，与书有契田无缘。

试看李杜当年业，只在烟波浩月天。

悲　秋

梧桐落叶菊花黄，满院秋容景色荒。

乞巧久忘逢七夕，寄书翻讶近重阳。

衾稠有梦人千里，风雨无情恨一腔。

最怕凭栏停首望，白苹红蓼不禁霜。

咏　菊

1938 年，余被吴鼎昌诬陷于贵州模范监狱内。窗外红菊一枝，着花数朵。风华虽减、姿态仍妍。感而有作。

疏枝几朵傲秋霜，谁惜朱颜堕铁窗。

清瘦自余身价在，留植上苑扫群芳。

二　月

二月东风最醇和，远山绿鬓柳横波。
窗前犹有迷人事，一树桃花尽醉涡。

秋游石泉寺

蝉鸣深树秋，月映五桥头。
树老云争宿，山深霭不收。
人来僧款客，酒尽虫歌讴。
幸有良朋集，深宵话远游。

吴清玉

1969 年生，贵州省大方县人，现任双山镇中路中学副校长。
贵州省诗词学会、毕节地区诗词楹联学会会员。

车行毕威路上

偶从忙里一偷闲，恣意驱车沟壑间。
昔日黔边绵蜀道，今朝山里现尧天。
荒村僻野生朝气，斗笠粗衣弃旧颜。
践履为民三代表，小康路上赋新篇。

南乡子·夏夜

月朗星稀，风吹竹阵影迷离。杨柳斗腰娇欲语，陶醉，夜色阑珊人不寐。

观毕节响水轰雷

东气吞声响水滩，浮天捲地啸群山。
若无银汉从空落，注壑奔岩见亦难。

游毕节山泉湾

倒天河畔涌山泉，月透苔侵几许年。
但得路人分一勺，赞声啧啧荡松间。

吴清品

1946 年生，贵州省毕节市人，长白山诗社社员。著有《笛韵》。

故乡行

昨日故乡行，沿途触目惊。
去年茅屋寨，已变百楼城。

吴绪忠

笔名吴歌，晚号长吟翁，侗族，1948 年生，贵州省玉屏县人。曾任县文化局副局长。铜仁地区诗词楹联学会、玉屏县诗词楹联学会会员。著有《笛韵斋吟草》。

百花桥闻笛

谁君弄管过桥来，惹动群芳次第开。
闻道八仙禁不住，几回思忖下棋台。

七鳌寨大桥竣工

西郊再度起虹桥，横跨清流照影娇。
势似凌空飞玉练，鳌头独占领风骚。

双抢一瞥

四月田家农事兴，争分夺秒各凭能。
巧姑刈麦敏而健，野老分秧快且匀。
几抹残黄除甫尽，一湾新绿染初成。
急心更数男儿汉，抢水犁田戴月耕。

吴维垣

（1921——2006），辽宁省海城县人。贵州省人大原常委、贵大职院原客座教授，九三学社原中央科技委员。教授级高级工程师。

祝贺《南垭诗词选》刊行 (新声韵)

紫气萦回南垭庠，芝兰玉树透书窗。
春风化雨催桃李，卓见真知育栋梁。
诗兴纵横抒壮志，墨花烂漫绽清芳。
时明幸许容疏放，璀璨河山任啸狂。

祝贺贵大职院建院十周年 (新声韵)

桃李烊姌四化坚，新风高教敢登攀。
农为国本急当务，林系民生岂等闲。
苗岭青山拂翠浪，清江碧水掠银帆。
改革开放腾飞日，职院英贤马首瞻。

冀望 (新声韵)

峦色迷离紫气盈，巍峨楼宇绿荫中。
潇潇春雨润桃李，耿耿丹心育俊英。
学海无涯凭自励，书山有路靠攀登。
兴黔鳌占唯科教，职院功当世代铭。

建党七十五周年献辞 （新声韵）

壮阔波澜七五年，励精图治展新观。
拼将日月挥椽笔，难就雷霆盖世篇。
伟略宏谋强国策，改革开放富民源。
春晖雨露人心向，科教兴邦虎翼添。

梵净春晓 （新声韵）

霖雨新晴客路闲，云梯拾蹬跃八千。
苍松翠柏涛声漫，飞瀑丹崖景色妍。
金鼎擎天风雾里，承恩卷地彩虹环。
武陵佳胜葱茏境，梵净归来不看山。

咏五台山 （新声韵）

耆年今作五台游，爽气清澄出并州。
圣境碧凉消暑夏，晴空翠霭浴深秋。
楼台高下雕梁美，殿宇巍峨画栋幽。
锦绣河山何处秀？神州古刹占鳌头。

"五一" 登黔灵山 (新声韵)

晓色高原紫气斓，绿盈曲径涧声潺。
千峰凝翠弥松柏，一水笼烟荡画船。
峦影波光锺秀地，鹰翔鱼跃艳阳天。
塔凌霄汉红星烁，碧血丹心缅烈贤。

咏花溪 (新声韵)

三秋美景枫丹绚，云树修篁世外天。
坝上涛声无晓夜，飞流跌瀑玉珠寒。

威宁草海 (新声韵)

鹤舞乌蒙三月天，翔旋聚落百姿妍。
高原山色浑如画，草海波光映杜鹃。
"铁锁孤舟" 浮碧浪，"六桥烟柳" 媚晴岚。
"断云衔雨" 霎时越，"野马腾郊" 夜正阑。

吴翰文

苗族，苗名杉莽，字少侠，笔名南月，号东山居士，1972 年生，贵州省台江县人。自由职业者和撰稿人。贵州省诗词学会、黔东南州诗词楹联学会会员。

沁园春·牛王争霸

斗志昂昂，扭转乾坤，气焰嚣张。叹疯沙滚滚，牛王争霸；惊风飒飒，敌手逞强。铁角弯弯，寒光闪闪，疾恶如仇气势狂！多勇猛，奋坚蹄相向，血战苗疆。　　冲锋神尾飞扬，晃尖角挑勾万仞慌。使一身力气，堪称闯将；全能招数，不愧魔王。怒火冲霄，呼声动地，惨烈拼搏慨而慷，夺魁首，显英风烈烈，威震八方。

沁园春·东方迪斯科反排木鼓舞

粗犷风格，恣意张扬，气势飞遒！叹苗疆腹地，佳节丰富；情歌玉女，广场优游。神往方召，心驰山寨，涌向反排客不休。拦门酒，令来宾沉醉，胸臆绸缪。　　狂飙卷过荒丘，蓦际会风云啸九州。看阿哥劲舞，英姿抖擞；阿妮翩转，彩袖风流。木鼓喧天，呼声动地，猛纵激情慑斗牛！褶裙飒，似白云放浪，逸兴难收！

沁园春·姊妹佳节狂欢夜

木鼓咚咚，篝火熊熊，月色溶溶。望人头攒动，笙歌袅袅；银姑起舞，踪影憧憧。耳坠吟风，骸形放浪，四海嘉宾兴致浓。狂欢夜，看台城璀璨，闪耀霓虹。　　勇夫头角峥嵘，任粗犷雄浑剑气冲。舞长龙围绕，旋风浩浩；金狮腾跃，来势汹汹。炫目嘘花，空前火爆，险象环生礼炮轰。佳节庆，现风情万种，其乐融融。

邱太婧

笔名雨心，女，1983年生，贵州省大方县人。大方县六龙小学教师，与夫余廷林君著有《四雨轩诗文集》。

游营盘村

（一）

行穿古道古营盘，老树枯藤乱画山。
偶尔鸟声空谷唱，溪头惊醒鹭鸶眠。

（二）

鸟道崎岖散野花，悄然入画几山家。
游人正笑桃源到，却听村姑唱卡拉。

（三）

好客农家好热心，香烟捧递酽茶陈。
疏狂邀饮水花酒，小调悠悠醉客人。

邱仲书

笔名郑迅、秋实，别署青竹山人，斋号青竹轩。贵州省赤水市人。曾任正安县政协副主席兼秘书长等职。中华诗词学会会员、贵州省诗词学会理事、遵义市诗词学会理事、古风诗社社长。《正安县志》主编，著有《青竹轩诗词选》。

百里桐花吟

珍州自古号桐乡，春暖花开百里芳。
红缀枝头铺锦绣，彩浮水面绘文章。
林丛树叠千山美，蝶阵蜂团一路香。
笑立冈前留倩影，置身仙境芙蓉江。

乡　恋

离家年久事沧桑，梦绕魂牵大洞场。
细数桫椤寻旧迹，伫看瀑布逐流光。
临河似见船帆影，举箸犹闻竹笋香。
白鹤滩头枝上鸟，飞来飞去恋家乡。

渔歌子·"农二哥"

世代山村土作家，犁锄走线绣中华。挥热汗，踏寒沙，浇开朵朵向阳花。

邱宗功

1936 年生，四川省绵竹县人，曾任贵州省黔东南州社会科学界联合会副主席。贵州省诗词学会会员，天柱县诗词学会顾问。

潕阳河龙王峡 （新声韵）

龙王喷瀑雨纷纷，孔雀开屏展绿茵。
小艇飞歌扬玉宇，渔翁荡桨漾波纹。

邱宗泽

1939 年生，贵州省正安县人。曾任中共贵州大学委员会常委，正安县政府常务副县长、县政协主席。

神州"九七"颂

九七神州盛事多，气吞云汉壮山河。
中华跨世谱新曲，香港归宗奏凯歌。
"浪底"才平河祸患，峡高又锁水烟波。
炎黄历史丰碑树，春色无边笑语和。

咏反腐倡廉

反腐倡廉又举旗，芸芸庶众尽欢怡。
辕门悬挂斩妖剑，妙策揭开掩丑衣。
纵是高官难抗法，昭彰公仆敢扬眉。
党群关系如鱼水，诚效先贤毛润之。

邱树仁

石阡县林业局退休干部，贵州省诗词学会会员。

棕榈颂

侗寨年年植榈棕，青青叶片舞长空。
不同桃李争妍艳，愿与松梅比烈忠。
剥掉骨皮身不朽，剖开肝胆血仍红。
冰封雪压昂然立，任尔东西南北风。

述　怀

长鸣天籁意空濛，碧野蓝天情独锺。
放浪形骸人觉爽，怡情山水趣无穷。
死生原本自然事，否泰由来造化功。
云破月明花弄影，西边晕彩夕阳红。

邱崇钊

1933 年生，贵州省关岭县人。曾任县人事劳动局局长等职。贵州省诗词学会会员、安顺市诗联学会理事、关岭自治县诗联学会会长。

七秩抒怀

七秩年华弹指过，几经风雨叹蹉跎。
惭无建树兴鸿业，喜有情怀赏芰荷。
自守清廉娱晚景，不沾污秽免沉疴。
宏图美景添新意，再献热情谱壮歌。

关索岭

宽道穿城斩断坡，高楼大厦竞巍峨。
青龙跃起冲霄汉，白水奔腾涌碧波。
瀑壮奇观天下少，峦重美景洞中多。
这边热土令人醉，我为山乡唱赞歌。

北京游

夏日当空炎热生，一心向往北京城。
天安门上仰华表，纪念堂中瞻巨星。
放眼广场胸襟阔，缅怀丰碑激情盈。
盛世国都添锦绣，雄鹰展翅九霄腾。

三亚风光

梅红槟绿伴椰香，三亚无冬着锦囊。

大小渔船穿雪浪，中西游客浴金阳。

银滩翠叶呈奇彩，碧海蓝天耀异光。

气象万千人若醉，琼崖之旅久难忘。

庆元宵

江山欣巨变，爆竹闹连绵。

熠熠烟花放，盘盘菜肉鲜。

骚人欣作赋，老朽喜谈天。

盛世元宵节，豪吟善政篇。

农　耕

一抹火烧云，田园遍镀金。

暖风舒手脚，朝雨润胸襟。

布谷声声唤，桑麻事事新。

一年春赶早，温饱在辛勤。

农　忙

农家妹子最风流，短袖飘香驾铁牛。

指点机声春意闹，播青织绿夺丰收。

晚　归

落日西山恋，青纱蝈蝈鸣。
云头奔玉兔，天际掠苍鹰。
归牧牛羊壮，收犁辘轳轻。
风捎香入户，灯火孕黎明。

关岭新貌

旭日催波照物华，穿城一水淌无涯。
高杆灯塔挂明月，连宇琼楼映彩霞。
油菜花开香万里，芝兰入室沁千家。
风调雨顺禾苗壮，林茂粮丰气象佳。

何　英

1921年生，贵州省思南县人，德江县国营良种场退休医师。

香港回归十年有感

完璧回归整十秋，宏猷两制胜先优。
百年决策犹坚定，几代雄才志不休。
协力齐心和社稷，繁荣昌盛固金瓯。
五星高照明天下，万众高歌护九州。

八十七岁抒怀

巴山往事已如烟，半世扶伤夜少眠。

有志无功闲处老，是伊非我梦中牵。

壮年立誓平山岛，顽石犹能补昊天。

起看吾侪凋殆尽，英雄哪有不黄泉。

何　培

　　笔名钟铃，号山里人，1934 年生，四川省成都市人。曾任中国水电九局天生桥分局党委书记，高级政工师。中华诗词学会会员，贵州省诗词学会理事。著有诗歌散文集《山水情》。

土城渡口 （新声韵）

群山夹岸水悠悠，古老土城史迹留。

枫树坝中烽火烈，青杠坡上血横流。

轻装渡水连舟楮，甩掉追军奔上游。

力挽狂澜新起点，火星山麓谱春秋。

黔北古城赤水

丹霞地貌红砂壤，五彩斑斓似画廊。

竹海茫茫拥翠浪，桫椤挺挺沐春光。

千流飞泻银珠溅，百鸟争喧音调扬。

热线旅游人气旺，车船络绎笛声昂。

茅台酒文化城 (新声韵)

走进仁怀闻酒香，酒城文化放光芒。
七重展馆风格异，五帝石雕神采扬。
醉客名人留典故，诗词书画布高墙。
景福楼上观新月，仙女吴刚勾兑忙。

红枫湖 (新声韵)

山外青山湖外湖，贵州腹地一明珠。
烟波侗寨钟楼立，翡翠苗乡古堡凸。
盆景山中猴仔乐，将军湾里众鸥凫。
归舟似箭红旗猎，雨后霓虹入画图。

何 逸

（1928——1997），原名国仁，贵州省遵义市人。曾任遵义县政协委员，贵州省诗词学会第一届理事、遵义县诗词楹联协会主席。

秋思小女远在新疆

小庭漫步信悠悠，桐叶黄花满地秋。
数尽南来千阵雁，于阗尚在陇西头。

省诗联两会纪盛拈韵得"云"字

南明湖畔树森森，雨洗轻尘万象新。
联对娄山花吐艳，诗吟苗岭字传神。
幽兰出谷香长郁，桂子临风气更馨。
宇宙无穷多变幻，从来暮雨接朝云。

何玉忠

1946 年生，布依族，贵州省独山县人，黔南州诗联学会会员。

游荔波小七孔桥

七孔平桥两岸连，长藤古树漫山间。
清凉水底凭鱼跃，绿影山头任鸟闲。
美景樟江如墨画，清幽七孔似桃源。
驰名胜境人皆晓，归隐林泉不羡仙。

鸳鸯湖

天钟告别赏鸳鸯，山色湖光似艳装。
执棹泛舟留客影，寻幽戏水恋斜阳。

何正刚

1930 年生，布依族，贵州省荔波县人。曾任荔波县政协主席。贵州省诗词学会、黔南州诗联学会会员。

荔波山城

荔邑山城风韵娆，良田沃土布春郊。
青山环绕呈千态，碧水迂回浮二桥。
天有情思输胜景，地藏灵秀孕英豪。
遐荒冷落无踪影，四海游人涌若潮。

何世俊

字黎明。1927 年生，贵州省绥阳县人。曾任绥阳县水利编志办主任、水利志主编。中华诗词学会、中国楹联学会、贵州省诗词学会会员。

游绥阳县洋川河

信步城南看永山，无边秀色汇洋川。
向阳花里迷糊蝶，蔽日林间叫杜鹃。
水畔泉亭先得月，河中桥影早涵天。
衣冠整洁游朝暮，满眼风光胜往年。

何永尧

1933 年生，贵州省荔波县人，布依族。曾任丹寨县卫生局局长。贵州省、黔东南州、丹寨县诗词学会会员。

家乡巨变

少小离家老返村，家乡巨变甚惊人。
羊肠小道成公路，野岭荒山尽绿荫。

何光宇

1936 年生，贵州省凤冈县人。退休小学校长。中华诗词学会、贵州诗词学会、遵义市诗词学会会员，凤冈县诗词楹联学会秘书长。著有《心声集》。

新农家

晓耕禾地暮归家，夜习诗词午品茶。
彩电冰箱新款式，小桥流水四时花。

梓里春光

莺飞鸣伴侣，燕舞为泥巢。
碧水环田野，青山枕石桥。
百花添锦绣，千柳荡丝绦。
历史开新页，诗潮逐浪高。

西山放歌

天高气爽逛西山，田绿河清歌满川。

柏翠松苍飘紫雾，花明柳暗袅炊烟。

莺飞燕舞同心愿，女笑男欢共画船。

木榭竹楼箫笛起，骚人墨客意缠绵。

浪淘沙·腾云阁

极目览千山。浩瀚无边。摩崖巨凤舞翩跹。四野桂花香欲醉，沁透心田。　　酒侣与诗仙。兴起心欢。阳光灿烂映云天。得意春风今遂愿，谱写新篇。

采桑子·国庆农村见闻

秋高气爽风光好，松树青青。柏树青青。五谷丰登国太平。　　农家靓女今天嫁，锣鼓声声。唢呐声声，电器三金爆竹鸣。

何品荣

布依族，1933 年生，贵州省望谟县人，曾任普安县经济委员会主任、民族委员会主任。黔西南州诗词楹联学会会员，普安县诗词楹联学会常务理事、副秘书长。

重阳祝寿诗会喜赋

金秋时节桂花香，翁妪欢欣聚一堂。
日照桑榆欣晚景，金樽共举醉重阳。

何发建

笔名小和，1959 年生，贵州省盘县人。六盘水市老年大学副校长。

凉都消夏词

凉都毕竟八月中，气象物华大不同。
凤池新荷香自洁，天街紫气喜来东。
山舒翠幔收流火，水带晴岚送爽风。
霞客有书记硐老，阮公无处哭途穷。
千秋霁散牂牁雨，万古星寒夜郎宫。
好戏连台倾宝盖，嘉宾云聚架彩虹。
三百万人齐努力，捧出明珠耀乌蒙。

何村夫

1935 年生，河北省饶阳县人。贵州有色地质勘查局三总队高级工程师。遵义市诗词学会会员。

中华东西南北情

东科西进大开发，西电东来亮万家。
南水北流泽大地，北粮南运富中华。

何昌勇

农民。镇远县民间文艺家协会、县楹联诗词协会会员。

桃花诗会 <small>(新声韵)</small>

三月风和畅，温情抚小庄。
桃花舒笑靥，野草著新裳。
诗会贤才聚，书坛翰墨香。
宜当歌盛世，堪比舜尧唐。

铁溪桂花诗会 (新声韵)

重峦叠嶂访仙乡，流水高山绿浅藏。
稚子捕蝉攀树上，娇姑放牧恋溪旁。
千丘稻谷呈金色，一树桂花送郁香。
每到秋来多客赏，诗成句就更芬芳。

山乡春韵 (新声韵)

莺啼燕语百花香，鱼跃鸢飞百户忙。
犁下搅浑千坝水，蛙声唱绿满田秧。

何柱承

1928年生，贵州省绥阳县人。离休干部，遵义市诗词学会会长。

风华镇采风即事

(一)

徐行烟雨省家山，芸芥褪金春色阑。
远岫平畴凝一碧，田园兴会结诗缘。

（二）

故园鱼籽洞非凡，亘古至今犹喷泉。
活水盈盈连沼渌，锦鳞跃浪且忘筌。

（三）

乡贤欲拜访遗踪，太史门庭毁尽容。
旧物荡然无记忆，懿行风范怎追从。

（四）

畎亩一群劳作人，闲时相聚共讴吟。
居然立社声名盛，今日陶潜谱福音。

（五）

北黔名镇列风华，各业盛开优异花。
代有才人驰俊采，志存高远驾星槎。

何顺才

土家族，1944 年生，贵州省思南县人。中华诗词学会、贵州省诗词学会会员，思南县诗词楹联学会秘书长。

夜飞鹊·思南乌江白鹭洲

谁能截河水？纵向分流，唯有白鹭沙洲。千姿玉石引人醉，鹭鸥飞逐轻舟。沿堤看山秀，听涛声音美，乐极忘忧。青波碧浪，下长江，壮我思州。　江晚彩灯渔火，归鸟伴霞飞，天地悠悠。何意重来洲上？游情未尽，神韵难收。急滩映月，似珍珠，倒影牵牛。看柔茵舒展，苍茫广阔，岂不凝眸？

满庭芳·游思南中天塔

燕唱朝阳，花香拾级，画里重上中天。柳丝低语，江水抱群山。龙舞琉檐玉柱，奇峰上，雁塔娇研。风铃响，恢弘气势，翅角插云端。　西边，峦叠翠，雄关五老，巨幅屏栏。望东岭横空，万圣芳颜。北去沙洲浪涌，似银雪，狂卷飞翻。游如梦，目追神往，迷路不知还。

望海潮·思南乌江鲇鱼峡

鲇鱼峡胜，云崖锁渡，惊涛直下长江。声震九重，旋涡诡秘，轻舟逐浪飞航。纤路影茫茫，稣公在何处？泉水清凉。古树青藤，晓歌沽酒钓鱼狂。　　横空绝壁风光。有飞龙戏宝，莺鸟翱翔。千佛洞前，游人笑语，朝阳寺里飘香。沙暖睡鸳鸯。写字悬崖上，苍健锋芒。遥望江天，画廊千里尽芬芳。

八声甘州·游梵净山

上奇山梵净入云霄，石梯路遥遥。爱松涛吟咏，金猴欢跳，泉水喧嚣。绿拥层峦叠嶂，花草更妖娆。林海清风爽，碧浪滔滔。　　茫野长空无际，望云游风转，光耀天桥。伴蘑菇留影，潇洒栉狂飚，举金樽，论经谈典，万卷书，同醉领风骚。斜阳里，去漂流处，又泛心潮。

何祖岳

（1923——2005），湖南省新宁县人。新中国成立前就读于贵阳师院，参加黔西南游击活动，任中共晴隆地下党负责人。新中国成立后曾任晴隆县长，中共贵州省委党校教务组长、省文史馆副馆长等职。

游昆明黑龙潭

佛殿萧条画阁新，龙潭水色黯然浑。
庭园锦翠交相映，不及唐梅半树春。

【注】
　　黑龙潭庭园有梅树一株，相传为唐代某官所栽。株有权枝二：一枝枯萎、一枝叶茂枝荣。游人多以之为背景摄影留念。

古稀自嘲

得失平生少估量，忠诚反误费评商。
素憎腐恶宁无语，耻附权豪岂是狂。
风雨久经身尚健，冰霜遍历气犹刚。
古稀早逾热肠在，仍奋秃毫论短长。

赤水寄内

怅望烟波意竟痴，江流淼淼涌愁思。
十年蹇滞亲情薄，一念差池懊悔迟。
家计累君心应碎，风尘扰我发如丝。
常怀舐犊怜儿女，两地参商到几时！

何衷慰

1939 年生，浙江省桐乡县人。曾任贵阳市民政局生产管理处工程师。贵州省诗词学会会员。

贵阳河滨公园

地就天成闹市中，万木森森春意浓。
碧溪一湾绿于染，柔波十里水如绒。
翁妪晨练婆娑舞，童稚飞车笑脸红。
俊男靓女情切切，国泰民安盛世风。

观贵州老年妇女书画展

如今老妪不逊翁，剑拳歌舞敢争雄。
丹青随意泼图画，翰墨信手写蛟龙。
诗词吟唱唐宋律，篆刻镌就秦汉风。
与时俱进春长驻，妙笔再绘夕阳红。

何继坤

　　1947年生，贵州省大方县人。曾任毕节地区人大工委副秘书长。中华诗词学会、省诗词学会、地区诗词楹联学会会员。著有《足溪漪韵集》。

纳雍总溪河漂流

漂流好是总溪河，险峻雄奇刺激多。
滩陡方惊穿白浪，湾平又想钓清波。
洞林蝉噪山猿戏，峰壁泉飞岸鸟歌。
遥指红军鏖战处，梯岩隐约叹嵯峨。

盘江音寨金海雪山游记

喜到盘江品贡茶，瓦房音寨布依家。
黄铺金海春油菜，白簇雪山酥李花。

登玉龙雪山

满城春色新，转眼白无垠。
人迹成疵点，山妆作玉身。
冰川千丈瀑，雪地一盆银。
十数峰龙舞，纳西尊圣神。

何崇愚

1932 年生,贵州省晴隆县人。曾任晴隆县交通局局长。黔西南州诗词学会会员,晴隆县诗词学会理事。

薅秧 (新声韵)

五月农活分外忙,夫妻田野去薅秧。
画眉笼挂树枝下,宝马车停公路旁。
曼舞轻歌掺浪里,欢声笑语荡山冈。
金秋重摄婚纱照,再建一层新客房。

绣花村 (新声韵)

白天田野伴青纱,夜晚灯前刺绣花。
少女针穿灵芝草,壮男线缀绿松杉。
孙孙爱绣红鬃马,姥姥喜挑金彩霞。
骏马飞奔驮锦绣,光芒闪烁耀天涯。

何鸿宾

1931 年生，贵州省长顺县人。曾任县粮食局副局长等职。黔南州诗联学会会员。

卜算子·老有所为

松柏耐冬寒，披雪犹葱翠。虽困深山与世违，骨气堪称贵。　　风雨历春秋，不改冲天志。野岭荒山碧绿盈，默把乾坤缀。

何淑英

女，安顺市诗词楹联学会会员。

西江月·重阳节离退休老同志联欢

秋菊东篱争艳，重阳老友盈堂。一年一度好时光，个个心花怒放。　　今日银丝翁妪，当年热血儿郎。高歌祖国舞霓裳，真是老当益壮。

鹧鸪天·母亲节思母

一别家园不计春，依稀老屋绿杨村。似闻亲切呼儿女，恍见辛劳洗枕衾。　　情缱绻，痛深沉，天涯何处觅慈亲！伤悲最是分离早，寸草春晖未忍吟。

清平乐·二○○四年去广州儿女家过年

腾空银燕，快似离弦箭。窗外云涛迷望眼，舱内祥和一片。　　下机顿觉身轻，大厅儿女相迎。谈笑亲情如蜜，暮年倍感温馨。

西江月·看音乐喷泉

音乐如雷刚起，群龙喷吐珠玑，千花万蝶舞迷离，柔柳春风散绮。　　恍若置身仙境，竟忘年老神疲。湖堤满座尽心怡，皆叹高新科技。

踏莎行·除夕看焰火

肇庆城边，七星湖上，银花火树冲天放。千红万紫碧空开，人潮灯海空前旺。　　霞蔚云蒸，神怡心旷，声声爆起欢呼浪。迎新除旧样翻新，神州一片升平象。

何植林

1964年生，贵州省大方县人。中华诗词学会、贵州省诗词学会会员，毕节地区诗词楹联学会理事，中共毕节地委宣传部副部长。

威宁草海行

磅礴乌蒙久梦萦，内昆铁路过威宁。
白云候鸟翩翩舞，秋水长天色色清。
三面环山三面海，半边图画半边城。
旅游不亚江南好，西部风光莫负行。

游神钟洞有感①

金沙幽景不虚传，引凤营巢别有天。
水下石林多玉树，洞中泽国广良田。
云根山骨神钟挂，彤管毛锥巨笔悬。
若使谪仙今日在，尊前共走薛涛笺。

【注】
① 神钟洞又名凤凰洞，位于贵州省金沙县新华乡境内，以洞内神钟、水下石林等独特景观而得名。

贺大方六龙龙中诗社成立

一别家园几换秋，佳音竞报喜心头。

农耕地里歌犹在，试验田中韵不休。

笃志攻坚开典范，撷英荟萃话风流。

诗乡创建兴文化，故友重逢好唱酬。

悼陈荫波同志

凤凰山下奏强音，文化和谐韵味深。

妙笔同惊工笔梦，腾龙共志舞龙吟。

画乡风采平生愿，诗苑撷英一世心。

德艺双馨开典范，锦囊何处向君寻？

何惠文

字仕勋，1928 年生，贵州省余庆县人，退休干部。省州市诗词楹联学会会员，余庆诗词学会副会长。

水龙吟·海龙囤访古

异峰作势岧峣，寻幽陟彼龙岩峤。众山叠翠，诸峰突兀，雄关漫道。湘水生风，乌江拍岸，向天咆哮！看龙岩东首，四周崭壁，盘山路羊肠道。　　自古军家险要，海龙囤，一时名噪。金戈铁马，鸣镝飞羽，频频鼓号。杨氏辕门，半朝天子，一方王道。望残垣断壁，前人血泪，时人珍宝。

忆秦娥·拜谒先贤郑珍

真人杰，郑公诗集才情烨。才情烨，突奇奥衍，卓然精业。　　情同李杜苏黄埒^①，鸿儒正论骚风绝。骚风绝，经纶满腹，后生参谒。

【注】
① 埒：列，同等。

咏丙戌初雪

天女散花一夜忙，神州大地裹银装。
迎春瑞雪滋余庆，辞旧冰晶惠小康。
九镇一乡多美景，三山一水著辉煌。
冬神赏赐银花灿，预兆丰年粮满仓。

水调歌头·游深圳海滨大鹏湾

大海萦怀久，初驶大鹏湾。来寻南园风韵，一瞥果非凡。滨海林园处处，更有油轮核站，楼宇耸青山。一路溜三镇，胜景著奇观。　　烟波里，浪涛涌，海天宽。晓岚隐隐浮动，天幕落风帆。远影花旗飘展，宛若轻骑泅渡，搏浪打洋船。南国商机好，阵阵凯歌传。

沁园春·黔东南礼赞

苗侗风光，千岭奇观，万壑碧土宅。望山庄水寨，拥青涌翠，清江苗岭，泛彩堆霞。遍野篁幽，漫山林莽，处处生机绽物华。君不见，那丽姝骁汉，意气风发。　　新都一派繁华，让老外高翘拇指夸。趁神州跨纪，开发西部，台阶竞上，机遇争抓。立木招凰，筑巢引凤，经济牵藤结大瓜。堪称誉，这弄潮儿女，一代行家。

致旅台同窗

依稀判袂五八秋，岁月平添霜满头。
几度烹鱼寻尺素，三番托雁问遐陬。
多遭入梦情低诉，无限相思愿未酬。
为系台澎肠寸断，凭栏久久盼归舟。

有感构皮滩兴工

江水滔滔白浪翻，天公肆虐泛洪澜。
帝王迂腐醉酣梦，污吏营私不治滩。
唯有人民多壮志，敢将恶水变平川。
龙王从此不兴浪，竟把明珠献海关。

余庆——南播一枝花

乌江两岸著箐华，着意东风拂丽葩。
新圃河滨花满路，古城新宇店千家。
文峰点斗描新景，玉笏朝天迎彩霞^①。
导引乌江涛万顷，浇开南播一枝花。

【注】
① 笏：古代大臣上朝面君时，手中所拿狭长的板子。

国酒赞

茅台国酒散清香，老外闻风访夜郎。
诗圣升觞歌万物，谪仙斗酒咏千章。
刘伶嗜饮终沉醉，颠济迷酤更放狂。
慢道潭深夸海量，空瓶一嗅也喷香。

何瑞铭

　　1948 年生，贵州省仁怀市人。仁怀市合马中学退休教师。仁怀市老年诗联书画研究会会员。

缅怀周总理

　　鞠躬尽瘁玉无瑕，两袖清风殉国家。
　　十里长街倾泪雨，九州大地着麻纱。
　　英魂遗爱怀甘澍，侠骨飞灰焕彩霞。
　　举国悲歌千古罕，周公至德耀中华。

何鉴明

　　1933 年生，贵州省赤水市人。曾任国营公司经理等职。中华诗词学会、贵州诗词学会会员。《赤水诗词》总编。著有《何鉴明诗词联文选》等。

鹧鸪天·贺北京奥运成功

　　亿众欢呼震耳聋，北京奥运喜成功。千秋美梦圆今日，万里河山唱大风。　　人欲醉，国威隆。红旗冉冉耀长空。病夫雪耻当歌颂，狮舞龙腾振亚东。

鹧鸪天·喜庆党的十七大召开

党会京城十月开，民生国计巧安排。兴邦拥有扶民策，治党常添旷世才。　　强禹甸，扫尘埃。宏图大展喜心怀。与时俱进功勋著，全面小康乐九陔。

西江月·赤水天台山

永结诗情赤水，今游画幅云山。奇花异草任君看，美景流连忘返。　　万仞嶙峋叠嶂，四时翠竹层环。诗人墨客醉心田，吟啸挥毫赋感。

两岸樱桃

两岸樱桃两岸花，工蜂采蜜趁朝霞。
香风入室谁先觉，我住山沟第一家。

余 铎

（1925——2005），安徽省霍邱县人。曾任黔南州委党校常务副校长等职（离休干部），黔南州诗联学会第一届会长、第二、三届名誉会长。

祝贺十五大胜利召开

金凤送爽艳阳升，杰出群英聚北京。
继往开来研国是，承前启后选贤能。
宏图绘就跨新纪，理论在胸率远征。
华夏明天景更好，人民十亿尽欢腾。

二野军大同学团拜会有感

莫怨流年如逝波，英姿华发变翁婆。
不堪回首莫须有，谁料忠言受折磨。
大好时光空过去，峥嵘岁月竟蹉跎。
晚年幸遇升平日，康乐延年幸福多。

余大江

1930 年生，贵州省仁怀市人。曾任县农业局局长、《仁怀县志》编辑等职。仁怀市老年诗联书画研究会会员。

渔歌子

五号神舟展翅飞，炎黄儿女庆回归。圆美梦，闪光辉，航天硕果国增威。

余心海

（1917——1991），贵州省盘县人。教师。

杂　感

培育春苗两袖寒，聊将笔墨佐神餐。
老来最慰饶情致，闲画春风伴竹兰。

赴水城沿途有感

奔走风尘里，崎岖蜀道无。
关山腾海浪，天堑阻船桴。
细雨添诗料，奇峰展画图。
漫言黔道险，攀陟趣尤殊。

余永华

1953 年生，贵州省丹寨县人，水族。曾任中共丹寨县委统战部副部长、丹寨县工商联党组书记。黔东南州诗词楹联学会、丹寨县诗词楹联学会会员。

长青猫鼻岭老营盘怀古① (新声韵)

猫鼻岭上老营盘，早已荒芜古树参。
四面辕门存朽木，中央将台倒旗杆。
青龙阵下丢军箭，白虎堂前散令签。
护帅骠骑随主去，唯怜老弱葬垣边。

【注】

① 长青猫鼻岭老营盘存在时间约于清雍正年间，系当年杨威将军哈元生驻军遗址之一。

余光荣

　　曾名光宇，1930年生，湖南省长沙市人。曾任中共贵阳市委宣传部处长、中国楹联学会理事、贵州《爱晚诗刊》编辑部副主任兼编辑。中华诗词学会会员，贵州省诗词学会常务理事，贵阳市诗词学会副会长，《贵州诗词》编委。著有《等轻尘诗词选》。

卢沟晓月

永定河流碧，西山翠叠幽。
石狮毛爪动，古碣字痕留。
弹洞思沉恨，风声忆凛秋。
清风长拂翳，晓月挂卢沟。

次子岸竹赴京后作

难绾驹光脚，秋风怅别离。
空斋怀去后，絮语忆来时。
计路潇湘远，倚门燕地迟。
今宵轮笛梦，应绕故园枝。

春日偶成

东风一夜花千树，姹紫嫣红十里香。
何用别寻桃李径，自家枝上有春光。

七十怀母

（一）

七十迎来感愧深，春晖未报起悲吟。
抚孤生计艰难甚①，磨尽凄凉老境心。

【注】

① 余十二岁丧父，寡母日夜辛勤操持，节衣缩食，以抚养余及
幼妹。

（二）

饔飧难继费思量，饿倚书堂对午阳。
舐犊情深餐画饼，晚归同啖菜根香①。

【注】

① 余就读之乡村小学离家甚远，早出晚归，因无力在校寄搭中餐，
只好挨饿。母亲和幼妹在家也不进餐。

（三）

常诲"人穷志莫穷"，重温犹似坐春风。
衰年自砺仍思立：浩荡中流击楫功。

兄妹久别重逢感怀

少小违离数十霜，相逢老大感沧桑。
怀亲先拭灯前泪，忆旧同伤别后肠。
湘水鲸波流客梦，黔浔雁影隔参商。
春临处处花争发，抖擞精神趁晚香。

暮春遣怀

惊见飞红堕碧栏，韶华容易又春残。
庭前嫩树摇风绿，灯下蓬头历雪斑。
客子光阴诗卷里①，故乡云水梦魂间。
平生长物唯风月，慰有心涵一片丹。

【注】
① 借宋代诗人陈与义句。

缅怀鲁迅兼斥贬损鲁迅者

曾于秋肃遣春温，怒向刀丛不顾身。

十卷雄文惊广宇，一腔热血荐斯民。

长河行地流难废，大树参天荫岂贫？

莫道浮云能作翳，重霄依旧碾红轮。

缅怀黔军抗日烈士陈蕴瑜[①]

山川雄郁铸风操，喋血沙场胆气高。

一夕苇楼埋劲骨，千秋史册志英豪。

祠修梓里崇先烈，碑勒勋功励后曹。

今日东瀛温旧梦，知君已在拭军刀。

【注】

① 陈蕴瑜，贵州平坝人，国民党 102 师 304 团团长，曾参加淞沪会战和徐州会战，1938 年 5 月 23 日在砀山苇楼与日寇血战两昼夜阵亡，后被国民党追赠为少将。1986 年 8 月经贵州省人民政府追认为革命烈士。

沁园春·图云关"磨剑"吟

拔地危峰，突兀穿云，峙卫筑城。望参天古树，吟龙翔集；依崖奇石，厉虎纵横。衡岳明霞，峨眉朗月，寄意雄关无限情。晴岚里，耸层楼画栋，气象峥嵘。　　黉宫聚读群英，沐化雨春风秀木荣。赞先忧后乐，仁人志远；轻金重义，烈士怀宏。蔽日旌旗，惊天号角，催召征人万里行。休回顾，是匡时俊杰，永砺锋青。

浣溪沙·萤

不与华灯逐艳荧，更无心竞九天星。自将生命启微明。　　耻照隋炀游乐夜，喜陪车胤读书声。清光一点系深情。

鹧鸪天·安龙招堤观莲

秋染招堤柳叶黄，微风细雨近重阳。华亭掩映芦枝暗，曲槛涵容荷盖苍。　　祛腻粉，褪红裳，尽呈风骨玉含香。我今识得莲蓬子，何必芙蕖艳满塘。

多丽·春游百花湖

浥清尘，宵霖知我春行。御轻轮、寻芳胜境，丝丝岸柳摇情。镜平铺、形涵影照，屏叠列、雾绕云萦。棋布青螺，星罗翠蟹，风鬟雾鬓好娉婷。白鸥起、斜空掠水，应是未寒盟。烟波里、渔舟唱和，竿息渔鹰。　　且凭栏、云天极目，惠风翻动心旌。念年华、恰如逝水，思故我、浑若飘萍。引漱清流，弥消俗虑，心声仍自汇涛声。扫纤翳、晴空万里，天宇更澄明。中流意、青锋未老，犹可雄鸣。

临江仙·咏贵阳新八景 (选五)

甲秀观水

甲秀楼头迎晓月，鳌矶遍沐金光。拦腰坝起瀑垂长。一杯香茗饮，意马挣离缰。　　忆自清流污染后，行人触目神伤。银锄铁臂治河忙。柔条轻拂处，又见绿波扬。

扶风品茗

古构扶风山麓屹，二祠分立苍茫。享堂高殿复重廊。摩碑还读记，心地沐崇光。　　剪剪秋风轻拂槛，中天月布清霜。桂花香共茗杯香。闲聊今昔事，不禁久回肠。

广场休闲

绿草如茵偕碧树，纸鸢银鸽同翔。剑光拳路沐初阳。弦歌轻起处，舞步韵偏长。　　入夜华灯纷献俏，喷泉踏乐弛张。携童伴老乐徜徉。丛荫花气里，倩影一双双。

黔灵晨练

毓秀钟灵晨练地，林深鸟语花香。池旁寺侧习拳枪。媪翁缘曲径，青壮越山梁。　　最是湖心堪夺目，白头青鬓沧浪。长廊吊嗓碧波扬。广场飞舞步，树底笛声昂。

棋苑对奕

畅倚南明河水碧，文昌甲秀相望。巍峨皎洁映金阳。棋声谐燕语，风拂柳丝长。　　国运兴时棋运盛，欣看众铸辉煌。一方楸局起苍黄。玄机同领悟，天地共低昂。

莺啼序·"嫦娥"探月

金风迅传要信，令云山静处。转睛际、光焰喷腾，霹雳惊震寰宇。玉龙起、乘风驭电，驮娥探月深空矗。看神州，瀛啸山呼，热情犹煮。　涉履琼宫，千载梦想，引前贤意绪。岂忘却、惆怅诗仙，恨难攀桂倾诉。代绵延、骚人迭出，素怀涌、吟声如缕。更堪书、万户英才①，献身宏炬。　轮驰阔道，矢志兴华，勇开探月旅。重远瞩、运筹严密，荟萃精英，借鉴先行，跨坚雄步。攻关独创，臻新淘旧，群威群胆齐挥力，趁潮洪、共把汪洋渡。炎黄健裔，今朝誓在苍穹，劲镌又一高度。　征帆去远，眺望星河，顿喜蒙片楮。自默祝、航程安稳，舵柄操牢，饱览风光，系心晴雨。殷勤寄意，吴刚豪士，传知银阙孤旅客：迓乡亲、弹尽相思句；从兹夤夜寒凝，有伴依依，对床话语。

【注】

① 万户，我国明代人，在一次乘坐自制的火箭升空时牺牲。国际天文学联合会为纪念这位勇敢的探索者，将月球上的一座环形山命名为万户山。

余廷林

又名余亭霖，蒙古族，1976 年生，贵州省大方县人。大方一中语文教师。《云龙诗苑》主编。著有《新醉翁诗词集》《四雨轩诗词集》《雨亭一心斋诗文集》《滴泉居词稿》《镂云泻月轩诗文集》《素心雁字》等。

谭嗣同殉难百周年祭 (五首选四)

(一)

清明岁岁缅忠魂，菜市场头浩气存。
面对屠刀何所惧？侠肝义胆重昆仑。

(二)

无力回天亦壮哉，英魂已伴杜鹃开。
启蒙常念六君子，大好江山血换来。

(三)

维新变法亦熏风，吹得春花满地红。
喋血京城天渐醒，东方瑞气裛云空。

(四)

浩气横天万仞长，神州任说莽苍苍。
三湘侠士君为首，共筑长城万里长。

朱德的扁担

乾坤日月荷双肩，星火熊熊燎九原。
果是铁肩担道义，溜溜扁担见心丹。

咏彭雪枫将军

荡寇英雄不顾身，沙场激战更精神。
堪愁百万诛妖剑，同哭中流砥柱人。

咏萧红

举世名人苦命临，呼兰河水起悲音。
匆匆生死场中过，著作齐身值几金？

咏秋瑾

鉴湖女侠傲须眉，唤起同胞沉梦回。
果是铁肩担道义，古轩亭口响惊雷。

浣溪沙·五月

五月农家未得闲，男男女女闹喧天。急栽快播汗凝衫。　　斜雨逍遥托翡翠，清风缱绻浴田园。歌声起处柳含烟。

鹧鸪天·咏沈祖棻

伉俪文坛结善缘，嘤鸣湖海总忧天。易安佳句君能敌，家国风云韵染寒。　　新社会，靠谁边？蛇神牛鬼大牢关。千帆望断行踪杳，滚滚车流痛百年。

余伟贤

1940 年生。广西自治区平南县人。安顺市气象局退休干部，安顺市诗词楹联学会会员。

游屯堡

傍水依山石板房，清泉翠柏绿村庄。
锋刀月斧雕奇木，蓝靛朱霞染丽裳。
地戏民歌循古韵，高粱乌米酿琼浆。
新朋老友游屯堡，美味佳肴共品尝。

余华厚

（1916—1986），湖南省长沙市人，会计师。贵州师范大学退休干部。贵州省诗词学会会员。

秋日山居

三年南北事清游，落落情怀任去留。
归向碧山赏霜叶，白云无尽一身秋。

寄友人

摇落惊秋老，空山多白云。
窗前残菊影，灯下太玄文。
元白诗相敌，陶刘酒作军，
南飞凭过雁，传语寄殷勤。

伏　枥

华年不悔犯霜露，壮岁难忘履薄冰。
伏枥何堪饱苜豆，尚思千里一飞腾。

余连山

字嵩坡，号愚牛。1934年7月生，河南省永城市人。曾任贵州省化工供销公司经理、高级经济师。中华诗词学会会员、现任贵州省诗词学会暨楹联学会副秘书长、贵阳市诗词学会副会长兼秘书长。著有《愚牛吟草》《高原酬唱》（合著）。

偕《解放军报》记者访川藏兵站

一上高原别有天，风光罕见动心弦。
车轮滚滚云中走，星汉泠泠耳际旋。
雪嶂冰帘悬累累，银花玉树净娟娟。
更惊兵站重霄驻，到此非仙亦入仙。

中秋夜思 (新声韵)

一唱骊歌惹月残，千呼万唤不重圆。
望穿北斗归心切，踏遍南疆遂愿难。
忍忆亲朋先我逝，岂容肺腑总潮掀。
中秋奏响嵩山曲，个里情怀散九天①。

【注】
① 嵩山，代指作者故里河南。

呓语 (新声韵)

梦中敲句笑中眠，不是神仙胜似仙。

云递诗笺星递笔，月输灯火籁输弦。

嫦娥起舞乡亲慰，织女讴歌河汉欢。

一响钟声方所悟，滔滔呓语化吟篇。

答诗友 (新声韵)

旧梦飞湍撒，桑榆自泰然。

冷眸观世事，赤愫壮山川。

仗义清风舞，锺情傲骨坚。

利名抛浩海，肝胆铸新弦。

任尔寒霜扰，依将热血捐。

素心肥净土，彩笔岂休闲。

重阳遣兴

佳节喜秋晴，天开趁景明。

园深融菊意，岭峻结松情。

旷野幽香饮，浑身热气生。

望中惊物换，裁句忘归程。

国庆五十周年阅兵观感

校阅雄师展，阵容举世惊。
丰功凝战史，勇士赋征程。
喜看军威壮，惊叹科技精。
老兵心激荡，戎马总牵情。

秋　兴

甲戌仲秋，诗词学会组织"拈韵吟秋兴"，拈得"红"字

拈韵约吟朋，寻芳就菊丛。
寒光凝玉露，秋色染霜风。
旷野仍锺秀，高山更显雄。
讴歌何耿耿，笑指夕阳红。

游贵阳渔洞峡 (新声韵)

郊野藏仙景，涉足倍感亲。
苍山挟碧水，赤日吻白云。
潭映千秋月，声中万籁音。
舟飞珠玉撒，客醉画屏巡。
铸就天工巧，遨游物种新。

清平乐·老战友联谊会成都召开喜赋

蓉城报瑞，松竹金兰萃。白首丹心尤可贵，高唱大风共醉。　　请缨岂忘当年，胸中万里关山。无悔韶光倾献，夕阳一片斑斓。

鹧鸪天·陋斋醉

风卷寒流透小窗，陋斋无奈骤然凉。忘劬贤内灯前慰，沉醉深更牖下忙。　　酣炼句，苦敲章，笔驰笺响墨飘香。一身傲骨融诗意，岂怕阎罗共举觞？

诉衷情·戎装故照引故情

请缨年少觅风流，壮志喜终酬，关山万里征戍，凭热血，暖吴钩。　　冰作榻，雪充馐，靖边陬。半生堪幸，几谒阎罗，仍度春秋。

鹧鸪天·连、宋率团访大陆

史册增辉灿九州，深孚众望顺潮流。寻根祭祖亲情笃，沥胆披肝国是谋。　　消旧怨，展新猷，北京握手誉寰球。屏除台独民心向，壮我中华去隐忧。

唐多令·陶醉贵阳红枫湖 (新声韵)

引兴数红枫，天然彩锦呈。最开心、湖水扬清。万态千仪齐展俏，舟上览，画中行。　　胜状乐无穷，心潮与浪同。更陶然、风土人情。侗寨苗家尤好客，歌袅袅，酒浓浓。

秋波媚·澳门回归念台湾

合浦珠还凯歌传，骨肉庆团圆。五星光耀，莲花笑展，喜满人寰。　　悠悠耻雪英雄赞，功业地天镌。一轮明月，万番思绪，两岸情牵。

余宏模

彝族，四川省叙永县人，1932 年 10 月生，曾任贵州省民族研究所所长兼党委书记。贵州省诗词学会、贵阳市诗词学会会员，著有《一泓诗草》。

威宁龙街苗族花山节

金秋高地绿荫浓，彩织花山映碧穹。
衣著轻盈姿窈窕，笙歌扬抑步从容。
联翩穿插来晨蝶，列阵回旋化剑龙。
涿鹿遗风今尚在，乌蒙屹立自攒峰。

纳雍奢沟彝村访旧

荒村雪后耐三冬，万木苏荣泼黛浓。
漱雨飞崖碧水静，层峦危岫白云封。
掩扉茅屋鸡栖厩，烧棘畲田犊出笼。
促膝灯前相共饮，殷勤一泻酒杯空。

余宗科

　　曾任安顺地区粮食局副主任科员。安顺市诗词楹联学会副秘书长。

二〇〇八年全国人大政协两会感咏

代表委员议政忙，纷繁国是细端详。
民生现状多关注，致富方针共酌商。
经济运行重实效，宏观调控忌铺张。
科研发展循规律，稳定和谐步小康。

余选华

字乃吾，1936年生。贵州省遵义市人。曾在凤冈图书馆工作，任凤冈县政协委员等职。

遵义会议五十周年

名城盛事史空前，岁月峥嵘五十年。
北上挥戈曾驻马，南还传檄更加鞭。
红楼遥瞰将军墓，绿树长萦烈士眠。
大业已从征战定，予怀如慕赋新篇。

余超南

1929年生，贵州省仁怀市人。退休教师，贵州省诗词学会、遵义市诗词学会、仁怀市老年诗联书画研究会会员。

瞻仰国酒文化城秋瑾塑像

鉴湖侠女果豪雄，万里乘风独向东。
三尺青锋存义胆，一腔热血树奇功。
志除强虏光华夏，身殒轩亭化彩虹。
矗立丰碑人敬仰，英魂长伴岁寒松。

佘敬达

1931 年生，贵州省湄潭县人。曾任局长等职。贵州省诗词学会、遵义市诗词学会、湄潭县诗词学会会员。

访农 (新声韵)

秋高气爽桂飘香，满坝丰收农事忙。
相遇都夸新政好，从今不再缴"皇粮"。

茶姑乐

万顷茶园翻碧浪，成群少女采青忙。
晓迎红日穿云海，晚送夕阳过柳塘。
双手摘来千担绿，一芽奉去万家香。
精心焙制创新品，走出国门名远扬。

谷忠华

（1932——2006 年），河南省开封市人。离休干部。贵州省诗词学会会员，文昌诗社第一任社长。著有《东山诗韵》。

贵阳人民广场 （新声韵）

场宽遍地绿如茵，四季花香气象新。
丽日风筝高万丈，良辰细雨洗纤尘。
悠扬舞曲飘环宇，大雅歌声动锦心。
翁媪池边谈世事，常思继往开来人。

母亲带我去逃荒 （新声韵）

水旱蝗汤大难连，平民百姓外逃迁。
泪涕满面辞茅舍，日月昏沉别故园。
手挽破篮行滥路，肩担旧袄倚墙垣。
而今忆起当年苦，倍感娘亲步履艰。

邹上权

1946 年生，贵州省余庆县人。曾任中学校长，县人大常委会常委，教科文卫委员会主任等职。中华诗词学会、贵州省诗词学会、遵义市诗词学会会员。

余庆县城即景

高楼栉比插云霄，异彩流光幻影摇。
商旅如云繁市贸，小康非梦更非遥。

四川地震

遍野哀鸿不忍闻，银屏展望景情真。
灾临蜀地崩千里，泪洒神州痛万民。
更有苍天长降雨，再无完屋可栖身。
云空水陆忙施救，捐物捐资济困人。

君山晚吟

暮纱冉冉罩长空，雨过天开落日红。
绿树丛中栖断雁，紫藤墙外荡孤鸿。
千竿翠竹含悲泪，万盏灵灯祭烈风。
莫怨苍梧山隔远、潇湘月影自通融。

余庆心吟

家园展望气新清，四野云间听鹤鸣。
一线平分天共地，两峰长报雨和晴①。
丛林引鹜栖村寨，绿水如襟护古城。
莫道烟霞空织锦，子规吟月正春耕。

【注】

　　"两峰晴雨"为余庆八景之一。久雨，南峰中华起雾即晴；久晴，北峰梦娥山起雾即雨，至今仍然如是。

秋上凤凰楼

邀朋同上凤凰楼，眼底乾坤一望收。
霜染丛林秋雁疾，鱼腾细浪夏荷幽。
鸟鸣沟堑春长在，车走雷霆夜不休。
幸得忠魂萦净土，边城远镇也风流。

乌江吟

绝巘深崖锁大江，乱峰如剑镇玄黄。
盘旋古道弥幽草，连片修篁接远荒。
山哺黎民风朴厚，天生野水性骄狂。
于今正改前时貌，无价明珠放艳光。

邹心炼

曾任石阡县审计局局长。

惊闻印度洋海啸成灾

惊闻海啸巨成灾，霹雳晴空天外来。
四面八方遭劫难，九州万国动悲哀。
尸横沧海逐波去，泪洒江天掩地埋。
赖有全球相扶助，澄清玉宇净尘埃。

秋日抒情

秋高气爽水清寒，雾重霜浓叶色斑。
千里禾黄风作浪，三更月冷季相关。
夜闻牧野蝉声远，日见檐边雁影还。
霪雨霏霏天际渺，莫争春色比奇观。

邹兰桂

1948 年生，贵州省黔西县人。先后工作于黔西农机厂，黔西县武装部。贵州省诗词、楹联学会会员。

行香子·抒怀

玉斗初醒，聚散堪惊，唤千山莫阻征程。旧盟鸥鹭，只解声声，记水西云，水西雨，水西风。　　头顶霓旌，手挽长缨，会亚夫细柳军营。风流应在，笑语横生。话旧时歌、旧时舞、旧时情。

春从天上来·桂花

河汉飞艟，载满天凉露，一半铅华。水浴银蟾，风摇清影，香飘十里山洼。试问吴刚月姊，还记否？煮酒烹茶。应堪夸，有霓裳歌舞，新韵琵琶。　　晴沙，锄云仙子，为装点秋容，收尽烟霞。老树香迟，浓荫玉缀，金粟堆满人家。短发一枝频插，挥吟笔，顿忘春花。日西斜，笑情怀如此，醉数栖鸦。

邹圣明

字凡山，自署永溪堂主人，1954 年生，贵州省务川自治县人。仡佬族。大坪镇中心完小教师，教辅站业务专干。遵义市诗词学会会员。

冬日游隘溪古渡①

冬晴偕友濯清溪，野地还林草木萋。
夹岸奇峰摇竹浪，沿山小径漫苔衣。
隘溪沉翠知人少②，古渡无船过客稀。
驿道繁华流水去，山鸡唱晚伴猴啼。

【注】

① 隘溪古渡：在务川县城东 6 里之洪渡河上，自修建公路桥后，渡口停止摆渡。

② 隘溪沉翠：务川都濡古八景之一。

客泉①（新声韵）

一眼清泉落路旁，晶莹如镜散幽香。
篷山路远无醇酒②，留此甘泉任客尝。

【注】

① 客泉：在都匀斗篷山风景区，水流清洌，甘淳可口。

② 篷山：即斗篷山，国家级自然保护区，在都匀市北 20 公里处。

申佑故居① (新声韵)

雕栏零落甚悲凉，庭卧石狮满是伤。
唯见堂前御史匾，夕阳烟里泛红光。

【注】
① 申佑，字天赐，务川龙潭人。明正统九年进士，任四川监察御史，在"土木之变"中殉国，后表忠烈，谥忠节。并立祠祭祀。

众志抗灾显真情 (新声韵)

汶川遇难系八方，华夏同悲欲断肠。
垂泪神州施祭拜，成城众志抗灾荒。
三军协力阎王怕，万众齐心鬼蜮降。
缘有人间真爱在，迎难而进莫彷徨。

邹崇玺

1928 年生，号玲峰，贵州省毕节市人，毕节地区百货公司退休干部。云南省诗词学会会员，毕节地区乌蒙诗社社员。

谢吟友赐稿《玲峰诗草》

竹林茅台半清闲，老却江郎敢领坛。
喜有豪吟赐雅爱，愧无佳句步君篇。
高山流水知音在，潭影闲云世事迁。
莫谓俚言三寸舌，丹诚一片出心田。

邹道培

（1919——2003），号逸梅，湖北省人。早年奔走国难，辗转来黔，一生从医。毕节地区诗词楹联学会会员。

虞美人·感怀

高原岁月风光好，白发催人老。黄鸡斗酒宴嘉宾，肥马轻裘，仁义值千金。 江湖浪迹波涛险，日暮乡关远。梧桐秋夜雨潇潇，多少思潮，情调比离骚。

邹献统

1927年生，贵州省罗甸县人。原册亨县师范学校教师，贵州省诗词学会会员、黔西南州诗词楹联学会会员。著有《沧桑集》。

邓公伟绩世人崇

兴军百色缚苍龙，冀鲁挥戈气势宏。
鏖战中原流碧血，扬鞭淮海建奇功。
雄文数卷方针定，妙计连番肝胆忠。
四海五湖齐赞羡，邓公伟绩世人崇。

江城子·赞抗洪英雄

三江洪水势汹汹。海陆空，战洪峰。不畏狂涛，履险恁从容。一月辛劳江水缓，夸好汉，颂英雄。　　水夷肆虐浪排空。筑人墙，向前冲。剽悍儿男，奋勇斩虬龙。前仆后跟相接踵，终胜利，乐融融。

汪　篪

1927年生，安徽省祁门县人，黔南州粮食局离休干部，中华诗词学会、贵州省诗词学会、贵州省楹联学会会员，黔南州诗联学会顾问。

西江月·离休抒怀

二十年华革命，四千里路征程。几经风浪得余生，晚节黄花堪幸。　　昔日披荆斩棘，今朝伏枥匀城。喜看祖国庆升平，无限夕阳美景。

西江月·小康述怀

年少草鞋毡帽，老来革履西装。并非人老爱梳妆，为赶潮流时尚。　　昔日饥难饱腹，今朝酒肉常香。不因好吃嘴馋张，生活如今变样。

汪小川

（1913——2005），安徽省岳西县人。曾任中共贵州省委常委兼宣传部长、国家文物局局长等职。

遵义纪念馆观后

（一）

端正盘针急浪头，险滩过处是宽流。
刀兵自古非儿戏，岂效书生论不休。

（二）

化险为夷非命时，运筹抉择有先师。
雄关要隘虽如铁，怎敌人心向赤旗。

（三）

雨哮风嚎军号催，军戈北去几时回？
征夫素鄙凡夫志，待把苍龙捕获来。

（四）

娄山关下红花岗，却是当年激战场。
杰魄豪魂随水逝，丹心赤胆共天长。

（1973 年冬）

黄果树观瀑

白龙滚滚九天来，吐雾喷云势壮哉。
几度虹桥通彼岸，一湾帘洞接瀛台。
倾银泻玉浑如雪，飘絮飞花净却埃。
潭底犀牛亦有道，雷般哮起壑为开。

（1984 年 8 月）

"牛棚"杂咏

风云滚动震高天，寸步挪移斗室间。
情地两般都一笑，一如皓月一如烟。

访农家

将临除夕访农家，笑脸相迎新煮茶。
腊味满墙粮满库，入时云锦作窗纱。
桑麻才了忙栽树，山果盈筐众口夸。
电视机前谈远景，声声爆竹乐年华。

写给通州文化馆

（一）

四八年前赴此方，为民效力热衷肠。

重游旧地全新地，所到他乡尽故乡。

痛心知友牺牲早，属目良朋运划长。

思绪万端何及述，小诗全作大文章。

（二）

名胜风光任自多，何如旧地一观摩。

熟山熟水倍亲切，新事新人益贵和。

卅年漫道非空过，四化锦程且放歌。

先烈音纶育后代，广征文物莫蹉跎。

（1980 年 11 月）

竹枝词·丰收乐

五谷丰登刺梨黄，家家户户晒谷忙。

儿童未解大人意，乱伏谷堆捉迷藏。

《爱晚诗刊》百期出版

身退何由托性情，同商诸友订诗盟。
切磋磨琢求精进，意境高时得句惊。
团结向前春不老，敢针时弊作先行。
辛勤创作百期出，建设文明庆有成。

龙庆峡即景①

悬岩峭壁胜层城，一水湾湾若海澄。
画艇游时消暑热，天窗开处透幽明。
戏龙勤练柔身术，飞鸟频愁展翅腾。
五岳三江多趣景，此间浏览亦深情。

【注】
① 龙庆峡为京郊延庆一风景点。

咏黄山

鬼斧神工开异景，洪荒巨力启风华。
奇松怪石千生肖，云海泉流万象佳。
百有姿颜皆自适，一无形态赖人加。
天然骨魄天然貌，笔墨诗文且漫夸。

筑城答友

黔灵崦下府，秀丽甲春城。
时运将开发，新风步上乘。
廿年栖息地，回顾自常情。
来去同萍迹，是非悉任评。

登长城有感

万里云天万仞梯，烽烟铁马莫重提。
阳关漫道皆春色，食粟餐浆共泽衣。
碧帐琼宫情幻灭，大丘瀛海路依稀。
鬓星寄物观斯景，叹服先民创造奇。

汪太昕

号笑斗，别名桃墅山人。1928 年生，江西省浮梁县人。历任
中学校长及县科局长。离休干部。中华诗词学会、中国楹联学会
名誉会长。

五五国庆

飘香桂子迎国庆，五五年华岁月稠。
亿户农民得解放，万家致富起高楼。
荆花怒放神州旺，莲蕊芬芳壮志酬。
经济腾飞兴禹甸，国强民富咏千秋。

鹧鸪天·游美人谷

　　绿水青山景不凡，何方淑女隐溪潭；淡妆素著颜如玉，一笑嫣然美似仙。　　吸朝露，饮甘泉，渔农兴旺夺丰年。翠微烟雨添新意，游览归来赋锦笺。

汪龙舞

　　1954年生，贵州省大方县人。曾任县文化局长、文联主席，六盘水市地方志办公室副主任。研究员、编审。中华诗词学会会员，贵州省诗词学会理事，六盘水市诗联学会副会长。

虎跳石感赋[①]

　　盘江浪涌走惊雷，云断山摧去不回。
　　铁骑三千飞虎跳，喽啰十万枉围追。

【注】

① 虎跳石，水城境内北盘江中之险滩。1935年4月20日，红九军团于此搭木过江进入盘县，甩开追击敌军。

题水城农民画①

古朴天然土艺术，铅华洗尽无媚俗。
七十老妪十三妹，无羁无绊调紫朱。
放牛郎，种菜姑，各展风采不服输。
大千世界随意绘，五色天地纵情涂。
仡仲彝苗孕神奇，剪挑绣染育特殊。
五年面壁成大道，堂堂正正进华都。

【注】

① 水城农民画始于 1983 年，先后有 200 余件作品参加过省级以
上展览发表，并多次在全省全国获奖和被国家收藏。1988 年
2 月，国家文化部命名水城为"中国现代民间绘画画乡"。

六盘水放歌

东海南海邀海神，君且随我西南巡。
驾风御电催神骏，扶摇直上云贵巅。
云雾深处遥指点，可曾见此奇山川？
乌蒙磅礴起狂涛，水何迢递山何高。
万山极顶辨雄雌，唯见母狮仰天嚎①。
神工鬼斧日昭昭，巨岩横空起云桥②。
十里深壑折飞雁，尘寰处处荡残毛。
更闻盘江声如雷，裂地崩山着鞭催。
铁索锁关千嶂暗，黑猿声声泣岩危。
石封岩冻山悄悄，地火猎猎炼金硝。
天坠九乌皆葬此③，日精月华捂千朝。

一朝地迸真阳泄，光热源源济尔曹。

九天忽闻娲娘叹，欲觅人祖到此间。

洞开石破透消息，水退泥销别人猿。

山花璀璨紫云落，霓羽飘飘降月娥。

宛温银杏蟾宫桂，碧簧万顷舞婆娑。

丹霞山顶参玄禅，竹王故里听山歌④。

从此仙姐不思归，空叫吴刚怨伐柯。

华幨香车地姆迎，执手海神认舅甥：

豚水岔河一脉分，长江珠江本同根。

苍原万里横天列，孕江育海铸华魂。

奇山奇水久经年，长夜茫茫鬼哭冤。

百里深坑凿矿土，铅成煤现人未还。

一瓮白银一瓮血，官肥民瘦几揭竿。

曾见山坳几度王，蛮刀强弩逼汉唐。

吴王利刃诸葛计，未绝狼烟起洪荒。

还看洪流漫鬼方⑤，金戈铁马跃盘江。

荒原逐鹿播火种，赤旗冉冉迎曙光。

天地变，几沧桑，佳人梦回凤求凰。

十万豪杰进乌蒙，神州挽出新嫁娘。

异宝奇珍款款摇，明珠万斛裹阿娇。

银线千重织彩锦，白铁乌金撑玉腰。

铁龙七条蹿吾乡⑥，煤海钢城展辉煌。

地姆山神尽慷慨，满遣宝藏作奁装。

调转云头海神回，敞开山门再腾飞。

愿结五洲同比翼，君作良媒我捧杯。

【注】

① 六盘水境内韭菜坪主峰母狮顶为贵州山脉之最高峰。

② 指水城金盆天生桥。

③ 取羿射九日，落地化乌之说。

④ 指六枝毛口，"竹王"即夜郎王。

⑤ 鬼方：古时按方位分野，六盘水境内属"鬼方"。

⑥ 指贵昆线、南昆线、内昆线、株六复线、水白线、水大线、盘西线七条铁路。

阿扎屯怀古^①（新声韵）

断壁残垣隐战云，马嘶人唤去无存。
更深唢呐随风起，犹报彝王夜上屯。

【注】

① 阿扎屯在水城境内，为清平西王吴三桂与水西安坤最后激战之地。

汪守先

自署石牛山农，斋号枕云楼。1965 年生，贵州省遵义县人。遵义县南白镇水利站站长。水利工程师。中华诗词学会会员，遵义县诗书画院副院长。著有《倚梦听涛集》。

鹧鸪天·题《遵义县诗书画院作品集》

一览瑶编见雪鸿，淋漓画外有清风。墨飞意象兰亭韵，彩纵诗情笔底龙。　　花淡淡，月溶溶，偷闲赋得晚霞红。悠悠云霭张秋色，缈缈澄潭落玉虹。

二〇〇八春感

腊梅放蕊春在弦，白雪迎来奥运年。
大地空濛清一色，寒云萧索静三边。
心托宏志诗惊梦，手掷豪情风作帆。
翘首体坛烽火近，神州激荡起涛烟。

登凤凰楼

翠色逶迤境界宽，独撩云水听涛翻。
凤托楼阁三千丈，势压黔城十万山。
娄岭英风来胜地，沙滩文气满东南。
一江春浪开诗卷，坐待明霞抱月还。

海龙囤怀古

古囤迥插入穹苍，绝壁残关故垒荒。
骁将挥师终化土①，潜龙跃马不成王②。
巉崖暗树杜鹃泣，盘谷悲鸦涧水凉。
四百年前征战地，夕阳衰草总堪伤。

【注】
① 指明朝李化龙所率领的 24 万军队，虽取得了胜利，但终被历
　　史的尘埃所掩没。
② 指杨应龙虽率部奋力抵抗，血流成河，但终未能挽救失败的
　　命运。

春　韵

何人秉笔著丹青？绘出江南靓丽春。
吟向寒山俱嫩绿，歌来锦水尽温馨。
情飞湖色传清籁，韵入莺声动翠林。
最是桃花能解意，开襟涨眼泼红云。

嫦娥一号绕月飞船升空

一声巨响震云崖，浴火精神绽作花。
今日银河频放棹，明朝瑶殿可移家。
八方志士同追梦，九点齐州好揽霞。
攀月新途何所惧，劈开荆棘见清嘉。

新村即景

谁驱彩笔绘仙乡，土垄田畴尽着芳。
岚韵淋漓山水醉，小村和睦白云香。
晴烘野色添新画，春晓人家换靓妆。
林鸟依稀啼绿梦，声声唤我事农桑。

汪寿先

1948 年生，贵州省毕节市人，毕节市人大副主任、《毕节晚报》总编。贵州省诗词学会会员、毕节地区诗词楹联学会理事，毕节市诗词楹联学会会长、《毕节诗词》主编。

凯旋门沉思

（一）

征战连连领重勋，庆功高筑凯旋门。
投壶哪得长酬愿，滑铁刀光便折军。

（二）

花都三道凯旋门，一线通观贯古今。
勒石蝇头千万字，总将信念壮精神。

旅顺口

舰阵巍巍固若城，粒砂滴水有金晴。
从今贼寇敢来犯，一口吞他十万兵。

山海关

(一)

万里长城第一关，峣峣雄峙海山间。
中原北满咽喉地，吞尽云烟日月寒。

(二)

天下闻名第一关，皇家凭固自安然。
可怜明帝长城梦，万里江山断此间。

鼠

眼光虽短有高招，日夜行偷胆气豪。
任尔猫声呼唤厉，后台一窜又逍遥。

汪德仲

1933 年生。曾任副县长。中华诗词、贵州诗词学会会员，遵义市诗词、楹联学会会员。绥阳县诗词学会名誉会长。

龙桥美

龙桥胜地再重游，旖旎风光景色优。
水秀山清成画卷，洞深水绿泛扁舟。
悬岩绝壁开幽径，瀑布龙潭建阁楼。
四季如春多丽日，消闲觅趣乐悠悠。

沈　凡

1924 年生，湖北省武汉市人，曾任中共贵州省委机关老年诗书画研究会理事。中共贵州省委宣传部《党的生活》编辑室副编审。

游重庆渣滓洞（新声韵）

风和日丽上煤山，雨夜漆黑下洞天。
起义惊涛神鬼震，英雄烈士古今传。

游重庆白公馆（新声韵）

外出拾籽种山坳，高树而今已吐苞。
色彩鲜红人倍羡，英豪用血把花浇。

游天台山

古刹倚天峰独秀，高骞鹫岭彩云间。
蜃楼飞架大才智，建筑神奇华夏篇。

缅怀汪小川部长①

赫章农舍未成眠，教诲亲聆若眼前。
典范高标香益烈，文章翰墨永流传。

【注】

① 汪小川（1913——2005），安徽省岳西县人。曾任中共贵州
省委常委、宣传部长。

沈克刚

土家族，湖南省永顺县人，曾任黔东南州体委副主任。中华
诗词学会、贵州省诗词学会会员。

喜逢诗社成立 (新声韵)

皓首缘何恋笔耕，寻辞觅句苦经营。
巍巍苗岭勾豪兴，滚滚清江好濯缨。
伏枥仍怀千里志，栖闲常作九皋鸣。
聊将一片霜枫叶，写尽平生赤子情。

诗坛小议

休问花红与叶红，管他小草抑乔松。

芳香自有蜜蜂访，艳丽宁无粉蝶踪。

白雪阳春诚雅致，竹枝杨柳也玲珑。

百花齐放共欣赏，异曲同工唱大风。

宋　璞

1974 年生，贵州省大方县人。中学一级教师。

春　晨

薄雾晓烟轻，微风拂柳横。

鸟鸣千万啭，犬吠两三声。

学子匆匆过，耕牛缓缓行。

攻书宜趁早，我爱曙光明。

晚　眺

落日隐山川，霞光绘锦帘。

楼房金色灿，杉树紫颜鲜。

燕舞新檐下，牛停嫩草边。

蛙声随暮起，牧稚漫扬鞭。

宋子健

山东省人。曾任贵州省办公厅、机械厅厅长等职。

读毛主席娄山关词有感

主席迈步越雄关，朝霞暮霭岂等闲。
天赋风流征腐恶，万千豪情寄诗篇。
风光娄山固然好，灿烂更数昆仑巅。
神州四海呼万岁，只为巨手挽狂澜。

开发贵州资源【中吕】醉高歌带喜春来

贵州资源阔广，矿林牧副渔粮，开发先行是哪桩？众人还在迷惘。步骤怎样安排当？劳力技术出何方？投资更是一大项，问高明，你能否答腔？

【双调】雁儿落带得胜令

说起贵州事，首先要开矿。放炮开石头，见米只吹糠，卖料先养矿。积资买设备，再建冶炼厂。关键是人才，招聘要有方。你看，多少工业厅？你想，多少大工厂。

从头学起

此生何幸历烽烟，白热熔炉若许年。
不惜头颅为革命，未遑笔墨谱妍鲜。
偶从病榻寻新句，却负书丛览巨编。
垂老无忧忙补课，阐明三昧拜时贤。

咏昙花

（一）

婆娑绿鬓舞徘徊，玉蕊琼花黉夜开。
不向芳丛争艳彩，侣将明月素心来。

（二）

世居阆苑号仙葩，绿叶翠枝白玉花。
带得异香天外至，助供吟客茁诗芽。

贵阳四月八苗胞节

四八佳辰喷水池，苗胞汇聚奏簧丝。
绣裙曳地皆新制，锦饰环头尽入时。
舞漫笙和歌暖日，酒阑茶兴助丰姿。
游人底事亦如醉，为颂春风乐自驰。

悼陈大羽同志

夜梦君来病绕身，披衣惊悉失斯人。
青春作赋浑无敌，皓首穷经倍有神。
纵马挥戈黄水岸，著书理政乌江滨。
壮图未竟犹堪继，笑貌音容已绝尘。

宋长宏

1922 年生，贵州省金沙县人。贵州省诗词学会会员。

回乡访友

日丽风和回故乡，春光满眼解愁肠。
平川十里金黄界，浅坳三家粉白墙。
料有主人烹腊味，愧无礼物喜儿郎。
犬声吠处柴扉启，握手互惊头上霜。

游八达岭

细雨初停晨雾开，巍峨城郭露颜来。
今朝好汉万千个，都要登临烽火台。

惜　花

昨夜滂沱雨夹风，樱花遍地泣哀鸿。

可知黛玉早千古，谁愿葬花怜落红。

宋文秋

女，1938年生，上海市人，都匀一中高级教师。中华诗词学会、贵州省诗词学会会员，黔南州诗联学会顾问。

匀城韵

登山舒望眼，俯瞰画楼高。

一水绕城郭，长桥跨浪涛。

火车通大道，文塔插云霄。

江畔百花茂，匀城景物娇。

卜算子·纪念毛泽东同志诞辰一百一十周年

枫叶染秋山，大地红旗漫。功著神州浩气存，定鼎环球赞。　　砥柱屹中流，彪炳春秋灿。壮举迎新国泰兴，歌咏怀思念。

踏莎行·匀城即景抒怀

莺啭鹃啼，娉婷奇卉，竹篁疏影娇娇美。澜推百舸竞争流，蟒峰幽径香兰醉。　　韵律旋廊，卧虹送媚，垂扬袅袅人文萃。衢通畅达业丰盈，景诗合璧珠联汇。

古稀赋

人生七十古来稀，时至今朝非属奇。
鬓似秋霜凝白雪，心如夏藕出淤泥。
竹青松劲绿群岭，梅艳桂丹香满蹊。
东海南山双鹤寿，儿孙又盼祝期颐。

宋绍方

1948 年生，贵州省大方县人。中学高级教师。中华诗词学会、贵州省诗词学会会员，毕节地区诗词楹联学会理事。

有感于收到入选"名典"通知和"国庆座谈会"请柬

（一）

前邀名典登，今请京都会。
老汉一山翁，缘何成宝贝。

（二）

名典交三百，座谈须四千。
只因囊袋涩，二者化青烟。

邻　翁

妪随儿媳走他乡，翁事农耕守老房。
指望秋来粮满囤，晚年扛起壮年筐。

草海行

高原草海远名扬，鳞羽遨游云水乡。
欸乃一声渔唱晚，归舟彝女乐沧浪。

痛悼陈荫波

恨斥苍天纵恶魔，忍看彦士折沉疴。
潇潇风雨松楸暗，凤岭凰山哭荫波。

家山远眺

群山排画卷，对景自妍然。
野老垂纶钓，村姑采蕨鲜。
牛寻溪水畔，鹅撵柳塘边。
残日悬林后，人家起晚烟。

百里杜鹃游

四月初头天气清，登临百里慕鹃名。
花间彩蝶翩翩舞，树下游人款款行。
蕊放千山山欲炽，车连八路路还萦。
平衡生态谋猷好，开发乌蒙第一程。

看香港维多利亚港夜景

万家灯放亮晶莹，海上琼宫耀眼明。
水里珠光悬翡翠，影中景致露蓬瀛。
高楼市面皆商贾，别墅山腰尽大亨。
艨舰连通欧美澳，黑头碧眼汇斯城。

一剪梅·老大妈学秧歌

锣鼓声喧心骤欢，坐着难安，站着难安。秧歌队里把名添，行也翩跹，走也翩跹。　　舞罢归途莫等闲，左步回旋，右步回旋。隔窗呼唤老头看，击节阗阗，鼓掌阗阗。

宋重书

1936 年生，中学一级教师。曾任镇宁县第一中学副校长。贵州诗词学会会员、安顺市诗词学会会员、镇宁县诗词楹联学会常务理事。

恩师聚会桂家湖

劳燕分飞五十秋，师生聚会在湖楼。
悲欢离合思前事，逆顺艰辛喜共舟。
两袖清风施教化，满园硕果报丰收。
天南地北来相会，一片真情心际留。

鹧鸪天·畅游石头村

碧水岸边绿柳垂，波翻浪涌映朝晖。山环水绕苗乡美，田野晴空小鸟飞。　　歌蜡染，赞丰碑，五湖四海展雄威。全村老幼多勤奋，戴月披星荷锄归。

渔歌子·咏石榴

粒粒珍珠腹内装，花红叶绿任风扬。　　结百子，裹红装，青春似火俏姑娘。

浣溪沙·观黄果树瀑布

浩浩银河滚滚涛，破天一缝水飞飙。迎天悬挂瀑滔滔。　日映霞光添锦绣，犀潭澎湃似腾蛟。吼声震谷势冲霄。

宋梓林

1936 年生，四川省合江县人。中华诗词学会、贵州省诗词学会、六盘水市诗联学会会员。著有《诗魂归来》《倾我诗词》。

登　山

（一）

目观天地人，洗耳听新闻。
怀抱星和月，沉思万卷文。

（二）

心儿飞出去，诗境洞天开。
放眼青山外，白云飘过来。

过三峡

溅沫船头从眼过，一般故事古今多。
巫山神女星星笑，屈子沱边草草歌。
挽舵千滩悬瀑布，投鞭一石断长河。
瞿塘开口西陵和，脚下漩涡走大波。

七旬抒怀

（一）

追奔日月弄潮儿，梦笔生花梦亦痴。
昨夜诗泉流枕上，旧诗滴出淌新诗。

（二）

飞了青春无处寻，不能飞走我诗心。
一枝铁笔题诗硬，岂敢违心作俗吟？

（三）

诗贵真情更贵新，语魂白话力超神。
铮铮金石铿锵韵，代立宏篇代立人。

（四）

七十挥毫别有天，情才横溢谱华篇。
夕阳正在催耕急，整理人生三百年。

游桂湖

春风春雨发春华，细步平桥脚踏沙。
少女荷间游浅水，老翁竹下品浓茶。
亭台绘彩千般美，花海含娇百类佳。
听读明人杨氏卷，状元本是一诗家。

成都南郊

走出南门踱步桥，风筝高放彩云飘。
平田遍种春蔬菜，宽道旁栽新柳条。
蝴蝶争飞三岔地，骄鹰独傲九重霄。
渔歌相唱天边远，款款归来浅用桡。

宋登楷

1932年生，河南省人，曾任贵州省总工会安顺地区办事处主任。安顺地区诗词协会副会长。

游九龙山森林公园

(一)

九龙林海望无边，郁郁葱葱接远天。
建设公园如画境，迎来骚客咏诗篇。

（二）

云淡天高丽日光，山清水秀百花香。
林涛远近清心目，旅客悠游共举觞。

平坝县赦拉河引水工程

百丈悬崖筑大沟，飞云片片去悠悠。
英雄不惧艰难阻，且看清泉万古流。

张　宇

1927 年生，贵州省正安县人。贵州省诗词学会、遵义市诗词学会、道真县诗词学会会员，正安县古凤诗社社员，安场诗词楹联学会常委。

春

蜂群蝶浪过篱边，紫燕穿梭闪屋檐。
日丽风和花弄影，云蒸霞蔚草含烟。
家家织女编绢锦，处处牵牛种福田。
展望春光无限好，东君着意染山川。

张一凡

1920 年生，山东省肥城市人，曾任中共贵州省委宣传部副部长、顾问等职。贵州省诗词学会副会长、顾问。著有《听涛斋诗文选》。

刘邓大军挺进大别山

横渡黄河捣大江，直驱千里战旗扬。
蒋家霸气今安在，笑看青枝两度黄[①]。

【注】

① 1946 年 6 月，蒋介石发动全面内战，他陪马歇尔登庐山时，曾大言不惭地说："三个月消灭共产党，树叶黄时，我们下山，共饮胜利之酒。"1947 年刘邓挺进大别山时，树叶已是两度黄了。

庆祝中共十七大

八十年间风和雨，迎来华夏艳阳天。
国家恰似钱塘水，骇浪惊涛勇向前。

纪念遵义会议五十周年

力拔三山功盖世，中流砥柱仰先贤。
井冈星火燎寰宇，遵义风云耀史篇。
四渡奇谋飞赤水，两摧顽敌入东川。
中华解放宏基奠，亿万同登幸福船。

黄果树观瀑

银河倒挂玉龙来，雪甲霜鳞天际排。
掉尾直教千岭动，昂头能使万山开。
水帘卷地雷声震，彩练横空雾浪回。
怒下犀潭三百里，飞流东海到蓬莱。

登梵净山遇雨

雨中乘兴访名山，山在空濛烟雾间。
万步云梯险还险，九溪清浪弯又弯。
西与峨眉争秀色，东同黄岳竞奇颜。
浮云踏破凌绝顶，喜上武陵第一关。

曲江楼

凌云高阁壮千秋，陈帅当年会此楼。
慷慨陈辞惊四座，黄桥一战惩顽酋。

世纪钟声

新纪钟声震九州，"十五"宏图众口讴。
富民强国欣圆梦，十亿炎黄壮志酬。

赞改革

不分南北与西东，改革浪潮遍宇中。
欢快声中宜冷静，正风定要压邪风。

重游潕阳河

潕阳澄碧不知年，两岸修篁翠似烟。
对对鸳鸯知客意，翻飞红羽绕舟前。

游龙宫

谁仗千年神斧工，雕成殿宇玉玲珑。
龙潜潭底深千尺，飞出龙门撼碧空。

迎澳门回归

香港回归香气飘，又迎澳返乐陶陶。
炎黄儿女深情在，笑看巨龙腾九霄。

为"神舟"五号载人飞船升空欢呼

（一）

神舟五号似腾龙，千载梦圆飞太空。
华夏英雄杨利伟，九天揽月第一功。

（二）

载人神箭上蓝天，惊世骇俗震宇寰。
红色巨龙天际绕，嫦娥月里笑开颜。

张一彬

1922 年生，河南省濮阳市人。曾任中共贵州省广播电视厅党组副书记、副厅长（正厅级）。离休后，加入爱晚诗社、贵州省诗词学会。著有《毅斌诗词选》。

周恩来总理逝世三十周年寄怀

世上权臣数千万，相形总理自惭颜。
文韬武略狂澜挽，海魄儒怀世友牵。
暮虑朝思心绞碎，民尊国敬品称全。
清风两袖苍天鉴，盛德千秋谁比肩？

威宁草海景观

高原明镜映长虹，山色瀛光四季同。
潭印蟾宫衔玉鸟，波横浩淼锁蛟龙。
流金万点醉花眼，飞鸿三秋舞碧空。
纵有离骚吟万首，难描奇景鬼神工。

荔波梅花山纪游

岁尾竞风流，梅山辗转游。
鲜颜开笑靥，雅兴驻芳丘。
漫步寻情趣，流连赏媚柔。
多姿今少见，姹紫满枝头。

红枫湖秋步

漫步红枫路，松篁列队迎。
微波漂有韵，黄叶落无声。
云绕群峰动，涛飞快艇冲。
山腰薄霭袅，引我上蟾宫。

山村新貌

芬芳桃李笑迎春，庭苑奇葩陶醉人。
走进新楼舒望眼，打开彩电览乾坤。

读《贵州诗词》有感

吟唱语翻新，超前喜煞人。
春风苏大地，山水动骚音。

忆渡江战役

隆隆炮火起风雷，蒋氏江防一夜摧。
记忆犹新鏖战血，元戎先烈树丰碑。

临江仙·苗寨晚景

日落晚炊烟袅袅，夕霞倒映江流。牧童笛韵
下山丘。鸟栖林杪上，翁荡水回舟。　　旷野苍
茫新月上，苗姑竞赛歌喉。楼堂屏幕系全球。杜
鹃馨百里，菊圃丽三秋。

浪淘沙·黔灵山弘福寺

古寺隐城边，绿簇红妍。朝霞烂漫接林烟。
古树参天春不老，仙境人间。　　苍岭未知年，
万象争妍。观音不问世时迁。贪恋檀香蹲宝殿，
安坐青莲。

张大愚

笔名移山，1929 年生，贵州省湄潭县人。曾在基层任职 42 年，贵州省遵义荣誉军人康复医院离休。中华诗词学会、贵州省诗词学会会员，遵义市诗词学会副会长兼秘书长。

满庭芳·昂首极目神六

锣鼓喧天，龙腾狮舞，仰首神六遨游。树中华志，昌科技民讴。费聂英雄笃信①，翻筋斗、脱衣风流。五天夜，生活自若，实验更搜求。　　追求。晚起步，高捷速度，艰苦边陬。去行走苍穹，建站长留。月火收归视野②，为人类、贡献宏猷。炎黄裔，航天气候，探广宇同俦。

【注】
① 航天员费俊龙、聂海胜。
② 神六将月球、火星表面探测纳入视野。

怎能踩人肩

——登梵净山抒怀

夜宿张家坝，晨跋云雾山。游客如蚁蠕，尊我不老仙。站立苍顶上，环顾我为巅。铁链爬金顶，天桥挥帽欢。八千云梯下，赏古木芳荃。越过四千五，脚闪腿又酸。滑杆呼我坐，向妻释疑端：宁为人梯者，怎能踩人肩！咬牙踉跄步，守我固愚顽。包东江口住，次日即返还。疼痛虽数日，持节悦晚年。

海上观大担岛

甲申九月中旬，自厦门乘船在海上远眺大担岛。

大担咫尺不同天，一水之隔五五年。
姊妹分离情脉脉，碉楼对垒虎眈眈。
一国并力千钧举，两制同行大众欢。
背叛中山合作愿，台独孤注必招歼。

张广生

笔名桃蹊，（1943——2008）湖北省黄陂人。原贵阳矿山机器厂宣传部办公室主任，政工师。中华诗词学会会员，贵州省及贵阳市诗词学会理事兼《贵州诗词》编辑。著有《一米轩诗文选》。

自嘲（新声韵）

垒砌方城未有缘，世人讥我不沾边。
吟诗作画书情趣，三寸砚池能种田。

香港回归

七一零时喜若狂，神州十亿慨而慷。
国歌高奏豪情涌，港岛完归赤帜扬。
火树银花天不夜，金瓯玉壁寿无疆。
百年奇耻终湔雪，华夏从今更富强。

观国庆五十周年大阅兵

精兵强将势难摧，现代雄师展翅飞。
气宇轩昂腾虎步，英姿飒爽挟风雷。
抒吾志气抒豪气，壮我军威壮国威。
外族欺凌成历史，有来犯者网恢恢。

天坛圜丘随想 (新声韵)

九九归一寓意佳①，祈风祷雨为桑麻。
古来极数推崇九，何故今人偏爱八？
浪涌涛掀虎岁险，山崩地裂鼠年差②。
逍遥冷看谐音字，闭目悠然一碗茶。

【注】

① 圜丘上的石栏、石块，其条数、块数都与"九"相关。
② 1998 年（戊寅虎）全国洪灾肆虐；2008 年（戊子鼠）四川汶川大地震。

情系青岩

为青岩镇荣获 2005 年全国 25 大魅力名镇而作

人流不断浪滔滔，探秘寻幽涌客潮。
名镇荣膺添魅力，古风彰显竟妖娆。
文宗一代缘桐野，魁首千秋自筑郊。
启后承前光梓里，英贤辈出看今朝。

网络诗词自勉 (新声韵)

引线穿针细孔抽，昏花老眼未强求。
滥竽难奉惶充数，浊酒羞呈恐刺喉。
网络缘情交胜友，键盘敲句上琼楼。
前朝纵有惊人句，当代还凭我辈讴。

赴茅台过长干山

莽莽苍苍绝岭横，重峦叠嶂数峰撑。
云飞雾绕疑无路，道拐车旋又一程。
窗后悬崖深百丈，头前峭壁垒千层。
茅台未到人先醉，留取诗心对酒倾。

谢冉砚农老赐字①

冉老高风亮素笺，礼贤下士暖心田。
扶苗愿化甘霖润，铺路欣当砾石填。
感受关怀多敬意，愧蒙嘉许倍惭颜。
尤怜墨宝光寒舍，励我诗坛再策鞭。

【注】
① 冉老曾任贵州省副省长，贵州省诗词学会会长，现为名誉会长。

爱妻病愈出院感怀 (新声韵)

胃镜高明仰杏林，排除疑虑倍欢欣。
病床输液消炎快，亲友深情慰语频。
住院收银虽怵贵，倾资荡产亦甘心。
参天大树焉能倒？家有贤妻抵万金。

送子张恒津门求学道中

人生万事贵安排，碌碌无为究可哀。

意志坚从磨难出，胸襟广自达观来。

宾朋一片诚相待，学问三余善与裁①。

报国还凭身体健，金光大道为儿开。

【注】

① 三余：冬者，岁之余；夜者，日之余；阴雨者，时之余。

论 诗

（一）

急功近利慎无行，底蕴崇深不厌精。

点水蜻蜓多作秀，好诗还待后人评。

（二）

有土根深千尺树，无源水浅一汤匙。

格高方可交神韵，品下何曾酿好诗。

汶川大地震

（一）

电视机前夜不眠，汶川地震系心间。
生灵解救堪悲壮，老泪横流并涕涟。

（二）

一方有难八方援，众志成城海亦填。
莫道囊羞能力小，爱心一颗尚能捐。

（三）

海内天涯同此悲，默哀肃立首低垂。
兴邦不惧多灾难，重建家园振国威。

少年游·青藏铁路通车

一龙呼啸震长空，潇洒舞苍穹。珠峰喝彩，冰川含笑，白雪颂丰功。　　扶摇万里鲲鹏志，搏击见英雄。铁路通天，中华气魄，尽在不言中。

沁园春·北京奥运抒怀

　　古国泱泱，体育文明，敢著先鞭。念龙舟竞渡，马蹄争跨；气功宗祖，蹴鞠渊源。百步穿杨，公孙剑舞，博大精深太极拳。堪回首，树吾民自信，续写新篇。　　迎来盛世空前，盼奥运、今朝美梦圆。看福娃五彩，祥云万朵；鸟巢生命，圣火燎原。科技钟灵，人文毓秀，开幕神奇妙可圈。拼全力，敢同场竞技，志在峰巅！

沁园春·贵州好风光

　　盛世欣逢，赞我高原，岭上江南。品茅台玉液，龙宫仙境；梭椤幸会，溶洞奇观。草海珍禽①，梵峰异兽②，瀑布雄风盖百川。宜人处，更夏无酷暑，冬未严寒。　　风情民俗千般，尤返璞归真最自然。叹鼓楼佳构，石头妙寨；苗妆荟萃，腊染纷繁。舞伴芦笙，歌迎贵客，举案齐眉敬酒端。心已醉，快择期旅游，秀水黔山。

【注】
① 黑颈鹤。
② 梵净山金丝猴。

张之君

1947 年生，河南省镇平县人。高级经济师。当过医生，曾任贵州神奇集团总裁，现为贵州百强集团董事局主席。贵州省诗词学会名誉会长。

黔中百里油菜花开

百道山梁万顷花，金晖洒地万缕霞。

蝶恋人醉情未尽，满园春色是农家。

沁园春·寄情盛世

经世风云，华夏蒸蒸，勇领先机。竞发强国力，同心万众；启开人智，通畅民熙。歌舞神州，宏图博展，科技兴邦志不移。巅峰站，揽雄风飘荡，大道根基。　　革新开放拨迷。更成就中兴旷代绩。令雄鹰展翅，长空奋臂；神龙破壁，慨叹惊奇。冠誉群雄，华英灵异，屹立环球扬赤旗。腾飞业，正征途任重，四海相携。

沁园春·咏商

盛世年华，无限商机，竞向昊天。越千年巨变，乾坤斗转；太空寥廓，任人登攀。商海拼搏，人才关键，实践科学发展观。新理念，创神奇事业，如日中天。 征服险道雄关，悟人生辉煌有万千。举宏图再展，风光无限；抢抓机遇，超越前沿。度势审时，和衷共济，海样胸襟博大宽。根基固，趁春风得意，跃马扬鞭。

张开黔

1940 年生，贵州省赤水市人。中学高级教师。曾任习水四中、一中校长，中共习水县委统战部副部长。现任习水县诗词学会会长、遵义市诗词学会理事。

红城雪后更鲜妍

春雷乍响惊寰宇，大地复苏改旧颜。
芳草萋萋连碧野，山花艳艳映蓝天。
蒙蒙细雨烟村里，灼灼桃花画栋前。
更喜绿洲含笑靥①，红城雪后更鲜妍②。

【注】
① ② 习水县植被好又是红军四渡赤水的革命老区，故称绿洲红城。

张天珍

字天真，号九崇冰山。女，1962 年生，贵州省贵阳市人。贵州省老年大学剪纸教师。贵州省诗词学会会员。

天　真

素妆淡雅亦天真，遇事无争自在身。
不怪红尘轻视我，人间美德本缘纯。

儿　女

身边一对女和男，恬淡舒心似蜜甜。
雏凤蛰龙怀远志，寒门脱颖胜于蓝。

张太睿

土家族，1971 年生，贵州省思南县人，贵州省诗词学会、思南县诗词楹联学会会员。

寄语打工诸弟 (新声韵)

青春无意守田头，鹤发垂髫相对愁。
一去七年零半载，青山渐老路悠悠。

江城子·西塘梦 (新声韵)

平畴无限雨潇潇，洗石桥，润花梢。黛瓦长廊，羁旅水迢迢。小橹声声传老屋，罡风紧，乱云飘。　　少年遗梦在东郊，路遥遥，意悄悄。河畔姑娘，扶柳束纤腰。梦里依稀识泪眼，擎紫伞，过青寮。

张仁富

1935 年生，苗族，贵州省凯里市人，曾任中共黔东南州纪委书记，黔东南州人大常委会副主任。

拜谒毛主席故居丰泽园

一张木床庶民同，两把藤椅古柏松。
淡饭粗茶多辣味，旧鞋破衣几处缝。
两室著作千万卷，一箱书籍随行踪。
几支狼毫一方砚，笔端飞舞劲春风。

生态之梦

藤树盘缠暗径幽，清泉椰子小白楼。
暮灯花影窗风爽，钩月树梢云气流。
隐隐鼓蛙催睡意，悠悠故里梦乡游。
几山乱斧鸟音绝，愁看光坡尽旱沟。

浪淘沙·故乡游

别后梦悠悠，故里重游。田畴葱绿话丰收。
老树山垭依旧茂，石凳残留。　　往事惹情稠，
春夏冬秋。丛荆露草伴黄牛。重担吁吁堪道远，
频换肩头。

清平乐·施洞龙舟节

淡蓝天幕，盛夏山乡路。花伞蜿蜒无尽处，
两岸人潮拥阻。　　彩旗水上招风，群龙静待江
中。铁炮一声巨响，鼓急昂首齐冲。

张从忠

1933 年生，贵州省黔西县人。退休干部。中华诗词学会、毕
节地区诗词楹联学会会员、乌蒙诗社社员。

游倒天河

眷恋晨晖顺岸游，亭台倒影彩云浮。
昔时臭水遭人怨，此际清光结伴稠。
腰鼓姿舒潇潇洒洒，山歌情动荡悠悠。
天河如镜穿城照，疑步晶街海市楼。

贺毕节地区老年大学建校二十周年

廿载黉门桃李多，晚霞绮映鬓苍皤。
和谐社会康庄道，幸福家园盛世歌。
求索诗书增广识，探戈艺苑步婆娑。
老来翻作凌云想，攀桂蟾宫敢折柯。

临江仙·颂神舟五号巡天

惊世神舟腾起，遨游玉宇多骄。神州崛起激情豪。中华儿女志，定要比天高。　　夸父穷追旭日，嫦娥奔月姿娇。升天火箭技高超。苍穹虽浩渺，且看我今朝。

张凤祥

（1913——1995），贵州省盘县人，盘县县立中学（今盘县一中）首任校长。有《张凤祥先生文集》问世。

大观楼孤舟夜游

一碧万顷舟如叶，半壁山影半明灭。
轻风静扫雾霾天，静影璧沉天上月。
随手弄璧惊玉碎，仰视长空月无缺。
渔歌三唱惊鹭鸥，芦花映红更添色。
何处吹来风阵阵，月光潋艳跃金泽。
夜深荡舟归路遥，短长柳岸照积雪。

夏日游西山

欢摇兰桨西滨渡，雨后湖光分外明。
三尺鱼船随浪转，几群水鸟破空惊。
高吟金碧思舟屋，雄踞湖山羡沐英。
试问石鲸何处动？云仙一曲奏升平。

张文政

1929 年生，退休干部。已故。

南乡子·咏柳

西部正丰饶，大漠荒丘泛寂寥。辞别渭城临塞外，潇潇，翰海风沙舞绿条。　　何用筑凤巢，绿柳丛中燕语娇。莽莽神州今奋起，飘飘，苍翠蒸腾上九霄。

张心正

（1914——2004），湖南省长沙市人。新中国成立前曾任国民党沈阳警备区司令部代少将主任秘书等职。新中国成立后任中国历史博物馆馆员，调贵州省博物馆研究馆员。受聘为贵州省文史馆馆员。

梵净山

钁鏆千重雾，群峰破碧穹。

苍松吟绝壁，怪石啸长空。

峻似峨眉秀，巍同剑阁雄。

始知云海外，犹有此山崇。

题云雾山图

云绕长空雾绕山，山山水水互萦环。

丛林郁茂花常好，淑气雍和露不寒。

明月照松松护鹤，清泉漱石石支兰。

同盟鸥鹭无猜忌，结侣獐鹿任往还。

处处笙歌迷漫舞，人人康乐自怡然。

从来海上寻仙岛，不识蓬莱在此间。

张计于

1936 年生, 贵州省赤水县人。退休教师, 现任习水县诗词学会副会长。

浑溪口[①]

凭栏鸟瞰赤水河, 一船乌金一船歌[②]。
丰碑隐隐峙江底[③], 碧血点点泛清波。
浮桥不见日月在, 烈士长眠美谈多。
远眺山野卷绿浪, 春花绚丽柳婆娑。

【注】
① 浑溪口: 1935 年 1 月 29 日, 红军在此一渡赤水河。
② 乌金: 煤炭。
③ "土城渡口"纪念碑倒影。

张为梓

（1916——1999），山东省金乡县人。曾任六盘水市革委第一副主任、市人大主任，六盘水市诗词楹联学会名誉会长。

离休感怀

戎马春秋历万难，红旗摇指拔三山。
八年烽火雪亡恨，三载狼烟入梦寒。
曾为夜郎归大统，又披荆棘建六盘[①]。
舍身未负华年志，付与乌蒙一寸丹。

【注】
① 指建设六盘水市。

故乡访老战友张仰之

南北关山远，奔忙久未逢。
心连四十载，身隔万千重。
携手问年岁，登堂话旧容。
举杯情未尽，窗透月朦胧。

关心下一代协会成立有感

历尽艰辛数十春，银丝两鬓即风尘。
为将事业千秋继，愿洒余晖照后人。

张正心

（1928——2006），贵州省平塘县人，退休教师，黔南诗联学会会员。

南水北调

南源北调梦初成，一带田园翠绿生。
人力能全天地美，清川又过北京城。

张世荣

女，1928 年生，贵州省湄潭县人，曾任湄潭县妇联副主任。退休教师，湄潭县诗词学会会员。

浪淘沙·茶乡湄潭

秀水绕茶山，碧浪绵延。早春二月鸟声甜。
手采嫩芽歌出口，飞上云天。　　江岸柳含烟，
春到湄潭。茶哥茶妹竞争先。精制茗芽千百担，
香满人间。

临江仙·堆雪人 (新声韵)

正月新年风景好，园中笑语喧天。推来碎雪滚成团。几双孩子手，捏个罗汉圆。　客里聚观人发问，"雪人可否堆完？"齐声答道"四肢全。头颅都具备，只是没心肝"。

张世珠

1923 年生，江苏省沛县人。曾任中共贵州省委办公厅主任、上海市政府副秘书长等职。

征　途

春别故里渡长江，秋辞扬子取贵阳。
戎马声嘶湘江水，征夫凯歌震边疆。
苗舞惊破军士梦，侗歌声远红旗扬。
箪食壶浆迎解放，天涯处处是故乡。

（1949 年 10 月）

戊辰中秋返遵义

一别二十年，征途路八千。
盼得再会日，相顾鬓已斑。
金桂清香远，青松不畏寒。
明月当笑我，人生几回圆？!

游乌江电站水库

两岸青山入云端，一池秋水望欲穿。
横断乌江光和热，造福黔山北与南。

（1988 年秋）

游黄果树瀑布

惊天动地若雷鸣，漫撒珍珠乱飞虹。
倒挂银河三千尺，天下奇观堪称雄。

（1988 年秋）

赞南浦大桥落成

南浦云间挂长虹，势若彩练舞当空。
一桥飞架贯南北，两岸车马走西东。
登台高瞻长江水，扶栏远眺钱塘风。
治国兴邦绘前景，应赞巧匠夺天工。

张代福

（1899——1986），号畴五，笔名逸生，贵州省郎岱县人。少时就读贵阳师范，写成郎岱县《地理志稿》，留诗词手稿数千首。

咏桃花

一年一度吐新花，乍认海棠是一家。
好梦几番舒夜雨，新妆万点映朝霞。
小房锦满金沙缀，硕果丹成素月华。
春到枝头齐放彩，芳姿博得世人夸。

咏　菊

洁质清姿伴小房，一年一度巧梳妆。
流传能媲青莲誉，放荡宁输翠柳狂。
露浥痕舒呈秀色，霜侵梦醒吐奇香。
只因预识陶元亮，独爱深秋爽气凉。

春　柳

桃花轻薄海棠娇，平等韶光到柳梢。
看去青山留色影，照来绿水泛波涛。
非关野雾添新恨，是惜春风舞细腰。
多少儿童浑不解，相逢伸手折柔条。

迁居感怀

（一）

由岱迁居往木冈，尘沙滚滚轴车忙。
沿途只见山峰转，让座方知礼义藏。
到站良朋扶拄杖，进家子女备壶觞。
老残有幸今犹在，不胜心安笑楚狂。

（二）

浮生岁月八旬三，回首当初别有天。
剪烛西窗研孔孟，凝眸青史览张韩。
天翻地覆风云变，虎啸龙吟山海迁。
惭愧老残承息养，夕阳晚照度余年。

纪念"三·三"暴动革命烈士

肉化清风骨化泥，绿杨枝上子规啼。
杀敌却喜刀锋利，埋恨不嫌暮塚低。
夜到五更磷闪闪，时临三月柳依依。
同人纪念题诗句，愿祝灵魂永不迷。

浪淘沙·秋兴

树杪蝉声长，入耳悠扬。远山隐隐白云乡。
红蓼青萍流水荡，舞蝶双双。　　遍野谷金黄，
色耀农庄。社员老少齐奔忙。争取时间收割后，
先缴公粮。

张立华

1931 年，贵州省兴义市人。曾任黔西南州老年大学副校长。
贵州省诗词学会理事，黔西南州诗词学会副会长。

兴义一中七十周年校庆

先哲树人建上庠，沧桑七秩校园芳。
劈山改庙修楼舍，迁墓填坑拓广场。
心血浇培桃李艳，英才辈出学风良。
今朝集聚庆华诞，兴教育人千载扬。

赞环卫工人 （新声韵）

万户千家入梦乡，勤劳环卫遍街忙。
月星相伴无寒暑，扫净尘埃现曙光。

僻壤穷乡更新貌

三中全会涌春潮，僻壤穷乡旧貌抛。
缺吃少穿成往事，安居乐业是今朝。
开渠修堰引甘露，筑路劈山架彩桥。
物阜民康销购畅，新村美景乐陶陶。

张永达

　　1965 年生，贵州省毕节市人，毕节地区房产局副局长。中华诗词学会会员。著有《张永达诗词四十首》《耕耘斋吟稿》等。

新夜郎赞 （新声韵）

多彩夜郎多彩州，康庄大道放歌喉。
鸣春喜鹊喳喳闹，润物清泉汩汩流。
菜子田间金灿灿，芽茅岭上绿油油。
山川秀丽民丰乐，结伴桃源好探幽。

重庆新春之夜即景

狂夜飙车箭出弦，乱虹飞彩闹新年。
仙山琼阁隐还现，雾里看花缥缈间。

张圣清

1932 年生，江西省余干县人。曾任贵州省教育厅处长。贵州省诗词学会会员，中共贵州省委机关老年书画研究会会员。著有《圣清诗词书画草》。

故乡情

琵琶束发游，斜照浪飞舟。

犹记渔歌唱，翻然五十秋。

古今干越地，人杰遍神州。

赤子图报国，岂堪桑梓愁。

戎衣风雪舞，战马铁蹄遒。

非作背人鸟，甘为孺子牛。

眼前虽白首，伟业汗青留。

深觉摇篮重，难忘鱼米稠。

故乡邀再聚，热泪自难收。

恩与东山共，情携楚水流。

鹧鸪天·登贵阳东山感赋

九月登高峻岭巅，繁华胜景现周边。葱茏林带环城绕，栉比层楼上九天。　　人气旺，笑声喧。广场翁媪舞蹁跹。文昌高阁听清唱，甲秀琼楼弄管弦。

黔灵山行^①

丽日寻芳携家小，最爱黔灵横北郊。
古木参天松柏翠，红树绿杨万千条。
初行山壑青溪边，小桥流水映眼前。
林深花重不知远，隈奥疑入桃花源。
悬崖虎字高千尺^②，遒劲有力将路拦。
碑石遗像诗文在，云游黔山有吕仙。
小憩漫登瞰筑亭^③，极目一览令人惊。
万幢大厦擎天起，一片旧城变新城。
市场繁荣紫气升，筑城广交五洲朋。
货如海洋人如潮，车如流水马如龙。
手扶碧落忆前尘，多少英灵献自身。
革命烈士碑耸立，更有将军囚麒麟^④。
复行北麓动物园，珍稀动物亦乐天。
才闻虎豹声声吼，又见黄鹂舞翩跹。
黔灵名胜不虚传，无愧黔南第一山^⑤。

【注】

① 黔灵山，又名黔山，位于贵阳市区西北隅，集山、水、泉、寺于一体，清绝一世。1957年建为黔灵公园，占地面积6000亩。

② "虎"字：清咸丰年间贵州提督赵德昌（字达庵）所题，刻于半山悬崖巨石上。

③ 瞰筑亭：建有四方亭供游客俯瞰贵阳市区风景。

④ 麒麟：指麒麟洞。爱国将领张学良、杨虎城曾被囚禁于该洞。

⑤ "黔南第一山"：董必武同志1959年10月登山游览，欣然命笔。

张召源

1954 年生，仡佬族。贵州省道真自治县人。道真职业教育培训中心党支部副书记。中华诗词学会会员、贵州省诗词学会、遵义市诗词学会、道真县诗词学会副会长。

乡村老太

皓首银丝耕不停，宁居山寨不居城。
身心已嵌田间里，利刃难分故土情。

张共乐

1934 年生，贵州省镇宁县人，中学语文高级教师。曾任镇宁民族中学副校长。贵州省诗词楹联学会、安顺市诗词楹联学会会员，镇宁县诗词楹联学会常务理事。

乱石窝 (新声韵)

顽石错乱满山间，掷放于今亿万年。
苔藓裹身因露长，藤萝穿缝任风牵。
从来不怕骄阳晒，自古欢迎暴雨渲。
少有游人到此处，清风明月伴岩眠。

登嘉峪关城楼感赋 （新声韵）

秦关汉塞锁三边，山海长城嘉峪连。
横贯江山一万里，纵观华夏五千年。
历经人世沧桑变，惯看狼烟烽燧燃。
盛世不闻鼙鼓响，愁容洗去换新颜。

张有钧

布依族，1939 年生，贵州省兴义市人，曾任晴隆县监察局长。
贵州省诗词楹联学会会员，晴隆县诗词学会理事。

赞晴隆二十四道拐 （新声韵）

天下名弯气势雄，回环曲绕似盘龙。
远随峻岭穿山去，近傍巉岩辟地通。
登眺危峰思往事，俯观险路忆前功。
当年抗日军需道，胜迹于今举世崇。

张廷澜

笔名里夫，1943 年生，贵州省石阡县人。黔东南州烟草局干部。著有《山泉》。

长江采石矶赋

伊藤桂一先生，日本当代著名诗人，二战时期曾参加日本侵华战争，数十年后举家来华向中国人民谢罪。在长江采石矶上，参拜唐代诗人李白陵墓，深刻反思日本军国主义的侵略罪行。笔者闻之有感而作。

大江奔涌浪滔滔，采石矶上彩云飘。

当是女娲遗此石，化为砥柱屹天骄。

接天苍翠含高远，动地波涛吐壮豪。

一代诗仙晚归此，驾鹤乘风上九霄。

诗家风范垂千古，游人纷至仰高标。

东瀛有客来相访，匍匐拜谒香烟缭。

一家三代十八口，满怀虔敬竞折腰。

伊藤桂一是家长，旧地重游绪如潮。

当初年始十八岁，诗从李杜才学高。

无奈军国行不义，被迫从军裹战袍。

侵略自知身有罪，诚心悔过在今朝。

数十年来风和雨，良知总在受煎熬。

远望金陵思往事，尸横遍野房烧焦。

面对冤魂三千万，痛心疾首热泪抛。

前事不忘师后事，世代儿孙要记牢。

日中两国当友善，干戈仇怨化冰消。
诗歌原本无国界，生死千秋系情操。
同为沧桑来作证，天涯邻毗各风骚。
但愿从今无战事，直将大海化诗涛。
和谐社会安天下，共谋发展乐陶陶。
放眼江天波渺渺，倾情大地路迢迢。
长歌当笑声烈烈，采石矶上风萧萧。

湖南张家界寄兴 （新声韵）

武陵胜景宇间稀，鬼斧神工好个奇。
高峻参天云隐路，空濛漫地雾笼溪。
千峰竞秀诗仙醉，万木争荣画圣迷。
纵是仙乡莫过此，人生恋此不为痴。

中华诗词学会入会感言 （新声韵）

寻梦骚坛放浪身，寒窗悟道几冬春。
潜心灯下读唐宋，寄兴笔端师古今。
山野撷英酣瀑韵，海滩拾贝醉潮音。
东风送我入新境，天外有天才是真。

张兴仁

1932年生，贵州省兴义市人，曾任兴义一中校长、党委书记。贵州省诗词学会会员、黔西南州诗词楹联学会秘书长。

赞晴隆二十四道拐 (新声韵)

登上鸦关望眼宽，千寻峭壁路盘旋。
美如仙女抛长练，曲似苍龙下九天。
二战运资歼日寇，卅年负重建西南。
如今来到珍稀景，忆史观光思固边。

浣溪沙·赞渴望工程 (新声韵)

无雨山区闹水荒，入冬更怕旱灾长。一挑远水汗千行。　　政府帮扶修井窖，巧将雨雪滤收藏。龙头一扭水盈缸。

张安余

1934 年生，贵州省德江县人，土家族。曾任贵州省统计局处长、《贵州统计信息》主编。贵州省诗词学会会员。

参观南昌八一起义指挥部

神州大地血花红，八一枪声惊九重。
高举锤镰兴大义，人民万代仰英雄。

张观德

字明远，土家族，1932 年生，贵州省思南县人。退休教师，中华诗词学会、贵州省诗词学会会员，思南县诗词楹联学会副秘书长。

教师节感赋

佳节欣逢忆昔稠，栉风沐雨卌春秋。
呕心镂骨雕琨玉，夜寐夙兴润璧头。
酷暑严寒迷雅志，秾桃艳李慰闲愁。
古稀莫叹韶华去，艺苑新天任畅游。

锦缠道·老年大学春游即兴

丽日风光，景色画廊春绣。睹桃园，百花引诱，媪翁皓首抒襟袖。曼舞轻歌，管乐频频奏。　又抽签戏游，答题携手。乐滋滋，矿泉为酒。似少年，反璞归真，看杏腮眉黛，雅趣心中透。

张孝纯

字执卿，湖南长沙人。贵州省人民医院主任医师。

镇远县观仙人洞青龙洞

绝壁悬崖穷变态，制宜因地巧施裁。
山高千仞盘肠上，水曲一河迎面来。
造级不知行有路，纵观端合上层台。
庙存神毁龙何在？古木森森洞自开。

花溪新桥通车感赋

时平政举入毫端，我见斯桥又改观。
今日奔驰容万马，关心民事总从宽。

巡医罗甸村乡碾房休息作

一架茅茨作碾房，山高河广水流长。
全村食粟精粗杂，终岁关心辗转忙。
奚必琴书方送暑，尽多云树便生凉。
老夫路过闲无事，卧对沧浪下夕阳。

爱晚诗社成立五周年

夕阳虽晚人偏爱，诗萃群英倏五春。
雅播一隅传远迩，音回四处若亲邻。
直前勇往争同步，更上高层好问津。
磋切吟坛无止境，金声玉色见精神。

张志军

1967 年生，中共贵阳市花溪区委办公室主任，花溪区文学艺术联合会秘书长。贵州省诗词学会、贵阳市花溪区诗词学会会员。

赞花溪诗坛

花溪荡漾起波澜，风起云飞更丽妍。
前辈呕心吟雅颂，后生立志谱新篇。
乡村景秀豪情涌，校苑文才硕果鲜。
学子莘莘茁壮长，春华秋实喜年年。

花溪河赞 （新声韵）

溪水如银带，蜿蜒绕众山。
脂膏肥故土，甘露洒人间。

张声鸣

1941 年生，贵州省水城县人。曾任六盘水市钟山区人大常委会副主任。中华诗词学会会员，贵州省诗词学会、六盘水诗联学会理事。

毛口吟 （新声韵）

春风浩荡绘宏图，万绿丛中此地殊。
百座青峰红雨润，三江碧水彩云浮。
隆冬日丽无飞雪，盛夏霞辉有玉珠。
道阻牂牁千古恨，天桥一架展通途。

张启文

笔名岿然。1942年生，贵州省纳雍县人。曾任中学教导主任、《云海诗刊》主编等职，毕节乌蒙诗社社员、纳雍县诗词楹联学会常务理事。

蝶恋花·春望

冰解风和冬又去，喜见春回，嫩叶枝梢露。盖紫藏红花满树，奔忙蜂蝶香丛驻。　　岁月居诸望且住。解语羞人，岂任流光妒。但愿朵稠朝与暮，晚莺有恨休啼诉。

西江月·退耕还林喜赋

还你自然容貌，造林植树山腰。青山绿水画图娇，野兔林间乱跑。　　生态平衡佳景，葱茏不负辛劳。门前桃李满枝梢，花落花开蜂闹。

张启烈

土家族，1924 年生，贵州省思南县人。贵州省诗词学会、铜仁地区诗词学会、思南县诗词楹联学会会员。

咏　荷

六月平湖里，花开映水红。
珠玑朝露缀，叶面透玲珑。

张君禄

1930 年生，贵州省遵义县人，曾任贵州省军区政治部干部处副处长。贵州省诗词学会会员。

颂毛泽东 （新声韵）

韶山圣地有英豪，博古通今名望高。
五卷雄文光百世，千秋万代战旗飘。

赞陆永康跪教 （新声韵）

村师卅六春，跪教育新人。
民众忧膝病，杏林常痛心。
船鞋奔月夜①，拄棍伴星晨。
学子多成器，深山留美闻。

【注】

① 陆永康用木板、旧篮球、废轮胎、铁丝自制了一双重达二公
斤的"船鞋"缚住双腿，再挂上木棍，白天上课，晚上家访。

赞十六大 （新声韵）

华夏精英聚北京，同商大计策中兴。
乘风破浪与时进，民富国强享太平。

张青杰

1974 年生，贵州省大方县人。大方一中教师。《云龙诗苑》
编委。

游黔灵公园

宝树森森锁暮烟。屏山镜水涌胸前。
瀛洲未必能如此，宁作凡人不羡仙。

陈 胜

黩武穷兵帝业空，绳枢瓮牖出英雄。
揭竿斩木播星火，立下亡秦第一功。

回故乡

步履匆匆去复来，秋光袅袅菊花开。
门前擎盖参天树，曾是当年亲手栽。

张其德

1935 年生，贵州省道真县人，贵州省诗词学会、遵义市诗词学会会员，道真诗词学会副会长。

鹧鸪天·缅怀邓小平

邓总兴邦肝胆煎，三中决策导航船。光辉理论千秋照，特色中华万古传。　深改革，史无前。尧天舜日展新颜。功勋卓著孚民望，屹立丰碑仰俊贤。

张明新

1934 年生，四川省荣昌县人。曾任贵州省农经委主任、省农办和省扶贫办党组书记、省社科联副主席。

秋游红枫湖 (新声韵)

(一)

一湖碧水载轻舟，眺望环周景物幽。
侗寨歌声情未尽，苗村舞蹈乐悠悠。

(二)

一轮烈日照芳洲，两岸群山万木秋。
满坝田园风景秀，金银五谷展丰收。

黔山之变 (新声韵)

阵阵春风万象新，山林改制树扎根。
分包到户民心顺，昔日荒山变茂林。

坡改梯 (新声韵)

陡坡三跑整修新^①，角落旮旯土变金。
以往一坡收两担，而今亩产上千斤。

【注】
① 三跑，即跑土、跑水、跑肥。

游张家界 (新声韵)

张家界里画中行，碧水奇山亦有情。
孟夏晨空星象显，同晖日月耀天庭。

张岳奇

贵州省文史馆馆员。著有《柳川吟草》。

草　海

千年草海成花海，姹紫嫣红烂漫开。
只道暮秋残菊尽，何期万卉送春来。

秋　兴

落木萧萧草海寒，飘凉云物浸高原。
远看顿觉群山瘦，迟暮遥怜百菊残。
老去何须悲蹭蹬，秋游且喜任流连。
赋诗作字瓶花下，乘兴挥毫醉笔酣。

春游花溪怀周总理

放鸽桥前水乱流，清溪如画缀芳洲。
白云仰止人怀念，总理遗踪万古留。

忆江南·游金华湖二首

（一）

金湖水，长载壶蓬浮。小立湖心亭下望，山
山绿透柳枝柔。水并白云流。

（二）

金湖水，荡漾洗尘怀。蓬岛春阴天影静，诗
情画意逐歌来。游艇小姑开。

张金旭

1945 年生，贵州省毕节市人，曾任地区学办及教育局教研员等职。毕节地区乌蒙诗社社员。

乙酉端阳诗会上作蒲艾吟 （新声韵）

蒲艾山中伴野麻，不枝不蔓隐芳华。
一年一度端阳会，借尔驱邪护万家。

游天山天池

置身云路上天山，大小瑶池次第观[①]。
镜泊冰山留倩影，问君可想列仙班。

【注】
① 天池有大小 3 个，大天池在上，两旁各有一个小天池，西游
　　记中被描绘成西天王母娘娘举行蟠桃盛会的瑶池。

海南玉带滩观潮

玉带滩西看大潮，山倾云叠掩晴霄。
可知览胜人初到，心浪还超海浪高。

张学平

号亦足斋主，侗族，1968 年生，贵州省思南县人。思南县诗词楹联学会会员。

感　怀

浩然眺大江，徒慕打鱼郎。
闲钓远尘世，轻舟伴夕阳。
才高当大用，位鄙也轻狂。
何日迎风舞，弄潮行四方。

临江仙·无题

昨夜小楼闻鼓乐，飞觥曼舞翩跹。心思寂寞几心谙。杯深缘分浅，歌好梦难圆。　　四十功名堪一笑，潮声常伴归帆。醉眼狂对半江天。身轻飞浪翼，情重最心酸。

张泽贵

贵州省凤冈县人。中华诗词学会、遵义市诗词学会会员。凤冈县诗词楹联学会副主席。著有《崖壁刊诗词》。

闲 聊

好友南来薄酒盅，激扬畅叙任西东。
夕阳霞映溶溶月，落日晖清淡淡风。
历尽沧桑人已老，但观今古事无穷。
神舟探秘月宫里，甲骨文成电脑通。

迎春雪

猴年景象预如何，天使飞传喜报多。
三尺梨花铺大地，满天杏雨落银河。
神州紫气冲霄汉，黔地风光呈玉珂。
满眼豪情高纵放，江山万里舞婆娑。

张泽夏

1931 年生，中华诗词学会、贵州省诗词学会会员，著有《山泉集》。

晚　年

老去闲居少送迎，但欣恬淡晚来晴。
时搓钓线擒江鲤，也上山头种茯苓。

落　叶

阵阵秋风紧，寒林落叶飞。
甘心让岗位，不用早霜催。

儿子汕头打工

稼穑农工哪得闲，病来盼子夜难眠。
杜鹃不识人心事，啼血依然催下田。

夜宿杨梅园

秃岭荒山换翠微，枝头叶底尽青梅。
微云苦了昏花眼，把火林荫照一回。

张宗明

字德轩，笔名晓日，号太白楼主人。1940 年生，四川省巴中县人。中华诗词学会、贵州省诗词学会会员，著有《人生旅途的赞歌》和《时代心声》。

东山览胜

攀览东山上鼓楼，都匀全景眼中收。
旧城除旧变仙阁，新路翻新接九州。
车涌街心人涌市，花移江岸水移舟。
不知那里凤凰落，落到苗乡金屋头。

春游斗篷山天池

气势巍峨波浪翻，春风春雨绿高原。
烟岚袅袅仙中景，树影森森世外源。
翠耸险峰含叠障，波扬峻岭卷重峦。
何人蓄积天池水，美化西南半壁山。

赞贵新高速公路

振臂向天讴，巨龙腾岭丘。
桥横千百座，路贯十三州。
北接川黔线，南通海港头。
今酬夸父愿，逐日绕寰球。

六十初度抒怀

六十年华转瞬间，苦其心志有甜酸。

浮沉乃识人间险，进退方知世道艰。

张宗禹

　　1926 年生，贵州省仁怀市人。曾任仁怀县政协副主席，文联副主席。中华诗词学会、贵州省诗词学会、遵义市诗词学会会员。仁怀市老年诗联书画研究会名誉副会长。

韶山红日出

韶山红日出，国手挽颓唐。

运斧开新宇，挥毫谱丽章。

井冈燃烈焰，湘水正前航。

迈步雄关越，阴霾一扫光。

纪念邓小平诞辰一百周年

巴山蜀水育元戎，武略文韬赫赫功。

抗日驱倭民崛起，安邦除蒋国兴隆。

三中盛会乾坤转，两制鸿猷港澳通。

最敬德高能让位，蓝天万里看飞鹏。

谒南京中山陵

来从陵墓想英雄，力挽狂澜气若虹。
救国救民酬壮志，无名无利树高风。
三民主义期均富，五族共和盼大同。
一代巨星悲殒落，千秋史册颂丰功。

赠茅台酒厂

丙寅冬，贵州茅台酒厂召开荣获"巴拿马金奖"70周年、"金桂奖"1周年；"亚洲之星"包装奖纪念会。余应邀参加，赋此以赠。

赛会欣逢七十秋，亚洲金桂喜吟讴。
当年砸地香千里，此日飞天醉五洲。
但愿人人因我醉，何嫌默默不他求。
红花绿叶长相映，极目尤须更上楼。

张承仁

1942 年生，贵州省平坝县人，安顺市西秀区退休干部，贵州省诗词学会、安顺市诗词楹联学会会员。

咏北盘江大桥

神工鬼斧裂边陬，天堑盘江古渡愁。
改革投资开闭塞，耕耘献爱写春秋。
长桥练系登云岭，高速车联近月楼。
美景良辰游客众，亚洲第一谱吟讴。

张承运

1942 年生，贵州省绥阳县人。退休教师。中国楹联学会、中华诗词学会、省诗词学会、市诗词楹联学会会员。县诗词学会常务理事、副秘书长。

春节寄台湾同胞

骨肉分离五十年，相思梦里大团圆。
同胞共饮长江水，兄弟齐观日月潭。

张经五

（1917——1995），河北省威县人。曾任记者、编辑、贵州省人民广播电台台长，原贵州省建委副主任。著有《散曲应用新编》。

满庭芳·乌蒙行

巍巍乌蒙，云天笼罩，绿川青嶂峥嵘。淡烟飏处，寨户静山陵。但见牛羊牧野，机杼响，噗噗匆鸣。诸年少，学堂归去，身惹杜鹃馨。　刀兵千百载，虫沙屡变，岁序常更。任世事沧桑，功过纷呈。煤铁铅锑蕴宝，资源富，禾草丰生。春风度，新装待理，识者与之兴。

【南吕】骂玉郎带过感皇恩采茶歌·岁暮有感

腊残灯夜移文案，窗外雨涟涟，峥嵘往事凝摛翰。历坎坷，还有那十年，千秋怨。　妖娆江山，砥柱狂澜。理新篇，兴改革，富强观。寰宇齐歌漫舞，可也良莠其间①。尔来看，浮沉滓，掠风寒。　孰亲贤，辨忠奸？鸡鸣更尽东君还。若得山花红万朵，阳春濯濯到明天。

【注】
① 还有、寰宇、可也为衬字。

清明忆亡友

清明时节雨纷纷，手捋黄花忆故人。
踏遍青山寻旧迹，梦回脉脉共阳春。

诉衷情·有感

当年少壮骋烽烟，万里战南天。梦回故土情
话，两袖舞风边。　　事未竟，鬓霜连，换新肩。
此生任许，尽吐蚕丝，身老谁边。

张贵禄

字弛，1933 年生，贵州省绥阳县人。曾任中共绥阳县委副书
记、县政协主席、县人大主任。中华诗词学会、中国楹联学会会员、
贵州诗词学会理事、遵义诗词学会顾问、绥阳县诗词楹联学会名
誉会长。著有《金石诗文集》

辅乐金银花 (新声韵)

辅乐银花品质优，野生家种满山头。
消炎清热千家去，药用拌茶誉九州。

鹧鸪天·赞嫦娥奔月 (新声韵)

神六载人遨太空，嫦娥一号绕蟾宫。中华科技攀新世，宇宙玄机自揭通。　　华夏裔，是英雄。难关攻破越高峰。吴刚捧酒迎宾客，起舞嫦娥兴更浓。

张顺琼

女，1950 年生，贵州省安顺市人，曾任安顺地区诗词楹联学会副主编。

马别河新岩峡

凌云峭壁立晴空，万道霞光映日红。
不识何人常住此，溪光岚影画图中。

雪天游天星桥

奇石峣峣上九天，云遮雾涌不知年。
寒凝幽谷谷风静，雪点青松色更鲜。

再访天星桥

银练坠潭腾紫烟，石林水际鸟翩翩。
清风浸掠珠花散，浪涌悬岩欲上天。

渔家傲·春游森林公园

怕过当年离别处，而今只听森涛怒，梦境悠悠湿晓露。休问故，依稀风景夕阳暮。　　山自碧空来落户，天台春在青云住。回首峰峦烟锁雾，凭谁诉，天涯芳草迷归路。

鹧鸪天·春回桃花庄

云罩峰岚翠罩墙，清清溪水映蚕房。啼莺三两腾空处，伴有桃花万缕香。　　蜂正累、蝶争忙，飘红散雨遍山乡。至今犹记当年事，牧笛横吹俗念忘。

张胜儒

字奇彦，号秉硕，笔名湘子，1936年生。湖南省麻阳县人。铜仁地区诗联学会会员。著有《萤光诗稿》。

铜仁山水

山依水立水为镜，水傍山行山作屏。
山映水光山妩媚，水涵山影水晶莹。

锦江泛舟

锦水泛舟一叶轻，江花岸柳笑相迎。
清波倒映群山影，船在峰巅谷底行。

游梵净山天仙桥

天仙桥下白云飘，桥隔广寒一步遥。
袅袅梵音何处至？原来玉女正吹箫。

九龙洞访龙女不遇

闲庭寂寂掩青苍，崖畔空余龙女床。
龙女不知何处去，锦衾玉枕尚留香。

夜闻梵宇钟声

逸韵悠扬荡晚风，星光闪烁月朦胧。
余声袅袅绕幽梦，恰似寒山夜半钟。

咏　柳

三叠阳关绝妙辞，灞桥惜别寄相思。
烟笼十里章台路，人约黄昏月上时。

乡　恋

劳燕分飞四十春，羁怀无日不思亲。
眼迷故土三分月，心系楚天一片云。

诗　趣

未有诗人不太痴，不痴何为苦吟诗。
枯肠搜尽无佳句，梦里常来绝妙辞。

墨　趣

茶余饭后两三行，帖习兰亭韵味长。
流水行云生腕底，墨花散作桂花香。

梵净山观云海

丹青难绘锦难裁，玉乳横流遍九陔。
极目高山成列岛，回看低谷起瑶台。
方惊万马腾空去，又讶千帆破浪来。
更喜骄阳初吐艳，霞披金顶宝莲开。

咏印江睡美人

　　贵州省印江土家族自治县境内，有山曰大圣礅，山形十分奇特，酷似美女横空高卧，素有"睡美人"之称。

横空高卧翠云岗，天作罗帷地作床。
雪满山中衾被暖，花开岭上梦魂香。
羞惭玉阙婵娟女，羡煞人间薄幸郎。
沉睡千年长不醒，可曾梦里会襄王？

神游九龙洞

步入太虚境，神魂梦幻间。
目光无暇接，处处尽斑斓。
玉砌祥云绕，瑶池瑞气环。
石笋亭亭立，琼花簇簇鲜。
神龙盘玉柱，鱼虾戏碧潭。
崖际星光灿，壁间月影圆。
大士莲台坐，狮象待阶前。
达摩面壁立，合掌正参禅。
嫦娥舒广袖，庭前舞翩翩。
王母设琼宴，两厢列仙班。
龙女频招手，邀我入盛筵。
我本红尘客，旋做洞中仙。

张炳森

1937 年生，四川省安岳县人。曾任新华社贵州分社社长、党组书记。贵州省诗词学会会员。

忆江南·青岩好 (新声韵)

青岩好，四教共相安①。寺庙香烛烟袅袅，
教堂祈祷意虔虔。劝善广结缘。

【注】
① 指佛教、道教、天主教、基督教同处一镇。

故乡逢故交①

巴渝故旧宴归鸿，笑语飞扬喜乍逢。
耳目岁月情谊重，喉舌生涯志趣同②。
既聊顺坦花簇簇，也叙坎坷刺蓬蓬。
休看年迈龙锺态，放声夕照唱大风！

【注】
① 乙酉初夏返渝，友人席间吟赠，余步韵唱和。
② 与友人皆为新华社记者，常以"耳目喉舌"喻工作职责。

沁园春·贺党的十七大胜利召开

气爽秋高，日暖风柔，盛会欣迎。为党旗增艳，英才荟萃；丹心睿智，竞献精诚。远瞩高瞻，与时俱进，理论精深特色明。十七大，指目标宏伟，再启征程。　神州亿众欢腾，尽器宇轩昂健步行。以民生为重，和谐祥瑞；科学发展，万物争荣。去腐兴廉，风清气正，党壮国强举世称。盼华夏，早金瓯一统，共享升平。

岂容日本右翼翻铁案

——纪念抗战胜利六十周年

日寇败降六十年，军国阴魂从未散。邪风阵阵起东瀛，近年风势更狂乱。小泉着黑袍，拜鬼频频还狡辩。森冈放厥词，妄翻远东法庭审判案。修改课本误后代，竟说恶魔是天仙。暗吹阴风明煽火，助势"台独"放毒焰。般般行径心险恶，老夫愤疾浑身颤。往事历历尽在目，怒火再度胸中燃。怎忘甲午贼舰海上来，强占宝岛五十年。怎忘白山黑水生事端，夺我东北好河山。怎忘卢沟桥上石狮残，华北沃土遭沦陷。怎忘南京城头血成河，屠我同胞三十万。罄竹难书罪孽债，岂容日本右翼翻铁案。中日是近邻，人民要友善。以史为鉴向未来，世代友好谋发展。且看军国梦破沉舟处，而今劈波斩浪扬千帆。

张美华

1929 年生，贵州省盘县人，曾任中小学校长和区教育工会副主席，中教一级。贵州省诗词学会会员，六盘水市诗词学会理事，盘县诗词楹联学会副会长。著有《松涛歌声》《金秋诗文集》。

登红果月亮山

月亮山前大道宽，夜郎飞马赛空前。
煤田万顷腾龙虎，林海千层鸣杜鹃。
冉冉霞光迎碧水，婷婷玉女醉红莲。
清风摇影盘州赋，巧绘江南一片天。

盘南木龙景观

翠柏苍松山水间，云崖深处笑声传。
玉龙吐水金波舞，宝库吞洪白浪翻。
古寺巍巍观碧海，银河荡荡下江南。
游人邀我野炊宴，摇橹吟诗话百川。

乌江山峡赋长征

奇峰显峻岭，恶浪震惊涛。
天堑银河怒，疆场战马哮。
云开军号响，雨过红旗飘。
巧渡乌江险，笑吟天地骄。

张振波

1944 年生，贵州省桐梓县人。桐梓县文管所所长。贵州省诗词学会会员。

绿色生态走廊

县域锦延百里长，葱茏景色正风光。
尧龙翘首云天戏，白马扬鬃草地狂。
消夏娄关情激奋，放舟铜鼓气轩昂。
青山满目新潮涌，谁不夸俺美夜郎。

张爱萍

（1910——2003），四川省达县人。曾任中华人民共和国国务院副总理、国防部长。

渔家傲·抢夺娄山关

回首征程赤水远，铁流北上复南转。万仞插天中一线，依地险，"小猴"剪径双枪杆。　　山路崎岖残夜暗，滂沱哪顾泥泞溅。天将飞兵板桥畔，惊敌胆，娄山关上红旗展。

（1935 年 3 月）

西江月·遵义大捷

抢夺娄山天险，直下遵义月明。鏖战竟日老鸦关，援敌两师丧尽。　　长征首获大胜，转战历数艰辛。欢声动地若雷鸣，远望万山横亘。

（1935 年 3 月）

悼红三军团参谋长邓萍同志

长夜沉沉何时旦？黄埔习武济国端。
北伐讨贼冒弹雨，平江起义助烽烟。
围剿粉碎苦运筹，长征转战肩重担。
遵义城下洒热血，三军倚马哭奇男。

（1935 年 3 月）

张家泽

1933 年生，贵州省贵阳市人。贵阳市二开发退休干部。贵州省诗词学会会员。著有诗书画合集《流沙集》。

春　咏

（一）

一河清水流，两岸绿枝头。
宿雨悠悠滴，晨烟袅袅抽。
扶栏凝视久，策杖缓行留。
二月早春景，落红人见愁。

（二）

雨后玉兰秀，风前碧柳柔。
群芳争艳放，众鸟竞鸣讴。
河畔迎翁媪，亭边逗幼妞。
透明清澈水，渡我驾方舟。

张家祯

1927 年生。中共平坝县委宣传部离休干部。

西江月·纪念建党八十周年 (新声韵)

慈母诞辰吉日，忆昔浮想联翩。从无到有至今天，流尽英雄血汗。　　疆域来之非易，建国更为艰难。如今改革续新篇，跨纪中华灿烂。

竖新碑

老夫虽已白须眉，心里犹存少壮威。
作画勤书歌盛世，小康路上竖新碑。

张家祥

1924 年生，省、市诗词学会会员，普定县诗词学会副会长兼《东华诗草》主编。

高歌"八荣"促和谐

知荣弃耻树新风，促进和谐享大同。
春暖人间尧舜日，神州处处万花红。

农业丰收免税

千村万户庆丰收，花好月圆歌不休。
粮满民仓还免税，今朝日子乐悠悠。

咏华峰[①]

华峰顶上瞰危楼，普定风光眼底收。
古树参天招鸟至，野花遍地引人游。
嫡台陡峭白云绕，官荡扬波碧水流。
盛世翁婆腰腿健，登山览胜乐悠悠。

【注】
① 华峰崛起于普定城东方，地势险要，是普定县城的象征。

张益富

　　1954 年生，土家族，贵州省思南县人。贵州省诗词学会会员，思南县诗词楹联学会副秘书长。

验钞机

构造清新小巧身，验钞桌上是功臣。
荧光透视识真伪，只认金钱不认人。

赞土家族山村美景

不慕高楼赏木楼，原生态里缀风流。
霞飞日曜黄莺唱，水碧山清环境幽。
扇子花灯音韵美，村姑少妇玉容羞。
山乡美景天生就，卉蕊馨香画里游。

思南乌江河堤晨练拾趣

乌江雾霭晓排开，两岸风光入眼来。
旭日东升辉县邑，清江北去洗尘埃。
河街晨练添音响，步调轻盈赛舞台。
景色清明生雅趣，强身健体乐开怀。

张著祥

土家族，1932年生，贵州省思南县人。退休干部，铜仁地区
诗词学会、思南县诗词楹联学会会员。

秋　游

秋水长天景色优，古稀墨友共遨游。
乘槎远眺群山秀，拾级探寻石洞幽。
亭阁举杯同畅饮，秋千得意竟忘忧。
生机万类皆天得，何计萧萧霜满头。

张淋潇

女，安顺市诗词学会会员。

采风归来

翠掩红楼燕舞梭，方塘鸭戏醉清波。
游人信步村前过，采撷新诗满竹箩。

咏　秋

赤叶枫林霜色重，微风细雨雾纱轻。
烟波绕岭青松动，溪水萦村素月明。
露冷高原花渐老，风柔小院竹留青。
霞光夕照敲诗句，雅韵秋声无限情。

减负后新菜农

百卉临风草木香，虹山湖畔小村庄。
改良蔬菜销城市，扦插鲜花售远洋。
电脑传真交易早，手机信息接收忙。
忽听电话铃声响，原是装修大暖房。

张道煌

1937 年生，贵州省盘县人。曾任贵阳市政协副主席。贵州省诗词学会、贵阳市诗词学会副会长。

布依山村迎亲曲 (新声韵)

(一)

山寨迎亲喜气扬，各方人客汇新房。
负轻税免农家乐，庭院欢腾胜赶场。

(二)

汽车辆辆靠村旁，鞭炮声声荡四方。
亲友喧喧拥大院，沼灯熠熠耀楼房。

(三)

绣装银饰靓新娘，美酒拦门沁热肠。
对应山歌欢斗智，新郎背妻上楼房。

(四)

布依喜宴摆成行，宾客喧腾酒溢香。
酒令山歌声不断，新郎新妇敬宾忙。

赞贵阳市"改茅工程"①

自古八月秋风号，今年不见房盖茅，三万茅屋何处去？只见新房现山坳。贪困农户迁新屋，眉开眼笑乐陶淘。忆昔屋窄室墨色，风雨飘摇难住宿。年久失修草稀薄，月来似灯风穿屋。雨漏浸床被湿润，老少难寐床头哭："家境困窘劳力弱，长此栖息奈若何"？如今告别茅草屋，筑乡面貌今非昨。新居明亮避风雨，冬夏舒适安居乐！若问新房怎生来，四面八方齐支援。党政恤民拨款助，群众解囊爱心献。集资五亿兴土木，四年奋斗换新颜。"改茅工程"耀高原！呜呼，待到小康社会全实现，林城山村美丽似花园！

【注】

① 2000 年贵阳市农村尚有 3.4 万多贫困户居住茅草屋，中共贵阳市委、市人民政府制定了 3-5 年消除茅草房的"改茅工程"规划。通过政府投入、群众集资、社会捐助、农民自筹等方式，全市共投入 4.5 亿多元，经过 4 年努力，"改革工程"全部完成。

鹧鸪天·河滨公园新貌

清秀明珠俏市南，拱门矗立瀑空悬。漫山青翠风光媚，桃艳樱红霞锦妍。　　川浪紧，画船欢。梧桐杨柳舞河沿。"飞船"、"神毯"人拥看，结伴观花展笑颜。

贺贵阳市政协成立五十周年

撷彩呈芳五秩年，林城咨政谏真言。
群贤聚会良谋献，多党相商国是参。
发展蓝图同沥血，针砭时弊共披肝。
鞠躬尽瘁输民意，光耀黔中重任担。

沁园春·重阳登临花溪平桥山庄陶然亭（新声韵）

气爽秋高，健步登亭，放眼四方。看苍山南去，碧溪东向；灵山清秀，龟踞蛇长。银杏披金，枫枝挂赤，点染层林美景光。平桥畔，有绿波轻荡，倒影红墙。　　新楼簇拥山庄，喜夏日荷花十里香。仰景观如画，游人络绎；泛舟放步，神采飞扬。多少骚人，留连忘返，慷慨抒怀吟丽章。佳节里、对良辰美景，心畅气昂。

观看电影《太行山上》感赋

巍巍太行势磅礴，八路飞兵斗敌倭。
纵横晋地民心振，抗日锐气盖山河。
浓焰腾空云天接，血肉横飞显豪杰。
关隘奇袭荡狂寇①，九州盛赞平型捷。

【注】
① 指八路军115师在平型关附近伏击日军，歼敌板垣师团1000余人。

张嗣英

1928 年生，贵州省江口县人。曾任江口县人大主任。贵州省诗词学会理事、铜仁地区诗词楹联学会常务理事、江口县诗词楹联学会首届会长。

江城风光

（一）

梵净山高峰竞秀，双江水碧舸争流。
三星拱照狮揖象，双月对出龙泻珠。

（二）

四面青山抱数星，双江流水洞庭行。
龙津泻玉万民润，狮拜象山发号声。

（三）

平湖遥望树荫浓，夹岸人家画图中。
千幢屋楼村远近，两河碧水汇流东。

张新民

1950 年生，湖南省衡阳市人，贵州省安顺市公安局干部。中华诗词学会、中国楹联学会、贵州省诗词楹联学会会员，安顺市诗词楹联学会理事、编辑，著有《诗词曲格律基础》。

抗日战争胜利四十周年感赋

东侵倭贼窥周鼎，莽莽神州叹陆沉。
国共并肩驱敌寇，军民携手扫妖氛。

沁园春·游安顺市龙宫

夙愿今偿，阆苑瑶宫，携侣同游。看通幽曲径，群芳竞艳；夹溪碧树，百鸟啁啾。银练垂天，涛声震地，玉泻珠倾涌激流。蓦回首，望蕉林深处，隐现红楼。　　天池轻荡兰舟，喜溶洞风光景色优。惜参天古榕，未支大厦；斜飞孤鹜，难宿沙洲。少女观书，垂帘倒影，苦读千年志可酬？遍寰宇，料龙宫美景，高占鳌头！

癸未八月初九夜梦回春先生有作

忽见丰姿仪态真，浑然不觉梦中人。
并肩携手评佳画，促膝舒怀赞美文。
论古谈今情洽洽，嘘寒问暖语殷殷。
鸡鸣惊悟殊途事，怅望碧空珠泪淋。

张新槐

1936 年生，四川省富顺县人。中华诗词学会会员。贵州省遵义市诗词学会理事，赤水市诗词学会副会长。著有《张新槐诗词联选集》。

蝶恋花·赞孔繁森

十载高原谋大业，赤胆忠心，亮节明如雪。扶苦济贫情义热。人民公仆真殷切。　　尽瘁鞠躬甘献血，泪洒神州，各族群悲绝。魂断西疆铭史册，长存浩气昭廉洁。

张黎犁

1953 年生，贵州省六盘水市老年大学副校长。

十里杜鹃（新声韵）

乘兴寻幽上碧峰，杜鹃十里万千红。
凉都胜景天然就，尽在苍山翠霭中。

南编组站开工

白云深处大旗红，铁路大军汇石龙。
礼炮齐鸣惊野地，凤凰高矞入苍穹。

石桥小康村

（一）

青山先富众人夸，碧瓦红墙处处花。
锅盖星罗村寨里^①，车尘滚滚进农家。

（二）

敬老院中笑语甜，余霞尚满夕阳天。
悠悠丝竹山歌韵，一唱一和娱晚年。

【注】
① 锅盖指卫星电视天线。

张德宏

1934 年生，四川泸州市人，曾任铁道部铁五局工会主席，遵义市诗词楹联学会会员。

西江月·遵义会议七十周年

南有乌江天险，北连娄岭雄关。播州虎踞又龙盘，昔日红军转战。　　纠正"左"倾路线，遵城会议高瞻。毛公韬略挽狂澜，从此乾坤扭转。

春　游

青山绿水荡春光，"四在"农家喜气洋。
阡陌纵横连大道，桑麻疏密衬红墙。
田间小子耕耘细，茶圃姑娘采摘忙。
好个"三农"新面貌，山花烂漫菜花香。

张德昌

1933 年生，贵州省镇宁县人。曾任镇宁县广播电视局副局长。中华诗词学会、贵州省诗词学会，安顺市诗词楹联学会理事，镇宁诗词楹联学会常务副会长兼秘书长。

咏镇宁黄果树瀑布

（一）

悬崖泻玉坠深潭，日照珠玑接远天。
白水青山何处是，黔中胜景最情牵。

（二）

坠潭银练映花洲，蝶舞蜂飞鸟逗留。
鬼斧神工成此景，骚人墨客竞风流。

春游镇宁黄龙湖感赋

黄龙湖畔水悠悠，气爽风清客去留。
两岸青山闻鸟语，一潭碧水望鱼游。
平楼小院花枝秀，大道行人笑语稠。
发展旅游奔富路，家乡新貌放声讴。

咏镇宁蜡染之乡石头寨

石凳石梯石板房，风清气爽鸟翱翔。
山环水绕游人醉，柳翠桃鲜百卉香。
蜡染工精花绚丽，田园土沃稻金黄。
布依致富抓机遇，科技兴农迈小康。

张德孟

1941 年生，退休会计。大方县诗词楹联学会会员。

游大方九洞天

六仲河中异景藏，还凭胆识访仙乡。
谷深崖峭滔滔水，壑邃潭澄淡淡光。
电站工程开混沌，旅游建设破蛮荒①。
九天锦洞千姿态，荡漾轻舟入画廊。

【注】
① 电站：20 世纪 80 年代，当地人在伏流出口处建电站。据《大
　方县志》载，是目前国内最大的溶洞电站。

清平乐·僧

庙堂宇殿，长与孤灯伴。素履清茶餐淡饭，
永别风尘恩怨。　　乐居净地幽宫，无边明月清
风，助客焚香了愿，诵经击鼓敲钟。

张耀裕

1934 年生，广西壮族自治区都安县人，壮族，曾任贵州省凤冈县政协文史委员会主任。中华诗词学会、贵州省诗词学会、遵义市诗词学会、凤冈县诗词学会会员。

青山志 (新声韵)

(一)

峭壁悬崖猿啸哀，是谁牵下彩虹来。
青山儿女描新画，壮志凌云巧剪裁。

(二)

春夏秋冬去又来，脱贫致富地生财。
才圆公路朝夕梦，又见茶山锦绣开。

陆兴农

1926 年生，都匀市沙包堡卫生院退休，省、州诗联会员、都匀市老年书画研究会会员。

新纪颂

新纪高歌景物新，金蛇欢跃九州巡。
熏风染绿樟江岸，旭日涂红剑水滨。
巧布琼楼开闹市，精修玉宇益黎民。
天和地乐人增寿，春满乾坤福禄臻。

暮年感赋

芳心常伴月，笑跨古稀年。
识得艰辛味，赢来壮丽篇。
箱盈诗画卷，笔访柳欧颜。
怒斥奸邪恶，暮年心更丹。

陆应旻

笔名陶然，1956年生，贵州省紫云县人，布依族。紫云苗族布依族自治县史志办公室主任。安顺市诗词楹联学会理事、紫云县诗词楹联学会代理会长。

一剪梅·格凸春柳

浅翠摇烟万绪条，轻舞姬腰，绽放芽苞。暖风梳尽绿丝绦。装点廊桥，掩映船艄。　　落影清漪夹岸高，不妒春桃，更傲花娇。幽情惹醉似香醪。喜看江山，分外妖娆。

鹧鸪天·村姑

野渡苗家一小妞，飞篙弄桨好风流。多情碧水争留影，得意青山竞点头。　　晨雾淡，晚风柔，渔歌回荡转深幽。好天若赠偷闲处，斜倚荫蓬垂钓钩。

菩萨蛮·宿黄果树

晴风烟雨金街雾，山长水远知何处？圆月皓霜天，榭楼听瀑眠。　　笙歌欢过客，漫道音尘灭。千里醉仙乡，相思寄夜郎。

陆国器

1933 年生，布依族，贵州省罗甸县人。退休干部，黔南州诗联学会，罗甸县诗联学会会员。

布依族婚礼

深冬凛冽雪花扬，喜看布依闹洞房。
火柱银花多灿烂，楹联唢呐赞红妆。
木楼沉醉迎新曲，翠竹飘摇沐月光。
遥见霓裳双影舞，隔帘红烛映鸳鸯。

陆昌禄

1934 年生，贵州省习水县人。曾任安顺地区林业局局长，安顺地区诗词学会副会长。

纪念安顺地区诗词学会成立五周年

读书古趣话风流，各领风骚争上游。
国粹弘扬真意在，高歌三百壮千秋。

护林员

日夜护山不厌山，巡逻奔走在林间。
终身奉献不言老，留得青山独自闲。

陆晓鸣

（1957——2003），浙江省嘉善市人。曾任六盘水市诗词楹联学会理事，著有《陆晓鸣诗稿》。

别凉风洞电站赴校就读 （新声韵）

夙愿终还洗旧哀，阳春虽小感情怀。
巍巍峻岭云中过，滚滚盘江眼底来。
荒木边城成晚器，轻身晓梦上新台。
浊心今化清波去，四季黄花一路开。

知　青

一出黉门远别家，农村天地度年华。
山深叶落惊飞雁，怕看林中野杏花。

过郎山

岩疆锁万峦，何处夜郎关。
把酒青山醉，三江脚下寒。

陈 天

1934 年生，部队退休干部。中华诗词学会会员，贵州省诗词学会理事，安顺市诗词楹联学会副会长。

游红枫林场

红湖百里媲神工，奔突楼船戏雁鸿。
远水连天掀碧浪，轻云横岫映霓虹。
苍松偃壁龙腾雾，叠巘凌霄凤蠹空。
绿树繁荫多客影，山庄滴翠晚霞红。

胡锦涛主席率中央领导西柏坡考察有感

水绿峰青西柏坡，红旗猎猎壮山河。
重行革命先贤路，再唱中央苦斗歌。
任尔风云多变幻，澄清瀚海泛微波。
丹心彩绘蓝图展，伟业宏开树楷模。

"七一"抒怀

——在保持共产党员先进性教育活动总结会上

东风浩荡九州春，执政兴邦律自身。
公正廉明肩重任，安危冷暖系人民。
和平发展环球仰，磊落光明国运臻。
特色中华肖世界，千山万水映彤云。

陈 刚

布依族，1949 年生，贵州省安龙县人，曾任贵阳市花溪区党委常委、宣传部长，贵阳市清华中学校长，中华诗词学会、贵州省诗词学会会员，贵阳市诗词学会理事、贵阳市花溪区诗词学会常务理事。著有《清华风韵》《花溪曲韵》。

娄山关颂歌

巍巍气壮景奇观，留下骚人锦绣篇。
遵义霞光辉耀远，娄山鼓角号声喧。
神机巧夺金沙渡，妙算飞奔泸定关。
狂雪涂泥挡不住，长征万里凯歌旋。

奔腾的北盘江

山路弯弯绕北盘，悠悠绿水浪波翻。
悬岩绝壁通天道，婉转逶迤入宇寰。
南北征途高发展，东西连接迅追攀。
云开西部金光灿，万马奔腾啸百川。

陈　兵

黎族，安顺市关岭县人。安顺市诗联学会会员、关岭自治县诗联学会会员。

登太子峰 (新声韵)

山中草木意从容，不似人生醒醉中。
路陡但得心态稳，坡滑更怕脚跟松。
登高未必凌绝顶，览胜何须跨险峰。
月下昙花含露谢，谁人身后辩雌雄？

赠别 (新声韵)

两载相携志未达，忍折枯柳作轻槎。
我将清酒索新句，君把闲愁付旧笳。
露重难摧女萝草，霜繁不谢菟丝花。
唤来化雨春风至，再种新竹到我家。

陈 沂

（1912——2002），本名佘万伦，贵州遵义人。曾任解放军总政文化部部长，后任上海市委副书记兼宣传部长。中国文联主席团荣誉委员。著述颇丰。

故乡行

沙场征战几回旋，万里乡关塞马还。
新放蓓蕾惊不识，旧时亲友半凋残。
莺花含泪黔山冷，忧患连云世道难。
四十年来家国愿，丹心岁岁逐春寒。

遵义会议颂

七十年来是与非，苍茫谁可系安危？
镰刀漫卷农奴戟，板斧辟开故国晖。
船到湘江风始正[①]，云消苗岭燕呼飞。
奋蹄老骥雄荒漠，国际悲歌动九陲。

【注】
① 指遵义市湘江。

陈　腾

1926年生，新中国成立后在遵义市作音乐教师、群众音乐辅导。中国楹联学会、红花岗区诗词楹联艺术学会会员。

贺遵义市妇女书画首展

泼墨挥毫任意驰，何尝巾帼逊须眉。
半边天展空前史，黔北花开第一枝。

凝　冻

不知何事恼天公，凝冻兼旬未肯融。
路断车人难启步，时停水电枉劳工。
维生力困怜黔首，拯济亲临累圣躬。
从古悯民称大禹，当今政德誉声隆。

【正宫】叨叨令·谢建亚老师赠
所编《夕照》季刊春之卷

通红夕照悬天半，谢君赠与春之卷。展现顿觉眼迷乱，满园佳卉株株艳。实实喜煞人也么哥，实实喜煞人也么哥，肠枯我愧无词赞。

陈 群

1925 年生，广东省揭西县人。贵州省兴义一中教师。曾任黔西南州盘江诗社副社长，《盘江诗刊》编辑部主任。中华诗词学会、贵州省诗词学会会员。著有《陈群诗词选》。

忆英雄钢铁营

一进英雄钢铁营，投身烈火献丹诚。
边陲剿匪重峦越，野菜充饥热气腾。
岩岭高攀途径绝，雨天夜袭鬼魔惊。
喜观边寨迎红日，枪炮齐鸣奏凯声。

南昆铁路庆通车 (新声韵)

南昆千里架长虹，石破天惊一线通。
昔日层峦难走马，而今叠岭驭飞龙。
开天岂信神仙力，劈地当夸黎庶功。
老少边穷鹏展翅，东风浩荡扫贫穷。

执教感怀 (新声韵)

七秩流光逐逝川，卅年执教苦犹甘。
喜观桃李千株秀，何计秋霜两鬓斑。

舞春风·红棉颂

　　英雄树下读书时，常仰参天伟岸姿。好越邻芳花独秀，何妨同赋焰红诗。　　凭栏镇海迎初日①，喜见丹霞缀满枝。改革春风铺锦绣，南天处处诵新词。

【注】
① 镇海，即广州市越秀山镇海楼。

喜读《爱晚诗刊》 (新声韵)

　　一竿吟帜竖黔山，引领风骚国运连。
　　雅韵清音讴爱晚，乐随师友展云笺。

老年大学赞

　　老年大学史无前，莫笑求知两鬓斑。
　　昔日从军征战乐，今朝开卷读书欢。
　　吟诗作画明心志，保健气功添寿延。
　　晚节黄花香自信，秋容老圃百花鲜。

陈卫红

1954 年生，贵州省大方县人。威宁县教育局副局长。威宁职业技术高级中学校长。中学高级教师。毕节地区诗词楹联学会、乌蒙诗社理事。

题李香君故居

教坊昔日洗铅华，纸扇情深血染花。
漫道秦淮脂粉重，豪雄亦恋女儿家。

秦淮河夜景

霓虹倩影两芳华，朱雀难寻野草花。
王谢堂前风景异，秦淮十里遍商家。

陈开宗

1943 年生，贵州省镇宁县人。曾任镇宁县供销社副主任，安顺市诗词楹联学会、镇宁县诗词楹联学会会员。

【越调】天净沙·神六上天

神舟六号升空，高科技艺奇功。遥望飞船智勇。世人称颂，航天事业兴隆。

陈天伟

1930 年生，贵州省仁怀市人，曾任仁怀市政协副主席兼秘书长、仁怀市文联主席等职。中华诗词学会、贵州省诗词学会会员，遵义市诗词学会顾问、仁怀市老年诗联书画研究会名誉会长。

看电视《中国抗洪曲》致江淮灾民

水涨江平漫野流，桑田沧海浪中洇。
梗飘终有容身地，险脱岂无生计忧。
风雨同舟欣赈济，炎黄共土赖筹谋。
雄风勃发回天力，伏虎降龙信可求。

致中国人民解放军 (新声韵)

枪林弹雨战疆场，简册勋劳字溢香。
拉朽摧枯除腐恶，餐风宿露镇遐荒。
守防坚比金汤固，建设功同日月彰。
防汛抗洪穿激浪，史诗谱写续篇章。

退休感怀之三

城郊息影伏蜗居，岂谓清闲百虑除。
霜鬓已先同岁老，童心未泯我生初。
匹夫念念还忧国，暇日悠悠且读书。
漫道蓬门能网雀，神游今古得宽余。

甲申清明祭奠鲁班红军烈士墓

蹒跚拾级红军墓，俯首怆怀静默哀。
风送枪声传耳鼓，雨融血迹沃苍苔。
欣看禹域披晴翠，苦忆长征动迅雷。
一树樱花花烂漫，忠魂亦共笑颜开。

鲁班镇盐津河畔景点休憩园林

曲径通幽处，沿山踏步寻。
青峰迎面笑，黄鸟放声吟。
蓊郁园林绿，芳香花气沉。
尘埃飞不到，寂静好清心。

回首遐思

从来硗薄地，不见一分田。
井汲全坡路，粮收半靠天。
糠菜难果腹，汗泪度荒年。
漫步园林久，回思感万千。

陈天杭

（1915——1997），江苏省阜宁县人。曾任贵州省贵阳市蔬菜公司会计。贵州省诗词学会会员。

游都江堰

古观离堆伏恶龙，宝瓶口下水汹汹。
堤迎鱼嘴能分浪，堰覆飞沙不养痈。
千里桑麻盈禹甸，二王庙貌屹尧封。
快游最是都江日，亭倚观澜涤臆胸。

金缕曲·乡情

万象春招展。趁东风，晴山绿遍。翠泥吹软。
一缕柔丝捻嬝嬝，飞入兰畦楚畹。犹未及，绵绵
意远。古道斜阳边色晚，尚王孙归路啼难唤。幕
低垂，鸟千啭。　　频年浪迹心舒卷。看人情，
胆肝相照，雾开云灿。纵使牂牁非故土，惯听芦
笙缭绕。还仿佛，吴淮清婉。明月邀人差夜半，
正寒星点点栏干畔。天际路，望空断。

护　树

夹道浓荫雨不愁，一轮红日也清幽。
十年树木长栏在，毕竟黔南是绿洲。

初游成都

仗枥犹怀路纵横，芭蕉分绿到蓉城。
壮游不识风霜苦，览胜常增耳目明。
花重锦官因宿雨，我来天府趁新晴。
东吴万里船多少，独上江楼意不平。

永遇乐·游安龙招堤

堤上风光，雨中佳趣，秋景高逸。亭号半山，文垂前古，谁是张公匹。雕栏拱石，朱晖抹素，乡梓远怀朝夕。漫向前、堆红叠翠，一湖烟云如织。　　愁起碧波，香销幽谷，菡萏红房紫药。九曲桥前，醉荷亭畔，留得名媛笔。剩痴翁在，吟哦反复，谈笑古今历历。沿渠柳、穷源绿海，聚山浸泽。

鹧鸪天·有寄

回首阊门百虑煎，东风袅袅柳如烟。夕阳桃坞飘红絮；淡月横塘接白莲。　　宫庙圮，府基捐，灵岩山色自年年。多情羡煞双飞燕，依旧差池过故园。

陈友飞

原名远梅，字庚南，1927年生，江西省崇义县人。离休干部，贵州省诗词学会、黔南州诗联学会会员。著有《庚南诗草》。

都匀东山览胜

远望东峰绿映红，登临仿佛入天宫。
朝暾放彩花枝艳，夕照流金庭宇彤。
奎阁钟声天际外，翀公遗墨鹤亭中。
凭栏喜眺桥城景，满目欣欣总向荣。

陈月枢

（1945——2001），贵州省平坝县人。曾任六盘水师专党委书记，贵州省诗词学会顾问、六盘水市诗联学会名誉会长。著有诗文集《荷月》。

南开天生桥

大野云寒草木凋，万千思绪涌如潮。
只因崛起遭虹妒，岂畏深藏任雨销。
东引清流归海碧，西连峻岭接天遥。
至今唯有高飞雁，知是神州第一桥！

桃花公园竣工

十里煤城景物华，桃峰桃月看桃花。
幽幽古洞白云淡，漠漠新湖紫燕斜。
三镇星河生日月，两江雪浪涌天涯。
苏堤烟雨白堤柳，一代风流百姓家。

水城赏菊

不爱名园秀色宽，愿随韵士居重峦。
三生不悔群霜恶，九死犹存一剑寒。
素月高秋披玉露，急风病体整衣冠。
刘郎岂慕桃千树，种得黄花心自然。

盘江行

盘江来自盘山头，曲曲折折随山流。山如大
将刚出关，千骑万乘驰不还。江山相逐雄千里，
纵横磅礴意未已。汉武唐宗云路遥，夜郎南诏波
间起①。满怀豪情下江坡，仰荡天风临铁索②。举
杯难尽沧桑意，清流黄水又黑河！君不见猴子厂，
花厅官房没草莽③。大猴二猴堆残云，古道苔青
虫蛇享④。北藤桥、南黑峰，一样悲欢各不同。
温泉珍珠水呜咽，叶猱匿迹泣长松⑤。我生正值
改革浪潮起南北，拼搏进取永不息！击楫引吭复
高歌，雾散幽峡水山碧⑥。

【注】

① 汉武唐宗：即汉武帝、唐太宗，此处泛指汉代、唐代。夜郎南诏：即古夜郎国、南诏国。

② 江坡：地名，在水城县新街乡。铁索：即北盘江上的高家渡铁索桥，系省级文物保护单位。

③ 猴子厂：古铅锌矿及冶炼厂名，创办于明、鼎盛于清，今已废。

④ 大猴二猴：即大猴洞、二猴洞，与下句的"藤桥""黑峰"，都是明代在北盘江两岸的绝壁上开凿的铅锌矿洞。

⑤ 温泉：即野钟红岩脚温泉。叶猴：黑叶猴，属国家一级保护动物。

⑥ 击楫：《晋书·祖逖传》祖逖统兵北伐符秦，"渡江，中流击楫而誓曰：'祖逖不能清中原而复济者，有如大江！'辞色壮烈，众皆慨叹"。

陈文治

曾任纳雍县人民武装部政委，毕节地区税务局（后为国税局）副局长、调研员。毕节乌蒙诗社理事。著有《羽落秋地》。

年过花甲

（一）

年过花甲体犹佳，行脚轻捷步当年。
游逛一天容易过，常把欢乐带回家。

（二）

年过花甲体犹佳，无事闲来爱种花。
除草施肥人倦后，花前稳坐品新茶。

晨游倒天河

晨适倒天河，明楼亮许多。
天空飞白鸽，水洁荡清波。
花发繁还艳，群操舞且歌。
惹人诗兴动，吟韵自柔和。

陈文亮

1933 年生。贵州省习水县人。省委组织部退休干部。

纪念周总理视察花溪

当年总理到花溪，正是百花怒放时。
教诲谆谆犹在耳，人民公仆足为师。

兴义桔园颂

傍山侧岭水涓涓，红绿桔园格外鲜。
谁道贵州无特色，红袍累累独领先。

西江月·登娄山

峦嶂巍巍拦道，云烟袅袅凌霄。山花烂漫竞
争娇，沉醉一身芳草。　　可惜山间岚霭，飘浮
绕断天桥。停车览景兴方饶，杜宇声声春晓。

陈文燕

女，布依族，1935 年 7 月生，贵州省贵定县人。曾任贵州省
黔西南州粮食局人秘科副科长。贵州省诗词学会会员，黔西南州
诗词楹联学会理事。

马岭峡谷游

峡谷群峰一望收，青山起伏水长流。
山花艳艳盈苗寨，鹧鸟翩翩戏绿洲。
叶叶轻舟穿浪上，丛丛远树覆山头。
峰回路转行无定，千古滩声伴客游。

求学上庠圆苦衷

家贫少学启蒙童，求学上庠圆苦衷。
不惧书山峰万叠，何妨诗海浪千重。
挥毫泼墨情酣畅，爱友尊师乐不穷。
习作诗词常见报，心花怒放沐春风。

一剪梅·贺黔西南州老年艺术团成立

乐海歌坛喜报春，山路殷勤，水溢欢欣。高山流水觅知音，和有鸣琴，应有箫吟。　　鹤发童颜调更新，长葆青春，陶冶精神。几番品味笑言亲，如桂芳馨，似酒微醺。

陈正贤

1938年生，土家族，贵州省印江县人。贵州省诗词学会会员。

梵净吟

登临绝顶兴悠悠，万壑千峰一望收。
并坐两仙分左右，相环五岳历春秋。
龙头竹翠嵌青石，鸽子花妍绕碧洲。
到此颇疑身入幻，百般景物擅风流。

天中节怀屈原

行吟泽畔意忡忡，哭向潇湘处处同。
悲楚只缘悲屈子，吊民犹为吊英雄。
举杯太息黄钟毁，投笔吟哦瓦缶穷。
最苦一年伤感日，汨罗千古说悲风。

陈世忠

女，布依族，1937年生，贵州省贵阳市人。曾任中共贵州省委农工部科教处副处长，正处调研员。著有《繁星知我意》（诗集）。

怀念毛主席

（一）

清波翠秀绕黔山，岭上瀑珠飞九天。
遵义乌江常惦念，毛公永远在人间。

（二）

布依山寨舞升平，饮水思源感救星。
今日国强民富裕，九州吟咏献丹诚。

千呼万唤周总理

电讯传来四海惊，中华百姓泪泉倾。
千呼万唤周总理，天地人间共悲声。

十月颂

金秋十月战狂飙，叶帅筹谋除孽妖。
王张江姚一网尽，中华大地歌如潮。

（1976年10月）

陈世知

布依族，1931年生，贵阳市花溪区人。花溪区交通局退休干部。中华诗词学会、中国楹联学会会员，贵州省诗词学会理事，贵阳市诗词学会常务理事，贵阳市花溪区诗词学会会长，《花溪诗词》主编，著有《花溪流韵》《麟山风韵》《布依情韵》。

北斗明星导正航

北斗明星导正航，长征壮举世无双。
雪山缺饮雪为饮，草地无粮草作粮。
赤水来回神莫测，金沙巧渡敌难当。
雄关过后三军喜，遵义光芒四海扬。

欢庆中国入世

多哈会议令人惊，果敢持恒事竟成。
十五艰辛连夜雨，一朝明朗满天星。
临场表决良宵定，入世行程皓月升。
华夏腾飞名远震，通商扩贸永时兴。

中秋花溪赏月

九九中秋格外明，天高气爽月新清。
三资旺盛千坊满，五谷丰登万库盈。
民富国强团结紧，财充物茂礼仪兴。
荣归港澳欢歌颂，喜盼台胞故里行。

陈本华

　　1940 年生，贵州省榕江县人，苗族，中学退休教师。黔东南州诗词楹联学会会员。榕江县霜叶诗社社员。

咏梯田 （新声韵）

金阶层叠抵天罡，悦目赏心赞侗乡。
最是山风传喜讯，勤劳赢取满坡香。

赞侗家拦路歌 （新声韵）

一片深情榕树边，声声浅唱客流连。
迎宾莫道犹拦路，满面春风四海牵。

咏松 （新声韵）

立地不择阳与阴，风霜雪雨寿千春。
有材自引樵工到，何必花枝去媚人。

桃源梦

一梦桃源缥缈中，千年学子苦追从。
如今莫问桃源路，放眼桃花遍地红。

陈汉水

　　字陈立，福建省南安市丰州人，1973 年迁港定居。《九畹》季刊总编辑，贵州省诗词学会名誉会长。

多娇江山即景吟

（一）

红染江花映钓篷，染江花映钓蓬红。
江花映钓蓬红染，花映钓篷红染红。

（二）

烟翠莲溪柳拂川，翠莲溪柳拂川烟。
莲溪柳拂川烟翠，溪柳拂川烟翠莲。

（三）

山月闲云雁度关，月闲云雁度关山。
闲云雁度关山月，云雁度关山月闲。

（四）

松韵钟声漱碧峰，韵钟声漱碧峰松。

钟声漱碧峰松韵，声漱碧峰松韵钟。

阳林寺感见红梅

——呈答冉老[①]

青山迤逦尽冰封，古刹横参一树红。

漫道人间寒彻遍，且看枝上情偏浓。

【注】

① 冉老即贵州省人民政府原副省长、省人大原副主任、省诗词
　学会名誉会长。

访美东夜

隔雨红楼冷，藏风翠苑幽。

对书忘旅趣，闻笛惹乡愁。

过臭豆腐店戏笔

酿秽饶心法，声名早著称。

多少饕餮客，逐臭误前程。

陈北婵

号蜜秋，女，1932 年生，湖南省人。曾任贵阳市经贸委副局长。贵州省诗词学会会员，贵州省军区诗书画研究会理事。

春归 (新声韵)

冬去春来瑞气生，百花绽放柳垂青。
乘舟水面观鱼跃，漫步林间听鸟鸣。
小妹提篮掏野菜，阿哥下地促牛耕。
欢声笑语农家乐，一派生机无限情。

拜读黄润蓬吟长《蓬山诗词选》感赋 (新声韵)

蓬山选粹树新风，文彩飞扬仰润公。
满腹经纶音韵雅，一园桃李赞声同。
立言精辟传宏著，施教深严绘彩虹。
细赏华章嫌日短，难酬拙笔颂才雄。

陈立志

曾用名陈义智，1946 年生，贵州省湄潭县人。曾任桐梓县老干局副主任科员。桐梓县诗联学会会员。

南乡子·赋闲吟

早起未偷闲，漫步林荫转几圈。食饮平衡居有节，三餐，多素少荤嘴不贪。　　老病莫忧烦，焕发精神长乐观。时览诗书习翰墨，开颜，体健心宽寿可添。

陈永平

1925 年生，贵州省湄潭县人。贵州财经学院副教授，曾任财政教研室主任。中华诗词学会和贵州省诗词学会会员。

纪念周恩来总理逝世三十周年 (新声韵)

天将大任降斯人，为党为国捐此身。
万里长征擎世纛，八年抗战建殊勋。
文韬武略各族颂，内政外交寰宇钦。
尽瘁鞠躬千古罕，丰碑永铸亿民心。

纪念胡耀邦同志九十华诞 （新声韵）

洪炉烈火炼真金，两袖清风不染尘。
革命献身忘自我，呕心沥血为人民。
复查冤案功劳著，重振国纲意气殷。
众望同归好舵手，盛年早逝憾无垠。

欣闻农村三大喜讯① （新声韵）

农村盼望已多年，三喜临门一夜间。
孩子上学全免费，大人看病少花钱。
生活贫困有低保，身体老残无挂牵。
伫看城乡缩距策，巨差消灭正翻山。

【注】

① 指农村义务教育阶段学生全免学杂费、新型合作医疗扩大试
点范围和农村实行低保制度。

生查子·大孝至爱谢延信① （新声韵）

当年一诺言，卅载无更变。妻死遗双亲，赡
养如亲眷。　　美德远近传，众口齐称赞。大孝
树新风，至爱情无限。

【注】

① 河南焦作市采煤工谢延信，1974 年其妻临终时，谢承诺赡养
岳父母。至今 33 年信守不渝，侍奉二老如亲生父母。被评为
全国道德模范。

陈达成

1927 年生，江苏省宿迁市人。曾任区长、新华书店经理等职。贵州省诗词学会会员，黔西南州诗词楹联学会理事、盘江诗社理事。

西江月·中华诗词十五年

手捧诗刊一卷，身居黔地边沿。词间字里韵如弦，声绕平湖激滟。　　书艺端庄刚劲，珠玑光照潺湲。热流一股暖心田，百读旁听不厌。

玉楼春·军大女生连队在筑纪念

玉楼闺秀娘珍宝，腼腆参军名字报。戎装飒爽显英姿，斩棘披荆把匪剿。　　年华无悔心情好，岁月风霜春永葆。腾芳兰桂享升平，寿似黔山松不老。

陈全德

1947 年生，贵州省贵阳市人。贵州商业汽车修配厂退休工人。贵州诗词学会会员。

江城子·黔灵山 (新声韵)

黔灵山上树深幽，雨初收，霭轻柔。云峰奇峻，隐隐露娇羞。漫道浓妆西子艳，缥缈处，更风流。　　山歌萦绕韵悠悠，鸟啾啾，正凝眸。春风乍起，浪卷树梢头。恰似蜀僧挥手际①，心洗净，最消愁。

【注】

① 李白《听蜀僧浚弹琴》诗有"为我一挥手，如听万壑松"句。

野弈遇雨 (新声韵)

相邀弈趣高，山野放枰麈。
心阅无旁骛，手谈出妙招。
石几依翠冷，树叶竞风萧。
刹那倾盆泄，仓惶笑雨浇。

雾临镇山村 (新声韵)

古寨悠悠史，民淳景亦娇。
白云生水面，玉带嵌山腰。
雾重凭舟隐，风轻任橹摇。
路屋石板建，席上酒歌高。

小雨 (新声韵)

绵绵细雨万千丝，洒落随风漫漫时。
正是离人相送处，一丝一绪寄君知。

自度词·中秋怀台湾亲人 (新声韵)

当年怎奈命微轻，离散亲人血泪盈。青春孤岛困，白发晓天生。"三通"盼到心欢喜，已是龙锺无力行。梦里又呼声，连天碧海横。潮水匆匆犹有意，清辉脉脉最无情。千古伤心事，回回见月明。

陈守寒

1934 年生，四川省资中市人，高级实验师。曾任贵州省电化教育馆副馆长。贵州省诗词学会会员，省诗词学会"无弦琴"诗社负责人之一。

参观神奇制药厂感怀 （新声韵）

苗岭奇花异草多，天然瑰宝遍山坡。
神奇制药高科技，一路赞诗一路歌。

情人谷素描 （新声韵）

幽谷桃花两岸开，白屋几幢点苍苔。
青山翠绿层林染，小鸟穿梭展翅来。

九寨途中 （新声韵）

千里岷山绿映红，岷江两岸藏旗风。
"金碑夕照"川主寺①，多少游人瞻仰中。

【注】
① 松潘川主寺后山，绿树中建长征纪念碑红军战士像，夕照成金色，邓小平称作"金碑夕照"。

青岩笔会 （新声韵）

古镇南头一饭庄，冬初聚会沐阳光。
吟诗作画齐天乐，染纸挥毫满庭芳。
笔意含情丹青颂，箫笙伴韵翰墨香。
安贫乐道身心健，采烈兴高步小康。

陈志雄

1936 年生，广东省潮阳市人，安顺市水利局退休干部。安顺市诗词楹联学会会员。

人民解放军进驻香港

十年风雨练兵忙，维护繁荣戍海防。
拥政爱民严法纪，文明威武守香江。

腰鼓心声

靓装整队进城游，神采飞扬鼓点稠。
苦涩人生成往事，声声赞颂好年头。

桂林漓江

悠悠碧水泛诗河，夹岸青山故事多。
百里游船连彩练，满江笑语满江歌。

希望工程赞

春风化雨育新芽，童稚心开五色花。
众手扶贫兴教化，人才处处出农家。

陈孝泉

　　1932 年生，四川省叙永县人。曾任贵州省贵阳市粮食局纪委书记。贵州省诗词学会会员。

秋　郊

日照橙山小径斜，一湾绿水绕人家。
金风弄叶飘庭院，红菊芙蓉正著花。

赠战友 (新声韵)

军旅长留奋斗情，江湖几度觅漂萍。
故园半纪重相会，鹤发犹藏赤子诚。

陈克宜

字措之，1933 年生，贵州省印江县人。曾任思南中学党委书记。贵州省诗词学会会员，贵阳陶然诗社副社长。

港澳回归颂 (新声韵)

(一)

九州额手迓回归，骨肉团圆喜泪飞。
游子入怀慈母笑，荆莲旗舞五星辉。

(二)

御侮图强一百年，复兴雪耻慰先贤。
归还港澳吟新韵，两制良方九域圆。

警示① (新声韵)

经济搞活诱惑多，钱财酒色似漩涡。
贪馋非分身心陷，沉溺深渊法网罗。

【注】

① 贵州省交通厅原厅长卢万里，贪污受贿数额大，2005 年 12 月 16 日在贵阳依法处死刑。

陈应龙

1953 年生，贵州省大方县人。大方一中高级教师，并任工会主席。毕节地区诗联学会乌蒙诗社理事，大方一中《云龙诗苑》主编。

游梵净山

攀越虽知行路难，却夸梵净好休闲。
八千石级高高耸，九道山崖处处悬。
腿胀腰酸铅灌脚，心慌气喘汗如泉。
人生自古多磨砺，摄影峰巅气浩然。

抗日战争题怀

硝烟散尽几春秋，历史疮痍恨怎休。
梦痛三光枪炮狠，心惊九世血腥仇。
太行山麓吴钩劲，延水河滨战马咻。
众志成城穷寇灭，炎黄勠力复神州。

陈庐山

1929 年生，贵州省兴仁县人。曾任《贵州青年》主编，《电影评介》主编、编审，中国电影评论学会理事等。贵州省诗词学会会员。

游黔西百里杜鹃 (四选一)

轻车飞驰竞登攀，冲入顶峰跨云端。
忽进十里花海内，疑是误入蓬莱山。

咏黔灵湖游泳 (五选一)

朝霞初染环湖山，残月犹恋碧波湾。
晨泳伙伴知多少？欢歌笑语浪里传。

汶川地震灾后 (八选一)

地裂山崩车路断，百万灾民苦饥寒。
中外援助从天降，大爱无边暖人寰。

陈君述

名祖思，1934年生，贵州省大方县人。大方一中退休教师。贵州省诗词学会、毕节地区诗词学会理事，大方县诗词楹联学会副会长。著有《龙麓松叶》《学诗札记》。

访将军山红六军团战场

众峰雄峙绕云烟，直使青锋刺破天。
一带丘陵收眼底，两厢峻岭抱胸前。
丛林茂密伏兵起，山路崎岖敌帜搴。
海内清平新酿熟，相邀故老话当年。

【正宫】脱布衫·水西怀古

爨文乡、彝著生辉，古碑林、烟草凄迷。正闻道、奢香故里，尚残存、旧阁鸦驿。

【中吕】山坡羊·花溪泛舟

清溪明媚，春林如绘，楼台照影波光碎。鸟惊飞，浪萦回，绿荫堤畔琉璃翠。冲散青螺明镜里，山，倒映水。云，倒映水。

陈纯武

1937 年生，贵州省桐梓县人。桐梓县政协常务副主席。桐梓县诗词楹联学会会员。

夏游杨村沟 (新声韵)

长空雨霁烟云邈，一道长虹跨远峰。
雨过天清晴朗朗，岚飞夕照暮蒙蒙。
穿山越岫源头溯，度水绕村笛韵融。
三五稚童鱼戏水，村中老妪话乡风。

陈其裕

退休教师，贵州省诗词学会、铜仁地区诗词学会、石阡县诗词学会会员。

多党合作谋大计

春晓鸡鸣早看天，中央两会集群贤。
四中旗帜开航路，三代精英共语言。
携手并肩谋大计，同舟共济写新篇。
任他世界风波谲，壮我河山天地间。

陈国金

　　笔名陈恳，1945 年生，贵州省遵义县人，贵州省诗词学会、遵义市诗词、楹联学会会员。

咏　竹

　　疏影萧萧映北窗，南风吹雨挺新篁。
　　江山胜境凭君点，高节缘由傲雪霜。

陈国梁

　　字炳栋。1950 年生，贵州省丹寨县人。曾任丹寨县农业办公室主任。贵州省、黔东南州、丹寨县诗词学会会员。

龙泉山 (新声韵)

　　方圆百里此峰高，隽秀挺拔呈俊豪。
　　远近千山伏脚下，龙泉喷玉上云霄。

陈明富

1954 年生，贵州省金沙县人。仁怀市老年诗联书画研究会会员。

清洁工

横帚长街忙五更，尘埃尽扫道清明。
冬披冷露夏披暑，早伴朝霞晚伴星。

咏茅台

寻诗问景访茅台，风散酒香坛正开。
窖历千秋呈玉露，质臻一品占金牌。
山川灵秀和春酿，今古哲贤汇韵来。
曾记红军征万里，壮行宜碗不宜杯。

金沙金坪村 (新声韵)

群山错落路回旋，景自清幽云自闲。
因是村边环绿水，游人疑到武陵源。

购房子"东方星园"有感

东方房产耀星园，诱我倾囊买两间。
闹市幽居堪养老，烟霞不羡羡尘喧。

鹧鸪天·冷水河①

雨打风磨乱石滩，幽幽谷底碧溪寒。春来秋
去日连日，路转峰回弯套弯。 堆翠岭，滴澄潭，
山花捧笑惹人怜。无心流水自成趣，三瀑三渊江
景观。

【注】
① 冷水河位于金沙县平坝、石场、安洛三乡镇的交界处，是生
态旅游景点。

陈明熙

土家族，1933 年生，贵州省印江县人。曾任印江县纸厂会计。

复 职

欲涉峨关望胆寒，身临其境却心安。
世间多少艰难事，只怕无恒不肯攀。

陈阜东

1940 年生，贵州省大方县人。曾任水城汽车运输公司工会主席。中华诗词学会会员，贵州省诗词学会会员，六盘水诗词楹联学会副会长。

自题《刺藜图》（新声韵）

天惊石破被称王[①]，原在荆丛僻壤乡。
自古英雄来草莽，几多纨绔是津梁。

【注】
① 刺藜被称为维 C 王。

登乌蒙最高峰——韭菜坪

竞上乌蒙第一峰，鸟飞不过我称雄。
登高始觉乾坤小，万里云山一望中。

游西郊（新声韵）

残月挂西峰，东冈紫气溶。
云横风正软，烟锁露犹浓。
绿沁溪边草，苍笼岭上松。
偕行三五友，来觅旧时踪。

沁园春·纪念长征七十周年

创业维艰，叱咤风云，地覆天翻。记红军北上，摧枯拉朽；雄关转舵，力挽狂澜。驰骋乌蒙，飞争沪定，莽莽雪山展笑颜。惊回首，数英雄烈士，血荐轩辕。　　春风杨柳花团，看七十春秋几变迁。憾十年动乱，花飞遍地；急功冒进，号角声残。科技兴邦、邓公调鼎，一统金瓯正航船。师传统、把红灯绿酒，抛付云烟。

丁亥季春游荷城花园

不到荷城久，风光分外妍。
雨微红衬地，雾湿柳拖烟。
白鹭集洲渚，儿童指画船。
遥闻歌舞处，翁媪舞翩翩。

忆旧游·建军八十周年

记腥风血雨，莽莽神州，惨惨阴霾。哀吟处、狐嗥兔舞，疮痍满目，门掩蒿莱。睡狮猛醒惊梦，天启降英才。有长剑倚天，燎原星火、动地惊雷。　　听洪都号角，看井冈红旗，尽扫纤埃。八十光辉史，固金瓯一统，华夏和谐。五洲四海携手，开万古情怀。百卉绽新蕾。东风浩荡细剪裁。

纪念抗战胜利六十周年

六十年前动地惊，阴霾扫尽始承平。
山河焕彩金瓯固，都是先驱血染成。

戛打河 (新声韵)

稻稷粱麻溉有时，穿山越岭走雄狮。
雷霆已蓄千钧势，黄果滩头降玉螭。

缅怀邓小平诞辰一百周年 (新声韵)

几度沧桑恨，天南百战身。
扶危调鼎鼐，拨乱济生民。
浩气弥环宇，忠言斥佞臣。
领航新世纪，禹甸正青春。

凉都天生桥 (新声韵)

桥是天生就，神工点化中。
清泉流日夜，倩影映苍穹。
鸟度千峰静，云闲万象空。
花场歌舞处，岁岁乐融融。

遣 怀

（一）

静中与世不相关，耀眼风光亦等闲。
秃笔一枝消永昼，自家耕种自家田。

（二）

故纸堆中一蠹虫，何尝年少万夫雄。
平生已被穷经误，尽在苍茫夕照中。

陈学之

字鸿志，1945 年生，贵州省台江县人，苗族。曾任台江县志办公室主任。贵州省诗词学会会员、黔东南州诗词楹联学会理事。著有《陈学之诗文选》。

施洞龙船节（新声韵）

独木龙舟水面飞，主宾四万助声威。
顿时苗寨笙歌起，鼓舞蹁跹不想归。

台江文昌宫 <small>（新声韵）</small>

葱茏古树掩尊容，书院楼阁衬主宫。
绿瓦红檐牵雾雨，雕龙画凤舞春风。
锺灵毓秀裕桑梓，顶礼崇文称圣功。
风戏铜铃声去远，千年回响在黔东。

中秋怀故人 <small>（新声韵）</small>

天月圆来心月残，难能千里共婵娟！
故人离去终无返，此恨绵绵岂百年。

陈学斌

　　笔名小兵，1982 年生，贵州省镇宁县人。中学语文教师，贵州省诗词学会、安顺诗词楹联学会、镇宁诗词楹联学会会员。

山区建设颂

退耕种树郁葱茏，玉带流滢五谷丰。
马壮牛肥人笑语，治山治水建奇功。

青藏铁路修筑工人赞

雪域高原扎大营，修通铁路众欢腾。
英雄气魄惊天地，史册高标万古铭。

陈治中

1944 年生，布依族，贵州省罗甸县人，退休教师。中国楹联学会，黔南州诗联学会会员，罗甸县诗联学会副会长。

题濛江电站

濛濛一水绕群山，坎上石门修坝坚。
巨臂横拦千里浪，灯光亮彻九重天。
电源网送周边县，红利频盈国库间。
西部资源勤发掘，辉煌四化猛挥鞭。

陈绍瑜

（1930—2001），贵州省大方县人。会计师。贵州省诗词学会会员，六盘水市诗联学会副会长兼秘书长。

谒聂耳墓

山水悲啼日落凉，斯时聂耳溺东洋。
天成义勇天留恨，世失奇才世断肠。
王勃驰名廿八逝，甘罗展翅十三殇。
国歌每唱精神振，今读碑文泪两行！

水城县玉舍

壬辰土改到钱家，今看碉楼映水斜。
四面燕飞栖玉舍，八方客至品新茶。
乌金遍地欣天宝，绿树连城赏物华。
商学工农齐奋进，五旬祝贺锦添花。

官寨访友

官寨无存庶寨兴，新房遍地两三层。
当年农友非农样，革履西装问姓名。

陈荫波

（1945—2007），贵州省大方县人。中华诗词学会、贵州省
诗词学会会员。毕节地区诗词楹联学会、乌蒙诗社理事。

病中作画题款

人到耆年百病缠，细煎药草送流年。
恨无酒力酬知己，聊慰新腔续管弦。

自　嘲

2005 年，余得《人大代表风采录》入选贺信，并告知寄 372
元优惠邮购《风采录》豪华本，原来又是孔方兄愚弄人也，不免
感慨：

何来风采入名录，临镜端详大老粗。
好笑渔翁无慧眼，款爷不钓钓凡夫。

瞻仰大方将军山之役纪念碑

将军山上将军塔，霭霭卿云簇彩霞。
万里长征嘶战马，千秋史册著芳华。
刀光剑影杀声震，电闪雷鸣风雨加。
不是先驱浇热血，何来禹甸自由花。

步植林七律原韵

2005 年 12 月 17 日，六龙普降大雪，适值植林同志寄贺年卡
并七律飞至，情不自禁，乃奉和。

飞花六出兆丰年，麦秀青青拥被眠。
善政兴农耕赋免，以民为本口碑传。
丹忱长绕乡情梦，父老常期鸿雁旋。
破壁点睛龙起舞，如君大笔敢超前。

大方洪家渡纪游

洪家古渡碧连天，闪闪波光涌画船。
眼福饱餐兼口福，杨梅渍酒锦鳞鲜。

记连宋大陆访问并痛斥李登辉之流

风雨锺山久阔违，子规催旅正其时。
先生遗嘱勉同志，母校重来忆哲师。
历史难平家国痛，而今何忍雁鸿离。
孤行台独罪千古，数典忘宗最可悲。

竹枝词·咏大方茶罐山

茶罐山头绕绿云，苦丁遍野碧茵茵。
村姑采摘春芽早，一曲莺歌醉煞人。

陈恒安

（1910—1986），贵州省贵阳市人。曾任贵州省艺术馆馆长、省博物馆馆长，省文史馆副馆长。

鹧鸪天·清晨黔灵山看荷花

步入垂杨一径偏，池塘高下涨沧涟。坐观翠壁孤云起，来赏红衣晓露鲜。　　林涧外，水亭边，清如佛殿妙香传。黔山自古荷花少，不似江南叶满田。

花溪春泛

四望田畴际，此中园囿成。
乡风赏花阁，好月和溪声。
麟角高岩势，蛇盘小阜名。
良朋天外至，同我放舟行。

敬挽独清兄

深感衰年相见稀，闻丧不禁久沾衣。
何期山馆春前过，未信洁园昨梦归。
选胜凭高多品第，读经问字入渊微。
将诗并作哀荣慰，犹望兄颜驻夕晖。

爱晚诗社纪盛

锦绣山城一镜涵，佳辰恰好是春三。
凭高心比松风爽，娱晚人同蔗境甘。
畅聚耆英超洛社，创新图景胜江南。
航天航海富诗页，题遍丹霞与翠岚。

玉楼春·爱晚轩

南明水碧湘江暖，岳麓丹枫秋不远。山亭若许借荆州，为我豁开诗画眼。　　同声相应称佳选，轩也何妨名爱晚。一名新代富新思，松竹梅花春色满。

西江月·植树

几度雪消高岭，连番雨润苍苔。好春时节树新栽，锄破四山烟霭。　　来日千章梁栋，今朝一寸根荄。亭亭林表送青来，盼到绿荫如海。

肖娴同志莅筑赋此为纪

一代书林赴壮图，艺都不复守安吴。

容裁汉魏宗南海，挥洒云烟托后湖。

劫火已消金石录，家山犹有竹相娱。

昭明选学传巾帼，吟啸新天万象苏。

建国三十五周年纪盛

建国迎来卅五辰，凯歌先奏二千春。

长城内外旌麾壮，重镇西南面貌新。

宝藏拓宽经济域，珠廛兴起海疆滨。

凝成十亿金瓯固，北斗高悬为指津。

浣溪沙·昨夜

昨夜东风破梦来，蓉塘无地转轻雷，小梅零落费春猜。　　着意新将幡胜剪，含羞怕领舞衫回，尽他双燕护楼台。

浣溪沙·池莲

不媚春花转怨秋，疏红飘影小池头。聪明藕孔易禁愁。　　从不沾泥防露冷，绝难擎盖任烟浮。微香轻暑并休休。

浪淘沙·秋柳

丝缕欲成纹，织乱斜曛。红桥当日绊春人。待得人还春不是，只是含颦。　　娇宠忒分明，花自缤纷，算将绿意抵殷勤。莫遣西风轻绾别，满眼长亭。

鹧鸪天·凤头莲

匀染宫黄本不同，更谁玉喙制玲珑。分明宝髻双钗样，却借旃檀一缕风。　　圆剪叶，绿成丛，凭将小字犯夫容。秋琴若弄求凰曲，颤乱烟丝别院中。

虞美人·秋桐

夜来金井西风骤，渐是愁时候。安排沉醉遣明朝，怕看伶俜叶影下青宵。　　闲庭纵有清阴在，已恐风华改。那堪秋雨滴黄昏，当日碧云如水总无痕。

蝶恋花

　　春影迷离无着处。碧水湾环，漾入螺峰去。记得携琴花下语，柴门浅闭闲风雨。　　不恨枝低香不度。但恨繁英，静里成朝暮。燕子飞来寻绣户，花开又是谁家树。

点绛唇

　　冻煞梅花，懵腾未识春来否。牵愁时候，况是年光又。　　莫是轻风，吹得眉山绉。春归后，待持樽酒，再问花枝瘦。

减兰

　　新春又半，才见山梅开烂漫。一剪东风，二月韶光断梦中。　　柔肠似水，酿就离情终似醉。泪浥红栏，眉黛依稀甚处山。

好事近

　　日日盼春来，转是春多无味。酿尽瑟瑟春寒，又困人天气。　　惝惝池柳未飞花，满眼云萍碎。闲让茗瓯相伴，看春人如醉。

采桑子

垂杨不绾相思绪，目断长堤。梦断朱扉，明月多情燕子稀。　　凭谁送得芳华了，不是鹃啼，不是花飞，除是楼高笛夜吹。

鹊踏枝 (五首选一)

花外烟迷芳讯乱，花里残红，总被游丝罥。苦是流莺将梦唤，隔帘唤起金闺怨。　　划地东风来已渐。困柳欺花，凄冷何曾敛！若使斜阳随月转，不辞泪浅深深劝。

醉花阴

粉堞连山山不断，万绿阴阴见。霞影入重栏，画角凄迷，吹得夕阳淡。　　黄昏啼鸟情何限，暗促明灯换。楼外晚风多，翠袖凉时，刚下珠帘半。

陈家顺

1935 年生，贵州省安顺市人，曾任安顺地区工会主任。贵州省诗词学会常务理事、安顺市诗联学会常务副会长。

纪念抗美援朝战争胜利五十周年
兼怀入朝牺牲的战友

故园初解放，战火起东邻。
抗美离乡里，援朝卫国门。
头颅悬马背，肝胆照青云。
芳冢埋忠骨，征衣蓄泪痕。

重阳寄友

忆昔过重九，身披塞上霜。
草原牛马壮，毡屋奶茶香。
漠北修坑道，边陲备战场。
南山明月亮，席地话家乡。

观盘江大桥

千寻绝顶托金桥，堪数亚洲第一高。
云绕峰环争作伴，喜随游客展风骚。

花溪平桥晚眺

信步桥头凝望眼，垂扬两岸俏枝舒。
泳人过处银光闪，夕照烟霞几钓徒。

银婚感赋

中秋朗月照清华，洞户红灯结喜花。
六载戍边怀眷侣，八年随旅走天涯。
相将共历艰辛路，互爱同营幸福家。
夕照青山人未老，齐眉举案对朝霞。

与姑母阔别五十周年故里相见

分别依依赴旅途，彩云黑水两相呼。
戍边驰马迎飞雪，屯垦披星播玉珠。
相见全凭千里梦，寄情单靠一封书。
回归故里身犹健，且趁余霞看壮图。

中秋灯会

广场胜日展新辉，万众欢腾喜上眉。
射覆心随春水涨，观灯意向彩云飞。
临风把酒邀明月，对柳长歌舞翠微。
借得天星铺锦锈，人间处处闪虹霓。

西江月·安顺贯城河

　　垂柳宠烟两岸，雕栏演绎繁荣。通幽曲径向花丛，游侣悠然入梦。　　碧水涟漪棹稳，拱桥晚照霞红。兰亭酒淡墨香浓，写就城河雅颂。

江城子·虹湖诗会

　　金钟吟友喜同堂，谱华章，唱沧浪。古韵新词，情寄汨罗江。缕缕诗魂追屈子，云作锦，日装璜。　　虹山湖畔好风光，柳行行，侣双双。无限东风，处处舞霓裳。国粹弘扬成大势，尧地广，楚天长。

漩塘春晓

　　桃红李素缀枝头，碧野黄花一望收。
　　小寨新楼烟袅袅，短河轻棹水悠悠。
　　莺啼紫气山间翠，燕转云霞陌上柔。
　　最喜塘前观水转，轮回伊始已春稠。

陈家玺

笔名石青，1933 年生，贵州省镇宁县人，退休干部。安顺诗词楹联学会会员；镇宁诗词楹联学会副会长，《瀑声》编辑部副主任。

沁园春·反腐倡廉赞

凤翥龙翔，锣鼓铿锵，庆贺吉祥。执倡廉反腐，惩贪灭蛀；纵深改革，工茂农昌。紫气祥云，风和日丽，民富国强喜气扬。东风劲，促千山碧翠，百卉飘香。　　晴空万里朝阳，喜盛世明时斗志昂。有英贤掌舵，千帆竞发；宏图展现，万业辉煌。十亿人民，同心奋进，举国军民建设忙。群情奋，树凌云壮志，共奔康庄。

陈梅村

1919 年生，湖南省祁东县人，玉屏县水利局退休干部。

上老年大学抒怀

（一）

古稀已过欲何求？身退闲居志未休。
不愿蹉跎度岁月，喜游学海泛轻舟。

（二）

盛世风和万物鲜，老人头顶艳阳天。
学书学画飞闲兴，留我青春五十年。

八十六岁抒怀

鲞耄人生天地宽，功名利禄付云烟。
读书身健即为福，种树开花亦是缘。
长咏诗词长旷达，爱翻书报爱今天。
养生牢记哲人训，寡欲清心顺自然。

陈鸿基

1927 年生，贵州省安龙县人。小学高级教师。黔西南州诗词
楹联学会会员，安龙县诗词学会顾问。

一剪梅·安龙招堤 （新声韵）

夏日招堤好漫游，池内莲稠，亭上人稠。荷
花掩映五亭幽，男女偕游，老少同游。　　乐曲
清音阵阵柔，景也风流，人也风流。半山亭上话
绸缪，笑在眉头，喜在心头。

陈惠林

1941 年生，贵州省仁怀市人。退休教师。贵州省诗词学会、楹联学会会员，遵义市诗词学会、楹联学会会员，仁怀市老年诗联书画研究会副会长兼秘书长。

咏　石

静静居荒野，悠闲待雨晴。
潜山听鸟语，卧岸纳江声。
碎骨铺新路，成沙建大厅。
丰碑长伴汝，奉献不留名。

峨眉山览胜

拾级登高达顶峰，河山锦绣万千重。
云拖翠绿铺青甸，日吐红霞染碧空。
岳荡松涛驰峻岭，江翻水浪化长龙。
晴岚着意连天地，气贯苍茫架彩虹。

江城子·梅

雪中暗里送香时，怕来迟，寸心痴。为报新春，独自挂寒枝。任尔冰霜侵不止，呼百卉，觅相知。　万山玉面点胭脂。露仙姿，赛西施。含笑微微，入梦可曾思？不恋春光身尽瘁，香未尽，付兰芝。

谒杉王^①

杉王巨臂独擎天，历尽沧桑志不残。
叶托祥云生雨露，枝延旷宇护山川。
根藏沃土三千尺，气贯长空八百年。
任尔风云多变幻，顶天立地我依然。

【注】

① 杉王位于习水城郊，国家林业部授予"杉王"称号。

沁园春·四洞沟

四洞奇观，幽壑湍鸣，瀑泻银川。看水帘浪
迭，惊雷滚滚；月潭波碎，瑞雪团团。绝巘飞蛙，
喷泉吐雾，皎皎白龙下九天。乾坤转，历沧桑巨变，
锦绣江山。　　桫椤万古争妍，睹赭石红沙易旧
颜。育无边竹海，枝扬劲节；遍山童笋，篸护钢鞭。
上测天高，下探地厚，一简奇文话大千。留青史，
诉是非成败，呼醒人间。

【注】

① 四洞沟位于赤水城郊，因有水帘洞，月亮潭，飞蛙瀑，白龙
潭四个瀑布而得名。

陈景明

1949 年生，贵州省平塘县人，平塘县诗词学会会员。

忆江南·平塘好

（一）

平塘美，烟雨日新晴。近水拖蓝舟泛绿，远山浮翠柳摇青，春色满河汀。

（二）

平塘忆，盛世布依乡。唢呐高歌仓廪满，芦笙低唱酒醇香。民乐庆安康。

陈锡仁

（1940—2001），湖南省隆回县人。曾任六盘水市钟山区职中高级教师，贵州省诗词学会会员，六盘水市诗词楹联学会理事。

听《黄河大合唱》有感

激流九曲震心弦，怒涌波涛水拍天。
似见蛟龙腾北国，如观猛虎跃中原。
终年咆哮惊千岳，竟日轰鸣汇百川。
唱罢前人豪壮曲，又歌黄水变清篇。

陈源震

1946 年生，贵州省黔西县人。土建工程师。

杜鹃诗杜成立

东风裁细柳，新绿绽枝头。
大地春来早，骚人喜结俦。
江山多秀色，盛世足风流。
妙笔承唐宋，华笺颂九州。

西江月·水西公园之晨

翁媪随心晨练，后生健体蹦腾。画眉欢唱一声声，响越林间幽径。　　喜看云兴霓幻，迎来旭日东升。露珠闪亮树青青，正是良辰美景。

陈福桐

笔名梧山，1917 年生，贵州省遵义市人。贵州省地方志编纂委员会《贵州省志》副总纂，贵州省地方志协会副会长。

赠施吉瑞先生

2008 年 7 月 14 日，加拿大国哥仑比亚大学施吉瑞（华名）教授来访文史馆，将去遵义沙滩谒郑珍先生墓，聊纪其行。

吾黔大儒郑先生，《巢经巢诗》铿有声。
加拿大国施吉瑞，读之研之动以情。
惊异丛山有奇士，便作长空访郑行。
文史馆内畅谈论，汉语通灵嘤其鸣。
沙滩胜景今不在，愧我乡人少经营。
主人相信去尧湾，芳草萋萋掩古茔。
墓前礼拜柴翁老，异域知己倾真诚。
郑诗如龙游海洋，不负友人万里程。

游乐山乌尤寺登尔雅台

乌尤远眺水浮城，古寺钟声动客情。
尔雅台高思故事，诸家共处好争鸣。

窗前静坐

年来视力渐昏蒙，静坐窗前看绿丛。
树有玉兰藤有竹，长春不老气芄芄。

无　题

放眼环观倾耳闻，人间尚有最低群。
飘飘荡荡游魑魅，忽忽迷迷弄斧斤。
梦戳苍天天未堕，身临陷阱阱成坟。
问谁伸手救愚妄，聊以诗为警世文。

游金龙谷

乌当转南行，进入金龙谷。四面青山下，中秋稻正熟。残荷二三朵，清渊透寒馥。前有三岔河，苍岩拱天窟。周天亿万年，地壳运动裂。右为贵阳境，左为龙里邑。钟乳悬岩间，奇形异状物。或明或暗阴，称绝喀斯特。水深二十米，波平船游弋。仰视栈道险，小桥回环列。漫步观胜景，此行颇欢悦。

抗日战争胜利六十周年

末路屠夫自请降，至今遗种尚猖狂。
东冈恶虎须防备，击鼓挥鞭走景阳。

鲁迅百年诞辰献诗之一

沉沉大地暮云收，苦雨凄风万户愁。
我族亡魂招不得，呕心沥血写阿Q。

读涂月僧兄甲寅除夕诗有感

几番风雨洗山河，白首迎春发浩歌。
一纸操刀贬武吕，三杯下肚誉丘轲。
无惭俯仰真人少，应世浮沉俗客多。
淡泊唯君无物累，静观宇宙自磋磨。

比利时出版张新民《贵州地方志考稿》

煌煌一卷黔书考，出版西方功不小。
刮目相看古夜郎，山环水曲皆文藻。

咏娄山关三绝

(一)

人云黔道亦艰难，莽莽苍苍不可攀。
毕竟人间多铁汉，踏成一线越雄关。

(二)

时间转换缩征程，人在娄山车道行。
雁叫霜晨嘶战马，红军跃上花秋坪。

(三)

层云丛树一天遮，指望川黔走火车。
凿透凉风垭下路，寒林处处发春花。

一九八六年暮春游草海

(一)

三春乐事上乌蒙，只觉身临太宇中。
正好飘然开视野，轻车已过最高峰。

（二）

汪洋万顷绕千湾，海底森林海外山。
岛上人家烟树里，撑篙载得鲫鱼还。

访奢香墓有感

西黔地阔万重山，锁隔中原步履艰。
赖有奢香通九驿，春风处处唱阳关。

陈福彬

笔名荒沙，贵州省遵义市人。曾任民盟遵义市委常委兼宣传部长。

寻凤亭上

漫步登临寻凤亭，乡亲远客喜相迎。
花山树海敲诗赞，胜似苏杭二月行。

上回龙寺

湘江急转睡龙飞，旧庙新姿紫燕归。
放眼城乡春色醉，金晖节奏赞朝晖。

郑子尹

暮读朝耕承祖风，诗书画笔灿柴翁。
尧湾水暖人才涌，子午山松俏碧空。

陈德权

1964 年生，贵州省玉屏县人，玉屏县诗词楹联学会会员。

游紫山沟

清流碧草静无声，空谷幽兰多慕名。
风曳草摇招翠鸟，惊飞枝上一蜻蜓。

陈德安

苗族，1934年生，贵州省六枝特区人。曾任陆军预备役师副师长、黔西南州政协副主席。中华诗词学会、贵州省诗词学会会员，黔西南州诗词楹联学会顾问。著有《倚栏独眺》《曾识风云年少时》《遣笔写春秋》。

满庭芳·忆江南

来到江南，江山如画，眼前一片江滩。火龙飞卷，窗外小阑干。一路歌声燕舞，兰亭上、千里斑斓。凭栏望，烟波浩瀚，春水碧蓝天。　　回环，空谷看，重山远眺，依旧容颜。夕阳下江船，山里含烟。寺院琼楼暮鼓，星晖月、琉瓦璃砖。黎阳树，湖天艳色，能不忆江南。

宴瑶池·边关恋

月光初照望边关，河山紧相连。北斗依旧在，群星辅佐，泾渭天然。阅尽人间往事，还古道青山。壮士边关恋，饮马平川。　　铁血男儿志远，舍青春华诞，烽火燎原。笑谈驱敌寇，何处忍贪欢。护金瓯，时时眷念，卫万民，守岁岁年年。吹箫夜、情思难断，如梦如烟。

【正宫】双鸳鸯·忆张学良将军

战成皋，攻荥阳。烽火江陵草木涸。武士人家成断客，尘埃遮住咸阳桥。蝮出洞，凤还巢，古都战桥变鹊桥。百鸟林中关俊鸟，黄昏歇马夜吹箫。

水调歌头·战南昆

看斗转星移，来去各匆匆。路遥千里相送，伟业记谁功？扑灭瓦斯残爆，拴住虬龙困扰，寒暑战苍穹。山水断樵路，荒冢古人空。　　唱圆了，百年梦，告乃翁。炮声停处，千米隧道抢头功①。世界高桥轻锁，首创湾梁铁道，难处显英雄。鏖战三千日，回首望云中。

【注】

① 指从海拔78米至2004米的南昆铁路，全长898公里。千米隧道，实为9700多米的米花岭隧道。

陈德谦

1943 年生，贵州省贵阳市人。中国楹联学会常务理事，贵州省诗词学会、贵州省楹联学会副秘书长，贵州省文史研究馆特聘研究员。

赏皂角树根艺

回环观皂根，思绪涌千重。黔地多此树，绿叶漫苍穹。干粗数人合，色深古青铜。柯枝交错磨，参天任横纵。晨看轻雾绕，宛若云中龙。角悬千刀利，刺突万戟锋。生长在山岭，山岭气势雄。皂汁粘且稠，涤尘有奇功。皂仁白似玉，唚之甘和融。断木为砧俎，刀斧也从容。天丁即其刺，药典载其足从。其性如其形，辛烈主破攻。开窍疗顽疾，排毒愈疮痈。去岁春三月，荒院偶尔逢。韬光无人识，旷久土尘封。然其参差概，犹露大壑风。见之如故旧，拽之出蒿蓬。水洗复刀斫，层层透玲珑。面面各姿态，叩闻响磬钟。磊磊疑为石，落落显灵空。揣摩细凝视，惬意快双瞳。飞岩并奇穴，皆在一根镕。物事重根基，其用善始终。基固质方美，至理古今同。人生期百年，百年风雨浓。日月继晷逝，春秋迭匆匆。行可求沉默，学当除平庸。木石留异形，锦锈藏心胸。放浪形骸外，游戏山水中。山中闲花草，水上凫与鸿。爱到关情处，笔底现葱茏。物欲得其主，但凭缘所宗。知己实难得，贵恒心性通。谈笑赏根艺，精绝叹化工。玩物今励志，取趣乐无穷。击节舒真意，拍案浮一盅。

纪念李端棻逝世一百周年公祭①

（一）

春日红桃烂漫开，曾来永乐吊莹台。
霜天秋后逢公祭，翠柏黄花墓道哀。

（二）

大野高碑荒草中，墓前挥泪拜明公。
苍天亦把先生吊，冷雨凄风漫碧穹。

（三）

倡办京师大学堂，嘉谋强国育圭璋。
百年发展至今日，果为全球树栋梁。

（四）

强学公车直上书，力倡新政转天枢。
振兴民主除时弊，犹赖先生鼓与呼。

（五）

心谋良策荐康梁，变法维新欲国强。
其奈天时时不济，孤身老病放回疆。

（六）

百日维新振国功，一朝巨变败江东。
迷濛细雨思名士，礼拜苾园云里龙。

（七）

三岁而翁百岁童，七旬依旧志如虹。
家乡讲学悉心力，太息先生盖世功。

【注】

① 李端棻（1833——1907），字苾园，贵州省贵阳人。清同治
年间进士，选庶吉士，入翰林，历任监察御史，内阁学士、
刑部侍郎、仓场总督、礼部尚书等职，曾在光绪帝前举荐康
有为、梁启超、谭嗣同等戊戌变法中的首领人物。1896年李
端棻上《请推广学校折》提出建立京师大学堂及省府州县各
级中小学堂，当时的京师大学堂即今北京大学的前身。戊戌
变法失败，李端棻被贬新疆，中途遇赦回贵阳后仍大力从事
教育事业，主讲贵州经世学堂。宣传西方先进政治哲学思想，
同时撰写了《普通学说》普及西方文化科学知识。并在当时
贵阳著名人士的拥戴下，创办了贵州第一所公立师范学堂和
贵州第一所公立中学堂，即今日之贵阳师范学校和贵阳一中
的前身。李端棻先生于1907年2月17日在贵阳病逝后安葬
于贵阳永乐祖茔。当时流亡海外的康有为、梁启超分别寄来
祭文和墓志铭。

龙　宫

谁运神斤造蕊宫，千姿百态透玲珑。

驱寒却暑无冬夏，垒玉流虹薄昊空。

广厦回廊连斗室，冷泉曲水接鸿蒙。

洞天万象供留念，无奈扁舟去太匆。

游黔灵山即兴二绝

（一）

旷久难将古刹朝，乍来顿觉景添娇。

两株木笔渲春色，几朵桃花破寂寥。

（二）

风清林静绝尘嚣，万壑千山似涌潮。

纵览方知天地阔，人生寄寓一鹪鹩。

欣闻《急就章还真帖》出版咏以志贺

黄源先生号子渊，追溯相知三十年。
当日先生值花甲，和颜潇洒亦翩翩。
先生之学五车富，先生之品尚德贤。
先生待人恭谦让，清风明月深山泉。
先生家本潇湘住，武陵洞口桃花渡。
桃源避秦难避日，避走黔州餐霜露。
国仇家恨填膺中，激励平生志气宏。
湘雅贵大获深造，清水沅江生春风。
行处坐卧不释卷，拉丁辞典编辑工。
从医教授数十秋，思民疾苦解民忧。
欣见后浪高前浪，攻克难关散病愁。
金石甲骨喜收罗，艺海晴澜漾清波。
张迁书谱详注疏，急就还真尤堪歌。
此讯一出生光芒，沪上飞鸿到夜郎。
为弘国宝不辞费，大力刊行展艺光。
我闻兹讯心中喜，我惜先生傲寒窗。
急就从兹无遗缺，浩瀚书海添新章。
风雨沧桑九十载，先生之功未可量。
浩歌一曲表胸臆，我祝先生寿绵长。

咏常德

(一)

十里诗墙千古绝，三湘流水一天秋。

问天击壤渊源远，诗会新兴领九州。

(二)

南天北地临常德，东去西来涌大江。

一片高吟传水际，诗声喜是遍城乡。

(三)

碑陈十里诗书画，水映一江日月星。

此是千秋名胜地，墨痕光影两生馨。

(四)

梦里水乡非梦里，桃源胜过旧桃源。

新城新貌兼新事，新作新诗颂澧沅。

陈麒羽

本名天善，笔名清江，1963 年生，贵州省大方县人。中学一级教师。贵州省诗词学会会员。

题水城交水洞

西革河边百鸟栖，洞名交水世间奇。
长虹饮涧滋堤柳，匹练拖空润燕矶。
锦翅频邀清月舞，彩云常伴小猴嬉。
丹青难绘黔中景，聊吐心声慰慕思。

邵希达

1927 年生，河南省南乐县人。曾任解放军某部后勤部副部长。中华诗词学会会员，贵州省诗词学会常务理事、爱晚诗社副秘书长兼办公室主任，贵阳市诗词学会副会长。著有《军旅余音》。

国庆四十周年

业绩辉煌四十年，昆仑遥接彩云天。
宏图伟业开新宇，远瞩高瞻启后贤。
国力源于民力厚，人心长与党心连。
江天万里春风劲，改革洪流永向前。

红日当头七十年

顶天立极一乔松，莽莽昆仑接九重。

红日当头辉大地，寒梅傲雪战隆冬。

全凭舵手明航向，又赖生民度险峰。

七十年来风雨骤，征程飞越步从容。

回顾贵州解放

春花三月渡长江，浙赣挥师夺贵阳。

万面旌旗湘水怒，卅年功绩筑城彰。

重重祥瑞茏苗岭。颗颗明珠照夜郎。

石破天惊光史册，龙翔凤翥永流芳。

八一建军节感怀

元戎伟略义旗扬，打响兴邦第一枪。

纵马雄风辉北斗，燎原星火起南昌。

岂容顽敌争权柄，从此人民有武装。

革命先驱勋永在，为民为国振炎黄。

时事感怀

苍茫何处唤雷锋，历史重扬裕禄风。
夜静凝神怀皎月，晨曦仰首望群峰。
丰碑矗立民心振，明镜高悬国运彤。
警告当今贪利者，恢恢法网总难容。

重九登高感赋

菊芳枫醉郊原游，一曲春歌唱到秋。
乱绪如云云似梦，凝眸似水水长流。
重阳联袂茱萸插，霜染丛林鹤警留。
名利撇开轻手脚，浮沉阅尽展眉头。

诗人节吊屈原

屈平身世不寻常，战国纷争逐虎狼。
壮志虽遭奸佞迫，孤忠赢得史书香。
行吟泽畔天含恨，沉没波心日失光。
千古招魂悲汨水，龙舟竞渡吊贤良。

九九迎春感赋

万里神州竞沸腾，全民迈步续长征。
江南击鼓千帆发，塞北鸣锣百业兴。
拨乱当年平冤狱，导航新纪展鹏程。
挥毫我自豪情壮，一曲高歌酒一樽。

咏神州开放

美雨欧风景不同，师宗马列战旗红。
繁荣气象防污染，开放潮流促畅通。
裸足何能寻胜境，斩荆方可入幽丛。
待观海宇腾欢日，五彩缤纷赤县融。

登大观楼

百里滇池眼底收，探幽览胜喜登楼。
髯翁妙句空前古，悟出大观动态悠。

苍山游

欣坐缆车览大川，似腾云雾上苍山。
凭栏俯瞰尘寰处，环视陆离景万千。

石　林

拔地擎天吐紫烟，重峦奇石彩云间。
钟灵毓秀《阿诗玛》，千古奇峰若睡莲。

观黄果树瀑布

天泻银河百丈澜，风高浪急瀑声喧。
珠飞雪溅长虹现，诗咏高原赞壮观。

游天星桥

石林剔透水流横，百步桥台九曲行。
群瀑喷珠迎远客，古榕美女笑无声①。

【注】
① 古榕、根外露，形似多姿美女，游人到此多合影留念。

邵冠群

1920 年生，贵州省思南县人，曾任中共铜仁地委政策研究室主任。铜仁地区诗词楹联学会副会长。

梵净吟

梵净警天宇，阴晴万壑殊。

手伸能摘月，东望可观吴。

青霭须臾幻，白云转瞬无。

佛光呈异彩，瑞气绕虹弧。

空山闻鸟语，碧水逗鲵浮。

金猴嬉树杪，华虎踞蟠株。

草药漫山野，山花入画图。

静观皆自得，万象尽昭苏。

不畏云梯险，穷通万卷书。

登顶嫌天矮，鸟瞰叹云舒。

梵净掠影

众岳之宗梵净山，凌空出世耀人寰。

轴连楚蜀乾坤大，壁立黔山日月寒。

剑气冲天林木郁，仙梯接斗雾云鬟。

霞光炜炜笼金顶，瑞气煌煌捧玉盘。

日转双轮阴万壑，雪消六月涨千潭。

层峦耸翠经台艳，飞彩流丹阆苑妍。

仙洞灵台棋布列，奇峰古刹众星环。

龙池倒泻银河落，太子高标远岫岚。
八芦鲜花开不谢，四时美景幻无边。
珍禽异兽时出没，仙药奇葩尽广繁。
九十九溪飘玉带，一江一水泄拖蓝。
西南一柱警天地，独领群峰上广寒。

咏梵净山三首

鸽子花

辰山仙境净无尘，养在深闺玉一盆。
借得梅花魂几许，偷来月魄色三分。
牛郎冉冉施铅粉，白鸽翩翩展素心。
媚骨冰饥娇欲滴，多情漫舞咏黄昏。

梵净奇

梵岳诸峰态万端，溪流九九逝黔川。
珍稀物种繁斯地，佛教人文荟此山。
古墓摩岩悬绝壁，残碑断碣布危峦。
香花烂漫争春色，百鸟和鸣拥翠岚。

梵净秀

俄儿薄雾环山绕，花露收时日正暾。
一片宝光呈异彩，几重瑞气捧祥云。
影伴光环舒广袖，身随幻影舞天门。
遥看林海翻青浪，五彩缤纷映厚坤。

红云金顶观日出

九天薄雾溜金色，五彩祥云缀冕旒。
万缕朝霞浮眼底，一轮红日涌峰头。
佛光绚丽形神渺，人影飘然幻境游。
仰向长空歌一曲，眸波流盼意悠悠。

幸必达

1922 年生，贵州省遵义市人。曾任遵义财贸学校副校长。

除夕感怀

未饮屠苏酒，休发少年狂。冻雨封残岁，瑞
雪兆春阳。霜重惊日短，更深觉夜长。围炉话今古，
读史论兴亡。引杯怀旧雨，送岁写新章。垂老嗟
何及，从心亦自强。祖国山河秀，中华正鹰扬。

修志杂咏（十首选二）

（一）

名城名志久流芳，又撰新书贵洛阳。
不朽文章千古事，邑乘长留翰墨香。

（二）

全凭史笔纪沧桑，农牧工商事事详。
着意乡邦兴废事，好留殷鉴写华章。

致北美浙大校长[①]

细数寒星感岁华，心随秋雁到天涯。
钱塘西子曾来梦，湄水娄山也是家。
少小常怀春日暖，白头争看鬓边花。
遥知域外峥嵘处，海鹤丰姿日未斜。

【注】
① 抗战期中，浙大由杭州西迁贵州遵义湄潭7年。

留别仁怀诸友

浪迹萍踪廿八年，小住符阳别有天。
门水多情春再绿，云山无恙月重圆①。
烟云过眼花生镜，岁月惊心箭去弦。
柳折阳关人未老。怕向枝头听杜鹃。

【注】
① 符阳、门水、云峰山均系仁怀地名。

苗春亭

　　1919 年生。山东省单县人。曾任中共贵州省委副书记、贵州省工会主席，贵州省政协主席等职。已离休。

访庐山及共青城

暑去秋来牯岭行，楼台依旧树常荣。
名山饱阅沧桑变，惯听江涛拍岸声。
驱车下山寻新景，欣看崛起共青城。
鄱阳湖畔荒凉处，两代青年戴月耕。
改革开放大潮起，鸭毛上天享盛名。
辈出英雄争创业，心潮澎湃忘归程。

（1986 年）

赞百里杜鹃

黔西煤海间，杜鹃花满山。
自乐沐风雨，不肯别高寒。

（1986 年）

黄果树瀑布

悬崖洒落一江水，飞向晶莹百丈潭。
汹涌奔腾来去急，前冲后继越千滩。
伫立听涛声动魄，抬头观瀑雪成团。
跟踪寻迹源流远，只见绿水绕青山。

（1989 年）

游海南

夜宿鹿回头，朝寻天涯路。
海角赏群石，南天赞一柱。
细沙迎潮汐，亦如石坚固。
下海人逐浪，留得春常住。

（1987 年）

范培锦

1942 年生，贵州省贵阳市青岩镇扬眉村党支部书记。贵州省诗词学会、花溪区诗词学会会员。著有《扬眉新唱》诗联 3 集。

赞青岩镇诗词进校进乡村

诗词翰苑建平台，画友吟朋聚拢来。
手笔一挥奇艺展，青岩古镇涌人才。

读李雪珍教授《晚霞》感赋 (新声韵)

晚照生辉比火红，倾心奋斗竟相同。
八旬再上高山顶，翘首直昂似劲松。

林中凡

1942 年生，贵州省金沙县人。金沙县林业局退休干部，贵州省诗词学会、毕节地区诗词楹联学会会员。金沙县诗词学会理事、副秘书长。

读孙庭耀同志《愚公吟草》

（一）

折笔牛棚心尚宽，短衣匹马往南山。

田园一路风光好，留与骚人放眼看。

（二）

愚公有志可搬山，芳草萋萋绣锦川。

安得神州春色永，桃源览胜不思还。

岩孔板桥颂

葡萄垦植胜耕桑，献果疏枝荫一方。

醉了秋光甜了月，果珍碧透绿纱窗。

六五叙怀

读书开视野，研墨净心尘。
度势棋三局，观星月一痕。
逢时堪钓渭，览胜好鸣琴。
莫恨桑榆晚，尧天一片春。

林 林

字朝宾，号愚樵，1931 年生，贵州省织金县人。曾任贵州省检察院检察委员会委员、政治部副主任。中华诗词学会、贵州省诗词学会会员。

金婚恋

良缘赤线牵，结伴五十年。
跨纪经风雨，朝夕共苦甜。
门庭承俭训，教子品学兼。
秉政忠民事，从公律己严。
荣归情自得，告老不贪闲。
盛世人间暖，家和益寿延。
金婚蜜月现，皓首再童还。
莫道桑榆晚，斜阳彩满天。

【注】

2006 年 6 月 6 日，系我与老伴申秋萍的金婚纪念日，特撰此小诗为念。

林昌华

　　1933 年生，贵州省罗甸县人，退休干部，历任罗甸县党史研究室主任等职。世界科教文卫组织专家成员，中华诗词学会、中国楹联学会会员，贵州诗联学会理事，黔南诗联学会会员，有《联草拾零》等书出版。

庆祝罗甸解放五十周年

　　讴歌五十年，古甸换新天。
　　织就交通网，培成锦绣园。
　　城乡沾教泽，社会普科研。
　　改革齐奔富，欣然喜变迁。

林素云

　　女，1929 年生，江西省上饶市人，贵阳市妇幼保健院副主任医师，贵州省诗词学会会员。

赞红军精神 （新声韵）

　　赣水滔滔去海洋，南昌枪响醒东方。
　　金戈汗血追穷寇，铁马硝烟斗恶狼。
　　陷阵冲锋求解放，舍生忘死为炎黄。
　　八十寿诞丰功伟，旷代英雄青史扬。

贺贵州省诗词学会成立二十周年 (新声韵)

诗坛结社二十年，叶茂枝繁果满园。
数百期刊传四海，逾千皓首谱新篇。
讴歌盛世扬德政，反腐倡廉警赃官。
构建和谐同奉献，百花齐放壮黔山。

欧阳震

　　1916 年生，湖南省攸县人。贵州省清镇县中学教师。花溪诗社社长、周渔璜、周钟瑄研究会副会长兼秘书长。主编《桐野诗集》校注本，著有《青岩状元赵以炯》等。

花溪斗篷山

元朝古堡斗篷山，傲岸突兀云海间。
金筑衙门犹可辨，土司坟墓已难勘。
四围砌石高城险，三面环河磐石安。
归向中原遗迹在，英名永共岭枫丹。

花溪公园樱花盛开

岛国名花渡海来，春泥带雨向阳栽。
冰绡剪就重重叠，玉饰簪成簇簇开。
粉靥含嚬羞欲避，蛾眉淡扫笑先回。
神州自古多怀远，万紫千红又一魁。

咏花溪大将山

威严大将矗崔嵬，莽莽关河望眼开。
千里黔山皆北向，一川紫气自东来。
满怀壮志凌霄汉，半壁巉岩绕凤台。
独立苍苍骄傲处，花溪奔涌水萦洄。

缅怀丁道衡教授①

负笈西欧起异军，问津地质探乾坤。
孜孜不倦入神化，汲汲以求不妄矜。
借鉴先驱因利国，挖潜后继总为民。
一身正气顶天柱，桃李满门大地春。

【注】

① 丁道衡，贵州省织金县人，国立贵州大学教授、地质系系主任，曾留学德国。获德国马堡大学博士学位。1949 年因支持学生反饥饿运动而被国民党反动派逮捕，后经争取释放。

缅怀教授田君亮先生

曾经立雪傍门墙，化雨春风未可忘。
眷眷殷期重道德，循循善诱辩雌黄。
议论荀况情辞切，剖析韩非寓意长。
汲深鞭短虞陨越，总将遗教细思量！

湖南人民说贵州

铜鼓芦笙引凤凰，对歌跳月赛霓裳。
九天银瀑撩睛乱，百里杜鹃扑鼻香。
溶洞龙宫震世界，名烟醇酿出遐方。
长征道路沿遵义，倍使湘君爱夜郎。

喜获台湾家音

幼妹慈萱隔海声，天涯忽送远鸿鸣。
乍惊彩照容颜改，顿湿青衫涕泪横。
并蒂桂枝偕百好，联床玉树尽群英。
摩挲细诵浑如梦，鼓乐迎春岁又更。

欧胜前

侗族，贵州省三穗县人，曾任三穗县人民医院副主任医师。

铜鼓岭渡槽赞

（一）

凿通渠道引清波，大禹当年怎奈何。
后继有人真俊杰，长征路上唱新歌。

（二）

虹桥高筑耐千秋，屈指工程第一流。
从此农田无旱象，家家户户庆丰收。

昌素端

女，1938年生，教师，安顺市诗词学会会员。

游百花湖

春满高原春色浓，百花湖水浪千重。
游船有意迎佳客，绿岛随心展秀容。
疑是蓬莱仙境里，原留尘世画图中。
新朋老友同欢会，览胜吟歌意气雄。

家乡行

半纪沧桑改地天，家乡巨变换新颜。
国施善政民心顺，人尽其才富路宽。
绿化群山增美景，疏通河道利能源。
千秋大业宏图展，儿女雄心岂等闲。

明 勇

侗族，1963 年生，贵州省玉屏县人。水文地质工程师。贵州
省诗词学会，玉屏诗词楹联学会会员。著有《潕水如弦》。

咏兰 (新声韵)

冰肌玉骨品无双，日涌春潮暗送香。
带露迎风出草野，清心寡欲面斜阳。
香来笔底添诗意，影入篱边胜海棠。
绿尽江南人共赏。花开不媚锁柔肠。

立春抒怀 (新声韵)

扶贫治旱走边村，百姓情结逐日深。
朗朗桑田皆盼水，依依落照总牵魂。
咀嚼疾苦方识爱，踏碎严冬又立春。
回望足迹身后路，真真可敬是黎民。

夜读 (新声韵)

绮纱窗外月一轮，淑夜清风趣味新。
看罢新闻方片刻，便邀平仄醉三分。
贤妻不解诗书味，笑语还讥傻冒人。
风雅只需灯作伴，书斋任我漫耕耘。

梦境 （新声韵）

朦胧工地影徘徊，几道渠槽峭壁开。
梦醒不知魂所在，犹觉渠水绕山来。

夜宿山寨 （新声韵）

一夜松风伴月明，轻眠浅睡忆农耕。
鸡声入耳五更起，犹自登高看晓晴。

农家 （新声韵）

春来故地访桑麻，旧貌新颜绿正发。
漫道花香莺燕舞，窗明几净是新家。

月夜听蛙 （新声韵）

雾漫山城月自明，一帘幽梦入风清。
几回伴露闻蛙语，五鼓凭栏看晓星。
农事朝朝牵我梦，春声每每动乡情。
遥思油菜收割未，是否农田有水耕？

听雨 (新声韵)

雷鸣电闪雨喧哗，水涨池塘一夜蛙。
静卧高楼人不寐，喜闻好雨润桑麻。

水库吟 (新声韵)

绿映青峰水润田，波光闪烁景斑斓。
船摇日影山前醉，库锁云霞水里眠。
秀女浣衣濯旧憾，笠翁垂钓品新甜。
流年似梦山川异，渠灌新乡绕故园。

丁亥五月无雨感赋 (新声韵)

炎天暑气旱情加，枯了池塘不见蛙。
玉米高粱难受粉，豆荚水稻苦扬花。
干溪十里忧农事，旱地三村叹晚霞。
夜夜天河凉若水，入眠总盼雨喧哗。

易水寒

（1918——1989），原名自强，别号水寒。贵州省贵阳市人。从教多年。曾受聘为贵州文史馆馆员。著有《风萧萧诗词》《易水寒诗词选》。

花溪夜色

晴岚升起翠微间，鸽下荆扉落日闲。
别有郊游清趣味，水天一月两弯弯。

浪淘沙·采药

随地可栖迟，非逐非驰，先生借问将何之？
常往南山采药去，筐铲亲持。　　不必为灵芝，
但契新知，一编本草一编诗，幽鸟赏音花献笑，
慰我顽痴。

易仲略

1930 年生，贵州省余庆县人。霜枫诗社、播风诗社社员，余庆县诗词楹联学会理事。

虞美人·苏州游

姑苏三月拙园翠，歌舞留人醉，阁台亭榭柳烟垂，水鸟花遮不肯放人归。　枫桥碧水波光耀，帆影残阳照。寒山暮鼓晚钟敲，弯月虎丘塔顶伴鸦嘈。

忆秦娥·秦淮河

秦淮月、晚凉天净波光沏。波光沏，橹舟声细，蝉鸣声切。　古词名妓铸碑勒、今非昔比开新业，开新业，华灯如昼，彩舫堆雪。

闻笛思乡

沪城秋节暗飞花，帘外柳枝残月斜。
玉笛谁家吹漏尽，楚声牵客倍思家。

风雨送春归

雾罩寒山归鸟忙，倦飞双燕歇雕梁。

一帘疏雨留春恋，几树桃花吐蕊香。

驿外桥边嬉浣女，茅房篱下叫羔羊。

闲亭院静芭蕉舞，风晚竹摇扫北窗。

捣练子·乌江月夜泛舟

寒山静，暮云飞，渔火江风夜幕垂。藤竹青松飘古岸，清辉月夜泛舟归。

捣练子·钱塘江看潮

秋气爽、雁横空，碧水烟波送暖风。最是看潮当八月，车如流水马如龙。

易舜恺

（1914——1996），字协唐，一字雪塘。贵州省贵阳市人。兴义地区林业局退休。《爱晚诗刊》（《贵州诗词》前身）编辑。贵州省诗词学会理事，贵州省楹联学会顾问。著有《松寿斋吟草》。

潕阳河纪游五绝句

孔雀开屏

风静水澄碧，山深树更青。
亭亭双柱立，孔雀正开屏。

三叠水

山川如此秀，奇处耐寻思。
泉水飞三叠，赏心月朗时。

一线天

船随山势转，人在翠峰前。
摄影船头坐，仰窥一线天。

水帘洞

舟次水帘洞，茫茫花果山。
深山空寂寂，猴去未曾还。

归　舟

潕水碧无尽，江天映日晖。
满舱盈笑语，载得鲤鱼归。

方小石兄惠赠书法及画竹附谢二绝句

（一）

尺幅留香久，精诚聚笔端。
人书俱老健，体势迈前贤。

（二）

昂首千竿竹，迎风翠欲流。
知君别有意，遗我度春秋。

读史吟黔四首

(一)

古郡牂牁地，杂居民族乡。

英雄称亚努，驿路赞奢香。

驴技非黔域，井观岂夜郎。

道真负笈后，文化启遐方。

(二)

黔士多忠义，诗文亦大观。

灭门杨龙友①，替主申公安②。

风雅推三秀③，弗堂岂一般④。

佯狂掷砚者⑤，大节欲移难。

【注】

① 杨龙友，贵阳人，南明浙闽总督，仙霞关一役，为清兵所俘，宁死不屈，全家36人同时殉难。

② 申祐，婺川人，官监察御史，土木堡之役，替英宗死难。

③ 谢三秀，贵阳人，诗才宏伟，朱彝尊推崇为"天末才子"。

④ 姚华，贵阳人，诗书画冠绝一时，著有《弗堂类稿》31卷。

⑤ 吴中蕃，贵阳人，明亡，为避吴三桂威胁，佯狂掷砚于市，乃得免。

（三）

郑莫起天末，西南两巨儒。

著述皆要籍，成就各殊途。

黎氏文章著，桐城道不孤。

沙滩多韵士，群彦出名区。

（四）

出川灵秀气，巾帼胜须眉。

《树背》淑昭集①，《吟秋山馆诗》②。

一门许氏秀③，百首杨莲之④。

南海夸笄女，肖娴卫管资⑤。

【注】

① 郑珍女淑昭著《树萱背遗诗》一卷，取《诗经》"焉得萱草，
言树之背"义。

② 毕节才女周婉如著有《吟秋山馆诗钞》传世。

③ 周际华题贵阳许西池诸女诗稿曰："一门竞秀"。

④ 铜仁才女杨莲之集《圣教序》作述祖德诗百首。

⑤ 肖娴，贵阳人，书法家，为南海康有为女弟子。

咏　史

一代儒宗推永叔，文章太守自风流。

滁山滁水闲招鹤，秋夜秋声忆故畴。

旨酒花前行我素，青苗疏上解民忧。

凭轩此日多游侣，醉翁亭高豁远眸。

黔灵湖畔偶成

水去风来动客情，黔灵湖畔踏歌声。
十年尘梦随波远，依旧婆娑树影横。

游樱桃沟①

尘嚣不到樱桃沟，景色天然任我游。
流水小桥风细细，白云飞鸟意悠悠。
仙人跨鹿归何处，孙氏遗编今尚留。
乘兴登临凝望远，葱茏烟树满神州。

【注】

① 樱桃沟在北京卧佛寺后面山中。相传有仙人骑鹿过此，明季，
孙承泽居此不出，著《太平广记》行世。

重游仙人洞纪事

不到天台五十秋，我来古洞认从头。
见亭已去空牛渚①，仙侣何曾击石舟②。
照眼山花峰影乱，讴歌盛世鼓声悠。
辉煌殿阁松阴里，一醉飘然入梦幽。

【注】

① 清麟庆字见亭，著《水口观灯》一文。
② 水口寺旁牛渚河，河中有石，状船，名石船，相传有仙人用
棋子击为两段。

易道淳

1941 年生，贵州省绥阳县人。贵州省诗词学会、遵义市诗词学会、绥阳县诗词学会会员。贵州省绥阳农民诗词学会会长。自出资金创办《风华诗稿》会刊，发刊全国。

三月登高

云开雾散带耕楼，芳草萋萋盖绿洲。
黄鸟穿梭云里去，杨花飞絮浪中流。
青山日暖栽桃李，碧水风轻荡画舟。
醉里看山山欲动，谁将彩画绘平畴。

罗　天

又名罗天福，1946 年生，贵州省开阳县人。曾任贵州赫章铅锌矿矿长。高级政工师。贵州省诗词学会会员。

庆香港回归 (新声韵)

百年饮恨苦彷徨，赤子思归梦断肠。
合浦珠还鹏翼展，政开两制国荣昌。

梅里雪山 (新声韵)

太子排云上九重①，忽清忽隐总朦胧。
仰观熠熠冰霜覆，俯瞰葱葱树木封。
长镇边关身不老，永持浩莽气犹雄。
倾将乳液泽黎庶，地坼天崩不改容。

【注】
① 梅里雪山主峰太子雪山如一忠诚卫士驻守在滇藏交汇之西南
边陲。

加入贵州省诗词学会有感

骚坛忝列一诗囚，迈步青山笑漫游。
李菊桃兰争艳羡，松梅柏竹竞风流。
兴衰社稷同关注，苦乐民生共喜忧。
灿烂晚霞无限景，欲思绝顶放歌喉。

罗　麟

1940年生，贵州省绥阳县人。遵义市诗词楹联学会会员。

宽阔水太阳山

风来千兽啸，雨至景朦胧。
红日蓦然出，峰浮云海中。

罗开明

1949 年生，四川省蓬溪县人。兴义市人民医院副主任医师。贵州省诗词学会、黔西南州诗词楹联学会会员。

朝中措·登华山

古来险峻数华山，今日去登攀。山势绵延千里，日偏方到西巅。　苍松虬劲，南峰极顶，远眺秦川。造化锺神诗句，吟来动我心田。

巫山一段云·游重庆鹅岭公园

鹅岭嘉陵畔，登高赏急流。如纱雾色几时收？极目眺源头。　夹岸春山翠，翻飞三四鸥。渔人船内自悠悠，系缆白沙洲。

柳梢青·清明时节

桐花飞雪，匆匆过了，清明时节。春水如蓝，柳条摇曳，翻飞蝴蝶。　田间菜子收时，布谷鸟，催耕切切。南国乡村，闲人正少，燕儿难歇。

罗占荣

1931 年 4 月生,贵州省紫云县人,布依族。安顺市诗词楹联学会、紫云县诗词楹联学会会员。

"三补"后的农家 (新声韵)

(一)

"三农"决策化春风,吹遍农家喜气浓。
五谷丰登六畜旺,眉开眼笑乐无穷。

(二)

处处高楼笑语飞,扶农"三补"稻田肥。
鱼丰粮足鸡豚壮,桌满佳肴酒满杯。

(三)

笛弦夜弄到三更,满院欢歌笑语声。
小子无知光拍手,老夫运笔颂升平。

鹧鸪天·秋吟 (新声韵)

秋到山村百姓忙，黄金盖地满山冈。横观遍野千重浪，纵看田畴万里黄。　抓季节，抢时光，披星戴月露沾裳。三秋抢宝农家乐，五谷丰登库满装。

罗仕勋

笔名老原，号三余翁，侗族，1963 年生，贵州省玉屏县人。中华诗词学会、贵州省诗词学会、楹联学会理事，铜仁地区诗词楹联学会常务理事，玉屏诗词楹联学会副会长、秘书长。著有《山路弯弯》。

九龙洞中

漫步龙宫拂晓时，依稀情侣弄羞姿。
天鸡一唱薄云淡，满眼琼楼尽挂诗。

中秋祭父

何故中秋月未明，却飞细雨解轻醒。
阴云漫漫天低近，又忆依依父子情。

忆秦娥·题《江山多娇》

萧声歇，八仙醉弈莲花月。莲花月，渔舟破晓，潾阳春色。　史书万卷人人阅，奇峰叠秀绿如墨。绿如墨，苍松长祭，捐躯英烈。

罗成忠

1944 年生，贵州省毕节市人，曾任毕节市棉毛制品厂厂长。贵州省诗词学会、毕节地区诗词楹联学会会员，乌蒙诗社理事。

陇上行

敦煌词

祁连西望野茫茫，忧怨琵琶易断肠。
琼阁千寻唐韵远，玉泉半月汉风长。
禅机玄妙留珍宝，道士荒唐信虎狼。
惆怅秋风思不尽，横沙莽莽几沧桑。

七星关怀古

（一）

浪拍虹桥雾锁关，天梯石栈半云端。
镇江铁柱沉滩水，祸祭铜灯布醮坛。
汉相南征留断碣，雄师北上挽狂澜。
青碑有记名长在，郁郁苍松共岭寒。

（二）

残垣故垒弃重峦，壁嶂嵯峨古道寒。
蛮岭瘴烟征路险，夜郎浊浪渡舟难。
纶巾鹤氅悲泸水，补衮和羹定汉关。
乡梦遥愁人早逝，丹枫黄菊几苍山。

（三）

三分未定战犹酣，驻马川黔半壁残。
丞相挥师一羽扇，中原逐鹿几雕鞍。
星沉北斗金灯冷，名震南疆铜鼓寒。
报国无辞生死许，丹心碧血洒雄关！

安龙怀古

十里荷花暮雨笼，黔边小邑鼎"安龙"①。

江山半壁朱颜改，玉宇三层晚景空。

壮士悲歌迎夜月，英雄弹剑殒秋风。

汴京过后临安事，千古兴衰一梦中。

【注】

① 南明永历帝朱由榔曾建都贵州安龙县。

大理行

轻车送我彩云西，姹紫嫣红映眼奇。

雪润苍山兰慧茂，月溶洱海晚风徐。

三潭影映遗青史，万蝶翩跹恋古溪。

最是金花娇带露，芳姿婀娜惹人迷。

岳阳览胜

秋风回雁独登楼，散紫攒红望不休。

涛涌君山惊锦鲤，月涵云梦唱渔舟。

佳篇长颂范公句，雅赋难抒楚客愁。

千古沧桑留胜迹，烟波浩淼自悠悠。

丁亥迎春试笔

丽日晴晖小苑葱，西楼联韵正春融。
高山流水琴声雅，紫砚金笺笔调雄。
一席清音歌盛世，满堂华彩颂新风。
书生意气将军剑，化作长虹贯碧空。

梦回猫跳河

当年壮志赴关山，报国豪情斗正酣。
血洒云峰应有泪，汗挥水坝岂称难！
钢钎铁铲硝烟滚，气钻风机炮火欢。
恰似疆场征战勇，只今常忆挽狂澜！

贺大方六龙龙中诗社成立

览胜寻芳古镇东，峰环水绕尽葱茏。
六龙回日千山护，五凤朝阳百鸟躬。
岩下敲棋心自静，林间走笔句尤工。
诗乡盛世添新韵，好谱唐虞解愠风。

罗光彩

字文辉，1931 年生，贵州省桐梓县人。曾任桐梓县志办主任。桐梓诗词楹联学会顾问。

忧地歌

杞人忧天堪笑痴，我今忧地岂持疑。频频伐木青山少，野火毁林何时了？君不见，黄河代代哮悲歌，一年卷土有几多。长江上游树日少，岂忍长江变黄河？君不见，狂风大作黄沙起，黄尘滚滚溢千里。不毛沙漠日日增，可教后人何处挤？君不见，森林减少飞鸟稀，山光岭秃禽兽绝。自然生态失平衡，赤地千里人自灭。忧地歌，为谁作，唤起人人都爱绿。多栽树，少伐木，永葆青山葱郁郁。葱郁郁，保水土，林茂果丰物产富。物产富，资源足，造林就是造幸福。因树木，尤树人，人人爱树树成林。树成林，气候清，风调雨顺谷丰登。谷丰登，人温饱，小康大康起步跑。山清水秀人长寿，人民江山人民保。

牛心山居 （八首选四）

（一）

不恋繁城享受殊，牛心山上筑新庐。
愿将老骨付荒岭，换取良材千万株。

（二）

天际金乌叫复沉，黄昏伴侣倍情深。
相依同植常青树，几度春风看茂林。

（三）

育树成林生态谐，山青水绿净尘埃。
一家辛苦千家乐，门上喜悬示范牌。

（四）

陋室依山景象殊，迤逦声色画难涂。
静中瞩目千般动，碧绿橙黄间白朱。

罗廷毅

1955年生，贵州省黔西县人。先后供职于县教育局，计经局、县政府。贵州省诗词学会、毕节地区诗词楹联学会会员，黔西杜鹃诗社创始人之一。副社长，《杜鹃诗刊》编辑。

咏桂花

绿叶荫中看树黄，凄清谁信许秋光。
却将心事消愁眼，也解相思寄断肠。
玉露滴残千树冷，金风吹起一魂香。
不随百卉媚春色，何用诗人论短长。

东郊记游

极目东郊外，霞光万里辉。
平畴红渐瘦，广袤绿添肥。
几处流莺啭，谁家乳燕飞。
漫游心欲醉，眷恋不思归。

马缨杜鹃

良骏披缨驰岭巅，绮霞万缕映重峦。
停车远眺迎眸处，始觉鹃花心欲燃。

罗庆芳

侗族，又名岑芳，蔚新等，1941年生，贵州省岑巩县人。贵州省人民广播电台高级编辑，广播研究会副主任，经济部主要负责人兼党支部书记。中国作家协会、中华诗词学会、中国诗歌学会会员，贵州省诗词学会常务理事，《贵州诗词》编委，《茶韵》杂志主编。著有《新世纪笔耕拾穗录（诗词卷）》《罗庆芳旅游诗词集（贵州卷）》《倾情纵览江山秀》《北国诗韵》《锦绣神州壮我吟》等。

钗头凤·归来

（一）

银丝首，蹒跚走，相逢皆是童年友。亲情暖，连声喊。院庭铁树，昨开花展。璨，璨，璨。　　相思豆，年年购，归帆难渡焦心透。风云变，乾坤转，三通桥路，恨梅开晚。盼，盼，盼。

（二）

龙江浒，争摇橹，坝高湖漾随船舞。欢游览，霞光闪，景青崖秀，岸楼珠转。焕，焕，焕。　　当年陋，歪房旧，五十年里织苏绣。百花染，新楼满。龙江沿岸，东风香暖。灿，灿，灿。

【大石调】百字令·长征感怀

漫长征路，把人间滋味，通都尝够。吃尽千辛和万苦，险隘攻关搏斗。强过乌江，佯攻省会，苦乐尽都有。湘江血染，揪心教训疾首。遵义会议光芒，新天打造，挑准丹青手。真是乘长风破浪，掌舵稳操驰骤。巧用神兵，出奇制胜，四渡赤水英明透。感怀千古。问人生路该如何走①！

【注】

① "赤水""如何"为增词。

【大石调】百字令·四渡赤水

纵横驰骋，看东西南北，迂回推进。大振军威添翼虎，壮举千秋神韵。暗渡陈仓，声东战略，大摆迷魂阵。惊心动魄，佯攻妙计牵引。急调主力出滇，长驱保驾，东进然诺信。转向晕头疲累惨，处处遭袭遗恨。损将折兵，看蒋军丢盔躲命，可笑真愚笨。古今中外，战争实例精品。

【大石调】百字令·忆抗日战争

不堪回首，忆东瀛仇寇，屠城蹂躏。滚滚狼烟焦土烁，遍野尸横惊震。惨烈空前，"三光"殆尽，肆虐兽兵狠。同心抗战，沙场喋血坚忍。男儿拼死相搏，临危不惧，角响烽烟奋。抗战军民齐努力，日寇驱除雪恨。丽日东升，欢歌阵阵，举国声威振。旧仇前耻，莫忘强国根本。

草　海

国家级风景区贵州威宁草海周边680多户农民自发成立"草海农民环保协会"。据说是我国首家农民环保组织。

当年围垦万旗飞，今日萧条草海危。
涝旱频仍曾解悔？鱼禽几绝始知非。
天人争斗问谁胜？物事和谐不愿违。
喜看农民重环保，霞光初露照芳菲。

赞铜仁"民工工会"

2004 年 11 月 30 日《贵州都市报》载：铜仁地区进城务工人员工会联合会成立 3 个月来。为民工讨回 32 万元血汗钱，协调处理工伤事故 41 起。被誉为"打工者之家"。

一年血汗付东流，心意难平泪湿眸。

为脱贫穷背乡井，忍抛父母弃田畴。

谁知险恶欺孤雁，方晓城居有后忧。

今喜民工同入会，高飞展翅任遨游。

赞亿万富翁曾宪梓 (新声韵)

据《中国青年报》2005 年 8 月 22 日报道：金利来集团董事局主席曾宪梓在香港 40 余年，没上一次歌舞厅，没去一次夜总会，进餐吃不完的坚持打包带走。而 27 年来，他向社会捐款已达 6.1 亿元，平均每天捐款 6 万余元。

舞会歌厅不与缘，每餐消费仅十元。

点心剩菜打包走，淡饭粗茶执志坚。

社会募捐全力赴，支援建设总身先。

富翁勤俭令人震，公款吃喝当自惭。

侗家村寨好和美

在黔东南自治州榕江县口寨村吃百家饭，感受生活的乐趣与和谐。

竹翠林幽景万千，瀑飞峭壁彩云间。
下车先听迎声近，酒盏已抬客面前。
米酒清香刚品味，腌鱼再敬送唇边。
入村礼物新奇品，红蛋步鞋丝线牵。
蔽日浓荫榕树下，六百屋宇建江沿。
拾阶挑水大娘走，老耄花间幽踱闲。
侗女梳妆河作镜，渔舟清唱满江甜。
相传代代古节日，寨宴榕荫摆几圈。
晌午时分忙饭菜，方桌长凳紧相连。
家家大嫂竹篮里，饭菜携提鳜鲤鲜。
老少同桌男女聚，盎然兴味共猜拳。
古香古色百家饭，童稚围桌尽笑颜。
劝酒举杯歌满斗，几十姑嫂侗歌绵。
猪肥牛壮西瓜大，弹奏琵琶颂变迁。
婉转高昂相伴舞，旋律优美赛天仙。
稻香水暖塘鱼闹，村寨平和雀噪檐。

南国绝恋①

相思千里崩城泪，堪叹青峰杜宇啼；
更听美珠荫又转，朝朝榕树孤雁悲。
榕树浓荫三宿恋，美珠哥坿结连理；

南国一对好夫妻，情深意重话别离。

恩爱夫妻话别离，哥坷北去揽生意；

送郎送到榕树脚，情绕情牵情依依。

哥坷北去揽生意，客死他乡无信息；

榕树浓荫等哥坷，美珠月月盼郎归。

榕树浓荫盼郎回，盼来十五盼初一；

盼了一年又一年，不见哥坷回归迹。

不见哥坷回家转，做梦也把哥坷喊；

白天做事少精神，公婆怪她想偷懒。

公婆错怪儿媳妇，有苦美珠说不出；

每天频去榕树脚，面向北山放声哭。

夜想日思日夜哭，哭瞎双眼血泪流；

不思茶饭病缠身，榕树浓荫哭郎君。

榕树浓荫哭夫君，哭得天黑地也昏。

天庭王母访民情，呼唤美珠上天庭。

美珠遵命上天庭，骨瘦顿觉比草轻；

荡荡摇摇上九霄，哭郎不断悲凄声。

王母惜劝离凡尘，留住天宫守清静；

美珠心里有哥坷，宁愿下凡事夫君。

王母感念思君苦，仙化美珠为榕树；

一夜榕树满花果，远近观奇人如流。

公婆方知媳妇好，邻居款款赞美珠。

一曲感人生死恋，相思榕树传九州。

美珠故事传九州，从此思君仰榕树。

【注】

① 故事流传黔东南都柳江一带，但其演绎各别，今取榕树开花
传奇一说。

罗孝本

（1929——？）贵州省贵阳市人，安顺地区退休干部，曾担任安顺诗词楹联学会理事。

咏安顺虹山水库

习安妙景起飞虹，水色山光一镜中。
绿柳迎风娱钓叟，金波荡日泳顽童。
红楼翠绕花争艳，广道尘飞车御风。
人世沧桑今大变，明珠巧缀夺天工。

偕地区老年大学学友游红枫湖

明珠丽景缀高原，琼阁仙山改旧观。
昔日黄羊奔棘野，今朝锦鲤戏湖滩。
千寻雪岭凝书卷①，万顷波光荡画船。
故里沧桑何处是，螺洲蟹屿水云间②。

【注】
① 红枫著名景点"天书"。
② 童年故乡余家桥部分被淹没。

罗时雄

布依族，1959 年生，中华诗词学会、黔南州诗联学会会员。

一剪梅·农忙

　　早起粗妆不细描，摇醒眠人，脚底轻搔。村边雨后水平桥，你整秧田，我插秧苗。　　倦里归来相慰劳，揉一揉肩，捶一捶腰。几杯甜酒笑中聊。过了黄昏，又是良宵。

黔灵山春行

　　红抹黔灵花木时，踏春之意老僧知。
　　先来古寺分佳景，再问名山要好诗。
　　径草生风摇客意，云乔滴雨惹乡思。
　　游人写就惊天句，日落寻归也不迟。

渔家傲·茶山上初晴后雨

　　瞧我独山高寨女，随云飘忽上山去。红背箙儿飞笑语，听如玉，采茶盈面风和煦。　　三岔峰头翻黑雨，茶园未许归情系。林里漫将蕉叶取，无穷趣，逍遥披做青蓑具。

罗利阔

1958 年生，贵阳市清华中学美术教师，贵州省诗词学会、贵阳市花溪区诗词学会副秘书长。

读清华中学校史有感

德智兼修人品全，清华教育德为先。
寄梅遗训今犹在，定叫晚生超古贤。

花溪杂咏

白云碧汉秋溪净，叶影横窗鸟语清。
山麓陋居离市远，品茶赏画最怡情。

罗茂录

1932 年生，贵州省桐梓县人，曾任桐梓县农牧局副局长。贵州省诗联学会和遵义市诗词学会会员、桐梓县诗联学会理事，《播韵》编委。

咏　竹

胸怀坦荡貌芊芊，亮节千秋不改颜。
翘首迎风摇日月，盘根固土护山川。
厌同桃李争春艳，甘与松梅结雪缘。
待到群芳零落日，丰姿飒爽傲长天。

抗洪颂

千里长堤千里兵，丹心碧血斗洪横。
任凭恶浪连天涌，浪里红星是救星。

咏　羊

食草天生不自娇，青山旷野任逍遥。
世人福享焉知我？桌上佳餐身上袍！

罗国刚

侗族，1963 年生，贵州省天柱县人。中华诗词学会、贵州省
诗词学会、黔东南州诗词楹联学会会员，《黔东南诗词》常务副
主编。

沁园春·登望海楼

独上高楼，极目海天，万顷波涛。见云舒云
卷，时分时合；潮平潮涌，忽涨忽消。阵阵狂飚，
排排巨浪，势若奔雷震九霄。鸥燕起，纵无边阔野，
展尽风骚。　　洞头百屿妖娆。凌虚处、情浓意
更高。想依稀往事，弯弓皓月；明昭历史，硬橹
强桡。璀璨人文，辉煌物象，光耀东南第一娇。
桑梓地，是人间胜境，尧舜天朝。

一剪梅·思亲

常忆英姿在眼前；醒也缠绵，梦也缠绵，喁喁絮语话相欢，情也纤纤，意也纤纤！　　今夜孤身看月圆，云正衣单，月正衣单。归来帐下总难眠，灯已阑珊，夜已阑珊。

汉寨九龙山怀古 (新声韵)

百载歌吟姜应芳，九龙山上义旗扬。
南突北讨乡河远，东战西征客夜长。
血沃银峦天地暗，剑出汉岭鬼神伤。
如今何处寻忠骨，直上营盘古战场。

观钱塘江涌潮

钱塘江上笼烟霞，万马奔腾卷白沙。
阵阵狂飚摧日角，排排巨浪闯云涯。
激流织就千般景，猛水编成五彩花。
自古钱塘歌梦里，潮平潮涌滚奇葩。

罗享廷

1930 年生,贵州省印江县人。退休干部。已故。

旷继勋烈士塑像落成

旷大将军义旗红,匡时救世震川东。
红军虎将凌云志,铁马金戈建大功。
反逆含冤丧虎口①,陕延昭雪慰英雄。
重光故里期颐日,塑像落成桑梓中。

【注】
① 指反对张国焘遭秘密杀害。

罗建文

1932 年生,贵州省仁怀市人。曾任仁怀县常务副县长、县政协主席、党组书记。仁怀市老年诗联书画研究会顾问、后任会长。

瞻仰韶山毛主席铜像

思念韶山想北京,像前俯首悼英灵。
毛公伟绩千秋颂,盛世江山万代兴。

忆江南·神州美

（一）

神州美！日出百花香，鸟语枝头吟盛世，人行正道步康庄，共度好时光。

（二）

神州美！锦绣遍城乡，邑镇山村花烂漫，粮丰物阜寿安康，处处似天堂。

罗建明

毕节地区文联主席。

端阳诗会

兰汤艾酒又端阳，云涌灵峰骚客忙。
每祭先贤相聚会，联珠唱玉韵铿锵。

题杨小吾唱月图

明月当头夜静深，荷花池畔白如银。
真情感悦仙家鹭，唱出通灵万古音。

朝霞工程颂①

朝霞一日设工程，万户千门喜气盈。
纲领英明颁决策，文坛嘎玉振金声。
幼苗茁壮出新秀，国粹传承待唱赓。
行看乌蒙奋笔起，龙蛇腾舞走长鲸。

【注】
① 朝霞工程指中国文联拨款到地、县扶持培养有文艺天才的少
　年儿童。

西藏行

蓝天无际白云长，雪域高原扮靓妆。
谁说人间无净土，喜忧到此两皆忘。

鹧鸪天·安乐希望小学

朝晖初起映霞红，僻壤京畿瞬息通。驿馆千
家迎远客，弦歌一夜入丝筒。　　声细细，律融融，
扶贫助教建头功。丹心惬意真情厚，山野学童展
笑容。

罗洪涛

笔名海雪，1967 年生，贵州省遵义县人。建筑工程师。中华诗词学会、遵义市诗词学会会员。著有《海雪诗词集》。

纪念郑子尹诞辰二百周年

桥卧烟村乐水闲，香亭梅杏绕篱边。
摩崖刻石惊鸿影，播雅联珠吐蕙兰。
百梦留馨辉汉月，三峰凝韵点春山。
一编府志文坛秀，更得巢诗扬远帆。

南乡子·四洞沟

帘内听惊涛，几折盘山隐大潮。渐觉云深尘世远，逍遥。谁倚桫椤捻玉箫。　　情系竹根雕。铁索双飞任撒娇。一曲葫芦丝笑语，妖绕。竹舞花腰月上梢。

罗家成

苗族，贵州省麻江县人。麻江县坝芒中学语文教师。贵州省诗词学会、黔东南州诗词学会会员。

沁园春·咏麻江景点

毓秀锺灵，放眼麻江，一派风光。眺龙头山骏，昂扬啸傲；摩崖字古，兰玉流芳。箭杆桥旁，瀑分燕尾，相送"铁龙"奔远方。今添景，喜高速公路，横贯城乡。　　原始生态西疆，看老蛇冲在坝芒乡。叹仙人桥壮，天成妙境；斗篷山翠，源发清江。金流洞奇，桃园岛秀，月半龙舟乐未央。神往矣，品归真返璞，须到斯乡。

罗浮仙

（1898——1987），原名永参，号贯之。四川省合江人。13岁学写诗，后辍学在家务农时由祖父教读医书，颇通医理。曾任青岩区长及原贵筑县第二、三届人大副主任委员。著有《傍山斋残稿》。

访阳明洞示同游

先生如不到龙场，声教何时被鬼方。
一夜洞穿天地窍，三年凿破汉夷疆。
蟠根树挺拿空节，罩顶祠烧断瓣香。
何地有轩无座位，南来几个配宾阳。

送　别①

攀登云顶望山河，投笔磨刀夜枕戈。
北斗辉煌航向在，南条迤逦岳灵多。
激增磊落男儿气，莫唱沧浪孺子歌。
前线后方同敌忾，长城内外抗强倭。

【注】
① 民国二十六年任青岩中心小学校长时，本校教师孔凤瑞（女）、
周树楹、黄坚受黄齐生先生熏陶，投考抗大，饯行时赋诗壮行。

登花溪麟山

翼然一阁贴岩腰，拾级而登壮气豪。
秧马如枯龙骨瘦，纸鸢风稳马蹄骄。
春风绿遍三千户，流水红翻十五桥。
到此不禁大呼啸，山无凭藉自孤高。

十一月十五日贵阳解放

万马怒嘶风，旌旗映日红。
秧歌龙洞堡，鞭炮燕岩冲。
军不惊民舍，人欢肃市容。
新来新队伍，檐下视弨弓。

劝 君

劝君莫再惜斜阳，生是无常死是常。
露骨峰峦增气概，落花风雨壮文章。
尚于后辈寻蹊径①，但为平生补创伤②。
不儒不侠不仙佛，犁头锄尾老家乡。

【注】

① 备子孙学医材料。

② 1980 年前，十年义务应诊。

楼 居

昨霄花雨洗林峦，马怠车烦路几弯。
赤足医生红佩带，白头渔父绿篱竿。
喷泉龙侮犁田犊，含日山围吐月关。
楼下忽听来客问，明朝是否上晨班。

大将山

瘦石粘泥生茂草，顶天立地长乔松。
腾云驾雾飞天马，松土堆肥学地龙。
佳句得之规律外，好诗来自睡眠中。
路人于我无憎爱，老幼相逢尽唤公。

花溪三月

两间万有异生涯，莺有阿爹燕有妈。
托石蓬蒿围岸柳，蟠根松柏抱岩杉。
美人鱼戏夭桃浪，大将山簪少妇花。
莫向老翁夸富有，此图此画属吾家。

翁冈河

翁冈三载小勾留，雨雨晴晴信步游。
落叶仍能肥瘦土，深山到处伏清流。
渔樵不管兴亡事，风月全归笔砚收。
万古庄严岩壑气，一齐装进读书楼。

柴　门

柴门无显客，架上古人多。
河洛传三易①，江淮入九歌。
文明先甲胄，进化出干戈。
徒有兰亭序，何曾换一鹅。

【注】
① 河图、洛书是太极八卦的象数模型；三易指连山、归藏、周易。

月

姗姗来此去迟迟，斜挂疏林第几枝？

万古往还忙不息，千潭印照大无私。

晦明一样留圆体，蚀复微痕只暂时。

天下何人不爱汝？我心澄澈汝才知。

罗祥英

女，1927 年生，重庆市人，贵州石油指挥部子弟校教师。贵州省诗词学会会员。

满江红·蜀秀

雾绕云缭，蜀多秀，山青水碧。极目望，群峰耸峻，层林黛绿。雪岭云巅殊远对，涪江巴水奔腾激。碧云廊，古柏矗蓝天，浓荫蔽。　　峨眉秀，剑门屹。青城媚，夔门偶。看巫娥丽影，玉婷娇立。翠海宁河澄澈透，石乡洞府雄姿奕。任遨游，圣殿与仙宫，神飘逸。

沁园春·赤水自然风景奇观

　　地接滇川，景色清幽，历史久长。望峭峰尖岭，丹霞灿灿；平畴沃野，赤水泱泱。山映晴云，崖飞瀑布，楠竹葱笼夏日凉。游宾望，赞碧天若洗，鸟语花香。　　英雄崛起东方。率革命雄师过大江。颂红军四渡，群情振奋；长征万里，众志昂扬。领袖英明，人民拥护，胜利辉煌百代昌。欣时盛，赏神州奇景，亘古流芳。

罗祥瑜

　　女，1947年生，湖北人，曾任贵阳三中等中学校教师。贵州省诗词学会会员。

游王阳明悟道之玩易窝感赋 （新声韵）

　　玩易窝来不易玩，苍凉凄怆远尘烟。
　　蓬蒿莽莽穴岩护，洞径冥冥瘴疠寒。
　　忍性动心成大任，乏身劳骨酿宏篇。
　　奇人天降夜郎洞，悟道释经千古传。

观黄果树大瀑布 （新声韵）

陡岩万丈尽飞花，倒挂银河谢女娲。
巨练排空惊四野，春雷咆哮震千崖。
如织烟雨水帘洞，临树猢狲花果家。
观瀑李白福眼浅，夜郎奇景冠中华。

乌当黄连村采风 （新声韵）

世代耕耘世代家，布依深谷伴云霞。
千岩飞瀑蕴灵秀，万树青川孕朴华。
书法楹联承亘古，山歌舞蹈展心花。
喜闻诗客远方至，结队村姑敬酒茶。

罗登义

（1906——2000），贵州省贵阳市人。我国著名生物化学家、教育家。一级教授。曾任贵州省人大副主任、贵州大学名誉校长。

八旬初度

一生三朝终盛世，备经忧患始昌明。
甘作蜡炬偿夙愿，赢得今日晚霞升。

咏刺梨

幽居空谷本自尊，遍身芒刺为生存。

粉红春花艳山野，沉黄秋实献人群。

治癌维丙最丰富，医紫维己世难寻。

今遇科学伯乐顾，霹雳一声"新山珍"。

（1983 年）

省九三学会新年联欢

新年联欢盛空前，男女社员相见欢。

互贺旧岁有成就，更祝新年道路宽。

立志四化齐努力，繁荣科技首攻关。

振兴中华皆有责，党派成员应当先。

（1983 年）

文　竹

小小盆景饶风姿，案头一钵惹人痴。

似松劲秀正迎客，如竹猗猗映月时。

遍生南北随处有，无论雅俗皆赏识。

中华文化渊源久，修身养心有价值。

大学恋

一生一世在大学，愿作蜡炬度生活。
年迈早应让贤彦，息影故里乐如何！

初春二月

雪雨交加二月春，乍暖乍寒恼煞人。
人老常惧气候变，体衰更畏风雪临。
冷暖人情古今有，炎凉世态到处存。
人生应学重修养，切忌津津道浮沉。

（1984年）

自　述

忙忙碌碌数十秋，粉笔生涯，白云悠悠。少壮求知勤奋修，全力苦干，忘愁忘忧。成年寸心欲何求？科研工作，育才传流。一生志向岂能休，尽管白头，何惧白头。

农院成立刺梨研究所

幽居空谷新山珍，盛世迎进科学门，
企望今后显身手，造福增光为人民。

富民政策

一号文件是东风，鼓舞农民心更雄。

千方百计搞生产，深思熟虑治贫穷。

黔北兴起开发热，全省多种经营隆。

富民政策威力大，振奋人心处处红。

（1984 年 3 月）

重　阳

秋风秋雨过重阳，山前山后叶变黄。

篱菊逸然正怒放，芙蓉三变似发狂。

银白新棉进包袋，金黄稻谷上晒场。

耕耘收获理如此，莘莘学子细思量。

（1984 年 10 月）

罗道全

别名石川。1942年生，贵州省湄潭县人。曾任贵州省国防工业工会副主席。贵州省诗词学会会员。

贵州平坝天台山写生 (新声韵)

探幽觅胜入天台，拄杖凭风上玉陔。
眺望天边飞雁尽，侧听梵语绕窗来。
独峰拔地云裳舞，众虎争雄土冢埋。
我写屯西烟柳色，山娃窃指作春猜。

起看西山月似钩 (新声韵)

儿女挣钱城镇走，妪翁故土苦羁留。
华堂空寂难成梦，起看西山月似钩。

二度梅开 (新声韵)

墙边疏影送幽香，天妒冰封雪掩藏。
云散风清终有日，铁枝虬干爆新黄。

罗富昌

1929年11月生,湖北省均县人。贵州省经济委员会离休干部。著有《躬耕集》《寸草吟》。

寻诗苦吟 (新声韵)

(一)

老夫也作少年游,绿染丹青入镜头。
行看山花开满路,坐听溪水唱清流。

(二)

一首新词半未完,夜来辗转睡无眠。
邻鸡啼报三更后,晨起铺笺又忘言。

(三)

诗句咏来须自然,功夫不在五七言。
舍得劳顿半生苦,会有吟安一字甜。

沁园春·读毛公《沁园春·雪》感咏 (新声韵)

纪念长征，又忆峥嵘，莫忘苦艰。历湘江血战，悬桥飞渡；敌军围堵，万险千难。炊断粮绝，人乏马困，草地泥泽过雪山。英雄赞，庆旗开会宁，得胜延安。　　不觉两鬓霜添，育翠柏青松几度寒。看三峡坝立，平湖月影；艨艟浪涌，瀑泻潮翻。青藏高原，金珠玛米，呼啸长龙驰骋欢。观新景，有嫦娥奔月，绕地巡天。

纪念周公次韵《大江》诗 (新声韵)

高歌畅咏大江东，浪起涛声兴不穷。
弹洞村墙留画壁，长风万里铸豪雄。

一剪梅·听歌 (新声韵)

少小听歌唱救亡。怒吼黄河，怒火太行。年轻歌唱进军忙，饮马长江，打马苏杭。　　今日听歌唱妹郎。少点温文，多点疯狂。明天歌唱祖国强。问候嫦娥，问讯吴刚。

行香子·黔灵春晓

春满黔灵，日丽风清。人潮涌、车马长龙。
金花含笑，嫩柳垂迎。有歌欢唱，舞欢跳，乐欢
情。　　山洁水净，草茂花明。登高望、郁郁葱葱。
七星潭畔，三岭湾中，嬉猴儿闹，鱼儿跃，鸟儿鸣。

长城眺望 （新声韵）

千古帝王何处寻，唯存断壁待游人。
波推涛涌峦叠嶂，蟒蜿蛇蜒峻耸嶙。
山海关前风鼓浪，老龙头上雾压云。
长城万里归一统，碧海蓝天不锁门。

麒麟洞之叹 （新声韵）

山深阴暗潮湿洞，水浅浑浊泥淖塘。
冷谷荒坡荆满路，残砖断瓦莨围墙。
弓长剑短生擒蟒，虎踞龙囚软禁羊。
千古功臣双勇士，一生将帅两忠良。

罗锡寿

布依族，1938 年生。贵州省麻江县人。曾任《麻江县志》编辑。贵州省诗词楹联学会会员，黔东南州诗词楹联学会理事。著有《旅途絮语》。

瞻仰毛主席遗容即兴 (新声韵)

队伍似长龙，情在静穆中。

雨急飘然下，人流悲恸容。

井然缓步进，花束抱当胸。

心怀虔诚愿，细瞻领袖容。

沉缅痛悲忆，泪盈眼眶中。

石陨惊传耗，国殇起悲风。

伟岸身长卧，神州永敬崇。

卅年今睹貌，依旧严慈容。

广额罗天地，巨臂缚苍龙。

立马昆仑侧，倚天剑气宏。

截山相馈赠，唯望普天同。

观雪长城上，鸿篇论政功。

惊涛犹信步，酝酿断江洪。

宏愿今实现，电流早至东。

红尘拼斗激，冷眼看苍穹。

壮志永无尽，乘风上太空。

月宫访故友，金殿斥枭雄。

强霸淫威盛，弱民尚受穷。

多少抗暴事，冉冉上慈容。

人流机械动，恐扰九思聪。

老骥默呈愿，金秋效愚公。

知识当造就，领袖有遗风。

苦练灯光下，选材明月中。

讴歌新盛世，科技正兴隆。

构建和谐境，全民争大同。

英灵泉下慰，黎庶仰恩隆。

季兆秋

1937 年生，贵州省贵定县人，中国楹联学会、中华诗词学会、黔南州诗联学会会员，贵定诗联学会会长。

黔中第一漂——贵定洛北河风光

贵定风光地，黔中第一漂。

盘江腾细浪，洛水赋风骚。

翠岭飞霞落，游人笑声高。

二邱遗韵广^①，画境倍妖娆。

【注】

① 二邱指明代贵定人邱和实（翰林院检讨奉政大夫）、邱禾嘉（兵部戬方主事，辽东巡抚）。

岳良武

1948 年生，贵州省余庆县人。贵州省诗词学会。著有《云鹤斋诗词联》集。

咏茶农

乌江两岸茶叶佳，雾里村姑摘嫩芽。

片片春心含墨韵，茗香四海羽仙夸。

金开玉

1945 年生，贵州省六枝特区人。六枝特区第三中学退休教师。六盘水市诗词楹联学会会员。

浣溪沙·退耕还林

一水源清一水长，一滩不治九滩狂。沿河儿女哭爹娘。　治水为民颁政令，退耕绿化两情忙。人间美景胜天堂。

金永福

　　1945 年生，贵州省织金县人。曾任六盘水市文联主席、党组书记。中华诗词学会、贵州省诗词学会会员，六盘水市诗词学会名誉会长。著有《边草吟稿》。

乌蒙山脉 （新声韵）

自海飞升上碧空，摇头摆尾本蛟龙。
天门紧闭无归处，化作群峰十万重。

悼巴金 （新声韵）

文坛泰斗巴金老，千古文章是血浇。
风雨一生情不变，只留真话让人挑。

坡上牧场 （新声韵）

坡上牧场接九天，牛羊云朵共蹁跹。
野花点点疑星坠，芳草萋萋似毯悬。
小鸟空中寻丽日，清泉石上灌梯田。
花丛牧女飞针线，正把明天美梦编。

青藏铁路（新声韵）

青藏高原世叹高，从来行走路途遥。
雄心筑就通天路，巧手搭成致富桥。
志大敢教天变貌，气豪能让地折腰。
激情热洒同胞地，万里江山格外娇。

神舟载人飞船

梦想千年一夜圆，神舟五号去飞天。
中华大地风雷动，玉宇长天日月欢。
人往太空乘火箭，身游环宇坐飞船。
国强科技开新宇，发展和平两在肩。

嫦娥一号升空

嫦娥本是邻家女，误入寒宫苦处多。
常盼亲人来聚首，还思故土去锄禾。
卫星绕月心惊喜，玉兔开门眼送波。
忙唤吴刚斟美酒，阿哥只隔一条河。

桃源忆故人·农家

寻芳寻到农家处，院外几排花树。临水小楼人住，对日开窗户。　　闻声相见称如故，指看满仓新谷。话语不离奔富，日子让人慕。

金光风

别号丰子，笔名风光，1932 年生，江西省浮梁县人。曾任贵州老年大学处长。中华诗词学会、贵州省诗词学会会员。著有《丰子吟草书法选》《丰子藏头诗书合璧选集》。

南明咏怀

五十年前到筑城，铲妖除恶庆升平。
南明河畔春花艳，甲秀楼中秋月明。
改革迎来百业旺，倡廉赢得万民兴。
倾心惬意舒怀唱，奋笔高歌颂晚晴。

贵州省书法家协会 （藏头诗新声韵）

贵龙起舞跃苍穹，州县沸腾百卉红。
省视颜欧挥巨笔，书尊柳赵步高峰。
法通四海春风暖，家系五洲紫气浓。
协作和谐连广宇，会心泼墨咏豪雄。

咏西湖 (新声韵)

青山拥翠抱琼楼，碧水流澄客满舟。
春到苏堤杨柳绿，三潭印月咏千秋。

景德镇市老干局赞 (藏头诗)

景观璀璨釉瓷珍，德惠九州四海亲。
镇定思危谋进取，市容含笑报佳音。
老人常念家乡美，干部不忘父老恩。
局展深情迎赤子，赞词答谢表真心。

金祖仪

1928 年生，贵州省安顺市人。曾任西南贸易部金城江转运总站工会主席；贵州国营商业系统贵阳转运站出口贸易科长。中华诗词学会、贵州省诗词学会会员；安顺市诗词学会常务理事。

虹湖远眺

小立亭台放眼看，天宫玉镜落人寰。
虹山泳水清波静，彩艇犁涛白浪翻。
薄雾笼湖披素縠，柔风梳柳拂朱栏。
悠然最羡渔翁乐，闲坐长堤放钓竿。

黄果树瀑布

霄汉飞湍万丈悬，彩虹横贯翠峰间。
崩珠捣玉云生雨，喷雪弹棉树起烟。
十里惊雷鸣险壑，六窗洞府掩晶帘。
诗仙疑是银河落，我道娲皇漏补天。

天星桥

层峦叠嶂翠重重，怪石幽岩曲径通。
老树婆娑筛日影，春花烂漫引游踪。
危峰秀育仙人掌，峭壁天生美女榕。
百步桥头留小照，此身长在画图中。

在老年大学"迎春诗歌会"上

（步袁本良老师即席原玉）

正是风光大好时，欣逢盛会喜吟诗。
满园桃李争芳艳，众友情怀任骋驰。
好学何愁受业晚，求知常恨拜师迟。
谁言春去红颜老，试看冬梅挺劲枝。

喜迎香港回归

炮利船坚霸业终，凌天大旆五星红。

香江志庆收权史，粤海碑铭雪耻功。

御侮当推林氏壮，外交还让邓公雄①。

神州处处回归颂，火树银花灿太空。

【注】

① 林氏即林则徐，邓公即邓小平。

金锡英

1931 年生，四川省成都市人，原任黔南民族师院中文系副教授。

调神定志养天年

日出东山落西山，愁也一天，乐也一天；遇事不钻牛角尖，身也放宽，心也放宽；儿女成人自登攀，穷也随缘，富也随缘；领取几许退休钱，多也不嫌，少也不嫌；少荤多素日三餐，粗也香甜，细也香甜；酒饮少量烟不沾，春也平安，秋也平安；新旧衣衫搭配穿，翁也翩翩，媪也翩翩；家务活计共承担，忙也乐观，闲也乐观；到老夫妻肩并肩，进也相搀，出也相搀；清晨锻炼上东山，走也游玩，停也游玩；黄昏散步剑江边，快也盘桓，慢也盘桓；偶尔上街逛书摊，这也翻翻，那也翻翻；喜逢好友聊聊天，古也谈谈，今也谈谈；吟诗作画读报刊，形也新鲜，神也新鲜；偷闲相坐对棋盘，输也联欢，赢也联欢；栽花种草阳台前，色也怡然，香也怡然；二人世界堪流连，情也绵绵，意也绵绵；生活之舟又扬帆，你也开颜，我也开颜；夕阳结伴度余闲，福也增添，寿也增添；调神定志养天年，不是神仙，胜似神仙。

庞开荣

笔名禾兑，1934年生，贵州省黔西县人。曾任毕节地区税务局局长。中华诗词学会会员，毕节地区诗词楹联学会顾问。著有《奚囊晚拾》。

吾儿数次病危有感

活着艰难死亦难，病魔狠毒紧纠缠。
名医求遍鞋踏破，痼疾难除胆已寒。
身闯阎罗遭逐拒，慰承亲友感垂怜。
老夫愿把残身替，化作熔炉九返丹。

山村初夏

村野闲游见落花，山原葱郁望无涯。
香甜鲜果新包谷，柔脆清蔬嫩豆瓜。
童稚成群闲戏水，蔷薇满架隐人家。
突然一阵飞龙雨，万里长空出彩霞。

忆江南·农家乐

农家乐，庭院傍青山，峰岭杜鹃花似海，溪桥细柳雨如烟，鸡唱竹篱边。

官正刚

1939 年生，贵州省凤冈县人。主治医师，贵州省诗词学会、遵义诗词楹联学会、凤冈县诗词学会会员。

仙人岭观光①

之字弯道险，犹上十八盘。头顶白云近，山随绿树环。鸟鸣迎客到，人聚尽情欢。松涛生耳际，茶林入眼帘。遥望山川远，近观茶海宽。轻风催漫步，舒心自悠然。霞光添锦绣，绿海胜桃源。幽静如仙境，日斜不思还。一村置黔北，茶乡尽开颜。

【注】
① 仙人岭位于凤冈县永安镇田坝村境内。田坝正建成为西南茶海生态农业旅游观光第一村。

周　林

（1912——1997），原名周国恩，化名张家麟，贵州省仁怀市人。历任上海市人民政府秘书长、中共贵州省委第一书记兼贵州省省长、中共中央西南局书记处书记。1975 年后，历任中共南京大学党委书记兼校长、教育部副部长兼北京大学党委书记、国务院古籍整理出版规划小组副组长，全国高校古籍整理研究工作委员会主任。第二、三、五届全国人大代表，在党的十二大、十三大上当选为中共中央顾问委员会委员。

戈壁行四章

1982 年 10 月，教育部民族司，在新疆伊宁召开全国少数民族牧区、山区寄宿制中小学经验交流会。我于 12 日乘机去乌鲁木齐。14 日坐汽车前往伊宁。沿天山北麓，在戈壁滩漫长的公路上，经过一些新的城市，看了一些军垦现代化的团场，感受颇深。

（一）

乌苏枢纽成重镇，塔城坚守在国门。
夜餐喜逢同乡人，奉觞祝酒亲又亲。

（二）

问君塞外胡不归？建设未成岂肯回。
素仰宗悫长风志，请许老夫心相随。

（三）

白头松雪半坡寒，峰回路转几盘旋。
果子沟外牧场好，寄宿学校儿女欢。

（四）

天山雪岭十月寒，戈壁苍茫路漫漫。
半日参观闻喜讯，教育事业已领先。

观瀑布①

烟雨彩虹观瀑台，黄果花香玉兰开。
九天银河落海啸，水帘洞外竹谁栽。

（1990 年）

【注】
① 为贵州黄果树碑林题诗。

赞董老①

当年长征未进城，今日始得上黔灵。
前辈翰墨冠华夏，董老题诗勉后生。

（1959 年秋）

咏仁怀

仁怀建市农工兴，农村改革好典型。

两桥贯通川黔线^②，茅台名扬九州城。

（1996.5）

【注】

① 1996 年 5 月，84 岁时，应茅台酒厂邀请，回乡参观。

② "两桥"指新建的盐津河大桥和茅台赤水河大桥。

周　晔

笔名水若寒，女，1971 年生，河南省南阳市人。曾从事设计与教育工作。贵州省诗词学会、黔东南州诗词楹联学会会员，《黔东南诗词》编辑。著有《沁园筝韵》。

沁园春·思南乌江情

滚滚乌江，千里延绵，傲踞黔乡。望幽峡俊秀，晴烟抹翠；悬崖雄伟，瀑练凝苍。文庙思源，碑碣念远，几度斜阳照世昌。沉思处，忆当年强渡，硬橹红樯。　　而今吾辈昂扬。引多少凤巢奏乐章。叹黔东首郡，前程锦绣；武陵腹地，物品琳琅。古迹名城，新型靓寨，骚客云集会贾商。喜今岁，正虹帆点点，坝水泱泱。

周 涪

四川省广安市人，离休干部。贵州省诗词学会、贵州安顺地区诗词学会常务理事、副秘书长。

莺啼序·十年祭（新声韵）

飘然逝舟远去，影踪何处觅。从此后，孤景凄凄，百忧排遣非易。斜阳暮、凭栏独倚。寻寻觅觅情何寄。墓台荒碧，今生难扶君起。　　往事依稀，晨昏相伴，两心长相契。小溪旁、月下花前，发抒多少胸臆。想当年，激情岁月，倾肝胆，一腔豪气。怎奈何，霜打嫩草，风云无际。　　几多泥泞，多少屈冤，何处释怆悒。心耿耿、情怀依旧，耗尽春华，一事无成，转眼老矣。此生多故，难圆春梦，终于盼到春光霁。正欣欣恨病魔威逼。携君卧病，又是忧怖凄惶，沉疴摧残君体。　　不堪回首，心志全灰，好梦成追忆。语谁共、温馨难觅。梦里相逢，弱影衰身，此情难系。游南走北，情投山水，淡然无欲诗书伴，自悠闲、任岁华如矢。伤心又是清明，陈酒荒丘，九泉安逸。

点绛唇·抗日歌曲是国魂瑰宝

　　盖世豪歌，幼童唱到期颐老。怒咆长啸，恰似冲锋号。　　喷涌文思，穿越时空调。强音绕，国魂瑰宝，代代情难了。

普定夜郎湖

　　蓝天碧水促颜开，画里春光入梦怀。
　　万壑泉声迎远客，一丛新箐掩楼台。
　　清波泛棹京腔起，老树鸣禽野兴来。
　　漫道青山难解意，千峰叠翠育英才。

周万国

　　1935 年生，贵州省沿河县人，土家族，沿河县国税局退休干部。贵州省作家协会、诗词学会会员，文昌诗社副社长兼秘书长。

大海捞珍 (新声韵)

　　丝绸水路往来帆，船没南疆八百年。
　　拥宝沉眠期盛世，河清海晏见尧天。

嫦娥绕月 (新声韵)

明官万户梦飞天，不惧粉身尝试先。
今日嫦娥窥玉兔，欢歌绕月太空旋。

周文贵

1940 年生，贵州省湄潭县人。湄潭县印刷厂退休工人。贵州省诗词学会、遵义市诗词学会、湄潭县诗词学会会员。

自叹 (新声韵)

年近古稀志未穷，常思入海斩蛟龙。
苍天不与贫生便，岂怨龙泉刃不锋。

秋游桐梓小西湖怀念张学良将军 (新声韵)

秋览湖光觅旧痕，当年此地囿将军①。
战刀未斩倭奴首，暗箭先伤壮士心。
闷钓清波随日月，愁观山色度光阴。
亡国遗恨悲千古，功过评说任后人。

【注】
① 抗战时期蒋介石囚张学良于桐梓小西湖。

周文鼎

1927 年生，贵州省黔西县人。1951 年参加抗美援朝，后辗转数省投身祖国建设。黔西二中退休。贵州省诗词学会、毕节地区诗词学会理事，黔西杜鹃诗社创始人之一，诗社社长。著有《旅痕》。

咏百里杜鹃

历尽风霜不计年，千姿百态为谁妍。
一朝借得东风力，万里驰名说杜鹃。

吊屈原

有心扶大厦，无计挽狂澜。
忧民宁玉碎，一死壮河山。

新春试笔

瑞雪迎来万象春，春风送暖物华新。
新年初试生花笔，笔底长流金玉音。
音韵昂扬歌盛世，世风淳正溢清芬。
芬芳绿漫前程锦，锦上添花谢党恩。

征程回眸

（一）

烽火连天过大江，建功立业战疆场。
男儿有胆驱狼虎，生死关头见慨慷。

（二）

风涛击水四十年，往事如烟过眼前。
成败是非资借鉴，霞辉余热映尧天。

周正典

曾任石阡县粮食局会计股长、会计师。贵州省诗词学会、铜仁地区诗词学会会员。

喜迎香港回归

失地回收庆凯旋，人民十亿舞蹁跹。
堪嗟帝政金瓯损，幸遇明时国土全。
华夏雄风倾海宇，列强奢望付云烟。
从来归赵当完璧，两制河山展笑颜。

咏金边兰

小轩一束金边兰，绿坠窗前分外妍。
惯沐风霜添秀色，不因气候改姿颜。
香同墨翰流芳润，情比诗书伴雅闲。
修短荣枯珍节品，寒来暑往自飘然。

暴雪迎春

朔风紧飐雪纷纷，近水遥山卷冻云。
滚滚寒流人怯步，皑皑旷野鸟藏身。
顽童斗趣迷佳景，皓首围炉念故人。
素裹银装留不住，岁更律转又熙春。

周立明

女，1927年生，贵州省铜仁地区诗词楹联学会会员。

教师节有感

粉笔生涯两鬓霜，兼程风雨播耕忙。
栽花种草千山绿，护李培桃万里香。
树德树人师道美，兴科兴教国家昌。
流光倘使春留住，还作园丁育栋梁。

周永世

1936 年生，贵州省仁怀市人。退休干部。仁怀市老年诗联书画研究会理事，遵义市诗词学会会员。

上老年大学感赋

儿时盼做读书郎，只为家贫梦一场。
盛世欣逢完夙愿，稀龄始得学诗章。

纪念中国共产党成立八十六周年

旭日蒸蒸万物苏，金光闪闪照南湖。
船摇水拍群山赤，血洒花开遍地朱。
鲤跃龙门奔大海，鹏飞天宇展宏图。
朝霞漫卷旌旗灿，独树神州一帜殊。

周永泉

1922 年生，贵州省沿河县人。曾任沿河县教育科长。

沁园春·咏沿河山城

横卧乌江，秀丽山城，城跨东西。看帆樯上下，红楼倒影；渔舟唱晚，芳草低迷。锡岭撑云，珠岩积雪，茂密丛林百鸟栖。黄昏后，有隔江灯火，辉映江堤。　　悠悠历史传奇，隋代始、杨坚遗铁骑[①]。向西南掠地，赶苗拓业；中原民族，镇守蛮夷。采药寻仙，回文诗句，明代三丰曾戏题。难回顾，叹前人往事，如梦依稀。

【注】

① 杨坚：隋朝开国君主。曾派史万岁征西南，隋末调田宗显征白莲教金头和尚，追至沿河，功成授黔中宣慰节度使，留守沿河，子孙世袭繁衍，为黔东田氏之始祖。此后，沿河多次置县。

周仲生

（1924——2008），湖南省祁阳县人。高中退休教员。贵州省诗词学会、湖南省诗词学会会员。著有《新韵诗词格律》《漱玉室新韵诗词选集》。

长相思·农家忙 （新声韵）

田瓜香，园果香。新果鲜瓜意味长，农家上市忙。　　谷丰仓，豆盈仓。豢豕家禽鱼满塘，扬鞭奔小康。

布依村寨新貌 （新声韵）

布依日日过新春，歌舞芦笙笑语频。
人面桃花圆凤梦，摩托彩电进村门。

八十自寿 （新声韵）

雨雨风风八秩年，飘浮往事入眸帘。
愧无经纬施谋略，喜有诗词学醉仙。
解甲常怀苗圃事，延年勤练健身拳。
桑榆晚景多妍艳，老骥扬蹄不用鞭。

周孝泽

　　字润轩，1925 年生，湖南省汨罗市人。高级工程师，曾任原地矿部西南石油地质局八普副总工程师。贵州省诗词学会、贵阳市诗词学会会员。

登黔灵公园至高峰 （新声韵）

黔山秀水美名扬，灵性猕猴戏客狂。
山路长修通古寺，园林绿染换新装。
旅经胜地心情乐，游至高峰意气昂。
景色迷人真眷恋，精描细画亦难详。

游百花湖 （新声韵）

山峦挺秀浴春阳，两岸垂杨好纳凉。
水鸟双双逐浪戏，渔舟点点捕鱼忙。
游人乘艇心情乐，骚客吟诗意气扬。
若问休闲何处美，百花湖上最风光。

保护森林 （新声韵）

黔疆荒地望无边，植树成行年复年。
翠柏苍松皆挺秀，红桃白李各争妍。
保全鸟兽心情乐，维护森林意志坚。
大众共同医痼症，封山禁砍木参天。

防治非典型肺炎感赋 (新声韵)

东风送暖适春游，非典传播未罢休。
严控疫情防扩散，深挖隐患断源流。
白衣天使将身献，政府官员解众忧。
众志成城排万险，驱瘟抗病誉金球。

周明轩

1917 年生，山东省菏泽市人。曾任遵义行政公署常务副专员等职。遵义市诗词学会名誉会长。

忆秦娥·谒遵义红军烈士墓

重阳节，深情拜谒思英烈。思英烈，挥戈纵马，岁艰身洁。　　乌云几片如残叶，政风廉洁千秋业。千秋业，长缨横扫，碧空尘绝。

遵义会议六十周年

会开遵义扭乾坤，鏖战娄山丧敌魂。
六十沧桑夸特色，鲜花遍地四时春。

清平乐·四渡赤水

赤河四渡，诱敌行踪误。辗转迂回奔大渡，岂奏惊天战鼓。　　雪山草地绵绵，英雄信步无难。踏上光明之路，红旗插在延安。

周忠国

贵州省金沙县人，1954年生，六盘水市清池照相彩扩中心经理。

乙酉初冬雾中游梭嘎 (新声韵)

翠岭苗村草舍间，民风古朴尽天然。
绿荫小径碧泉绕，雾霭濛濛锁万山。

月亮河风景区 (新声韵)

铜鼓声声月亮湾，清清绿水绕山间。
长龙高卧迎风起，红日一轮霞满天。

周治萍

贵州省纳雍县人，贵州省诗词学会，毕节地区诗词楹联学会、纳雍诗词学会理事。纳雍县文体广播电视局干部。

步王翰《凉州词》韵

茅台美酒一杯杯，欲饮还将公款挥。
岂惜千金常买笑，红楼醉卧不思归。

纳雍美

泛舟总觉浪声喧，鬃岭翠云云接天。
坪箐千山同泼绿，雍湖一镜自濡蓝。
白龙奇洞胜仙境，猴子危峰绕雾岚。
更有吊岩银练舞，纵然游遍梦犹牵。

踏莎行·庄户人家

房靠青山，窗含绿树。飞流泉畔农家住。羊肠小道过门前，野花常放香盈户。　　春至耕田，秋来割谷。牧牛放鸭披霜露。扶持儿女长成才，操劳一世何言苦。

西江月·草海泛舟

莲叶低擎翠盖，竹篙荡起银花。茫茫湖面罩
轻纱，草海胸襟广大。　　碧水小舟横渡，蓝天
缀染红霞。船家张网捕鱼虾，风景这边如画。

西江月·村晨

村口白鹅戏水，院中果树飘香。新楼幢幢瓷
砖镶，喜看山乡变样。　　牛犊坡前吃草，羊儿
饮水溪旁。家家起早竞栽秧，笑语田间回荡。

周荣诚

字静谦，号梦鹤，自称菊香阁主人。1986 年生，贵州省黄平
县人，重庆师范大学汉语言文学专业学生。黔东南州诗词楹联学
会会员，黄平县乐源诗社社员。著有《菊香阁选集》。

贵阳世纪园写景 (新声韵)

天边光景一时新，漫步山园暖日曛。
昨夜听得梅吐艳，今朝换作李争春。
动中有静为鱼戏，忙里偷闲是鸟音。
且看轻风舒老妪，精神抖擞好娱孙。

周树心

又名杏邨，1932 年生，贵州省遵义市人。贵州省文史馆研究馆馆员。精于书法、篆刻。

流行书风

流行一股风，墙草西还东。
最爱凌崖树，虬枝撼苍穹。

鹅

2004 年，书法界有兰亭之雅集。会上某君兴"兰亭池外已无鹅之叹"，甚慨中国书法家协会之外，已无习字之人。余不敏，赓韵以应。

衡山九试不登科，羞和靡靡濮上歌。
红掌攸攸划绿水，青山漾漾伴白鹅。

豆 渣

学书而不求学问，犹"买椟还珠"。亦如豆制业之豆渣与豆浆。古来善书而不以书名世之大学问家多矣。可鉴。

老汉退休近廿年，翰毫不辍典坟间。
豆渣一盆供评展，留得豆浆养心田。

斯文债

谚曰：学得会，讨得累。仆好书而数十年乐此不疲。偶有索者，辄涂鸦以报。

老夫七五过，奋笔写擘窠。
闲偿斯文债，累多乐更多。

周宪昌

字仰文，号童山，1931 年生，河北省景县人。曾任贵州省公安厅处级侦察员。《贵州省志·公安志》副主编。贵州省诗词学会会员，《无名诗社》副社长。

看青歌大赛 (新声韵)

青歌大赛筑平台，才艺高强上九陔。
现代飞歌真善美，开元大治又重来。

深秋有怀 (新声韵)

雨停云散送秋光，晚景萧疏落叶黄。
海阔山遥怀故旧，雁行声里伫斜阳。

休闲垂钓 (新声韵)

退隐闲居喜钓游，湖边水库度春秋。
鸟虫草木常相伴，人与自然同乐忧。

【越调】天净沙·蝉歌唱响中华

侗乡苗寨娇娃，蝉歌唱响中华，个个仙姿骏
马。如诗如画，兴黔锦上添花。

梅莲颂 (新声韵)

中共党员先进教育活动有感

我爱梅花亦爱莲，古今骚客咏千篇。
梅凌白雪颜犹俏，莲立污泥色更鲜。
梅绽寒枝无叶衬，莲浮清水有根连。
做人若具梅莲质，哪有高官落马鞍。

边远山村访贫有感

壬午隆冬访草塘，去时心热返时凉。
茅屋破漏喝风雨，米袋空虚吃赈粮。
幼稚读书难跑路，媪翁患病匮医方。
城乡差距如斯大，怎令骚人不挂肠。

【仙吕】柳叶儿·廉洁长寿

最爱的山明水秀，最恨那市井中利禄帮头。
钱多位重难消受，人长寿，做渔翁棋叟，到老来
无虑无忧。

周梦生

（1907——2001），字国桢，贵州省仁怀市人。曾任仁怀县
参议会副议长，赤水、桐梓县田赋粮食管理处处长等职。解放后，
任仁怀县各界人民代表大会副主席、政协副主席、省政协委员、
省人大代表。

敬读苟克嘉老友赠诗，书此奉酬

驱车来郡裔，便访友人家。
一见容非昔，相携泪似沙。
豪情犹未减，临老尚风华。
走马巴山下，摘回簇簇花。

周培光

1932 年生，贵州省遵义市人，曾任中共贵州省委党校文化部、理论部副主任，学员工作部主任。

中秋荡舟花溪

明月坠银波，楼台隐碧柯。
霭烟娱玉兔，水榭迓姮娥。
箫韵惊星汉，桂香侵酒歌。
浮云船下动，疑我荡天河。

周福明

1946 年生，贵州省兴仁县人。曾任兴仁县政府副县长、县政协副主席等职。中华诗词学会、贵州省诗词学会会员，黔西南州诗词楹联学会理事，兴仁县诗词楹联学会常务副会长。

抗雪凝 (新声韵)

冰封阻断路千条，雪吼风狂似鬼嚣。
铁马带镣蹲野岭，蛟龙披甲卧荒郊。
黔灵停电寒冬迫，岳麓分襟热泪抛。
党政军民携巨手，抗灾送暖把春邀。

读胡锦涛同志"八荣八耻"有感 (新声韵)

"八荣八耻"话平常，寓意精深寄语长。
古道谦恭尧舜憬，新途美好庶民强。
十年树木经风雨，百载育人建殿堂。
共创和谐知礼仪，龙人矢志铸辉煌。

踏莎行·留守儿童 (新声韵)

四季花红，三春树黛，少年何显悲情态？校园水绕路弯弯，双亲不在无人爱。　　鸿雁无书，穷家有债，门清灶冷愁云盖。空房难守鸟囚笼，夜阑梦见出山寨。

周遵鹏

字凯碑，别号凯碑山人。1964年生，贵州省毕节市人，从事公安工作。中华诗词学会、贵州省诗词学会会员，毕节地区诗词楹联学会副秘书长、《乌蒙诗刊》编辑，毕节市诗词楹联学会副会长、《毕节诗词》副主编。著有《凯碑山人集》。

纳溪江门峡泛舟

竹海沿江映碧流，白云疏软散鸿沟。
熙熙古渡迎新客，朗朗情歌放彩舟。
滩急几回惊险浪，汀深数点起轻鸥。
问渠哪媲江门美？好与乘槎作壮游。

谒成都诸葛武侯祠

茅庐三顾贤，社稷寸心丹。
鼎足荆吴势，戎衣天地间。
托孤承帝命，尽瘁驭征鞍。
常使英雄泪，同悲五丈原。

"鸡鸣三省"即兴

三省千秋地，鸡鸣惊五洲。
峡高飘薄雾，谷狭漾清流。
瀑下川堆雪，人来浪起鸥。
红霞光射处，碑影峙峰头。

施秉杉木河

百里奇峰夹玉溪，漂流逐水喜相嬉。
高天一线柔云过，幽谷千寻细浪低。
澄澈深潭鱼散漫，葱茏彼岸木珍稀。
江山履遍寻新句，难赋黔东造化奇。

与谢正发主任同游六广索风营感赋

滔滔六广起宏图，气势雄浑放眼舒。

大坝横拦江水啸，长桥飞架彩云浮。

穿岩过壁迷宫转，附岸粘崖植被殊。

电站旅游彰异景[①]，西疆开发世欢呼。

【注】

① 索风营电站已建成为旅游电站。

过宋伍新村

蝉响窗前翠柳，晚霞散绮新村。

借问谁家奥迪？柏油路上飞奔。

咏西汉毕节教育先躯盛览[①]

牂牁名士数长通，司马堂前丽句工。

学肇蛮荒开大昧，夜郎从此蔚儒风。

【注】

① 盛览：字长通，西汉武帝时"牂牁名士"。最早在贵州从事
　教育活动，曾求教于司马相如的辞赋写作，著《合组歌》《列
　锦赋》等传世。

周鹤鸣

（1919——2008），湖南省宁乡市人。曾任贵州化工机械厂科长。贵州省诗词学会会员，贵阳市诗词学会理事。著有《鹤鸣吟草》。

夏日游黔灵公园

黔灵古木绿葱葱，云淡风和趁晓瞳。
禅院清幽迎杖履，烟波浩淼隐鱼龙。
山峦倒影连天碧，水榭归帆映日红。
盛世耆年闲自得，名园怡我壮心胸。

祝纽约潘力生二老九秩双寿

并肩吟咏两才人，伉俪同臻九十春。
满腹文章频焕彩，盈囊诗赋倍情真。
名驰异域骚坛盛，学贯中西艺苑新。
百岁可斯逢盛世，乡亲翘首祝良辰。

抗洪有感

滂沱大雨令人愁，浪没桥头水漫楼。
栋宇千间沉泽国，桑田万顷付狂流。
军民奋起掀天力，党政深筹复产谋。
抗涝英雄标史册，神州十亿固金瓯。

临江仙·龙宫胜迹

扑面龙宫舒望眼，山明水秀云蒸。飞流溅玉气恢宏，天池呈碧翠，画舫荡波清。　　石幔玲珑疑壁画，虎奔狮搏龙腾。五宫六洞玉晶莹。夜郎添秀色，美景壮豪情。

西江月·游黄果树

乍暖嫩寒时节，朝霞一抹晴空。春风驰荡百花红，快意轻车飞纵。　　白练凝成云海，水帘卷出晶宫。清流滚滚总朝东，激起心潮汹涌。

周鹤亭

1934 年生，上海市人，曾任星火公司总工程师。中华诗词学会、贵州省诗词学会会员，贵州省军区老年诗书画研究会顾问。

缅怀周总理

山河哀咽雾云重，怀念周公情更浓。
笑貌宏音留永忆，丰功伟业记心中。
学兼中外孰堪比，德贯古今谁与同。
万语千言难表意，五洲四海俱尊崇。

梦境追忆 （柏梁体）

法古思变闯数年，花开蜂忙蜜香甜。
艺术人生海无边，浓墨丹青绘心田。
钻进方寸更新鲜，铁笔微雕童子颜。
不经几度峥嵘天，难以登上峰顶巅。

忆江南·林城好

林城好，秀水伴青山。绿树环城如碧带，清
凉气候似广寒。避暑好休闲。

周赞文

　　1941 年生，贵州省安顺市人，退休教师，贵州省诗词学会、
安顺市诗词楹联学会、西秀区诗词楹联学会会员。

瞻仰遵义红军坟有感 （新声韵）

红军转战入黔州，神勇兵强鬼魅愁。
四渡赤河施妙策，两夺遵义显奇谋。
丰碑高耸雄风展，热血奔流壮志酬。
光照后昆扬浩气，长征接力展宏猷。

郑　茂

1948 年生，贵州省毕节市人，中华诗词学会会员，毕节地区诗词楹联学会理事。

冬夜迁居

不夜山城不夜天，万家灯火照无眠。
更消寒夜欢声暖，友聚华堂笑意甜。
菲酌酬宾唯扼腕，合樽促坐几缠绵。
乔迁化作豪情舞，谱得清歌入管弦。

赫章县城夜览

星斗阑干月影低，苍茫夜幕幻虹霓。
闲居闹市心思静，信步街头眼欲迷。
大厦撑天惊旧梦，高楼拔地展新姿。
夜郎虽古雄风在，再创辉煌自可期。

赫章森林公园夜郎山庄

翠染丛林鸟语轻，霞栖竹屋小桥横。
清池冽冽微波漾，芳草萋萋朝露盈。
麟木无言存古韵，山泉有意放新声①。
路人纵识桃源路，难解春光未了情。

【注】
① 麟木：山庄内存放的古生物化石名。

赫章金凤湖

翠岭晴峦似镜开，天光云影任徘徊。
扁舟一箭随风动，垂钓千竿入画来。

赫章金凤山庄木屋别咏

林木枞松我不才，山庄借重巧安排。
休言时尚原生态，断臂残肢诱客来。

赫章森林公园木栈道

越涧攀崖一径通，济川利涉跃葱茏。
冰霜雪雨从容度，谁建秦皇鞭石功？

蝶恋花·夜郎赫章国家森林公园

林木森森深几许？绿盖撑天，骋目无重数。曲径通幽藤蔓处，小溪流水盘山路。　　金凤湖中金凤舞，秀美山庄，朗朗霞飞度。青草平塘偎翠岵，风情总惹游人顾。

郑大明

1936 年生，贵州省思南县人。曾任贵州省人大常委会铜仁地区工作委员会副主任。贵州省诗词学会常务理事，铜仁地区诗词楹联学会会长。

梵净山颂 （新声韵）

梵山金顶雾茫茫，原始森林似海洋。
鸽子花开迎远客，金猴羞涩翠微藏。

黔东颂 （新声韵）

真山真水锦江美，奇树奇石梵韵兴。
澎湃乌江铺秀色，长歌舞浪荡笛声。

赞思南中学 （新声韵）

五峰昂首望思城，八景盎然故里情。
乌水滔滔流北去，悠悠百载育精英。

郑义华

1947 年生，贵州省黔西县人，中学教师，黔西县杜鹃诗社副社长、杜鹃诗刊主编，毕节地区诗词楹联学会会员、理事，贵州省诗词楹联学会会员，贵州书法家协会会员。

参加县文艺创作会咏芙蓉花

座上千盅暖，窗前一树荣。
纹花沾雨露，掌叶带金风。
干依石头挺，枝扬铁骨雄。
愿今文苑茂，长放锦芙蓉。

踏莎行·黔西县茅草房改造工程

断壁残垣，苍苔老屋，寒风冷雨容膝促。农家竹院少欢愉，杜鹃啼唤声声苦。　　青瓦琉璃，白瓷玉璞，砖房新建楼坚固。敞窗明亮对联红，春风温暖怜农户。

踏莎行·杜鹃花区纪游

古树盘根，新枝挺蕊，杜鹃百里亭山翠。苗家今又动笙歌，酒封未揭心先醉。　　绿拥烟村，红堆溪汭。连天花海春霖沛。驮铃清脆箐林深，子规声里云霞蔚。

咏百里杜鹃

茫茫彝岭锁烟霞，百里高原绽异花。
影逼瑶台光焕彩，势连蓬海色生华。
苌弘碧血泥膏润，望帝鹃声唤语遐。
花事繁荣春讯涌，心胸激荡满山洼。

郑孝碧

1966年生，贵州省玉屏县人。贵州省诗词学会、玉屏县诗词楹联学会会员。

吟桃花

青山隐隐两三家，房前屋后尽芳华。
春风熏得桃花醉，更使游人醉桃花。

暮秋过茅坡见梨花盛开

一路秋山映夕阳，梨花朵朵吐清香。
天公有意春来早，不教严寒到侗乡。

暮秋赏菊 (新声韵)

重阳过后已多时，莫道菊花叶艳迟。
几度霜风秋雨后，新花又放两三枝。

雪　梅

老树铁枝小院栽，含苞点点几时开？
银装素裹梅花笑，缕缕清香扑面来。

郑祈生

1926 年生，江西省上饶县人。历任中共黔南州委党校教研室、
社科室主任。黔南州诗词学会顾问。

都匀毛尖

行家标极品，享誉上千年。
枝发春分后，芽抽谷雨前。
茶沉碧玉翠，香起远山泉。
一啜消尘虑，三盅欲作仙。

郑奕愚

1940 年生，贵州省玉屏县人。曾任黎平一中校长，玉屏民族中学校长。贵州省诗词学会、铜仁地区诗词楹联学会会员，玉屏县诗词楹联学会副会长。著有《愚斋集》。

农　舍

树掩楼台竹映窗，羊栖绿影犬伏廊。
村姑怀簸咯咯语，鸭唱鸡飞奔食忙。

校园花圃流连 （新声韵）

夤夜东风吹雨急，晨披浓雾入花畦。
枝摇珠玉散飞处，细看菊梅芽正稀。

郑秩威

（1923——1994），湖南省长沙市人。贵州省文史馆馆员，黔风诗社秘书长、主编，贵州省诗词学会、爱晚诗社理事，《爱晚诗刊》编辑部副主任，贵州省楹联学会常务理事。中华诗词学会、中国楹联学会会员。著有《郑秩威诗文集》。

息烽集中营

（一）

残垣碉堡耸晴空，阳朗悲歌慷慨中。
烈士丹心千古在，年年染遍杜鹃红。

（二）

当年冷眼斗凶顽，猫洞阴森血尚斑。
敢向刀头拼正气，换来春色满人间。

与七省文史馆同仁游黄果树

（一）

逶迤一径费盘旋，洞里岩云洞外天。
若把洞天当绮户，飞流恰似水晶帘。

（二）

观瀑亭边把臂游，云山踏遍满鞋秋。
奔龙夭矫云山外，带得雷声撼脚头。

六十述怀 （四首选二）

（一）

风雨沧桑六十年，五分酸辣五分鲜。
倭蹄踏碎卢沟月，楚雁栖迟筑市泉。
万里孤舟蓑笠老，一生长物鬼才全。
枯荣曾是过来客，鹪退鹏抟两闾然。

（二）

神州曈日照征程，万汇归流赴海鸣。
壁赎左骖尊国士，座虚前席为苍生。
明霞惯爱枫林晚，老骥长思鼙鼓声。
甲子一周重起步，共输肝胆固长城。

新春感怀

春风吹腊入蛇年，换罢桃符岁月迁。
白发豪情杯酒后，红梅早讯雪窗前。
尽多慷慨人间世，付与悲欢梦里天。
不使尘埃封故步，敢抛旧辙换新弦。

重 阳

老健身轻不挂笻，重阳联袂到城东。
高轩过客谈风雨，曲苑探碑话佞忠。
董笔豪雄挥速草，湘天迢递逐征鸿。
白头冷对秋萧瑟，坐看霜林几树红。

返长沙故里并呈碧湖诗社诸吟长

家园艺圃喜峥嵘，楚客归来百感生。
雁影久栖苗岭树，胸潮长恋洞庭声。
何憎鬓发千茎白，细味碧湖万卷情。
用祝诗坛诸硕彦，春风扶笔写新晴。

黄果树笔会

览胜牂牁第一程，苍穹着意放新晴。
春风壮毓江山色，盛世雄鸣天地声。
为有源头输活水，乃奔沧海载长鲸。
诸公漫作犀潭饮，激出心潮竞纵横。

濒湖颂

抛将冠盖事歧黄，博采芟讹补典章。
肩上一囊悬日月，指端三部幻阴阳。
史碑深镂濒湖德，海宇长流木草香。
始信平凡出俊彦，神州医圣胜慈航。

满庭芳·祝中共十二大召开

六十年前，横流沧海，南湖擎起明灯。铁骑冲雪，秋月照长征。几度攻关斩将，飞天堑，轻取金陵。神州晓，北京城上，晴宇挂红星。　　风云穷变幻，昆仑屹立，不损峥嵘。挽狂澜欲倒，捍我长城。更仗如椽大笔，挥洒出，远景宽闳。群英汇，霞腾北斗，万里尽欢声。

水调歌头·丁卯中秋

长夜倚栏处，迢递碧云天。素娥青女今夕，不见舞蝉娟。似把清光涵敛，待到京华盛典，着意露娇颜。引盏灯前酌，买醉意难眠。　　忆天涯，怀逝水，拨吟弦。织成三籁交响，灵感动山川。纵我胸中寥廓，载我萧心剑胆，飞到广寒前。欲与嫦娥说，应速返人间。

高阳台·除夕吟

沧海龙游，蟾宫兔隐，红梅又绽春馨。万里天衢，凌霄玉迸金腾。东风渐放溪山绿，把神州锦簇堆琼。欲挥毫，饱蘸乌江，畅写征程。　　等闲辜负春消息，待嫁衣织罢，误了莺声。砚墨多情，年年磨却浮生。堪怜墙上芦苇草，纵无华，也学峥嵘。岂岩松，历尽炎凉，依旧青青。

郑继程

1943 年生，贵州省遵义县人，中学高级教师。遵义县教育局特约督学。

进城务工人员回乡抒怀 (新声韵)

闽粤求工四载回，家乡巨变喜芳菲。

柏油大道村前过，水果新枝雨后肥。

物阜民丰歌盛世，山欢水笑耀光辉。

和谐社会千般好，政策英明万古垂。

郑维汉

1919 年生，江西省玉山县人。贵州省黔南州诗联学会会员。

都匀市老年大学校庆

（一）

剑江河畔百花坛，书画诗词博大观。
翰墨芳馨醉白发，春风得意满堂欢。

（二）

昔日沙场立战功，而今抖擞老还童。
问君那得养生术，小小门球惠乃翁。

郑紫云

（1932——2006），江西省余干县人。贵州省环保局离休干部。
著有《郑紫云诗选》。

清洁工

夜半三更早起床，垃圾清扫遍街光。
只因环境须洁净，心热寒风也不凉。

生态立省

明山秀水绿满疆，生态立省斗志昂。
赤水生态示范地，黔北明珠放光芒。
荔波自然保护域，生态脱贫奔康庄。
湄潭生态促发展，西部茶山鱼米乡。
鸟语花香四季美，贵州跨越建小康。

郑新华

镇远县水电局退休干部。黔东南州诗词楹联学会会员，镇远县诗词楹联协会副主席兼秘书长。

镇远县第四届桃花诗会板滩行 （新声韵）

一桥飞架处，万艳吐芳时。
诗客农家会，桃花山野怡。
园中灵窍出，坡际感官驰。
空阔春芬闹，娇羞快握持。

镇远县第五届桃花会诗草 （新声韵）

十里桃花艳，此间格调殊。
高标江岸立，繁茂岭崖梳。
紫燕齐胸跃，云帆抵足舒。
美哉歌舞地，诗客酒中呼。

施昌模

1930年生，江西省信丰县人。曾任昆明军区第二通信总站工程师。贵州省诗词学会会员。

迎第七个马年抒怀①

七逢迎马送蛇年，耄耋生涯别有天。
绘画吟诗歌盛世，旅游摄影乐人间。
横眉冷对强权棒，放眼静观烽火源。
但愿毕生无憾事，台湾一统九州圆。

【注】
① 2002年，我72岁，迎来了第七个马年。

游镇远青龙洞

琼楼玉宇不须寻，潕水河滨建筑群。
傍洞依崖格调美，飞檐翘角古风馨。
殿阁寺观青龙寂，释道儒俗文物珍。
莫道夜郎空自大，名城历代有贤人。

屈贵州

1941 年生，湖北省武汉市人。中华诗词学会、贵州省诗词学会理事，贵州省六盘水市诗词楹联学会副会长兼秘书长。

虞美人·寄长江三峡工程

朝云暮雨巫山醉，神女千秋媚。九州横溃庶民愁，黄犊瑶姬匡禹泄洪流。　　香溪白帝应留住，莫遣风光去。斗坪坝竣我还来，更有一番新景述情怀！

一剪梅·梅花山行

三月踏青上半岑。独步松林，卧看松针。涛声仿佛问闲吟：何是清音？何是浑音？　　敢对群山敞腑襟。万种愁情，说与津霖。世人常叹苦追寻：才却红尘，又入红尘！

浣溪沙·和王如柏先生《浣溪沙·两岸情》 (新声韵)

海阔波平涌丽霞，乡心始共任天涯。熙风晓日润春华。　　眷恋飞鸿期皓月，炎黄待赏紫薇花。他年起舞庆归家！

水调歌头·和斯信强同志《水调歌头·史德》

百代盛衰事，太史著宏篇。宗承虞夏功誉，直谏怒天颜。孔圣经书尺度，六艺风云趣典，博学记详端。纵览识天下，忍辱忘斯冠。　　南山静，河清晏，浪平安。环球细说经济，滴墨尚无闲。方志编修属我，鉴误求真不怠，无悔对青山。策马桑榆远，勤谨告先贤。

在京参加全国新编地方志成果展览有感

正是香山红叶茂，军博志展见繁兴。
书台欲问沧桑事，史海艰辛再点灯！

六枝凉水井樱桃 (新声韵)

依山小寨满畴花，凝雪织云挂玉纱。
霖露春风催叶老，枝头玛瑙醉千家。

寄荔波友人 (新声韵)

古城素简友情深，不枉平生遇诤音。
愿借羊峒南去水，举杯醉卧茂兰春。

贺盘县城关镇诗联学会暨夜郎诗社成立 (新声韵)

古郡贤达敬沈杨，吟山唱水步诗乡。
人间百态随君咏，万种风情任我狂！

孟 梁

1933 年生，贵州省独山县人。历任平塘县财政局副局长、审计局局长等职。黔南州诗联学会理事、平塘县诗联学会会长。

游金棵

朝辞玉水游金棵，耀眼长龙跨大河。
两岸青山风舞树，一江碧水棹掀波。
山间菜饭喷香味，树下棋牌技艺多。
美景良辰留恋处。众人命笔谱新歌。

孟天明

1959 年生，贵州省毕节市人。毕节市人武部部长，上校军衔。

观大方奢香纪念馆感赋

须眉谁诩不平凡，巾帼还当俊逸看。
武曌擅权兴社稷，木兰替父跨征鞍。
奢香治绩获民仰，岳母怀忠教子贤。
华夏从来多女杰，敢将大任担仔肩。

观爱军精武演习

盛世树军旌，中枢令演兵。
雄鹰天际搏，战舰海中京力。
步武常山阵①，迂回偃月营②。
三军谋大略，端悫在和平。

【注】
① 常山阵：指军队首尾呼应有如常山之阵。
② 偃月营：作战部署似半月形营阵。

孟东伟

1958 年生，浙江省杭州市人，曾任武警贵州省总队秘书群联处处长。贵州朝华明鑫律师事务所律师。中华诗词学会理事，贵州省诗词学会常务理事，《贵州诗词》编委、编辑部副主任。著有《云涛集》。

苗岭放歌（十首选五）

甲秀楼

鳌矶石畔柳丝柔，浮玉桥边小曲悠。
涵碧更添南郭景，诗联敢匹大观楼。

麒麟洞

石若麒麟无客访，名传遐迩赖张杨①。
幽深偶把闲棋弈，谁忆当年寂寞长。

【注】
① 张杨，指爱国将领张学良、杨虎城，当年曾幽禁于麒麟洞。

文昌阁

九角层楼海内孤，沧桑阅尽古碑殊。
风光最是登高处，一片烟霞入画图。

栖霞岭

绿韵清涛漫九重，天然奇妙映岩红。
何当岭上钟声起，把酒东篱送晚风。

镇山村

一水半山石板房，桃源胜景沐清凉。
俗风依旧情依旧，米酒飘香醉梦乡。

风入松·雅典奥运三阕"亚洲飞龙"刘翔

亚洲漫道少豪雄，短跨越飞龙。快如闪电离弦箭，好男儿、气贯长虹。华夏刘翔无敌，恰如霹雳晴空。　　赛场一瞬数年功，艰苦万千重。勇擎战帜开新纪，征程远、任重高嵩。

"京城冷艳"张怡宁

孤身奋战系千钧，神态稳磐墩。银球旋转飞梭织，眼花乱、芳落纷纷。一路高歌前进，怡宁气壮龙门。　　国歌声里笑容存，欣看领军人。京城冷艳丹心映，一番话、意切情真。赢得欢声雷动，旗如大海狂奔。

"网坛双姝"李婷、孙甜甜

抗衡强敌几时休，默契两心投。网前射杀逞威猛，奋争先、勇上层楼。志壮重围冲破，经年苦战功酬。 双姝笑靥醉含羞，并蒂百花洲。寰球瞩目东方秀，艳阳照、汗水如流。黑马狂奔谁是，小丫一对真牛。

满庭芳·观北京奥运开幕式

同梦同球，鸟巢欢聚，缶歌奥运雄风。悠悠华夏，画卷古今中。点点绿衣光闪，犹似那、璀璨星空。飞流泻、千寻岭下，龙柱傲苍穹。 从容。豪迈步，盛妆表演，瑞气融融。七彩虹桥唤、黑白黄棕。友谊和平团结，礼花吐、银汉瑶宫。看高处、嫦娥逐月，圣火五环红。

浪淘沙·"神奇剑客"仲满

一骑勇飞奔，拔寨频频，剑挥处落马纷纷。侠客纵横豪气壮，四海倾心。 汗洒几轮春，若雨淋淋，风云乍起上昆仑。年少英雄今古是，虎啸龙吟。

〖中华诗词存稿·地域专辑〗

中华诗词学会 编

贵州诗词卷

卷 四

黄润莲 编

中国书籍出版社

China Book Press

目　　录

孟贤举

笔名艾冰,1979年生,贵州省绥阳县人。绥阳县诗词学会会员。

咏雪梅

冰封万里山，独看腊梅妍。
无意争春色，寒冬绽红颜。

孟宪志

1933年生，山西省汾阳市人。曾任贵州电器厂党委书记、高级政工师。贵州省诗词学会会员、贵阳市诗词学会常务理事、副秘书长。合著《银杏集》。

咏贵阳渔洞峡 (新声韵)

深渊绝壁静幽幽，山道弯弯绿水流。
高坝波涛飞瀑下，奇观胜景占鳌头。

忆秦娥·贵阳高坡乡村新貌 (新声韵)

清明到，田间地里耕牛叫。耕牛叫，绵绵春雨，稔丰佳兆。　　当年茅舍贫寒扰，而今楼宇山村俏。山村俏，高坡换美，业兴民笑。

《飞越贵阳》观感

飞越蓝天起舞翩，林城美景映眼帘。

路宽桥拱车如箭，岸绿河清厦耸天。

苗岭葱茏叠画卷，黔山溢翠荡诗篇。

古城今日呈新貌，展望未来更壮观。

【注】

《飞越贵阳》指由贵阳电视台用直升飞机航拍摄制的大型彩色电视片。

赵仁良

（1931—2008），贵州省安龙县人。龙里中学退休，高级教师。中华诗词学会、黔南州诗联学会会员。著有《闲难集》《竹云轩诗草》。

黄果树瀑布

遥闻霹雳震沧琼，近看长河坠谷中。

白水如银光闪闪，环山似雨雾濛濛。

千寻瀑布倾云汉，几处新篁舞彩虹。

万众争相观胜景，他乡难觅此山同。

沁园春·抒怀

红日东升，大地回春，万象更新。喜稀龄添五，寒窗兴雅；墨痕染袖，举目青云。颐养端居，斗屋陋寝。淡饭粗茶有益身。常怡寿，河滨行步走，历练精神。　　枯藤老树逢春，这满目风光无限祯。看儿孙成长，博学索彦；奉公勤笃，各自忙奔。百尺竿头，栉风沐雨，科海相携共取贞。春醒与，援琴初月鼓，醉也销魂。

赵生奎

1936 年生，四川省江安县人，中学高级教师。绥阳县退教协会副会长，贵州省诗词学会、遵义市诗词学会会员，《绥阳县诗词》编委。

纪念周恩来总理诞辰一百一十周年

（一）

正气一生扬九州，超凡才智誉全球。
德高望重人人敬，开国元勋名永留。

（二）

革命先驱壮志豪，为民为国赤心掏。
运筹帷幄安天下，治国精英一代骄。

赵西林

1930 年生，贵州省贵阳市人。历任贵阳市副市长，市人大常委会主任，贵州省人大常委、省科教文卫委员会常务副主任等职。现任中华诗词学会常务理事、贵州省诗词学会会长，中国楹联学会荣誉理事、贵州省楹联学会会长，全国市长书画研究院院士。出版有《笙鸣鼓和集》《魂牵梦萦集》《四弦集》（与友人合集）、《栖霞书屋诗词集》《赵西林诗词书法集》《赵西林书法精品六十幅》等诗词、书法专著。

蝶恋花·花溪之春 (新声韵)

三月寻春溪岸走。麦翠平畴，油菜铺金土娄。微雨初晴山抹釉，红情绿意桃牵柳。　　一串飞歌风伴奏，如镜秧田，良种方播就。劳作兴头浓似酒，原来春在人心口！

（1981 年 3 月）

如梦令·侗乡晨渡

山月淡沉天幕，岸竹徐拂江雾。划破水中山，来去渔舟穿渡。观注！观注！鱼逐落花吞吐。

（1982 年 4 月）

临江仙·赠索马里"瓦贝里"国家艺术团

穿破东非云浪至，一身赤道雄风。歌飞舞漾国情通。自由鸣手鼓，独立举雕弓。　　夜静星辉花影动，杯倾茅酒情浓。家园拓建两相同。亚非天海阔，相助险波中。

（1983 年 6 月）

念奴娇·题李君岳《梵净穹苍图》

奇峰搜尽，写图稿、染就黔东山色。云海雾流三万顷，梵净锷峰雄赫。珍树珙桐，古楸鹅掌，莽莽苍苍叠。顽猴嬉戏，结群来作佳客。　　放眼金顶仙乡，宝光幻影，万变难承接。银瀑悬飞龙洞外，大鲵悠然闻瑟。崖褶书山，桥悬云渡，鬼斧凿真切。无穷奥秘，待君临境深测！

（1983 年 11 月）

山川造型启示录 （十首选七）

山　脉

——中坚者的英伟气概

崇峻群峰结集长，风烟历尽莽苍苍。
江因利导奔腾去，地赖梁坚器宇昂。

瀑布 (新声韵)

——探索者的悲壮形象

顽岩锁壁浑冲破，云水雷鸣世共惊，

飞探深渊成玉碎，化为虹彩雾天晴。

溶 洞

——智慧者的笃实风貌

亿年积累绝嚣尘，涓滴垂成是异珍。

今日欣逢开拓者，一腔锦绣献生民。

山 泉

——鉴察者的清明品格

铿锵玉语石泉声，沙白苔青本质莹。

人影洁污清鉴晓，年成丰歉洞察明。

大海 (新声韵)

——大略者的盖世才能

长浪浮天旋日月，洪波潜岳纳河川。

雄风激荡云鹏举，多少惊涛化雾烟！

平原 (新声韵)

——无私者的宽厚情怀

万顷平畴接碧天，清渠活水自绵延。
殷勤母地无私载，开尽金花绿稻鲜。

悬　岩

——才华者的奇异神采

峭壁插云树倒栽，悬天巨石欲崩来。
苍藤失土根犹植，雾断仙葩绝处开。

（1991 年）

浣溪沙·与台湾《葡萄园》诗人聚会 (新声韵)

桂子温馨莅故乡，未圆梳月洒清光，相逢恨
晚醉三觞！　　君赋山音归梦久，我闻海韵惬思
长，菊花来就盼重阳！

（1993 年 9 月）

调笑令·亚马勒铜像拆除①

铜像，铜像，策马挥刀骁将。马蹄蹂躏澳门，
刀闪血喷烈魂。魂烈，魂烈，终教铜人倾跌。

【注】

① 亚马勒是葡萄牙派驻澳门的第一任总督。在澳门曾屠杀过武装抗争的中国同胞。1996 年我访问澳门时，友人告诉我，亚马勒铜像于 1993 年被拆除运回葡萄牙。

（1999 年 5 月）

中国唐宋名篇交响音乐朗诵会 (新声韵)

管弦袅袅诵风骚，似与前贤把臂交。

啸傲红尘呼进酒，悲怜百姓吁添茅；

挑灯看剑沙场叹，滴雨飘桐独夜熬。

吟者声情回荡久，谁能静气不心摇？

（2000 年 8 月 5 日）

鹧鸪天·速生杨礼赞

报载：新疆引进、开发出一种新树种——速生杨。它一年能生长 5 米多高，繁育速度是普通杨树的 20 倍，168 天即可成林。

谁改基因育异株？寒疆落地速生殊。十年树木言陈迹,半载成林绘壮图。　躯挺立,臂轻舒,浓荫庇护虐沙除。河源水岸皆杨化,旱涝灾忧可绝乎？

（2002 年 1 月）

挽著名诗人臧克家 (新声韵)

元宵灯火送骚魂，十卷诗文史刻痕。
苟且庸人生若死，流芳哲叟谢犹春①！

（2004 年 2 月）

【注】

① 臧克家当年为纪念鲁迅而作的《有的人》诗中有："有的人活着，
但已经死了。有的人死了，他还活着。"今天仍以此诗意来
送别斯翁。

鹧鸪天·《同一首歌》震撼贵阳

叠叠人围近太阿，薄薄雾幔远银河。喧天器
乐弦谐鼓，亮相明星柳衬荷。　　台港妹，沪京哥，
林城摇滚意如何？慨憎慨爱千声叹，同热同凉万
口歌！

（2004 年 6 月 6 日）

采桑子·游荷兰库肯霍夫花园 (新声韵)

郁金花色千般艳，芳草茵茵，春水粼粼，小
鸟穿林报好音。　　新朋故友知多少！轮椅欣欣，
褓褓惜惜，花意人心相互亲！

（2005 年 4 月 28 日）

访巴金萧珊结婚处

——花溪小憩①

流逝年光景未迁，花溪憩苑叙情缘。
一汤两菜相斟酒，月影溪声透绣帘。

（2005 年 10 月 18 日）

摊破浣溪沙·游日月潭

梦想成真到玉潭，周遭绿岫缀青峦。闪闪波光霞影映，尽斑斓。　　既驾轻舟裁锦锻，更登浮屿理风鬟。大雁翔飞云外去，可回还？

（2006 年 10 月 26 日）

摊破浣溪沙·游阿里山

岚起峰峦景幻奇，云杉耸立憾天低。神木遭灾残体卧①，叹嘘唏！　　姊妹湖滨听故事，爱心树畔觅诗题。人放歌喉山壑应，最相宜。

（2006 年 10 月 26 日）

【注】

① 阿里山神木是一棵红桧，树龄 3000 多年，可惜在 1997 年遭大风雨侵蚀，只遗半截倒卧地上。

赵光华

1940 年生，贵州省桐梓县人，中华诗词学会、中国楹联学会、贵州省诗词学会会员，桐梓县诗联学会副会长，《播韵》诗刊副主编。著有《光华诗文》。

诗　梦

放野谋佳构，神思天地间。
山川唯我有，日月一肩担。
兴起蹈沧海，情怡架钓竿。
鱼虫皆挚友，草木视婵娟。

娄山方竹笋

茎方株直指云天，凌厉冰霜态逸然。
风过琼枝摇凤尾，雨濡碧叶着春衫。
沿根擢节羊脂玉，剥箨成形翡翠簪。
为有山珍调百口，请君趋步赴林泉。

春分即景

散尽烟岚展四聪，几家李白几桃红。
金花灿烂炫油菜，绿叶葱茏耀麦丛。
三抖长鞭牛出圈，一蓑细雨笠遮篷。
泥床浅播晶莹粒，慎惜春光不懒慵。

叫　卖

商贾繁荣集百行，引车叫卖调铿锵。
糖油酱醋门前送，瓜菜荤腥担内装。
丽妇轻柔情婉转，壮男粗放气轩昂。
高低漫唱人生曲，日出中天至夕阳。

渔歌子·百花湖

（一）

水绕群山一镜新，峰峦倒影伴浮云。波拍岸，
浪无垠，轻舟慢棹荡消魂。

（二）

玉砌琼楼入眼盈，临窗远眺碧天横。飞白鹭，
起鱼罾，风平浪静水如凝。

相见欢·打工生涯

（一）

打工千里身单，赶车船。走遍天涯辛苦为挣钱。　　伤心处，哭难诉，少人怜。唯乞无灾无祸保平安。

（二）

望穿枯眼年终，喜无穷。身在南疆心已越千峰。　　谒父母，见妻孥，话肠衷。春酒犹温赶路又匆匆。

赵庆霖

1970 年生，贵州省普定县人。中学语文一级教师，贵州省诗词学会会员。

临江仙·煤山采雾茶 （新声韵）

雾罩煤山风景丽，茶林叶嫩珠流。村姑戏语上山丘。竹箩肩上挂，玉手满枝揪。　　忽见娇阳峰顶上，遍山竞放歌喉。满筐雀舌乐悠悠。绿波舒喜气，浓韵畅眉头。

水调歌头·游安顺龙宫 (新声韵)

　　碧水青山翠，古树衬长虹。龙门震耳飞瀑，卷起雾濛濛。水府轻舟荡漾，舞爪群龙迎迓，情盛不言中。放彩华灯耀，奇景胜天宫。　　看钟乳，如怪兽，体玲珑。琼花次第争艳，玉树展姿容。石道蜿蜒云漫，池水九曲激滟，景致妙无穷。地貌喀斯秀，溶洞亦称雄。

赵进争

　　字千山，1931 年生，贵州省正安县人。曾任遵义地区文联党组书记、遵义文学艺术院院长、《遵义文艺》主编等职。中国作家协会、中华诗词学会会员，遵义市诗词学会副会长。出版有诗词、小说、散文 8 部，约 150 余万字。

抗日史诗

　　难忘八年抗敌顽，神州浩气薄云天。
　　南京血雨山河恸，旅顺腥风草木寒。
　　恨卷黄河千里浪，仇燃太岳万重烟。
　　荡平黑雾乾坤亮，岂让沉渣掀巨澜。

雄鹰颂

生来就住石崖边，暴雨狂风只等闲。
地裂山崩毫不俱，居寒食淡任熬煎。
扶摇直上三千丈，展翅横穿万里天。
赤胆忠心昭日月，清风两袖拂山川。

赵良相

　　1927 年生，河南省南乐县人，曾任兴义专署副专员、黔西南州政府副州长。贵州省诗词学会会员，黔西南州诗词楹联学会会长。

游万峰湖

（一）

涉江钻硐路难行，山径弯弯闻鸟声。
两户三家为一寨，开门即见白云生。

（二）

红椿垭口万峰观，叠叠层层尽画山。
绿绿红红春色满，彩云织锦绣人间。

（三）

惊涛骇浪知何去，湖水轻柔似镜平。
竞发花船梭样快，歌声笑语逐波行。

招堤 <small>（新声韵）</small>

千重垂柳一溪水，百顷芙蓉绽艳红。
望海琼楼今不见，摩云阁上看葱茏。

静湖园 <small>（新声韵）</small>

碧湖澄静水横秋，林寂叶红谁系舟？
戏水鱼儿惊客梦，一弯新月挂枝头。

赵始英

女，1932年生，山东省平原县人，贵阳市工人文化宫退休干部。曾任贵阳市诗词学会理事。

沁园春·颂毛泽东主席

叱咤风云，四射文光，一代伟人。问千载谁比？满门英烈；无私奉献，谋福为民。万里长征，中流砥柱，功震瀛寰泣鬼神。新天换，仰红旗漫舞，举世欢欣。　　文韬武略超群。看领袖丰碑耸古今。忆建军创党，弘扬马列；驱倭逐寇，扭转乾坤。抗美援朝，反封反帝，丕振军威壮国魂。千秋颂，播清风正气，大地皆春。

渔家傲·秋游贵州金华湖

山翠波平林密绕，古槐高柳鸣知了。亭阁玲珑迎桂棹。游客笑，歌声袅袅金鳞跳。　　红子盈枝如玛瑙，苍松挺拔秋阳杲。盛世民康人不老。光景好，且毋忘了长征道。

纪念伟人邓小平诞辰一百周年

南巡讲话意深长，开放改革谱史章。
港澳回归惊世界，乾坤扭转振家邦。
雄心热血九州系，睿智声威四海扬。
赫赫功勋齐日月，中华特色永生光。

贺贵阳市选出的百名健康老人 <small>（新声韵）</small>

岁月峥嵘景物丰，欣欣万木舞东风。
幸逢盛世耆年健，久历沧桑斗志雄。
枫叶经霜红愈艳，菊花承露馥尤浓。
童颜鹤发心犹壮，夕照青山映劲松。

参观青岩古镇 <small>（新声韵）</small>

小镇凝眸气势轩，观光溯史仰前贤。
诗书隽永周儒士，政绩辉煌赵状元。
庙宇牌坊存古韵，居家学校焕新颜。
文明雅致名遐迩，济济人才续锦篇。

赵厚德

1940 年生，贵州省安顺市人，曾任安顺市粮贸公司门市主任。中华诗词学会会员，贵州省诗词学会会员，安顺市诗词学会编辑。

秀美安顺 （新声韵）

虹湖四望水苍苍，景美不知新路长。
扩建塔山修古寺，拓宽文庙绕回廊。
旅游住宿多宾馆，娱乐休闲有广场。
信步桥头增雅兴，贯城河畔柳成行。

赵鸿勋

笔名赵衡，贵州省镇宁县人，1938 年生。安顺市诗词学会、镇宁诗词学会会员。

西江月·怀念邓小平

莫道邓公多难，胸怀祖国人民。十年浩劫陷沉沦，拨正航船心稳。　　两制提倡良策，百年港澳归根。坚持真埋拨乌云，直把余辉耗尽。

赵焱森

曾任中共湖南省纪律检查委员会副书记。中华诗词学会副会长，湖南诗词学会会长，湖南省岳麓诗社社长。著有《昆仑颂》《华夏颂》等。

黔旅之歌

——重走长征四渡赤水之路

一水奔腾万壑空，长征四渡古今雄。
土城血战英风展，桷树舟横险道通。
展室深情凝赤帜，沙场回首颂元戎。
而今后代耕山野，心志依然火样红。

登娄山关

百丈悬崖古战场，长征首捷气轩昂。
尖山抢占拼生死，尾阵包抄赖智囊。
为使红星光大地，愿将热血洒高冈。
雄关漫道今犹在，未可轻心弹裹糖。

访贵阳青岩镇

身披赤日访诗来，定广雄风实壮哉。
沃土藏金文韵厚，春光放彩锦霞开。
身登古堡观奇景，心向朋侪习壮怀。
夜饮农家同献艺，菊林个个是高才。

赵新篁

1925 年生，号仲辉，别号竹翁。贵州省赤水市人。中华诗词学会、贵州省诗词学会会员。赤水市诗词学会理事。有《赵新篁诗词》《山川草木情怀》等。

喜为六绝句 (选三)

1987 年 5 月 30 日，值传统端午佳节。中华诗词学会在京成立。盛会应运而开，诗词适时而唱。韵事欣闻，不可无诗，喜而为歌。

(一)

老树新花应运开，骚人墨客喜抒怀。
红牙铁板均吾爱。古韵新词并驾来。

(二)

漫言旧体现时空，杨柳新翻兴正浓。
绝唱千秋歌不绝，大江东去满江红。

(三)

险韵诗成喜欲狂，格严律厉发华章。
龙吟虎啸随情趣，盛世当歌万世昌。

丙子诗人节有感

两忧意识铸诗魂①，爱国亲民贵在真。
讽谏褒扬肝胆语，愿诗成镜不生尘。

【注】
① 两忧意识即忧国忧民。

听泉四洞沟

四洞沟，贵州省赤水市国家级风景区。

一水奔来泉四叠，蜿蜒八里满溪声。
银河泻石千钟震，浩瀑沉潭万鼓鸣。
小涧珠圆轻击磬，清流玉润慢调筝。
汇成交响聆天籁，仙乐飘飘处处情。

赵毓祥

（1901—1967）贵州省贵阳市人。历任安顺中学、黔西中学、永初中学、清华中学校长。贵阳师范学院、遵义师专教师。著有《太慈濡墨》《雾岛杂拾》《解放百咏》（此集已散失）等诗词集。

山居二首

（一）

胜处园林好作家，苍松抚罢话桑麻。

不因上国腾骑虏，岂有鲺生泛海槎。

读史从来知变乱，论人未必便惊嗟。

橘中一卧年时几，记得春春爱种瓜。

（二）

树老檐低一画图，春晴夏雨景无殊。

青烟散引邻家饭，紫泥翻飞远客舖。

为爱清新争早兴，不辞烂醉屡糊涂。

南腔北调殷勤语，总怨胡骑问帝都。

（1944 年闰四月初作）

松山风雨夜

松风一霎作狂涛，倒海排山若起鳌。

激荡浑疑天地动，沉吟有类鬼神号。

惊雷更是追逋急，骤雨随同逐客逃。

此是自然一妙画，天公放笔写牢骚。

青岩一夕，寄寓白府，主人旨酒相对，琐谈时事，次日漫成一律，即呈白府昆仲

清溪一曲隐孤城，万户千门伴圃耕。

老树北风纷落叶，客尘南望辨机声。

旧家燕去栖遐缅，寒夜人来酒屡盈。

入蜀几人行杜甫？新亭周顗泪颐横。

题魂断蓝桥影片

二十年前蜜样宵，尘沙玉影此蓝桥，

鸳鸯细画何曾似？江浪滔滔共泪潮。

赠宋八旭东

（一）

劫后依然有此生，纵教一梦亦心惊；
令威未化辽东鹤，热泪如何伴酒盈？

（二）

庭院清阴话旧家，小窗漫对一瓯茶，
相逢何事堪惆怅，绿鬓几丝谁点华？

（1944 年 9 月 15 日）

长相思 （五首选一）

洛水流，澧水流，流水呜咽人也愁，烽烟动
九州。　　故乡休，异乡休，一样天涯沦落秋，
怯登明月楼。

浪淘沙·癸未中秋归农场山居未得，示内

凉露透窗纱，桂树横斜。昨宵曾记可还家？
小圃瓜黄亲折取，还有葵花。　　何事滞天涯？
离乱堪嗟。杜诗讽诵识清嘉。千里婵娟同顾影，
莫负年华。

雾岛杂憶之二

如眉新月到帘钩，幽思黄昏总苦求，
但得佳辞若醉酒，几人欢笑上层楼。

雾岛杂忆之七

中原北望战云酣，壮语也曾思剑南。
味到飘零梦亦苦，便将心事怜春蚕。

雾岛杂忆之十

乌当十里画不如，最是新晴雨霁初。
伤世怀人情未了，西窗凉意静翻书。

赵德山

（1918—1990），山西省武乡县人。曾任中共贵州省贵阳市委常委、副市长、市政协副主席等职，爱晚诗社原副社长。

织金洞奇观

（一）

天下奇观黔省多，洞幽石怪胜嵯峨。
此非自大夜郎语，远客兴来细品摩。

（二）

高大深宽得自然，云梯雾道接南天。
星河晶殿层层碧，玉柱银屏处处妍。

梵净山万卷奇书

万宝岩藏万卷书，三坟五典有谁如。
千秋风雨沧桑纪，百里峰峦地气舒。
林海涛狂声震耳，杜鹃花笑色侵裾。
蘑菇石耸惊人胆，信是名山天下殊。

登梵净山金顶峰

穿云直上最高头，无限风光揽素秋。

东海曈曈初日丽，西山隐隐晚霞流。

金刀更跨千寻险，玉宇欣开万里眸。

旷岭悬桥惊地动，瑰奇景色壮遨游。

秋过平塘

无数峰峦齐竞秀，霜燃大地叶飞红。

西关旷岭千畴稻，曹渡清江万舸篷。

云静碧霄归塞雁，月横青琐听寒螽。

牙舟三日平塘道，一片秋光入画中。

铜仁杂吟

秋风万里送行人，归雁流云落浦滨。

天乙峰前江水绿，苗家村寨管弦新。

遵义会议五十周年

力挽狂澜定九州，挥戈北去正霜秋。
风流一代殊功在，踏破三山展大谋。

登广州镇海楼

越秀山头镇海楼，悲歌浩放振神州。
虎门壮志惊魔胆，元里英风拒敌仇。
摘什摩宵观亘古，倚栏看剑话春秋。
南疆豪气千年在，草绿江华珠水流。

赵德舜

　　满族，北京市人。新中国成立前任中学校长、教育科长等职，新中国成立后任镇远中学语文教师、镇远县政协副主席、黔东南州老年诗社理事。

自　述

少小离家只为贫，适逢世乱日嚣尘。
深知浅薄勤开卷，欲擅专长学写真。
糊口违心从小吏，呈辞如愿始传薪。
无言桃李花千树，下自成蹊岁岁春。

沁园春·秋

时已清秋，硕果丰饶，劲草未凋。爱霜林烂漫，菊花淡雅；南征大雁，背负苍霄。漠漠梯田，层层稻黍，放眼金涛人望遥。新天地，遍城乡活跃，富路千条。　　苗村侗寨民劳，喜改革思潮逐浪高。看东欧演变，同工异曲；苏联解体，分道扬镳。唯我中华，遵行马列，四化鸿猷胜算操。争朝夕，众炎黄后裔，无不英豪。

郝 仁

（1927—2005），字宗承，号子冷，笔名凹夫。贵州省纳雍县人，曾任校长等职。毕节地区乌蒙诗社社员，纳雍县诗词楹联学会副会长，《云海》诗刊编委。

西江月·僻乡学童

五鼓鸡鸣惊觉，忙忙碌碌锅边。匆匆就道野林间，迟到不无腼腆。　　日薄西山学散，途中无暇嬉玩，书包放下换筐镰，从不偷闲躲懒。

郝炳然

1931 年生，河北省武强县人。曾任铜仁地区人大副主席、铜仁地区诗词楹联学会会长。

梵净山 （新声韵）

梵山净土万千年，金顶入云悬半天。
九九溪流山下去，甘泉雨露洒人间。

荣凤斌

1927 年生，山东省文登市人。曾任安顺地区局长等职。贵州省诗词学会顾问，安顺市诗词学会副会长。

新春感赋

火树银花紫气长，山城春色晓苍苍。
千株翠柳新抽绿，百啭黄鹂又绕梁。
丁亥情思佳节庆，骚人逸兴美诗扬。
今逢好景须欢唱，安享和谐众卉香。

重阳节抒怀

重阳时节市郊游，纵目长天览广畴。
白发高歌逢盛世，髫童劲舞庆丰收。
金钟山上松涛涌，西秀河边夜景幽。
跨纪老翁抒壮志，豪情无限写春秋。

黄果树大瀑布

百川汇水向东流，峭壁神工旷野留。
银练垂空飞瀑泻，水帘隐洞石窗幽。
无穷雾雨从天降，不尽清凉慰客游。
十里惊雷长怒吼，黔中胜景壮千秋。

夜读有感

冬去春回夜色阑，敲诗索句意犹酣。
神怡未倦三更读，意会方知一字难。
骚友采风求律韵，华章焕彩竞吟篇。
中华大地腾飞日，耄耋之年仍着鞭。

游紫云县格凸河

夜雨滋尘天乍晴，欢歌笑语一车轻。
蒙蒙雾色长河静，阵阵波声画舫行。
两岸青峰多古趣，千山绿树最幽清。
初开胜境游人醉，独有诗心鸥鹭盟。

【越调】天净沙·穿洞吟

峰峦古洞悬崖，碧溪翠染流霞。茂密森林静
雅，如诗如画，莺啼燕语苗家。

胡　华

1945 年生，贵州省贵阳市人。曾任花溪百货日杂公司党支部
书记。贵州省诗词学会、花溪区诗词学会会员，青岩镇诗词学会
副会长。

青岩龙泉（新声韵）

甘露赛琼浆，清纯性味凉。
黛山涵玉液，古镇沸银汤。
源远千峰翠，流长万卉香。
飞珠滋四野，喷玉润八方。
汩汩歌尧世，悠悠颂小康。
千秋怀大地，万载永流芳。

咏花溪阳光水乡（新声韵）

一泓碧水映山庄，花海华楼画卷长。
夏露飞珠嬉锦鲤，春光吐玉戏鸳鸯。
荷香叶翠惹人醉，柳秀花繁引鸟狂。
最喜清风摇倩影，扬波起韵送幽香。

鹧鸪天·青岩镇诗词进村有感

三月春风话夜郎，清音玉曲醉山乡。东坡西岭开怀笑，布寨苗村劲笔忙。　　追韵雅，唱新腔，诗风染透小康庄。千家万户新歌起，情满山村诗满囊。

胡　绳

（1918—2000），江苏省苏州市人。曾任中国社会科学院院长、全国政协副主席。

遵　义

父老颜开说太平，深情犹念昔年兵。
云间遥指长征路，万水千山始此城。

（1986 年 3 用 17 日）

茅　台

赤水河中碧水流，军行南北运奇谋。
多缘战士忘生死，赢得酒香溢五洲。

（1986 年 3 月 18 日）

娄山关

鸟道凌虚关势雄，敢从逆境战飙风。
沙场旧迹浑难辨，似海苍山望不穷。

（1986 年 3 月 19 日）

胡　颖

贵州省湄潭县人。贵州财经学院外语讲师。

回湄书怀

狮山独秀郁葱葱，湄水绕城看似弓。
八载烽烟成孺子，十年磨炼树奇雄。
附中桃李满华甸，浙大人才遍寰中。
喜看桑梓绘新景，千家万户乐融融。

胡太华

1937 年生，湖南省祁阳市人。曾任贵州财经学院副院长，贵州省诗词学会会员。

娄山关夕眺

关下车龙关上松，夕阳尽染万山红。
当年战火频烧处，户户炊烟向晚风。

胡长义

笔名竹风，1935 年生，贵州省余庆县人。曾参军抗美援朝，任参谋。转业后，做过技术员、教师。中华诗词学会会员、贵州省诗词学会理事，《贵州诗词》编辑。

念奴娇·黔北游

播州寻梦，仰雄关古道，红楼春色。笑共茅台初试酒，酿就胸中激烈。竹海淘情，桫林净意，迈步丹霞越。携虹挽瀑，赤河吟啸风月。　　遥想烽火当年，鏖兵险境，多少英豪血！四渡拨云开胜路，旷古回天奇略。玉液流芳，江轮载誉，历史翻新页。繁荣根部，感知今古凉热。

谒遵义会议会址 （新声韵）

青瓦小楼何永恒？得缘点亮导航灯。
门通万里长征路，室举千秋大帅星。
伏虎降龙惊旷世，开天辟地绽群英。
殊荣犹有娄山月，曾照当年铁马行。

乡愁 （新声韵）

宵灯燃旧梦，童气漫家山。
竹马喧村舍，书声朗校园。
虫琴黄麦浪，蛙鼓绿秋天。
只有儿时路，今身没走完。

煤矿灾年纪 （新声韵）

瓦斯走火响惊雷，接踵悲吟动地哀。
几度呼声传表里，屡番媒体报黑白。
乌金血气环三市，热电灵光漫九陔。
不是深层积弊久，缘何灾爆又重来？

庆春泽·凝冻灾年纪 (新声韵)

素裹银装，今非瑞兆，视屏确报凶年。半个中国，低温雨雪没完。天公翻脸，施威狠，路阻交通电绝源。叹人车，始料弗及，愁困饥寒。　　灾星也怕英雄汉，看军民奋起，勇斗冥顽。上下一心，热情席卷冰原。险峰危塔悬空处，有神工，激战高端。抖长缨，力缚凝魔，还我春颜。

永遇乐·登君子亭 (新声韵)

贤者宽怀，乌纱廷杖，何计荣辱？默想当年，荒丘僻洞，久困谪人处。鹰腾旷宇，蚁回咫尺，雄翅哪堪低谷。念先生，思接千载，置之绝地而悟。　　良才枉罪，佞臣得宠，屈指今昔无数。孔圣春秋，文王卜易，皆自难中著。启蒙催化，知行宏道，海表咸称翘楚。高亭上，此情失控，怆然拭目。

虞美人·故乡 (新声韵)

春风秋雨愁思老，饮水山泉好。故园一夜不眠中，慈母依稀捻线小窗东。　　村鸡三唱催人醒，笑语田间影。新楼紫燕早双飞，巧剪青峰白雾湿朝晖。

西江月·山乡秋色 (新声韵)

檐挂丹椒甚火，场堆金谷成山。白墙青瓦绿林边，几户农家小院。　　挞斗砰砰叫阵，镰刀虎虎争先。三秋喜遇艳阳天，跃起丰收一片。

【中吕】山坡羊·奢交

光杯银铸，高朋金镀，宫廷料理琼浆注。舞天舒，醉花都，豪华互竞空千古。若问今宵公款否？他，可有谱；她，可有数。

【中吕】山坡羊·暗箱

华灯交付，金车飞速，楼空椅冷知何处？巨商乎，大人乎？权钱互动天文数。莫把乌纱当赌注，官，有法度；民，有尺度。

水龙吟·茶乡生态游 (新声韵)

莽原谁领风骚，每闻茶韵堪独到。春江晚唱，青峦晨曲，余音漫绕。翠垄琴台，绿风音象，燃情乡调。纳天然之气，耕耘之养，滋凡魄，开尘窍。　　希冀源于襟抱。与葱茏，胆肝相照。紫林蒸雾，碧丛涵雨，空濛孵俏。绿透三山，茗香九宇，繁荣天道。拓清淳境界，先天下秀，后人间笑。

沁园春·茶乡 (新声韵)

莽莽群山，款款清流，绿绿梦魂。有化石一籽，可资求证；古茶三树，可就寻根①。地献锌硒，芽鲜俊丽，奋起青葱垄上人。量风物，感蓬勃生气，豁亮胸襟。　雀舌频唤知音，且茶道而今品味深。喜天公作美，香淳并俏；能工创秀，素雅独尊②。历数茗优，时评饮誉，谁与黔中试比真？钦茶海，有弄潮人健，劲手播春。

【注】

① 贵州发现当今世界独有的一枚茶籽化石。沿河县有千年活茶树三棵。

② 唐陆羽《茶经》记"茶之出黔中……其味极佳。"

水调歌头·古镇观光 (新声韵)

久仰青岩秀，幸会布依人。黔中拔萃之地，厚土育斯文。首访平刚故里，次谒渔璜府第，再入状元门①。吸纳钟灵气，着意在寻根。　狮山考、龙泉问、玉河闻。城楼指点风物，天籁竞传真。兴叹西湖明月，畅话蟾宫折桂，数典旷胸襟。漫品筑贤味，壮我夜郎魂。

水调歌头·重访青岩 (新声韵)

温故思龙井，取道问狮峰。几餐名镇精粹，回味与时浓。俯仰泱泱翰墨，辗转堂堂典雅，潇洒汉唐风。淳厚民俗史，都在笑谈中。　　秘书胆①？，编修智，状元踪②。金筑志士，驰骋江海贯长虹。可解伯温警句，可感清诗王气，求索古今同。读破前贤卷，竖子可骑龙。

【注】

①② 平刚，曾任孙中山秘书长。周渔璜，清代进士翰林院编修，曾参与编《康熙字典》。状元，指赵以炯，是云贵两省第一个状元，以上人物都出自古镇青岩。

水龙吟·黄果树瀑布 (新声韵)

故乡千古清标，此生能不亲一睹？雷车风马，霓幡霞帜，嵯峨云路。绝地升华，殊世而立，空濛突兀。且峰峦声震，天涯名噪，仍驰骋，无旁骛。　　本色清白甚酷，把辉煌俱留原处。不迷上位，躬身向下，低于草木。遇土情渗，逢石性韧，跌崖重组。让时人，跨越惊奇以后，眼空无物。

水调歌头·乌江

俯饮三乡水，仰吐九峰云。奔腾狂泻千里，涌动大山魂。来自乌蒙莽野，引领喧溪啸涧，蓄势见雄浑。跌宕峥嵘下，犹作虎龙吟。　天堑迫，落差后，至屈伸。高原血脉成就，不懈铸精神。紧靠嶙峋崖岸，贴切纤苍草树，缱绻溢氤氲。与世扶摇上，点亮夜郎村。

胡长安

号田丁，1941 年生，贵州省遵义市人。曾任贵州省经贸委交通处处长，《贵州交通运输》杂志主编，贵阳无名诗社副社长兼秘书长，贵州省诗词学会会员。

湄江毛峰 （新声韵）

茶园万顷数峰腰，雾里云中半掩娇。
阳雀未鸣掐嫩绿，敢与龙井试比高。

顺海林场拾句 （新声韵）

木叶声声信口吹，清音婉转应山回。
神仙难保休闲乐，日暮依依不舍归。

黄果树瀑布奇观 (新声韵)

天际星河坠碧空，骄阳细雨起长虹。
银花玉练飞霜雪，泻尽骚人肺腑衷。

咏牛 (新声韵)

结伴农夫不计年，一生吃草苦耕田。
当今实现农机化，卸担南山亦坦然。

瞻仰毛主席遗容 (新声韵)

经天纬地盖唐尧，立党工农锤与刀。
推倒三山挥巨手，抗衡两霸挺龙腰。
雄文四卷光今古，诗髓百篇冠圣豪。
如日辉煌民领袖，千秋功业世人朝。

胡化先

　　1931 年生，安徽省淮南市人。长期从事地质勘探工作。贵州省诗词、楹联学会会员。

劝君戒烟 (新声韵)

吞云吐雾度春秋，损肺伤身何日休。
寄语诸君烟必戒，消除隐患始无忧。

胡廷燕

女，1933年生，贵州省遵义市人。安顺地区环境监测站退休干部。贵州省诗词学会、安顺市诗词楹联学会会员。

捣练子·游打邦河谷

山峻陡，水回游，谷底芭蕉垅畔榴。一叶轻舟连两岸，几丛翠竹缀村头。

浣溪沙·古树花繁 （新声韵）

十载严寒百物残，文林艺苑禁多端。绵绵沃野几枝研？　腊尽春回欣万类，冰融冻解舞千帆。吟坛古树着花繁。

胡伟能

苗族，湖南省湘乡市人，1939年生，曾任镇远中学教师，黔东南州诗词楹联学会会员。

参观镇远鼓楼溪苗寨

绿树清流绕紫烟，鼓楼掩映彩云间。
欢声笑语飞山寨，曼舞轻歌伴古弦。
农户种田皆免税，孩童上学不收钱。
携壶与客踏春去，共醉和谐尧舜天。

胡安品

1941 年生，贵州省福泉市人，教师，贵阳市诗词学会理事。

赏金阳石林 （新声韵）

好似千楼立满城，又如万箭护生灵。
条条小径通奇景，步步舒心返妙龄。

荔波小七孔 （新声韵）

荔波古色小桥殊，服务宾朋逛景都。
峻岭狂溪飞瀑布，深潭暗洞隐龙雏。
千千藤树长依恋，万万风情雅趣书。
游友驱舟泅水进，鸳鸯湖灿异明珠。

胡远识

1928 年生，贵州省贞丰县人，曾任中学副校长、经济师。贵州省诗词学会会员、中华诗词学会会员。

登六合塔观钱塘江

六合对江开，天地入胸怀。
浩浩钱塘水，滔滔万里来。
日生沧海外，人立一楼台。

百岁光阴短，三千界自排。

月是故乡明

阿姐赴台五十冬，来鸿常念老亲翁。
陆台冰镜同天照，华夏子孙一脉通。
月是故乡明灿灿，人逢佳节思重重。
台澎一统归来日，乐叙天伦笑语中。

山村秋景

放眼海南秋色浓，坡峦翠竹映丹枫。
溪边野菊沾晨露，岸上芦花带晚风。
几处云飞山径白，一轮日照水波红。
乡村九月风光好，漫步郊游老返童。

胡志筠

女，1922年生，四川省自贡市人。曾任贵阳煤炭工业学校（并入贵州大学）教师。中华诗词学会、贵州诗词学会、贵阳市诗词学会会员。

咏黔西百里杜鹃（新声韵）

（一）

百里花开艳艳红，八方游客笑春风。
洞奇景美公园省，金凤飞天旭日东。

（二）

望帝痴心化杜鹃，苦啼鲜血染花嫣。
千姿百态逗人爱，好护江山万万年。

胡宗喆

1933 年生，安徽省六安市人。曾任副厅级监察员，贵州省诗词学会会员。

友谊关前

（一）

哨卡遥相应，碑石国界明。
边民结伴走，和睦永安宁。

（二）

昔日硝烟地，今朝边贸城。
肩挑车运疾，中越见双赢。

述　怀

平生奋斗为邦兴，白首犹怀报国情。
献策进言泉喷涌，祛邪扶正盼风清。

赞干部访贫送温暖

大雪纷飞彻骨冷，访贫公仆进柴门。
送粮赠款给衣被，关爱真情暖胜春。

游贵阳郊区夜郎谷

石墙石屋古城堡，翠柏苍松映日明。
座座亭台依峡立，涓涓泉水伴山行。
草坡地上观棋阵，绿树林中听鸟鸣。
喜沐熏风心肺畅，夕阳送我踏归程。

游修文阳明洞

忠言直谏触君怒，谪贬龙场栖罪身。
朝砍山荆夕采栗①，暮归阴壑夜眠薪②。
草窝玩易追先圣，书院穷经授庶民③。
自古英才多苦难，阳明哲理令人钦。

【注】
① 王阳明初至贵州修文龙场结草庵而居，没有四壁，不能避风
　防雨。
② 见王阳明诗《采薪》："朝采山上荆，暮采谷中栗……晚归
　阴壑底，抱瓮还自汲。"
③ 即"玩易窝""龙冈书院"。

胡绍明

1936 年生,贵州省遵义市人。曾任贵州省水利厅副处长,高级工程师,《贵州水利水电》主编,贵州省诗词学会会员,合著《银杏集》。

游贵阳水田相思河 (新声韵)

昔日攀岩修电站,今朝坦道任君行。
停车借问相思水,几许涟漪几许情?

赞龙里水土保持科技示范园 (新声韵)

昔日穷山恶水间,今朝花果缀山巅。
安得锦锈披苗岭,大地欢歌不夜天。

胡显林

亿佬族。1950 年生,贵州省道真县人。曾任中小学校长、党支部书记等职。贵州省诗词学会、遵义市诗词学会会员,道真县诗词学会副秘书长。

路

斩棘披荆总向前,纵横交错永无边。
何须固守一方土,还有人生别样天。

题土陶茶罐 （新声韵）

素色衣衫貌不佳，胸怀暖意聚春芽。
可容天下江河水，煮就人间美味茶。

胡家扬

安徽省凤阳县人，1919 年生。曾任安顺专区兽疫防治队队长、畜牧兽医站品种改良站副站长。贵州省诗词学会、安顺市诗词楹联学会会员。

忆秦娥·答友人

长求索，老来偏喜诗书乐。诗书乐，梅边香远，松巅云薄。　　黔都共步文昌阁，虹湖续句酬君作。酬君作，俚词羞寄，九皋鸣鹤。

环保黄果树

层峦叠翠启遐思，绿水青山好护持。
霓挂悬峰云化雨，河穿险谷柳飞丝。
雏莺阵阵啼花树，乳燕翩翩跃竹枝。
九秩斯翁情不禁，中锋走墨赋新诗。

摊破浣溪沙·桂家湖新春即兴

梅谢岩边景若何，熙熙丽日泛湖波。玉竹千株飘翠箭，影婆娑。　　倩女舟中悄弄语，俊男堤上放声歌。岸柳掀风风扑面，报春和。

摊破浣溪沙·仲春信步即景

小树初花分外娇，香红艳白竞风骚。试问园丁何事大，水勤浇。　　百尺苍梧阴荫地，千株嫩笋志凌霄。华夏他年梁栋柱，看新苗。

胡维汉

1930 年生。贵州省安顺市人。曾在省委宣传部工作，省文联主席。

雨中过岳坟

身后荣名纷沓来，斯人骸骨已成灰。
英雄含恨无今古，细雨凝珠和泪垂。

登北高峰

扶摇直上北高峰，远水近山一望中。
烟树茫茫绿尽染，乃惊巧手夺天工。

胡朝政

1951年生,贵州省仁怀市人。仁怀市第一中学语文特级教师。仁怀市诗词楹联协会副主席、老年诗联书画研究会理事。

清平乐·下象棋

飞车跃马,直把楚河跨。不见硝烟闻喊杀,又是营摧寨塌。　　全盘成竹胸中,攻防进退从容。莫道谈兵纸上,尺枰亦有雄风。

胡廉夫

字萍实,笔名醉墨。1920年生,湖南省桃源县人。历任《贵州日报》编辑、《贵阳晚报》副刊部主任、副编审。贵州楹联学会副会长兼秘书长、中华诗词学会会员,贵州诗词学会理事、贵州省作协会员,中国老年书法协会理事。著有《爱吾庐诗联集》。

杂感四首

(一)

人生异草木,不若松柏寿。
欲于百年间,辛劳图不朽。
须知形与骸,旷日难持久。
男儿当自励,莫为世俗诱。
争名与夺利,转瞬化乌有。

不能知汝先，奚能知我后。
遗臭与流芳，后人自评剖。

(二)

人生一泓水，所欲乃无涯。
知识无止境，家国事如麻。
求索苦未毕，容颜两鬓华。
及时须努力，勿作事后嗟。
应穷千里目，毋为井底蛙。
长寿倘百岁，一似雾中花。

(三)

雄鸡一声唱，金乌已东升。
群动纷自起，各欲求其生。
饥蠖土中出，宿鸟林外惊。
苍蝇亦何为，嗡嗡竞飞鸣。
人生处当代，底事苦钻营。
何如行正道，毋使腐恶萦。

(四)

志士殉事业，贪夫利己肥。
亦有高尚者，矫矫与时违。
彼此付一笑，莫辩是与非。
岁月无情逝，见著而知微。
浮云难蔽日，从来少天衣。

西湖掠影

云绕青山水绕城，长堤烟柳卧波横。

林掩曲径花常艳，池多芙蕖水更清。

雾笼白塔接星斗，日照平湖跃锦鳞。

花港观鱼留客赏，岳坟怀古动幽情。

我来不欲急归去，未尽游兴待月明。

盛世风光令人醉，举杯邀月趁晚晴。

天河潭纪游

暮春三月，天朗气和，桃花水涨，杨柳旗开。诗社同仁，为纪念建社八周年，相约作天河潭之游，尽兴归来，诗以纪之。

城南有胜境，名曰天河潭。地处石板哨，驱车一日还。曲径通幽壑，四山响喷泉。水碾饶古意，晴雨洒谷川。潜流声不断，头顶过潺湲。小瀑三五尺，银河石上悬。岚光泛物色，鸣禽戏树巅。天河潭上望，峭壁刀削然。清波光潋滟，骄阳映碧莲。泛舟入洞府，宛如临深渊。凉风沁诗骨，飘然疑若仙。彩灯星闪烁，钟乳百般妍。更有神奇处，恐龙化石玄。物象随处是，命名何敢专。信是神工巧，石窟有龙蟠。舍舟登彼岸，又是一重天。洞壑幽且静，深邃任盘桓。石柱擎山峙，巉岩未可攀。流珠生足底，拾级步履艰。游兴终不减，诗翁驻童颜。嘻嘻乎妙哉！明时地脉来灵气，展示乾坤造化全。谁说此景只应天上有，分明今朝在人间。

冬日杂咏

冉冉年华逝，悠悠故旧疏。
微躯衰已甚，老态究何如？
醉里常挥管，愁来且读书。
不随流俗转，但求晚景愉。

重阳节登黔灵山最高峰

白发飘潇岁月侵，奋登黔峰入山林。
浮云遮断天涯眼，金风吹醉老人心。
我来俯仰何豪迈，搔首捻须作狂吟。
安得挥戈重返日，欣见黑土变黄金。
长啸一声归去也，草木为我留清音。

寿星明·纪念毛泽东诞辰一百周年

极目南天，喜煞牛郎，乐坏吴刚。见嫦娥织女，翩翩起舞，箫迎彩凤，曲奏霓裳。手捧红梅，壶斟桂酒，同向毛翁举寿觞。传佳讯，迓先贤英烈，共宴天堂。　　人间天上难忘。忆往昔枪林弹雨狂。拯元元水火，澄清玉宇，奠基创业，大地芬芳。典范犹存，雄文后继，砥柱中流赖导航。喜今日，看洪流改革，诗谱新章。

念奴娇·庆祝建国三十五周年

　　金秋季节，正天高气爽，喜迎国庆，禹甸煌煌今胜昔，改革浪潮迅猛。四海闻名，八方欢悦，处处传歌咏。除污荡垢，亿民威仰新政。　　相庆高举金罍，飞觞祝嘏，祖国东风劲，物阜民康多伟绩，四化激光飞迸。一代新人，鹏程矗翮，料得明朝景，红旗威猎，更看华夏昌盛。

满江红·纪念周总理逝世五周年

　　五载春秋，回肠处，万民悲切。最难忘，广场风暴，怒冲天阙。汉玉碑前花似海，天安门外花如雪。听夜深，恶鬼绕城嚎，鞭笞折。　　斥四害，征妖孽。忆往事，恨难灭。赖春雷撼地，奇冤平彻。万里江山红日耀，翱翔呼啸揽明月。看今朝，捉鳖五洋人，壮怀烈。

临江仙·清明节谒革命烈士陵园

　　蓦地春寒添料峭，清明凭吊园中。泉台路杳梦魂空。音容何处？觅向百花丛。　　又是一年芳草绿。江山喜展新容。人间碧落可相同？心香一瓣，和泪叩苍穹。

沁园春·诗书感怀

　　草绿江南，陌上花飞，人海匆匆。听大潮掀浪，中流击水；江山耀彩，笔走蛇龙，翰墨陶情，宣城纸贵，写出蓝天一片红。须来日，看银钩满纸，天马行空。　　吟哦十载飞蓬。叹驽钝江郎才近穷。记寒窗觅句，断须几许；钟鸣静夜，心血千重。歌颂明时，直抒胸臆，都在缘情灵感中。休停歇，趁晚霞妍丽，誓老诗丛。

咏甲秀楼

（一）

　　危楼会有凌虚想，明月春风结伴来。
　　莫道筑城无胜景，而今甲秀似蓬莱。

（二）

　　鳌矶石上耸高楼，筑市风光一览收。
　　涵碧亭前多丽侣，歌声笑语恋情柔。

冬夜吟

朔风吹大野，时序入寒初。
人约寻梅兴，门多载酒车。
低吟常达旦，无债喜添书。
幸得丰衣食，天伦乐有余。

偕毓钟姐妹登花溪麟山

行尽羊肠道，登峰豁远眸。
长空横阵雁，沙渚戏闲鸥。
留影麟山上，离情画舫浮。
谁云双鬓白，盛世正风流。

秋夜赏月

皓月长空静，银河夜露凉。
蛩声频入耳，桂蕊暗飘香。
时序兹更迭，人情恼赝装。
凭栏搔白首，百感满诗肠。

龙宫纪游

幽壑森森蓬岛地，离奇神幻不虚传。
琼浆玉液堪留醉，碧水清风好泛船。
帷幕石屏千样巧，熔岩钟乳百般妍。
人间也有天堂境，莫教年华咒逝川。

登五老峰即兴

不尽烟岚大漠开，振衣千仞步苍苔。
依稀五老云中出，仿佛万山天际来。
古刹晚钟鸣涧谷，晴空玉笛响楼台。
乌蒙远隔天涯路，纵目骋怀能几回。

项兆林

　　1940 年生，贵州省盘县人。贵州省诗词学会会员，六盘水诗联学会理事，盘县诗联学会副会长兼秘书长，《云霞诗词》副主编。著有《三自末吟笺》。

赞岁寒三友

凛风卷雪雪封山，滴水成冰冰塞川。
百卉凋零沉壑底，筇枝翠秀挺云端。
冬临倍显松梅贵，色褪方知桃李凡。
数九寒威摧万木，喜看三友迓春还。

游丹霞山

丹峰秀色醉游人，观日登高绝俗尘。
古刹遭灾惊旧梦，名山焕彩壮禅门。
天机玄妙虚无谱，哲理精深实有根。
玉殿氤氲横卧佛，寺钟悦耳荡层云。

柯　健

1918 年生，湖北省大冶市人。离休干部，中华诗词学会、贵州省诗词学会、楹联学会会员。黔南州诗联学会顾问。

都匀新貌

棋凭一着振全盘，今日匀城另眼看。
置换新猷宏构建，创优佳绩壮游观。
栽梧引凤人才集，促贸招商客路宽。
开发西疆机遇好，云程万里任鹏抟。

九届人大五次会议朱镕基总理答记者问

即席陈词正气伸，一言九鼎服群伦。
"埋头苦干"真公朴，沥胆披肝总为民。

都匀茶文化旅游节

茶园处处翠如茵，遍吐新芽绿未匀。
秀女采来凭巧手，良工制就倍精心。
黔中极品咸称誉，国际荣冠屡授金。
美丽桥城添异彩，毛尖远胜碧螺春。

柯昌佑

（1936——2007），贵州省道真县人。中华诗词学会、贵州省诗词学会会员，道真诗词学会原常务副会长。

柳梢青·蜂 (新声韵)

飞越千山，穿行万里，历尽平川。采蕊寻芳，桃红李艳，任意飞旋。　　蜂儿无日清闲。任劳怨，情深意绵。酿蜜千斤，口囤牙聚，奉献人间。

柯遵先

女，贵州省仁怀县人，1931年生，国企退休干部。毕节地区乌蒙诗社社员。

晚 兴

古稀今有余，未肯作闲居。
画绘郭熙画，书追逸少书。
沃心思戴物，种德岂慵疏。
老圃秋容淡，寒香当自扶。

毕节地区老年大学建校廿周年感赋

荏苒光阴二十春，杏坛偏育老年人。
童心不老柔情在，白发苍皤笑口亲。
学画学书添雅兴，亦拳亦剑藉强身。
会当乐业将其寿，南极星辉映紫宸。

查小刚

1973 年生，贵州省桐梓县人。桐梓县黄莲乡副乡长。

学　书

庭阶寂寂径生苔，手种黄花管自开。
悟到汉碑神妙处，万山情态入书来。

乘快艇往蓬莱

一幅青山妙若裁，霞明沧海碧波开。
蓬莱仙客应相待，看我乘鲸破浪来。

蝶恋花·春归

未觉匆忙春事了。午梦回时，独步寻芳草。
一线青山黄月小，沙头惊起双栖鸟。　　踏月归
来还自笑。薄酒闲书，长是旧相好。永夜奔涛天
地老，阶前花落风能扫。

查继垒

又名查继礽，字耀先，笔名慕松、文微。1943 年生，贵州省
毕节市人。中学高级教师。贵州省诗词学会、楹联学会会员。

沁园春·贵州风光

中央电视台报道，在全国最佳避暑城市评选中，贵州省贵阳
市荣获第一名，有感而填是词。

黔地风光，山势茫茫，丽水富饶。看天然瀑
布，垂帘高挂；织金溶洞，玉砌琼雕。赤水竹林，
漫天绿浪，百里杜鹃映碧霄。公园省，喜名声久远，
旅客如潮。　　贵阳风物多娇。引中外游人共乐
陶。听弘福古寺，禅音袅袅；重楼甲秀，瑞霭飘飘。
胜景花溪，自然情趣，总理光临把桨篙。今荣获
最佳消暑市，独领风骚。

柳文龙

1957 年生，贵州省印江县人。思南县诗词楹联学会会员。

秋　兴

日隐枫林暗涌涛，疏帘半卷涨秋潮。
休言醉客无愁事，为有新诗又一宵。

清平乐·校园独步

平生恶假，人笑吾痴傻，心系讲台难作罢，
月白风清竹雅。　　寄情寸笔人生，灯前慢度三
更。他日心闲何处，幽窗秋雨敲声。

星　汉

姓王，字浩之。1947 年生，山东省东阿县人。新疆师范大学
教授，西域文学研究所所长。中华诗词学会副会长、新疆诗词学
会常务副会长。著有《西域风景诗一百首》《天南地北风光录》等。

登黔灵山弘福寺

清泉洗石雨初收，路曲林深动客愁。
欲问残阳寺何在，钟声遥撼一山秋。

秋游花溪

举步南来秋正高，白云红叶两肩挑。
心随碧浪流千里，手舀琼浆饮半瓢。
山吐清风声飒飒，溪收疏雨影潇潇。
我来不是花开日，成队村姑过小桥。

钟昭琼

女，遵义市红花岗区百货公司退休干部。遵义市诗词学会会员。

眼儿媚·仙人茶

柏精松髓紫烟浮，灵气爽心头。山花竞艳，茶园人醉，燕舞莺酬。　　林深树密风光秀，岚起景深幽，锌硒注绿，药香茶取，饮誉神州。

段白颖

1924 年生，湖南省洪江市人。中华诗词学会会员、黔西南州诗词楹联学会理事。

沁园春·赞黔西南州

黔域西南，毓秀锺灵，别有洞天。望重峦叠嶂，万峰耸翠；天沟峡谷，百瀑飞烟。潋滟平湖，贵醇香苑，顶效桃花满岭妍。山川丽，获殊荣美誉，地质公园。　　应怜锦绣家山，岂独是娇容景色妍。有黄金闪烁，乌煤翻滚；精锑莹石，铁矿油田。南北盘江，梯级发电，晃若繁星落世间。豁眸处，更云蒸霞蔚，心醉魂牵。

鹧鸪天·老来仍喜舞步狂

未减当年舞步狂，悠扬音乐漾华堂。快三慢四随人意，伦拜探戈旋满场。　　邀舞伴，兴徜徉，蜂穿蝶绕彩衣香。唯嗟今夜非年少，岁月无情映夕阳。

沁园春·辉煌五十年

莽莽神州，举国欢腾，盛况空前。溯井冈星火，炽燎大地；延安灯塔，照亮人间。赖我貔貅，三山摧垮，华夏辉煌换新天。红日艳，见江山如画，一统轩辕。　　巨龙昂首腾翻，恰正好、从头绣河山。看平畴玉翠，钢花飞溅；鼎革经济，百舸争先。银汉神舟，穿云追月，禹甸喜迎港澳还。挥椽笔，把豪情万丈，写向云端。

行香子·忆华年

玉露轻烟，百蕊争妍。花枝底，鸟语轻喧。山盟海誓，情意缠绵。许影同随，福同享，苦同担。　　风华岁月，似水流年。叹人生，离合悲欢。深情相许，期缔良缘。愿花常开，人常好，月常圆。

初过晴隆二十四拐

巍峨如上九重天，曲折绵延廿四弯。
一壑野花争秀丽，满山秋色映云端。
峰回路转傍幽谷，雾罩云遮过险关。
此去安南多险嶂，应知前路有辛艰。

《鸿泥轩诗词集》出版感赋

老来翻为著书忙，尘世沧桑细品尝。
风雨征程多曲折，云烟往事几回肠。
挥开拙笔抒心语，叙罢生平举玉觞。
欲问激情何处发？八旬灵悟自铿锵。

痛忆葬母后返棹沅陵

江花岸柳纵然多，欸乃声中悲里过。
母逝家亡心苦楚，孤身子影泪滂沱。
波平江阔移山树，滩险浪高旋急涡。
夜静浑忘天映水，满船愁梦压星河。

回乡感赋

归来信步览江洲，又见当年古渡头。
嵩岭巍巍笼夕照，沅江滚滚向东流。
急滩十里冲排筏，沙睹一湾泊钓舟。
怅望云山怀旧梦，偏怜水上有孤鸥。

进军途中

千里行军意气宏，铁流滚滚走山中。
朝迎红日踏珠露，夜伴寒星宿草棚。
突破雄关情更迫，神驰战地气如虹。
明朝抖擞征程路，壮志干云豁臆胸。

辛巳中秋逢国庆

金风玉露月华圆，举国欢腾奏管弦。
三代英贤辉禹甸，九州疆土乐于阗。
翔龙舞凤翩跹舞，火树银花不夜天。
国庆中秋同喜度，人间天上两团圞。

耋龄著书

平安一世复何求？历尽红尘悟喜忧。
秋菊春兰为我伴，乌纱紫蟒任人谋。
征程九曲微躯健，云锦千章运笔讴。
所喜儿孙求上进，耋龄回首写春秋。

侯仁富

1942 年生，贵州省遵义人，历任平塘县委农工部长、农办主任等职；黔南州诗联学会副会长。

渔家傲·平塘端阳节

蒲艾雄黄香棕有，龙腾狮舞秧歌扭。客满金盆多好友，忙奔走，欢声锣鼓震天吼！　玉水龙舟传统久，八方健将精神抖，排桨掀波翻绿柳，猜不透，百舟竞上谁魁首？！

俞　菲

1952 年生，贵州省贵阳市人，贵州省文史研究馆《贵州文史从刊》编辑部副主任，贵州省诗词学会理事，黔风诗社编辑。

四川汶川大地震

（一）

主席亲临泪满眶，震灾不断亦无妨。
拯民水火擎天柱，坚信中央好领航。

（二）

总理声声唤老乡，春风扑面暖心房。
震魔肆虐何须惧，众志成城鏖战场。

喜摘永乐乡科技艳红桃 (新声韵)

桃园盛汇映霞晖，天果夭夭半露绯。
大圣偷得王母恨，人间遍种尽芳菲。

春游"金海雪山"

桃源莫道遍难寻，漫野花香灿灿金。
借问仙家何处去？布依迓客备馐珍。

俞百巍

（1927——1996）年生。江西省广丰县人。曾在省委统战部工作。已逝。

离休病中感吟

壮年生计赖词章，卅载砚耕何问忙。
勉作驯牛甘俯首，每看皓月总回肠。
江郎投笔非才尽，陶令留诗寓意长。
得览奇书嫌日短，明窗倚枕沐朝阳。

饶林昭

1942 年生，贵州省惠水县人，中共惠水县委宣传部退休干部。黔南州诗联学会会员。

西江月·游惠水东山生态园

三宝连云深处[①]，苍松翠柏林间。东郊生态物华妍，野鸟声声呼唤。　　园圃科研种植，葡萄瓜果时鲜。秋高气爽意闲闲。夕照满山红遍。

【注】
① "三宝连云"系惠水古十二景之一，东山生态园位于三宝坡脚。

饶昌东

1944 年生，曾任贵州大学艺术学院电影部主任。贵州省诗词学会，花溪区菊林书院院长、花溪区诗词学会副会长、青岩诗词学会会长。著有《赞青岩》。

青岩云龙阁 （新声韵）

寻芳古镇亦从容，玉带云龙浸远空。
紫殿红门人语响，青山碧水鹭声融。
弯弯古径蒙蒙雾，静静花丛淡淡风。
登上高峰刮目看，油松直耸九天中。

菊林书院有感 (新声韵)

笔耕睿智静书斋，思浩宅屋晓色开。
韩笔孟诗熏雅气，颜筋柳骨染香来。
晨昏不怠文添彩，春夏从容词赋怀。
任是清秋明月处，悦心聚友汇贤才。

鹧鸪天·青岩诗乡挂牌

古镇诗乡首挂牌，百年文韵继开来。村村寨寨农夫咏，歌舞诗词次第排。　承古韵，雅风怀，菊林书院聚人才。众人唱响和谐曲，玉振金声上凤台。

蝶恋花·青岩云龙阁

玉带河边风拂柳，登上云龙，石径蜿蜒走。大殿佛声钟鼓奏，油杉直耸重霄九。　白鹭群飞迎故友，春意融融，妙趣君知否？享尽人间山水秀，风光无限青岩首。

姜文哲

笔名子颖，贵州省湄潭县人。中华诗词学会、遵义市诗词学会理事，湄潭县诗词学会常务副会长兼秘书长。

舞 剑

迎风起舞剑光寒，下指山河上指天。
一扫乾坤妖气尽，闲居林下赋诗玩。

登 高

登高一啸吐长风，欲步青云路未通。
倘有天梯为我用，凌云怎会让鲲鹏。

春 眠

草堂春睡日三竿，起唤妻儿把酒添。
有客登门来问句，命将杯盏放花间。

姜明玉

1935 年生，辽宁省台安县人，曾任贵州省人民政府发展研究中心（贵州省人民政府研究室）原料研组织处处长、副研究员，中华诗词学会、贵州省诗词学会会员。

青藏铁路全线通车 (新声韵)

（一）

雪域高原天路通，巨龙呼啸撼长空。
北京拉萨长虹架，共建金瓯万户同。

（二）

昆仑山际架天梯，冻土高寒氧气稀。
挑战巅峰天让路，穿云破雾赞神奇。

青岩古镇 (新声韵)

青岩古镇盛名传，六百春秋锦绣篇。
深巷长街多掌故，狮山定广富奇观。
状元学子传佳论，志士仁人继俊贤。
古貌新颜游旅醉，文明昌盛伴流年。

贺贾绍柱诗翁《寿春轩吟草》续集出版 (新声韵)

(一)

皓首之年诗意昂，独怜绝句韵悠扬。
构思新颖多哲理，意境高深兴味长。

(二)

勤学苦练寿春轩，浅唱低吟织锦篇。
笔底波澜风雅颂，胸中装有路八千。

(三)

火眼金睛辨莠良，权将椽笔作投枪。
斥贪揭丑词慷慨，善恶分明正气扬。

游三亚亚龙湾 (新声韵)

形如钩月背环山，廿里银湾映海天。
日暖云稀峰色丽，滩平船远水光蓝。
椰林疏影风中醉，汽艇英姿浪上欢。
兴赖自然穷造化，人间美景在琼南。

姜选才

贵州省天柱县人，1945 年生，侗族。坪地中学教导主任、教育站教研员。天柱县诗词学会会员。

嫦娥奔月 （新声韵）

嫦娥一号破苍穹，绕月飞行探秘宫。
万众欢呼惊广宇，群情振奋震长空。
千年梦想今实现，万丈云梯始架通。
科技强国人振奋，月中攀桂建奇功。

姜洪臣

1927 年生，安徽省人，曾任惠水县人大党组副书记等职，黔南州诗联学会会员。

游惠水九龙山

环山拱艳卧长虹，毓秀钟灵跃九龙。
漫步舒心群木翠，登峰悦目众山葱。
篱边静静观棋局，院内翩翩比武功。
新建庙堂雕画栋，增添亭榭若天宫。

娄义钊

1937 年生，贵州省桐梓县人，中学高级教师。曾任桐梓县人民政府督学。中华诗词学会、贵州省诗词学会常务理事，桐梓县诗词楹联学会会长。著有《娄义钊对联选》《书典录——娄义钊诗词选》。

丁亥惊蛰试笔

梦挽夕阳陪软枕，鸡鸣唤醒一窗春。
熏风扑鼻夹泥气，望垄霞披早播人。

鞋底吟

尝尽千脏和万臭，踏穿凶险与狂欢。
不攀衣帽显荣耀，俯托人间百亿年。

熏腊肉香肠寄儿女

翠柏炉中银雾绕，芳馨缕缕入脂膏。
美餐味蕴风霜雪，更共肝肠一火熬。

回首吟

　　此生遗恨事，唯有读书稀。点水蜻蜓客，何能海底知？光阴情最绝，卷帙爱何痴？四壁围成帐，一床梦吟诗。醒来敲韵味，总觉不新奇。覆去翻来改，仍然韵味低。缘何成此状？腹内太空虚！追悔源头溯，少时方向迷。奔忙风雨下，奋斗作人梯。本也该嘉奖，然而匪我期。应偕红树立，不为白头凄。烈士无年暮，愚公山可移。黄昏总向晓，东水有朝西。雪案萤窗诵，青灯黄卷栖。拼将勤补拙，再世奠根基。且作儿孙训：人间最贵时。人无书卷气，活着亦僵尸！

沁园春·遵义师范一九五五届同学故园聚会感记

　　五十年前，告别秋光，泪洒满堂。忆长廊进出，比肩继踵；矮楼吟唱，共激同昂。年少英姿，朝阳锦绣，装点天涯耀赤肠。今谋面，尽苍颜白发，感慨难当！　　乾坤日月情长。任返老还童喜若狂。醉龙山翠鸟，湘江玉酒；你吟旧韵，我咏新腔。影壮桑榆，金风伴笑，桃李翻春闹故乡。长亭外，望星星颗颗，挂满寒窗。

梅月园·元日举家游深圳大梅沙海滩

　　车轻人爽目葱茏，一路吻春风。碧海蓝天如画，此生从未相逢。　　沙滩醉卧，层潮拥抱，块垒消融。行乐疯狂忘老，儿孙指笑顽童！

娄必福

　　1934年生，贵州省桐梓县人。曾任桐梓县农经委主任，桐梓县诗联学会副会长兼秘书长。中国楹联学会会员，贵州省、遵义市、桐梓县诗联学会会员。

南溪游

　　驱车逐日赏南溪，绮丽风光照眼迷。
　　万壑深幽青气袅，千峰屹立白云栖。
　　激流溅玉新村绕，漫览丰姿别野熙。
　　知了高枝暝夕噪，归来一路笑天低。

浣溪沙·咏梅

　　凌剑冰刀野谷寒，沧桑阅尽品行端。搏风傲雪绽红颜。　　玉蕊琼枝香暗吐，应时花谢叶新添。丹心映日笑丛间。

娄忠赤

1935 年生，贵州省兴义市人，曾任黔西南州法院史志办负责人、《审判志》主编、高级法官等职。贵州省诗词学会会员，黔西南州诗词楹联学会常务理事。

游怡心园

细雨寒风小雪天，相邀信步览怡园。
桔橙累累千人醉，奇石尊尊百态妍。
咏友词朋夸美景，长歌短赋撰佳联。
改革开放结硕果，耋耄黄昏乐晚年。

娄季初

1935 年生，河南省临颖县人。曾任贵阳发电厂厂长兼总工程师、贵阳电力技工学校校长。贵州省诗词学会理事、《贵州诗联》网版主。

访黎庶昌故居

秋野空濛碧水寒，滩头垂钓自悠闲。
时人欲问前朝事，老屋无言对远山。

柳　絮

娇如白雪惹轻纱，细雨微风满树斜。
欲报春光留不住，飘飘洒洒到天涯。

访周渔璜故居

山色朦胧淡淡烟，骑龙居里倚栏杆。
闲吟遥忆诗人句，欲引清光下广寒。

偕德国使馆参赞登甲秀楼观夜景

今夜斯楼分外骄，华灯欲照亚欧桥。
鳌头矶座亭台稳，洛蕾莱诗曲韵嘹[①]。
更上一层山海小，重游多瑙路途遥。
恨无缩地巡天力，甘把余辉友谊浇。

【注】

① 洛蕾莱：莱茵河畔上一块百米岩石。相传是一位美貌绝伦的
　少女化身，许多诗人都有诗作，海涅的《洛蕾莱》最为出名。

雨中游贵阳天河潭

谷风习习雨潇潇，雪后春山倍觉娇。
杨柳拂波犹待剪，玉兰蘸露已娇娆。
一湾溪水来天宇，几曲栏杆跨石桥。
独有吴公俱慧眼，乐居此处学渔樵。

娄彦璠

女，安徽省合肥市人，1931年生，曾任中国水利水电第九工程局高级工程师。中华诗词学会、贵州省诗词学会、贵阳市诗词学会会员。

赴西蜀修渔子溪电站 （新声韵）

白日登山修隧道，黄昏歇宿傍岷江。
卧龙峻岭风霜紧，阿坝荒原雨雪凉。
古木相连遮日月，碧峰峙立隔参商。
当年踏尽西川路，留与边陲一片光。

乡恋 （新声韵）

翠堤百里湘江岸，白鹭双行橘子洲。
芳草萋萋云缈缈，斜阳脉脉水悠悠。
山亭坐看枫林晚，鹤井聆听玉液流。
梦断他乡千嶂叠，魂牵故土锁眉头。

浣溪沙·忆渔子溪烧香洞工地

一抹淡霞铺翠梢，车驰扬土漫坡飘。不知山外路途遥。　　隔屋听溪溪水急，卷帘望月月轮高。且将此处作琼瑶。

玉楼春

林城凉夜环山静。垂柳香樟湮曲径。满园丹桂暗消魂，几点流星游不定。　　更深云际飞金镜。穿透世间哀乐景。年年秋色冷中庭，谁个醉眠谁个醒。

巫山一段云 (新声韵)

一夜秋风至，悄然入树群。残花落木复香茵。吹去月边云。　　明月天涯共，相逢何费神。古来骚客铸诗魂。皆是断肠人。

采桑子·秋天里的春天

萧萧雨过重云散，初现晴空。垂柳依浓，时见飘黄落井桐。　　庭芳稀少余香在，飞蝶游蜂。淡月霜风，春色犹留秋梦中。

卜算子·咏兰

窗外月朦胧，室内轻寒聚。若问春光是否归？但指芳香处。　　岁岁赏幽兰，长叶将身护。何故名花似草生，只怕招人妒。

满江红·写在倩孙高考前

又见枫红，寒山外，几多重叠。遥望处，夕阳西下，树天相接。一缕轻烟升秀野，数行倦鸟归林穴。算年年、秋月凛霜时，流光切。　　更夜静、谁未歇？灯影下、千思捷。拼明朝竞搏、愿将腰折。十年寒窗甜与苦，四时幽室凉和热。但只待、再上一层楼，腾空越。

娄集林

字天然，号三界野叟，天然精舍主人，逍遥过客。1951 年生，贵州省遵义市人。遵义市诗词学会会员、红花岗区诗词楹联艺术学会理事。

钗头凤·沙滩怀古

相携手，拂垂柳，禹门洛水迷诗友。春潮落，古风薄。一朝魂断，几回求索。渴、渴、渴。　　拙尊朽、琴洲瘦，荒丘芳草守灵柩。沙滩恋，情难践。三贤去了，苦寻残卷。怨，怨，怨。

【注】

遵义城郊沙滩，为西南大儒清三贤郑子尹、莫友芝、黎庶昌之故居及埋骨处。

凤凰台上忆吹箫·遵义凤凰楼题咏

歌诵新风，顿闻天籁，一时却上心头。翠岭青峰上，飞峙琼楼。驻足凭栏放眼，观六合，欲述难休。丹心展，凤鸣凰唱，醉了春秋。　　悠悠，好邀李杜，迎漱玉东坡，到此云游。如遇吹箫女，更是风流。不负达人共赏，舒广袖，韶乐齐讴。齐讴处、心花盛开，大展歌喉。

洪　星

1932 年生，山西省襄垣县人。曾任贵州省湄潭县政协主席。离休干部。贵州省诗词学会会员。

望江南（双调）·湄潭好

湄潭好，秀丽比苏杭。水秀山清游客醉，群英四季吐芬芳。谁别也难忘。　　思浙大，西寓小江南。荟萃名人培俊彦，东方剑桥美名传，谁信在湄潭。

有感浙江大学北美校友访问湄潭

桃红柳绿又一春，北美校友聚江滨。难忘西迁艰苦日，更念浙湄鱼水亲。"小小湄潭大学城"①，哺育浙大一代人。教学科研硕果累，华夏名师四海闻。

【注】
① 核物理学家王淦昌语。

洪延星

（1929——2004），笔名红星，江西省乐平县人。曾任毕节地区文化局局长。中华诗词学会、贵州省诗词学会顾问、毕节地区诗词楹联学会名誉会长，《乌蒙诗刊》副主编。著有《心声集》。

松柏赞

青松翠柏最堪崇，溢彩流光任雨风。
酷暑严寒无所惧，舒枝展叶傲苍穹。

赞池荷

弱柳因风线任提，碧荷承露气如霓。
名芳品雅千人颂，不染污泥万世题。

有感某君一席话

些许才华气自豪，评头品足笑人糟。
谗言利口如刀剑，纵有经纶价不高。

随军追忆

江东一夜听荒鸡，跃马横刀进水西。
千里征尘扬地起，三更鹃血带烟啼。
边村寂寞人稀少，冷树萧疏鸟失栖。
满目疮痍谁忍睹，抛颅端为拯群黎。

黄果树瀑布赞

谁个英雄戳破天，银河倒泻海龙欢。
含烟遮壑珠帘落，带雨重峦黛色连。
响瀑轰雷声十里，虹霞焕彩景三千。
高宽水势惊游目，画意诗情客兴添。

洪俊杰

1927 年生，贵州省人。曾任贵阳六中高中教研组长。中华诗词学会、贵州省诗词学会会员。

沁园春·林城颂

四季长青，百花争妍，溢美林城。更翠微甲秀，栖霞胜境；文昌古阁，夕照南明。绝壁东山，登高远眺，雾锁雄关似画屏，惊回首，绿林幽深处，百鸟争鸣。　　参天树捧台亭。弘福寺，禅房花木精。看黔灵浪静，游航点点；欢歌笑语，诗兴添增。西部开发，得天独厚，洒遍春光洒遍情。江南美，贵筑真不逊，毓秀钟灵。

鹧鸪天·黔灵湖

夜雨初晴杏绽菲，白红桃李竞相辉。依依垂柳无边碧，幢幢新居日照扉。　　花柳动，笑声飞，黔灵湖水绿漪微，轻歌曼舞春拂面，唯见红云脸上堆。

金菊对芙蓉·党恩永垂

　　春色三分，还寒乍暖，碧空天际云飞。看青烟袅袅，几处新炊。田畴一片人欢动，备耕忙，你赶他追。田畴一片人欢动，备耕忙，你赶他追。彼伏此起，欢歌笑语，倍感春晖。　　敢问有谁可为？废千年农税，大地春回。成万农民颂，党恩永垂。谷为命本今如是，好生活，柴米成堆。国强民富，和谐安定，华夏增辉。

胥子英

　　1920年生，山东省阳谷县人。曾任贵州省机械厅副厅长。贵州省诗词学会会员。已逝世。

重阳节

　　九五重阳众老欢，争先恐后上黔山。
　　神怡心旷精神爽，遥祝新天万万年。

（1995年秋）

灭蛀虫 (新声韵)

　　蛀虫一产生，百姓恨难平。
　　群起围歼尽，神州得永宁。

（1995年秋）

瞻仰邓恩铭烈士故居

英烈邓恩铭，本是荔波生。少年立壮志，革命作先行。胸怀无产者，马列旗高擎。不幸遭逮捕，坐牢济南城。狱中秉正气，凛然对酷刑。越狱终未遂，就义显忠诚。功业垂青史，千古留美名。

姚长浩

1930 年生，广东省阳江市人，曾任贵州省审计厅副处级秘书。贵州省诗词学会会员。著有《中国旅游名胜诗联选萃欣赏》。

西江月·广东高州水库记游

荡漾轻舟绿水，涟漪玉兔辉清。繁花吐艳诉衷情，细柳湖中倒影。　　深谷明珠吐彩，高山蕉果扬名。湖光山色醉人行，改革东风更劲。

西江月·游贵阳红枫湖

美女晨妆启镜，山天透影晶莹。山重水复忽花明，惊起湖鸥小艇。　　夕照云霞染水，盆山乳笋争灵。侗歌苗舞展风情，一岸鲜花美景。

姚本渊

侗族，1934 年生，贵州省玉屏县人。曾任玉屏县志办副主任。贵州省诗词学会会员，铜仁地区诗词楹联学会理事，玉屏县诗词楹联学会副会长。著有《诗书集草》。

白水洞瀑布 （新声韵）

悬崖百丈泻银裘，坠入澄潭次第收。
日照苍烟腾紫气，清流汩汩戏汀鸥。

平江春晓 （新声韵）

碧水涟漪漾翠微，春光戏柳燕双飞。
牧童草地观蝶舞，游客踏青带醉归。

玉屏笛 （新声韵）

清风明月夜悠长，笛韵飞声入画廊。
撩动心扉馨肺腑，伴君伏案品诗香。

油茶 （新声韵）

茫茫林海望无涯，百里平畴锦上花。
最是金秋时雨霁，漫山硕果漫山霞。

姚国臣

1956年生，贵州省普安县人。晴隆县政协提案法制委员会主任，黔西南州诗词学会会员，晴隆县诗词学会会长。

攀登二十四拐 (新声韵)

拐拐曲曲廿四弯，烽烟散尽显姿颜。
人生脚下无捷径，健步攀登路自宽。

姚鸿钧

1925年生，贵州省镇宁自治县人。镇宁民族职业技术中学退休教师。镇宁诗词楹联学会副会长兼《瀑声》诗刊编辑部主任。著有《园丁集》5集。

镇宁新貌 (新声韵)

绿树成荫草满坡，高楼大厦显巍峨。
青龙跃起冲霄汉，白水奔腾涌碧波。
瀑布奇观天下少，溶岩美景洞中多。
这方净土招人爱，我为家乡唱赞歌。

屯堡地戏 (新声韵)

锣鼓喧天摆战场，金戈铁马动刀枪。
奔腾跳打相争斗，来往交锋较短长。
脸子罩头分善恶，青纱蒙面辨声腔。
修文演武成习惯，历史源流记此乡。

贺母校镇宁实验小学百年校庆 (新声韵)

斗转星移两变迁，而今已属瑞华年。
重楼广厦书声朗，绿树红花面貌鲜。
桃李满园结硕果，春秋百载育英贤。
人间最是师恩大，地厚天高母校缘。

姚源铭

　　字启明，侗族，1941 年生，贵州省玉屏县人。中学高级教师。贵州省诗词学会会员。玉屏县诗词楹联学会副秘书长。著有《凤山集》。

浣溪沙·春到农村

　　茶麦青青菜蕊黄，红桃绿柳掩村庄，春风吹送醉人香。　　何事谁家鸣爆竹？如今茅屋变楼房，亲朋共祝脱贫装。

贺益洪

（1918——1997），笔名鸿飞，湖南省长沙市人。曾任安顺市诗词学会理事、《金钟诗稿》副主编。著有《鸿飞吟草》。

秋江夜泛

水落浮梁浅，鱼龙夜气腥。
孤帆归港浦，群雁落沙汀。
芦叶森如剑，渔灯淡似星。
清声何处是，远客不堪听。

虹湖诗会

夜郎古郡聚群贤，会集虹湖雅兴传。
修禊何妨逢五月，怀沙未必醒苍天。
金钟吟草添新韵，曲水流觞咏古篇。
屈子遗风千古颂，夕阳瑰丽乐余年。

贺登江

笔名一梦，布依族，1944 年生，贵州省安龙县人，黔西南州民族行政管理学校高级讲师。中华诗词学会、贵州省诗词学会会员，黔西南州诗词楹联学会副会长，《盘江诗词》副主编。

王宪章豹皮亭[①]

一片空明浸薜萝，豹皮亭上好风过。
登临为羡英雄气，静听沧浪发浩歌。

【注】

① 王宪章（1888-1914），贵州省安龙县人。原名应贤，苗族，1911 年 5 月被推为辛亥革命副总指挥。1913 年任江苏江北讨袁总司令、协守南京。豹皮亭建在安龙绿海。

招堤怀古

陂塘十里尽芙蓉，雪绿苔清似浙东。
世代招公人共仰[①]，苏堤依样建南笼。

【注】

① 康熙三十三年，南笼镇游击招国遴捐银 2000 两建成招堤。

王囊仙铜像① (新声韵)

倚天挥剑斩鲲鹏，聚义兴兵意纵横。
本是农家闺秀女，大名直撼北京城！

【注】

① 王囊仙（1778-1797），女，布依族，安龙县人。1797 年在南
  笼府（今贵州省安龙县）发动布依族群众起义，同年 9 月被俘，
  后被押送京城杀害。安龙人民为塑铜像。

临江仙·小村灾后重建

正月里来村再建，新裁一幅丹青。雪灾过后
喜天晴。小村新送电，灯火胜流萤。　　线乱塔
崩捐命处，依稀闪烁红星。悲歌一曲满村听。军
民联大爱，世代记分明。

贺敬之

1924 年生，山东省枣庄市人。曾任中共中央宣传部副部长、文化部部长、中国作家协会副主席等职。著有《贺敬之诗选》《贺敬之诗书集》等。

观黄果树大瀑布

为天申永志，为地吐豪情。
我观黄果树，浩荡共心声。
怒水千丈下，破险万里征。
谁悲失前路，长流终向东。

骆开选

（1927——2006），贵州省盘县人。曾任盘县文化馆馆长，盘县特区政协《文史资料》主编，六盘水诗词楹联学会会员。

游草海

似湖是海草胜花，熠熠明珠放光华。
轻舟荡起心舒旷，笑看珍禽又归家。

骆进芝

江苏省泗洪县人，曾任凤冈县卫生局局长，县医院院长等职。遵义市诗词学会会员，凤冈县诗词楹联学会名誉主席。

渔家傲·凤冈景点

今日凤城风景异，人工湖畔鱼虾戏。新建广场真美丽。亭园里，俊男靓女心相喜。　　何处旅游观景趣？范家湾遍桃花雨。玛瑙长墙一万米。宾客聚，如诗如画神仙地。

秦天真

（1907——1998），贵州省毕节县人。历任中共贵阳市委书记、贵州工学院院长、贵州省政协常务副主席等职。

界北关爆破

志大心雄排万难，铁锤打破界北关。
腰断花眉神庙去①，坦途飞车小龙潭。

（1958 年 10 月）

【注】
① 花眉，山名，在界北关。小龙谭，蔡家关内小溪名。

偕速航同志回安顺有感

离别四十载，不见钟鼓楼。

春风绿南岭，虹山客恋游。

昂首当年事，西关斗敌酋。

英烈遗戈在，老笔写春秋。

（1968 年 6 月）

【注】

谢速航，原中共安顺县工委书记。

秦世裕

1936 年生，壮族，广西壮族自治区人。曾任黔南州医院中医科主任，主任医师。都匀市、黔南州诗联学会会员。

颂　梅

铁骨冰魂老树桩，不随俗卉斗芬芳。

横斜新蕊开千朵，岁岁春风第一香。

秦纬中

号伯府，1936 年生，贵州省丹寨县人。曾任丹寨县教育局教研室主任。丹寨县诗词楹联学会副会长，《丹寨诗词楹联选》副主编。著有《秦纬中诗墨联集》。

中国西部避暑城——丹寨县

芦笙铜鼓古瓢琴，苗水姑娘迎贵宾。
山顶杜鹃红似火，城中大厦彩缤纷。
五湖商贾如云聚，四海财源点重金。
喜遇仙庄能避暑，引来游客醉开心。

秦应康

1944 年生，贵州省思南县人。曾任贵阳市南明区物资供应公司经理。贵州省诗词学会会员，贵阳市诗词学会理事。

纪念王阳明龙场悟道五百周年 (新声韵)

翠绕龙场一水湉，慎独石洞二分天。
诤言贬作夜郎客，励志修成儒圣贤。
禅悟知行明道远，哲析善恶证德诠。
推崇格物张仁义，再仰高风五百年。

游天河潭

天河劲泻落深潭，清冽一泓两洞环。
船影流光黄绿里，村郭绕霭有无间。
苍崖紫燕穿花雨，苍木水车鸣黛山。
霞染西云人去晚，胸生澄渌漾微澜。

缅怀李端棻先生

先生辞世百年芳，一代鸿儒耀梓乡。
尽瘁躬职勤夙夜，独垂青眼荐康梁。
维新京阙倡学府，归老家山办讲堂。
吾辈追思同仰止，棻馨德劭启八荒。

贺贵阳市诗词学会成立十周年

十年兰珮香，夙夜煮诗忙。
南岳筑音袤，清风甲秀扬。
骚词新韵意，雅颂普城乡。
德厚滋桃李，天高翥凤凰。

咏黄果树瀑布 <small>(新声韵)</small>

一川飞瀑流天外，溅落银珠震九陔。
绝咏庐山千尺水，谪仙未到夜郎来^①。

【注】
① 诗仙李白流放夜郎，中道赦回未至。

湄潭巨型茶壶雕塑咏

欲洗仙壶泡翠芽，湄江煮水爇松杈。
小斟半盏奉君品，香醉神州亿万家。

到虎跳峡

曾经一跳峡天抖，奔泻鸣湍逐虎吼。
峭壁霞晖映落虹，巉岩浪涌穿豁口。
烟腾十里滚沉雷，水溅万珠湿翠岫。
有幸回车厢斗宽，好盛阿虎声威走。

温总理三日两度赴湖南视察凝灾有感

天冻京珠一路阻，心揪总理两番行。
郴州电断郴江咽，冰道车流冰雪凝。
热汗迎霜供膳水，寒锹斗雨铲琼莹。
疏通动脉容颜老，渐少青丝慰霁晴。

股市咏叹 （新声韵）

荒烟枯草暮云低，绿浪排空股市迷。
忍记前年红树上，声声带血子规啼。

缅怀鲁迅先生 （新声韵）

当持翰管作投枪，掷去乌帷灿赤光。
愤世之乎犹《呐喊》，著文《而已》岂《彷徨》！
阿Q枉洒夏瑜血，乙己空馋茴豆香。
俯首为牛耕夤夜，星河灿烂晓风凉。

挽刘河诗翁 （新声韵）

忽闻噩耗涕沾襟，荏苒悲乎未晤君。
令子代传红叶秀①，村夫独诵夜灯勤。
唾云楼上云哀雨，题画诗中画诉心。
妻怨负儿酌句苦，长思吟长更长吟。

【注】
① 其子代馈我《唾云楼诗词集》。其自云学诗"儿负于背犹吟，
妻发为怨犹歌，刻苦推敲，未尝一日稍息也。"

海峡即事 (新声韵)

千流奔涌总朝东，有史台澎即姓中。
下土炎黄连美丽①，落荒荷赤郑成功。
海峡浅浅一湾水，华夏呼呼半宇风。
扁舟欲触金瓯坼，春梦南柯今古同。

【注】

① 荷兰侵占我台湾之前，葡萄牙人称台湾为"福尔摩萨"。"福尔摩萨"即美丽的意思。

敖乐律

贵州省湄潭县人，中学教员，湄潭县诗词学会、楹联学会会员。

赞湄潭生态县

群峰莽莽映蓝天，百里湄江展画帘。
绿水长流千古秀，青山永葆四时妍。
名茶碧野连天际，香稻平畴接远山。
大地和谐生态美，清风送爽鸟声喧。

敖忠智

1963 年生，贵州省镇宁县人，回族。贵阳智宇房地产经纪有限公司总经理。贵州诗词学会常务理事。

冬日登山 (新声韵)

温度已低零下三，冰封路断敢登攀。
寒风卷地团团雪，热气腾身缕缕烟。
脚下滑空惊险隘，心中坚定度难关。
一梯数步蜿蜒上，直到云层笑众仙。

母亲八十高寿感赋 (新声韵)

家庭困苦幼年奔，少小织纱辍校门。
姊妹亲情情似海，夫妻关爱爱如宾。
承担四老朝朝事，养育七孩夜夜心。
满室儿孙同庆贺，寿欢盛世正精神。

袁凤仪

1941 年生，河南省唐河县人。解放军 44 医院主任医师。贵州省诗词学会会员，贵阳市小河区诗词楹联学会会长。

赞送炭人 (新声韵)

山城冬日贵，雨雪总蒙螟。

风剑割人面，茅檐挂柱凌。

山高崎径远，炭重背筼盈。

路陡匆匆下，冰滑踽踽行。

喘急白雾滚，汗透热烟腾。

辛苦知多少，年年送暖情。

贺神舟六号飞船圆满成功 (新声韵)

神舟一闪过祥云，运轨无离半寸分。

进步昂扬华夏子，成功震撼地球村。

研寻宇宙和平路，创建东方自立魂。

日月同吟生诞曲，嫦娥喜盼故乡人。

长坡岭

松林密密径幽长，草地青青野菊黄。

信马悠悠风拂面，飘香阵阵烤全羊。

油菜花 (新声韵)

莫道黔乡总匮银，春风一夜满山金。
新花更比前花美，竞放新鸢要入云。

【注】
　　贵州省农业厅油科所侯国佐等研究的油菜新品种获国家科技
进步二等奖。

钓鱼 (新声韵)

四月垂纶度小闲，雷声滚滚未提竿。
梳清几日繁忙事，老柳斜依睡梦甜。

格凸河风光 (新声韵)

九曲清河藏卧龙，千寻峻岭育青葱。
苍松翠柳新篁茂，碧草黄花野果红。
鹬鸟衔鱼争上下，蜻蜓恋伴逐西东。
烤虾卖酒苗妆女，戏水玩沙裸嘎童。

袁本良

贵州大学汉语文学专业教授,贵州省诗词学会常务理事,《贵州诗刊》编委。

沁园春·读毛泽东诗词

一代词宗,情高韵远,笔劲语遒。念湘江侧畔,激扬文字;六盘山下,誓缚苍虬,马背哼成,土窑草就,笔底烽烟决胜筹。狂飙起,看翻天覆地,重铸春秋。　　江山幸得歌讴。更四海风云一望收。有雪飘词壮,思容千载;报春句好,声播五洲。冷眼向洋,热风吹雨,卓尔凌霄倚斗牛。称巨擘,数吟坛今古,最是风流。

游杜甫草堂

万里桥西觅客踪,浣花溪畔草堂空。
看云步月遣心水,忆弟思家断眼鸿。
未捷王师悲野老,尚徐杯酒唤邻翁。
冷衾漏屋不眠夜,广厦欢颜索梦中。

月牙泉

满目黄沙欲蔽天,绿洲一点见灵泉。
我今到此终得悟,天月缘何常不圆。

盛夏游黄果树大瀑布

裂石崩崖下九陔，挟云裹雾进山隈。
犀牛潭涌千堆雪，白水河倾万壑雷。
穿洞已欣凉彻骨，凭栏又喜雨淋腮。
晴光摇曳烟岚里，忽有虹霓入眼来。

青玉案·蜡染节观灯

东君履迹蓬壶路，蜡花绽，灯花舞。扑朔
迷离辉满树。千红成簇，万银成缕，惹得天星
妒。　　娉婷伛偻凝眸处，阵阵笙歌向云翥。不
夜城中凭翘伫。晚风有意，轻随笑语，共逐人流去。

西江月·普陀观灯

山后林荫掩映，山前月色朦胧。匆匆步履影
幢幢，忽听荆声汹涌。　　百步沙半入海，千人
面仰朝东。水云开处渐洇红，朝日一轮忽耸。

武夷山九曲溪泛舟

碧水丹山迎客来，山环水曲画屏开。
几多竹筏联翩下，竞把天光随意裁。

黄果树夜景

（一）

一潭蒸雾蔚兰薰，四面青屏障岫云。
许是天仙新入浴。琼崖高挂白纱裙。

（二）

高崖重树影朦胧，点缀银花夜色中。
百丈晶帘终不卷，玉钩空自挂深穹。

辛巳春日偕贵州大学中文专业九七级同学平桥采风有作

晴日寻芳去，平桥枕曲溪。
逾流临短瀑，拾级上高堤。
万树绿初染，千花红未晞。
吟朋正年少，笑语逐春鹂。

青岛海滨绝句

晚雾乍开咸湿风，夕阳西照影瞳瞳。
海天忽破鎏金镜，万顷波兴尽碎红。

从西宁到甘南三绝

(一)

高崖危耸走山羊，谷地坡畴绿间黄。
今夏有缘来北地，一年两遇菜花香。

(二)

青砂山上岭千重，拉木峡中崖蔽空。
驻足总缘风景异，连山如火照天红。

(三)

百里苍凉青草坡，驱车问路过山阿。
偶闻毡帐藏獒吠，暮色沉沉到夏河。

江城子·屯堡文化研讨会期间访问本寨云山屯九溪

金戈铁马跃南疆，设屯防，垦陬荒。六百年间瓜瓞喜绵长。石巷石门连石院，迎夕照，忆沧桑。　　江淮风韵遗黔乡，凤阳妆，弋阳腔。地戏山歌犹唱古辉煌。寨外溪请山耸翠，风送爽，稻飘香。

袁华春

1928 年生，贵州省贵定县人，布依族。原贵州省、黔南州诗词学会会员。

龙潭飞瀑

云峰葱翠杜鹃红，陵谷幽深曲径通。
洞瀑银帘生丽景，龙潭玉镜映苍穹。
一湾绿水琴音妙，四壁青山画意浓。
漫道将军临此境，惊疑闯入广寒宫。

袁宇隆

1937 年生，贵州省福泉市人。曾任安顺地区植保植检站站长，高级农艺师。

感怀 （新声韵）

独立幽篁里，微风几度闲。
漫歌当起舞，把酒忆流年。
黑发离慈母，白头转故园。
思之心欲碎，昂首啸长天。

袁茂嘉

1938 年生，贵州省赤水市人。曾任安顺师范高等专科学校党委副书记，安顺电大分校校长。安顺市诗词楹联学会会员。

蒲公英

无牵无挂一身轻，四海为家处处生。
莫道遥遥天下路，轻风万里布真情。

金鸡赞

动施雄健静藏柔，冷眼红心看四周。
一副天生不屈劲，司晨报午总昂头。

扫　墓

山水人神共缅怀，萋萋绿草掩坟台。
红旗喜向春风展，花簇欣迎烈士开。
举手庄严明誓语，低头肃穆默思哀。
青山莫道无烟火，万紫千红结队来。

袁泽达

号联墨斋主，1950 年生，贵州省仁怀市人。曾任中国建设银行黔西南州分行纪委书记。中华诗词学会会员、贵州省诗词学会理事、黔西南州诗词楹联学会副会长。

白衣天使战"非典" (新声韵)

华夏突遭非典侵，势如猛虎害黎民。

未闻军号冲锋勇，不见硝烟战斗频。

遣送瘟神归地府，诊疗患者复阳春。

白衣天使驱魔怪，万里山川气象新。

庆祝建党八十六周年 (新声韵)

建党扬旗八六秋，神州巨变震环球。

三山倒地民欢庆，一柱擎天俱自由。

火箭升腾惊玉兔，荆荷绽放固金瓯。

关怀庶众免农税，民富国强宏愿酬。

游安龙 (新声韵)

龙城七月溢清香，诗友联朋喜若狂。
十里荷塘观丽景，半山亭阁诵华章①。
先生墓址同凭吊②，将领园中共颂扬③。
胜地畅游增雅趣，主人盛宴共飞觞。

【注】
① 华章指张之洞所撰《半山亭记》。
② 先生指明十八学士。
③ 将领指武昌起义的副总指挥王宪章将军。

赞百里杜鹃 (新声韵)

百里杜鹃尤壮观，堪称世界大花园。
千山绚丽九牛醉①，五彩缤纷百鸟喧。
灿若云霞惊异域，艳如锦绣诱天仙。
畅游此景心神悦，日落西山不欲还。

【注】
① 百里杜鹃有"醉九牛"景点。

读王喆《九皋诗词钞》感赋

有缘拜读九皋诗，似饮醇醪醉欲痴。
初览不知多妙句，细研方识尽佳词。
题材广泛构思巧，意境高深韵味奇。
手捧华章难忍释，身心为此早沉迷。

聂少国

笔名苏醒，1945 年生，贵州省毕节市人，曾任毕节县体改委副主任。贵州省诗词学会、毕节地区诗词楹联学会会员。

看木偶戏

喧天锣鼓戏开场，木偶翩翩趾气扬。
晃脑摇头尤可笑，挥拳踢腿亦张狂。
吹吹拍拍场中跳，采采勾勾台下忙。
演技高超无破绽，其中奥妙费思量。

城市打工仔

背箩拴两肩，汗水挂腮边。
饿了馒头啃，困来墙脚眠。
休闲愁满面，苦累喜心间。
若问何缘故，为谋生计钱。

庆香港回归十周年

港九回归正十年，一国两制谱新篇。
不须沙氏瘟神噪，何惧金融风浪颠？
狮子山娇狮子俏，紫金花艳紫金妍。
多姿多彩大都会，策马挥戈永向前。

聂绍轲

又名聂绍科，笔名逸尘、一尘，1973 年生，贵州省毕节市人，毕节地区农业科学研究所技术干部。中华诗词学会、贵州省诗词学会、楹联学会会员，毕节地区诗词楹联学会常务理事、副秘书长。

题《垂钓图》

糟饵无功蚓饵功，池边垂钓且从容。
牵将四海贪婪客，让尔西来不向东。

甲申季冬甲午日飞雪因步璟楠《抒怀》诗原韵赠之

飞雪漫天欲入眸，嫩芽初上早知愁。
惯看尘世多阿犬，尽渡江河少玉鸥。
骨傲何堪撑大厦，心虚尤惧倚高楼。
攉登此去识艰险，极造灵峰未掉头。

丁亥中秋赏月不遇

好景能长本不多，月圆月缺又如何？
雨丝袭面休言冷，诗酒盈胸且放歌。
节到秋中无善况，船行宽处有天河。
途程莫惧凶和险，击水三千勇劈波。

卜算子·咏梅

未解世繁华，但晓红尘苦。一片痴心盼雪飞，共与蹁跹舞。　　曾几说风流，难觅桃源路。玉殒香消始见春，悔被东风误。

西江月·贺毕节二中文峰诗社成立

窗内书声盈耳，课余敲韵迎风。天河倒影映文峰，鱼鸟逐波互弄。　　都道夕阳垂暮，试看雏雁凌空。诗坛后继有乌蒙，尖角小荷初动。

浪淘沙·织金洞

奇洞出西黔，官寨街边，琳琅满目万千千。胜景瑶池斯地有，造物无偏。　　沧海变桑田，也拟成仙，悄圈半亩是桃源。酒醉广寒翩自舞，天上人间！

沁园春·毕节

云绕灵峰，漪韵天河，绮丽风光。眺织金洞外，万民勤作；泛舟草海，坡满肥羊。煤富深山，露滋沃土，风过乌蒙麦浪黄。临初霁，醉杜鹃百里，鸟语花香。　　有斯如画之乡，惹俊彦三千咏兴长。念亮采毫端①，牛耕垄上；若琼笔下②，正义昭彰。鼠盗官仓，懒猫贪睡，烈火当思焚暖床。须时日，指黄龙直捣，引亢高冈。

【注】

① 亮采：洪亮采（1669-1718），字揆菴，毕节德沟人氏，善诗文。清康熙时，曾任江南松江府浦县知县。

② 若琼：余若琼（1870-1934），字达父，毕节市大屯人，我国第一代留学归国的法学专业人才之一。民国时，曾任贵州立法院议员、副院长，后任贵州省政府顾问。著有《燧雅堂诗集》《且兰考》等诗文集。

聂绍璧

1936 年生，贵州省毕节县人。曾任贵州送变电工程公司标准化办公室主任。贵州省诗词学会会员。

登泰山

烟尘漫道抵中关，捷足先登十八盘。
天街伫送夕阳逝，霞祠坐耐晓月残。
临风把酒迎新日，踏露行歌吊故贤。
向来井底识天小，唯有凭高眼界宽。

家山流萤

家山含月黄昏后，持盏欣听蛙鼓鸣。
人越古稀兄弟聚，凭窗醉眼赏流萤。

莫万隆

（残画传人），1938 年生，贵州省金沙县人。高级教师。中华诗词学会、贵州省诗词学会会员，著有《莫万隆残画艺术诗书画册》。

贵阳市南江峡谷行

南江峡谷十里涛，曲水奇峰弄风骚。
漂流直下喇叭口，步行数穿铁索桥。
飞瀑悬挂三千丈，大佛矗立万仞高。
夜来篝火伴歌舞，飘飘欲仙度良宵。

赞长顺杜鹃湖

（2007 年 5 月参加省山水写生大赛于长顺写生感赋）

杜鹃湖水碧如蓝，新建楼阁矗碧天。
泼墨丹青抒画卷，行吟骚客著诗篇。
山清水秀歌优美，地利天时人更欢。
米酒杯杯宾客醉，芦笙篝火夜阑珊。

莫文骅

1910年生,广西自治区南宁市人。曾任解放军政治学院院长,装甲兵政委等职,中将军衔。第六届全国人大常委。

忆茅台

(一)

桥上健儿猛进,军后强敌急追。神速灵巧绕一回,歼我心机白费。

(二)

天空铁鸟下蛋(弹),地面尘土纷飞。解除警报敬一杯,品尝茅台香味。

(三)

三日护桥惊险,晴天只盼夕晖。和衣含笑三分醉,来日行军早睡。

莫予勋

1935 年生，贵州省习水县人。中学语文教师。贵州省遵义市诗词学会会员。

自　勉

离别妻儿去远方，七旬年岁岂荒唐。
山区儿女需书读，余热生辉觉寿长。
来去空空心坦荡，死生碌碌苦平常。
几多感悟贻来者，笑对满园花卉香。

莫邦君

1947 年生，布依族。退休教师，黔南州诗联学会会员。

纪念抗日战争胜利六十周年

日寇投降六十年，侵华惨案记犹鲜。
国家破碎遭蹂躏，百姓流离被草菅。
魔鬼逞凶如虎豹，群英矢志卫尊严。
抗倭潮涌千重浪，保我山河赤县天。

莫朝安

1933 年生，布依族，贵州独山县人，退休干部，曾任共青团平塘县委副书记，区委副书记等职。平塘县诗联学会副会长，黔南州诗联学会会员。

笑迎贵客到平塘 （新声韵）

金盆玉水盛名芳，黔地高原览胜忙。
美景甲茶天下少，奇石掌布世间扬。
芦笙吹响山歌起，唢呐欢声土酒香。
绿色群山生态好，笑迎贵客到平塘。

桂日奇

1946 年生，湖南省祁东县人。贵州省望谟县农业局办公室主任。黔西南州诗词学会会员，望谟县诗词学会常务理事。

望谟城小园林

休闲胜地着新装，垂柳随风堤岸扬。
绿树草坪幽径秀，凉亭石凳小花芳。
正逢夏日添游兴，每到黄昏好纳凉。
喜看望城多变化，华灯彻夜耀辉煌。

贾子轩

1934 年生，四川省西充县人，贵州省社会科学院副教授，教务处长，省行政学研究会会长。

纪念建党八十周年 (新声韵)

征程万里雨兼风，赤帜依然火样红。
巨手频挥民挺立，宏图大展日方中。
"神舟"探月冲天际，大坝凌云耸碧空。
勋业八旬歌不尽，五洲翘首看腾龙。

缅怀毛泽东

(一)

匡世雄才北斗星，驱逐黑夜见黎明。
工农奋起开新宇，战胜妖魔禹甸兴。

(二)

立党为民宗马列，雄文精辟启来人。
时逢冥诞思先哲，夙夜难眠仰北辰。

怀念周总理 （新声韵）

星移斗转几十春，总理贤明忆尚新。
立党为公谋伟业，献身执政为人民。
位高永葆公仆志，权重深存赤子心。
磊落光明昭日月，清风两袖九州钦。

夜读人民来信 （新声韵）

长夜挑灯读未休，千家苦乐系心头。
微言薄纸情无限，报与春光处处流。

登黔东南施秉县云台山

峦苍嶂紫岭如刀，拾级攀崖意气豪。
石崛林深横素练，花香泉韵涌珠涛。
峰高欲与青云叠，谷静还和玄鸟遨。
我辈登临宜努力，振衣歌啸乐陶陶。

漫步林荫道 （新声韵）

梧桐夹道碧参差，满地浓荫满地诗。
气净尘消风亦爽，扶苗岁岁几心知。

贾怀瑾

1928 年生，山西省原平县人。曾任遵义专区机要局副局长等职。离休干部。遵义市诗词学会会员。

一九九一年国庆节参加十六军文工团战友黔灵山聚会

扶筇犹是执戈身，跃上黔灵认旧人。
春雨昔年惊鹤发，秋风此日焕青春。
登峰九曲思前路，放棹千波顾后尘。
绮丽湖山留永忆，夕阳残照过麒麟。

贾若瑜

1915 年生，四川省合江县人，迁居贵州省赤水市。曾任中国人民解放军军事博物馆馆长，总政治部代秘书长，军事学院副院长。

纪念红军长征胜利六十周年

征途苦战越津关，戴月披星行路难。
白匪围追轮堵截，红军走打任盘旋。
雪山皑皑冰峰冷，草地茫茫沼泽寒。
壮士悲歌河岳动，雄狮怒吼世人欢。
断炊廿日知影瘦，露宿三旬觉衣单。
临事无疑须智勇，回天有术赖谋权。

挥师北上驱顽虏，策马西迎跨玉鞍。

荡尽乌云长夜晓，三军会合挽狂澜。

贺神舟六号胜利返回

神舟着陆降平畴，谱写新篇震五洲。

喜有"双雄"巡广宇，更逢一代振神州。

丹心映日游天阙，壮志凌云绕地球。

科技兴邦逢盛世，人才强国上层楼。

贾绍柱

1927 年生，安徽省寿县人。曾任贵州开阳磷矿矿务局党委副书记。离休干部。中华诗词学会会员，贵州省诗词学会顾问。著有《寿春轩吟草》和《寿春轩吟草续集》。

赞人民总理 (新声韵)

大雪纷飞半九州，寒凝大地万民愁。

人民总理关民瘼，踏遍千山雪满头。

廉吏赞① <small>(新声韵)</small>

乃祖辉煌盖世功，羡君自律与民同。
甘居陋巷常为乐，安步当车两袖风。

【注】
① 报载李大钊之孙系某省厅级干部，为官清廉，以诗赞之。

除夕忆旧 <small>(新声韵)</small>

曾经瓜菜代三餐①，果腹糟糠味也甘。
煨芋充饥辞旧岁，煮茶当酒过新年。

【注】
① 20世纪50年代末到60年代初，由于天灾人祸，粮食奇缺，广大群众多以瓜菜野果树皮充饥，时称"瓜菜代"。

丙辰清明节

料峭春寒又降霜，珠沉玉碎总堪伤。
英雄碑上英雄血，留与诗人谱颂章。

怀念刘帅

戎马生涯未下鞍，功高盖世日高悬。
太行驻马驱强寇，淮海挥戈挽巨澜。
蜀水黔山迎解放，秋风落叶扫冥顽。
昆仑万仞丰碑在，凭吊人人总泫然。

除夕接战友贺卡

（一）

五十余年信未通，接君贺卡友情浓。
而今共迈新征道，一样冰心两地同。

（二）

从戎投笔大江滨，万里西征记忆新。
颐养天年存正气，清风两袖洁无尘。

国庆抒怀

洗尽人间几劫灰，神州大地又惊雷。
中兴战鼓冲霄起，改革春潮动地回。
决策三中孚众望，投身四化共腾飞。
前途莫道多艰险，攻下雄关再举杯。

"七一"颂辞

南湖灯火指航船，地覆天翻八十年。
推倒三山通大道，剪除四害现尧天。
南疆革故花如海，西部图新霞满天。
万里征途频接力，人民十亿谱新篇。

六十初度

戴月披星数十春，人逢花甲倍精神。
持枪淮海韶华茂，濯足乌江信念真。
险道雄关风伴雨，深山大箐土兼尘。
无穷往事心潮激，尚喜还余自洁身。

蜗居杂咏

（一）

儿时岁月叹蹉跎，难得三餐粥一锅。
瘦骨嶙峋肌肉少，衣衫褴褛补丁多。
薅来野草饲家兔，摘取园蔬喂小鹅。
老迈黔疆思往事，眼前犹记旧渔蓑。

（二）

久客他乡不记年，奇山秀水胜江南。

天悬飞瀑多灵性，地隐龙宫尽自然。

林海无边藏瑞气，杜鹃百里斗芳妍。

人居多彩清凉地，岁晚心闲梦也甜。

忆秦娥·谒娄山关

金秋节，苍山如海关如铁。关如铁，风摇金竹，霜凝红叶。　　攀登险道寻碑碣，名篇诵读情犹热。情犹热。继承传统，缅怀先烈。

夏可英

女，1954年生，贵州省湄潭县人，湄潭县农科所退休职工。凤冈县诗词楹联学会会员。

手　机

无绳电话入农家，信息频开致富花。

问候亲朋皆有意，手机一摁到天涯。

夏良珍

女，1935 年生，贵州省石阡县人，土家族。贵州省铜仁地区诗词楹联学会会员。

教师赞

斗室诗书满架堆，讲台三尺自芳菲。
深宵备课每熬夜，阅卷绩佳常展眉。
但喜诸生勤学业，何妨吾辈吸尘灰。
年年岁岁忙中乐，白发心甘慰有为。

顾金贵

1954 年生，贵州省黄平县人，苗族，农民。贵州省诗词学会会员。

游重安

小逗重安三五日，重安山水正秋时。
一江碧水千年画，两岸青山万古诗。

顾泽霖

1929年生，浙江省上虞市人，退休教师。组织榕江霜叶诗社任社长兼主编。贵州省诗词学会会员、黔东南州诗词楹联学会理事。

苗舞 (新声韵)

满寨桃符庆洗犁，银装彩带绀裙齐。
晒禾场上芦笙沸，一夜欢歌接晓鸡。

重九郊游 (新声韵)

亭榭依然枕碧流，夕阳无限莫言愁。
霜林叶老红相映，柳水风清绿自浮。
两岸芦花摇碎影，一江星月上危楼。
山川绚丽人长寿，喜见耆年一快游。

贺圣朝·秋收即景

骄阳似火黄金灿，穗穗珍珠串。银镰霍霍浪花翻，喜洒丰收汗。　　田头溪畔，野炊吐焰，笑声频频乱。炙鲜陈酿共飘香，尽是烧鱼宴。

顾绍炯

1928 年生，湖南省常德市人。贵阳学院中文系教授。曾经兼任学报副主编。《黔风》《爱晚》诗社成员。

参军别好友志行

南北烽烟如紫氛，奔腾山国虎龙群。
抽锋欲试君知我，展翼将飞我解君。
何幸风沙磨战骨，正需血火铸丹魂。
来年共跃长征马，叱咤高原万里云。

柴　成

1943 年生，贵州省贵阳市人。曾任贵州大学职业技术学院副院长、副教授。

北京奥运圣火纪事

（一）

圣火今传到我家①，碧山如洗衬流霞。
长街迎迓润酥雨，伞绽联绵七色花。

【注】
① 6 月 12 日圣火在贵阳传递。

（二）

击缶而歌闻九韶，轴图追远话风骚。
星光今夜泻如水，群鸽飞来濯羽毛。

（三）

广场燃炬众呼招，犹记苍茫来路遥。
环聚云涵百年梦，凭携圣火到高标①。

【注】
① 8 月 24 日在鸟巢举行闭幕式，圣火熄灭。

（四）

会歌毕奏会旗移，浴出凤凰光渐低。
掩夜烟花照客座，主人心是画天犁。

答谢黄院长润蓬

从游北海复巴东，健步快谈君气雄。
麻辣于生得兼味①，词章缘笔写深衷。
船经长峡齐舷浪，人到高楼满袂风。
厚赠新声灯下读②，关山梦里又千重。

【注】
① 赠诗有："雾都麻辣几回尝"。
② 惠赠大作《蓬山诗词选》。

柴　钧

女，1931年生，安徽省亳州市人。曾在中共贵州省委办公厅、毕节地区商业局、贵州毕节卷烟厂工作。离休干部。华夏文化促进会鸿雪诗社社员。

离休遣怀 (新声韵)

半生碌碌苦奔忙，壮志难成鬓染霜。
信誓铮铮同幻渺，静思事事费掂量。
从戎肩负人民意，革命心存道义长。
济世愧无书满腹，蹉跎岁月不寻常。

观电视剧《千磨万击》有感

（一）

此片休当小戏看，个中真谛警贪婪。
欢呼正气克邪气，扫却人间暴敛官。

（二）

忍看银屏泪暗弹，哪堪回首话辛酸。
洗冤幸赖律师助，正义长存天地间。

咏　雪

无际彤云暗碧霄，飞花六出兆丰饶。
群峰一夜失青色，大地潜形堆玉雕。

倪仕霞

女，1964年生，贵州省习水县人，六枝特区招商引资局干部，六盘水市诗词学会会员。

夜郎晨韵

草美风柔碧水长，牧童吹笛沐霞光。
俊男田里精耕地，秀女窗前细绣裳。
绿野连天花烂漫，白云绕岭果鲜香。
何方晨景心儿醉，万紫千红古夜郎。

倪雅男

1950年生，四川省内江市人。黔西南民族师专中文系副教授。贵州省诗词学会、黔西南州诗词楹联学会会员。

辛亥革命八十周年

呜咽扶桑大海波，屠龙更待鲁阳戈①。
云翻城上展旌旆，浪卷神州拥共和。
同志犹能贾余勇，独夫已自梦南柯②。
星移斗转功难没，日夜江声起浩歌。

【注】
① 鲁阳戈：鲁阳挥戈退日，典出《淮南子·览冥训》。
② 独夫：指袁世凯。

华中师范大学观菊展

陶令东篱去俗心，颦儿月下自沉吟[①]。

十分韵味堪人赏，一副羞容任雨淋。

平岸峭崖留晚景，冷香清影托空林。

邀来伯牙三斋戒，便趁云霞好弄琴。

【注】

① 《红楼梦》书中林黛玉有菊花诗。

水调歌头·柯受良飞渡壶口

十万八千里，何处望吾乡？春花秋雨明月，日日感秋凉。有梦来寻吴越，因念鲈鱼堪脍，大浪涌长江。镜里指皤鬓。愁似太平洋。　　精卫魂，鲁阳志，铸炎黄。百年鹤泣华表，奇耻几曾忘？应喜躬逢盛世，报国终军有路，一曲最高吭。壶口飞车渡，胸胆正开张。

念奴娇·游漓江

登船览胜，正单衣初试，早春时节。汽笛一声鸥去远，溅起浪花如雪。浅草痕新，云停岸树，笑面群峰列。天偏心眼，桂林山水独绝。　　江面一镜波平，鱼儿可数，令我心澄澈。把酒狂歌邀叠巘，摇首纷纷来别。韵士高人，挂冠选胜，今尚留遗物，最惊心处，峭崖群马奔突。

徐大伦

曾任石阡县经贸局局长。贵州省诗词学会、铜仁地区诗词学会会员。

八声甘州·情寄汶川

刹那间地动屋摇时，噩耗荧屏传。看山崩地裂，楼房毁损，命付黄泉。一片凄凉景象，令热泪潸然。惦震中亲友，祈祷平安。　　施救意真情切，恨不生双翅，飞去汶川。我中华一脉，血肉紧相连！一方灾，八方驰援。隔关山，生死两心牵！深宵里，梦魂萦绕，辗转难眠。

离亭燕·楼上仁家寨即景^①

古寨风光如画，奇景四时清雅。碧水苍山藏雅趣，福井幽渠茅苫。绿荫透骄阳，掩映层楼青瓦。　　芳圃豆棚瓜架，小院石墙神刹。婉转鹤声常醉客，且聚闲庭茶话。好景好年华，山野人家潇洒。

【注】
① 即贵州省石阡县千年古寨。

山晨跃马

驻村两年，为方便工作买马一匹，名"菊花骢"。时常驰骋于山间小路，人马相伴，不亦乐乎！

山间小路接苍穹，纵辔扬鞭气度雄。
雾锁丛林松带雨，马嘶幽谷草生风。
銮铃阵阵惊飞鸟，涧水淙淙引玉骢。
但见枝头莺笑我，莫非老者是黄忠？

凭悼甘溪红军烈士墓

血洒甘溪恨未消，诗情常为烈魂骄。
征途鏖战多艰险，林海苍茫涌怒涛。

徐元勋

1931 年生，河南省清丰县人。曾任中共贵州省委机要秘书、黔南州机要室主任、黔南州气象局局长、贵州省气象局监审室主任。贵州省诗词学会会员。

纪念毛主席诞辰一百一十周年

秋收起义辟新天，旗举井冈星火传。
决议古田培劲旅，正航遵义挽狂澜。
长征万里环球誉，抗战八年倭寇歼。
三座大山终铲尽，五星旗灿满人间。

东山气象雷达 (新声韵)

一身电眼视千里，探索八方宇宙情。
关注天机多变幻，及时预报护民生。

长相思·家邻甲秀楼

近斯楼、恋斯楼，锻炼身心春与秋。健康不
用愁。　　岁悠悠、日悠悠，唱彻青丝歌白头。
但求无愧留。

徐元福

1944 年生，贵州省黔西县人。贵州省财政学校退休，贵州省
诗词学会会员。

吟茅台酒 (新声韵)

琼浆醇厚味悠长，更爱茅台溢雅香。
赤水殊泉精酿造，朱砂酵母窖深藏。
重阳巧配糟曲料，三载匀调勾兑方。
古董瓶装传四海，巴拿盛会美名扬！

题贵州息烽集中营 (新声韵)

魔窟绝世惨人寰，志士无辜遭祸端。
囚狱犹闻腥血味，水牢森冷透心寒。
摧身索命般般狠，废志夺心样样残。
浩气凛然匡正义，终掘坟墓葬凶顽！

歌吟贵阳花溪 (新声韵)

鸟语花香四季春，青山绿水醉游人。
沿河翠柳风光美，漫圃繁花景色新。
凤舞麟欢腾碧浪，龟伏蛇卧恋芳滨。
琼乡长恨无寻处，早入花溪诗画琴。

徐文仲

　　1936年生，贵州省遵义市人。曾任仁怀市政协副主席等职。中华诗词学会会员。贵州省诗词学会理事，仁怀市诗联学会名誉会长，仁怀市老年诗联书画研究会名誉副会长，有《国酒之乡》等专著。

感怀 (新声韵)

气平灾祸躲，心正友邻歌。
度大忧思少，家和美梦多。

感时 (新声韵)

中东战火久燃烧，血泪纷飞草木号。
但愿维和英烈血，能熔世界戮人刀。

游赤水四洞沟

日丽风和至竹乡，长沟十里胜苏杭。
修篁翠黛遮天宇，曲涧清波映日光。
小憩岩阴风送爽，徐行石径脚生凉。
桫椤迎客头微点，喜鹊窥人羽半张。
瀑布连绵飞碧雨，野花灿烂吐幽香。
水帘洞里浑身润，月亮潭中一片苍。
野菜山肴开胃口，竹舆桂棹快心房。
如痴似醉皆忘返，兴尽归来喜满腔。

满庭芳

碧瓦红墙，农家庭院，入眸全是春光。桃绯李素，花果满枝香。药草荪菇茂盛，奇香溢、扑鼻芬芳。池塘内，鱼鳞闪闪，银浪醉斜阳。　　红妆，编竹篓，金波滚滚，神采飞扬。看翁媪齐心，织网相帮。更有孙儿绕膝，端茶水来去奔忙。同争富，全家上阵，盈耳笑声狂！

牧鹅女

东风曳碧裙，口笛吐清芬。
照影羞荷色，挥鞭赶白云。

架桥工

扎寨峰岚上，云天作战场。
悬崖摇铁臂，深谷架钢梁。
志壮山难阻，心雄水易降。
桥工挥汗雨，缩地挹繁昌。

夜来香 (新声韵)

墙边屋后任君栽，从不低头怨命乖。
无论有无人赞赏，依然默默带香开。

山村黄昏

红摇绿动晚风凉，九转清流着淡妆。
农女茶篮春馥郁，牧童牛背笛悠扬。
荷锄丁壮哼新曲，饮马村翁送夕阳。
酒肉飘香庭院笑，家家围坐品芬芳。

沁园春·遵义新貌

化雨春风，泽润神州，淋浴古城。喜凰山北绕，楼高木秀；湘江中泻，水碧花明。闹市人欢，芳园蝶舞，宽巷长街笑语腾，思英烈，看红军山上，游客盈盈。　　名城毓秀含英，更廿载革新硕果呈。望四周工厂，流金溅玉；八方商肆，散绮抛琼。大道通天，轻车飞越，商旅频临百业兴。东郭外，听铁龙长啸，来去争鸣。

徐少奎

1945年生，贵州省贵阳市人，农民。贵州省诗词学会会员。

咏青岩银杉① （新声韵）

镇东河畔耸银杉，冠盖遮天干挺拔。
苍翠千年不见朽，虬枝百代最堪夸。
云霓轻复隐苍鹭，箱雪频凌啼暮鸦。
稀世良材独此茂，珍培善护留菁华。

【注】

① 青岩银杉，世界稀有的一种珍稀树种，被国家有关部门列为一类重点保护植物，生长在歪脚村云龙阁上，本地人称为"萝松"。

徐少卿

（1923—2007），离休干部，曾任桐梓县诗词楹联学会副会长兼秘书长。

祝《播韵》诞生

喜见雄关傲劲松，凤莺今又舞东风。
播州自古多文杰，韵苑平添不老翁。

徐正云

女，1934 年生，云南省昆明市人，退休干部。中华诗词学会会员，贵州省诗词、楹联学会理事。毕节地区诗词楹联学会副会长，乌蒙诗社副社长兼秘书长、《乌蒙诗刊》编委。著有《晚晴居诗词耦钞》。

癸未秋送别彩仙、克中返沪

不信五弦纷，离歌辍又闻。
才经萍梗合，又作雁群分。
申浦江天月，黔山暮树云。
重逢何日是，依旧睹清芬。

鹧鸪天·花溪行（五阕）

憩缘山庄礼赞①

难得憩缘众口夸，休闲好处足幽遐。楼藏山坞高低路，门对溪堤远近花。　　迎笑面、驻轻车，四方客到似还家。牙床梦醒黄粱熟，五色瑶盘配大虾。

【注】

① 憩缘山庄位于贵阳花溪公园南畔，环境优美，是经省旅游局批准的旅游涉外定点单位。

游放鹤洲

湿透轻衫未倦游，初凉天气雨来秋。梧桐树下黄金路，放鹤洲头舣艋舟①。　　风始定，桨初投，只今不载许多愁。笛声砧韵闻无着，苹白蓼红望可收。

【注】

① 放鹤洲、黄金路均系花溪景点。

登听涛岭①

老去心情焦便焦，朱颜又比去年消。寻山觅水难知足，举足伸拳岂怕劳。　　磴百步②，柳千条，扶筇涉水半弯腰。听涛一试苔衣滑，直上麟峰九仞高。

【注】
① 听涛岭：花溪景点之一。
② 磴百步：指景点百步桥。

过麒麟山——灞上桥

九月霜溪萼绿华，丛林引出鹭声哗。麒麟山麓遗碑勒，灞上桥头竞浣纱①。　　怀圣哲，感虫沙，晚风吹钓数竿斜。得鱼若问韩侯事，狗死弓藏实可嗟！

【注】
① 麒麟山、灞上桥均系花溪景点。

过旗亭触怀

一座台亭造柱低，将军扬诩枉留题①。汉王汜水迟陈鼎②，楚霸乌江早败旗③。　　筵席散，故交离，斧沉柯烂几多时？人间岁月须臾事，遇到仙人莫看棋。

【注】
① 陈毅元帅曾为棋亭题诗。

② 陈鼎：即定鼎，指刘邦即帝位于汜水之日。
③ 败旗：指项羽兵败而自刎于乌江。

醉花阴·乡情

（一）

梅花随风穿户骤，怎耐清寒透。一试旧罗衫，非涉襟宽，因是病来瘦。　　及笄自别春城后，五十馀年久。何日叩乡关？只为消愁，才把盈觞酒。

（二）

庵内桃花开也未①？庵外分明记。七尺瘿桐棺，加绋阿娘②，最是伤心地！　　槐烟已散清明逝。新土谁人垒？昨夜不遑眠，洒尽床边，点点思亲泪。

【注】
① 庵：指桃花庵，址在昆明郊区。
② 加绋：厚葬。

（三）

爱水难忘生小事，桨上红绳系。要棹木兰舫，几拍波光，螺点鸭头戏。　　翠湖可比当年翠，问讯何沉滞。细数故乡人，多半凋零，枉错鱼书寄！

（四）

已许西山弥勒卧，得看红尘破。争奈矗龙门，
少鱼儿，鳃曝却难过①。　　物情色色原相左，
际待宜匡佐。殊路盼同归，但愿天公，施舍休偏颇。

【注】
① 西山形如卧佛，但建有龙门，故嘲。

北京行（十首选四）

机　上

向晚京行急，乘风驭太空。
乱云翻絮浪，眉月织弯弓。
去去三千里，巡巡十二宫①。
乾坤终造化，只在一壶中②。

【注】
① 十二宫：指天体运行中的十二星辰。
② 引道家谓"一壶能容天地日月"语。

登长城

万仞试崚嶒，腰轻敢自矜。
登城充好汉，眺目尽长陵①。
雉拥阶将拾，岚蒸身欲腾。
临高选胜事，已许老犹能。

【注】

① 长陵：指北京昌平明"十三陵"中明成祖朱棣之陵。

步长廊①

园绮旧曾谙，重游亦足耽。

廊长檐入画，湖洁水拖蓝②。

坦坦阊门路，停停柳幄骖③。

置身虽北邑，疑似在江南。

【注】

① 长廊：址在颐和园万寿山南麓，面向昆明湖，长度为 782 米。

② 长廊上所描彩画，大都采江南人物、故事或山水风景。

③ 阊门：指苏州城北门道。

谒宁寿宫

宁寿命宫闱，奢华一代真。

席争千叟宴①，壁照九龙麟②。

琐闼今犹在，皇猷早委沦。

时迁史迹鉴，种德在亲民。

【注】

① 千叟宴：系乾隆皇帝在宁寿宫皇极殿中举行历史上规模极大，耗资极巨之筵席。

② 九龙麟：指九龙壁，九龙壁主体为九条巨龙，用 270 块琉璃塑块制成，长近 30 米，高近 4 米，不仅烧制复杂，并且拼接工艺难度特大。

徐世珩

（1919—1998），别号抱一，晚号洞山药叟，贵州省仁怀市人。曾任仁怀县人民委员会委员、县政协常委会委员、县地方志编纂委员会顾问等职。著有《洞山药叟吟草》二卷。

茅台晨眺

宿雨添春水，晴江晓日融。
舟行帆带雾，鸥矗翼生风。
堤柳新眉翠，汀花笑靥红。
高楼酌芳醑，吟眺兴无穷。

秋日山行

蜡屐山行远，手探岚影空。
薜藤蟠径岭，林果受霜红。
云懒闲眠岭，禽欢戏矗风。
秋晴人意好，诗在夕阳中。

银滩晚眺

野水潺潺漱短堤，人家网晒小桥西。
门前鹭掠斜阳影，苒苒芦花雪一溪。

峨 眉

峨眉天际郁嵯峨，飞步凌巅逸兴多。
十万峰峦朝足底，一枝筇杖立云窝。
西腾雪岭银龙舞，东去岷江练带拖。
至此方欣眸豁远，乾坤万象入胸罗。

登峨眉金顶

五岳虽尊逊此山，腾身绝顶一狂欢。
浑疑浣手星河近，更觉披襟宇宙宽。
有象佛光成异彩，无垠云海是奇观。
兴酣直欲排空去，吟啸烟霞控紫鸾。

茅 台

古聚茅台傍水涯，青山如幌四围遮。
烟江人棹冲鸥艇，花坞春藏卖酒家。
新厂楼高侵碧汉，遥坡车响碾苍霞。
此间佳酿饶芳味，香到寰瀛万口夸。

昆明湖畔即景

明湖一角艳秋光，如女荷花赛靓妆。
雨歇枝间红露滴，风来水面绿云香。
浴凫戏浪摇天影，闲叟持竿钓夕阳。
欲棹画船邀侣去，碧琉璃上酌吟觞。

茅台古渡晴眺

渡头台砌喜朝登，纵目初阳款款升。
划野江光长练展，破空桥势一虹腾。
风中酒气长练展，破空桥势一虹腾。
风中酒气香千户，岸外岚峰绿几层。
犹忆红军三渡此，事功彪炳至今称。

徐代贵

1931 年生，曾任小学校长。贵州省诗词学会、遵义市诗词学会、湄潭县诗词学会会员。

故乡小寨

老友相逢恋故园，木房数幢砌红砖。
柏苍松茂山山绿，阡陌交通户户连。
如镜清溪增秀色，伴梅翠竹掩桑田。
葡萄架下池鱼跃，客到桃源酒兴酣。

徐成芬

女，1939年生，贵州省桐梓县人。曾任桐梓县娄山关镇烟叶站站长。桐梓县诗联学会会员。

登魁岩

峭壁丛林接碧空，傲天脚下水源东。
嶙峋怪石榛荆绕，无限风光畅我胸。

徐江人

（1928—1996），贵州省桐梓县人，曾任桐梓县文化馆馆长、灯谜协会会长，县诗词楹联学会会长。

遏波堤

大浪掀天涌，洪流动地奔。
玉堤金闸处，谈笑镇乾坤。

徐志祥

1959 年生，毕节地区国税局干部。毕节地区诗词楹联学会会员，毕节地区乌蒙诗社理事。

贺《乌蒙论坛》十五周年

走笔乌蒙十五年，精编巧辑任承肩。
追超腾达掀风发，吐凤雕龙出锦篇。

贺毕节二中文峰诗社成立

传统诗词进校园，弘扬国粹独当先。
锵金振玉联佳句，横锦缀珠谱丽篇。
开拓未来排旧限，继承传统效前贤。
合将骚韵匡时教，行看弦歌共杏坛。

徐国民

1930 年生，贵州省铜仁市人，曾任铜仁地区苗圃场场长。

重逢 (新声韵)

故里重逢忆逝川，几番风雨几辛酸。
惊魂恶梦随宵去，苦尽甘来乐晚年。

无题 (新声韵)

一生从政有何求，俯首为民奋不休。
但愿苍天长作证，绿野清风伴白头。

徐国相

1931 年生，安顺市医院工作。安顺市诗词楹联学会会员。

赞社会主义新农村

满眼风光情味洽，私车载客访农家。
高楼大厦连云起，彩电冰箱绮彩霞。
四面有山皆入画，一年无日不观花。
勤劳致富成佳话，盛世文明着意夸。

徐明仁

1946 年生，贵州省习水县人，原中国铁路工会都匀地区俱乐部主任。中华诗词学会、贵州省诗词学会会员，黔南州诗词学会顾问。

秋日大观楼

紫花夺目艳园秋，曲径幽深倩影留。
偏脚雨惊檐下客，顶头风困浪中舟。
滇池浩渺天连水，人世沧桑乐伴忧。
伫立楼前凝妙对，长联盛誉领风流。

赤水秋吟

长思故里已多年，半岛城秋丽日天。
水落三门波醉月，河连两省蜀通黔。
流光万日情依旧，聚首千言事溯前。
映目苍山雄带秀，天台壮美隐云间。

登望江楼

名园慕者四方来，翠竹成荫遍地栽。
古井曾惊男墨客，佳篇历赞女诗才。
文章叙旧当评赏，作品推新任选筛。
进得层楼登高望，无边感慨动情怀。

漓江小住

伴友回乡桂北寒，穿山隐约淡云缠。
篙撑桨荡漓江渡，雨洒风呼象鼻山。
翠竹躬腰迎客至，苍松展臂候君还。
农家盛意连杯劝，好酒三缸醉不翻。

徐明亮

1945 年生，贵州省金沙县人。务农。

"神六"获圆满成功

征服苍穹破险关，追星赶月勇当先。
深藏奥秘层层揭，天上人间把手牵。

鹧鸪天·春

冬去春来草木芳，花香鸟语遍村庄。温馨田土潜诗韵，美丽山川绣画廊。　　情放纵，志昂扬，东风喜送好时光。目标宏伟蓝图展，催马飞奔越小康。

茶叶颂

野岭荒坡不空闲，绿冠翠盖紧相连。
竹炉一俟清香起，已把新躯献玉泉。

徐良宾

　　女，1932 年生，四川省成都市人。曾任锦屏县文化馆馆长，县总工会秘书等职。贵州省诗词学会、黔东南州诗词楹联学会会员。著有《晚霞》。

咏　梅

群芳隐退一花红，秀色怡人瑞雪中。
笑傲枝头甘冷淡，羞随柳絮嫁东风。

庭园花卉

庭园精巧汇群芳，姹紫嫣红竞绮妆。
彩凤牡丹如彩凤，鸳鸯茉莉胜鸳鸯。
四时金桂四时绽，六月白兰六月香。
荷影菊姿增秀色，花魂诗韵两情长。

徐泽庶

（1906—1987），贵州省贵阳市人。解放前历任县市政府科长、主任秘书等职。解放后从事文史资料撰写、编辑工作。1980年受聘为贵州省文史馆馆员。

咏百里杜鹃

黔山好风景，黔水湛清华。杜鹃开百里，灼灼春意赊。低者不盈尺，高者蔽山涯。行度花丛里，　心向福人家。扶疏迷望眼，游兴愈欣嘉。农村增富裕，原野盛桑麻。林深鸣细鸟，绿海泛红霞。

徐承钦

（1930—2007），土家族，贵州省铜仁市人。长期从事教育工作。

游森林公园

皓首乘车破晓岚，凉亭坳上尽情欢。
天公重彩描佳景，雅士精词著锦联。
草榭迴廊观藕绿，丛林曲径听莺喧。
借来彭祖三盅酒，拼醉斯山伴玉蟾。

晚　眺

城垣漫步夜将阑，河谷曛黄暮霭添。
俯视虹桥沉雾海，仰观亭榭荡溟烟。
万家霓照承霞丽，两岸星灯伴月妍。
景色流连心欲醉，此身如坠画图间。

徐莫诚

学名徐葵，1924 年生，安徽省潜山县人。曾任教育局副局长、党支部书记。贵州省诗词学会会员、黔西南州诗词学会理事。

定风波·纳古龙潭

节届清明尚小寒，风清云淡踏青山。子女老妻相结伴，行慢，攀登峻岭"望峰园"。　　明净龙潭深几许，客与，潺湲流过小桥间。绿柳婆娑烟絮舞，溪渚，夕阳西下咏歌还。

徐炳发

1943 年生，贵州省遵义县人。曾任 011 系统子弟学校教导主任。现为小河区诗词楹联学会秘书长，《清流》诗刊编辑。著有《涓埃集》。

鹧鸪天·端午适田家

雷雨初收石径凉，杖藜徐步入山庄。门前倒挂菖蒲绿，架上横烧腊肉香。　青箬粽，白沙糖，西关米酒兑雄黄。牵衣拦道留新客，多少人情似故乡。

归　家

离别家乡久，轻车引兴长。
容颜添黝黑，稻穗灿金黄。
水急虹桥闹，风清素月凉。
故人复邀我，共醉一壶觞。

游贵州修文阳明祠

秋风扶我上嶙峋，俯视流年四百春。
瘦旅文章今拜读，唯心哲理古怀仁。
独留松柏参天际，再现音容慰此身。
最是低徊遗爱处，昏鸦数点绕祠门。

痛悼周总理

顿足捶胸哭断喉，银河不肯放归舟。
名悬日月功难尽，骨撒江山志未休。
可笑妖魔施伎俩，高歌俊杰续春秋。
调盐佐鼎安天下，踏浪攀峰任自由。

根艺 (新声韵)

应重天然不重雕，接拼填补总徒劳。
逼真未必称佳作，似是而非品位高。

鹧鸪天·感怀

初济苍生廉洁心，长经官宦便沉沦。金钱有
腿囊中路，酒色无边夜里春。　　抛海瑞，效和珅，
左探风水右求神。街谈巷议呼包拯，法网恢恢岂
漏君。

古城遗址 (新声韵)

古树落昏鸦，残垣伴野花。
可怜歌舞地，是处种桑麻。

花溪山庄 （新声韵）

树掩蓬茅舍，花香竹院村。
苗歌汉家女，今曲古弦琴。
野菜和根煮，龙虾拌酒焖。
常来光顾者，却是有钱人。

小河夜市 （新声韵）

饭罢悠闲着便装，步行街上正繁忙。
弦歌处处声声慢，烧烤家家串串香。
一路霓虹迷醉眼，几多广告诉衷肠。
归来梦幻追今古，错把新诗寄汉唐！

徐洪安

1934 年生，贵州省仁怀市人。贵州省诗词、楹联学会和遵义市诗词、楹联学会会员，仁怀市老年诗联书画研究会理事。

稻草人

何事劳君立垄端，不辞风雨不愁寒。
只缘狡兽邀魑魅，又见群乌杂鼠奸。
嫩黍遭蹂人落泪，甜瓜遇劫我挥竿。
为民护得丰收果，愿舍微躯献寸丹。

咏木杆秤

修练深山虑世虞，肩挑星斗涉城衢。
砣悬市井衡真善，钩挂人心测假虚。
惯为淳良争短缺，敢同奸诈较高低。
纵然落到强梁手，不改光明耿介躯。

老农忙春耕

农事春来报，欣施少壮威。
鞭催牛破雾，铧剪沃泥飞。

夜读日寇侵华史入梦得句

三更入梦到卢桥，又见东洋鬼叫嚣。
脑海频翻喋血恨，毛椎顿化斫妖刀。
寒光出鞘魔头落，白发旋风胆力豪。
一战归来思枕席，胸中剑气未能消。

徐洪喜

1943 年生，农民。贵州省诗词学会、遵义市诗词学会、湄潭县诗词学会会员。

纪念孙中山先生诞辰一百四十周年

为救苍生志杏林，不堪鞑虏捣天昏。
扶桑欧美招同志，商贾侨胞募义金。
路剑关刀常折翅，身羸肝疾不移心。
联俄联共为知己，热血洪流换日新。

徐家培

1933 年生，四川省广汉市人，曾任办公室主任，贵州省诗词学会会员。

赞侗族大歌获全国青歌赛铜奖

"五月蝉歌"声悠扬①，侗歌欣登大雅堂。
莫道夜郎无天籁，余音三日犹绕梁。

【注】
① "五月蝉歌"为侗族大歌参赛获奖节目。

金婚吟二首

（一）

不羡他人车和屋，平生最贵是知足。
五十春秋共牵手，夫妻康健才是福。

（二）

培儿育女亲情浓，再抚孙辈乐无穷。
已是两鬓飞霜时，方知最美夕阳红。

暮年自勉

年过古稀双鬓斑，不恋方城早拒烟。
笔趣墨缘诗为友，闻鸡起舞勤练拳。
靓车豪宅莫攀比，心底无私天地宽。
知足长乐人长寿，神怡梦稳到百年。

徐朝会

1937 年生，贵州省道真县人，仡佬族。小学高级教师退休。贵州省、遵义市、道真县诗词学会会员。

蜜蜂吟 (新声韵)

一生辛苦未曾闲，采下鲜花酿蜜甜。
愿作良媒红线系，助农岁岁庆丰年。

我和妻子 (新声韵)

风雨洗程霜盖头，互尊互爱共行舟。
唠叨絮语抛流水，扶手携迎百载秋。

徐惠文

1916 年生，布依族，贵州省独山县人。曾任县文教局长，州政协委员等职。贵州省诗词学会、黔南州诗联学会会员。

忆董老必武

巴山两度曾相见，教诲而今梦里求。

唯有苍松经恶雨，全凭赤手挽狂流。

高歌喜咏古今变，论政常怀天下忧。

九十不忘心面革①，遵循马列范千秋。

【注】

① 董老《九十初度》诗中有"彻底革心兼革面"句。

徐廉常

1935 年生，贵州解放初期参军，团职政委退休。遵义市诗词学会会员。

清平乐·欣逢盛世

东方已晓，红日当空照。百卉迎春霞彩耀，盛世人人称道。　　征程勇往直前，科学发展争先。改革全方开放，喜看胜景无边。

徐增昌

（1932—2003），山西省朔州市人。曾任贵州省六盘水对外贸易局、市财政局局长，六盘水诗词楹联学会理事。著有《磨砺集》。

草海清秋

清秋丽日到彝乡，碧海蓝天白鹤翔。
一路松声诗韵美，几山丹叶画图长。
黄墙青瓦农家院，雪壁明窗学子堂。
好客媪翁勤设宴，酸汤腊肉果梨香。

南开花场即兴

二月花场翠岭围，苗家儿女自为媒。
一张弓箭留豪气，百褶罗裙展笑眉。
琴曲吹来人共舞，芦笙歌罢燕双飞。
双双飞到花丝下，月色朦胧语细微。

高 炎

（1908—1995），天津市人，离休干部。曾任贵州省诗词学会理事，安顺地区诗词学会副会长兼总编辑。

中华人民共和国成立喜赋

巨龙飞舞起东方，势卷山河涌莽苍。
地辟天开新世界，鸟鸣花放大文章。
今朝人物真神圣，万国风云为激昂。
日出霞光何灿烂，九州四海庆无疆。

一九九○年长征火箭发射成功

火箭原由华夏传，却从西海上遥天。
振兴奋发凌云志，飞跃欣书揽月篇。
百尺竿头争进步，九重霄外看居先。
东风又播新消息，迎接嫦娥下广寒。

秋 兴

天地呈明朗，秋来兴更多。
开怀逢盛世，昂首为高歌。
已忘人垂暮，九期卒过河。
神州真有庆，人海已无波。

高 毓

女，1927 年生，贵州省贵阳市人。兴义一中教师，黔西南州诗词楹联学会理事。

读毛主席《北戴河》词感赋

秦皇岛外浪排空，魏武挥鞭气势雄。
碣石无声秋瑟瑟，宏词一唱乐融融。
千年日月沧桑换，万里河山锦绣中。
为爱红旗鲜百代，扬清激浊仗廉风。

满庭芳·邓选烛天红

晓色云开，朝阳喷薄，万民景仰晴空。振兴华夏，邓选烛天红。最是南巡讲话，抓经济，科技为宗。新潮涌，英才逐浪，征帆趁春风。　　成功，须认定：随机应变，求是为公。韬晦传真理，两制一中。时代群星灿烂，亘千古，国富民崇。凝眸处，百川入海，浩荡尽朝东。

高玉琨

1935 年生，辽宁省铁岭市人。曾任贵航集团平坝平水机械厂服务公司副经理。贵州省诗词学会会员。著有《蓝宇行吟》。

平水春城

大雪纷纷腊月天，迎春得意色斑斓。
黄花笑绽东篱苑，丹桂舒芳北阁园。
鱼草翠繁争傲气，串红艳丽斗风寒。
山光盈处春城美，平水人家意盎然。

航空报国赞

雄鹰展翅击天庭，保卫长空万里行。
三线大军临雪岭，四方志士建航城。
青春献后惊头白，儿辈跟来喜心明。
放翥歼机凝碧血，忠诚报国壮军声。

高兴华

1926 年生，山东省梁山县人。离休干部。安顺市诗词楹联学会副会长。

重阳交通局老年人游青岩喜吟

局里邀来离退休，青岩重九一天游。
木房篱院通花径，关堞城楼耸垅丘。
楹柱牌坊彰道义，状元府第著春秋。
沿途敬老成风尚，令我欣然解后忧。

战友欢聚抒情

乙亥秋南下西进战友聚会纪念安顺解放 46 周年。

金风送爽艳阳天，战友情长聚会欢。
昔日艰难成过去，今朝健在喜团圆。
丹心救国非名利，沥胆输肝有史篇。
几度斜晖观大雁，一杯浊酒写诗笺。

纪念王若飞同志百年诞辰

凌云志气贯长虹，虎穴谋皮剑胆雄。
坦荡胸怀昭日月，丹心一片写精忠。

纪念伟人毛泽东

伟人伟业赛前时，拯救民魂是导师。
百载金堂人共仰，江山千古见雄姿。

高君儒

1953 年生，贵州省毕节市人。中华诗词学会会员，毕节地区诗词楹联学会常务理事、副秘书长。

登峨眉山

足履阶梯万万千，蹒跚漫步上峨巅。
山边过客摇凉扇，金顶冰花缀树尖。
眼底浮云波诡幻，亭前雾霭断楼檐。
神怡心旷凭栏处，日近云低手接天。

西江月·草海夜渔

绿海微风细浪，青松满月鸣虫。天罗地网四更缝，底下不知人动。　　手把竹竿点水，身依船尾听风。目张纲举水隆隆，鱼鳝乱寻漏洞。

浣溪沙·漂流

荡桨悠悠闯险滩，一轮红日水中翻，团团白雾吻群山。　　云断高峰峰更峭，风掀巨浪浪尤欢，心平气静越晴川。

述　怀

吾身似水顺河行，聚散留停任地形。
浪打石崖思改道，粉身碎玉也晶莹。

垂钓感赋

水底朝霞映线垂，竿竿揭起饵空回。
山头落日开颜笑，问尔今天谁钓谁？

天上飞伞

儿时控线放筝鸢，仰视孤禽甚可怜。
今日腾身云海上，邀它伴我瞰人间。

游泳池偶闻

并肩池内避阳光，赤股膊胸风韵长。
忽即忽离偷戏水，不嫌人唤野鸳鸯。

小河夜趣满山沟

小河夜趣满山沟，玉兔高天看水流。
岸上松针筛月影，滩头情侣并肩游。

高明光

　　彝族，1949年生，贵州省兴仁县人。曾任兴仁县政协秘书长。黔西南州诗词学会会员，兴仁县诗词楹联学会秘书长。

言志 (新声韵)

无语山花自绽容，有情涧水绕寒峰。
青松何惧雪霜劲，傲立山巅笑北风。

绿荫河赞 （新声韵）

春潮荡漾绿荫河，古韵纯风岁月磨。
几度朝阳添秀色，千番雨露润心窝。
布依梦醒人思富，山寨复苏民放歌。
花样村姑迎顾客，清泉当酒醉人多。

高承勇

　　1969 年生，贵州省大方县人，贵州省诗词学会、毕节地区诗词楹联学会会员。

哭陈荫波老师

（一）

冷风吹雨入斜阳，痛我荆州失栋梁。
往事追思空有泪，吟坛何处问新章？

（二）

鸿雁哀鸣野渡飞，莞城雨霁夕阳微。
江湖游子千行泪，空隔关山几度挥。

谒袁督师祠

东江春水绕城流，万里青天入望眸。
浩气长留忠义在，辽东岭表共千秋。

咏贵州芦笙节

苗乡侗寨赛笙歌，三月农家乐事多。
花信知时红漫野，春风昨日度牂牁。

高爱芳

女，1930年10月生，河南省清丰县人。贵州师范大学正处级离休干部。贵州省诗词学会会员。

浣溪沙·癸酉年老年节书怀

九九重阳兴致高，秋光荡腑涌心潮。神州辽阔碧天遥。　　风拂红旗腾彩浪，捷传赤县起洪涛。倡廉反腐看今朝。

一剪梅·老人节抒怀

喜度重阳意兴高。独上东皋，诗趣如潮。田畴百里接云霄，远水平桥，稻浪轻摇。　　块垒蟠胸借酒浇。北望中条，思绪滔滔。南巡壮语起狂飚，号角声骄，江海腾蛟。

长相思·痛悼老伴冯秀哲辞世两周年

恸悠悠，恨悠悠，怀念亲人泪水流。谁人解媪愁。　　山悠悠，水悠悠，日夜相思无尽头。寂寥孰与俦。

郭　国

笔名仲夫，布依族。1949 年生，贵州省贵阳市人。曾任花溪乡董家堰村委会主任。贵州省诗词学会、贵阳市花溪区诗词学会会员。

长顺山乡风光 (新声韵)

婉转清泉绕寨流，梯田禾稻绿油油。
山歌荡漾竹篱处，人影穿梭木瓦楼。
风卷白云轻雾散，水翻碧浪旅人游。
环弯几里炊烟漫，野舍依山万绿稠。

郭礼中

1941 年生，贵州省兴仁县人。曾任兴仁县档案局局长等职。主编《兴仁县志》《兴仁教育志》等书。兴仁县诗词楹联学会副会长、《文心》诗词主编。

咏十七大 （新声韵）

党员代表聚燕京，选举当家决策层。
黎庶举杯邀日月，共祝华夏展鹏程。

郭加富

笔名郭晓星，1956 年生，贵州省纳雍县人。纳雍县水利局副局长。贵州省诗词学会会员、毕节地区乌蒙诗社理事、纳雍诗词学会副会长。

春到重安江

春到重安草木柔，一江水暖碧如油。
千条垂柳放长线，为待青鱼上钓钩。

昆明乘机到西双版纳

云山万座半空飘，红日略输机翼高。
只有腾飞霄汉外，才知地远与天遥。

西江月·农家

大路铺通院子，门前小狗看家。扭头摆尾把
人抓，意在招呼坐下。　　豆腐酸汤腊肉，喷香
米饭南瓜。几杯酒后话长拉，笑说村庄变化。

午　风

夏日农家农事忙，薅完包谷又栽秧。
清风善解人辛苦，一味殷勤送午凉。

登纳雍昆寨梁子

两三野鸟唱春光，草木萌芽梁子长。
斗艳山花谁最美，杜鹃婀娜压群芳。

郭延狄

1942年生，福建省福州市人，曾任安顺地区行政公署副专员，
安顺地区诗词学会副会长。

赠周司令黄政委

风流书剑走天涯，赏遍名山处处花。
惯看风云苍海起，关河万里尽为家。

喜读《金钟诗稿》

妙笔生花韵味长，情真景美有华章。
梦中李白会心笑，贺我文星到夜郎。

郭应江

1962 年生。贵州省思南县人，贵州省诗词学会、铜仁地区诗词学会、思南县诗词楹联学会会员。

卜算子·抒怀

人立地天间，心是常青树。汉子堂堂一座山，何惧风霜露。　　平地有波澜，只作等闲赋。莫怨人前知音少，情在情深处。

行香子·游长坝石林

青黛苍苍，碧草茫茫。翠微岩，福地清凉。云天溢彩，大地辉光。伴奇石美，猿猴跃，鹭莺翔。　　独具肝肠，尽染书香。游人赋，梦里天堂。瑶池月近，尘远仙乡。似嫦娥舞，八仙醉，老君狂。

郭诗奇

1942 年生，贵州省兴义市人。马岭中学退休教师。贵州省诗词学会、黔西南州诗词楹联学会会员。

马鞍山 (新声韵)

此山形似马，神态永奔腾。
欲展良驹志，心怀万里程。

减字木兰花·兴义万峰林 (新声韵)

万峰耸翠，如画锥林珠玉垒。朝雾夕烟，远眺峥嵘云海间。　　喀斯特貌，霞客游黔足迹道。雄伟奇妍，天下峰林唯此先。

郭福豪

贵州省湄潭县人，中学教师。《湄潭县志》副主编。中华诗词学会、贵州省诗词学会会员，遵义市诗词学会、楹联学会理事，湄潭县楹联学会常务副会长。

秋游仙谷山

如画仙山景色幽，身临其境总淹留。
枫红柏翠疏稠影，云淡风轻远近秋。
猴戏危崖惊鸟噪，人观浅水赏鱼游。
神州遍走初来晚，绝胜天堂九寨沟。

文英塔怀古

史载南明兵部兼礼部尚书程源失势，曾来湄潭永兴建天目寺，刻"雯流"于石壁。后乡人续修"文英塔"于洞顶，现唯存"雯流"二字。

为寻历史访雯流，竹木垂青古洞幽。
文塔早随斜影逝，小溪偶见牧童游。
虔修天目思明府，难尽忠心叹楚囚。
音乐不鸣金榜事，绝踪飞鼠窍空留。

唐　华

笔名向阳，1938 年生，四川省成都市人。黔西南州诗词楹联学会会员。著有《向阳艺文集》。

行香子·思乡曲

一度离乡，五秩春光。山依旧，郁郁苍苍。
情牵故土，梦系岷江。有几多情，几多爱，几多
创。　　浑身解数，遍体鳞伤，枉抛掷，两万星光。
双亲已去，弟妹他方。宁不思亲，不思故，不思乡。

唐玉芳

贵州省福泉市人。曾任贵州省情研究所所长、研究员，《贵州百科全书》副主编、编辑部主任。

《贵州百科全书》首发式有感

壮心不已意如何？唯奉余温铸百科。
追本溯源穷考究，雕文凿句费推磋。
埋头常恨夕阳短，对镜方惊白发多。
众智结晶成硕果，相逢荐酒赋新歌。

（2006 年 1 月）

观风山晨练

不敬神仙不信鬼，闻鸡起舞仗龙泉。

延年何用老君药，健体犹须太极拳。

欲寡自然烦恼少，心平始得健康添。

若无名利来相累，自在逍遥胜似仙。

如梦令·咏菊

九九重阳初绽，尽展柔情千万。本性不争春，喜与秋风为伴。香灿！香灿！满圃蝶迷蜂乱。

唐多令·三十六岁生日游花溪

俯首问川流，人生几度秋。无奈何，逝水悠悠。又是西风吹细雨，将剩酒，掩新愁。　　欲作逍遥游，徘徊任去留。不禁寒，怕上高楼。岁月无情人渐老，心不已，志难酬。

（1978 年 10 月 1 日）

陪北京友人游织金洞

织金览胜不寻常，谁把天宫地下藏？

福地神奇超宝殿，洞天玄妙胜华堂。

嫦娥来此不思返，圣母游之亦徜徉。

各路神仙齐造访，夜郎无处不生光。

浣溪沙·赞黄山迎客松

　　遥对天都倚险峰①，扎根绝壁势横空，雄姿劲挺碧云中。　　冰冻雪压浑不惧，风雕雨塑更葱茏，巍然屹立傲苍穹。

【注】
① "天都"即"天都峰"。

海南游 (新声韵)

　　搜奇猎趣到天涯，宝岛风光格外佳。
　　沧海尽头寻胜地，椰林深处访琼花。
　　敬香古寺祝福寿，漫步沙滩赏晚霞。
　　莫笑黎家茶酒谈，海南处处可为家。

如梦令·答知己

(一)

　　莫道少年轻漫，苦把真情相盼。赌命答知音，奔赴疆场征战。遗憾！遗憾！谁把琴弦弹断？

(二)

　　无奈雨狂风乱，流水落花飘散。举首问苍天，谁与天涯为伴？肠断！肠断！不尽相思长叹！

（三）

往事如烟如幻，旧梦欲续还断。到老再相逢，
怎把情缘评判。期盼！期盼！珍爱夕阳光灿！

唐国运

1946 年生，贵州省独山县人。黔南州诗联学会会员。

庆祝黔南诗联学会成立十周年

诗坛创建绩堪夸，联苑昌兴绽异葩。
意境逐春翻绿浪，文风焕彩映红霞。
出刊征稿筛奇作，送宝传经培幼芽。
十载题吟千万首，弘扬国粹颂中华。

唐国乾

1934 年生，贵州省遵义县人。银行经济师、退休干部，中华诗词学会、贵州省诗词学会、遵义市诗词学会会员。凤冈县诗词学会理事。

沁园春·青藏铁路 (新声韵)

筑路英雄，攻险克难，占胜高寒。看千山穿洞，百洼架凳；飞车往返，龙影斑斓。唤醒盐湖，震惊戈壁，笑踏昆仑屋脊翻。千秋业，我中华天路，盖世奇观。　　藏胞情意多欢。迎远客，酥油茶捧端。看一根红线，联朋交友，内接腹地，外把边关。物产交流，科文互补，处处高扬致富幡。人心畅，喜和谐社会，国泰民安。

唐官铺

1943 年生，贵州省诗词学会、遵义市诗词学会会员、湄潭到诗词学会副会长。

咏落花 (新声韵)

片片飞花轻似梦，悠悠含笑入泥香。
落花原本为结子，入土还思来岁芳。

山中喜雨

山中一夜雨，溪旁几树花。
野水漫幽谷，田鸡旁岸爬。
牛耕云中土，鸟啼陌上杉。
晓辉映远树，山鹰击近霞。
谁家山妹子，歌声荡青崖。
人间清幽地，尽在山旯旮。

唐鸿宾

1931 年生，贵州省开阳县人。曾任黔西南州乡镇企业供销公司经理。黔西南州诗词楹联学会会员。

畅游招堤

十里荷花眼底收，风翻翠盖逗人留。
莲蓬摇荡湖光乱，燕子飞翔花影稠。
知了长鸣杨柳岸，蜻蜓小立玉枝头。
红桥九曲通幽径，诗友联吟好唱酬。

凌 惕

字野萍，女，1935年生，湖南省醴陵县人。贵州省老年妇女书画协会副会长兼秘书长，中共贵州省委机关老年诗书画研究会副会长，贵州省诗词学会会员。

青岩赞

古镇青岩美誉驰，文昌万寿赵公祠。
人人争看状元府，教化传承赞盛时。

游天河潭

（一）

习习和风春放晴，天河潭畔喜同行。
长街石屋迎佳客，百步桥危过后惊。

（二）

一叶扁舟翡翠溪，龙潭澄碧水涟漪。
寻幽曲径美人凼，好景忘归日已西。

退休吟 (新声韵)

晨起太极一段操，再弹两曲韵声高。
偶拾几句竹枝调，泼墨挥毫气自豪。

凌广亭

　　（1917—2006），女，湖北省人。新中国成立前历任地方法院推事、检察官。新中国成立后为贵州省文史研究馆馆员。贵州省诗词学会会员。

纪念贵州《文史丛刊》创刊十周年

惨淡经营中外扬，十年辛苦不寻常。
千行锦绣披肝胆，一管秋毫出雪霜。
沧海源头多活水，芝兰气质是真香。
丛刊发轫春雷响，万紫千红遍四方。

感　事

一年容易又西风，落叶飘摇夜幕中。
断续蝉声消暑热，高低萤火闪秋空。
银河阻隔犹能渡，海峡相连久未通。
俱是炎黄龙子裔，民心向往九州同。

老年节献诗社诸老

红染枫林菊正黄，老年佳节又重阳。
伏枥老骥心犹壮，向暮冥鹏志更刚。
古柏繁枝添黛色，夕阳被野满霞光。
欣逢盛世精神爽，雨润幽花爱晚香。

花溪路上

遥望云涛抱玉虹，绿杨晴扫万丝风。
田园夹道东西碧，桃杏临溪上下红。
几只鸟飞青嶂里，数声犬吠翠微中。
山川处处皆诗料，着意挥毫苦未工。

小重山·送别

岁岁年年绕梦魂。斜阳残照里，梦成真。相
逢一夕分秒珍。言未尽，红日满乾坤。　　把酒
泪盈樽。心潮如浪涌，语无伦。客中送客倍伤神。
何况是，海外暂归人。

涂月僧

（1911—1997），湖北省黄陂县人。曾任贵州省人民政府参
事室事主任、省政协常委。贵州省诗词学会原副会长。

夜渡盘江

山作嵯峨水作盘，悠悠造化幻无端。
峰森入岫云难出，岁暮归巢鹤不寒。
岂信中年摧绿鬓，每从空谷向幽兰。
轻车直上三千尺，四面觇天月未残。

重上大观楼

云山百叠波千顷，海内灵区属此邦。

白首重来舒望眼，滇池一角见沧桑。

春蚕颂

居里夫人盛赞蚕之伟大试广其意

春老生事稠，蚕已三眠起。蟠胸富积储，经纶良有矣。密密事组绣，静静为抽理。昼夜锲不舍，反复有终始。大愿在生民，功成而后已。不负其所生，不苟免其死。不嗟朝菌命，不饮杨枝水。不作稻粱谋，不为歌劳止，不计荣与辱，不杂悲与喜。不知有怨恩，不复问臧否。殉职不殉名，不求于青史。业绩留人间，散作千罗绮。光明伟大身，万物中有几。奈何庸俗士，妄以痴人拟。是非竟千年，载笔为昭洗。盛世足解人，信吾非溢美。至刚在无欲，大勇在知耻。窃欲效神蚕，献身以自矢。

铜仁九龙洞纪游

九龙神穴说纷纷，探胜聊因证所闻。

茂草长林山没骨，危峰涸涧树盘筋。

幽岩端合张光烛，顽石终能脱斧斤。

不信桃源真世外，竭来游屐已如云。

梵净山杂咏

（一）

蹀蹀同登万步梯①，名山耻与白云齐。

奇峰飞瀑知多少，商略归途共品题。

（二）

页岩万迭成书卷②，峭壁千寻花比肩。

好与山灵坚后约，杜鹃花发在明年。

【注】

① 新建石梯多至九千余级，下山后商与诸名胜命名。

② 页岩耸立如屏，命名"万卷书"，杜鹃林海，树大者合抱，花大者盈尺，为海内仅有，惜深秋不得春花为怅。

中山先生诞辰

冥鸿应恋故巢枝，况是虞渊日落时。
东望台澎一惆怅，诸君何以报宗师。

秋泛红枫湖

（一）

世人艳说西湖好，曲槛弓桥匠意多。
我爱红枫无斧凿，碧波千顷拥青螺。

（二）

螺峰点绿绿浮空，俱在轻舟一顾中。
人已白头秋未老，枫林微惜待霜红。

涂华登

1937 年生，重庆市人，中学高级教师。贵州省诗词学会会员，《贵州诗词》特约编辑。

钱罐 （新声韵）

生性贪婪口向天，养尊独坐肚溜圆。
终朝只盼金银满，剖腹皆为血汗钱。

贺十七大胜利闭幕 <small>（新声韵）</small>

才俊辐辏到北京，鸿猷共计大功成。

福泽万姓目标定，光鉴千秋青史明。

富裕康庄添锦绣，和谐世界俱隆兴。

全球同赞齐飞步，十亿豪杰奔远程。

自度词·莫道近黄昏 <small>（新声韵）</small>

雨后纤尘尽，桑榆正清新。水更甜，山更亲；七彩虹桥东山架，蓝天空阔任云奔。夕阳无限美，莫道近黄昏。　儿孙乐其业，家庭更温馨。旧时梦，再找寻；社会和谐百业旺，余热烤红片片云。晚霞正灿烂，自视又青春。

涂金顺

1938 年生，贵州省道真县人。道真诗词学会会员。

仙人掌

落土沾泥便长根，餐风宿露自生存。

荣枯褒贬无争辩，犯者需防掌上针。

晚　景

夕阳晚照映青山，坦荡胸怀顺自然。
淡泊明心宁致远，无私无畏乐天年。

涂晋森

　　原名涂宗科，1923 年生，贵州省仁怀市人。曾任云南昆明市禄劝中学党支部书记，高级职称。离休干部。仁怀市老年诗联书画研究会会员。

八十初度

尘寰无佛亦无仙，转眼韶光越耋年。
百里酒城舒望眼，千家翰墨乐心田。
每因往事思朋辈，喜听秋声伴管弦。
约得岁寒松与竹，同撑傲骨仰云天。

涂殿雨

原名涂正文，1942 年生，贵州省安龙县人。黔西南州诗词楹联学会会员。

万峰湖 (新声韵)

横空一坝把江拦，浩淼碧波黔桂滇。
曲岸迂回峰倒影，渔船点点缀蓝天。

忆故乡 (新声韵)

梦魂常向故乡驰，屋后修篁惹我思。
故旧亲朋久未见，笛横牛背忆儿时。

陶仁礼

1952 年生，贵州省赫章县人。曾任中共赫章县委办公室主任、政协赫章县委员会秘书长等职。中华诗词学会、贵州省诗词学会会员，毕节地区诗词楹联学会理事、赫章县诗词协会主席。

游天书潭

雷声阵阵透重峦，转过林荫景色斓。
白练垂空天外下，清流跌宕谷中旋。
千寻险壁横云路，一卷石书飞碧潭。
商浪东来绿荒岭，花团簇锦点苍山。

初秋马家沟战友相聚

雁传叶报又秋风，北塞南疆驿路通。
玄壁玉泉歌雅韵，翠园丛菊吐新红。
畅怀闲步疏阴里，笑语飞觞楼阁中。
绿水长流山永在，一壕高义薄云空。

游陈勇植物园

周天一洗雾云浮，美景盈园不胜收。
浅草鹅黄烟淡淡，琪桐鸭绿鸟啾啾。
陂塘水碧锦鳞跃，堤岸风轻垂柳柔。
昨夜东君染桃李，彩云飞下树梢头。

小韭菜坪

乌蒙磅礴万山雄，天柱岿然入九重。
昼挽彩霞回日辇，夜惊玉兔撼蟾宫。
依稀银鸟撞孤岭，缥缈丝云绕半峰①。
绝顶临风看四野，一声长啸壮心胸。

【注】

① 银鸟：指飞机。1937 年，一架国民党飞机飞越小韭菜坝时，
  触岭机毁人亡。

题野马腾飞雕塑

休言塞外马称雄，灵秀山川有骏骢。
锐耳挺逎毛似雪，锋棱耸峙骨如铜。
奋蹄长啸吐虹气，昂首高飞挟飓风。
回望乌蒙烟一点，大千世界任留踪。

画　眉

圆润啭喉人共怜，捕来喂养竹笼间。
鲜羹精馅非佳馔，绿树花枝是故园。
雪夜霜朝闻号鸟，窗前檐下泣哀鹃。
当今睿智倡谐处，何不放飞归自然。

游小天桥峡谷

天桥风月似香醇，碧带东流更醉人。
洞壁穿岩三十里，斫山削岭两千寻。
断层雷吼悬银练，苍峡石摇飞雪琛。
历尽艰辛入平野，一川寒澈映闲云。

游水塘国家级森林公园

夏日炎炎步绿洲，凉风习习暑全收。

千山竞秀碧涛涌，万木参天曲径幽。

蛱蝶翩翩舞芳甸，飞鸣趯趯绕枝头。

溪边物事最堪爱，云自悠闲水自流。

陶光弘

　　侗族，1943 年生，贵州省天柱县人。曾任黔东南州文协副主席等职。贵州省诗词学会、黔东南州诗词学会理事、天柱县诗词学会会长、《天柱诗词》主编。著有《百梅笺韵》。

雪凝灾消春归咏

日出云开暖气流，严冰阵乱甲盔丢。

灾魔败走阴曹里，大地春归又绿洲。

六合度假山庄

万绿丛中一锦幡，清风起处馥幽兰。

柳杨翠动鉴江水，亭榭红开六合山。

结队吟歌临阙地，邀朋纵酒列仙班。

蓬瀛半日日边梦，月下箫声送爽还。

插秧歌 （新声韵）

冒雨栽秧莞最发，姑娘小伙竞相插。
横行竖对斜成线，耕作原来也绣花。

陶俊林

1940 年生，山东省德州市人，曾任安顺地区行署专员，人大主任，安顺地区诗词学会会长。安顺市诗词楹联学会名誉会长。

一九八八年到平坝村查询烟苗情况有感

远访深山平坝村，清明气息最堪珍。
乡亲乍见虽新识，父老交谈若旧邻。
刚喜烟情无足虑，旋知农事又宽心。
田家待客真纯朴，淡水倾杯暖似春。

和高老《耋夕》原韵兼贺八十寿

寿晋高龄上，时逢盛世长。
吴钩呈锐利，和璧发辉光。
心旷春常在，诗豪韵更昂。
金钟扛大旆，美德振刚阳。

黔道险

已巳五月中旬乘汽车去成都路过桐梓地段盘山路感赋

绵绵长带绕群山，带上行车心胆寒。
仰观峭壁壁欲坠，俯视深谷谷似潭。
回首来处惊地堑，举目征程入天关。
岭阻云隔疑无路，四轮飞转若螺旋。
而今我说黔道险，胜过李白蜀道难。
一坡上下二十里，八九七十二道弯。

缅怀王若飞同志

（一）

逸雅书生济世雄，心昭日月气如虹。
求知异域丹心烈，御侮蒙疆战火熊。
绥晋刑庭伸大义，雾都和议建奇功。
黑茶遇难三军恸，魂绕征旗赤县红。

（二）

百载人雄共济时，黔疆俊杰尔英姿。
习韬故国随阿舅，负笈重洋觅导师。
志共农工旌奋起，步艰马列剑横持。
嘉陵江水流高韵，业绩丰碑记史诗。

黄 炜

（1923——2001），名石生，贵州省贵阳市人。抗战期间从事新闻工作。解放后担任《新筑商报》总编，《贵阳工商报》主编，受聘为贵州文史馆馆员。编纂《贵阳市志·文物志》。

采桑子·哀陶生民女史

生民1922年生于上海，后随父营商回筑，曾就读于贵阳女中及女子师范学校，孜孜不倦。倭寇侵华，抗战军兴，生民奋起参加学生抗日宣传，深入农村，唤醒同胞，不遗余力。1938年参加中共地下党，1941年被捕，狱中，生民坚贞不屈。

当年未得同归去，负了深情。每忆深情，但值良宵总涕零。　　世间若有轮回事，便有来生。到了来生，又恐缘悭不遇卿。

黄 诚

1929年生，江西省金溪县人。曾任县供销社主任、经理等职。离休干部。贵州省诗词学会会员。

西进战士抒怀 （新声韵）

大军西进迎新纪，五秩年华苦共甜。
二野挥师灭匪寇，千秋庆典耀天安。
翻开历史标新页，谱写人民作主篇。
难忘初衷崇理想，人生白发焕容颜。

秋夜细雨 <small>（新声韵）</small>

深秋细雨沥淅声，谁个闻听不动情？
梦寐常觉节奏美，市场农贸有人行。

黄　捷

　　1968 年生，中学教师。贵州省诗词学会、凤冈县诗词楹联学
会会员。

游万佛山

翔雁傲苍穹，云浮绿水中。
青松敲古韵，翠柏舞清风。
峻岭含烟树，瀑流飞彩虹。
佛山堆秀色，美景入诗丛。

黄　敏

　　女，彝族，1980 年生，贵州省大方县人。中学一级教师。毕
节地区诗词楹联学会会员，六龙《龙中诗刊》编委。

游织金洞

青烟迷漫返洪荒，怪石嶙峋神斧镶。
迈入仙都心自静，俗尘世态尽遗忘。

黄 寒

布依族，1940 年生，贵州省独山县人，曾任政协望谟县委员会副主席。望谟县诗词学会副会长。

园丁咏 （新声韵）

培桃育李负千钧，重任肩挑夙夜勤。
浇灌施肥倾热血，耕耘锄草洗污尘。
清风骀荡常生乐，物欲横流不动心。
自励自尊高品位，亦师亦友四时春。

朝中措·咏免征农业税

历年缩小剪刀差，水月镜中花。杂费频仍摊派，"三农"尚有长枷。　中枢决策，取消田赋，润泽桑麻。更断殃农邪路，城乡共沐春华。

望谟天马山咏

天马巡江卷巨澜，载飞王母越雄关①。
回眸僻壤生辉步，蹄奋春风驰乐园。

【注】
① 望谟县原名王母，地处北盘江畔，曾是黔桂边红军起义的活动地区。

黄　源

（1915——2007），湖南省常德市人。贵阳医学院副教授。受聘为贵州省文史馆馆员。

登甲秀楼

翠拥层楼映碧涛，百年风雨恃灵鳌。
江山气象今逾昔，揽胜登临意更豪。

临江仙·游百里杜鹃

连日天孙催织锦，风移彩絮飘扬，怡红快绿散遐荒。休辞征路苦，且共赏奇芳。　　百里杜鹃花海阔，点妆无限风光，淡浓明暗任低昂，缅怀今古事，把酒话斜阳。

游青岩镇

昂首双狮耸翠高，卫城胜概足风骚。
云连殿阁烟尘冷，势控滇黔雉堞牢。
物土丰盈凭聚散，山川秀丽启英曹。
先贤事迹流风在，古镇新装更足豪。

黄万机

1935 年生，贵州省遵义县人。贵州省社会科学院研究员，受聘为贵州文史馆馆员。贵州省诗词学会常务理事。著有《贵州汉文学史》等。

海龙囤形胜怀古

双流环天堑，千寻孤蒂悬。羊肠通一线，铁围贯九关。前关铜铁柱，天梯仰难攀。虎关傍绝壁，飞龙独擎天。朝天临深堑，飞凤固龙盘。后关凭又阙，一夫挡莫前。土月二城内，西关隔万安。环城卅余里，平畴沃野宽。林深花木盛，清水涌流泉。殿阁间楼亭，仓储备精兵。本为抗元作，杨文智略宏。岂期三百年，应龙逆志萌。负隅抗王师，天兵驰铁骑。八道临囤下，杀声震堑崖。红衣飞巨炮，龙关毁额眉。逆龙气骤堕，关雄奈兵疲。华殿一炬火，欲掩百罪尸。世业八百载，烟灭在一时。历览古囤址，浩叹发人思。

茅台晨景

赤虺蜿蜒白浪翻，蜀山缥缈漾微岚。
初阳雾散酒帘见，陈酿香浓醉意酣。
沽客遥临古市闹，辎车驰过新桥趱。
青红楼阁七雕镂，恍若置身童话间。

登梵净山

武陵第一峰，登眺目难穷。

五岳拱辰敬，万山罗拜恭。

金刀劈危峡，黄殿摩苍穹。

天磴跨两界，未来现世通①。

【注】

① 梵净山金顶截然中剖，人称金刀峡。顶上有石桥相连，一边
建有现世佛释迦殿，另一边有未来佛弥勒殿。磴，石桥。

沙滩感怀郑莫黎三先贤

乐安江畔景犹妍，文采风流缅昔贤。

梅屺柴翁姿啸傲，青田眲叟勺甘泉。

游踪西海黔男子，留爪东瀛富士山。

寰宇通连远客至，三翁颔首笑埏原。

游盘县丹霞山

一蒂孤悬矗南天，梵宫缥缈翠岚间。

疏钟几杵散霞外，总疑蓬莱堕西南。

重游思南

五十年前初蹈地，如烟往事叹蹉跎。

山川依旧容华改，故旧龙钟鹤化多。

白鹭锁云嵌壁画，彩虹凌水走飞舸。

月弓桥畔寻鸿迹，独对寒江瞩逝波。

泛舟乐安江

放舟夷牟秋爽天，馀韵风流忆前贤。

去今一百六十载，郑莫诸公泛乐安①。

伯容黎公忒好事，双扎斛斗作方船。

沿江而下漫浮游，纵观胜景指江山。

船中置酒供饮酌，诗兴勃发酒正酣。

就中郑公气犹豪，挥毫淋漓披胆肝。

方舟且舣龙山崖，禹门寺僧情清嘉。

力请郑莫书擘窠，深刻绝壁压浪花。

五十年后莼老来，披崖拓字赠朋侪。

别镌禹山铭一幅，盛赞前贤多文才。

由此再过五十年，浙大西迁来湄潭。

碧水青山迎骄子，师生礼贤访沙滩。

男女同泳击流水，雅开风气留美谈。

今偕嘉宾至黎庐，敬谒先贤访故居。

登艇泛游夷牟水，艇破清波如飞鱼。

万里飞来东瀛客②，艇头赏景情恬愉。

十里平畴秋稼熟，层叠冈峦矗圭瑜。

红裳浣女映清影，岸柳汀荻惊飞凫。

始讶人杰缘地灵，名贤自应出名区。

追缅芝山红叶馆，中日诗酒佳句联。

百年宴游今复见，文化交流谱新篇。

悠悠江水鉴今古，文采风流递相传。

【注】

① 道光乙亥年（1839）秋，郑子尹与黎伯容、莫子偲泛舟乐安江
（古名夷牢水），舟至禹门山下，寺僧请郑、莫二人各写摩崖
一幅刻于悬崖之上，至今犹存。郑子尹写五言古风一首纪此游。

② 乙卯年（1999），日本东京群马大学教授石田肇偕翻译半岛伸司，
由东京经广州飞来贵阳，专程去遵义沙滩访谒黎莼斋先生故里，
祭扫黎先生墓道。我与贵州师大张新民教授陪同前往，承遵义
市、县政协及新舟镇领导同志热情接待，泛舟畅游乐安江。

满江红·祝陈沂将军九旬大寿①

书剑飘零，追往昔、峥嵘岁月。偕学子，示
威南下，救亡情热。白下铁窗锤骏骨，沂蒙倚马
书军折。塞南北，粮秣壮军威，成鸿业。　　主
文化，新创设。招才俊，描图页。赴朝鲜慰勉，
卫华英杰。莫须罪名成底事？廿年冤抑终昭雪。
遇明时，更老骥伏沥，雄心烈。

【注】

① 陈沂曾任解放军总政文化部长，中共上海市委副书记。2001
年为其90初度。

黄友谊

（又名友义），贵州省关岭县人。高级教师。贵州省诗词学会、安顺市诗联学会会员，关岭诗联学会《索岭诗草》编委。著有《友义诗文集》。

读陈毅元帅《梅岭三章》感怀

《梅岭三章》好，心中逐浪潮。
疾风知劲草，乱世显英豪。
正气斗牛射，胸怀鸿雁翱。
佳篇传后世，人品共诗高。

吟花江大峡谷

高原裂缝开，峡谷怒潮来。
纵目云成海，缠身雾积霾。
长天鹰展翅，深壑鸟鸣哀。
铁索悬崖道，花江景骋怀。

黄长德

1933 年生，贵州省铜仁市人，曾任金沙县政府办主任。贵州省诗词学会、毕节地区诗词楹联学会会员，金沙县诗词楹联学会常务理事，《玉屏诗刊》编辑。

孙儿黄东屏绘画获第四届国际金龙杯金奖喜赋

稚童巧手绘丹青，千古恐龙栩栩生。
获奖勿忘师教诲，书山艺海苦躬耕。

登梵净山

林海茫茫碧浪翻，猿啼风啸鸟声喧。
牵藤拾级登金顶，脚踏云崖手触天。

乘乌蓬船游漾头湖区①

兰桨轻摇荡碧天，湖光山色画图间。
渔姑收网桃花绽，小伙挑鱼扁担弯。
侗寨大歌声婉转，苗家笙舞步翩跹。
农村自有农村乐，盛世水乡春满园。

【注】
① 湖区位于铜仁锦江下游，全程 15 公里，途经国家级风景名胜区——九龙洞。

环卫工

黄帽衣衫着一身，拼将汗雨洗污尘。
只缘戴月君行早，装点瑶街美胜春。

森　林

葱茏叠翠绕云烟，素守峰峦不计年。
锁住泥沙遮住雨，保持水土护良由。

眺望玉屏村黔北电厂感赋

琼楼错落绿荫中，疑是南天第一宫。
眼底嚣尘飞不尽，车流如水走长龙①。

【注】
① 每天运煤的车，过黔北电厂近千辆。

黄仁爱

1938 年生，贵州省遵义县人，遵义县一中退休教师。贵州省诗词学会会员。

咏　联

神州联语独家珍，文雅飘香出国门。
吉日欣闻歌美德，良辰乐见颂宏恩。
名山古刻千秋在，胜水今镌万载存。
字少涵宽多意蕴，抒情状物任标新。

黄文远

1949 年生，贵州省毕节市人。毕节二中高级教师。中华诗词学会、贵州省诗词学会、毕节地区诗词楹联学会理事，《文峰诗词》主编。

采桑子·龙洞堡机场夜送次子 (新声韵)

大厅步去频回首，挥手从容。跑道隆隆，隐隐星光入夜空①。　　倏忽万里南天远，边武从戎②。斑鬓秋风，琼海苍茫伫望中。

【注】
① 机翼上闪烁的几点灯光。
② 边武，边防武警部队。

沁园春·海啸救灾 (新声韵)

世事纷纭，兵燹无休，海啸暴喧。痛楼壁坍圻，涛吞浪卷；人为鱼鳖，街市行船。闹镇丘墟，尸横旷野，战祸天灾共惨然。连广宇，引浩茫心事，谁肇灾端？　印尼厄讯惊传，同抗难八方亟救援。感捐钱赠物，解囊慷慨；派医疗护，异国情牵。白种黑肤，殊俗一志，地陷天倾道义担。却缘甚，化干戈玉帛，步履维艰？

沁园春·胡锦涛来贵州与各族人民过大年 (新声韵)

故地情浓，腊末风尘，辗转无休。喜纳灰村里①，糍粑共打；南明河畔，民众同游。富户贫家，亲询寒暖，农税告言全免收。沃尔玛，问商场物价，蔬菜粮油。　召集领导筹谋，议发展高原好兆头。看布依老幼，迎接贵客；"八音坐唱"，靓丽歌喉。构建和谐，与民同乐，岁首春晖沐贵州。寄厚望，勖归结五点②，更上层楼。

【注】
① 黔西南州兴义市纳灰村。
② 胡主席对贵州 1988 年以来的工作成绩总结了五个方面。

透碧霄·忆父 (新声韵)

望山光，小村流憩仁夕阳。染霞皓首，飘霜银髯，拄杖徜徉。慈颜含笑，椿龄八九，身历沧桑。忆昔时，设馆村乡，教诗书礼易，蒙童习诵，搦管流香。　记谆谆教诲，耕读正业，世代勿息荒。雨病梅，风弹卉，煎熬十载惊惶。采芹入泮，儿孙连庆，家运荣昌。好晴时，眉寿安康。痛而今古冢，儿荐羹汤，怎见亲尝！

迭碧霄·忆母 (新声韵)

理家忙，锄完园圃煮茶汤。夜深不寐，油灯如豆，缀补襟裳。惊神沟坎，叫魂淋影，叩阃燃香。挂心间，长幼安康。忆萧疏银发，身形癯弱，满面风霜。　记饥荒厄岁，金桥美梦，集体共食堂。母菜蔬，儿粮饭，勺分把握衡量。长孙失恃，嗷嗷褓褓，时哺羹浆。颂劬劳，瞻婺星光。望天云万里，遥想慈容，愿卜安详。

韶山 (新声韵)

索道韶峰梯到天，梵宫舜殿渺云烟。
娥妃竹染伤心泪，铜像神传信口编。
枫叶严霜摧老树，湘江惊浪渡急湾。
橘洲独立奇思处，已建新桥通远山。

炭子冲 (新声韵)

巍然铜像似凝眸，高耸额牌新建修。

柏树两行阶上路，弯环一道故人楼①。

秘藏旧匾经劫火②，反对食堂惹祸忧。

此地今来何感慨？遗容留照在墙头。

【注】

① 刘少奇故居在湖南宁乡花明楼村炭子冲。

② 故居有一块上题"刘少奇同志旧居"匾额，在少奇同志受迫
　 害期间，几被当作木柴烧毁，幸被一村民秘密保存下来。

赴筑参加省诗教经验交流会

筑城盛会聚诗家，冬暖融融兴致佳。

拟稿发言昂意态，登台领奖放心花。

交流新见升朝日，合影奇缘焕晚霞。

时代拓宽文艺路，黔州阆苑美无涯。

沁园春·东坡书院

万里南来，近子婚期，同谒古踪。睹载酒堂
上，吟题碑刻；东坡祠内，教讲生容。惠井清纯，
笠屐铜像，犹似归来急雨中。须髯动，劝勤学化俗，
民仰词宗。　　稼禾草野葱茏，故城外迷茫雨雾
浓。想当年儋耳，荒凉冷落；海隅天际，迁客途穷。
今日州城，高楼商铺，椰树花台阔道通。宜居处，
换丽词新韵，细写情衷。

扬州慢·小寨

　　桃李争荣，翠山环抱，参差木舍砖楼。后庞然静卧，是望月犀牛。看村外八仙过海，雄昂狮首，白虎青虬。染晨曦，农荷犁锄，越岭经丘。　　耕余饭后，笑相招，乡老田俦。算近岁青年，离家远走，致富奔求。更数辛勤聪敏，攻书路，试第卓优。此风光形胜，锺灵连脉神州。

黄文昭

　　1937 年生，金沙县政法委退休干部。中华诗词学会、贵州省诗词学会、毕节地区诗词楹联学会会员，金沙县诗词楹联学会副会长。著有《憨牛蹄痕》《作嫁春秋》。

世界反法西斯战争暨中国人民抗日战争胜利六十周年

（一）

英魄三千万，龙人十亿心。

睦邻华夏德，弃怨北京仁。

和则双赢利，斗而俱创痕。

重温波茨坦，休拜战争神！

（二）

卢沟清晓月，永照石狮伤。
烈血南京碧，悲歌九域凉。
编书歪历史，参社拜神狂。
炎胄十三亿，源源戚继光！

过金沙三丈水库区

昔年三丈水，今日四通桥。
山半轻车疾，网中肥鲤娇。
农渔争富裕，林果竞妖娆。
改革家乡变，心潮逐浪高。

黄正书

布依族，1946 年生，贵州省兴义市人。兴义市诗词学会副会长。

鹧鸪天·山村老人节

家住苍松翠柏间，心无烦恼地天宽。欣逢盛世祝佳日，白发翁妪笑语喧。　　不愁吃，岂忧穿？老尊幼爱一家欢。谁说晚年无乐趣？喜看夕阳似火燃。

黄成栋

笔名黄牛，1937年生，贵州省清镇市人。曾任贵阳云岩二中党支部书记，校长。贵州省诗词学会会员，贵阳筑音诗社社长。

黔灵公园音乐广场

秀水珠潭映险峰，黔山韵律绕青松。
琴弹胜地清明雨，歌和玄关寒露风。

贵阳十八彩选二

山楂刺梨穿起卖

山楂消食可防癌，刺梨维C是王牌。
苗族姨妈串仙果，恰似念珠随缘开。

草根当药又当菜

筑城百草皆药材，无边裸露原生态。
药用食用两相宜，草根当药又当菜。

黄发新

1928 年生，贵州省安龙县人。安龙县新华书店经理。黔西南州诗词学会会员。

颂免农业税 （新声韵）

上缴"皇粮"年复年，耕耘课税理当然。
而今免赋从民愿，开创乾坤新纪元。

黄旭忠

笔名焚石，又字筱篁。1946 年生，贵州省贵阳市人。贵阳市花溪区文联副主席、贵州省诗词学会会员，贵阳市花溪区诗词学会秘书长。

祝花溪区诗词学会成立

柳绿桃红灿烂花，文人墨客涌清华。
吟诗作赋高风雅，巨著宏篇遍海涯。

花溪览胜

琼园景色幽，民俗甚风流。
啼鸟藏深树，轻烟浪上舟。

黄兴伦

1939 年生，贵州省绥阳县人。曾任中共绥阳县直属机关工作委员会书记等职。中华诗词学会、贵州省诗词学会、遵义市诗词学会会员，绥阳县诗词楹联学会秘书长。

诗乡放歌

黔草春风绽百花，歌声竹笛放牛娃。
葱茏吐艳空气净，油菜喷香景色佳。
不尽绿洲陶醉眼，无边花海伴青茶。
容颜展示东篱下，画意抒情笑语夸。

黄应潮

1931 年生，贵州省安顺市人。安顺旧州中学教师。安顺市诗词学会会员。

雨后踏春

菜花烟雨草萋萋，放眼春原景色迷。
谁谓泥泞行不得，老当益壮步崎岖。

黄茂辉

1928 年生，广东省兴宁市人，曾任贵州省林业厅副厅长，代厅长（正厅级）、高级工程师。著有《绿满黔山》。

登梵净山 (新声韵)

青山常在水长流，金顶佛光亘古留。
世外桃源忘岁月，林中归鸟任啁啾。
千峰竞秀清幽境，万壑争流烟雾稠。
数载又来登梵净，纵情放眼任遨游。

忆江南·黎平绿化好^① (新声韵)

黎平好，绿化展奇葩。碧染涓流滋大野，遥山近水绕农家。致富果林茶。

【注】
① "黎平县"为全国绿化先进县。

黄国瑄

又名黄亮。1932 年生，贵州省贞丰县人，布依族。历任中共安龙县委第一书记、贵州省水利电力厅宣传教育处处长、省水利文学艺术协会会长、水利部文学艺术协会理事会理事。曾创办《黔南文艺》，著有《海棠集》《山河恋》《五彩石》和《橄榄集》。中华诗词学会、贵州省诗词学会、贵州省作家协会会员。

赤子情怀（新声韵）

经风沐雨度春秋，劳顿奔波志未酬。
学海行舟勤用劲，书山觅路苦研修。
明时勇进征程远，梦寐欢欣岁月稠。
新纪喜逢十六大，钟情赤子亮歌喉。

满庭芳·《情系西部、共享母爱》观后

岁暮晨兴，云霞绮丽，大地回荡歌声。关怀西部，四海共倾情。慷慨捐资与助，肝肠热，感动心灵。扶贫困，激扬志气，星火亮征程。　　民族亲近好，国家鼎盛，喜气盈盈。一腔精诚意，慈母豪情。世上炎黄儿女，相携手，关爱同行。扬帆去，擎旗破浪，华夏日蒸腾。

两岸和平愿景明 （新声韵）

两岸和平愿景明，春风暖意涌潮生。

破冰掀起亲情热，见面相知玉宇澄。

分裂图谋非选项，团结合作共呼声。

神州伟业中兴事，企盼相期喜气盈。

长相思·故乡三农情 （新声韵）

（一）

东一村，西一村，南北东西风俗淳。布依待客勤。　　喜临门，客临门，宾主重逢分外亲。畅谈规划新。

（二）

你尽心，我尽心，建设农村气象新。小康奋力奔。　　树精神，我精神，山水田园倍有神。丰收谷穗沉。

（三）

校舍新，设备新，是为育才欣献芹。天空挂彩云。　　重修文，爱修文，校园书声好动人。学童自尽心。

盘江风情 (新声韵)

滚滚盘江日夜流，依山傍水尽重楼。
村前蔗垄连青岭，屋后蕉林映绿洲。
棉树开花披雪氅，橘园挂果缀金球。
归舟更喜鲜鱼美，月夜山歌唱不休。

浪淘沙·咏虹山湖 (新声韵)

枫叶染晴川，锦绣斑斓。轻舟来往碧波间。
笑语分明谁听见？情意绵绵。　　夜色已阑珊，
月上初弦。银花火树照云天。水榭亭台歌不断，
韵绕湖山。

唐多令·读《屈原赋》

碧树郁葱葱，霜天挂果红。寄丹心，为国争
荣。飒爽向阳谁会意？庸主愤，竟冤公！　　流
落亦从容，忧民心万重。吐《离骚》，激若洪钟。
秉烛长明连广宇，古今尚，楚风雄！

西江月·林则徐颂 (新声韵)

面对豺狼侵犯，岿然胆壮如山，虎门销毒鬼
心寒，高举铁拳除患。　　风雨百年奋斗，神州
喜焕新颜。林公豪气振人寰，华夏儿孙同感。

都柳江畔奏新歌

(一)

人道天际星星多，银河岸边千万颗。星星跟着月亮走，闪闪发光照山河。水家过去无灯油，　　夜睡凉台望星座。心想插上金翅膀，飞上天去摇星落。让它落到都江畔，好叫水家当灯火。

(二)

如今大地星星多，都柳江畔千万颗。水乡处处修电站，山也乐来水也乐。电杆排排手拉手，　　水家户户光闪烁。机器日夜在欢唱，倒虹吸管水上坡。电丝牵成五线谱，都柳江畔奏新歌。

卜算子·王阳明颂 (新声韵)

学养作根基，遭贬从容对。小住龙场悟道宏，育树芳菲翠。　　志在谱春秋，心地明哲睿。谨致良知世道兴，民享和谐惠。

咏织金洞 （新声韵）

地下奇宫世所稀，织金洞府景迷离。

大山十万峥嵘路，聚会三星纵论奇。

银雨树茎全透亮，霸王盔甲显威仪。

如来悟道坐雄殿，罗汉诵经敲木鱼。

棕榈树森呈雅趣，蘑菇石巧显琉璃。

山川壮阔连天际，路径通幽有鸟啼。

似幻如真览画卷，喷珠吐玉赏虹霓。

频临旅客惊发问：是处风光史可稽。

黄果树瀑布水帘洞

有洞锦帘笼，天然造化功。

眼前云共雾，耳畔水生风。

入览闻声壮，旁观见势雄。

黔中多胜景，激我咏游踪。

昆明滇池

明镜映江天，婵娟照不眠。

清幽情静谧，浩渺意连绵。

把桨拨沧浪，垂纶钓碧涟。

春城春永驻，四季涌游仙。

黄绍臣

苗族，1932年生，贵州省毕节市人。曾任中共毕节地委统战部副部长，地区政协工委副主任等职。

登梵净山有感

（一）

时临谷雨沐熏风，古树千年泼黛浓。
但愿河山多美奂，人文荟萃看灵锺。

（二）

游山来去屐匆匆，自愧临笺笔未工。
搜尽枯肠无好句，强将俚语付诗筒。

黄荣祺

贵州黄平人。曾任镇远一中、二中教师、教导主任等职务。贵州省诗词学会、黔东南州老年诗社理事、镇远县楹联诗词协会副会长。著有《清江吟韵》。

镇中校庆抒感 (新声韵)

芳辰九五庆黉宫，盛会蕉坪忆旧踪。

赤帜初扬传火炬，左灾屡害怅长空。

难怜子女株连苦，却喜山川别样红。

我自寄怀兼寄傲，冰心一片伴穷通。

黄星明

1926年生，湖南省长沙市人。曾任贵州省贵阳市蔬菜公司纪委委员。

水调歌头·重九登高

才捧桂花酒，又赏菊花天。携壶遥登高处，乘醉访抟仙。多喜惊寒雁阵，捎得年年佳讯，腾搏不辞艰。晓雾浮幽涧，隐约小群山。　　男儿志，百年事，莫凭栏。等闲换了华发，憔悴忆朱颜。休道西风凌厉，百尺元龙豪气，明月拥江关。放眼风华茂，胸壑涌波澜。

桐阴避暑即兴

流火熏蒸力不禁，桐阴稍憩汗涔涔。
天风时卷闲云逸，翠盖轻摇落照深。
万里音书消远虑，百年尘土负初心。
平居喜见英华茂，杯酒乘时放浪吟。

过娄山关

当年碧血洒青山，不到长城誓不还。
乌水潮平斜月里，秋风吹我过娄关。

春节感怀

腊尽更残惊岁暮，炉红酒暖话丰年。
抽芽嫩柳添生意，绽蕾寒梅入画笺。
十亿神州奔四化，八方豪俊谱雄篇。
凝眸伫望归舟至，骨肉相亲共乐天。

沁园春·冬夜述怀

细雨飞檐，树渺烟迷，山露石寒。正日行北陲，疏梅报信；冷窗吟苦，乍听鸣泉。炉火风侵，萧斋甃薄，挟纩犹嫌襟袖宽。庐虽陋，有诗情激越，未解衣单。　　书城蕴藉多嫣。羡无数书生竞着鞭。昔匡衡凿壁，偷光勤读；苏秦刺股，合纵排艰。试看今朝，三齐海迪，肢废身残志更坚。吾何憾，尚嘶雄蹄健，力胜登攀。

汉宫春·次子服役边陲词以励之

叠嶂屏夷，正边氛激荡，马上频催。欺人苦雨，浸透甲帐征衣。星回斗柄，有年年、青鸟西飞。烟未靖，云低月暗，胡尘荒草凄迷。　　千古班侯豪气，忍刀还剑掩，耻作须眉。神州自来瑰丽，守土凭谁？终军往矣！问儿郎，理应神追。为国事，餐风宿露，届时笳鼓迎归。

黄贵辉

侗族，1938 年生，贵州省玉屏县人，曾任玉屏县交通局局长。贵州省诗词学会会员，玉屏县诗词楹联学会会员。

农耕赋

不误雄鸡报晓天，寅时早起到田间。
披星耙好一弯土，戴月犁完二亩田。
两手泥巴皆乐意，一身汗水竟思甜。
辛勤换得粮仓满，喜报丰收庆稔年。

黄恩照

布依族，1937 年生，贵州省安龙县人。曾任安龙县政协秘书长。安龙县诗词学会副会长。

招堤胜景感赋

南盘江畔安龙城，招堤十里荷有名。三百年来经风雨，芙蓉鲜艳笑盈盈。喜迎盛世添新景，楼台亭阁如画屏。乐看历届荷花节，商旅云集经贸兴。自然美景观不尽，游客魂销醉荷亭。

黄苕仙

女，1940 年生，湖南省醴陵市人。贵州省诗词学会会员，贵阳市花溪诗词学会常务理事、花溪区菊林书院秘书长。

游桃花源秦人村感怀 （新声韵）

踏花穿洞入秦村，百鸟欢啼碧草茵。
霞映武陵山水乐，长廊绿掩尽温馨。

夏游安龙十里荷塘 （新声韵）

芰荷十里亮龙城，舞翠摇红托彩亭。
绿水曲桥添妙趣，清香沁醉忘归程。

黄辅忠

1920 年生，贵州省都匀市人。原贵阳师范学院和原贵州大学党委书记。已逝世。

西进贵州

蒋军溃败我军追，胜利歌声四处飞。
解放贵州红日耀，黔山秀水尽生辉。

在贵州师大

师大辛勤十六年，也尝酸苦也尝甜。
栽培梁栋千千万，文化师资满杏坛。

黄润涛

　　女，贵州省黄平县人，1938 年生。退休教师。中华诗词学会会员，著有《紫薇花》。

雷山响水岩观飞瀑 <small>（新声韵）</small>

万绿丛中雪练白，长歌古调下岩来。
飞流百丈落幽谷，万朵水花潭面开。

秋游清水江

泛舟炎夏日，放棹喜舟轻。
白浪晶莹雪，绿波珠玉屏。
一川虾鲤跃，两岸树禾青。
底事忘归去，渔歌合细听。

黄润蓬

　　1932 年生，贵州省盘县人。曾任贵州大学职业技术学院院长，副教授。中华诗词学会会员，贵州省诗词学会副会长，贵州省楹联学会常务副会长，《贵州诗词》《贵州楹联》主编，《贵州诗联》丛书执行总编。著有《蓬山诗词选》《蓬山文选》。

观黄果树大瀑布有感（新声韵）

九天素练落犀潭，十里惊雷撼宝山。
漫道夜郎空自大，黔中瀑布举国观。

贵州苗岭梯田（新声韵）

磴磴梯田上九天，耕耘播种彩云间。
秋来稻谷翻金浪，收获农民似醉仙。

贺陈世知吟长《麟山风韵》出版（新声韵）

仡佬河边一钓翁^①，云飞云卷总从容。
倚天亭外撷珠玉，吟帜高擎唱大风。

【注】
① 花溪原叫"花仡佬"。麟山是公园的主峰，自古有"云卷青麟"的美称。半山的天然石洞名"飞云岫"，洞外建有"飞云阁"、山顶建有"倚天亭"。

悼蔡兴德诗友 (新声韵)

每见清诗每忆君，嫩竹卓立老竹林。
黄梅不落青梅落，白发人哭黑发人。

重游红枫湖 (新声韵)

(一)

桂香十里绽枝头，老友新朋赋壮游。
登上龙舟极目望，满湖翡翠满湖秋。

(二)

蟹屿螺洲万象殊，湖光山色信难图。
诗坛翁媪精神爽，歌满画船诗满湖。

登黄鹤楼 (新声韵)

滚滚江涛不尽流，悠悠往事涌心头。
东风肯与周郎便，烈焰甘从陆逊谋。
坝似雄关排恶浪，桥如玉带跨天沟。
三峡指日平湖现，神女凝眸绽笑讴。

登泰山玉皇顶 (新声韵)

登临天柱久凭栏，拂面金风爽气鲜。
秦汉封坛无字考，玄真御制有碑传①。
近观岱顶三峰翠②，遥望齐州九点烟。
跃上千寻盘险道，人生之旅又何难！

【注】
① 指唐玄宗、宋真宗。
② 指周观峰、吴观峰、秦观峰。

咏草海 (新声韵)

松坡湖面几摧残，大地春回复旧观①。
野鹤翩跹逐浪戏，扁舟荡漾载鱼还。
悠扬渔唱飘空际，浩渺烟波映眼帘。
游客欲知沧海事，蓝天弯月愧高原②。

【注】
① 蔡锷，字松坡，率领护国军讨袁时路过贵州威宁草海，民众
　为纪念这一历史壮举，遂改草海为松坡湖。
② 民谣："蓝蓝的天空弯月亮"。这里指"文革"中贵州省两
　任革委会主任（蓝亦农、李再含）挖干草海，破坏生态环境
　的错误。

咏茶 (新声韵)

天地精华碧叶藏，栖身大野不张扬。

久融云雾三春色，广储溪峰四季芳。

唯有砂壶知底蕴，犹须玉碗酿奇香。

人生快意同茶道，漫品清风韵味长。

二〇〇三年冬贵州省诗词学会换届感赋 (新声韵)

吟坛换届喜成功，气爽天高叶正红。

试创新词炉火旺，普及今韵果实丰。

黔灵利剑击邪恶，富水清音颂俊雄。

国粹弘扬肩重任，小康建设挽雕弓。

丙戌新春试笔 (新声韵)

几度红梅几度春，诗坛联苑起风云。

巍巍苗岭吟旌舞，浩浩乌江咏浪奔。

革故激流连九域，创新步履撼千军。

今声今韵歌时代，继火传薪赖后昆。

参加清风诗社新年联欢感赋 (新声韵)

一唱雄鸡破晓寒，轻车赴宴乐陶然。

琼楼雅座邀吟侣，美馔珍馐奉玉盘。

翁妪咏诗添喜幸，宾朋举盏祝延年。

雪飘梅绽迎春到，何日山林再聚贤①。

【注】

① 山林即贵阳市山林大酒店。

游北美千岛湖 (新声韵)

桂月泛舟千岛湖，斜阳枫叶彩霞舒。

黛螺倩影湖中漾，古堡雄姿云际突。

汽艇乘风掀碧浪，海鸥拍翅戏金乌。

佳肴冰饮饶情趣，水色山光入画图。

永遇乐·庆党八十华诞 (新声韵)

遥想当年，熊罴纷扰，豺虎频窜。万里哀鸿，千村墨面，赤县多罹难。俄国十月，一声炮响，马列大旗高展。倚红船，英豪立志，誓将地狱翻转。　南昌火爆，井冈旗树，万里长征运腕。同心驱倭，三年歼蒋，朝旭光华灿。鼎新革故，珠还玉返，民富国强垂范。期新纪、层林尽染，万山赤遍。

水龙吟·一九九八年抗洪抢险颂 (新声韵)

巴山荆楚湘浔，更兼松嫩横流处。肆狂暴雨，倾盆倒泻，鲸翻蛟舞。浊浪排空，棚庐漂荡，崩堤无数。梦随风万里，撕心裂肺，苍穹破，谁人补？　亿万军民抢险，斗洪魔，擎天砥柱。并肩携手，舍身鏖战，沉浮自主。手足情深，友人捐献，万方援助。盼他年华夏，山川披绿，赐福黎庶。

渔家傲·游黄果树瀑布 (新声韵)

太浩滔滔深邃漾，天声滚滚山川荡。雾锁犀潭千叠浪。虹彩朗，丹霞似锦悬纱帐。　霞客漫游今古壮[1]，林公观瀑诗情旺[2]。海粟挥毫铭洞上[3]。穿洞望，飞流直下帘千丈。

【注】

[1] 明代散文家、地理学家徐宏祖，字振之，号霞客。

[2] 清代云贵总督、钦差大臣、民族英雄林则徐。

[3] 当代画家、书法家刘海粟，90 高龄游黄果树瀑布时题"水帘洞"三字铭刻洞口。

满江红·欢度五十八周年国庆 (新声韵)

四海三江，波涛奏、欢歌雅韵。欣九域、宇清泽厚，政通人奋。虎啸峡江高坝立，龙腾西藏财源滚。秋光里，任淌玉铺金，花如锦。　　振华夏，兴禹舜，求稳固，谋邦本。看和谐社会，雨调风顺。四季晴和生瑞气，三农丰裕发春笋。红旗下，愿似画江山，长绵亘。

水调歌头·咏六盘水市 (新声韵)

莽莽乌蒙岭，滚滚北盘江。杜鹃如火燃遍，竹海好风光。对峙钟山兀起，溢美桃园艳丽，古洞满琳琅。最是花场美，织锦地天长。　　流光转，新市建，任翱翔。"乌金"宝藏，独占半壁冠南疆。煤卷春潮澎湃，钢溅流星闪烁，风雅颂华章。水柏添新线。指日更辉煌。

沁园春·访桃花源秦人村 (新声韵)

　　胜境桃源，翠谷溪边，避乱秦人。见月田梭土①。荷花流韵；木楼竹舍，鸡犬相闻。女绣男耕，春茶腊酒，议事堂中歌舞频。民风朴，正洞天福地，格外销魂。　　渔郎晋代迷津，引世界贤达费苦心。有英伦莫尔，乌托邦岛②；康帕内拉，太阳城民③。更有欧文，带着五子，背井抛家北美拼④。皆空想，看今朝华夏，棋布新村。

【注】

① 农民称圆圆的田为月亮田，弯弯的土为梭子土。

② 指英国莫尔的名著《乌托邦》。

③ 指意大利康帕内拉的名著《太阳城》。

④ 指英国欧文到北美洲建立"共产主义新村"。

黄道平

　　（1900—1990），贵州省纳雍县人。曾任纳雍县政府科员。

送　春

　　一番花信一番新，才得迎春又送春。
　　流水光阴容易过，回头不是少年人。

催　耕

一声阳雀叫高枝，春到人间草木知。
但备犁锄齐动手，庄稼宜早不宜迟。

齐瑞端

女，1942 年生，湖南省湘潭市人。贵州省诗词学会同心诗社
副秘书长。曾任贵州教育学院职教分院院长。

望江南·花溪

花溪好，河畔共流连。坝上桥头寻妙句，牡
丹园里定姻缘，能不梦魂牵？

雨中游庐山如琴湖

如琴湖水起轻烟，半湖倒影半湖天。
箐雨披蓑游不断，庐山不负景中仙。

黄锡崧

1929 年生。曾在安顺地区童教院工作。安顺市诗词楹联学会会员。

丁亥岁末迎春诗会即兴

斯文聚会倍相亲，短令长歌韵味醇。
曲颂胡温临险地，诗讴党政顾灾民。
冰溶万里清污垢，雪化千峰扫俗尘。
试写残梅魂一缕，呼红唤紫共迎春。

癸未秋游红岩水库晚钓

日落红岩把钓竿，晚风习习觉衣单。
少年未解丝纶手，老任旁人带笑看。

黄壁光

1933 年生，布依族，贵州省罗甸县人，退休干部，曾任罗甸县人大副主任等职。中华诗词学会、贵州省诗词学会、黔南州诗联学会会员。著有《心话吟草》。

"小七孔"壮观

茂兰雨后绕晴岚，绿水清波缀景观。
瀑布带云倾谷泻，林园听鸟隔枝谈。
鸳鸯湖里轻舟泛，龟背山头爽气旋。
更有卧龙掀碧浪，迷人仙境不思还。

萧　华

（1916——1985），江西省兴国县人。曾任中国人民解放军总政治部主任，全国政协副主席。有诗集《万水千山只等闲》。

长征组歌 （摘录）

苗岭秀，旭日升。百鸟啼，报新春。遵义会议放光辉，全党全军齐欢庆。万众欢呼毛主席，　　马列路线指航程。雄师刀坝告大捷，工农踊跃当红军。英明领袖来掌舵，革命磅礴向前进。

萧 齐

1920 年生，贵州省湄潭县人。湄潭中学高级教师。湄潭县诗词学会、遵义市诗词学会、贵州省诗词学会会员。合著有《湄江四友集》。

悼陈光型同志①

一代天骄烈，当歌泪涕多。
坚怀三反志②，勇斗两残魔③。
就义沉溟底，捐躯重岱阿。
舌锋摧敌焰，浩气撼山河。

【注】

① 陈光型，湄潭县永兴人，中共党员，1940 年被国民党特工逮捕，审讯时大骂反动派被割去舌头，杀害后复沉入湄潭深潭。
② 三反，指反对帝国主义、封建主义和蒋介石的反动统治。
③ 两残魔，指国民党特工组织中统和军统。

萧开铭

笔名萧渊，1942年生，贵州省修文县人。在部队、工厂、机关从事文艺宣传工作。中共贵州省委机关诗书画研究会理事，省诗词学会会员。

乌江哨兵歌

桥头一哨所，战士频巡逻。背靠千重岗，面临万顷波。晨晖双手捧，晚露一肩托。胸有天职在，志豪常枕戈。　桥头车似水，江面船如梭。岗卡屹双哨，道钉铆一颗。笑迎四海友，喜送五洲舶。心随车轮进，脉同时代搏。

萧文俊

1936年生，贵州省凤冈县人。师范学校语文科高级教师。中华诗词学会、贵州省诗词学会、遵义市诗词学会会员。凤冈县老年大学诗词班教师。编有《元曲谱》。

穿阡湖晚霞

柳绦悬落日，湖面泛金霞。
谁搅涟漪梦，扁舟网满虾。

游上海

喜乘黄浦旅游船，仰看大桥云汉悬。
登上明珠观夜景，望中星斗满人间。
两滨广厦流荧闪，十里洋场信步闲。
耻辱曾遭人比狗，华灯今照五洲天。

游遵义凤凰楼

拾梯瞻望凤凰楼，八面群山眼底收。
入目森林连广宇，凭栏爽气瞰金秋。
千寻宝塔银光闪，一座名城湘水流。
玉砌台阶围古树，暮临门外小车稠。

萧锡义

1955 年生，贵州省金沙县人。中华诗词学会会员，毕节地区乌蒙诗社社员。著有《古椿庐吟草》。

清平乐·错栽花木

青山踏遍，未把真容辨。壑谷移来栽小苑，昼夜施肥浇灌。　　终年不见芳菲，全身尽长毛锥。费我辛劳无数，仰天空诉伤悲。

定风波·追悼恩师陈兴全先生

自幼心高向碧云，行从面壁业攻文。九失天机追旧梦，沉重，盘陀路险履风尘。　僻壤倾心施教化，佳话，兰香万缕感殊恩。燃尽松脂寻小影，方醒，无灯无焰影何存。

卜算子·单厢恋

薄雾拂红裙，胜比天仙俏。步响金莲散异香，谈吐涵精妙。　辗转夜难眠，梦断荒鸡吵。漏尽更残直晓天，欲逐行踪渺。

踏莎行·扔草鞋

满裤沾泥，周身透汗，草鞋鼻子逢中断。青藤幸好路边生，扯来脚上缠三转。　百里遥程，行还未半，后跟两耳全盘散。忍从石畔向天抛，自言无此无忧患。

曹 可

学名曹安福，1936 年生，贵州省遵义县人。安顺市教育局退休干部。安顺市诗词楹联学会会员。

咏神舟五号载人成功

唐画飞天美梦酬，银河放眼荡神舟，
驭船利伟蟾宫访，捧酒吴刚贵客留。
四海惊奇皆赞叹，九洲腾沸共歌讴。
群英航宇辉煌铸，科技兴邦国势优。

访平坝县芦车坝村

摘瓜记否门当午，滴灌叮咚苗下土。
摩托田中送午餐，芦车人笑不愁苦。

木城河

木城河畔钓翁忙，岸竹青青伴蔗黄。
月月红开布依寨，诗朋雅会咏声长。

曹如人

1946 年生，浙江省宁波市人，贵州省诗词学会会员，贵阳市花溪区诗词学会常务理事。

花溪即景三首 （新声韵）

（一）

小溪静静入幽冥，拂柳分花岸上行。
惊吓鹅鸭拨水去，蛙鸣蝉噪一时停。

（二）

清浅一泓漫野流，柳行遮岸憩白鸥。
青萍浮碧停兰棹，赤脚渔公钓小舟。

（三）

吹奏芦笙脚不悼，后合前仰醉温情。
红绸系在郎身后，苗女盈盈款步行。

花溪垂钓 (新声韵)

翠掩烟溪静静流，绿条风舞戏苍头。
敢评尚父搏名利，不爱鱼儿咬钓钩。
双眼微眯思绪动，灵魂出窍信天游。
忽吟好句拍膝腿，惊走渔翁避远洲。

老农回答 (新声韵)

(一)

儿辈打工去广州，娇孙嬉戏绕膝头。
耕田业已包人种，养老安心不用愁。

(二)

翠谷人家草木幽，旅游胜地近山沟。
土田已被征拨去，河畔出租载客舟。

梅宗乔

1921 年生，贵州省镇宁县人。黔西南民族师专副教授。贵州省诗词学会会员，黔西南州诗词学会名誉会长。著有《横窗诗词稿》《垂耋杂咏》。

赞贵州醇酒厂

久闻旨酒名天下，有幸今朝临酿池。
试酌犹沾金玉液，重觞似读隐归诗。
涓涓流水出泉后，袅袅烟云起岫时。
倘使陶公今尚在，闲情必赋贵醇辞。

初春至昆明

几点寒梅喜报春，昆明景色最超伦。
平畴视远云天阔，城郭氤氲气宇新。
浩浩滇池无激浪，嚣嚣鸥鸟会亲人。
市廛繁茂今非昔，全赖中央指要津。

咏　菊

不须沃土不须盆，抱着巉岩永扎根。
赢得秋英撑傲骨，甘随寂寞向黄昏。

清城十五夜对月

团团皓月下林端，客子衣单渐觉寒。
寄语姮娥珍重也，夜深慎勿倚栏杆。

读《王冕传》寄科模学长

九里山头结草庐，池塘桑树白云居。
思君磊落同王冕，风月佳时好读书。

小园南瓜渐熟

挖得园畴临小窗，柴荆苦竹作篱墙。
晚凉始觉躬耕好，伫看南瓜渐渐黄。

题梁翁崖涧诗草

梁翁居显位，勤劬乃公仆。
芒鞋过涧溪，日晚农家宿。
夜雨春草生，晨起写丘谷。
岁暮集鸿篇，清音发幽竹。

龚力新

字艾人，号冷焰山，又号擎天一柱。贵州省剑河县人。侗族。贵州省诗词学会会员。

山溪泥娃

赤身憨笑野山娃，遍体泥浆只露牙。
一吼颠狂扎水去，摇头摆尾似鱼虾。

龚开国

1932 年生，贵州省仁怀市人。副教授。遵义市诗词学会理事、《播风》诗词编委。

述　怀

人前从不说蹉跎，伫立苍茫对逝波。
劣马嘶风迎晓日，扁舟搏浪驶长河。
剑磨十载锋芒利，诗诵三年韵味多。
斯势斯时斯境遇，且行且舞且高歌。

龚安和

侗族，号石磷，1921 年生。贵州省天柱县人。小学高级教师。黔东南州诗词学会、天柱县诗词学会会员。

吾　庐

吾庐柴架坐峰巅，翠竹苍松两侧边。
夜卧榻听溪逝水，晨凭栏望谷炊烟。
闲跟孙子学京语，兴到书轩咏杜篇。
不慕雕楼白玉宇，韶华一样享天年。

崔国恩

1928 年生，河南省叶县人。贵州省经贸厅离休干部。贵州省诗词学会会员。

老年大学述怀

生在贫家苦雨天，读书无望自扬鞭。
投身革命歼敌寇，耄耋方得进校园。

国庆怀战友 (新声韵)

血洒烽烟路，胸怀主义真。
而今花烂漫，长忆献身人。

盛郁文

1920 年生，浙江省浦江县人。毕节地区诗词楹联学会会长、《乌蒙诗刊》主编。

渔歌子·海南行

玉带滩

玉带滩头踏软沙，自开蹊径去斜斜。寻贝壳，擘蒹葭，一声惊起海鸥哗。

港　口

十里扳罾港口铺，快心莫过事渔鱼。颁诏策，谢唐虞，近来水面已蠲租。

东山岭

直上东山第一峰，无须屐齿印行踪。乘索道，趁天风，衣襟摇曳破霞虹。

天涯海角

一柱南疆九仞昂，殒情佐证索谁偿？因妾死，为郎亡，海天尽处两鸳鸯。

台湾村

　　陌路交加信亦缘,分杯传著侑村前①。椒酒熟,
豆羹鲜,只谈风味不谈钱。

【注】
① 村口设有免费献酒服务点。

日月湾海门

　　雪阵银山百尺高,湾沉月暗雁飞逃。钱弩射,
伍旗招,路人都解海门潮。

南湾猴岛

　　拥树攀藤不自安,性因懒惰便疏顽。偷柚橘,
住笼樊①,南湾正适挚南冠。

【注】
① 岛上设有猴子拘留所一幢。

南山海上观音

　　彼岸菩提海上山,三尊一体欲摩天①。迎北客,
擢南船,远游到此好参禅。

【注】
① 南山海上的观音塑像为一体化三尊,其高度达 108 米。

南山洞天

辟洞开山八百年^①，丹台药灶却依然。披月帔，
着星冠，可知方士早升仙。

【注】
① 南山洞天具道家人文景观，建于宋代，距今已八百余年。

亚龙湾

滩逆汀湾六月寒，三千泽薮老龙潜。鳞错落，
首蜿蜒，飞腾留向九霄看。

章　铭

辽宁省沈阳市人，镇远电大副教授。贵州省诗词学会、楹联
学会、黔东南州诗词楹联学会会员，镇远县楹联诗词学会理事。

咏青龙洞 （新声韵）

峭壁悬崖挂寺楼，巍峨雄伟历千秋。
雕梁画栋玲珑巧，宝顶飞檐色彩柔。
古刹悠悠遥望美，藤萝冉冉绕缠稠。
依山傍水形别致，巧夺天工壮九州。

板滩秋色 (新声韵)

板滩秋日景堪夸，煦煦和风绽百花。

水畔黄莺啼翠柳，塘边碧草跳青蛙。

坡前稻谷金光灿，陌上梨瓜香味佳。

远眺山乡图画美，高冈野岭尽芳华。

章士元

1931 年生，江西省余干县人，离休干部。贵州省诗词学会顾问，安顺市诗词楹联学会名誉会长。

看《无悔的选择从赣东北到黔中》稿后感赋

进　军

昨夜鄱湖月，今晨梦泽风。

明朝何处去，战纛指黔中。

磨　练

跨过艰辛路，又登风雨楼。

征途多曲折，壮志不言愁。

商开国

1951 年生，贵州省贞丰县人。贞丰三立中学教师。

江城子·赠台湾令狐省吾先生 (新声韵)

乡思一片渡重洋。者相场，未能忘。育秀兴学，耿耿热心肠。为勉晚生登院校，兴教化，慨倾囊。　　松山鹤韵绕华堂，寿期颐，世德长。子孝孙贤，兰桂满庭芳。何日峡平云岸阔，来往便，任徜徉。

商奉先

1928 年生。贵州省赤水市人，曾任黔西南布依族苗族自治州畜牧局副局长。黔西南州诗词楹联学会常务理事。

遥瞰万峰湖 (新声韵)

放眼浮云外，万峰天际开。
长空翻碧浪，滚滚入湖来。

题咏马岭峡谷瀑布群

天开峻岭多奇景，地裂险峰一线天。
峡谷高垂五里幕，悬岩倒挂九龙泉。
瀑声隐隐如雷动，滴雾蒙蒙似散棉。
更有落晖看不尽，断梁秋竹上寒烟。

秋游马岭峡谷

初晴游峡谷，一望四山清。
巨瀑从天降，长虹映日生。
伫观岩画美，坐听草蛉鸣。
夕照东峰紫，归来步履轻。

商学庸

1924 年生，贵州省思南县人。黔西南州民族师范高等专科学校退休教师。中华诗词学会、贵州省、黔西南州诗词楹联学会会员。《盘江诗刊》副主编。

鹧鸪天·赞兴仁

磅礴乌蒙峰万重，兴仁就在万峰中。金山黔省鳌头占，煤海神州二百雄。　　天漠漠，地蒙蒙，鬼方岂是久边穷？双金开发高科技①，且看腾飞小蛰龙。

【注】

① "双金"指黄金与乌金。

痛吊邓公

特色中华正奋飞，长空万里尽霞晖。

那堪动地哀音起，忍见惊天巨斗摧。

滚滚寒流九域悼，滔滔泪浪万民悲。

丰功伟绩千秋史，忠骨沧波共日辉。

万峰林传

乌蒙尾崛万峰雄，列阵夜郎百里中。

拔地擎天来远古，叱烟咤雾幻遥空。

千秋索寞云龙蛰，此际飞腾风虎从。

农业旅游堪示范①，平畴碧落两恢宏。

【注】

① 峰林下的万顷田园，经国家定为农业旅游示范点。

梁 东

1932年生，安徽省安庆市人。中华诗词学会顾问，诗教委员会副主任。著有《好雨轩诗草》。

鹧鸪天·凉都

大地乌蒙山外山，雄关驿道走龙蟠。夜郎故地飞神韵，村寨今宵不夜天。　风习习，水潺潺，蒸腾暑伏却轻寒。左思只及《三都赋》，留得凉都今日看。

凉都乐

京城难过桑拿天，又陷空调不夜眠。
抬脚轻飞六盘水，凉都清润乐无边。

贺六盘水建市二十周年

南国春风里，高原处处金。
千株银杏树，万亩傲霜林。
墨海连澄宇，蟾宫展玉轮。
天生桥上月，惹得世人惊。

梁　新

原名国柱，湖北省荆门市人。中华诗词学会会员，贵州省诗词学会理事，黔东南州老年诗社副社长、《霜枫诗刊》主编。

潕阳河二首

（一）

蓊郁山间现彩楼，桃花林下几渔舟。

水晶盘上奇峰起，幽美宜人好逗留。

（二）

潕阳风景久萦思，曲水巉岩百样姿。

最是沉凝绿一片，天然朴素惹人痴。

梁　瑜

女，1939 年生，贵州省贵阳市人，贵阳市商务局退休干部，经济师。贵州省诗词学会、贵阳市诗词学会会员。

纪念毛泽东诞辰一百一十周年 （新声韵）

导师华诞百十年，无量功德代代宜。
嘉语懿行昭后辈，文韬武略胜前贤。
情真韵雅诗词美，凤舞龙飞书法妍。
哲史政军何不晓？甘将心血为国捐。

贵阳林城赞 （新声韵）

山清水秀鸟啁啾，生态平衡万物稠。
绚丽墅楼银灿灿，葳蕤草木绿幽幽。
清凉气候宜居住，锦绣公园适旅游。
旖旎风光天造化，林城美景放歌讴。

游东风镇云涧香格里拉①

白云深处隐楼亭，峻峭山峦岚气蒸。
丽水潺潺绕幽径，凉风阵阵乱飞蓬。
河中游艇拖银带，林内牧童吹玉笙。
云涧风光若仙境，三生有幸赴斯行。

【注】
① 地处贵阳市乌当区以东。

梁天森

1946 年生，贵州省黔西县人。中学教师。中国企业文化促进会会员。

咏　梅

荒山寻雅兴，旷野有知音。
笑傲迎冰雪，高标铸国魂。
青枝藏碧玉，疏影映晨昏。
爱晚催春秀，幽香浸远村。

梁云星

1932 年生，贵州省赤水市人。赤水市诗词学会副会长。

太极东流

留元太极自然优，曲曲弯弯一水流。
东有荷池花并蒂，西连畔水叶当舟。
阴阳润合生千物，天地调和富九州。
自古开城三世纪，和谐盛意乐春秋。

梁化政

1931年生，侗族，贵州省玉屏县人，曾任印江县县长、玉屏侗族自治县人大常委会主任等职，铜仁地区诗词楹联学会理事，玉屏县诗词楹联学会会长。

赠龙溪诗友 （新声韵）

轻车熟路访龙溪，诗友情深百感集。
送宝传经何以谢，来年迎驾夜郎西。

梁正吟

笔名正沧桑，号云石山人，1940年生，贵州省绥阳县人。铁路退休干部。黔南州诗词楹联学会副会长，《黔南诗联》副主编。

端午节汨罗怀古

屈子含冤赋楚骚，汨罗千古恨难消。
江关雾漫弥沧浪，泽畔忠魂何处招。

三十五岁初度

当信年华若水流，古稀瞬度半春秋。
乘风海燕腾云浪，展翼鲲鹏搏斗牛。
冰锁悬崖梅更俏，花飞漫野岁方稠。
昆仑雾重多雷雨，血煮丹心献九州。

拜读柯健吟翁《书剑吟》感赋

柯老琼章《书剑吟》，浑成巨卷亮丹心。

江山兴废鸿留迹，德艺昭彰鹤立群。

八九沧桑风范著，七三岁月史诗存。

挑灯拜读思量久，彪炳黔南独羡君。

沁园春·香港回归

午夜钟鸣，声震环球，浪涌香江。看神州域野，山欢水笑；人寰世纪，虎跃龙骧。宝璧完归，金瓯璀璨，两制辉煌共一邦。丰碑屹，鉴皇皇史册，日月昭彰。　　而今国运兴昌，忆往昔悲歌怒满腔。恨清廷腐弱，卑躬屈膝；英伦霸甚，掠地吞疆。民卫尊严，血湔奇辱，迭起风云壮莽苍。天开眼，竟荣观大典，奋赴康庄。

（1997 年 7 月）

梁光华

贵州省独山县人，1955 年生，黔南民族师范学院原院长，现书记。黔南州诗词楹联学会名誉会长。

咏桥城

西卧翠林藏笑语，东迎红日响钟声。
北飘玉带彩虹秀，南望腾龙紫气生。

观　海

远望蔚蓝浩渺平，近观翻滚浪波腾。
百川汇聚成其瀚，万壑兼容孕厥泓。
日月兴焉星汉灿，雷飙狂矣海山崚。
汪洋恣肆心胸阔，问鼎龙宫意志恒。

黔南民族师范学院九天行健

蓝图磅礴杏坛卷，紫气充盈魅力阆。
剑水潜龙灵杰地，莲山卧虎物华天。
弦歌阵阵李桃硕，诗赋声声翰墨妍。
行健九天文理旺，英才辈出涌流泉。

谨步丁翁惠赠之韵

经纶满腹老吟翁，敢赋微言奉拙衷。

游泳洞庭风雨里，徜徉剑水简编中。

东山茂盛诗词秀，南岛欣荣桃李崇①。

室雅宾朋贤达集，花香馥郁沐春风。

【注】

① 丁老居文峰园寓所社区，旧名海南岛。

鹧鸪天·赠蒙秋明

牛气冲天剑水滨，莲山灵杰杏坛春。蓝图初展闻秋实，恋恋依依泪送君。　　临别酒，肺腑心，冰清玉洁谊长珍。遥看金筑前程灿，无限风光桃李殷。

梁成滢

布依族，1921年生，贵州省望谟县人，中学教师，中华诗词学会、贵州省诗词学会会员，望谟县诗词学会副会长。

出席贵州省诗词学会第五次会员代表大会感赋

欣幸盈怀晋省垣，骚朋聚会乐骈阗。
恭聆雅士铿锵韵，心赏名家壮丽篇。
国粹弘扬同擘划，诗风改革共钻研。
黔灵玉笛垂千古，苗岭清音荡永年。

修志抒怀

夕阳苦短紧加鞭，弥补磋砣数十年。
何以残生学恋栈，只因余热可添砖。
编修史志光前业，辑录诗词启后贤。
吐尽春丝安息日，庶几无愧对元元。

古稀吟

振奋精神跨古稀，频频起舞听鸡啼。
宝刀不与人同老，长发寒光射太虚。

临江仙·国庆寄语台湾同胞

佳节情怀无限，金瓯尚缺堪思。如何补缺复圆兮，匹夫应有责，奋起莫迟迟！　　寄语台澎乡老，忍心骨肉分离？悠悠岁月苦相思，故乡明月在，归速盼时时。

梁远德

男，1948年生，贵州省遵义县人。曾任遵义县审计局副局长、人民法院副院长。遵义市诗词学会会长。

苦　吟

每赋诗词下笔难，难裁平仄半宵寒。
十年磨剑不辞苦，百炼佳篇出自然。

访四在农家感赋

和风细雨润村庄，绿水青山绕画堂。
行览园田铺翡翠，塘鱼追尾闪鳞光。

梁振中

1933 年生，河南省通许县人，离休干部。贵州省诗词学会，黔东南州诗词楹联学会副会长，著有《诗影杂集》《心语》。

山村见闻

千家苗寨景清幽，坡半修篁玉宇楼。
羊壮鸭肥豚满圈，陂塘鱼活竞争游。
牧童归晚横牛背，悦耳玉笛下陵丘。
户户增收逾万数，家家仓满似山头。

梁隆芳

女，1936 年生，贵州省镇宁县人，回族。中华诗词学会、贵州省诗词学会、安顺市诗词楹联学会会员，镇宁县诗词楹联学会常务理事。《瀑声》诗刊编委。

西江月·赞开国领袖毛泽东

领袖功勋卓著，心中牢记工农。武装起义斗顽凶，革命洪流汹涌。　　北战南征奋进，除奸逐寇冲锋。"三山"推倒日升东，伟业千秋歌颂。

望江东·赞武警抗击冰冻灾害

严酷寒天气温降，路积雪，交通挡。城乡断电夜无亮，赞武警，争先上。 消除凝冻朝前闯，路通畅，灯花放。为民解困赞歌唱，品德好，雄心壮。

彭成文

1931 年生，贵州省叙永县人。赤水市交通局离休干部。贵州省诗词学会、遵义市诗词学会会员，曾任副会长及省诗词学会上届理事。著有懋涛心潮诗集三册。

自　嘲

飞黄腾达总无缘，甘愿终生守砚田。
烟酒少沾遭白眼，诗书多爱惜花钱。
咬文嚼字勤开卷，琢句敲辞咏大千。
面对荣枯知得失，不攀富贵不谋权。

沁园春·吟坛

赤县吟坛，白手兴家，十又七年。仰群翁众友，呕心沥血；全神贯注，四海求贤。春夏秋冬，寒来暑往，百计千方去化缘。敲诗稿，为寻章摘句，甘受熬煎。　　提倡苦学勤研。自唐宋、追踪到昨天。剖投函千卷，精挑细选；存优去劣，效法青莲。俗子凡夫，名流雅士，墨客骚人齐向前。歌盛世，为弘扬国粹，奋勇争先。

彭奠基

1930 年生，贵州省大方县人。曾任党史及县志编辑。中华诗词学会会员，乌蒙诗社社员。

桑　榆

日燥枝头露早晞，炊烟初上远山微。
风光莫过桑榆晚，正是余霞烂漫飞。

赞洪坤同志①

屈指数流年，居官四十三。
舟中常苜蓿，身上旧衣衫。
造福民为首，清廉己在先。
终当心不易，香浦誉贪泉②。

【注】

① 洪坤同志系 20 世纪 90 年代大方县退休老县长。

② 香浦，水名，亦称"石门"。在广东南海县。世传凡饮之者
其贪心无厌。晋吴隐之性廉洁。过此，酌而饮之，并赋诗曰：
"石门有贪泉，一酛重千金。试使夷齐饮，终当不易心。"

瞻奢香夫人墓感赋

瞻仰奢香墓，情牵扯勒人^①。
刊山连九驿，息甲静边尘。
国统山河固，政勤黎庶亲。
诰封承顺德，功绩匹谁伦。

【注】

① 扯勒：彝族古代六祖分支的恒部后裔。

斯信强

　　1945 年生，浙江省诸暨市人。曾任贵州省六盘水市地方志办
公室主任、编审。中华诗词学会、中国楹联学会会员，贵州省诗
词学会常务理事，六盘水市诗词楹联学会会长。

乡　关

此身何地觅根源，百代稽山有祖田。
父客滇黔避胡马，我游京冀务科班。
萍踪半世边城驻，儿信三秋异国传。
世道升平人敬业，寰区无处不乡关。

六十初度卸任有感

代谢原知今古同，意归平淡自从容。
登峰时眺心神爽，把卷漫吟兴味浓。
只为气平多善饭，岂因发白便称翁。
老天假我百年寿，一样拈花笑惠风。

学传统诗词感赋

少耽佳句慕唐风，刮索枯肠为韵工。
未得骑驴游灞上，只赢题凤在门中。
几经诗外沉浮事，始识辞间造化功。
传统精华堪绍续，古枝新卉映葱茏。

水城天生桥

重游原不为伤秋，但访名山播五洲。
发短鬓斑腿犹健，谷深路险兴弥稠。
胜花红叶妆山媚，似水蓝天映涧幽。
临顶敞襟云里笑，人间底事足牵愁？

寄友人

筵前初会失殷勤，客舍长谈竟夜深。
见识略同兴废事，往来共厌巧乖人。
试琴偏向青衿友，觅路羞随肥马尘。
蛰伏蓬蒿信难久，大潮一遇上千寻。

登韭菜坪

绝顶宽平气势雄，君临八极帝王风。
北西日出南东雨，数省烟云一望中。

水调歌头·史德

　　尝慕董狐笔，今续地方篇。画工勿学延寿，贿赂蔽芳颜。回复明妃真貌，了却昭君宿怨，胆识寄毫端。太史踵刀下，我独惜斯冠？　航程正，路线定，国平安。幸逢盛世修志，稿积不容闲。人有亲疏恩怨，事涉褒誉贬损，提笔重如山。每至疑难处，毋忘效前贤。

悼志友

　　撒手去人寰，回眸应笑慰。生命溶字里，业绩昭后辈。中华文化树，方志常拥翠。但以心血浇，力瘁无羞愧。人生能几何，精神最可贵。文章千古事，利禄旨小惠。有幸作史官，肯言时运背。都云修志苦，谁解其中味？壮哉严成昌，志界树旌旆！美名传久远，永诀何须泪。

沁园春·六盘水建市二十周年

矿涌乌金，炉沸红云，新市繁华。喜长车鸣笛，八方货畅；宽街溢彩，四季客盈。银杏果丰，翠篁馨远，彝寨苗乡竞举觥。蓦回首，忆当年会战，意绪难平。　　寒山苦雨连营，聚地北天南十万兵。赖森璕踏探①，蓝图初绘；小平莅视，大计终成②。手镐油灯，韶华赤胆，赢得"煤都"赫赫名。人未老，趁良机再赐，更创峥嵘。

【注】

① 森璕：最早探明六盘水矿藏的地质学家乐森璕。
② 邓小平 1965 年 11 月视察六盘水矿区。12 月提出要把六盘水建成以煤炭为中心的工业基地，逐步改变"北煤南运"的局面。

西江月·乌蒙汉子

裤腿宽堪容斗，笑声宏可惊牛。远来场上欲何求，但饮三斤土酒。　　趔趄归家路上，山歌不绝于喉。浑无文采却风流，惹妹痴迷回首。

忆江南·凉都好

（一）

凉都好，气候最宜人。羽扇不摇风自起，清宵长梦拥罗衾。九夏似三春。

（二）

凉都美，四壁簇峰丛。黛髻碧螺呈百状，双
钟扑地峙西东。城在画图中。

（三）

凉都韵，品位数盘江。壁立千寻多野犷，峡
长百里有飞梁①。景不让瞿塘。

【注】
① 北盘江峡谷栖息有国家一级保护动物黑叶猴，架有亚洲第一
铁路高桥——北盘江大桥。

葛大庆

1953 年生，贵州省仁怀市人。小学高级教师。中华诗词学会、
贵州省诗词学会、遵义市诗词、楹联学会会员。仁怀市老年诗联
书画研究会理事。

龚家沟访岗子故里

乡村屋陋小窗幽，风过山垭拂袖流。
古木庭前怀旧梦，初蝉梨畔咏新秋。
炊烟话尽耕桑事，翠岫喜陪主客俦。
狗肉豆花呼满桌，真情融汇醉金瓯。

葛文甫

1929 年生，山东省濮县人。曾任六盘水市人民政府副市长、六盘水市人大副主任等职。中华诗词学会、贵州省诗词学会顾问，六盘水诗词楹联学会名誉会长。

抗战胜利六十周年忆国恨家仇①

每思国破与家亡，六十年来尚感伤。
对寇仇深深似海，中华奇耻耻难忘。
大伯赶集被炸死，二伯家中被刺枪。
二叔夫妇逃难走，中途抓回饮弹亡。
三百老弱关两处，熊熊火中尽遭殃①。
多少村姑遭凌辱，无数儿童失学堂。
百姓有家家何在？颠沛流离走他乡。
房屋家具尽烧毁，鸡鸭牛羊俱抢光。
每忆当年沉痛史，不由怒火满胸膛。
六十年来家国幸，国强民富奔小康。
可恨狂人不认罪，拜鬼出兵又嚣张。
永远牢记屈辱史，宜将冷眼看东洋。

【注】

① 家乡山东省濮县，1938 年春夏两度被日寇占领，实行"三光"政策。城内 320 位老弱病残妇孺未及逃走，被关押两处，推入火中活活烧死。

纪念淮海战役胜利

（一）

淮海从来战事多，当今一役创先河。
金陵王气消千尺，民国飘摇唱挽歌。

（二）

前总垂竿钓大鲸，包抄合击向西行。
蒋军阵脚纷纷乱，一仗歼敌两万名。

（三）

连克郑州与汴京，张公店又出奇兵。
势如破竹军威壮，淮海战功天下惊。

（四）

顶风冒雨又西行，巧引黄维进死营。
败将不知军入瓮，痴心妄想论输赢。

莲洲悼渡江战役牺牲战友 (新声韵)

永卧大江边，英名万古传。
献身酬解放，矢志换新天。
碧血三千里，悲歌五十年。
莲洲怀战友，清泪湿衣衫。

忆贵州解放初期剿匪斗争 (新声韵)

一声号令起风云，组建集团两路军。
横扫黔中千里地，江山从此万年春。

老兵心绪 (新声韵)

昔日枪声伴号声，赴汤蹈火铸长城。
抛头为解人间苦，一片丹心照汗青。

凉都感赋 (新声韵)

气温优势百城殊，盛夏炎炎酷暑无。
三九严寒天少有，嘉宾游罢赞仙都。

六盘水市新貌

依山傍水一新城，处处煤田处处金。
水柏内昆编组站，飞梭再织万家春。

葛里宁

重庆市巴县人，曾任赫章县人大副主任。中华诗词学会、贵州省诗词楹联学会会员，毕节地区诗词楹联学会理事。著有《赫章吟稿》。

桃花 (新声韵)

东君有意携春来，百树千花灿烂开。
解语羞人人尽醉，凝香陌上久徘徊。

白梅花 (新声韵)

暗香浮动不禁风，嫩叶柔条立绿丛。
韵胜格高和靖赞，不施粉黛用天工。

赫章水塘森林公园 (新声韵)

葱茏绿草入眸青，树密林深蝶羽轻。
石库涟漪金凤戏，玉杉摇曳画眉鸣。
竹桥围抱亭娟秀，木栈环回水透明。
借问蓬莱何处有，公园指点胜瑶琼。

金凤湖 (新声韵)

金鸡倩影入空濛，蝶舞蜂鸣淡淡风。
偏是夕阳无限好，落霞倒映野花红。

小城夜 (新声韵)

登上高楼赏晚风，繁星似落满城中。
千灯溢彩千灯熠，十里流年十里通。
麻友围桌无倦意，歌星演唱自雍容。
深宵人倦朦胧睡，梦到巫山第几重。

苗村 (新声韵)

秋到苗村风景殊，路人陌上忘归途。
淡霞一片荞花艳，素藕盈塘锦鲤浮。
酒庆丰年歌盛日，诗讴尧世舞山珠[①]。
风情万种黄昏后，绿女红男识面初。

【注】
① 山珠：苗族原生态舞蹈滚山珠。

葛显威

笔名怒涛，1923 年生，贵州省仁怀市人。从事教育工作，曾任中心小学校长、县志编委。遵义市诗词学会、贵州省诗词学会、中华诗词学会会员。仁怀市老年诗联书画研究会顾问。著有《怒涛之声》。

春日茅台即景

近市楼头小驻留，赤虺浩浩接天流。
高标矗立层云破，小艇轻浮细浪悠。
酒气熏香千岫雾，波光漾绿几渔舟。
山河四顾春明媚，胜地茅台孰与俦！

卖花声·斥台独

滥调又重弹，违背人天。黄粱美梦似浮烟。肆意叫嚣台独立，病发疯颠！　　岛陆载青编，一脉相连。多年骨肉盼团圆。历史车轮谁阻挡，必堕深渊！

水调歌头·长江三峡截流成功

亘古长江水，激浪逐寒烟。两岸层峦叠翠，涛涌碧峰巅。更有巫山云雨，绮丽风光迷客，梦绕蝶魂牵，截流治洪水，高峡驶湖船。　　鸿图壮，惊人举，换江天。十年奋战，长堤石壁锁洪川。凭借高科新技，发电通航利稼，功力巨无边。祖国千秋业，伟绩耀青编。

春游感赋

四周春色妍于画，结伴郊游兴味赊。
红日逐开千嶂雾，东风吹暖万人家。
茸茸芦草铺青褥，灼灼桃花蔚紫霞。
触目浮思今与昔，天公造景信堪夸。

董庆云

1928 年生，江苏省江浦县人。贵州省、贵阳市诗词学会会员。

长想思

江水流，溪水流。流到南明甲秀楼，烟波碧
玉浮。　　天悠悠，地悠悠。世事沧桑永不休。
诗人楼上游。

董忠品

字信强，号枣山人，1944 年生，贵州省贵阳市人。中医主治
医师。曾任中国农工民主党贵阳市委秘书长。贵州省诗词学会会
员。著有《枣山闲韵》。

西江月·香港回归 (新声韵)

忍辱失群孤雁，伶仃海角飘舟。罗浮咫尺望
神州，如在天涯困久。　　震宇一声霹雳，翻新
世纪春秋。米旗落处霸权休，还我河山锦绣。

西江月·茅台行 (新声韵)

车近酒都微醉，街间醴浸飘香。盈河美酒美
名扬，依旧源源流淌。　　盛宴初开陶瓮，浓醇
满酌金觞。且邀明月问吴刚，思否家乡纯酿？

一剪梅·台江苗族姊妹节 (新声韵)

三月黔东底事忙？育了新秧，割了新糖。开坛米酒遍村香。树采红黄，饭染红黄。 一曲飞歌韵味长。彩裹银装，饰佩琳琅。芦笙木鼓舞姿狂。乐矣苗疆，醉矣苗疆！

沁园春·夏游百花湖 (新声韵)

古堡金锺，阵雨初晴，岸柳透凉。望烟溶巨浸，青峰缥缈；舟移浅影，碧水微茫。游艇逐波，惊飞野鹜，绕过蓝湾又水乡。三峡暗，伴蝉鸣蛙顾，恍若苏杭。 千年西子名扬，已换了高原淡淡装。更桂林山水，神工移饰；蓬莱仙境，青帝遗芳。俯仰山河，凭谁装点？灵巧勤劳手万双。人痴矣，在湖山深处，几阵醇香。

董宗柏

1941 年生，贵州省盘县人，曾任中国人民解放军兴义陆军预备役师副师长兼兴义军分区副司令员。黔西南州诗词楹联学会会员。

胡锦涛总书记视察黔西南农村有感

腊月二十九，喜鹊鸣翠柳。
迎着朝阳来，牵着民意走。
问暖又嘘寒，同饮三杯酒。
水笑山亦欢，共迎新乙酉。

顶效桃花节 (新声韵)

春归大地物生华，万亩桃花灿若霞。
昨日茅房今不见，洋楼小院是农家。

董宜彬

1929 年生，安顺市诗词楹联学会名誉会长。

学习胡锦涛总书记在西柏坡讲话随感

缅怀真理柏坡行，"务必"重温献赤诚。
治党遵行三代表，安邦开创两文明。
扶贫导富小康至，重教兴科大业成。
后乐先忧天下事，黎民永唱太阳升。

春游狮子山古寺

深山藏古寺，野雀伴闲僧。
晓日蒸岚气，煦风送水声。
入门观佛笑，侧耳听钟鸣。
泥塑木雕者，禅堂共废兴。

游杜鹃湖

一泓春水绕山流，两岸林深景物幽。
座座峰峦收眼底，行行诗句涌心头。
红黄紫白齐争艳，花鸟鱼虫竞自由。
晚岁悠然逢盛世，人民安乐我优游。

水调歌头·访友

西去两千里，访友玉溪城。卅年魂梦萦绕，一见互心惊。置腹推心叙旧，盛意留餐对饮，喜泪已先盈。小女一旁笑，老嫂更高情。　　人已老，牙先缺，目犹明。伤心话别，依依握手久无声。名利烟云早散，富贵荣华休问，淡泊自心平。别后常相慰，松茂柏青青。

蒋　鹏

1953 年生，湖南省衡阳市人。中华诗词学会、贵州省诗词学会、遵义市诗词学会会员。道真县诗词学会常务理事兼编辑。

丁亥重九

云开雨霁又重阳，纵目登高对莽苍。
远处飞声箫送韵，横空排字雁成行。
借山攻玉抒情志，移案埋头理翰章。
独爱新凉秋色好，一丛晚菊伴篱黄。

蒋正谊

1934 年生，贵州省兴义市人，黔西南州诗词楹联学会、晴隆县诗词学会会员。

晴隆采茶忙

鸦口茶山万亩岚，无污无染嫩芽鲜。
山峦回荡歌吟女，疑是云莺春闹欢。

蒋发忠

1942 年生，贵州省盘县人。盘县一中教师。贵州省诗词学会会员。

游盘县老厂竹海

惊欣老厂出奇观，竹海无边在眼前。
杂柏间松同翠绿，沿溪绕寨盖山川。
龙根雨润雄盘地，凤尾风摇势扫天。
酷暑严寒浑不管，葱葱郁郁绿波翻。

蒋孝余

字寓山，1942 年生，贵州省遵义县人，退休教师。贵州省诗词学会、遵义市诗词学会、遵义县诗词楹联学会会员。

登海龙囤

秋风涤荡古疆场，芜草萋萋漫大荒。
叠叠雄关依险踞，森森幽谷任鸢翔。
绣楼废址深埋怨，银瀑新声暗隐伤。
王气于今何处去，空留野史费评章。

读于右任《望大陆》

为葬他乡感慨长，伤情苦铸寄华章。
回肠荡气惊环宇，抢地呼天痛国殇。
未得归根诚抱憾，却存遗墨诉衷肠。
国开两制当欣慰，一统神州见曙光。

谒黎庶昌像

青须马褂一文宗，耸壑昂霄举世崇。
红叶飞觞流绝唱，莱茵照影伴孤鸿。
天高地阔雄才显，月朗风清赤胆同。
回首娇莺清啭处，春深桃李正葱茏。

江城子·赴山岔义务写春联

　　春风隔岁步东郊，柳舒条，杏含苞。十里平畴，处处泛新潮。一泻朝晖添异彩，人激奋，竞风骚。　　笔酣墨畅气凌霄。拟鸿翱，寄深交。索字纷纷，不敢怠分毫。国富民殷兴盛世，新政绩，德辉昭。

蒋应铨

　　1931 年生，四川省人，曾任贵州省经济干部管理学院院长。贵州省诗词学会常务理事，贵州大学诗词学会副会长。

工大校庆怀秦天真院长

　　贵工校庆四十年，学子英才数万千。
　　莫忘当初兴业苦，龙腾风蠹赖薪传。

赠青岩状元红馆开业

　　饭馆新开肴馔香，主人待客意情长。
　　青岩自古多名士，惠顾嘉宾誉四方。

蒋国尹

（1897—1971），字丹侠，贵州省盘县人。1925 年毕业于北京朝阳大学，抗战中曾任昆明远征军上校机要秘书。著有诗文集《昌言录》。

抒　怀

万方多难苦无之，盘地归来恨我迟。

欲向文公征序送，自曾处士赋相知。

凤鸣小憩心安乐，豹隐深情志在诗。

穷达莫凭天有命，英豪事业贵乘时。

咏菊花

（一）

炎凉阅尽在陶家，老干新枝斗丽华。

自有竹梅同气骨，故将春色让桃花。

（二）

俗卉凡葩已尽残，篱菊偏惯耐秋寒。

孤芳共赏须著眼，莫与春华一样看。

辛巳仲夏游水洞

寻幽我似少陵狂，游遍名山暗自伤。
风景不殊增感慨，衣冠渐改费评章。
何时横扫欃枪靖。逐日好归盘水藏。
偶倚仙楼涤俗虑，江流一览泻诗肠。

早　梅

数点梅花绽雪中，精神不与众芳同。
笑他群卉皆憔悴，唯我一枝独盛荣。
造化无凭春有讯，和风未至待为功。
飘飘玉立残冬俏，历尽冰霜气更雄。

游古盘响水星宿洞

秀甲黔阳不计年，云台高耸白云巅。
葱葱郁郁千寻树，冉冉霏霏五色烟。
淡林苍松欲拔地，高笼古柏直参天。
偶来步到林深处，便是蓬莱会众仙。

咏丹霞 (四首选二)

(一)

天南一柱白云封，万岭如偻拱拜同。

放眼乾坤收紫气，侧身宇宙傲苍松。

高楼直上仪鸣凤，大佛居中制毒龙。

潇洒出尘能本色，权将钢胆当晨钟。

(二)

翘首丛林路几重，扶摇直上且从容。

雷霆下殿频年扫，泰斗同瞻举世崇。

更老苍松栖白鹤，欲乘紫气会黄龙。

名山待我归来日，始算中原第一峰。

蒋承惠

女，1946 年生，贵州省兴义市人。曾任贵州省黔西南州发展改革局科长。黔西南州诗词楹联学会会员。

农家乐做客 (新声韵)

风轻云淡到农家，犬吠鸡鸣满院花。

最是主人情意重，一堂欢笑打滋粑。

卖花女

秋高气爽桂飘香，村女欣然巧扮装。
一篓鲜花香拂面，穿梭集市早销光。

蒋南华

1938 年生，湖南省益阳市人。历任贵州教育学院副院长兼学报主编，贵州省社会科学院院长、教授。贵州省诗词学会顾问，省文史研究馆特聘研究员。著有诗词散文选集《月笼秋水耀金龙》。

韶峰青松

韶峰挺立一青松，饱览风光天下雄。
日照寒山披锦锈，月笼秋水耀金龙。
雷鸣万壑捶鼙鼓，电掣千岩走玉骢。
大地春回盈紫气，晨曦如酒醉东风。

北京奥运

盛世中华办奥运，五洲争插赛旗红。
健儿十万风云会，骁将三千龙虎功。
战鼓擂天催竞技，欢声动地赞群雄。
神州自古多英杰，夺锦频频奏凯风。

惜　别

兰台一别几经年，琴瑟生尘废管弦。

落月屋梁思玉色，暮云春树恋芳颜。

乡关久违相如面，洛水空留子建篇。

但愿湘灵腾凤驾，相期澧浦弄红莲①。

【注】

① 《西洲曲》："低头弄莲子，莲子清如水。置莲怀袖中，莲心彻底红。"

七夕牛女会

牛背横吹碧玉箫，机声低处怨声高。

情牵丽质魂先动，爱引秋波魄早摇。

玉露含烟期汉浦，金风带雨会仙桥。

精诚铸就三生愿，佳话千年赋楚骚。

卜算子·咏梅

季节正隆冬，暴雪弥天舞。雨剑风刀草木靡，万物凋零苦。　　吾不畏严寒，岂惧霜娥妒？心有灵犀喜著花，春在天涯路！

咏　梅

岁末骄梅屹野荒，疏枝倩影弄斜阳。
晚来风急催寒蕊，夜降霜飞送暖香。
雪压琼肌增丽质，冰凌玉骨倍刚强。
心蕾绽放红如火，辞腊迎春启众芳。

桃林春色

晴光焰焰胜朝霞，数顷桃林尽绽花。
蜂蝶低吟舞万树，莺鸠快语闹千家。
殷勤燕子争飘絮，清澈溪流伴影斜。
锦绣江山春作画，陶潜四处可桑麻。

蒋晓萍

　　女，1947年生，贵州省贵阳市人，腾龙酒店退休员工。贵州省诗词学会会员。

抗震救灾颂

老天肆虐逞淫风，传来噩耗似雷轰。
生灵涂炭阴阳界，总理动容抵震中。
灾区危难各方助，大爱温馨撼长空。
举国上下同一志，风雨之后绽彩红。

蒋海燕

（1919—2004），江苏省丰县人。曾任毕节地区行署副专员。贵州省诗词学会会员，毕节地区诗词楹联学会、乌蒙诗社顾问。著有《蒋海燕诗词集》。

清平乐·盼丰收

雄鸡唱晓，翁媪醒来早。步履惊飞枝上鸟，喜赞晨辉霞好。　　晴空万里鹰翱，稻田迎面香飘。遥望南山北里，今年穑事丰饶。

蒋焱昌

1928 年生，贵州省贵阳市人。高级工程师。安顺市诗词楹联学会编辑部副主编。

赞贵州公路发展

条条彩带绕群山，直上青云奔九天。
飞鸟不通成往事，连峰敢越换新颜。
桥联南北跨长堑，路贯东西开富源。
五十年来先后继。小康在望万家欢。

再游安顺龙宫

三月踏青何处是，龙宫好景莫蹉跎。
洞穿十里天池水，窗落一帘瀑布歌。
柳翠明湖闻鸟语，人行野径醉山阿。
老来更爱自然美，民族风情姿态多。

蒋德昌

贵州省毕节市人，毕节市烟草公司退休干部。经济师。

咏　竹

嵲谷淇园惯作家，虚心高节惹人夸。
根深不怕风摇动，竿正何愁日影斜。

渔翁乐

朝浴烟霞暮浴风，湖滨沿岸钓纶翁。
修身养性得康乐，稳坐鱼台好练功。

韩乐群

1933 年生，湖南省常德市人。贵州省歌舞团一级编剧。曾任贵州省楹联学会副会长，贵州省诗词学会常务理事、副秘书长，贵阳市诗词学会副会长。著有《刺梨蓬草》《山里山外》等。

祝贵阳关心下一代协会成立

春风化雨总相催，异卉奇葩次第开。
嫩竹还须勤护理，新松岂不赖培栽。
高原万里多佳壤，平舍千家有俊才。
但得园丁倾巨力，黔中辈出栋梁材。

织金云菇洞①

腾空一石万年惊，隐隐犹闻核裂声。
黎庶千家悲浩劫，宣言半纸救苍生；
挽澜且仗人民力，砥柱全凭大众情。
幻相长留堪警世，天公依样爱和平。

【注】
① 塔林洞厅有巨石如蘑菇云状，故名"云菇洞"。

飞云崖口占

信是黔东古洞天，萧森竹影枕流泉。

石坛凿凿松风冷，幽壑潺潺珠雨穿；

树老藤牵云一幄，崖枯霞结径千旋。

谁人取得通灵玉，巧垒奇峰驿道边。

施秉"喊泉" ①

百仞苍崖半壁天，洞幽漫出水涓涓。

潭深虎啸涵青玉，瀑泻龙飞吐紫烟。

樵叟惯登金顶路，渔郎误认武陵边。

云山着意迎游客，相竞高呼戏喊泉。

【注】

① 施秉城东七里，有"喊泉"，呼喊数声，则泉水奔涌，旁有"虎啸潭""龙飞瀑"。

施秉乡场所见

赤橙黄绿任纷陈，十里乡场十里新。

木鼓笙歌云畔市，水禽山果画中春；

熊腰溢彩金泥带，螺髻飘香蜡染巾。

更为风情添一笔，斜阳偏照醉归人。

龙宫漫兴

黔州信有神仙府，安顺龙宫第一奇。
洞涌琼浆三万斛，门悬玉树八千枝。
金戈铁马云旗舞，宝气珠光石幔垂。
一叶轻舟忘远近，人间天上总迷离。

咏龙门瀑布

石破天惊一斧裁，旌旗鼙鼓撼山来。
千寻彩练云间落，万树琼花壁上开。
凤舞瑶池飘玉带，龙腾宝阀挟春雷。
游人尽染珍殊雨，道是桃源洞里回。

参观鸭溪窖酒厂

熏风十里入柔肠，毕竟仙乡是酒乡。
灼灼碧桃花带醉，苍苍翠柏叶留香。
欲为华夏争荣誉，敢与茅台竞短长。
待到来年传捷报，举杯畅饮尽干觞。

采桑子·红枫湖中

(一)

真山真水春光好，稍胜西湖；又逊西湖，楼阁亭台总不如。　　烟波浩淼轻云淡，盘里明珠；盘外明珠，十万青螺入画图。

(二)

烟霞淡淡柔波嫩，山亦空濛；水亦空濛，无限峰峦晚照中。　　翩跹紫燕低飞鹭，人也从容；船也从容，半湖笑语半湖风。

卜算子·雨中黔灵

云向半江横，雨在群峰聚。九曲羊肠独上山，点点苍苔路。　　极目望春城，城在云深处。待到晴岚抹过时，尽是楼和树。

杨龙友三百九十年祭

我自凭栏吊大贤，双忠墓上草芊芊。
姑苏斗胆锄奸佞，山岛勤王挽铁弦。
广植芝兰盈秀野，宁抛碧血靖烽烟。
奈何一曲桃花扇，志士蒙冤二百年。

影片《少年犯》观后

如花似锦少年时，一步之差路也歧。
槛外悲凝慈母泪，窗中怨积楚囚衣。
病枝且待精心剪，化雨还需着意施。
怵目唏嘘情动处，家庭社会两深思。

游都匀尧林溶洞

半山残照半山风，探胜寻幽古洞中。
十二厅堂连宝阙，三千僧侣听疏钟。
云横栈道涛挝鼓，雾锁天桥雪压松。
更喜黔南添异景，小围寨外是迷宫。

韩达山

笔名含笑，字墨涛，1945 年生，贵州省绥阳县人。曾任中学校长。中华诗词学会、贵州省作家协会、贵州省诗词学会会员，遵义市诗词学会理事，绥阳县诗词学会会长兼主编，著有《笑吟》诗集。

颂侗族大歌

侗乡歌手隐深闺，多彩贵州竞芳菲。
天籁蝉声惊四海，青歌榜上捧银杯。

杭州湾跨海大桥

杭州湾上卧长虹，跨海架桥科技功。
惊叹环球居榜首，东方巨匠舞蛟龙。

富学美乐在农家

四在农家富梓桑，五通三改换容妆。
乌江水唱亲民策，娄岭人歌济世方。
黔北民居添画卷，新村典范谱华章。
春风几度柴门暖，泽惠三农步小康。

韩志先

1948 年生，四川省巴中市人。曾任贵州省总工会花溪疗养院办公室主任。贵州省诗词学会会员、贵阳市花溪区诗词学会理事。

春日郊游即事 (新声韵)

千峰竞秀壮尘寰，一水横流汇百川。
夹道山花妍大地，凌云白鹭舞长天。
游人点缀春如画，野老催耕忙似闲。
细雨霏霏滋万物，轻烟袅袅着吟鞭。

雪后登龙耳山 (新声韵)

山名龙耳傲苍穹，胜境天城造化功。
一眼清泉流乱叶，千寻怪石伴寒松。
雪留远岭半尖白，云漏斜阳一线红。
古树奇藤殊景在，仙乡何必到瀛蓬。

从军乐 (新声韵)

从戎投笔乐无穷，百炼千磨意自雄。
轮转梯旋三百次，摸爬滚打万千重。
群山瀚海收眸底，短讯长波入耳中。
无犯秋毫真子弟，情同父母数工农。

南江行 (新声韵)

卅九年前离故乡，魂牵梦绕转南江。

行车坐看峰峦翠，漫步常闻稻谷香。

朽树优生黑木耳，荒坡独育小山羊。

秦巴儿女多奇举，百里郊原着艳妆。

沁园春·瞻仰川陕苏区革命纪念地

蜀塞秦关，水碧山娇，赤炫绿柔。仰巴山胜概，红军壮举；梭镖血话，烈士风流。雾壑枪声，云林军号，多少英雄硬骨头。游击队，与山河同在，血染荒丘。　旌旗插遍神州。慰先烈当年壮志酬。喜苏区史馆，丰碑屹岭；巴中市镇，岗翠扶楼。辩证思维，协调发展，赤色巴中誉五洲。歌红日，照青山不老，青史长留。

韩纯忠

1923 年生，贵州省道真县人，中华诗词学会会员，贵州省诗词学会顾问。著有《放波诗选》《回春吟》等。

书　斋

室小乾坤大，门低日月高。
诗书千载美，显贵一时骄。

归　耕

一分耕种几分锄，植杖而耘去杂芜。
片刻偷闲随地卧，仰天翻晒腹中书。

寓　钓

一川秀色绕回龙，独向清波钓晚风。
牧子不知名与姓，隔河呼喊老渔翁。

夕阳颂

乐享承平意若何，冰霜几度鬓毛皤。
贪夫逐利千人指，哲士怀柔五福多。
冬至寒梅堪共赏，秋来丹桂喜同哦。
山头落帽风情雅，夕照生辉一曲歌。

临江仙·淞江景色

云顶遥山川碧浪，沿江鱼米风光。平畴两岸稻花香。儿童横牧笛，农父下斜阳。　　天日晴和人意畅，神州大地呈祥。耕田喜赋好诗章。桃源今便是，银汉庆康庄。

韩念龙

（1910—2000），原名蔡仁元，曾用名蔡连、蔡廉，母韩氏。贵州省仁怀市人。历任驻巴基斯坦、瑞典大使，外交部第一副部长、党组副书记、顾问，中国人民外交学会会长、党组书记等职。中共十二、十三届中顾委委员。

陪外交团游三峡

（一）

暮春三月下渝州，四十年前忆旧游。
滔滔自在东流水，昨日少年今白头。

（二）

巫山气象清且雄，奇峭纤丽神女峰。
只因一首高唐赋，千载犹自拟芳容。

参观茅台酒厂

茅台清酌冠吾华，长征而后名益奢。
揄扬最是周总理，驰誉环球耀邦家。

陈毅同志逝世二十周年

（一）

风雨雷霆二十年，茫茫禹血陵谷迁。
英灵泉下当莞尔，华夏昌隆喜空前。

（二）

襟怀坦荡老元戎，创业艰难百战功。
轻裘缓带折樽俎，横槊赋诗自豪雄。

（三）

气焰熏天四人帮，专横跋扈害贤良。
二月春雷发怒吼，谔声震断怀仁堂。

（四）

三中全会里程碑，大地春回斗柄移。
改革开放功彪炳，振兴中华信可期。

覃廷魁

布依族，1933 年生，贵州省望谟县人。望谟县粮食局经济师。中华诗词学会、贵州省诗词学会、黔西南州诗词学会会员。望谟县诗词学会副会长兼秘书长。

向清道工致敬

城市勤劳清道工，朝朝暮暮美街容。
严冬忍受寒霜打，酷暑常熬烈日熔。
落叶尘埃随帚逝，霞光瑞气映天红。
功名利禄抛霄外，敬佩凡夫为国忠。

鹧鸪天·蔗香古渡情

古渡红河北岸喧，龙滩筑坝锁洪澜。平湖浩瀚千帆竞，新市繁荣两省间①。　　云断路，水连天，深潭碧海浪涛翻。旅游商贾风流展，楮墨同歌盛世年。

【注】

① 望谟县龙潭电站库区建设，沿红水河、北盘江回水 176 公里，形成地跨黔桂 83 公里的湖面水域。

覃登涛

1937 年生，贵州省兴仁县人。曾任兴仁县委副书记、县长、县人大常委会主任。贵州省诗词学会理事、兴仁县诗词楹联学会会长。

臧老题字感赋 （新声韵）

一笺题赠见词锋，黔地方兴韵致浓。
飘逸"文心"含意广，洒脱遗墨蕴情丰。
名家巨匠留金语，学子来人继厚风。
卷卷书章堪典范，一生著述建卓功。

十七大颂 （新声韵）

桂馥菊妍霞满天，京城盛会聚群贤。
锦涛报告知春暖，代表掌声破岁寒。
崇尚科学怀伟业，和谐社会润心田。
中华崛起腾飞日，全面小康国运绵。

一剪梅·上金山 （新声韵）

饱览三春倦意消，一路逍遥，满目霞飘。深山藏宝让人骄，云似腾蛟，心起狂飙。　　聚会骚情上九霄，唱和如潮，歌赋滔滔。和谐共创竞唐尧，厂把商招，我把宾招。

程天一

1944年6月生，贵州省仁怀市人。中国注册会计师。曾任仁怀市二合镇财政所所长等职。中华诗词学会、贵州省诗词学会、遵义市诗词学会会员，仁怀市老年诗联书画研究会理事。

贺贵州诗词学会成立二十周年 （新声韵）

吟坛擎纛二十春，育李栽桃满苑馨。
贤士撰文传奥秘，良师点化指迷津。
改革旧韵开先导，实践新声启后昆。
曲画书联花灿烂，诗词歌赋竞芳芬。

程德茂

1947年生，贵州省凤冈县人。曾任中共凤冈县直党委书记。贵州省诗词学会、遵义市诗词学会会员，凤冈县诗词楹联学会理事。

穿阡农家 （新声韵）

波平浪静映烟霞，岸阔沙清住有家。
树树柑桔披沃野，丛丛灌木盖山桠。
蒙童不忌呼稀客，秀女含羞献酽茶。
主妇围裙忙净手，刷锅亮灶炒葵花。

傅天希

1935 年生，副研，四川省内江县人。曾任市委、市政府副局（馆）长、主任等职。贵州省暨中华诗词学会会员，赤水市诗词、楹联学会副会长。

纪念人民解放军建军八十周年

钢铁长城钢铁心，和平卫士为人民。
军旗飘处神威显，伏虎降龙四海闻。

傅岱云

女，1933 年生，山东省巨野市人。曾任县法院人事科副科长、特区环保局副局长等职。贵州省诗词学会、贵阳市诗词学会理事。

雅集阳明祠 (新声韵)

初冬晴日上扶风，雅聚群贤笑语融。
瞻仰祠堂知古事，细观诗赋忆王公。
龙场讲授传哲理，筑市留踪启聩聋。
修葺更新扬正气，流芳百世贯长虹。

花溪夏夜

待月河边坐，钓船渔火明。
麟山云绕树，西舍管飞声。
天净心随远，星辉水更莹。
夜凉人不寐，同看玉蟾生。

傅家黔

1935 年生，湖北省武汉市人。安顺市诗词楹联学会理事，平坝县诗词楹联学会常务副会长兼秘书长。

鹧鸪天·汶川地震感赋

摧血塌楼地震惊，受灾群众盼星星。国家总理临灾地，团结人民抗险情。　　齐奋战，救生灵，三军武警阵前行。救灾抗震乾坤扭，重建家园景更明。

傅善忠

1937 年生，贵州省毕节市人，经济师，毕节地区诗词楹联学会理事。

北镇关来复泉背水煮茗感怀

（一）

雄关违地脉，千载阻通津。
月照天阶道，风追视路人。
荷囊朝古寺，讨水不参神。
借得三清泌，烹茗祛俗尘。

（二）

雄关高百仞，宝刹指虚清。
石径花情远，禅房几案明。
初阳东壁起，落雾坞中横。
一杵晨钟响，霞飞毕节城。

满江红·家书吟

风雨钟山，夫去矣，再无消息。数十载，家乡巨变，已非畴昔。大女堂前博士子，小儿门下高工媳。梦中逢、秋水洗银丝，更鸡急。　　怀远客，空楼寂，思近事，愁如织。恨登辉扁辈，叛宗为贼。两岸同根黄帝胄，台湾自古中华邑。敢执迷，缚住几蝼蛄，施绳尺。

舒凤鸣

女，贵州省遵义市人，退休教师。曾任桐梓诗联学会会刊《播韵》编委。贵州省诗词学会会员，著有《玉兰诗选》。

题女诗友

无才是德转锅边，铁树开花还女权。
巾帼不将闺怨诉，挥毫能顶半边天。

桐城地摊夜景

灯火辉煌照夜空，星辰羞愧月朦胧。
新炊扑鼻晚风送，绿薪烹鲜炉火红。
少女呼朋朋满座，后生把酒酒盈盅。
慧心巧手称君意，夜色阑珊笑语浓。

鹧鸪天·观黔灵山猴群

　　独占黔灵半壁山，偕孙抱子茂林间。攀枝越树何神速，夺物加餐尽泰然。　　伸手去，味香甜。镜头陪照小囡囡。友情源自新风尚，万类同荣共乐天。

舒达德

　　1941 年生，四川省岳池县人。退休高级教师。贵州省诗词学会会员。

咏梁祝

　　同窗求学在钱塘，女扮男装伴俊郎。
　　耳鬓厮磨生爱意，夕朝相处话情长。
　　草亭一别成千古，茅舍三杯抵万觞。
　　蝶影双双飞旷野，至今泪落断人肠。

舒冠贤

贵州省湄潭县人,中学高级教师,曾任中学校长。湄潭县诗词、楹联学会会员。著有《旭日诗文集》。

茶乡湄潭

四野苍山含紫气,一江湄水润茶乡。
勤耕细作千园翠,巧艺精工万担香。
美景招来游旅客,名茶引进购销商。
毛峰翠片扬中外,庄铺如林货满仓。

舒楚泉

1930年生,重庆市人。曾任中共桐梓县委办公室副主任。桐梓县志副主编,贵州省诗词学会会员。

咏 兰

(一)

自古尊王者,幽香异众芬。
板桥多展笔,诗画见风神。

（二）

向不求闻达，幽居伴野林。
唯因好事者，身价起凡尘。

登娄山关感怀

盘旋攀陟雾重重，踏径犹疑战马踪。
围剿五轮穷蒋计，长征万里著毛功。
雄关迈步荆榛斩，神策驱驰坦道通。
一曲秦娥声激越，残阳染地万山红。

曾占伦

女，1922年生，贵州省遵义市人。贵州省盐业公司退休干部，贵州省诗词学会会员。

茶山 （新声韵）

茶山处处着新装，云雾雨前竞吐芳。
霭霭烟岚迷望眼，层层绿韵闪春光。

曾立初

1930 年生,贵州省遵义市人。曾在部队和贵州电力线路器材厂工作,省诗词学会会员。

读《抗美援朝中的遵义儿女》

打开书本喜,有我遵义好儿女。再看书中愁,战友白骨他乡留。娄山乌水两茫茫,含泪告别爹和娘。抗美援朝义无顾,上甘岭上有荣光。可爱之人今何在?不堪回首诉衷肠。保家卫国当年事,无怨无悔度夕阳。手捧写实书一册,字字句句闪光芒。如烟往事已远去,炒面加雪实难忘。

曾立勋

(1923—2003),湖南省人。贵州省诗词学会会员,《贵州诗刊》编辑部编辑。

庆祝中共建党八十周年

党庆欣逢八十年,一轮红日正中天。
南征北战经殊死,百折千回总向前。
玉璧重圆归港澳,金瓯永固振山川。
神州代有贤能继,续写辉煌创业篇。

欢呼北京申奥成功

国运昌隆体运隆，东方腾起一条龙。
乘风破浪穷沧海，穿雾排云上九重。
伟志多年酬夙愿，壮心顷刻化长虹。
扬眉吐气难眠夜，火树银花映碧空。

养　廉

养廉何必用高薪？要靠金刚不坏身。
济困扶贫焦裕禄，鞠躬尽瘁孔繁森。
千间广厦杜陵志，万里温裘白傅心。
香薰清兰知自洁，雪梅霜菊不沾尘。

赞郑板桥

叶落枝残竹影摇，衙斋愁听雨潇潇。
民间疾苦常为念，七品微官郑板桥。

上海至青岛海上行

水天一色望天涯，只见浮云不见沙。
日月升沉波作浴，星辰倒坠海为家。
船头涌起千层浪，涛面绽开万朵花。
独有沙鸥知岸近，绿林红瓦映朝霞。

关爱地球

天生一个大圆球，万古悬空转不休。
日出月沉分昼夜，花开花落度春秋。
伤林毁草千峰怨，炸石开山百兽愁。
塌地扬沙掀浊浪，逃生无处觅方舟。

曾列五

（1915—2003），四川省南溪县人。曾任盘县政协委员，六
盘水市诗词学会会员。

抗日离宜宾答同学

大地哀鸿日夜啾，江头河尾不胜愁。
诚知国破家何有，未见巢倾卵尚留。
女子从军曾替父，男儿投笔岂封侯。
若教易弁同驰骋，巾帼当推第一流。

谒聂耳墓

少壮鸣音乐，阳春展异才。
衣冠留故国，骏骨溺蓬莱。
白发悲朝露，红颜哭夜台。
西风摇拱木，凭吊益伤怀。

水调歌头·湘江别友

装整军行速，云梦楚江丘。风雨桃花春浪，谈笑喜同舟。坐拥貔貅数万，传语长沙会战，困敌斩鳖头。甲洗洞庭水，戈枕岳阳楼。　　男儿志，英雄气，忾同仇。人民坚壁清野，梃挞胜吴钩。倏料来朝欲别，难遣今宵皓月，潋滟逝湘流。痛饮巴陵酒，长啸起芦鸥。

临江仙·把钓

大好窑塘春把钓，行行跨越低峰，树荫摇拽水溶溶。草肥沿岸绿，花放映山红。　　造化撩人难解脱，徒云色相皆空。斜阳一线坠波中，鳞光浮眼角，去影荡襟胸。

曾庆亨

1932 年生，贵州省黔西县人。曾在清镇、关岭、望谟等县工作，中共黔西县纪委退休干部。贵州省诗词学会会员。著有《心迹诗钞》。

一代风流人物颂 (选八首)

颂毛泽东

泽被东方创太平，润之时雨济苍生。
奇谋将略倚天剑，辩证思维导向灯。
扭转乾坤涤旧宇，掀开史页启新程。
武功文采千秋熠，传继弘扬举赤旌。

颂周恩来

恩来济世降甘霖，翔宇扶轮托旭暾。
缔造宏基多睿智，振兴华夏富经纶。
安危国运一身系，巨细民生百事亲。
名与共和扬万代，品同日月照乾坤。

颂刘少奇

少奇襟抱存寰宇，伏虎驱狼拯九州。
重振河山担大任，革新天地运良筹。
循规拓进真宏论，探路兴邦有远谋。
六字屈冤千古恨，人民秉笔写春秋。

颂朱德

德配昆仑功不矜，玉阶虎帐叱风云。
欧苏洗礼明航道，湘赣扬旌挽陆沉。
力劈三山摧腐朽，身经百战定乾坤。
红军慈父丰碑矗，风范长存兰蕙馨。

颂邓小平

少小平凡气度宏，文韬武略贮胸中。
英姿仗剑燃星火，壮岁挥师伏虎熊。
皓首匡时疏坦道，蓝图领路上层峰。
擎旗掌舵开新纪，华夏腾飞举世崇。

颂陈云

云柯玉树秀丛林，济世英才耀北辰。
挽溃扶倾兴鼎祚，持衡健步展经纶。
审时宁静谋深远，运策柔刚制热昏。
求是光华垂楷范，财经巨擘念殊勋。

颂任弼时

弼时才干拄云天，负重移山握大端。
二次长征传火种，三军会聚挽危澜。
征程岔道明航向，国际高坛矫舵偏。
底定江山期佐治，云楼折栋叹英年。

颂彭德怀

德望民怀荡宇清，石穿为补地天倾。

横刀立马硝烟漫，御侮开弓草木惊。

旗鼓尘飞山岳定，沙场血战患忧平。

为民直谏昭青史，浩气霞光耀日星。

沁园春·纪念邓小平百年诞辰

济世雄才，一代风流，五度辉煌。忆扬旌百色，会师湘赣；驱倭华北，饮马长江。逐鹿中原，指挥若定，横扫千军伏虎狼。开新纪，执纶巾羽扇，伟略安邦。　　洪涛起落沧桑，谱继往开来新史章。运挽澜铁腕，千帆竞发；回天赤胆，万象春光。一统金瓯，珠还璧返，百载宏规奔小康。扶轮手，驾轻舟破浪，飞越重洋。

沁园春·周恩来在重庆纪念周总理诞辰 110 周年

拆俎龙潭，砥柱中流，历克险滩。倩雷霆电火，冲开黑雾；燃烧情愫，照亮山川。身系兴亡，肩担道义，咆哮黄河卷巨澜。精诚至，召英才旗下，共济扬帆。　　周公魅力非凡，令亿万倾心热泪潸。仗胆肝碧血，挥戈退日；针绵毅魄，定鼎调盐。沧海胸襟，擎天胆略，炉火纯青存浩然。观中外，论纵横谁匹？史绩空前。

沁园春·共和国历程回眸

内外烽烟，满目疮痍，百废待兴。战三秋危解，民安鼎固；五年基奠，弊绝风清①。廿载扬帆，一波三折，紧要关头误左倾。前车鉴，更峰回路转，柳暗花明。　　回眸风雨阴晴，任沧海横流砥柱撑。幸英才代继，白穷突变；红旗漫卷，国力飞升。奋进雄图，和谐美景，逐个台阶迈步登。天行健，望江流不腐，浩荡奔腾！

【注】
① 指三年恢复经济和第一个五年计划时期。

曾鸣众

名明仲，1944 年生，贵州省毕节市人。教师，中华诗词学会会员，毕节市诗词楹联学会副会长、《毕节诗词》副主编，省、地诗词学会会员，乌蒙诗社理事，著有《鸣众诗词·行吟集》。

花甲感怀

行年花甲岂寻常，坎坷人生韵味藏。
风雨多经身尚健，关山频越路犹长。
千株烂漫盈桃李，百仞葱茏树栋梁。
习习惠风轻拂面，晚霞散绮赋吟章。

游四川青城山

药灶丹台久慕名，百单八景够丰盈。
山分前后皆佳丽，水泻东西俱澈清。
云绕高峰常骤起，岭腾碧浪尽斜倾。
鹤心松骨藏幽趣，可有真人扫径迎？

诗人节怀屈原

屈子行吟号楚狂，洞庭云梦泣家邦。
西秦尘卷迷云黑，南郢风翻腐叶黄。
张仪欺君能割地，怀王信佞失封疆。
忠臣报国一腔血，流入汨罗怨水长。

题北邙拓山而成的炎黄巨塑

滔滔河岸屹炎黄，目送波涛注海洋。
亿兆涓流情激荡，万千气象景非常。
域中陆岛期通畅，宇内儿孙盼永昌。
叶茂枝繁兴旺久，为宗为祖面生光。

感　时

风和沙暖日初长，万卉枝头正返香。
才见神舟翔广宇，又闻宝岛启新航。
清平时世传佳讯，染翰奇文赋锦章。
烛远通微成雅咏，讴歌时代引杯长。

温卓文

　　1930 年生。广东省东莞市人。曾在贵州省人大常委会工作，省诗词学会会员。

谒邓恩铭故居并读遗诗有感

（一）

青年革命早离家，建党救亡志可嘉。
壮烈牺牲齐鲁地，丹心碧血献中华。

（二）

生不惜兮死不悲，北飞南雁不思归①。
壮哉烈士遗英句，青史长留百世巍！

【注】
① 烈士遗诗有"南雁北飞，去不思归；志在苍生，不顾安危；
　　生不足惜，死不足悲。"之句。

黄果树观瀑

一屏飞瀑足游观，震耳雷鸣十里宽。
朗朗晴天飘细雨，炎炎夏日透微寒。
跳珠激溅成轻雾，白水奔腾下巨滩。
造化无穷开胜境，全消俗虑久凭栏！

菩萨蛮·游百花湖

百花湖里风光好，山环水绕相拥抱。暇日泛
轻舟,消闲作漫游。　　仰视浮云白,远看层峦碧。
美景惹遐思,心随水鸟飞。

游平伟

1944 年生，贵州省遵义市人。曾任中共遵义（地）市委党史
研究室副主任等职。贵州省诗词学会、楹联学会理事，遵义市诗
词学会副会长、《播风诗词》主编。

贺遵义四中建校九十周年

母校华年九秩秋，五洲桃李竞风流。
仰沾时雨琼枝茂，俯坐春风硕果优。
志士几多匡禹甸，英才无数建神州。
与时俱进培群彦，不占鳌头誓不休！

临江仙·迎奥运

迎奥歌声飘宇宙，玉皇王母殊惊。嫦娥起舞诉衷情。中华圆美梦，天地尽欢腾。　　四海五洲传圣火，群英将荟燕京。福娃笑脸喜相迎。弟兄齐挽手，奋力摘金星。

谢　良

（1914—2002），安徽省舒城县人。曾任贵州省建委副主任。贵州省诗词学会会员。

植　树

刺骨寒风久未消，成群男女上岧峣。
爬坡凿石犁新土，负畚荷锄植幼苗。
笑语歌声随路转，清泉汗水带春浇。
他年待得绿荫满，锦绣青山分外娇。

初秋游铜仁九龙洞

九龙幽绝倚天开，怪石嶙峋不染埃。
峰巘横空山径曲，烟云出岫鸟声回。
秋风习习穿灵穴，丽日融融照镜台。
霞客寻芳未到此，稻粱未熟我重来。

春日同人游文昌阁

文昌阁耸月城东，九角高楼映日红。
渔寨栖霞奔眼底，桑麻遍野醉春风。

重修黄果树十周年①

黄果名扬远客游，十年捣毁少人修。
从来国运连文运，莫阻江流汇海流。
白水河中龙起舞，翠螺滩上浪生愁。
一经疏浚光芒复，重见明珠照贵州。

【注】
① 1978年6月20日开始重修黄果树风景区。

讨倒官

冲冠怒火三千丈，发指倒官官倒狂。
倚仗权威如猛虎，横行霸道似豺狼。
贪财巧计亲伸手，见物肥私自饱囊。
治理声中犹对抗，老夫秉笔当刀枪。

招堤涵虚阁眺望

一雨秋风劲，虚楼望眼迷。

烟深笼岸柳，亭立拥荷堤。

登阁思童子①，摩碑觅旧题。

霜林红欲染，归路滑尘泥。

【注】

① 虚楼即涵虚阁，思童子，指11岁神童张之洞作《半山亭记》。

谢　宠

1925年生，湖南省岳阳市人。国家一级编剧。曾任《宁夏文艺》、甘肃《陇花》文学刊编辑。甘肃省诗词学会会员。

黄果树瀑布

莫道山高路不平，凌空一跃竟成名。

兴云早蓄江湖志，作雨终怀大海情。

低处何如高处好，出山难比在山清。

天阶我自从容下，更挟风雷万里行。

谢广沐

1978年生，贵州省松桃县人。松桃县计生委干部。

读屈原诸作品 （新声韵）

怀沙涛落千年去，山鬼幽篁不见来。
惜诵空悲凌云志，抽思难济报国才。
湘君蹇道断极浦，河伯扬波瘳旧怀。
哀郢忧民奸佞妒，涉江滞溆惯徘徊。

谢天佐

名德荣，字天佐，号听雨楼主。1937年生，贵州省思南县人。中华诗词学会会员、思南县诗词学会副会长。

念奴娇·纪念岳飞诞辰九百周年

弥天烽火，望胡尘滚滚，铁蹄声急。谁忍中华家国难，胸涌精忠赤血。慷慨从戎，慈颜刺字，振臂挥戈钺。贺兰山下，怆惶胡虏声绝。　　黄鹤楼上登高，满城风雨，弹泪悲天月。云集家军三北伐，赢得一生功业。万岁山前，黄龙府上，将相春秋别。满江红处，英魂千古刚烈。

金缕曲·红枫林

几度金风酿，看黄岗，枫林如火，彤云千丈。拔地高歌呼日月，笑傲秋霜频降。正赢得英姿飒爽。丹叶流香飞赤焰，动情怀，惹及诗人仰。红豆意，长思想。　　丰姿装点云天壮。对虚空，风生鸣笛，寒生吟唱。非比桃林铺锦绣，数日花飘草莽。空负了，三春摸样。冷雨无声削落叶，望层岩红染碧溪绛。歌一曲，酬君饷。

满江红·旷继勋烈士陈列馆

风雨神州，收不尽，狼烟岁月。扶国难，将军浩气，志高心烈。举义蓬溪天地转，挥师江海风潮急。卷征尘，血雨裹戎衣，旌旗猎。　　龙虎将，移山力，鄂豫皖，新天立。谏"左"倾岐路，魂飞阴阙。亲者悲歌仇者快，地伤灵气人伤杰。叹英雄，玉帐失雕弓，长悲切。

八声甘州·游梵净山

望浮空烟雨顺山来，珠帘挂天陔。便半崖飘洒，千根玉线，雾嫁云偕。十里空山翠谷，凉气入胸怀。寻道登高志，几度徘徊。　　好在灵山梵宇，解人情感应，择善安排。忽风回岚散，重作彩霞开。天公是有殷勤意，叹此间，晴雨费人猜。难忘处，烟飞日照，疑似蓬莱。

高阳台·除夕记事

　　耀眼新联，荧灯彩结，山城今夜喧哗。红雨流星，遥空万种烟花。漫江灯火繁星灿，映飞桥，碧水朱霞。卷帘开，爆竹鸣空，火树横斜。　　良宵共享天伦乐，把一身尘土，弹去天涯。灯酒交辉，容颜遍注丹砂。寒随岁去流年减，论情怀，不亚童娃。醉还醒，半理词笺，半品香茶。

鹧鸪天·题故居

　　劲草奇葩小院中，丹青轮替色葱茏。墙头竹卷西山雨，庭内梅抒北雪风。　　天宇静，月华浓，茶余半醉话穷通。长霄桂影千秋岁，尘世人伦一梦同。

谢正发

号长春，字不凋，白族，1948 年生，贵州省威宁县人。中共毕节地委党史研究室主任。中华诗词学会会员、贵州省诗词、楹联学会常务理事，毕节地区诗词楹联学会常务副会长、《乌蒙诗刊》副主编，著有《泉水集》《齐夷德传承斋诗词钞》《直把千山作玉川》等专集。

贺毕节地区诗词楹联学会第三次代表大会召开

四月鹃花耀眼开，踏歌端被燕莺催。
春光莫过骚坛满，前度诗人今又来。

织金洞口占

一洞拥奇观，风光自浩然。
大山峰十万，泽国水三千。
人叩灵霄殿，经传贝叶篇。
置身临此境，那得不称仙。

咏贵州毕节鸡鸣三省村

雄鸡一唱东方白，振翅长鸣万户开。
四海三江齐起舞，《尧歌》省读不须猜。

咏党风廉政建设

廉勤执政树新风，正派为人品自崇。
律己从严扬正气，洁身拒腐秉公忠。

纪念香港回归十周年

十年港九庆回归，亿兆炎黄解笑眉。
一统台澎当在望，埙篪共奏不须猜。

祝大方一中云龙诗社成立

剑消逆气在神功，云雨江湘起卧龙。
春满乌蒙谁识得？诗花又放一丛红。

贺毕节市二中文峰诗社成立

杏坛今又筑骚坛，直把新声付管弦。
应是文峰春讯早，诗葩独放一枝先。

谢永燊

1928 年生，贵州省黔西县人，退休教师，黔西杜鹃诗社社员。

喜　雨

一夜东风喜讯来，烟笼雾幔锁庭槐。
云花万朵弥天布，雨箭千丝洒地垓。
乍见雷鞭惊广宇，欣观霖澍洗尘埃。
禾苗滋润丰收望，老少农家笑满腮。

赞黔西青龙万亩茶山

地底乌金地面茶，质优面广遍山崖。
精工焙制出佳品，远近行销众口夸。

谢寿山

1930 年生，贵州省思南县人。曾任贵州省兴义监狱主任。黔西南州诗词楹联学会会员。

纪念邓小平百年诞辰

起落三番盖世雄，狂澜力挽拯民穷。
十年改革腾飞路，三步宏图四化功。

长相思·咏金州①

南盘江，北盘江，富矿黄金九县藏，引来开
发商。　　喜洋洋，乐洋洋，发展和谐建故乡，
共同奔小康。

【注】

① 黔西南州获"中国金州"称号，探明储量黄金 760 吨，现年
产黄金 15 万两以上。

谢孝思

字仲谋，1905 年生，贵州省贵阳市人，书画家。曾任贵阳达
德学校校长，后移居苏州，任苏州市文化局局长、市政协副主席、
江苏省美协副主席。有《谢孝思画集》《槿花楼诗文集》问世。

上雪山关①

雪山关上日光寒，树老峰头叶易丹。
回首万峰蹲脚下，此身已在白云端。

【注】

① 过赤水河约 30 里是雪山关。

题天星桥写生大卷

　　银河天上来，奔腾十里过。云岩绝去处，星斗殒山河。峰峦簇地起，绚丽复嵯峨。怪树缠危石，仙掌附青萝。寻幽迷道路，涉涧扶枝柯。冒水跃清潭，鼎沸漾洄涡。一泻千层浪，滚滚落陡坡。异境开天地，临风发浩歌。瀑布天下有，奇迹黔中博。石林天下有，奇胜黔中多。

题与叔华合作竹石图

　　濡沫相亲老少年，数来一万八千天。
　　槿花楼上传心事，好把双清仔细参①。

【注】
① 双清，指与夫人刘叔华合作的竹石图。

谢宜治

1945 年生，湖南省平江市人。中学高级教师。曾任晴隆中学副校长、党支部书记。贵州省诗词学会会员，黔西南州诗联学会理事，晴隆县诗词学会副会长。

咏雨 (新声韵)

夜来星隐月朦胧，天幕开合暗九重。
黑静唯闻河汉漏，平明却见太阳红。
春风欲去承相送，夏霭将来喜又逢。
感意殷勤适浇洒，润得五谷万民丰。

登岳阳楼观洞庭湖

籍地岳阳行，登楼观洞庭。
连天吞日月，拍岸抚孤城。
可孕千年句，堪淘万代英。
江山集胜境，长引凤来鸣。

浣溪沙·同学会 (新声韵)

数载同窗友谊纯，沧桑历久转情深。红枫湖畔景宜人。　　山水自然长不老，人生未必总逢春。相知一晤胜千金。

谢洪溟

1949 年生，贵州省纳雍县人。纳雍县政协干部。贵州省诗词学会会员，毕节地区诗词楹联学会理事，纳雍县诗词楹联学会副会长，《纳雍诗词》副主编。

咏金坡杜鹃

世上奇葩何处寻？金坡杜宇最迷人。
青冠绿萼夸天艳，玉雪为肌水作魂。

踏莎行·游草海

薄雾将消，朝阳初见，微风戏水鳞波泛。琼田一片嵌乌蒙，引来游客千千万。　　对对鸳鸯，双双鹭雁，南迁北徙长相伴。轻舟慢进语声悄，痴情不忍惊飞散。

石榴盆景

枝单叶瘦自恬然，不与众芳争上园。
待到端阳方艳冶，花红似火惹人怜。

抗日战争胜利六十周年

六十年前赤县天，群魔乱舞斗星寒。
东洋鬼子淫威展，华夏儿郎怒火燃。
万众一心同敌忾，三军合力逐凶顽。
刀枪应使常磨砺，不教豺狼敢犯关。

重游翠云山庄怀远

烂漫鹃花拥翠云，松涛阵阵鸟声频。
眼前依旧千般景，山径寻幽少一人。

读毛主席诗词

马背神来笔，疆场荡气篇。
沁园春一曲，阅尽几千年。

谢振华

1943 年生,贵州省湄潭县人,遵义市中学一级教师。贵州省诗词学会、湄潭县诗词学会会员。

仙谷山

叠峰仙谷耸千山,雾漫云遮难见颜。
壁峭峡幽时觅路,林深草莽罕攀猿。
金沙洞里传神话,响水岩前飞瀑烟。
欲问仙家何处在,樵翁笑指彩云间。

沈园寄语①

陆游唐婉俩情投,母命难违一纸休。
邂逅沈园喜又愧,愤题素壁悔和愁。
人间挚爱人倾慕,世上传奇世代留。
敢问放翁生性旷,缘何大憾叹千秋?

【注】

① 沈园即南宋诗人陆游与被休的妻子唐婉偶见而互题《钗头凤》词的名园,今被誉为爱情园。

谢尊修

1935 年生，江西省南康市人，曾任遵义地区文化局局长、党组书记，地方志办公室主任、《遵义地区志》总编辑，副编审。中华诗词学会会员，贵州省诗词学会常务理事，遵义市诗词学会副会长。

对雪——和八四老人

（一）

连夜东风起玉龙，梨花万户奏商宫。
微微暖气飞天外，滚滚春潮漫域中。
斗雪擎冰松友竹，奋蹄伏枥我钦翁。
升平有象群情振，一片欢愉处处同。

（二）

动如流水矫如龙，素影翩翩下碧宫。
万顷琉璃收眼底，钧天欢乐注胸中。
惊雷冻起三冬笋，励志吟成不老翁。
飞絮纷纷化春酒，神州一统众心同。

求真歌——《正安县志》撰成

立志从来怕认真，春秋史乘贵求真。
地灵人杰辉南徼，文韵风流溯道真。
彩笔千钧挥汗热，宏篇一卷蕴情真。
古珍山水今朝美，信史当传字字真。

迎西部大开发

（一）

西部大开发，春潮动地来。
中枢明决策，大众喜心怀。
志自高原涌，宝为勇士开。
商机花烂漫，笑迓出群才！

（二）

见说宏猷展，千军万马行。
雄风起西部，大政促中兴。
机遇千番待，文明两递升。
八方齐携手，再看巨龙腾。

临江仙·遵义三阁公园开园

市北山头飘彩带，名城又辟公园。巍巍三阁映晴川。崇阶花影乱，时鸟唱声喧。　　台上忙人台下客，好寻去处休闲。与民同乐水山间。炒红生态市，染绿夜朗天。

赠江南机电设计研究所

神剑冲霄汉，泱泱壮国威，
丹心献华夏，热汗洒山隈。
默默精尖探，孜孜星月追。
桃溪春硋磢，佳气透云飞。

参观航空航天部天义电气公司题赠

神州开大业，天义展鹏程。
奉献高原上，扬威大气层。
精尖耀科苑，奔驰乘雄风。
更辟新天地，云梯步步升。

禄文斌

彝族，彝名阿卓益补，笔名禄凡。1933 年生，贵州省威宁县人。曾任中共毕节地委书记、贵州省人大常务会副主任等职。贵州省诗词学会顾问，毕节地区诗词楹联学会、乌蒙诗社顾问。

七二初度感怀

脱却饥寒沐党恩，勤劬从政献终身。
平生修得惜民性，再苦亲躬也称心。

鄢永祥

贵州省湄潭县人，1932 年生，遵义市诗词学会、湄潭县诗词学会会员。

田家沟风光

苍松翠柏势参天，垂柳修竹绕暮烟。
科技兴农民致富，欣逢盛世乐无边。

靳 松

1966 年生，贵州省毕节市人。贵州省诗词、楹联学会会员，毕节乌蒙诗社社员。著有《赤子心声》。

创业校园风采

龙蟠山下好风光，创业师生发奋忙。
笔点文峰抒壮志，墨磨天水写佳章。
莘莘学子沾霖露，济济英才竖栋梁。
欲问飞鸿何处去，蟾宫桂蕊正飘香。

歌颂红军长征胜利七十周年

征程万里显神威，谁解红军生死危。
饮马乌江寒敌胆，挥师赤水破重围。
雪山拾韵英雄魄，草地留芳烈士碑。
多少游人迷胜地，争瞻遗迹放光辉。

纪念五四运动八十七周年

五四青年斗志昂，捐躯喋血染刀枪。
誓诛国贼摧封建，争取主权抗列强。
要为神州驱虎豹，休将领土让豺狼。
丰功伟业辉青史，还我河山锦绣妆。

靳如桥

1945 年生，贵州省毕节市人。毕节地区诗词楹联学会会员。

漓江游

桂林山水甲天下，阳朔风光更上乘。
泼墨千峰山拥碧，漫江百里水泂滢。
修篁吐翠连滩绿，弱柳含烟带渚青。
日暮泛舟春雨过，渔歌唱晚夜溟溟。

家居自题

东壁蓬茅远市喧，逸居佳趣信无边。
枝头瓜果经年熟，棚内新蔬累月鲜。
室净几明多雅致，菊香梅瘦竞争妍。
朝朝更有快心事，绕膝孙儿话最甜。

蓝华夏

1945 年生，贵州省金沙县人，曾任中国水电第九工程局天生桥分局党委书记，高级政工师。贵州省诗词学会、贵阳市诗词学会会员。

三峡电站 (新声韵)

锦绣山河日月光，三峡电站起苍黄。
平湖百里涵星汉，巨坝千寻锁大江。
神女凌波施粉黛，太白对酒赋诗章。
轻舟碧水出闸去，浪静风和下楚襄。

游黄果树瀑布 (新声韵)

夺岭穿山展壮怀，瀑飞百丈挂云台。
游龙裹雪连天去，骏马乘风动地来。
紫雾千重浮翠野，红霞万朵舞涓埃。
黔疆胜景添诗韵，美酒清歌对月开。

回故乡金沙县 (新声韵)

廿年返梓睹芳华，紫燕飞归百姓家。
古镇小街荫绿树，新城大厦掩红霞。
无边油菜含烟雨，九畹芝兰绽异葩。
电厂塔灯争皓月，金沙不夜罩金纱。

临江仙·贵阳青岩游

明寺清坊石板路，曾经几度沧桑。城墙伫立转夕阳。状元何处去，翰墨尚飘香。　花重层楼飞乳燕，回头柳浪山庄。古风新韵咏清江。流连明月下，诗酒正春光。

水调歌头·党的十七大感怀

十月馥丹桂，盛会举空前。椽书浓墨华彩，史卷启新篇。扫灭沙斯魔害，免去千秋农税，心与庶民牵。花木惠甘澍，碧水拥红莲。　山迭翠，水澄碧，柳如烟。和谐天地，万方乐奏共骈阗。圆梦北京奥运，翘首嫦娥奔月，天路上高原。雅韵托丰岁，把酒颂尧天。

云南丽江游

造化风光锺丽江，如姝静女胜苏杭。
玉龙雪岭雄奇画，烟雨古城云锦章。
情恋东巴抒雅韵，心随曲水赋流觞。
茶花含笑游人醉，紫院小街月似霜。

缅怀伯父蓝芸夫①

矢志中华换地天，青山碧水已长眠。
伏魔铸剑白云寺②，逐虎濯缨宝塔山。
尽瘁但求根本固，呕心只为柱石坚。
八十五载人生路，红线一丝贯锦笺。

【注】

① 蓝芸夫同志曾于1939年至1940年初任中共贵州省黔西、大方、仁怀三县地下党中心县委书记。1940年赴延安。解放后曾任新华社编辑，北京大学图书馆馆长等职。

② 白云，指金沙县白云寺，1938年10月，中共新场地下党总支部委员会在此成立。

蓝芸夫

（1910—1994），贵州省金沙县人。曾任中共北京大学党委委员，北大图书馆馆长并兼任北大图书馆学系主任。

论诗绝句

自有灵犀一点通，不拘律古汉唐风。
强毛劲鲁冲冠岳①，各具神思荡五中。

（1983年9月27日）

【注】

① 指毛泽东、鲁迅、岳飞。

金沙白云寺遗迹摄影

白云寺庙已无踪，洞口依然绿叶中。

皓首离人游旧地，且留鸿迹万山丛。

（1985 年 5 月）

【注】

① 贵州省金沙县城关郊外白云寺，乃中共新场（金沙）地下党
建党旧址。

赏贵州百里杜鹃花

（一）

杜宇声声唤我归，果然红浪欲翻飞。

天生巧剪云霞朵，撒就黔山锦绣堆。

（二）

红粉青山伴白头，随园雅兴未风流。

万千广厦徒虚幻，百里杜鹃一望收。

（三）

洛阳锦绣万花丛，烂漫枝头不耐风。

明媚三春骄九夏，递交莲娃与青松。

吃苞谷饭

步枪小米忆当年，洋芋南瓜自觉甜。
身许终身如短蜡，自焚原为照人间。

（1986 年 1 月 23 日）

读金沙革命烈士生平简介

边捶小县一金沙，烈士芳名竟似麻。
上下亲疏都记取，头颅不是换乌纱。

梦蓝运臧、寇述彭烈士

秋风已过夜初长，衰老犹然梦运臧。
夫妇依稀如旧日，堤篓促使赋诗章。
周炉泪眼歌棠棣①，弄虎金兰在贵阳②。
千万头颅赢盛世，中华切勿效邻邦。

（1993 年 10 月 25 日）

【注】

① 遵义会议后，三妹运臧奉命护送潘汉年同志出贵州。潘赴共
产国际报告情况，运臧赴北平升学。行前回打鼓新场家中告别，
讳言党命，只说去北平寻找三妹夫寇述彭。兄妹围炉背涌郭
沫若《棠棣之花》，皆泪流满面。当时，不知运臧借此教育
兄长。

② 寇述彭、蓝运臧邀我辈约十人，在贵阳用"金兰"形式掩护，

组织马列主义学习小组。1941 午 5 月 19 日，寇述彭、蓝运臧夫妇及四妹运铮被国民党反动派秘密杀害于贵阳，三人均为革命烈士。

蒙　章

1932 年生，壮族，广西自治区合山市人。曾任纳雍县水电局副局长，贵州省诗词学会会员，毕节地区诗词楹联学会理事、东坡赤壁诗社和乌蒙诗社社员、纳雍县诗词楹联学会副会长，《云海》诗刊主编、《纳雍诗词》编委主任。著有《蒙章诗词联选》

阳长、海座火电厂观感

（一）

海座阳长电送东，纳雍面貌换新容。
山坡热闹成花市，经济繁荣向上峰。
幢幢楼房沿路立，村村灯火照天红。
煤区一带诸农户，已是今朝大富翁。

（二）

路面浇油平又光，直通海座与阳长。
如梭车辆行程快，似水原煤过磅忙。
利国利民尤利厂，宜农宜副更宜商。
沿途坡上新村建，归燕呢喃贺语扬。

踏莎行·雍熙镇公交车

既走环城，又通医院，新街旧巷来回见。途中无站任停车，随时上下真方便。　　改革新招，交通战线，利民利事人人羡。票钱比起电三轮，不多反少收其半。

西江月·雍熙镇环城公路

名是环城公路，实成绕镇长街。高楼广厦两边排，迎面巍峨分外。　　车辆川流不息，电灯光亮无衰。各经其业大门开，一片繁华气派。

蒙后益

布依族，1940 年生，贵州省望谟县人。曾任中学副校长等职。中华诗词学会、贵州省诗词学会会员，黔西南州诗词学会理事，望谟县诗词学会副会长。著有《桑溪泉韵》。

咏醉翁

——纪念欧阳修诞辰 1000 周年

（一）

庭院深深帘幕重，挥毫万字饮千锺。
八儒巨将光唐宋，五代新编耀祖宗。
泪眼问花倾肺腑，春衫满泪溢心胸。
花前病酒朱颜瘦，怪得修公号醉翁。

（二）

俊彦文星耀宇空，千秋闪烁几君同？
承唐小令惊天地，传世佳书舞凤龙。
政治鼎新施睿策，诗文革故建殊功。
当今艺苑春潮涌，千载吟坛又返童。

赞桑郎河峡谷

飞银滚雪绕山流，百里阴河好泛舟。
壁峭高天溶洞广，峦层曲水石林稠。
苍松野蔓群猴戏，古树鲜花百鸟讴。
钟乳琳琅泉瀑涌，冰洲璀璨醉人眸。

蒙育民

女，水族，1951 年生，贵州省荔波县人。贵州文史馆副馆长、党组副书记。

贵州省文史馆建馆五十周年

敬老崇文五十年，尊才尚德聚英贤。
承前启后千帆竞，时代精神谱锦篇。

参加沙滩文化学术研讨会

远方才俊会黔北，林壑沙滩众彦讴。
两百年来与时进，硕儒文采耀神州。

永乐仙家

烂漫春光十里花，相传永乐属仙家。
蕊园虽去桃花在，无际晴空耀赤霞。

清代名贤李瑞棻

慧眸独俱识康梁，变法维新图国强。
耿耿忠心雪国耻，兴邦革弊谱华章。

蒙逸云

1926 年生，布依族，贵州省荔波县人。贵州省诗词学会、黔南州诗联学会会员。

瑶族新村 (新声韵)

春色染瑶村，新村气象新。
扶贫出效果，解困见真心。
小伙一身劲，姑娘双手勤。
生活增档次，桑梓万年春。

荔波八景

东郭晓烟挂半空，北郊落照晚霞红。
西峰霁雪天然秀，南堰奔涛气势雄。
沙市围鱼施网术，洞天消暑隐龙踪。
樟江夜月逗人醉，犁井春光孕物丰。

雷　岳

江西省进贤县人。曾任镇远县人大常委会委员兼办公室副主任。镇远县老年大学副校长，中华诗词学会会员，镇远县诗词楹联协会会长。

长相思

山色青，水色青，一峡深情幽谷生，更听莺语声。　　笑盈盈，乐盈盈，漫荡轻舟缓缓行，鸳鸯相送迎。

诉衷情·赠国际友人①

诸君别后盼重游，宿愿果真酬。四洲好友欢聚，圣诞又同舟。　　山碧黛，峡深幽，水清流。赏心怡目，更有冰帘②，倒挂天头。

【注】

① 格林、工德、马茂卓、布莱福德、沈青莲、谢竹蒂诸位国际友人于1985年国庆节来潕阳河游览后，很盼望有机会重游镇远。这个宿愿终于在同年圣诞节如愿以偿，是以记之。

② 冰帘：圣诞节这天，适值冰雪封冻，潕阳河两岸山头冰凌凝结，垂悬而下，有如冰帘倒挂天头，冰天一色。

感赋潕阳三峡

金风丽日游三峡，异景奇观一望收。
西峡天长天不露，东谭水漫水藏幽。
青岩夹岸颜猿戏，翠竹连山彩雉啾。
乡国之珍堪赞美，情思浩淼赋清流。

雷兴朝

字懿熙，1935 年生，贵州省水城县人。曾任贵州省人民政府发展研究中心（贵州省人民政府研究室）信息研究处处长、研究员、中华诗词学会、贵州省诗词学会会员，贵阳陶然诗社社长。著有诗集《长江放歌》《高原放歌》。

中国工农红军在贵州 (新声韵)

突破重围走贵州，长征万里越从头。
威加赤水雷霆渡，气震娄山电火流。
一代兵家施远虑，千秋社稷运深谋。
七年转战垂青史，红色高原永世讴。

贵州跨越式发展颂 (新声韵)

跨越时空建小康，高原千里正奔忙。
开发自有煤磷铝，建树还多米豆粱。
水库深峡修电站，山歌短调唱家邦。
城乡更具公园美，一世艰辛万世昌。

观西南地区菊花展览 (新声韵)

满园佳色写西南，影入轻烟映九天。
仪凤集鸾千径秀，描金镂玉万家鲜。
茱萸共佩秋难老，蟾桂同偕气不凡。
唯愿花团长美好，和谐社会永福安。

雷雄杰

1933 年生，广西壮族自治区南宁市人，高级农艺师。中华诗词学会、贵州省诗词学会会员、黔南州诗联学会原副会长及《黔南诗联》副主编，现任顾问。

临江仙·漫步桥城江畔

绿树长廓延曲岸，楼台画艇清波。桥城靓丽谱新歌。市区环玉带，灯火若银河。　　塔阁亭园留倩影，游人笑语穿梭。芦笙迭起舞婆娑。风情斯独美，名播古牂牁。

黔南第一山——斗篷山

嵯峨拔地入云端，绝顶登临别有天。
春意常盈风习习，天池永溢水潺潺。
绿林万顷藏珍宝，奇卉千丛羡杜鹃。
一派盎然生态美，旅游胜地不虚传。

雷德荣

1931 年生，湖南省东安县人。曾任贵州师专中文系古代文学教研室主任。贵州省诗词学会原《爱晚诗词》编委，贵州省楹联学会原副会长。已逝世。

贺贵阳市诗词学会成立

迟迟一朵应时开，改革诗声动地来。

激起春江千叠浪，九州生气聚成堆。

水龙吟·中山先生诞辰一百二十周年纪念

神州落日哀鸿，兴中义帜高高揭。披荆斩棘，艰难历尽，雄图未辍。明察潮流，联俄联共，服膺马列。把三民改造，誓师北伐，真不愧、邦之杰。　　莫使金瓯伤缺，乃先生至为关切。炎黄后裔，海峡两岸，政容可别。宁有同胞，盈盈一水，长教隔绝？待他年携手，襄成四化，赏中秋月。

临江仙·乐山大佛

滚滚三江交会处，一尊端坐峥嵘。奔来眼底淼溟溟？峨眉山月近，夜夜伴江声。　　古往今来多少事，白云苍狗堪惊。山川妍丽喜新晴。帆樯络绎过，四化启征程。

游峨眉山

（一）

取道仙峰未遇仙，猢狲出没觅时鲜。
剧怜乖巧通灵性，拦路索捐买路钱。

（二）

黑白二龙何处寻，清音阁下岂清音。
激流出涧奔群马，万古牛心洗到今。

蔡 锟

1928 年生，江西省乐平市人。曾任铜仁行署教育局局长。著有《鲁鸣诗词》。

井冈山

1996 年看电视片《大京九》后所作。

当年星火早燎原，今日犹闻创业艰。
遍地杜鹃先辈血，满山松竹后人贤。
长缨已缚苍龙去，玉笛当招采凤还。
五井何曾忘故旧，永留青白照蓝天。

偶　感

不会吟诗强作诗，个中滋味有谁知。
长街狂饮非贪醉，不负人生得意时。

读报有感

投身革命究如何，共谱人间正气歌。
最幸百年尘化后，清风伴我护山河。

蔡永康

1933 年生，贵州省沿河县人，一生从教。

端午节观龙舟

滚滚乌江向北流，红军渡上竞龙舟。
双双佳丽江边伴，个个健儿水上鸥。
冉冉黄烟拂水面，声声号子扣心头。
土家儿女风情展，摄入荧屏播九洲。

蔡荣德

晚号双河散人。贵州省毕节市人，曾任毕节地区商业局、物资局副局长。著有《灯晕集》《灯影词谱》。

梅 品

冰枝雪干周遭素，冷蕊寒香几点红。
漫托幽情诗与酒，无关秀色蝶和蜂。

竹 性

历雪经霜道不孤，惊雷破石起龙雏。
钓鳌曾假千钧力，劲节虚心大丈夫。

菊 情

寒来暑往两均沾，蕾绽中秋对玉蟾。
又是西风勾别梦，东篱望断忆陶潜。

蔡星德

（1953——2006），贵州省遵义市人。贵州省诗词学会会员。

长相思·怀念台湾同胞 (新声韵)

台澎郎，金马郎，思念亲人欲断肠，经年涕
泪长。　　茅台香，董酒香，中外驰名四海扬，
何时共品尝！

蔡厘惠

1925 年生。外科主治医师。曾任绥阳县政协副主席、人大副
主任等职。贵州省诗词学会、遵义诗词学会、绥阳诗词学会会员。

一剪梅·颂温总理

勤政清廉学识渊。和蔼亲民，平易恭谦。危
艰时刻上前沿，朝也操心，暮也神牵。　　质朴
纯真表率先。情系民生，不畏风寒。千山万水任
辛劳，排难扶危，重任弥艰。

蔡德忠

1942 年生，贵州省绥阳县人。退休干部，中华诗词学会、贵州省诗词学会、遵义市诗词学会会员。绥阳县诗词楹联学会副会长，《诗乡诗词》副主编。著有《闲暇韵志》。

沁园春·诗乡绥阳

黔北绥阳，竞造神奇，布落镇乡。览双河洞府，千姿斗艳；青峰浴水，九道风光^①。宽阔森林，冰川遗迹，物种珍稀林莽苍。方回首，看后湖鱼跃^②，坝尽粮仓。　　山川壮丽轩昂，令历代骚人竞拓荒。忆尹珍讲学，诗书化众；冉门玭璞，文武安邦。多有前贤，扬舟韵海，情注家园翰墨香。期今日，望文坛苗壮，再创辉煌。

【注】
① 九道，即九道门景区，有"水上张家界"之称。
② 后湖，即后水湖景区，集旅游、灌溉、养殖为一体的人工湖。

【中吕】十二月带尧民歌·啃老族

少儿时光阴混度，"而立"年学技双无。闹阔气花钱问父母，费资款购换房厨。小两口贪吃滥赌，尽情挖父母存储。　　糟家产履践积铢，长湖水久舀必枯。叹当今啃老新族，啃爹娘老体残肤，啃民族传统美俗，啃断中华脊梁骨！

臧学万

1936 年生，贵州省大方县人，曾任中共大方县纪律检查委员会副书记、县审计局局长等职。中华诗词学会、中国楹联学会会员，贵州省诗词学会、毕节地区诗词楹联学会会员，大方县诗词楹联学会理事。

游大海坝水库①

林茂绿重峦，湖明照碧天。
琅玕依绮榭，芳草护陵园。
舟荡银花溅，莺鸣翠柳喧。
此间饶画意，骚客孕诗还。

【注】
① 大海坝水库，在大方城南三里。

游小海坝水库①

游骋兴陶然，清晨旷野鲜。
龙冈烟袅袅，小海水潺潺。
林鸟歌声脆，山花香气绵。
登峰筋骨健，笑语入云天。

【注】
① 小海坝水库，在大方城南三里。

咏九洞天

岩溶荟萃蔚奇观，远胜天宫出自然。
蝶聚白岩花烂漫^①，火烧赤壁画斑斓。
三桥跨水悬琼壁^②，石瀑飞流落九天。
满目琳琅令人醉，龙王到此不思还。

【注】

① 蝶聚：据《大定县志》记载："瓜仲河小渡口岩上，每年四月，值雷雨之夕，必有蝴蝶数十万于岩上孵卵，次日变为五色花蕊，烂漫频铺。至端阳，则伏藏不见。"

② 三桥：指第六、七洞天的三座跨河天桥，高约百米，宽约 40 米。

方志敏和他的《清贫》

(一)

管财不占半毫分，官大一身不染尘。
搜尽私囊没油水，敌人惊诧太清贫。

(二)

《清贫》常读警钟闻，净化心灵永葆春。
若饮贪泉如饮鸩，为官清正在亲民。

沁园春·红军过大方七十周年暨咏九洞天

　　胜似仙宫，满目琳琅，景象万千。望彩云烘月，火烧赤壁；神龙摆尾，蝶聚岩巅。熠熠银帘，莹莹石笋，跨水三桥入九天。迎飞雪，赞腊梅竞俏，香沁心田。　　红军血染松山，冒弹雨突围越险关。今丰碑矗立，缅怀先烈；沧桑见证，启示群贤。跃马挥鞭，长征新路，开发西疆战鼓喧，春风畅，看瓜河碧透，后浪推前。

瞻仰毛主席纪念堂

　　五洲四海人瞻仰，灿烂庄严纪念堂。
　　一字长龙循序进，凝眸缓步献心香。

【双调】水仙子·奢香 (新声韵)

　　水西佼佼女中英，展志施才值妙龄。承担重任当黔政，安边患、持境宁、各族和、鱼水深情。开驿通三省，农商百业兴，青史留名。

廖尚光

1952 年生，贵州省黄平县人，黔东南州老年大学办公室副主任。贵州省诗词学会会员、黔东南州诗词楹联学会副秘书长。

沁园春·如诗如画黔东南 (新声韵)

苗侗家乡，水秀山清，胜景无边。看西江大寨，千家簇锦；肇兴古镇，百卉争妍。都柳江泓，㵲阳河浩，滋养田园稻菽蕃。苍山翠，有松杉柏梓，盖地参天。　　原生态貌绵延，引中外游人访趣酣。赏飞歌高亢，大歌妙曼；芦笙曲雅，木鼓声喧。绚丽花裙，斑斓银饰，多彩多姿惊喜瞻。如诗画，赞黔东南美，忘返流连。

廖国栋

1940 年生，贵州省印江县人，曾任印江县人事局局长。

江城子·渔庄垂钓

老夫又到钓鱼庄，面临塘，背朝冈。碧水清波，风卷柳丝扬。塘面朝阳初撒满，光灿灿，遍池塘。　　众多钓友已临塘，寿星黄，美髯张。各自操竿，下钓取鱼忙。转眼骄阳成落日，清战果，鲤盈筐。

谭文诗

1940 年生，贵州省黔西县人，退休教师。黔西县杜鹃诗社秘书长，贵州省诗词学会会员。

观节日焰火

谁把群芳种九皋，缤纷灿烂织虹桥。
冲霄一箭花团簇，洒地千绦彩雨飘。
琼岛珊瑚银汉璨，月宫舞袖夜空娇。
人间喜庆齐天乐，世纪风云望海潮。

谭达成

1929 年生，贵州省绥阳县人。贵州省诗词学会、中国楹联学会会员。

农家乐

半挑嫩草下山坡，一曲轻歌淌过河。
建设新楼居宅变，乡村夜校学农科。

致富沾科技

流水弯弯树影重，磊桥曲径小楼东。
花院墙边声渐渐，农科所里闹哄哄。
盘装角黍怀屈子，酒酌金樽乐民风。
丰收小季农家喜，致富须沾科技功。

谭安贵

1942 年生，贵州省绥阳县人。曾任盘县文化局长、外事旅游局局长。贵州省诗词学会会员，盘县诗联学会、六盘水市诗联学会名誉会长。

忆公弦 （新声韵）

（一）

偕君信步作郊游，又见长河绕土丘。
夕照晚时渔唱晚，绿荫幽处鸟鸣悠。
新堤犹是老杨柳，老渡已成新码头。
行遍江南故里好，乡情便可著春秋。

（二）

意求深邃语求奇，无事无时不悟诗。
总有清心润肺句，常闻发聩震聋词。
边山远水觅佳趣，巷尾街头理乱丝。
写罢乡音先自诵，令人如醉复如痴。

大山一赞 （新声韵）

莫道山多人就穷，大山最会育英雄。
登高远望增豪气，振臂疾呼壮瘦胸。
破雾穿云肝化剑，餐风饮露志成松。
岩边杲杲东升日，也比城中大又红。

谭定祥

1938 年生，贵州省仁怀市人。曾任仁怀市茅台酒厂工会主席等职。贵州省诗词学会、楹联学会会员，遵义市诗词学会、楹联学会会员，仁怀市老年诗联书画研究会副会长。

新华村感赋 （新声韵）

云盘山上创奇迹，旧寨新村飘彩旗。
四在农家民受惠，五通三建筑宏基。

谭昭文

1952 年生，贵州省大方县人，毕节学院图书馆馆员。毕节地区诗词楹联学会会员。

水西湖大红岩偶兴①

红岩脚下放金钩，纶影微微顺水流。
临水仅非濠上想，登山还作刾中游。

【注】
① 大红岩：水西湖西端峭壁。

与子春游野塘熊嘎①

携子寻芳熊嘎边，春风杨柳斗晴妍。
鱼游浅底翻层浪，日照清漪落九天。
四面青山穿布谷，几间茅屋袅炊烟。
或因断续闻声至，苗女浣衣砧杵传。

【注】
① 距毕节城西约二十里的野塘，当地人惯呼为"熊嘎塘"。

谭培元

1939 年生，贵州省平塘县人，退休教师，中华诗词学会、贵州省诗词学会、黔南州诗词学会会员。

西江月·尽心育凤龙

玉女山前桃李，剑魂湖畔苍松①。春潮过后更从容，不管风吹草动。　　同事同仁施教，尽心尽职端风，鲲鹏万里奋长空，何畏途遥任重。

【注】
① 罗甸城边有仙女山、剑魂湖，此地旧称罗阳、罗斛等。

谯义斌

1930 年生，贵州省印江县人。玉屏县诗词楹联学会会员。著有《屏山集》。

牧　羊

雪白羊群遍野中，绿莎原上草葱茏。
夕阳霞蔚黄昏际，一路鞭声响暮空。

秋夜 (新声韵)

皓魄当空万里明，静闻织女弄机声。
长街夜色凉如水，卧数银河万点星。

西江月·秋

碧河长天一色，黄花桂蕊飘香。白云红叶好
秋光，夕照枫林清爽。　　芦叶茅花送暖，风吹
稻浪金黄，开镰收获紧登场，一派繁忙景象。

熊世明

1926年生，贵州省毕节市人。曾任贵州省总工会指导员、记
者。普定县诗词楹联学会发起人之一，任第一届秘书长。贵州省
诗词学会、北京诗词学会会员。

赞全国人大、政协两会议 (新声韵)

民主协商好会风，当家议政笑从容。
一心一意描新景，群力群谋医旧穷。
万树复苏花烂漫，千帆竞渡浪腾空。
红旗三代指航向，接力长征禹甸雄。

盼团圆 (新声韵)

海峡遥望五三秋，薄命红颜白发愁。
午夜梦中亲昵语，醒来满面泪双流。

熊光扬

苗族，1937 年生，贵州省水城县人。曾任中共水城县委统战
部部长，县政协副主席。贵州省诗词学会会员。

山村小食店女服务员 (新声韵)

小店姑娘巧又乖，迎宾笑靥似花开。
席前进酒尤和蔼，玉口频呼好再来。

老同学聚游威宁草海

老大相邀草海东，荡舟击水似孩童。
人生再得三百岁，入海登天敢缚龙。

熊里琛

女，1935 年生，江苏省南京市人。贵州省水利厅退休干部，教授级高级工程师。贵州省诗词学会会员。

听温总理答记者问（新声韵）

浩浩神州事，琅琅俱道明。
声声张正义，耿耿报国情。

王阳明龙场悟道五百周年（新声韵）

逆境潜心诵《五经》，修身悟道道长青。
授徒遗爱情深远①，"千古龙冈漫有名"②。

【注】

① 在修文阳明洞，有彝族土司安国亨的题字："阳明先生遗爱处"。
② "千古龙冈漫有名"，是王阳明先生谪贬龙场期间所写的一个诗句。

熊作华

1925 年生，贵州省独山县人。贵州省歌舞团二级文学编辑。贵州文史研究馆馆员。中华诗词学会会员。贵州省诗词学会常务理事、副秘书长，贵州《爱晚诗刊》编委、编辑部主任。著有《更生集》《更生续集》《更生三集》《更生四集》。

窗前竹·（并序）

丁卯冬游花市，见有售花者，置瘦竹一株于其间，叶已半焦黄而无人问津，乃购回植于窗前，今已生机盎然，枝叶繁茂，有感而作。

婷婷数竿竹，挺拔终年绿。与我隔窗望，相互不孤独。昨岁游花市，见君头低伏。叶片半焦黄，似闻君啼哭。忙与主人谈，贱价将君赎。人笑我痴愚，名花不知逐。我仰君高洁，君子风不俗。归来忙整土，窗前重立足。厚厚施底肥，朝夕清泉浴。嫩叶出新枝，生机渐恢复。我羡君虚心，从不自满足。昂首藐凶顽，雪霜压不屈。任尔四面风，"我自冲天矗。"洁身称自好，决不随世俗。清风习习来，漫舞清香馥。明月挂枝头，倩影临窗拂。默默蕴深情，伴我勤夜读。世间知己多，数君情最笃。明春发新篁，相与共欢祝。

巫山神女峰

神女芳名叫望霞，惊观巴蜀更繁华。
绔夫血泪今何在，但听游人笑语哗。

登岳阳楼

城陵矶上岳阳楼，忧乐名篇永世留。
常把范公佳句诵，休将得失记心头。

咏独山石牛坡顶石牛

寂寞山头沐雨风，蹉跎岁月若痴聋。
虚心枉有忠人誉，实际全无耙地功。
七夕陪郎探织女，三更顾影羡苍龙。
他年炼就真筋骨，垄亩躬耕伴老农。

编辑吟

伏案勤耕斗室居，为人苦作嫁时衣。
呕心沥血无所怨，改错纠偏不自欺。
金榜题名非己分，高台获奖为君怡。
青灯苦照鬓须白，奉献甘心作架梯。

植树造林、绿化祖国

平衡生态祛天灾，植被江山绿袄裁。
遍岭松杉凭鹤住，随堤桃李为蜂开。
凶顽旱魃闻风遁，怙恶龙王听令来。
水秀山清鱼米足，千秋不乏栋梁材。

忝列贵州省文史研究馆馆员感赋

更生室主遇明时[①]，起伏心潮似鹿驰。
廿载寒蝉疏翰墨，三生幸石学书诗。
董狐直笔千秋颂，司马名篇万代师。
鲁顿尤须崇圣哲，凭人笑我是愚痴。

【注】
① 斗室一间曰更生室，自号更生室主。

游虎丘

胜迹姑苏首虎丘，吴都往事记心头。
西施丽质夫差恋，勾践雄心范蠡酬。
文种宏图经采纳，伍员善策付东流。
是非功过随风杳，唯见山河万古留。

偕武汉水利电力大学周祖仁教授同登黄鹤楼

挚友同登黄鹤楼，长江极目望中收。

名诗崔颢游人颂，劲笔羲之旅客讴。

黄鹤虽云飞远处，蛇山仍见卧江陬。

沧桑巨变情怀异，鼎沸神州势正遒。

庆祝香港回归

太平山上彩旗飘，狂舞狮龙兴正豪。

共祝双边鱼得水，同存两制凤还巢。

港人治港情怀壮，华裔兴华志气高。

奋斗百年终雪耻，迎来新世涌春潮。

千秋岁·贵阳农副市场巡礼

东方初晓，集市人争早。谐语乐，欢声裊。鱼鲜鸡鸭嫩，瓜熟葱芹佼。抬望眼，蔬青芋白椒如瑙。　　育菜新方巧，供菜春常葆。凭选购，随多少。提篮主妇归，客至添蒸炒。相细语："当年"不若今朝好。

唐多令·潕阳泛舟

潕水泛轻舟,偷闲画里游。看浮云,逐浪东流。两岸奇峰苍欲滴,山寂寂,水悠悠。 舷首纵双眸,景观一望收,有鸳鸯,戏水沙洲。翠竹婆娑迎客舞,虫唧唧,鸟啾啾。

高阳台·咏黄果树瀑布

闯过群山,濒临绝谷,舍身跃下犀潭。匹练如棉,飞絮何用弓弹。咆哮卷出惊雷吼,势豪雄,名震瀛寰。向南奔,矢志难移,入海方安。 斜阳射入蒙蒙雨,看彩虹高挂,丽景奇观。曲径通幽,水帘洞内清寒。引来了、诗人墨客,驻足停骖。赞江流,一往无前,不畏艰难。

沁园春·红军强渡乌江

千里乌江,夹岸巉岩,水急浪狂。看古来争战,兵家抢夺;难攻易守,铁壁铜墙。赞我红军,长征播种,视险如夷气概昂。称无敌,笑"围追堵截",纸虎微螂。 霜寒雾冷何妨,船只遁,匆匆扎筏忙。有先锋勇士,劈波斩浪;乘风夜渡,预伏丘冈。信号腾空,杀声震地,狼狈顽军走落荒。名城克,正确方针定,史册流芳。

高阳台·香港回归感赋

碧海蓝天，熏风丽日，回归港岛欢腾。两制同存，邓公构想英明。百年奇耻随风杳，看神州、喜气盈盈。赞南疆、祖国之珠，迈上新程。　　狂言霸道今何在，但番旗降落，赤帜高擎。回思历史，炎黄不屈堪旌。人民喋血驱狼虎，正迎来，安定繁荣。谱新篇、正义伸张，誓保和平。

中吕"十二月"带"尧民歌"·砸破铁饭碗

铁饭碗、你争我抢；大锅饭、粥少僧多。笑南郭、藏藏躲躲；嗤懒虫、沓沓拖拖。干事业、拈轻怕重；见钱财、巧夺豪罗。　　叹年华、岁月枉蹉跎，跃双番、焉可效田螺。踢开"铁碗"砸大锅，人民额手笑颜酡。眼看春风漾碧波，旧制今朝破。

游黄果树瀑布

（一）

飞来巨瀑吼惊雷，白水如棉扑面来。
胜景登临乘雅兴，归途回首几徘徊。

（二）

水帘洞下起红霞，激滟犀潭滚浪花。
大圣当年如到此，何需花果去安家。

友　谊

相见言欢别后思，人情冷暖寸心知。
往来最贵休多扰，友谊长维淡泊时。

熊宗援

1933 年生。安顺市诗词楹联学会会员。

赞银发歌会

莫道黄昏近夕阳，晚霞似锦也辉煌。
身逢盛事精神爽，悦耳歌声正绕梁。

熊家训

1933 年生，江西省南昌市人。曾任纳雍县体育事业局主任科员。贵州省诗词学会会员、毕节地区诗词楹联学会理事、纳雍诗词楹联学会副会长。

纪念抗日战争胜利六十周年兼怀阵亡将士

卢沟狙击震中原，东北男儿策马先。
十万生灵沦血海，八千版土走狼烟。
疆场喋血山为赤，海内同心水亦燃。
一掷头颅消旧恨，英名常在月常圆。

老年节抒怀

气爽天高菊绽黄，老年节至庆重阳。
金秋未逊芳春艳，皓首当珍晚节香。
忧国无妨烧烛泪，助人还作嫁衣裳。
喜看绿叶催金叶，果满枝头稻满仓。

有感麻将为赌者

魔力孰如方阵强，铮铮声响遍城乡。
呼幺喝六喧声急，抢秒争分彻夜忙。
钱袋输光心戚戚，家庭惹闹恐惶惶。
可知世上生财道，赌博从无好下场。

江城子·忆亡妻

　　泉台此去太匆匆，忆临终，恨无穷。床前急救，犹自患囊空。分手依依留别语，肠九曲，泪双瞳。　　幽冥永隔恨难逢，雁安通，诉离衷？如烟往事，历历梦魂中。勤俭持家人不见，蟾殿寂，黯孤鸿。

菩萨蛮·割麦

　　新娘割麦新郎捆，浑身汗水浑身劲。休息进瓜园，笑得藤蔓翻。　　相依瓜架下、悄悄谈心话。难得片时闲，瓜甜话也甜。

唐多令·秋日抒怀

　　不觉又秋风，梦回客枕中，最销魂，金井梧桐。素魄云遮微有影，星河远，望长空。　　别绪太匆匆，关山千万重。更怀人，红蓼丹枫。桂子香飘如此夜，谁家笛，小楼东。

翟志平

1919年生，河北省人。曾任贵州省工商行政管理局副局长。贵州省诗词学会原常务理事兼副秘书长、顾问。

瞻仰红军山

盛夏晓行遵义去，湘江澄碧暑风清。
松峦映带红军墓，烽火依稀白发情。
南国英魂埋玉树，中华儿女振天声。
且欣后辈承先烈，"七一"红旗万代擎。

龙年感怀

龙年今又是，岁序吉祥臻。
改革能添富，承包可济贫。
时和迎瑞气，盛世见阳春。
华夏腾飞日，还看现代人。

春 晓

庐舍依山麓，开扉见旭晨。
离休存壮志，盛世长精神。
植树培新绿，栽花咏早春。
戎衣忠报国，皓首学诗人。

翟荣凯

1939年生，贵州省安顺市人。曾任中共贵州省委宣传部副部长。省委机关老年诗书画研究会会长。

纪念建党八十周年有感 （新声韵）

（一）

迈步雄跨新世纪，迎来建党八秩春。
全国上下齐称颂，华夏今天万象新。

（二）

二十八载定乾坤，建设中华五二春。
西部开发奔富路，改革开放物华新。

（三）

饮水思源坚信党，海枯石烂志难移。
为民为党献余热，高举马列毛邓旗。

纪念长征胜利七十周年有感 (新声韵)

(一)

长征万里世无双，伟业丰功百世芳。
革命沿途播火种，抗倭反蒋打豺狼。

(二)

革命精神世代传，祖国大地换新天。
小康社会宏图展，高举红旗永向前。

樊林绪

1942 年生，贵州省道真县人。贵州省诗词学会、遵义市诗词学会会员，道真诗词学会副会长。

游渔塘电站 (新声韵)

车过真洲一线天，画廊数里淌清泉。
插旗山美云争巧，未到瑶池已半仙。

游仙米洞

傍花随柳乐休闲，云淡风轻近午天。
偕友游观仙米洞，此身疑似出人寰。

樊建修

1932 年生，四川省西充县人，高级工程师。贵州省诗词学会会员。

虎跳峡 （新声韵）

万峰列阵耸云端，虎跳险峡一线天。
失控银河狂浪涌，雷鸣风吼走滇川。

【越调】天净沙·三月音寨金海雪山① （新声韵）

雪山秀水金花，琼楼古舍人家，春色田园入画。游人纷沓，布依村寨繁华。

【注】
① 金海指菜花田，雪山指李花山。

平塘甲茶河畔人家 （新声韵）

竹柳半遮三两家，银滩瀑布水声哗。
鸡鸣犬吠田园景，迎客撑船游甲茶。

青藏铁路全线通车 <small>(新声韵)</small>

文成进藏历熬煎，北望思亲古道难。
今日飞龙连藏汉，一天一夜到长安。

抗冰凌军民抢修电力线路 <small>(新声韵)</small>

冰山雪岭鬼神惊，万树千林绝鸟声。
抢险军民钢铁汉，顽强保电战寒凌。

樊春淑

1958 年生，贵州省道真县职高英语教师。

游沙坝人工湖

轻舟戏浪画中游，绿水青山满目收。
落日林中唤人返，鱼儿留客跳船头。

黎 玕

（1906——1989），遵义县人。

村居即事

夕阳明槛外，竹影半庭斜。

屋漏晴宵月，园荒野草花。

猜拳狂野老，跳海效村娃^①。

宇岸春光好，花明柳暗家。

【注】
① 跳海，里间小儿游戏

自 爱

生长乡关老贵州，栖身牢岸一书楼。

匆匆岁月霜盈鬓，冉冉光阴雪满头。

洗马琴洲摇小艇，龙潭月浦泛扁舟。

书岩诗句留千古，何用人生万户侯。

黎 桢

（1919——1988），女，遵义县人，终生从事教育。

观河滨公园兰展步毛主席《卜算子·咏梅》韵

空谷托幽根，冷落无人到。带雨含烟独自行，风韵花枝俏。 抬举赖春风，芳讯人间报。馥馥香风吐素心，朵朵嫣然笑。

卜算子·喜闻我国第一颗原子弹爆炸成功

风雪满天狂，凛冽严寒到。唯有寒梅傲雪开，雪里花偏俏。 消息得春先，好向群芳报。万紫千红次第开，同对东风笑。

黎仁美

女，1934 年生，湖南省宁乡县人。曾任贵州汽车制造厂计量理化室主任。高级工程师。贵州省诗词学会、贵阳市诗词学会会员。

花溪赏荷并写生 （新声韵）

数亩荷塘水浅深，芙蕖浴日展姿新。
芳香馥郁消炎暑，蕴秀毫端墨染神。

风入松·回故乡喜赋

　　春风一路返家乡，五秩别离长。牛山沩水新颜美，禾苗壮，漫野苍苍。白鹭双双飞舞，芰荷朵朵馨扬。　　乡音俚语话家常，悲戚老亲亡。山茶村酒门塘水，当年味，分外甜香。侄辈成才兴业，辛勤稳步康庄。

黎守愚

　　1926年生，布依族，贵州省独山县人。罗甸退休教育干部。省、县诗词学会会员。

学习郑培民同志事迹感赋

　　亿万心声众口吟，情怀高尚郑培民。
　　忠贞赤胆当公仆，竭虑殚思献苦辛。
　　尽瘁鞠躬三代表，维岗敬职一身拼。
　　精神伟大千秋颂，理想光辉指路津。

黎明和

1939 年生，贵州省遵义县人。曾任遵义县财政局工会主席等职。中国楹联学会、贵州省诗词学会、遵义县诗词、楹联学会会员。

三峡宏伟工程感赋 （新声韵）

滚滚长江向海流，炎黄感叹数千秋。
巍峨大坝锁桀骜，浩渺平湖展巨猷。
惩治洪魔除汛患，平添雨露保丰收。
八方送暖千帆竞，盖世功勋万代讴。

红军攻克娄山关 （新声韵）

长征生死战，万马啸雄关。
赤帜迎风舞，乌鸦绕岭喧。
炮声撕肺腑，血水染山川。
螳臂焉能挡，车轮滚滚前！

黎建平

1946 年生，贵州省毕节市人。小学高级教师。毕节地区诗词楹联学会会员。

游织金洞

天赐织金一洞开，万千景象此中来。
羲之揽笔苍穹顶，佛印看经碧玉台。
可汗蒙包生瑞彩，塔山灯火放光辉。
周郎赤壁勾遐想，千古风流竟是谁？

黎展眉

笔名秋柳，女，1931 年生，湖南省湘潭县人。高级工程师。贵州省水利厅离休干部。曾任贵州省诗词学会常务理事、副秘书长，《爱晚诗词》编辑部主任。贵州文史馆馆员。

十丈洞景区行

小径朱岩翠黛螺，桫椤疏影舞婆娑。
奇花异木藏幽谷，硕蝶鸣蝉觅斧柯。
山路湿衣休怨雨，虹桥啼鸟有吟窝。
杜鹃遍野轰雷动，仙境怡人不厌多。

一剪梅·红枫湖记盛

昔日荒郊不可踪，楼宇凌霄，车水惊鸿。轻舟何处性灵通，云在湖中，天在湖中。 山色湖光共几重？螺黛萦回，烟雨迷蒙。酒诗无奈最情浓，红了青虾，绿了青峰。

贵州水利

黔州山水异，利弊各相因。云贵高原广，苗乌险岭陈。八山田水一①，百事起兴频。水电得天厚，青螺蕴玉春。岩溶期奋战②，瀑布泻奔银。石破惊天处，虹霓拱坝津。回峰渠辗转，高灌水轻匀。莫道山高险，驱穷自有人。

【注】
① 指贵州八山一水一分田之自然条件。
② 言岩溶地质问题。

三八妇女节感怀

兔年春早日熙熙，爱晚诗坛耀一枝。
莫道扫眉才子盛，黔山黔水正催诗。

丙寅新春

千家万户酒如泉，霹雳鞭声欲破天。
花照绮罗争艳色，笔耕分秒惜流年。
冯唐易老何愁尔？李广难封未必然。
且上层楼还远眺，霓虹尽染夜郎烟。

湘浙道中

羁愁似水暮云边，千里乡关不夜眠。
拂晓水乡舟似箭，黄昏桥渚草含烟。
余姚独擅杨梅酒，贵筑难逢蛱蝶阡。
思绪怆然无寄处，江南荷叶正田田。

自题乐山大佛趾缝照片①

凌云就日自为欢，饮翠餐霞寺院环。
大佛何时来坐听？三江依旧比潺湲。
君当俯仰云端际，我自徜徉趾缝间。
大小无为皆妙用，相宜天地各宽闲。

【注】
① 丁卯初夏，游乐山，立于大佛左趾缝间拍照，仍感宽松。乐
山位于大渡河、岷江、青衣江三江汇合处。

贺全国砌石坝情报网成立十周年

石坝风云又十年，古姿新貌九州川。
天涯海角峥嵘日，塞北江南霹雳弦。
威远河深多蕴玉，葫芦口盛独思贤。
巴山夜雨殷殷别，燕赵相期锦绣篇^①。

【注】
① 指下届河北之会。

丁巳即事

一夜春波报晓晴，十年复辟梦魂惊。
处心积虑空劳计，策划权谋枉自营。
日暮孤吟南冠草，曲终四起楚歌声。
旗潮如海灯如昼，青史无情却有情。

曲阜访孔林、孔庙

一望青青万顷秋，参天苍翠古林幽。
杏坛辉映凝朱碧，洙水潺湲历汉周。
藏简岂随秦火烬，劫灰空付鲁源流。
盘龙玉柱今犹在，百代弦歌往事悠。

禹谟查勘①

必剥升簹火，丁东砍树桩。
露营天作幕，野膳地为坊。
红炭熏人暖，焦馍入口香。
孤灯三两点，黔北雾云冈。

【注】
① 禹谟在贵州金沙县境。

黔北之春

客里萧条不记年，忽看花满小窗前。
柳塘绿蕴三分意，桃社红添万种妍。
淡淡春山供画笔，溶溶月色待诗笺。
流连风景还依旧，一任韶华逐逝烟。

喜读爱晚诗

爱晚芳枝发，声名震迩遐。
青春驰铁马，白首驻韶华。
晴重玉溪意，枫停杜牧车。
黔灵多秀异，山水助诗家。

咏微电脑

电脑腾飞日日新，微型崛起一枝春。
人机对话谁能敌，软硬相依势绝伦。
芯里乾坤储亿兆，袖中天地揽云津。
浩繁手算俱抛却，驾御驹光信息辰。

黎培仁

（1933——1990），遵义县人，小学教师。

竹君叔祖倡导诗会邀荣木六叔纯九七叔及余共同唱和谨赋

风雅多年莫问津，竹翁诗会振精神。
新诗原可开前路，雅韵犹能启后人。
绿树残阳花尚艳，白头衰鬓调尤新。
莫嫌冬去春寒在，正好锄犁播早春。

黎盛服

（1915——1992），贵州省德江县人。曾任德江县政协常委。

钗头凤·晨练

天将晓，清风绕，朦胧悄影悠然矫。新芳草，新头脑，鸢飞鱼跃，自强之道。早，早，早！　积分秒，慎微小，气调神怡心无扰。迟衰老，除潦倒，朝朝勿辍，青春永葆。好，好，好！

黎德荣

笔名瀑乡人，1929 年生，贵州省镇宁县人。曾任中共镇宁自治县委党史研究室主任、中华诗词学会会员、贵州省和安顺市诗词学会理事，镇宁诗词楹联学会常务副会长。

诗词香

布衣不次丝绸暖，生命何如岁月长。
农种文耕同样苦，诗词更比世看香。

春游苗乡

春游乘兴入丛林，曲径通幽景色新。
叶茂筛光金灿灿，枝疏漏影绿茵茵。
水流壑谷有琴韵，月画山峰无墨痕。
锦绣苗乡情意厚，难忘寨老酒三樽。

黄果树大瀑壮中华

万里长城光禹甸，黔中大瀑壮中华。
千钧霹雳千峰荡，万斛狂澜万壑哗。
翠壁横飘迎瑞雪，银河倒泻散天花。
犀牛昂首观新宇，猿狒攀枝戏彩霞。
薄雾濛濛遮古洞，霓虹灿烂跨悬崖。
仙人掌上开奇卉，美女榕前绽异葩。
银雨金街黄果树，粮丰林茂绿桑麻。
春来鸟语双飞燕，夏至蝉鸣百姓家。
缆索车中情侣醉，马蹄滩畔钓竿斜。

【中吕】普天乐·祖国新姿

送庚辰，迎辛巳，星移斗转，电掣风驰。新
纪临，乘优势。更有精英凌云志，喜千红万紫多姿。
冲天鹏翅，腾空跃起，正是明时。

【双调】水仙子·镇宁天星桥石林赞

石林水上舞群岚，瀑布晴空震大川。天星洞内珠璀璨，坠溪潭、水更欢，古榕化石栏杆。飞桥美、泉水潺，游客如仙。

滕代刚

1955 年生。安顺市农业办公室干部。安顺市诗词学会理事。

梵净山纪游

武陵北上最高峰，雾罩云遮势愈雄。
老树生苔知岁古，新亭焕彩指穹隆。
山深已渺绝尘俗，寺老犹闻报远钟。
夕照稍嫌繁务累，兴怀一路食清风。

迎奥运

北京奥运盼中来，激动胸怀蓄势开。
三更精神争志气，五环旗帜荡风雷。
和平盛会谋交友，竞赛擂台看举杯。
虽作书生难搏技，助威呐喊壮情怀。

滕代荣

1940 年生，湖南省凤凰县人。曾任兴仁县委书记、黔西南州人大常委会副主任。中华诗词学会会员、贵州省诗词学会常务理事、黔西南州诗词楹联学会常务副会长。著有《山翁诗草》。

安龙招堤即景 (新声韵)

一堤横亘柳如烟，十里荷花隐画船。
日丽风和人欲醉，水天一色日衔山。

咏贞丰双乳峰 (新声韵)

地造天成双乳峰，愈经风雨愈葱茏。
田园禾黍蒙恩厚，老树新花赖汝红。
历尽寒冬豪气壮，身逢盛世信心雄。
愿将胸内一腔血，换取民间五谷丰。

定风波·记线耳草鞋 (新声韵)

线耳鞋成夜色收，晨光初露脸娇羞，两字鞋跟着意绣："持久"！几多情意在针头。　　同寨无猜心早透，携手，洞房花烛誓千秋。再表真诚情更厚，厮守，海枯石烂也同舟！

登兴仁真武山 <small>(新声韵)</small>

嵯峨真武观，一步入天都。
举手逗云彩，抬头碰帝庐。
山河增壮丽，城市耀明珠。
白发登临处，迎风意气舒。

丁亥除夕有感

相聚儿孙笑语浓，荧屏歌舞助飞觥。
可知南国重灾后，还有山村电未通。

捐款老人 <small>(新声韵)</small>

处处拾荒挣小钱，紧巴日子令人怜。
忽闻凝冻他乡重，掏尽分文快步捐。

水调歌头·咏万峰林

磅礴数千里，气势迫云端，峰林天下无数，何处似南盘。挺拔峰峦列阵，威武将军率队，昂首跨征鞍。滚滚浪涛涌，一路举风帆。　　龙起舞，鹰展翅，凤翩翩。桃花影落春水，七彩染冈峦，铜鼓广场辉耀，观景亭台壮丽，一览众欢颜。招得商云聚，共谱小康篇。

奥运圣火登珠峰现彩虹有感 （新声韵）

圣火上珠峰，碧天呈彩虹。

环球人共看，华夏日方中。

豪气惊宵汉，环旌布阵容。

祥云传友谊，奥运助飞龙。

颜长策

1934年生，贵州省湄潭县人。高级中学语文特级教师。中华诗词学会会员，贵州省诗词学会理事，《贵州诗词》特约编辑，贵阳陶然诗社社长。

沁园春·二〇〇七年元旦喜赋 （新声韵）

贺岁钟声，天籁和鸣，时代强音。看山河吐翠，碧涛翻滚；田园锦绣，溢彩流金。十亿苍生，走出困境，眼角眉梢堆满春。情怀壮，正更新理念。跨越飞奔。　　中枢决策堪钦，构宏伟目标烁古今。愿十七盛会，成功圆满；嫦娥奔月，美梦成真。特色中国，〇八奥运，迥异风情铭众心。新世纪，应东亚崛起，主宰乾坤。

贵州省诗词学会成立二十周年 (新声韵)

风骚以降数千年，牛斗文光何灿然。

李杜雄奇挥大纛，苏辛豪放拓新元。

英才盖世诵读始，名士超群教化迁。

野火焚烧吹又旺，万年不倒永承传。

纪念中国共产党成立八十周年

世纪回眸，心潮澎湃。岁月如歌，天慷地慨。紫气东来，巨轮出海。振聋发聩，睡狮醒来。韶山红日，众星拥戴。荡涤腥风，驱散阴霾。廿有八载，雨霁云开。星列河汉，寰中皆白。锤镰交织，沉浮主宰。五星辉映，天光地彩。史撰新篇，开国换代。乾坤定矣，幸甚至哉。　完人足金，亘古皆无。历史长河，曲折起伏。华夏中兴，谁堪擎柱。总设计师，迎春接福。特色理论，心裁独出。改革开放，经济复苏。联产承包，农耕自主。两手过硬，双建精物。市场经济，国强民富。两制构想，港澳还珠。科教兴国，腾飞支柱。幸甚至哉，梅开二度。　一元复始，三阳开泰。承前启后，继往开来。高举旗帜，方兴未艾。励精图治，大展雄才。宏观调控，治国理财。倡廉反腐，铲除祸胎。大兴三讲，正气不衰。西部开发，决策豪迈。三个代表，立党命脉。十五蓝图，再上平台，新纪开局，神舟奏凯。伟哉中华，永立不败。　回眸世纪，展望未来。激情难抑，雀跃者在。春不厌老，壮心犹迈。闲云野鹤，非吾所爱。退休颐养，科学安排。余热生辉，再添异彩。民情国事，系挂心怀。吟咏挥毫，痴迷不改。童心未泯，关注育才。再献爱心，责无旁贷。见证历史，记录时代。巨变沧桑，我歌梗概。

贺乌当区诗词学会成立 (新声韵)

玉立亭亭翠盖妆，青莲居士幸乌当。
来仙起舞粉丝醉，渔洞放歌博客狂。
永乐红桃甜蜜吻，情人幽谷爱深藏。
东风愿助夜郎变，高举吟旌超宋唐。

魅力青岩 (新声韵)

多元文化铸奇观，积淀沉雄六百年。
深巷清幽藏掌故，长街静雅酿甘泉。
宫祠殿宇览文案，府第书屋谒彦贤。
定广巍峨开伟业，狮山形胜锁雄关。
玉河后浪超前浪，古镇新篇胜旧篇。
书院诗坛星荟萃，楼台亭榭舞翩跹。
徜徉似感春风化，俯仰犹觉时雨沾。
盛世荣登龙虎榜，五洲四海总情牵。

咏黔灵公园 (新声韵)

绿色氧吧何处寻，黔灵咫尺市中心。
森林密茂多奇树，景点纷呈饶趣闻。
碧水苍松铺画卷，盘山石径上青云。
天然固本养元气，赐尔金刚不坏身。

听贵阳学院"走进夜郎"诗歌朗诵音乐会 (新声韵)

花季龙孙济圣堂，激情澎湃意飞扬。
新篁节劲英姿爽，灵鸟音清旋律香。
瀑布腾空飘彩带，芦笙合掌舞霓裳。
夜郎古曲遗风远，马岭飞歌流韵长。
一阕新词花怒放，数支经典卉齐芳。
鲜活出落水灵样，靓女何愁渡远洋。

游金翠湖 (新声韵)

翠湖碧水映晴空，浩渺无垠气势雄。
姿肆汪洋鹏展翼，壮怀激烈意飞虹。
如歌岁月韶光灿，似锦河山热血腾。
破浪乘风人未老，晚霞染透漫江红。

咏甲秀楼 (新声韵)

胜迹城南甲秀楼，沧桑如许费沉钩。
多情唯有楼头月，长伴明河万古流。

采桑子·盛世晚晴颂 (新声韵)

何须天意怜幽草，活到今朝。乐在今宵，梅
老着花分外娇。　　诗书画印把春报，玉案挥毫，
妙句推敲，流水行云神韵飘。

出席贵州省九地州市老年书画联谊展感赋 (新声韵)

鸡鸭鱼肉日三餐，吃去吃来味不甘。
绸缎绫罗衣四季，穿来穿去体难安。
楼台亭榭房三套，搬来搬去心不宽。
画印诗书超百件，看来看去兴犹酣。

采桑子·重九登高喜赋 (新声韵)

欣逢重九艳阳照，志比天高。气更雄豪，意
欲乘风上九霄。　　神州万象多奇妙，纵马扬镳。
揽尽风骚，风口浪尖再弄潮。

教师节感怀 （新声韵）

毕生笃志杏坛栖，恒兀穷年垦沃泥。

雨暴风狂多洗礼，钢筋铁骨铸人梯。

拾韵 （新声韵）

通宵寻梦句难成，拂晓东山问百灵。

趔趄躬身亲大地，拾得一串响铃声。

颜永淮

女，1934年生，贵州省遵义市人。中共贵州省委宣传部正处级退休干部。贵州省和贵阳市诗词学会会员。

浣溪沙·菊展

漫步芳园注目看，赤橙紫墨色鲜妍。秋风飒飒舞婵娟。　中外名花齐荟萃，雕龙画凤巧排编，敲诗索句夜难眠。

如梦令·春雪

夜半雨疏风冽，浓睡不知飘雪。晨练去登山，素裹银装皆白。飞雪，飞雪，瑞兆猴年欣悦。

学诗有感

六六年华始学诗，时人请莫笑吾痴。
无涯学海勤为本，铁杆磨针乐自知。

颜师化

1922 年生，贵州省贵阳市人，曾任兴义专署秘书、兴义糖厂秘书等职。黔西南州诗词学会《盘江诗刊》编委。著有《听雨楼诗稿》。

万峰湖 (新声韵)

水色山光一望收，红棉如火遍村头。
渔歌唱晚炊烟起，游侣相呼上客舟。

穿云洞

凉云生岫树参天，拂雾登梯路九弯。
独坐虚亭开眼望，兴城环抱万重山。

周恩来颂

折冲樽俎仰人豪，威信遐敷四海褒。
力挽狂澜匡国运，鞠躬尽瘁为民劳。

颜亨能

1944年生，贵州省普安县人。兽医师。曾任望谟县政协副主席。贵州省、黔西南州诗词学会会员。望谟县诗词学会副会长。

减字木兰花·桐乡颂[1]

仲春南国，脚踏新青兼踏雪。每至金秋，遍地轱轳康乐球。　　欲知何物，且看身边桐籽树。绿色银行，花果满山钱满囊。

【注】

① 望谟县获国务院授予"中国油桐之乡"称号。

卡法颂 (新声韵)

揭竿百色拯危亡，卡法屯兵铸剑枪[1]。
一盏明灯黔桂照，红旗猎猎卷八方。

【注】

① 1933年4月，中共黔桂边委在望谟县纳夜镇卡法村成立党支部，组建红军，制造枪弹。

望谟洪灾

两度洪魔吞廿亿，三年财富付东江①。
天家无道坑穷县，人世有情疏义囊。
送炭雪中温肺腑，泪收肚里治创伤。
舟行逆水千篙奋，度过劫波是大昌。

【注】
① 望谟县近三年国内生产总值为 20 亿元。

颜学礼

1937 年生，贵州省湄潭县人，教师，曾任校长等职。遵义市诗词学会、楹联学会，湄潭县诗词学会会员。

赞湄潭

得天独厚美湄潭，山水清幽展画帘。
竹柳翩跹飘两岸，柏松苍翠罩千山。
果林茂盛繁花涌，茶海葱茏碧浪翻。
改革今朝添胜景，长传雅号"小江南"。

颜登荣

1958 年生，贵州省罗甸县人。罗甸县中医院主治医师。中华诗词学会、贵州省诗词学会、黔南州诗联学会会员。著有《潺溪吟草》。

国庆五十周年感咏

神州欣谱舜尧篇，更喜辉煌五十年。
玉斧劈开新世纪，春霖沐出好江山。
国强民富神威振，港复澳归蝶梦圆。
巩固金瓯传万古，丰功叠垒仰英贤。

兴修龙滩电站感咏

南盘江浪北盘波，汇入滔滔红水河。
百里奔腾过甸境，千年呼啸下天峨。
龙滩醒悟人开窍，铁坝横拦水漫坡。
电力资源投效日，西南经济展宏谟。

潘 军

名登云，1934 年生，四川省新津县人。曾任贵州省望谟师范学校教导主任。中华诗词学会、贵州省诗词学会、黔西南州暨望谟县诗词学会会员。

携妻女游新津宝资山公园

曲径穿篁展步闲，蜂迎蝶舞到云巅。
孤松独占崖头翠，短棹轻移水上烟。
万里飘蓬归故里，十年奋笔慕江淹。
正迷远景驰思处，一笛朝阳霞满天。

题《望谟诗词园地》①

时代风云笔底藏，篇中乐见庶民康。
从来艺术源生活，下里阳春各有长。

【注】
① 望谟县诗词学会在县城中心设《诗词园地》供诗友发表新作，也选登部份民歌。

望谟县国庆书画联展献诗

王母蟠桃祝寿长，心潮逐浪涌盘江。
山城儿女爱家国，总把诗书献小康。

潘大成

1924 年生，贵州省盘县人。负笈东游，筑庐台湾南投县九九峰侧。有《耸庐选集》问世。

编印《思源楼百人诗集》感怀（新声韵）

万里晴空景象开，天涯赤子赋归来。
乡邦日暖人缘好，故土楼前把桂栽。

春游翠峰

群山纠葛了无章，宛似儿孙捉迷藏。
上得梅冈车亦喘，翠峰犹在九重苍。

潘万霖

字润生，咏笙，侗族，贵州省天柱县人。曾任中国民主同盟贵州省委员会宣传部副部长，政协黔东南州第一届委员会常务委员。著有《忆竹轩诗稿》和《黔诗汇评》。

跳鼓词

（一）

欢声一片响如雷，簇簇春城夹道开。
要拟巴人赓白雪，未妨腰鼓斗歌来。

（二）

六幅湘裙妥地青，衬胸珠玉自娉婷。

对门一座飞来佛，却散天花下百灵。

（三）

当场第一鼓声敲，凫燕欲来舞翠翘。

恰比羽琭诗句好，四厢范影怒如潮。

（四）

漫然芦笙款款风，声清不用锦熏笼。

尊前试奏无腔曲，纵拟双成恐未工。

潘有圣

1929 年生，水族，贵州省三都县人，退休教师。省、州诗词学会会员。著有《寒山吟集》。

山村园丁咏夕阳

年华七秩有何求，岁月蹉跎难挽留。

育李栽桃曾奉献，尧天舜日展新猷。

还乡返梓挥余热，奋笔勤书乐晚秋。

伏枥仍怀千里志，夕阳喜照老黄牛。

游荔波观光感赋

县邑玉山气势高，巍峨屹立入云霄。
参天碧树环居绕，拔地青松顶雾摇。
纬武经文推老辈，开来继往在吾曹。
忠贞烈士垂千古，史载恩铭世代骄！

潘长辛

1933 年生，江西省婺源县人。公安部门离休干部，黔南州诗词楹联学会会员。

浣溪沙·喜迎澳门回归

葡殖入侵四百年，山河破碎未能全。屡争无效实堪怜。 两制光辉歌胜利，澳人治澳史无前。国家一统喜团圆。

赞都匀风光

蟒山青翠剑江幽，山海通衢车辆稠。
"摄博"精神扬世界，资源置换誉神州。
桥如彩练凌空架，灯似繁星入水游。
高耸群楼容貌变，小康建设竞鳌头。

潘玉祥

苗族，1931 年生，贵州省黄平县人。曾任 115 地质队子校英语教师。贵州省诗词学会会员。

【中吕】山坡羊·避暑之都 (新声韵)

林城阴荫，郊山苍尽，通都湛翠风光甚。草茵茵，气清新，花香鸟语心扉沁。北客南宾何再问。夏，也是春。冬，也是春。

潘正中

1938 年生，布依族，贵州省黔西县人。先后供职于黔西县委宣传部、县委办、县人民法院。贵州省诗词楹联学会、毕节地区诗词楹联学会会员。

秋收图

物候催人农事忙，一年好景正收藏。
金风千里河山醉，熟稻无边草木香。
斗响云天和雁阵，歌掀海浪战秋霜。
丰年此刻农家乐，煮酒饮羹邀客尝。

读书乐

清风明月伴闲情，漫步书山养性灵。
寰宇风云来眼底，古今人物荡心旌。
学无止境书中得，琴有余音指上听。
读到开怀心自释，一杯茶水品三生。

谒遵义红军坟

娄山似剑刺苍穹，刻下红军百战功。
碧血换来千嶂翠，丹心化作五星红。
名城遵义昭青史，天险乌江跨彩虹。
志士成仁勋业就，九泉无愧马恩翁。

鸭池河东风送暖

红军昔日长征渡，半世风云起壮图。
雨后河山添异彩，虹飞天堑化通途。
雷鸣高峡星河会，人造平湖景色殊。
巧借东风输电火，八方送暖入屠苏。

潘年鼎

1929 年生，贵州省剑河县人，侗族，曾任黔西南民族师专中文系副教授，黔西南州政协副主席，黔西南州诗词楹联学会会员、副总编。

山村夏夜

星河耿耿月如霜，相聚村头纳晚凉。
父老闲聊庄户事，儿童嬉戏捉迷藏。
流萤闪烁舞空际，蛙鼓喧阗出柳塘。
慈母呼儿人渐散，空留素月照山庄。

中秋茶会感怀

耿耿星河夜未央，盈盈一水限河梁。
凭栏仰望中秋月，清夜相思枉断肠。

游万峰湖

一鉴平湖迷晓岚，万峰叠翠耸云天。
风痕雨迹绘崖壁，林影山光缀玉盘。
幽谷数声闻野鸟，炊烟几缕辨渔船。
凌波渺渺尘心净，始信蓬瀛在世间。

纪念抗日战争胜利五十周年

天狼射却拭雕弓，收拾山河唱大风。

救国扶亡忠血碧，挥戈落日战旗红。

千秋长忆家山泪，百代休忘壮士功。

莫为升平迷望眼，可闻神社鼓声隆①。

【注】

① 神社，指日本靖国神社。

潘柏稀

曾用名柏禧，1930 年生，江西省铅山县人。曾任贵州省话剧团党支部书记。贵州省诗词学会会员。

忆从军到贵州 (新声韵)

(一)

当年意气正风发，投笔从戎别老家。

一路高歌跟党走，穷追敌寇到天涯。

(二)

跃马横戈勇向前，披星戴月路三千。

千军万马歼残匪，苗岭山川换旧颜。

红枫湖 (新声韵)

万顷烟霞万顷秋，轻舟薄雾画中游。

清波渺渺无穷碧，鸿雁一行天尽头。

游威宁草海 (新声韵)

喜观红日露，绿树彩霞迎。

水里游鱼动，天空飞鸟鸣。

鲜花湖畔艳，碧草海中生。

万物和谐美，人来鹤不惊。

忆江南·赞李春燕① (新声韵)

春燕美，苗乡月一轮。素净清辉明百寨，纯
真亮丽照千村。人品世绝伦。

【注】

① 2005 年感动中国人物，赤脚医生。人民群众称她是照亮苗乡
  的月亮。

清平乐·忆旧 (新声韵)

银丝老友，相聚茶作酒。说起当年难住口，
个个精神抖擞。　　今虽两鬓飞霜，难忘舞台浓
妆。苗岭山川走遍，深情送到城乡。

潘德咏

侗族，1939 年生，贵州省剑河县人，高级讲师。贵阳市高级技术学校副校长，贵州省诗词学会会员。

【越调】天净沙·农家乐 (新声韵)

青山绿水红霞，小楼小院农家。大道奔驰宝马。旅游长假，客人来自天涯。

赞贵阳文昌阁 (新声韵)

天下名楼观不少，斯楼结构特精巧。
匠心独运堪传世，绝代风姿当永葆。

潘樵民

1928 年生，江西省婺源人，曾任毕节地区中级人民法院院长。中华诗词学会会员，贵州省诗词、楹联学会会员，毕节地区诗词楹联学会理事，金沙县玉屏诗社顾问。

有　思

世路寻思困惑重，羊肠九折跬行踪。
人生遇挫休嗟叹，天道酬勤贵自躬。
风雨莫愁花落去，良辰又见燕相逢。
天涯何处无芳草，踏过坎坷坦道通。

游百里杜鹃即兴

奇珍乔木林，百里杜鹃魂。
花信传苗岭，春风欲醉人。
遍山堆锦绣，盈野尽缤纷。
伫望黄家坝，氤氲红艳深。

水调歌头·香港十载回归庆

湔雪百年耻，风雨十春秋。金融浊浪轻渡，良港更无愁。灿灿五星高照，熠熠荆花映海，两制著新猷。国际大都会，倾誉动全球。　基本法，港人治，劲方遒。扬眉吐气，家国兴盛颂歌讴。共仰小平决策，奠定繁荣基石，阔步上瀛洲。台海明天路，亦盼济归舟。

薛运芬

女，1931 年生，曾在镇宁县安顺地区实验学校工作，安顺市诗词楹联学会会员。

颂回归

港澳百年完璧归，紫荷开放送春回。
九州鼓乐同欢庆，一统中华展翅飞。

教师节抒怀

一年弹指又秋阳，霜染青丝菊染黄。
心向杏园欣蝶舞，情融学海化春光。
修身养性心犹壮，醒世匡时责未忘。
拯溺扶贫人共恤，新朋老友伴诗香。

行道树赞

俏立长街秀两旁，风餐露宿沐朝阳。
千枝万叶皆情意，春送幽香夏送凉。

沁园春·迎春感赋

时近残冬，峻岭梅开，雪润沃田。见东山石上。云连树气；南城塔畔，雾接花烟。嫩柳抽黄，苍松吐翠，正是樱桃蕾放天。聊堪慰，幸扬蹄老骥。不待挥鞭。　　迎春共谱新篇。又诗词曲赋庆新年。写寒梅冷傲。心存鹤韵；高梧显贵，定有凰笺。雅意幽幽，深情浩浩，总与诗心广结缘。吟怀处，贺骚坛诸子。共继前贤。

操杭平

原名操长松，1930 年生，江西省浮梁县人。部队转业后，曾在贵州省财政厅、中共贵州省委办公厅、贵州省煤炭工业厅等单位工作。离休干部，贵州省诗词学会会员。

桑榆乐事

人生乐事老来忙，文海诗山作战场。
火眼金睛纠错漏①，孤灯伴我沐朝阳。

【注】
① 指参与《贵州诗词》及贵阳无名诗社《诗稿》做校对。

参加老战士合唱团

昂首银霜气宇轩，英姿犹似壮青年。

讴歌盛世群情振，三幸余生快乐天①。

【注】

① 三幸，咱二野军大五分校一位校友说得好：我们是烽火连天
  中的幸存者，风云骤变中的幸运者，和谐盛世的幸福者。

采桑子·戊子中秋①

中秋前夕（媒体传一些国家闹粮荒）看央视新闻"面对面"
袁隆平院士会见各地学生有感。

日新月异朝前迈，岁岁中秋。今又中秋，科
技兴农颂九州。　　农村好景传佳讯，又喜丰收。
连续丰收，地少人多不用忧。

穆升凡

1952 年生，贵州省仁怀市人。《仁怀市志》主编。贵州省诗词学会会员。

古树垂荫

青山抹秀景悠然，古树成荫翠蔼连。
矫健虬枝根扎地，葱茏铁干势擎天。
身坚励志迎风雨，叶嫩温情弄晓烟。
碧野花间多点缀，清幽引出洞中仙。

戴　歌

原名戴先统，侗族，1934 年生，贵州省石阡县人。贵州省诗词学会、铜仁地区诗词学会会员，思南县诗词楹联学会副秘书长。

母亲河

乌江水乳古今欢，一路奔波电站盘。
清澈引来随贾摆，悄声传导任君牵。
工农院落光明网，市镇人家幸福圆。
贵贱无心弹老调，炎凉有意谱新篇。

戴传玺

土家族，1925 年生，贵州省湄潭县人。曾任校长等职。贵州省诗词学会、遵义市诗词学会、湄潭县诗词学会会员。

访万氏养猪大户 （新声韵）

遍地花香落叶黄，深秋走访万家庄。
青山绿水风光好，沃土良田鱼米乡。
饲养生猪长致富，勤学科技创辉煌。
三农惠政山川变，四在农家步小康。

戴仲伟

1933 年生，贵州省兴义市人。曾任黔西南自治州农委党组书记，自治州扶贫办公室主任。

重游惠山公园

不期又到惠山游，秋日林园景更幽。
老桂花繁芬馥远，新湖水美浪波柔。
乾隆题字遗瑰宝，阿炳琴声托旧愁。
万古乐坛弦不断，二泉映月照千秋。

悼蒋重同志

曾任中共罗盘区地下党支部书记的蒋重同志，1950 年初，惨遭反动武装杀害，并抛尸"万人坑"。2006 年清明节为其建立纪念碑，以诗悼之。

风云突变匪横行，烈士为民肝胆倾。
碧血丹心沃厚土，丰碑长在慰英灵。

戴容光

笔名黎民，1928 年生，四川省永川市人。原黔南民族农校专业主任，黔南州诗联学会会员。

江城子·书贺文登莲老师七十华诞

君为乡土女中强，抗灾荒，建新乡。豆蔻年华，才略露锋芒。心系苗乡求解放，参土改，下从江。　　图强离政教鞭扬，育贤良，拓康庄。碧血丹心，桃李竞芬芳。德美恩宽孚众望，人敬仰，寿疆长。

蹇先艾

笔名萧然，（1906—1994），贵州省遵义市人。曾任民盟中委，贵州省文化局长、省文联主席、政协贵州省副主席。有《朝雾》《一位英雄》《城下集》《离散集》等问世。

剑河十里长滩

怪石千牙错，扁舟一叶轻。
怒涛流不断，雁阵来相迎。
风雨山头起，雷霆水底鸣。
一滩逾十里，回首浪花平。

榕江渡口

行旅争朝渡，清风水上来。
岸松沙过雨，车骈路无埃。
远树随村合，浮岚入望开。
江城饶画意，欲去又徘徊。

宿榕江

隐隐古州见，驱车渐转东。
蔗林平野外，蝉韵夕阳中。
芋荫时遮道，榕柯屡蔽空。
喜投茅店宿，听客话新风。

黔灵山弘福寺雅集

古寺名山聚友生，凭高眺远骋豪情。
挥毫争绘新天地，端赖工农细品评。

入党感赋

卅载追求如愿偿，恩情培育讵能忘！
古稀未觉桑榆晚，发愤从头学党章。

蹇泓波

仡佬族，1933 年生，贵州省道真县人。道真诗词学会名誉会长，省仡佬学会顾问。

汉誉三贤

西南舍盛尹^①，汉代三名流。
教育劈山祖，文华启贵州。

【注】
① 即舍人、盛览、尹珍。

茅台飘香

天时赤水洌，特酿茅台优。
夺冠巴拿马，飘香五大洲。

魏　伦

退休干部。安顺市诗词楹联学会会员。

林工歌

松柏无时不蕴春，画师难写是精神。
朝朝坐赏山林趣，吟句难忘种树人。

魏　维

1945年生，湖南省隆回县人。曾任中共六盘水市委宣传部研究室主任、《当代六盘水》责任副主编。中华诗词学会会员、六盘水市诗联学会副会长。著有《独行吟》。

示儿女

大雁南飞又复归，人生贫富总轮回。
腹中书少难行远，手里钱多易惹非。
立业须从足下始，求财且向汗中追。
千秋志士今何在？耿耿精神万代辉。

生日咏怀 (新声韵)

花开花落不知年，苦辣辛劳总没边。

枫历暑寒颜更艳，道经坷坎志弥坚。

人多勤俭福绵远，家溢祥和子孝贤。

但愿夕阳长照我，余辉洒尽暖人间。

红枫湖 (新声韵)

别离闹市访红枫，恍入西湖锦绣中。

水绕青山山映水，峰藏奇洞洞连峰。

轻舟片片层林翠，小岛亭亭杜宇红。

更喜竹楼添秀色，逸情胜似钓鱼翁。

黄果树瀑布

万马行空山欲摧，沉雷滚滚雾烟飞。

高天非是鏖兵激，瀑布飞流震紫微。

浪淘沙·今又重阳

重九自登高，心海滔滔。黄花更比去年娇。
闹市旧容曾记否？遍地荒毛。　　岁月未空抛，
余热难消。韶华不返路仍遥。岁岁重阳今又是，
再把春描。

忆王孙·梭戛长角苗寨^① (新声韵)

崇山叠叠锁孤村，秦汉消亡尚未闻，长角弯
弯古色馨。雾深沉，海浪推开山寨门。

【注】
① 梭戛长角苗寨：位于六枝特区梭戛乡。

水调歌头·游荷城花园

风暖柳堤翠，白鹭岛中喧。曲桥幽径奇花，
野鸭戏游船。若至凤池棋苑，邀友端茗亮剑，心
似海天宽。湖岸观鱼跃，亭榭听笙弦。　　身已
退，夕阳近，未疏闲。人生有限，情趣常寄水山
间。或坐湖边垂钓，或隐林间弄墨，晚景亦悠然。
名利如云散，何必苦流连。

魏文炘

1935 年生，北京市人。曾任贵州省科学器材公司经理、党委
书记。贵州省诗词学会会员。贵阳无名诗社副社长。

喜闻蝉之声组合人气夺冠

青歌大赛聚群星，苗侗村姑献妙声。
天籁之音惊四座，夺得人气第一名。

连宋乙酉大陆行

云开雨霁煦风清，连宋交相大陆行。
祭祖寻根晤旧友，融冰泯怨叙新情。
陆台握手图双利，两岸同心铸共赢。
一统金瓯齐奋力，中华强盛宇寰惊。

魏晋安

1936 年生，广东省五华县人。贵州省煤田地质局高级工程师。
贵阳市小河诗词楹联学会会员。

吟长顺杜鹃湖

高原幽谷一平湖，浩瀚烟波入画图。
倒插奇峰呈雾缈，盎然植被见扶疏。
舫游缓缓清风扑，横笛悠悠山鸟咕。
三十里长花绕水，流连忘返古今殊。

盛世望七感吟

盛世今朝望七旬，追怀顾影慨慷频。
凌霜弱草伤痕在，甘雨滋兰忆念深。
迎着朝霞求造诣，投于林海找山琛。
乌金滚滚千家暖，皤发萧疏自在吟。

魏朝真

1928 年生，江西省九江市人。曾任中共毕节地委办公室主任、毕节地区文化局局长等职。离休干部。中华诗词学会会员，贵州省诗词学会顾问，毕节地区诗词楹联学会名誉会长。著有《征途纪事》诗文集。

黔川道中

山高路险走鸿蒙，海拔三千雾正浓。
莽莽高原迷眼底，滔滔赤水接长空。
雪山关卡丰碑在，云岭盘桓蜀道通。
行到永宁河畔处，江门竹海涌长虹。

迁 居

洪山一住十余年，斗转星移岁月迁。
旧榻几回留客梦，新居一月懒开筵。
南关桥畔人声杂，东路河边笑语传。
夜市噪音穿牖户，沿街飞瀑泻长川。
韶光逝去艰辛日，老迈迎来幸福天。
偶向东篱寻趣事，黄花樽酒共诗篇。

有 怀

岁寒犹有暖冬天，别梦依稀忆往年。
学海书山游不尽，一枝深浅看梅妍。

家乡好·东归纪事 （十六阕选三）

（一）

家乡好，鱼米誉丰穰。五十四年离别后，
三千里外盼归航。往事总难忘。

（二）

家乡好，风景数洪都。八一桥头忆往昔，滕
王阁内话春秋。历史记沉浮。

（三）

家乡好，九派入江流。烟水亭中谈古迹，浔
阳楼上看渔舟。不负又重游。